HINTER DEN NARBEN

DIE MASTER DER SHADOWLANDS-REIHE
BUCH 13

CHERISE SINCLAIR

VanScoy Publishing Group

@ Deutsche Ausgabe: FP Translations; 2025

@ Originalausgabe: *Beneath The Scars* by Cherise Sinclair; 2018

ISBN: 978-1-947219-68-7

Published by VanScoy Publishing Group

Cover design: April McMillan

Lektorat: Christian Popp

ANMERKUNG DER AUTORIN

An meine Leser/Leserinnen,

dieses Buch ist reine Fiktion. Und wie in den meisten Romanen wird die Liebesgeschichte in eine sehr, sehr kurze Zeitspanne hineingepresst.

Ihr, meine Lieben, lebt in der wirklichen Welt. Ihr werdet mehr Zeit brauchen als die Romanfiguren. Gute Doms wachsen nicht auf Bäumen und es gibt ein paar sehr seltsame Menschen dort draußen. Wenn ihr auf der Suche nach eurem eigenen Dom seid, hört auf euer Bauchgefühl und seid bitte vorsichtig.

Und wenn ihr ihn findet, dann nehmt zur Kenntnis, dass er nicht eure Gedanken lesen kann. Ja, so beängstigend das auch sein mag, ihr werdet euch ihm öffnen, mit ihm reden und auch ihm zuhören müssen. Teilt eure Hoffnungen und Ängste miteinander. Erzählt ihm, was ihr euch von ihm wünscht und wovor ihr abgrundtiefe Angst habt. Okay, er wird eure Grenzen etwas austesten – er ist schließlich ein Dom –, aber ihr habt ja euer Safeword. Nicht das Safeword vergessen, okay? Und passt auf euch auf. Verhütet. Vertraut euch einer Person in eurem Freundeskreis an. Teilt euch mit, kommuniziert.

Denkt dran: Safe, sane, consensual. (Sicher, vernünftig, einvernehmlich.)

Ich wünsche mir für euch, dass ihr diese besondere Person findet, die euch liebt, die eure Bedürfnisse versteht und euch im Herzen trägt.

Während ihr nach diesem besonderen Menschen Ausschau haltet, könnt ihr Zeit mit den Shadowlands-Mastern verbringen.

Fühlt euch gedrückt,
    Cherise

KAPITEL EINS

Warum sabberte ihre Kick-Ass-Heldin beim Anblick ihres Helden, als wäre er ein warmer Chocolate-Chip-Cookie? Grummelnd stieg Josephine Collier aus ihrem Auto. Das zur Hälfte geschriebene Buch war ein Fantasy-Roman – keine Liebesgeschichte. Wieso konnte ihre Heldin nicht verstehen, dass Romanzen selten zu einem glücklichen Ende führten? Also ehrlich.

Andererseits waren Teenager naiv. Ganz zu schweigen von der Sturheit.

Ihr Sohn, der schon bald ein offizieller Teenager sein würde, sprang aus dem Auto.

Auf jeden Fall stur.

„Die Lebensmittel, Schatz", erinnerte sie ihn, als er sich dem Haus zuwandte, und sein leidgeprüfter Seufzer ließ sie kichern. Sie wuschelte durch sein hellbraunes Haar. „Mein Kind, du klingst, als hätte dich Darth Vader mit langen Nadeln gefoltert."

„Mom!"

Vor drei Jahren hatte er es noch geliebt, bei Aufgaben zu helfen. Jetzt ... na ja, jetzt war er elf Jahre alt und das Leben konnte nicht anstrengender sein.

Grinsend nahm Josie einen Beutel und warf einen Blick nebenan auf die Doppelhaushälfte, in der ihre Großtante Stella Avery lebte. Was wären Josie und Carson ohne diese wundervolle Frau? Tatsächlich hatten sie die Frau so liebgewonnen, dass Josie und Carson sie Oma nannten.

Bei der hellen tropischen Sonne, die auf weißen Stuck fiel und ihr das Sehen erschwerte, verengte Josie die Augen, aber sie konnte dennoch erkennen, dass die Einfahrt auf der rechten Seite leer war. Oma musste bereits bei ihrem Bridge-Club sein, der immer Freitagnachmittag stattfand – ihrem ersten Ausflug, seit sie sich vor drei Wochen den Knöchel verstaucht hatte. Nach ihrer „Gefängnisstrafe" im Reha-Zentrum war ihre Großtante begeistert, dass sie ihr geschäftiges Sozialleben wieder aufnehmen konnte.

Josie trottete die Treppe zur Veranda hinauf und in ihr *Miete mit Option zum Kauf*-Haus. Obwohl der Bungalow fast vierzig Jahre alt war, hatte sie nicht lange überlegen müssen, bevor sie den Vertrag unterzeichnet hatte. Oma wurde älter, und Josie wollte im Notfall in der Nähe sein.

Sie und Carson waren erst vor ein paar Tagen eingezogen, und sie liebte das Haus schon jetzt.

Nachdem sie sich an den unverpackten Kisten vorbei manövriert hatte, stellte sie ihren Beutel in der Küche ab.

Dicht hinter ihr folgte Carson, der seine Einkäufe auf den Tisch hob, sich eine Tüte Chips schnappte und versuchte, in sein Zimmer zu fliehen.

Sie räusperte sich. „Es sind noch weitere Beutel im Kofferraum. Bitte bring sie rein, während ich anfange, die Einkäufe wegzuräumen."

Diesmal bekam sie sein patentiertes Augenrollen.

Sie unterdrückte ein Lächeln und sagte besorgt: „Oh, Schatz ... wenn du das weiterhin machst, werden deine Augen herausspringen und auf den Boden fallen."

Schockiert hielt er eine Sekunde inne, bevor er merkte, was

sie tat. Obwohl er ein Lachen nicht ganz verbergen konnte, schaffte er es dennoch, genervt auszusehen, als er aus der Tür stapfte.

Sie schüttelte den Kopf. Irgendwann in den letzten Monaten war ihr liebevoller, lustiger, süßer Sohn durch einen launischen Jugendlichen ersetzt worden. Sollte die Pubertät nicht erst später beginnen? Mit dreizehn oder so? Sie wollte ihren Kopf gegen die Wand schlagen und jammern: *Ich bin noch nicht bereit!*

Andererseits war laut ihren Freunden kein Elternteil auf die Engel-zu-Dämon-Transformation vorbereitet.

Na ja, sie würde das schon meistern. Sie hatte ziemlich viel Übung darin, zu überleben, was auch immer das Universum für sie geplant hatte. Allein.

Eine Welle der Einsamkeit fegte über sie hinweg, zusammen mit der Sehnsucht nach jemandem an ihrer Seite. Oh nein. Ganz sicher nicht. *Erinnerst du dich, wie gut es in der Vergangenheit funktioniert hat, sich mit einem Mann einzulassen?*

Außerdem hatte sie ohnehin keine Zeit. Nicht, wenn sie eines Tages ihren Lebensunterhalt mit Schreiben verdienen wollte. Obwohl sich die vier Bücher, die sie geschrieben hatte, gut verkauften, brachten sie nicht genug ein, um ihren Barkeeper-Job an den Nagel zu hängen.

Und sie musste die Dinge für ihren Sohn unkompliziert halten – besonders in diesem Jahr. Armer Carson. Der Wechsel von der Grundschule zur Mittelschule im September war ... schwierig gewesen. Jetzt kam noch das Trauma hinzu, dass sie aus dem Apartmentkomplex und damit von seinen Freunden weggezogen waren. Freunde zu verlieren und unerwartete Veränderungen durchmachen zu müssen, tat weh; das wusste sie aus eigener Erfahrung.

Ihr Baby unglücklich zu sehen, war noch schmerzhafter. Alles in ihr wollte helfen und seine Situation für ihn verbessern.

War er widerstandsfähiger, als er noch jünger gewesen war? Wie damals, als er laufen lernte? Er war so bezaubernd gewesen.

Zotteliges Haar, das über seinen hellen Augen in die Stirn fiel. Niedliche rote Overalls. O-Beine durch die Windel. Ein ansteckendes Kichern nach den ersten drei Schritten. Ein herzzerreißendes Wimmern, als er fiel.

Stürze und abgeschürfte Knie konnten schnell mit Umarmungen und Küssen geheilt werden. Es war nicht so einfach, die Angst zu lindern, nicht zu einer Geburtstagsfeier eingeladen zu werden oder allein in der Schulcafeteria zu sitzen – und Mamas sollten in der Lage sein, alles zu richten.

Verdammt. Ihr Herz schmerzte für ihn. Leider war das Beste, was sie bieten konnte, Stabilität und Sicherheit, ein offenes Ohr und all die Liebe dieser Welt.

Nachdem sie die Lebensmittel verstaut hatte, schaute sie sich um. Wo blieben die anderen Beutel?

Mit einem Seufzer ging sie nach draußen. Kofferraum offen, Lebensmittel noch drin. Vermisst: ein Junge.

Und ... er war nach nebenan gewandert und sprach mit dem Mieter, der in dem anderen Eingang von Omas Doppelhaushälfte wohnte.

Der Mann stand mit dem Rücken zu Josie und zeigte auf Teile seines riesigen schwarz-roten Motorrads. Das Motorrad war laut Carson eine Harley, und er schien zu denken, dass ein Motorrad das Tor zur Freiheit war.

Von wegen.

Jede Mutter auf der Welt wusste, dass ein Motorrad das Tor zur Notaufnahme war.

Schlimmer noch: Männer, die Motorräder fuhren. Wäre Carson in der Nähe dieses Nachbarn sicher?

Sie verschränkte die Arme vor der Brust, ließ den Blick über den Fremden schweifen und ... sie musste zugeben, ihr stockte kurzzeitig der Atem.

Oh ... wow.

Der Mann war groß und schlank. Seine verblasste, zerrissene Jeans bedeckte lange, muskulöse Beine. Das verwaschene, schwarze T-Shirt erstreckte sich über einen breiten muskulösen Rücken. Um seinen Bizeps entdeckte sie schwarze und rote Tattoos, die nur teilweise von den Ärmeln verdeckt wurden. Muskeln spannten sich in seinen Schultern an, als er das Bike aufstellte, um Carson etwas zu zeigen. Sein dunkelblondes Haar war lang genug, sodass es seinen Kragen streifte.

Er war hinreißend, wenn auch ein wenig zerzaust. Eine schwarze Motorradweste aus Leder lag über dem Lenker.

Sie kniff die Augen zusammen. Carson hatte über Thanksgiving Ferien, sonst wäre er gerade in der Schule. Sollte dieser Mann an einem Freitag nicht bei der Arbeit sein? Was arbeitete er? Andererseits nahmen sich viele Menschen an Thanksgiving ein paar Tage frei.

Oma hatte zu ihr gemeint, der Mann habe den Mietvertrag von Uzuri, der Vormieterin, übernommen. Sicherlich hatten die Hausverwalter eine Hintergrundüberprüfung durchgeführt und bestätigt, dass er erwerbstätig war. Nicht zuletzt konnte er sich einen SUV und ein Motorrad leisten.

Als Josie einen Blick an der Einfahrt vorbeiwagte, bemerkte sie, dass die Blumen, die Uzuri in die Töpfe vor der Haustür gepflanzt hatte, tot waren. Wie konnte er die wehrlosen Pflanzen sterben lassen?

Nein, sie wollte ihren Jungen wahrscheinlich nicht dort drüben haben. „Carson!", rief sie und hob einen Einkaufsbeutel aus dem Kofferraum. „Ich möchte damit fertig werden."

Ihr Sohn drehte sich um ... und so auch der Mann.

Ihr Herz rutschte ihr in die Hose. Ein teilweise verheilter, roter Schnitt lief von seiner linken Schläfe durch seinen ungepflegten Bart zu seinem Kiefer. Eine gelbe Prellung zierte seinen rechten Wangenknochen. Weitere fiese Schnitte bedeckten seine Unterarme.

Sie erstarrte. Vielleicht zog sie voreilige Schlüsse, aber als Barkeeperin hatte sie viel zu viele Schlägereien gesehen. Der Mann hatte einen Messerkampf hinter sich.

Und er sprach mit ihrem Sohn. Angst schärfte ihre Stimme: „Carson, jetzt sofort."

Mit einem mürrischen Grummeln stapfte Carson auf sie zu, so offensichtlich unwillig, dass sie ihn am liebsten durchschütteln würde.

Zu ihrer Bestürzung begleitete ihn der Mann. Und er war mindestens einen Meter achtzig groß.

Sie trat einen Schritt zurück und schaute in blaugraue Tiefen, die der Tampa Bay kurz vor Sonnenaufgang Konkurrenz machten.

„Dein Sohn meinte, dass ihr nebenan eingezogen seid. Willkommen in der Nachbarschaft." Er hatte eine faszinierend geschmeidige und tiefe Stimme.

Seine Begrüßung war höflich. Freundlich. Aber, aber, aber ... Biker. *Messerkampf.* Messer! Sie trat einen weiteren Schritt zurück, und ihre Antwort kam unfreundlich heraus. „Danke."

Sein Gesicht nahm einen leeren Ausdruck an. „Ich heiße Holt." Er wartete darauf, dass sie sich vorstellte, und warf dann einen Blick auf das Auto, aus dem Carson die Einkaufstüten herauszog. Anstatt ihr seine Hilfe anzubieten – die sie ehrlich gesagt abgelehnt hätte –, nickte er ihrem Jungen zu. „War nett, dich kennenzulernen, Carson."

Als der Typ zu seinem Haus schlenderte, starrte Carson sie an. „Wow, Mom, ging es noch unhöflicher?"

Das war sie gewesen, daran bestand kein Zweifel. Als sie über ihre Schulter schaute, schien das schwarze Motorrad in der Einfahrt mit ihren Ängsten zu wachsen. „Vielleicht war ich unhöflich, aber ... ich möchte, dass du dich von ihm fernhältst."

„Mom! Warum denn?"

Sie packte den letzten Beutel und knallte den Kofferraum zu. „Weil ich es sage."

Selbst als die Worte ihren Mund verließen, zuckte sie zusammen. Während ihrer gesamten Kindheit hatte ihr Vater immer mit dieser Antwort um sich geworfen. Als Carson geboren wurde, hatte sie geschworen, dass sie ein besseres Elternteil abgeben würde als ihr Vater.

Ihr Sohn stapfte ins Haus und murmelte: „Ich werde mit ihm reden, wann immer ich das will."

Sie starrte ihm nach und ihre Schultern sackten nach unten.

Wirklich gut gemacht, Josie.

Mein Gott, die Frau hatte ihn angesehen, als würde sein Gesicht vor ihren Augen verrotten. Genervt bis zum geht nicht mehr marschierte Alexander Sullivan Holt in seine Haushälfte.

Als er die Tür schloss, erstarrte er bei einer Flut von Erinnerungen. *„Bastard! Sie gehört mir!" Ein Messer fuhr in Holts oberen Rücken. Holt drehte sich um und kalt brennende Schmerzen schlitzten über sein Gesicht. Er schlug zu. Traf. Selbst als der Mann vor Wut brüllte, strömte warme Flüssigkeit über Holts Gesicht – und noch mehr über seinen Rücken. Blut. Ein feuriger Schmerz blühte über seinem Schulterblatt auf.*

Nach einer Sekunde schaffte er es, Luft zu holen und den Flashback abzuschütteln. *Zur Hölle nochmal.* Die Schnitte an seinem Bauch und Rücken brannten, als wäre es gerade erst passiert. Nein, der Schmerz rührte daher, dass sich jeder Muskel in seinem Körper angespannt hatte.

Er ging tiefer in sein Haus. Es war eine Schande, dass seine neue Nachbarin ihn hasste ... da er es genossen hatte, *sie* anzusehen. Obwohl er an einer Frau lange Haare bevorzugte, war ihr Kurzhaarschnitt verdammt süß und erinnerte ihn an eine Fee oder eine Elfe. Und die Farbe – wie verbranntes Kupfer mit goldenen Highlights – war erstaunlich. Grüne Augen. Sommersprossen auf ihrem Gesicht und ihren Armen. Sehr irisch. Sie hatte einen durchschnittlich großen, robusten Körper, schien nicht künstlich glamourös und kam stattdessen erfrischend natürlich rüber.

Und direkt. Sie hatte sicher nicht damit zurückgehalten, dass sie es bevorzugen würde, wenn sich ihr Kind von ihm fernhielt. Er hätte nie gedacht, dass ein weicher texanischer Akzent so eisig klingen konnte. Natürlich musste er eine Frau schätzen, die auf ihr Junges aufpasste – er war zu vielen begegnet, die es nicht taten.

Trotzdem ... Es war scheiße, von anderen betrachtet zu werden, als wäre er Freddy Krueger.

Nachdem er ein Disturbed-Album ausgewählt hatte und die ersten Klänge von *The Sound of Silence* vernahm, wanderte er in seine kleine Küche und holte sich ein Bier. Es war erst früher Nachmittag, aber es war ihm egal.

Nachdem er die Hälfte der Flasche in mehreren langen Zügen getrunken hatte, hielt er kurz inne und musterte das Bier, bevor er den Rest in die Spüle kippte. Vielleicht hatte er sie nicht mehr alle, vielleicht war er so hässlich, dass er hübschen Rothaarigen die Farbe aus den Wangen stahl, aber Alkohol war sicher nicht die Antwort.

Er sollte stattdessen etwas essen. Nicht, dass er Hunger hatte.

Sein Handy klingelte irgendwo im Wohnzimmer.

Nach einer kurzen Suche fand er das verdammte Ding neben seinem Fernsehsessel. Mit etwas Glück war der Anrufer kein Reporter. Es war ein paar Wochen her, seit er zu Hackfleisch verarbeitet worden war, und langsam sollten ihn die Nachrichtendienste doch als Schnee von gestern betrachten.

Das Display zeigte *Uzuri* an. Er klickte *ANNEHMEN*. „Hey."

„Oh, gut. Ich habe vorhin angerufen und du bist nicht dran. Wo bist du?" Uzuri fuhr fort, ohne Luft zu holen. „Bist du immer noch bei Jake und Rainie? Oder –"

Holt grinste. Sie war wirklich sein liebster weiblicher Freund. „Ich bin in deinem Haus, obwohl ich es jetzt wahrscheinlich *mein* Haus nennen sollte. Danke, und danke deinen Doms, dass sie meine Sachen aus meiner Wohnung hergebracht haben. Bestimmt hattet ihr vor eurem Urlaub nicht viel Zeit." Alastair und Max hatten sie mit auf die Familienranch in Colorado genommen.

„Pffff, es gab nicht viel zu tun. Deine Umzugsfirma hat fast alles erledigt."

„Und du hast alles ausgepackt. Ist mir aufgefallen." Bevor diese Scheiße passiert war, hatte er in Uzuris Doppelhaushälfte gelebt, während sein Apartmentkomplex umgebaut wurde. Nach dem Angriff war Uzuri dauerhaft bei ihren Männern eingezogen, und Holt übernahm ihren Mietvertrag.

Sie hatte ihn als verrückt bezeichnet, denn hier hatte ihr Stalker ihn fast getötet. Er rieb vorsichtig über die Messernarbe an seiner Wange. Vielleicht war er verrückt, aber er würde verdammt nochmal nicht zulassen, dass die Erinnerungen an dieses Arschloch seine Entscheidungen beeinflussten.

Er fügte hinzu: „Ich weiß es auch zu schätzen, dass du dich um die Reinigung gekümmert hast." Überall waren Glasscherben und sein Blut gewesen.

Ihre Stimme wurde leiser: „Max' Kollegen von der Polizei kannten Firmen, die sich mit Dingen ... dieser Art auskennen."

„*Mit Dingen dieser Art*? Du bist so ein Mädchen." Er grinste. „Dann hat die Reinigungsfirma eben gute Arbeit geleistet."

„Das freut mich. Seit wann bist du wieder in deinem Haus? Ich kann nicht glauben, dass Rainie dich hat gehen lassen."

Die Frau seines besten Freundes war nicht glücklich gewesen und hatte vorausgesagt, dass er sterben würde, bevor er die zweite Kreuzung erreichte. „Heute Morgen. Rainie hat mich gefüttert, bevor ich ging." Und als er schließlich in seinen vier Wänden war, hatte er erstmal ein verdammt langes Nickerchen gemacht.

„Hast du Nahrungsmittel? Wir kommen morgen zurück, also kann ich am Sonntag vorbeikommen und dir Einkäufe bringen. Bist du nicht zuhause, kann ich –"

„Zuri, mir geht es gut. Entspanne dich und genieße den letzten Tag deines Thanksgiving-Urlaubs. Wie gefällt dir Colorado?" Holt setzte sich vorsichtig hin und knirschte bei dem Schmerz mit den Zähnen. Wenn er das nächste Mal von einem Wahnsinnigen mit einem Messer angegriffen wurde, würde er darum bitten, entweder in den Rücken *oder* den Bauch gestochen zu werden. Nicht beides. Wie auch immer er sich bewegte, etwas fühlte sich stets an, als würde es reißen.

„Oh, Holt, die Drago-Ranch ist riesig. Sie haben Pferde und bringen mir das Reiten bei. Die Väter der beiden sind erstaunlich, und alle sind so nett und niemand hat komisch reagiert, als sie erkannten, dass sie beide mit mir zusammen sind. Ihre Cousins sagten mir, dass Max und Alastair ihr ganzes Leben lang alles geteilt haben, also warum sollten sie bei Frauen plötzlich ihre Gewohnheiten ändern?"

„Das freut mich." Und das tat es. Die kleine Zuri verdiente nur Gutes, und die Drago-Cousins würden dafür sorgen, dass sie es bekam. Gute Doms; gute Männer. Das gab ihm Hoffnung für seine Geschlechtsgenossen.

Bevor er in Scheiben und Würfel geschnitten worden war, dachte er, er hätte auch für sich einen Schatz wie Uzuri gefunden.

Das Leben war voller Enttäuschungen.

Er schüttelte diesen Gedanken ab und lächelte, als er ihren Beschreibungen des Ranchlebens zuhörte. So süß und so verliebt. „Tu mir einen Gefallen und ziehe keinen deiner Streiche ab, während du dort bist, okay? Sei ein gutes Mädchen."

„Das bin ich. Außerdem sagte Max, dass ich eine Klapperschlange in meinem Bett finden würde, wenn ich es wagen sollte, frech zu sein." Sie schnaubte. „Das würden sie nicht tun, Holt, ich bin mir sicher, dass sie es nicht tun würden ... oder?"

Er biss sich auf die Innenseite seiner Wange. „Oh, na ja, bestimmt nicht." Er achtete darauf, dass er nur wenig überzeugend klang und machte sich nicht die Mühe, zu erwähnen, dass Schlangen bei kaltem Wetter die Oberfläche mieden.

Ihr erbärmliches Wimmern brachte ihn zum Lachen.

Nachdem sie noch ein bisschen geplaudert hatten, sie ihm versprach, artig zu sein und er ihr Angebot abgelehnt hatte, eine Reihe von Subs zu ihm zu schicken, um sich um ihn zu kümmern, beendete er den Anruf und lehnte sich zurück.

Er brauchte noch ein Nickerchen.

Er hatte einfach kein Durchhaltevermögen mehr. Aber, *verdammt*, er war es leid, herumzusitzen, sich mickrig zu fühlen und sich selbst zu bemitleiden. Es gäbe ohnehin keine sofortige Heilung. Sein Captain hatte zu ihm gemeint, er solle nicht einmal versuchen, schon jetzt zurückzukommen. Die Personalabteilung für seinen zweiten Job als Krankenpfleger auf der pädiatrischen Intensivstation sagte dasselbe.

Da sein Chirurg ihm zu verstehen gegeben hatte, dass Holt nicht mehr als fünf Kilo heben sollte, war er nicht einmal in der Lage gewesen, seiner Nachbarin zu helfen, ihre Lebensmittel reinzutragen. *Zum Teufel*, sie wäre wahrscheinlich schreiend weggerannt, hätte er das Angebot gemacht.

Mit dem Finger fuhr er über die lange Narbe, die neben seinem Auge begann und bis zu seinem Kiefer führte. Die Ironie an der Sache? Als er noch jünger war, hatte sein hübsches Jungengesicht sein Leben ernsthaft beeinträchtigt. Mehr als einmal war er nah dran gewesen, vergewaltigt zu werden. Fast wäre er in die Prostitution verkauft worden. Später hatte er seinen Lebensunterhalt als Model verdient.

Nur wenige Menschen sahen an seiner Oberfläche vorbei zu dem Mann darunter. Wenn er ehrlich war, hatte er sein gutes Aussehen immer gehasst. Jetzt sah er aus wie jemand, der frisch aus einem Kriegsgebiet kam, und hasste auch das. *Ja, so bin ich, so tiefgründig wie ein kalifornischer Bach während der Dürre.*

Im Krankenhaus war Nadia – mittlerweile seine Ex-Freundin – bei dem Anblick seines zerschnittenen Antlitzes grün im Gesicht geworden und hatte sich nicht einmal seinem Bett genähert. Ihre unerwartete Abscheu war wie ein Tritt in die Fresse gewesen. Er hatte gedacht, sie wäre *die Eine* und dass sie etwas Besonderes teilten.

Er lehnte seinen Kopf gegen die Lehne. *Nein, Dummkopf, es war nichts Besonderes gewesen, sonst wäre sie bei dir geblieben.* Dann hätte sie Tränen in den Augen gehabt und wäre sofort zu ihm gerannt.

Stattdessen hatte sie ihm gesagt, dass sie für die Happy Hour mit einer Freundin zu spät dran war.

Damit hatte er eine Lektion über Oberflächlichkeit bekommen, hmm? Mit seinen Schichten in der Feuerwache und im Krankenhaus war deren gemeinsame Zeit begrenzt gewesen – und oberflächlich. Er hatte sie immer von ihrer besten Seite gesehen, nie in einer herausfordernden Situation.

Er war ein Dom; sie war Vanilla, also war er bei ihr mit Sex nicht besonders weit gegangen. Er hatte nie ihre Grenzen getestet oder mehr angestrebt; sonst hätte er vielleicht schnell erkannt, dass sie ihm nur ihre gute Seite zeigte.

Mit einem verzweifelten Grunzen erhob er sich. Ja, er war dumm gewesen. Wenn er ehrlich war, sehnte er sich nach einer D/s-Beziehung. Während D/s beim Sex ein Muss war, genoss er die Dynamik auch als ruhigen, zugrunde liegenden Faden im Alltag. Er brauchte keine Sklavin, aber es würde ihm gefallen, auch außerhalb des Schlafzimmers ein wenig Kink zu bekommen.

Am Ende hatte ihm Nadia wohl einen Gefallen getan. Ja, sein Herz war verbrannt worden, aber er würde sich erholen. Irgendwann.

Jetzt sollte er seinen Arsch bewegen und etwas zu essen finden. Die Krankenschwester des Chirurgen hatte ihn über die Notwendigkeit einer ausgewogenen Ernährung belehrt. Appetit oder nicht, er wollte seine Rückkehr zur Arbeit und der damit verbundenen Routine nicht verzögern. Herumsitzen war verdammt langweilig, und im Haus war es so still. Momente wie diese waren eine erbärmliche Erinnerung daran, dass er keine Familie mehr hatte. Niemanden.

Andererseits hatte er tolle Freunde.

In der Küche öffnete er den Kühlschrank und sah nur leere Regale. Zuri und ihre Doms hatten die verderblichen Waren anscheinend weggeworfen. Gut, sonst hätte er wohl jetzt vor Grünschimmel und Giftmüll die Flucht ergreifen müssen.

Er hatte nichts zu essen. Rainie hatte ihm Essen mitgeben

wollen, aber er hatte schon genug von ihrer Großzügigkeit akzeptiert.

Gerade, als er die Kühlschranktür schließen wollte, bemerkte er eine GUTE BESSERUNG-Karte, die gegen den Senf lehnte. Lustiger Ort, um eine Karte zu hinterlassen.

Er öffnete die Karte und lächelte bei den gekritzelten Worten:

„Willkommen zuhause, Holt!"

„Wir vermissen dich!"

„Gute Besserung!"

„Das Shadowlands ist ohne dich nicht dasselbe!"

„Ruf an, wenn du etwas brauchst!"

Alles von seinen Freunden – den Shadowlands-Mastern und den Subs, den Shadowkittens.

Unten auf der Karte stand: „Essen findest du im Gefrierschrank. Iss!"

Welches Essen? Er öffnete die Gefriertür.

Gefrierbeutel und Kunststoffbehälter füllten den kleinen Bereich. Er zog etwas heraus. *„Mexikanischer Auflauf. Hab' dich lieb. Andrea."* Ein weiterer Behälter. *„Gefüllte Schweinekoteletts. Lieb dich. Sally."* Jedes Shadowkitten hatte mindestens eine Mahlzeit für ihn gekocht.

Von deren Freundlichkeit vollkommen überwältigt, lächelte er. Nein, er brauchte und wollte keine neue Frau in seinem Leben. Seine Freunde reichten ihm.

KAPITEL ZWEI

Von seinem Bier trinkend streckte Holt die Beine aus und lauschte dem neuesten Klatsch aus der Feuerwache. Nicht die schlimmste Art, um nach einem NFL-Spiel den Rest des Sonntags zu verbringen.

Auf den anderen Stühlen verstreut ließen seine drei über-großen Feuerwehrfreunde seine Hinterhofterrasse noch kleiner aussehen, als sie tatsächlich war. Das war jedoch keine Beschwerde. Nach Jahren, die er in Wohnungen verbracht hatte, war er nun in Besitz eines eigenen Gartens – seine Hälfte des Doppelhauses.

Warren, der wie ein Linebacker gebaut und gemeinhin als Tank bekannt war, gab Holt einen abschätzenden Blick. „Du hast etwas an Gewicht verloren, aber du siehst besser aus. Wann kommst du zurück?"

„In zwei Wochen. Der Arzt möchte, dass ich es zunächst leicht angehe."

Liam, der Vorzeige-Australier der Wache, mit dem Spitz-namen Oz, machte ein angewidertes Geräusch. „Papierkram? Das wird dich wahnsinnig machen, Kumpel."

„Ja, ich weiß. Aber es ist besser, als dem Gras beim Wachsen zuzusehen."

Jeder von ihnen drehte in diesem Moment den Kopf und musterte den Garten.

Auf der linken Seite trennte ein einen Meter fünfzig hoher Lattenzaun seinen Hinterhof vom Haus der unfreundlichen Rothaarigen. Auf der rechten Seite teilte ein kürzerer Zaun den Garten des Doppelhauses in zwei Hälften, wahrscheinlich um Hunde aus Stella Averys Hälfte fernzuhalten.

Er konnte es ihr nicht verübeln. Ihre Hälfte war ein üppiges Wunderland voller exotischer, tropischer Blumen. Holts Seite hatte drei Kamelienbüsche am hinteren Zaun und einiges an Gras, das gemäht werden musste.

„Zumindest ist Gras ruhig. So viel besser als das ständige Chaos in deinem Apartmentkomplex." Clancy wedelte mit der Hand in der Luft herum. „Ich mag diese Gegend."

Etwas nördlich von Tampa setzte sich das Wohnviertel aus älteren einstöckigen Häusern und Doppelhaushälften zusammen. Für die Mittelschicht. Es war eine fleißige, freundliche Mischung aus Familien mit Kindern, ein paar Singles wie Holt und mehreren Senioren.

„Ich auch", sagte Holt. „Zumal ich in der Wohnung eine Studentin als Nachbarin hatte, die Boybands mochte."

„Gott, du bist gerade noch rechtzeitig rausgekommen", entgegnete Tank.

Oz deutete auf eine Ecke der Terrasse. „Du hast dort Platz für einen netten Grill. Wirf ein paar Steaks drauf und es wird dir niemals an Gesellschaft fehlen." Der Australier war ein reiner Fleischfresser. „Und es wird das Geräusch von wachsendem Gras übertönen."

„Guter Plan." Eigentlich war das sogar ein ausgezeichneter Plan. Ein paar mehr Stühle wären nötig, aber ja.

Lang und schlaksig rieb Clancy über seinen dichten, roten

Bart und zeigte dann auf Holts unordentlichen Gesichtsbewuchs. „Hast du vor, die Vorschriften herauszufordern?" Da die Atemschutzmaske luftdicht sein musste, konnten Feuerwehrleute keine Bärte haben.

„Nein, nein. Ich warte nur darauf, dass die Schnitte heilen." Holt fuhr mit einem Finger über die Schnittwunde an seinem Kiefer, dann die an seinem Kinn. Rasierer und Nähte – keine gute Kombination. Selbst jetzt, wo die Nähte raus waren, schmerzte es, mit der Klinge über diese Stellen zu gleiten. „Ich sage euch, das nächste Arschloch, das mich angreift, sollte anstatt eines Messers besser eine Pistole benutzen."

Tank lachte. „Ich werde dem Captain sagen, dass er das in deiner Akte vermerken soll."

„Jetzt hast du jedoch ein paar Narben, mit denen du die Mädels beeindrucken kannst." Clancy hob den neben seinem Stuhl liegenden Basketball auf und drehte ihn auf seinem Finger.

„Ich glaube nicht, dass das für mich funktioniert." Seine Ex war weggelaufen, und seine hübsche Nachbarin hatte auch wenig beeindruckt ausgesehen. Ah, na ja. „Irgendwelche interessanten Brände in letzter Zeit?"

Alle drei blickten finster drein.

„Was ist?", fragte Holt.

„Jemand legt Feuer in der Mittelschule die Straße runter." Oz wies Clancy an, ihm den Ball zuzuwerfen. „Es fing mit Müllcontainerbränden an. Letzte Woche hat er einen Geräteschuppen angezündet."

„Bisher also die Handlungen eines Amateurs." Tank leerte sein Bier. „Wenn das Schulpersonal die Augen offenhält, können wir das Problem vielleicht schon bald im Keim ersticken."

„Hoffentlich. Das nächste Mal könnte es ernst sein." Clancy warf den Basketball zu Oz.

Holt lief ein kalter Schauer über den Rücken. Der Autounfall, der seinen Vater getötet hatte, war zu einem großen Feuer geworden, und ein kleines Mädchen war dadurch gestorben. Zwei Jahrzehnte später hatte er immer noch Albträume. Schreie und Feuer und Kinder. Nein, bloß nicht. „Hat der Brandstifter einen Beschleuniger benutzt?"

„Gutes altes Benzin." Oz dribbelte den Ball ein paar Mal, bevor er ihn beiseitelegte. „Man muss Feuerteufel lieben, die sich an die Klassiker halten."

„Stimmt wohl." Wenn er in der Nähe einer Schule einen Bastard finden würde, der ein Feuer zündete, wäre er versucht, den Kerl ganz klassisch zu verprügeln.

Tank warf einen Blick nach Westen, wo die Sonne hinter den Palmen verschwand. „Ich schätze, es ist Zeit, dass ich mich losmache."

„Yeah. Georgina befahl mir, meinen Arsch rechtzeitig zum Abendessen nachhause zu befördern." Clancy grinste. „Obwohl sie es höflicher formuliert hat."

„Du hast Glück, dass du ein süßes Mädchen aus dem Süden geheiratet hast, anstatt eine unserer australischen Frauen, die deutlicher sagen, was sie meinen." Oz stand auf.

Holt führte seine Kumpels zur Tür und entdeckte Oz' Harley. Sie hatte eine neue Lackierung. Rote Basis mit schwarzen Streifen. Und da es ein obligatorischer Zeitvertreib war, Kollegen zu necken ... „Wer ist auf diesem Marienkäfer auf Rädern reingeritten?"

„Halt doch dein Maul." Oz grinste. „Zumindest gibt meine Maschine den Leuten keine Albträume."

„Was erzählst du denn? Meine hübsche Königin würde niemandem Albträume bereiten." Holt lächelte seine eigene Maschine an, die ebenfalls in Dunkelrot und Schwarz lackiert war. Sie ähnelte sicher keinem Marienkäfer – der Benzintank zeigte die beängstigende Königin aus dem Film *Alien*. „Ich denke darüber nach, auf dem vorderen Kotflügel Zähne hinzuzufügen."

Clancy lachte laut. „Irgendeine Koksnase aus dem Mittleren Westen wird dich im Rückspiegel sehen und im Graben landen."

„Und das würde einen Einsatz für uns bedeuten. Dann lass ich es wohl lieber." Holt seufzte. „Ich vermisse sie." Trotz der Regengüsse am Nachmittag und der verdammten Käfer war Florida fast so gut wie Kalifornien. Auf dem Highway 98 zum Crystal River? Der Geruch und das Gefühl von Meeresluft waren unschlagbar. Und er mochte die Fahrten durch die ländlichen Gegenden, vor allem in der Nacht – wie die Fahrt zum Shadowlands-Club an den Wochenenden.

Leider hatte der Chirurg ihm für eine Weile den Umgang mit seiner Maschine untersagt.

„Du wirst es überleben", bemerkte Tank herzlos, da er ... einen Pick-up fuhr.

Mit einem mitfühlenden Grinsen startete Oz sein Bike, und das unverwechselbare Rumpeln einer Harley erfüllte die Luft. Er wackelte mit den Augenbrauen und brachte sein Baby auf Touren.

Arschloch, formte Holt mit den Lippen. Seine Finger spannten sich mit dem Wunsch an, sein eigenes Bike für eine kleine Runde auszuführen.

Grinsend fuhr Oz aus der Einfahrt, gefolgt von den Fahrzeugen der beiden anderen Feuerwehrleute.

Bevor Holt sich bewegen konnte, parkte ein Auto in seiner Einfahrt.

Gott, wie auf einem Bahnhof heute.

Die Autotür öffnete sich und Max Drago trat heraus. Er war einer von Uzuris Doms – und ein weiteres Mitglied des Shadowlands. Nachdem Holt angegriffen worden war, hatten seine Shadowlands-Kollegen ihn genauso aufmerksam im Auge behalten wie seine Leute von der Feuerwehr. Vielleicht sogar ein bisschen aufmerksamer.

Holt hob zur Begrüßung eine Hand und ging zu dem Polizisten.

Vor ein paar Minuten hatte das plötzliche Geräusch eines Motorrads Josie direkt aus der Schreibzone gerissen. In ihrem Büro – gedacht als ein Schlafzimmer mit Blick auf die Straße – hatte sie von ihrer Geschichte aufgesehen und in der Einfahrt ihres Nachbarn ein paar große, übermuskulöse Männer entdeckt.

Als einer auf seinem Motorrad wegfuhr, bremste er plötzlich etwas ab und winkte jemandem zu.

Josie lehnte sich vor und sah Carson im Vorgarten stehen, der den Biker und seine Freunde beobachtete. Sie eilte zur Haustür und sah raus. „Carson, komm rein."

Mit einem mürrischen Ausdruck ging er ins Haus.

Sie schloss die Tür. „Habe ich dich nicht gebeten, dich von diesem Mann fernzuhalten?"

„Mein Gott, Mom. Was ist bitte das Problem? Er ist doch kein verdammter –"

„Carson", warnte sie.

Genervt stapfte er in sein Zimmer. Die Tür knallte zu.

Oh ... verdammt. Als sie in ihr Büro zurückkehrte, konnte sie sich nicht einmal daran erinnern, über was sie gerade schrieb, weil sie sich so schuldig fühlte. Wie sollte sie Carson erklären, warum sie ihn nicht dort drüben haben wollte? Zumal sie versuchte, ihm beizubringen, jemanden nicht nach seinem Aussehen zu beurteilen. *Es tut mir leid, Schatz, aber ich mag nicht, wie Holt aussieht ... obwohl er sexy genug ist, um eine Nonne zum Sabbern zu bringen. Aber du musst dich fernhalten.*

Oh, diese Argumentation würde sicher gut ankommen.

Und was für ein Name war Holt bitte?

Es musste einen Weg geben, Carson von dem Mann und seinen Freunden fernzuhalten. Biker und Lederjacken und Harleys. Die Anziehungskraft war groß. Wenn Carson anfing, rüberzugehen, würde er schon bald mit Drogen, Schlägereien und Frauen in Kontakt kommen.

Sie blies sich den langen Pony aus den Augen. *Josie, du übertreibst es.*

Das tat sie. Trotzdem ... Carson war ihr Baby. Ein vaterloser Junge wollte vielleicht einen Mann in seinem Leben, aber ein Biker war *keine* gute Wahl. Irgendwie musste sie Carson vor einem so schlechten Einfluss schützen.

Kopfschüttelnd setzte sie sich an den Schreibtisch. Zurück an die Arbeit. Sie musste die E-Mails ihrer Leser beantworten und die neueste Szene fertig schreiben.

Sie öffnete eine E-Mail. Das Mädchen liebte die Serie. Sie konnte das nächste Buch kaum erwarten und schrieb im letzten Absatz: *„Ich denke, Laurent und Tigre sollten sich verlieben. Bitte?"* Josie lachte. Junge Mädchen waren so süß.

Es fehlte ihnen jedoch an Tiefblick, denn was in dem Fall passieren würde: Tigre würde mit Laurent anbandeln. Dann würde sich die Tochter des reichen Barons an ihn klammern und er würde Laurent wie eine heiße Kartoffel fallen lassen.

Oder ... nachdem er Laurent dazu gebracht hatte, sich in ihn zu verlieben, würde ihm das Tavernenmädchen mit dem riesigen Vorbau ins Auge fallen. Laurent würde die beiden dann im Stall erwischen. Da Laurent ein Feuermädchen war, würde sie das Heu anzünden, sodass Josie ihren Helden verlieren und ihre treuen Fans sie auf ewig verfluchen würden.

Nein. Keine Romance. Ihre Antwort-E-Mail begann mit: „Es tut mir leid, aber ..."

Mit den Leser-E-Mails beantwortet, tauchte Josie wieder in ihre Welt der jungen Helden und fantastischen Kräfte ein. Sie empfand so viel Freude daran, andere durch die Geschichten, die sie erzählte, zu berühren und sich auf diese erstaunliche Weise mit ihnen zu verbinden. Das Einzige, was diesem Gefühl annähernd ähnelte, war es, den Geschichten anderer Menschen zuzuhören, sie zu teilen und deren Schmerz zu lindern.

Eine Stunde verging, und ein Blick auf die Uhr zeigte, dass es Zeit für sie war, etwas zu essen. Eine lange Nacht als Barkeeperin erforderte ausreichend Treibstoff, obwohl Sonntagabend nach Thanksgiving ruhig sein sollte.

Eines Tages würde ihr Schreiben vielleicht genug Geld einbringen, um davon zu leben, und sie könnte den Barkeeper-Job kündigen. Mit jedem neuen Buch, das sie herausbrachte, verdiente sie mehr, aber war es nicht lustig, wie die Rechnungen gleichzeitig stiegen und all ihre Ersparnisse auffraßen? Carson wuchs weiter, brauchte neue Schuhe, eine neue Jeans, alles neu, und er aß wie ein Sumoringer.

Apropos essen ...

Im Wohnzimmer saß ihr Junge auf der Couch, sah fernsehen und aß dabei eine Tüte Chips. Zotteliges Haar, große braune Augen und ... er wuchs wie Unkraut. Ihr wertvollstes Geschenk.

Er sah sich eine alte *Star Trek*-Episode an, und war das nicht genial? Vielleicht würde seine Generation die Menschen zu den Sternen bringen. „Weißt du, ich wollte immer Deanna Troi sein." War das, weil sie eine Superkraft haben würde? Ein Empath.

„Also ich weiß nicht, Mom. Du müsstest deine Haare lang wachsen lassen, um Troi zu sein."

„Okay, dann lieber nicht. Das würde mich wahnsinnig machen." Josie fuhr mit der Hand durch ihre ohrenlangen Strähnen.

Als Carson kicherte, grinste sie. Es schien, als sei ihr vergeben worden, dass sie eine uncoole Mutter war. Andererseits hegte ihr Junge selten einen Groll.

Nach einem Streit zwischen Kirk, McCoy und Spock fragte sie: „Welcher von denen würdest du gerne sein?"

Mit einer Ladung Chips im Mund überlegte er. „Kirk bekommt all die lustigen Sachen, aber Mr. Spock ist viel schlauer. Eher wie ich, also schätze ich Mr. Spock."

Armer Dr. McCoy. Er war nicht einmal im Rennen. „Gute Wahl. Ich bevorzuge auch die Klugen."

„Aber alle Frauen wollen immer den Captain."

„Scheint so zu sein, nicht wahr?" Nicht sie. Captain Kirk war ein Frauenheld, ein Player. Außerdem wollte Josie eh keinen Mann – klug oder nicht. Sie hatte ein Kind – und wie würde

Carson reagieren, wenn sie sich verabreden würde? Das würde das Leben nur verkomplizieren. Selbst wenn man die Wahrheit ignorierte, dass sich Lust nicht auf magische Weise in ein liebevolles, glückliches Leben verwandelte, war es schwierig, einen Mann zu finden, der eine Frau mit dem Kind eines anderen akzeptierte.

Oder sogar mit einem Kind, das ihm gehörte.

Nachdem Josie ein Sandwich verschlungen hatte, zog sie sich für die Arbeit an. Schwarze Hose, weiße Bluse, schwarze Weste, hässliche Fliege. Ihre Barkeeper-Uniform.

Sie schüttelte bedauernd den Kopf. Getränke zu servieren war nicht der Job, von dem sie als Kind geträumt hatte. Sie hatte aufs College gehen wollen, wollte Englisch oder Geschichte studieren.

Das Leben konnte die Pläne eines Mädchens wirklich durcheinanderbringen.

Aber der Job bezahlte gut und sie genoss die Arbeit. Noch besser war, dass die Nachtschichten ihr Zeit ließen, das zu tun, was sie am meisten liebte: Bücher zu schreiben.

„Carson, schnapp dir deine Hausaufgaben. Ich muss dich zu Oma bringen. Und denk daran, ihr nach dem Essen beim Abwasch zu helfen." Sie ignorierte sein übliches Murren darüber, dass er die Folge nicht zu Ende schauen konnte. *Gesegnet sei Oma.* Seit Josies Großtante vor Jahren aus Übersee zurückgekehrt war, half sie mit Babysitten aus. Wenn Josie arbeitete, verbrachte Carson die Nacht bei seiner Großtante. Die beiden verehrten einander, aber als launischer Teenager lag es ihm im Blut, sich zu beschweren.

Lächelnd reichte Josie ihrem Sohn sein Sweatshirt. Die Nachtluft war kühl. Hier in Florida bedeutete das nur, nachts einen Kapuzenpullover überzuziehen. In Texas hätte sie einen Mantel gebraucht.

Bevor sie in ihr Auto stieg, beobachtete Josie, wie ihr Sohn an der Haushälfte mit dem Biker vorbeiging und zu dem Haus stapfte, in dem Oma lebte. Als Carson hineinging, lehnte sich Oma aus der Tür und winkte.

Josie warf ihr einen Luftkuss zu, stieg in ihr Auto und machte sich eine mentale Notiz, vor Oma zu erwähnen, dass Carson auf keinen Fall mit dem Biker sprechen sollte.

In dieser Nacht, nachdem sie mit dem Auto in die Einfahrt gebogen war, saß Josie im Dunkeln und ... kochte vor sich hin. Nicht fair. Vielleicht sollte sie einen dieser FML-Facebook-Posts machen. *Fuck Mein Leben* klang sehr angemessen. *Gott*, hatte sie versehentlich einen der Götter in Asgard verärgert oder so? War Loki, der Gott des Schabernacks, ihr gefolgt, nur um ihr Leben durcheinanderzubringen?

Wie viele Dinge konnten diesen Monat noch schief gehen? Carsons Stimmung. Omas verstauchter Knöchel. Uzuri, die ihren Mietvertrag ausgerechnet an einen Biker weitergegeben hatte.

Und jetzt hatte ihr Chef in der *Highlands Whisky Lounge* sie gefeuert.

Josie sah die Uhrzeit auf dem Armaturenbrett des Autos und blickte finster drein. Noch nicht mal neun Uhr. Ihr Chef hatte sie nachhause geschickt, noch bevor sie zwei Stunden arbeiten konnte. Er hatte versucht, die Entlassung zu rechtfertigen, indem er sagte, ihre Arbeit sei unbefriedigend, was ja so was von eine Lüge war. In ihren drei Jahren dort hatte sie herausragende Evaluierungen erhalten. Lohnerhöhungen. Die Gäste und das Personal mochten sie.

Als Josie jedoch gegangen war, hatte die Oberkellnerin sie zu einem Gespräch zur Seite gezogen. Der wahre Grund, warum Josie entlassen worden war, hatte nichts mit ihrer Arbeit zu tun – und war nichts, gegen das sie angehen konnte. Nepotismus. Wie es aussah, müsste sie sich morgen auf Jobsuche begeben.

„Loki, wenn du gerade mein Leben durcheinanderbringst, werde ich dich finden und dir in den Arsch treten", murmelte sie. Sie stieg aus und bemerkte vor der Haushälfte ihres Nachbarn drei Autos. Anscheinend hatte Holt mehr Biker-Freunde eingeladen.

Vielleicht würde sie ihm auch in den Arsch treten.

Als Josie ihre Haustür erreichte, parkte jemand – Uzuri – vor Holts Haus. Es war eine Schande, dass sie ausgezogen war. Im Sommer und Herbst hatte Josie das gelegentliche Gespräch mit ihr genossen.

Bevor Josie sie begrüßen konnte, kam Holt aus der Haustür spaziert. „Zuri."

„Hey, Holt!" Uzuri eilte über den Rasen, hob sich auf die Zehenspitzen und küsste seine Wange. Mit schwarzem Haar, brauner Haut, tanzenden braunen Augen und in einem wunderschön geschnittenen, elfenbeinfarbenen Kostüm bildete sie einen starken Kontrast zu Holts hellen Haaren und Augen, der sonnengebräunten Haut und der zerrissenen, verblichenen Kleidung. Um ehrlich zu sein, waren beide wunderschön.

Na ja ... Als sie Holts goldenes Aussehen betrachtete, lachte Josie leise. Kein Wunder, dass sie Loki und Asgard im Kopf hatte. Ihr Nachbar sah genauso aus wie Thor, inklusive des attraktiven Körpers, der langen blonden Haare und der *Ich kann dich fertig machen*-Attitüde.

Puh. Sie musste ihre Fantasie für ihre Zeit vor dem Computer reservieren und sie im wahren Leben an die Leine nehmen. Sie drehte sich um und schloss ihre Haustür auf.

„Hey, hey, Josie!"

Josie wandte sich der Stimme zu und beobachtete, wie Uzuri über den Rasen rannte. Wie konnte jemand so anmutig in High Heels laufen? Das war einfach falsch. „Uzuri, wie geht es dir?"

Uzuri umarmte sie. „Es tat mir so leid, von Mrs. Averys Sturz zu hören. Leider wurde mir erst davon erzählt, als wir schon in Colorado waren. Von dort konnte ich nichts tun, um zu helfen. Wie geht es ihr? Brauchst du Hilfe? Holt meinte, dass du und Carson jetzt hier lebt. Bist du mit dem Einzug fertig? Wie geht es Carson?"

„Sollte ich mir all die Fragen merken?" Josie lachte. „Mal sehen ... Danke, und ich hoffe, du hattest eine gute Zeit. Oma macht sich gut. Hilfe brauchen wir nicht. All unsere Sachen sind jetzt hier – das meiste jedoch noch in Kisten. Carson mag die Nachbarschaft."

„Du konntest dem folgen, was ich gesagt habe? Ich erinnere mich nicht einmal an die Fragen. Verdammt, du bist beeindruckend."

„Das bin ich. Wie geht's dir?" Josie hielt Uzuri auf Armeslänge, um sie von Kopf bis Fuß zu betrachten. „Hey, du siehst wirklich gut aus ... und glücklich. Es ist jedoch traurig, dass du hier ausgezogen bist." Es wäre toll gewesen, näher bei Uzuri zu sein; stattdessen bekam sie den Donnergott-Biker als Nachbarn. „Hast du ein besseres Haus gefunden?"

„Ah, in gewisser Weise." Uzuris Lippen zuckten amüsiert. „Ich habe mich in zwei Männer verliebt und lebe jetzt mit ihnen zusammen."

Josie blinzelte. „Ähm, zwei Männer?"

„Mmmhmm. Sie sind drinnen." Uzuri nahm ihre Hand. „Du solltest reinkommen, damit ich sie dir vorstellen kann. Wo ist Carson?"

„Er verbringt die Nacht bei Oma." Wie er es immer tat, wenn sie arbeitete. Ein Blick auf das Haus zeigte, dass er und Oma bereits ins Bett gegangen waren.

„Perfekt. Komm." Uzuri zog sie zu Holts Haustür. „Du bist in deinem Barkeeper-Outfit. Bist du nicht furchtbar früh zuhause?"

„Ich arbeite nicht. Ich meine, ich habe meinen Job verloren."

„Was?" Uzuri schnappte nach Luft.

„Ja. Ich fürchte, ich wäre im Moment keine gute Gesellschaft." Und sie würde ganz sicher nicht über Holts Schwelle treten. Josie stemmte die Füße in den Boden.

„Was ist passiert? Du bist die beste Barkeeperin, die ich kenne."

Josies Augen brannten bei den süßen Worten. Die Situation

musste sie mehr aufgewühlt haben, als sie dachte. „Es scheint, dass es nicht immer hilft, in etwas gut zu sein. Mein Chef wollte mir unterstellen, dass ich meine Arbeit nicht richtig mache, aber die Oberkellnerin erzählte mir den wahren Grund, warum ich entlassen wurde. Seine Nichte beendete einen einwöchigen Barkeeper-Kurs und wollte meinen Job."

„Was für ein *Drecksack*." Uzuri schüttelte den Kopf. „Und dumm ist er auch. Ein unerfahrener Barkeeper wird sich im *Highlands* nicht gut machen."

„Vermutlich nicht." Die Kundschaft war älter, anspruchsvoll und sehr speziell in Bezug auf die Art und Weise, wie sie ihre Drinks wollten. „Wenn sie allerdings süß und lustig ist, wird sie vielleicht sehr gut abschneiden."

„Fraglich. Ich war in deiner Bar, erinnerst du dich?"

„Wie könnte ich das vergessen?" Uzuri und eine Horde ihrer Freundinnen hatten sie vor etwa drei Monaten an ihrem Arbeitsplatz besucht. Sie hatten Barsnacks bestellt, sich durch eine Menge Drinks gearbeitet und ihre Zeit lautstark genossen. „Ich hatte schon befürchtet, dass ich euch die Autoschlüssel abnehmen muss. Aber dann sah ich eure *Chauffeure* warten."

Einige der Männer der Frauen hatten einen Tisch in der Nähe für sich beansprucht und waren vollkommen zufrieden damit, alkoholfreie Getränke zu schlürfen und zuzusehen, wie sich ihre Damen volllaufen ließen. Jedes Mal, wenn die Frauen in Gelächter ausbrachen, schmunzelten die Männer. Es war herzerwärmend gewesen.

Uzuri lachte. „Es ist wirklich schön, unseren eigenen privaten Taxi-Service zu haben. Wir sind ziemlich verwöhnt."

„Kann man so sagen." Josie musterte sie. „Und du hast sogar *zwei* Fahrer?"

„Das habe ich." Uzuri ließ Josies Hand nicht los. „Du solltest nicht zuhause herumsitzen und deinen idiotischen Ex-Chef verfluchen. Komm und lerne meine Männer kennen. Erlaube mir, *dir* zur Abwechslung einen Drink zu servieren."

Josie rollte mit den Augen. „Uzuri, du wohnst hier doch gar nicht mehr. Du sollst keine Leute einladen, wenn –"

„Mein Haus ist ihr Haus." Holts Stimme wehte durch die Nacht, dunkel und so weich wie schwarzer Samt.

Josie erstarrte und sah ihn in seiner Haustür stehen.

Ein Mundwinkel hob sich, aber seine Augen blieben kühl. „Es ist dir vielleicht noch nicht aufgefallen, aber ... Zuri verliert selten ein Argument."

Als er ins Haus wies, kapitulierte Josie und folgte Uzuri über die Türschwelle. Im Eingangsbereich blieb sie stehen, um sich umzusehen.

Der blaue Fliesenboden öffnete sich in ein Wohnzimmer mit einem schiefergrauen Sofa, einem massiven Flachbildfernseher und schwarzen Beistelltischen mit Marmoroberfläche. Ein wunderschönes abstraktes Gemälde in metallischem Blau und Grau hing über einem gefüllten Bücherregal. Sauber und zeitgemäß. Nicht der Biker-Schweinestall, den sie erwartet hatte. Wo waren die Bierdosen, die Take-out-Boxen und die stinkenden Socken?

Böse Josie. Wie hatte es passieren können, dass sie jemanden nach seinem Aussehen in eine Schublade packte?

„Es sind alle auf der Terrasse." Holt führte den Weg zur Rückseite des Hauses.

Uzuri nahm wieder Josies Hand und zerrte sie durch die Küche und die Hintertür hinaus. Schwarze Solarleuchten umrundeten die Terrasse. Das sanfte Licht offenbarte drei Männer, die aufstanden, als Josie und Uzuri hinauskamen.

„Josie", sagte Uzuri. „Lass mich dir meine Jungs vorstellen. Das ist Max Drago. Er ist ein Detective."

Josie nickte ihm zu. „Freut mich, dich kennenzulernen."

Der Mann war einen Meter achtzig groß, sein Gesicht hart mit durchdringenden blauen Augen, die sie schnell aufnahmen. „Gleichfalls."

Uzuri legte ihren Arm um einen noch größeren Mann. „Das ist Max' Cousin Alastair Drago. Er ist Kinderarzt."

Er trug seine Haare kurz, und ein perfekt getrimmter Bart zeigte sich auf seinem markanten Kiefer. Sein braunes Gesicht war ein wenig dunkler als das von Uzuri und betonte seine beunruhigend hellen grünbraunen Augen. „Es freut mich, deine Bekanntschaft zu machen, Josie." Er streckte seine Hand aus, und sie blinzelte bei dem britischen Akzent.

„Mich freut es auch." Josie schüttelte seine Hand. „Und besonders freut es mich, wie glücklich Uzuri ist."

Ein Lächeln erschien auf den Gesichtern beider Männer.

„Das ist immer unser Ziel", sagte Max, und er schien es wirklich ernst zu meinen.

Zwischen ihren beiden Männern stehend, deutete Uzuri auf den dritten Mann. „Josie Collier, das ist ... ähm, Zachary Grayson. Er ist Kinderpsychologe."

Josie runzelte die Stirn. Uzuri hatte bei der Vorstellung ziemlich unsicher geklungen; zugegebenermaßen *war* der Mann einschüchternd. Er war älter, schlank und doch gut in Form, sein schwarzes Haar an den Seiten mit silbernen Strähnen. Wie Alastair trug er eine Stoffhose und ein schwarzes Hemd mit hochgekrempelten Ärmeln.

„Freut mich." Er bot seine Hand an, und als sie diese schüttelten, hielt er ihren Blick gefangen. „Eigentlich glaube ich, dass ich dich schon einmal gesehen habe. Vielleicht im *Highlands*?"

Sie blinzelte und erkannte, dass er einer der Männer war, die darauf gewartet hatten, dass Uzuris Mädelsparty zu einem Ende kam. „Ja. Deine Lady war die hübsche Blondine, oder?"

„Ja. Die sehr betrunkene hübsche Blondine. Sie kicherte den ganzen Weg nachhause." Sein Lächeln zeigte, dass ihn das kein bisschen gestört hatte.

„Sie hatten ihren Spaß." So viel, dass sie ein bisschen neidisch gewesen war.

Er hielt immer noch ihre Hand in seiner, und bevor sie

reagieren konnte, hatte er sie auf den Stuhl gesetzt, den er zuvor in Anspruch genommen hatte.

„Aber das ist –"

„Jetzt dein Platz", beendete er entschieden ihren Satz.

„Holt, stell den Stuhl ab", sagte Alastair in einem tadelnden Ton.

Holt trug einen Stuhl aus der Küche nach draußen.

Kopfschüttelnd nahm Max den Stuhl und stellte ihn neben Josie.

„Es gibt nichts Schöneres, als von überfürsorglichen Glucken umgeben zu sein." Holts schiefes Lächeln deutete an, dass er nicht wirklich genervt war. „Josie? Wein, Bier oder Wasser?"

„Ein Bier wäre wundervoll."

„Eine Dame nach meinem Herzen." Nachdem er ihr ein Bier gebracht hatte, setzte er sich neben Alastair und fragte nach deren Zeit in Colorado.

Zachary setzte sich auf den Stuhl neben Josie. Nach einem Schluck von seinem Drink sprach er leise: „Du sahst hinter der Bar im *Highlands* ziemlich selbstbewusst aus. Wie ist es, ein weiblicher Barkeeper zu sein? Wirst du anders behandelt als ein Mann?"

Vertraue darauf, dass ein Psychologe eine interessante Frage stellte. „Hmm. Nicht wirklich. In der Vergangenheit gab es einen größeren Unterschied. Die Veränderung ist wahrscheinlich eher für männliche Barkeeper spürbar. Ihre weiblichen Kunden sind jetzt so" – sie sollte wahrscheinlich nicht *anstößig* sagen – „aggressiv wie meine männlichen Kunden."

„Einer meiner Barkeeper-Freunde beschwert sich oft darüber, wie er heutzutage begrapscht wird." Das leise, rauchige Geräusch von Holts Glucksen jagte einen Schauer durch sie.

„Ein Fortschritt. Alle werden jetzt gleich viel begrapscht." Max schüttelte den Kopf. „Männlich oder weiblich, berühren ohne Erlaubnis ist sexuelle Nötigung."

Das ist richtig; der Mann war in der Strafverfolgung tätig. Kein Wunder also, dass er so knallhart aussah.

„Das stimmt." Sie lächelte ihn an. „Kluge Barkeeper beherrschen schnell die alte Kunst des Ausweichens."

Zachary betrachtete sie. „Gibt es neben dem Servieren hervorragender Getränke und dem Ausweichen von wandernden Händen bestimmte Ziele, die du dir selbst als Barkeeper setzt?"

Eine weitere ungewöhnliche Frage. Sie rollte die Bierflasche zwischen ihren Händen und versuchte, die richtigen Worte zu finden. „Geschwindigkeit, denn niemand sollte lange auf einen Drink warten müssen. Höflichkeit natürlich. Aber auch, über den Alkohol hinaus, da zu sein und, na ja, einfach zuzuhören, besonders denen, die niemanden dabei haben."

Sie erkannte, dass die anderen Gespräche gestoppt hatten.

„Du behandelst die Kunden, die allein kommen, anders als Menschen mit Dates?", fragte Holt.

„Mit Dates oder Freunden." Sie biss sich auf die Unterlippe. „Manche Menschen, die allein trinken, kommen nur, um in der Nähe anderer zu sein. Manche brauchen jemanden, der ihnen zuhört oder über ihre Witze lacht oder sie einfach ... sieht." Sie hatte oft Kunden in den ruhigen Stunden, die hereinkamen, um an der Bar zu sitzen und ihren Tag mit ihr zu teilen.

„Siehst du das als Teil deiner Arbeit?", fragte Zachary leise.

„Nicht jeder Barkeeper tut das. Ich aber schon." Jedenfalls hatte sie das. Wer wusste schon, wo ihr nächster Job sein würde ... Sie schaute nach unten, sah ihre Fliege, zog sie ab und steckte sie in ihre Tasche.

„Zumindest musst du diese hässliche Fliege nicht mehr tragen." Zu Zachary sagte Uzuri: „Z, würdest du glauben, dass ihr dummer Chef sie gefeuert hat? Die Nichte des Kerls kam ohne Berufserfahrung aus der Barkeeper-Schule, und er gab ihr Josies Stelle."

„In der Tat."

„Im *Highlands?*" Holt runzelte die Stirn. „Das Mädchen wird es nicht leicht haben."

Ihr Nachbar hatte Recht. Trotz jahrelanger Erfahrung – und einer überlegenen Erinnerung – hatte auch Josie in ihren ersten Wochen zu kämpfen gehabt. „Mein Chef denkt, er tut ihr einen Gefallen."

„Wirst du warten, bis sie versagt oder dich sofort auf die Suche nach einem neuen Job begeben?", fragte Alastair.

„Ich werde suchen. Ich bin sicher, ich werde schnell etwas finden." So einfach würde die Jobsuche wahrscheinlich nicht werden. Sie arbeitete nur in Teilzeit und hatte bestimmte ... Standards, wenn es um das Etablissement ging. Sie lächelte. „Ich würde lieber davon hören, wie ihr beide Uzuri kennengelernt habt."

„Ah, na ja." Uzuri verlagerte ihr Gewicht.

Josie strahlte. Das roch nach einer vielversprechenden Geschichte.

Max sagte: „Ich traf sie auf einer Party, auf der ein Paar die Adoption von zwei Jungen feierte. Zuri mochte mich kein bisschen."

„Du warst aufdringlich." Uzuri schnaubte. „Das wart ihr beide. Seid ihr noch."

Alastairs Grinsen war breit. „Das stimmt wohl."

Josie sah ihnen beim Geplänkel zu. Wie wundervoll, dass Uzuri *zwei* Männer gefunden hatte, die so erstaunlich waren. Aber eine Vorstellung bei einer Party sollte Uzuri nicht in Verlegenheit bringen. „Wie hast du Alastair kennengelernt?"

Uzuris Wangen verdunkelten sich.

Josie grinste. Und da war es.

Zachary sagte leichtfertig: „Ich glaube, ein Freund von mir hat Uzuris Interesse an Alastair gesehen und sie einander vorgestellt." Die Belustigung in seinem Blick zeigte, dass er wusste, warum Josie fragte.

Als Uzuri einen erleichterten Seufzer entließ, deutete Josie auf sie. „Warte nur. Ich werde dich ohne all diese Bodyguards erwischen und dir die wahre Geschichte entlocken."

„Du kannst es versuchen, du neugierige Göre", sagte Uzuri, und ein Kichern entkam.

Oh, das werde ich. „Ich gehe besser nachhause." Josie stand auf und stellte ihr Bier auf den Tisch. Irgendwie hatte sie die Flasche geleert, sodass es in ihren Venen nun summte. Sie lehnte sich vor, um Uzuri zu umarmen. „Ich bin froh, dass ich dich heute gesehen habe."

„Ich auch."

Josie lächelte Uzuris Männer an. „Es war wundervoll, euch beide kennenzulernen." Sie sah zu Holt. Er war netter, als sie gedacht hätte, und er hatte gute Freunde. Trotzdem wollte sie ihren Jungen nicht in der Nähe eines Bikers sehen. Ihre Stimme kühlte sich leicht ab. „Holt, danke für das Bier."

Sein Gesichtsausdruck verschloss sich. „Jederzeit."

Zachary stand auf. „Ich muss auch nachhause. Holt, ich freue mich, dass du dich so gut erholt hast. Du wirst vermisst."

„Schön zu hören, Z. Und keine Bange beim Planen. Ich komme nächstes Wochenende wieder."

Z? Das war ein einzigartiger Spitzname.

„Ausgezeichnet." Der Mann sah zu den Drago-Cousins.

Max hob sein Glas. „Wir sehen uns am Samstag, Z. Bis dahin."

Zs Blick wandte sich wieder Josie zu. „Ich bringe dich zu deiner Tür."

„Das ist nicht notwendig."

„Natürlich ist es das." Er hob eine Augenbraue und wies sie an, vorauszugehen.

Na gut. Wie es schien, hatte sie eine Eskorte. Hier war ein Mann, der es gewohnt war, Ritterlichkeit anzubieten – und ein Mann, der es *nicht* gewohnt war, abgelehnt zu werden.

Zum Chor aus Verabschiedungen verließen sie das Haus, und Z schlenderte auf der kurzen Strecke zu ihrer Haustür neben ihr.

In der ruhigen Nachbarschaft raschelte die Meeresbrise durch die Palmen, die den Bordstein säumten.

Unter ihrem hellen Verandalicht lehnte sich Z an die Wand, als sie die Tür öffnete. Sie trat hinein und lächelte ihn an. „Danke für die Eskorte."

„Es war mir ein Vergnügen. Tatsächlich hätte dein Timing nicht passender sein können. Ich möchte dir eine Frage stellen, wollte dies aber nicht vor allen tun."

Sie erstarrte. Echt jetzt? Hatte er wirklich vor, ihr ein unsittliches Angebot zu machen?

„Nein, nicht diese Art von Frage", sagte er, obwohl sie kein Wort gesprochen hatte. „Wie vertraut bist du mit BDSM, Ms. Collier?"

„Was?" Hatte er nicht gerade noch gemeint, dass es nicht diese Art von Frage sei? *Von wegen.* „Was ist das denn bitte für eine Frage?"

Selbst als sie versuchte, ihm höflich eine Abfuhr zu geben, fegte Hitze über ihr Gesicht. Als Carsons Vater Everett versaute Dinge vorgeschlagen hatte, war sie zu schüchtern gewesen, um Nein zu sagen. Und obwohl ihr einiges davon unangenehm gewesen war, hatte sie ein paar Sachen genossen.

Nichtsdestotrotz ... wie konnte es dieser Fremde wagen, sie nach etwas so Intimem zu fragen?

„Ah, ich bin wohl mit der Tür ins Haus gefallen. Bitte vergib mir." Z neigte den Kopf. „Du hast jedoch keine Grimasse gezogen, was ein Anfang ist."

Sie runzelte die Stirn. Es gab absolut keine angemessene Antwort auf diese Beobachtung.

Seine Lippen zuckten. „Zufällig besitze ich einen BDSM-Club, der nur freitags und samstags geöffnet ist. Da der Club privat ist, wird Alkohol im Rahmen der Mitgliedsbeiträge zur Verfügung gestellt. Zuvor kümmerte sich ein Freiwilliger um diesen Job, aber er heiratete kürzlich. Im Moment haben wir es mit einer Reihe von Mitgliedern zu tun, denen diese Verantwortung an der Bar nicht zusagt."

Moment, was? „Bietest du mir einen Job an? In einem BDSM-Club?" Ihre Stimme klang, als hätte ihr jemand gegen die Kehle geschlagen.

„Das ist genau das, was ich vorschlage." Er hatte ein verdammt gefährliches Grinsen, wenn er sich entschied, es zu benutzen. „Die meisten BDSM-Clubs erlauben keinen Alkohol auf dem Gelände. Ich wollte jedoch, dass das Shadowlands sowohl eine Gemeinschaft als auch ein Ort zum Spielen ist, und die Menschen genießen es, bei Getränken zusammenzukommen. Da Alkohol jedoch das BDSM-Spiel beeinträchtigen kann, hat der Club eine Zwei-Drinks-Grenze, und ich bevorzuge, dass diese beiden Getränke *nach* einer Session eingenommen werden. Die meisten Mitglieder sind sehr gewissenhaft ..."

„Nur ist die Welt voller Idioten", beendete sie für ihn. „Ich verstehe. Der Barkeeper müsste die Regel überwachen. Warum ich?"

„Ich habe gesehen, wie du im *Highlands* verfahren bist. Du hast ein ausgezeichnetes Gedächtnis für die Vorlieben und Abneigungen der Kunden. Du bist höflich, freundlich und vorsichtig. Ich habe gesehen, wie du sichergestellt hast, dass unsere Frauen nicht selbst nachhause fahren." Er betrachtete sie, sein Tonfall ernst. „Ein BDSM-Club kann etwas überwältigend sein. Unsere Mitglieder sind jedoch höflicher und weniger ... aggressiv als die Kundschaft in einer Bar."

Ein BDSM-Club. *Oh. Mein. Gott.*

Dennoch war es ein Job. Nach Jahren der Arbeit in Bars hatte sie einen guten Instinkt für Menschen – zumindest, wenn sie nicht wie eine Hell's Angels-Version von Thor aussahen. Dieser Z hier war höflich und direkt. Uzuri und ihre Männer waren mit ihm befreundet. Sie nahm keine zwielichtigen Vibes von ihm wahr.

Sie holte kontrolliert Luft. „Freitag und Samstag?"

„Korrekt. Der Club öffnet um 20 Uhr und da es sich nicht um eine Bar handelt, bleiben wir geöffnet, solange die Leute ihren Spaß haben. Obwohl die Sessions im Allgemeinen um etwa drei Uhr beendet sind, gibt es Tage, an denen wir erst im Morgengrauen schließen."

„Wow." Damit würde sie auf eine Menge Stunden kommen.

„Du würdest kein Trinkgeld bekommen. Getränke sind Teil der Mitgliedsbeiträge, und niemand trägt im Club Geld bei sich."

Oh nein. Trinkgeld machte den Großteil ihres Verdienstes aus. „Das wird nicht −"

Er hob seine Hand und unterbrach sie. „Der Club zahlt dir einen Stundenlohn von fünfunddreißig Dollar."

Sie blinzelte und multiplizierte Stunden in ihrem Kopf. Es hatte ein paar geschäftige Nächte im *Highlands* gegeben, in denen sie diesen Betrag verdient hatte ... aber nicht viele. „Ich bin dabei."

Sein Lächeln wuchs. „Das freut mich. Eine Sache noch."

Voreilig. Sei nicht so voreilig.

„Da sich die Mitglieder ungewöhnlichen Praktiken hingeben, musst du eine Mitgliedschaftsvereinbarung lesen und unterschreiben − deine Gebühren werden natürlich erlassen. Zudem wird es eine Hintergrundüberprüfung geben und wir erwarten eine ärztliche Untersuchung."

Eine Hintergrundüberprüfung und ein Arztbesuch? „Aber ... warte, du meinst es ernst?"

„Durchaus. Die Mitglieder verlassen sich darauf, dass der Club Privatsphäre und Sicherheit gewährleistet."

„Oh." Andererseits, was kümmerte sie das? Sie war gesund und gesetzestreu. *Mein Gott*, noch nicht mal einen Strafzettel hatte sie. „Okay, das ist kein Problem."

„Gut. Da der Club außerhalb deiner Komfortzone liegt, kannst du den kommenden Freitag und Samstag als eine Art Probelauf sehen. Anschließend reden wir."

Sie atmete erleichtert aus. „Das ist mehr als fair. Danke."

„In dem Fall wirst du die Bedingungen, den Aufnahmeantrag und den Mitgliedsvertrag sowie einen Termin für den Arztbesuch morgen früh haben."

Guter Gott, er handelte schnell.

Das war gut, sagte sie sich. Sie konnte es sich nicht leisten, lange arbeitslos zu sein. „Okay."

„Ich freue mich darauf, dich am Freitag zu sehen. Der Name des vorherigen Barkeepers ist Cullen, und er kümmert sich um deine Einarbeitung." Er lächelte und klopfte gegen ihre Tür. „Schließ die ab, bevor ich gehe."

Er war wirklich ein herrischer Boss, oder? Sie machte die Tür zu, schloss ab und lauschte, wie er sich entfernte.

Sie atmete aus. Sie war nicht einmal zwei Stunden arbeitslos gewesen.

Aber ... ein BDSM-Club? *Gott, steh mir bei.*

Nebenan lehnte sich Holt in seinem Stuhl zurück und lächelte seine verbleibenden drei Gäste an. War es nicht erstaunlich, wie glücklich Zuri schien? Als er sie das letzte Mal gesehen hatte, war sie panisch gewesen, weil sie schon bald Max' und Alastairs Familie treffen würde. „Hast du dein Thanksgiving in Colorado genossen?"

Ihr Gesicht hellte sich auf. „Oh, Holt, du solltest die Drago-Ranch sehen. Die Dragos waren unglaublich nett. Ich habe sogar reiten gelernt."

„Mmm, ist das so?" Holt zog eine Augenbraue hoch.

Kichernd warf sie einen Eiswürfel nach ihm. „Pferde, du Perversling. Du und deine schmutzigen Gedanken."

Als Max schnaubte und Alastairs Mundwinkel zuckten, war Holt erleichtert. Er und Zuri hatten ursprünglich im Shadowlands Sessions gespielt, aber mittlerweile sahen sie sich eher wie Geschwister. Sie war die kleine Schwester, die er nie gehabt hatte.

Als Krankenpfleger auf der pädiatrischen Intensivstation traf er hin und wieder auf Alastair und wusste, dass der Arzt extrem gelassen war. Der Polizist Max trug jedoch eine Waffe. Es war also gut, dass Zuris Partner sich nicht von ihrer Vergangenheit bedroht fühlten. Die kleine Sub hatte gut gewählt.

„Deine neue Nachbarin scheint ziemlich nett zu sein", kommentierte Alastair.

Holt nickte. Obwohl Josie ihn nicht sehr zu mögen schien, hatte sie sonst alle verzaubert. Er warf einen Blick auf Zuri. „Hast du sie im *Highlands* kennengelernt?"

„Nein. Als ich hier lebte, besuchte sie ihre Großtante in der anderen Hälfte des Hauses. Ich schätze, Josie entschied, sich in der Nähe etwas zu besorgen, als Mrs. Avery sich im letzten Monat den Knöchel verstaucht hat."

„Sie hat ein Haus zur Miete direkt nebenan gefunden? Was für ein Glück", sagte Max.

Zuri schnaubte. „Es stand schon seit Ewigkeiten zum Verkauf. Das Haus ist total heruntergekommen, und sie hatten sonst keine Interessenten."

Alastair drehte sich um, um das Haus zu betrachten. „Das ist ein großes Gebäude für eine Person."

„Sie sind zu zweit. Sie hat ein Kind", sagte Holt. „Um die zehn oder elf Jahre alt, schätze ich."

„Carson ist elf", sagte Zuri. „Er ist ein Schatz."

„Ein Elfjähriger?" Max runzelte die Stirn. „Wenn ich bei der Einschätzung ihres Alters nicht total daneben liege, war sie bei der Geburt selbst noch ein Teenager."

Ein Teenager? Holt überlegte. Josie war vielleicht Ende zwanzig. Achtundzwanzig minus elf … *Autsch.*

„Eine Teenager-Schwangerschaft. Ich wette, das war hart." Zuri hob die Füße auf den Stuhl und lehnte ihren Kopf an Max' Arm. „Sie schien sich nicht sehr wohl mit dir zu fühlen, Holtilein."

Natürlich hatte Zuri das bemerkt. Holts Kiefer spannte sich

an. „Ich schätze, einige Leute fühlen sich nicht wohl dabei, Narben anzuschauen."

„Was?", sagte Zuri.

Oh, *verdammt*, er hätte nichts sagen sollen. Der Kerl, der ihn verletzt hatte, war hinter Zuri her gewesen, und sie fühlte sich immer noch schuldig. Schlimmer noch, sie und die Doms wussten, dass Nadia ihn wegen seiner Narben verlassen hatte. „Das ist keine große Sache. Ich –"

Zuri richtete sich auf. „Josie ist besser als das. Sie würde nicht –"

„Ganz ruhig, Prinzessin." Max zog an einer von Zuris Korkenzieherlocken.

„Aber –"

„Sie könnte andere Gründe haben, sich in deiner Nähe unwohl zu fühlen." Alastair legte seine Hand auf ihre. „Vielleicht sind es Männer im Allgemeinen?"

„Pffft. Sie arbeitet in einer Bar und Männer machen sie ständig an. Das ist also nicht das Problem." Sie schüttelte den Kopf.

Eine Barkeeperin. Das war ein einzigartiger Beruf. Er musste sagen, dass sie in ihrer maßgeschneiderten schwarzen Weste und der weißen Bluse sowohl sexy als auch professionell ausgesehen hatte.

Sie wollte jedoch nichts mit ihm zu tun haben. „Sie fühlt, wie sie sich eben fühlt, Zuri. Wenn meine Anwesenheit sie unruhig macht, bleib ich einfach auf Abstand."

Zuris Augen verengten sich. „Ich habe Schwierigkeiten zu glauben, dass Josie so ist, aber ... wir werden sehen. Wenn ich Nadia jedoch jemals treffe, werde ich ihr eine verpassen."

„Ein Kampf?" Max drehte sich zu Alastair. „Ich wette auf unsere Sub."

Zuri verschluckte sich an ihrem Getränk – dann schöpfte sie Eis heraus und schob es am Kragen in Max' Hemd. „Kühl dich ab, Junge."

Sein empörter Schrei spaltete die Nachtluft.

Holt lächelte. Seine lebenslustige Zuri war von ihren Dom-Liebhabern nicht ausgebremst worden. Und die Zufriedenheit, die sie miteinander gefunden hatten, machte ihn neidisch. Diese Art von Liebe war es, die *er* wollte und was er mit Nadia zu finden gehofft hatte.

Aber das Leben verlief nun mal anders, als man dachte. Ein Feuerwehrmann sollte daran gewöhnt sein, sich zu verbrennen, auch wenn er es nicht von einer Liebhaberin erwartet hatte. Trotz allem würde er seine Suche nach einer Frau wie Zuri nicht aufgeben. Er hatte es nicht eilig. Wenn er sich nicht mehr so angesengt fühlte, würde er einen neuen Versuch wagen.

Vielleicht nächstes Jahr.

KAPITEL DREI

Oh wow. **Mit** weit aufgerissenen Augen starrte Josie durch die eindringende Dunkelheit auf ein drohendes, dreistöckiges Anwesen aus Stein. *Erinnert an Victoria Holt und ihre Gothic-Romance-Romane.* Nur eine englische Landschaft fehlte. Stattdessen wurde die lange Einfahrt von stattlichen Palmen gesäumt.

Sie betrachtete die riesigen, dunklen Eichentüren. *Ging es noch einschüchternder?* Mit Sicherheit entmutigte dieses Haus jeden, der religiöse Traktate verteilte. Und auch sie. Sanfte Schauer jagten ihr über den Rücken.

Sie war bereits nervös gewesen, denn ganz gleich, in wie vielen Bars sie gearbeitet hatte, es war immer beängstigend, einen neuen Job zu beginnen. Könnte sie die Arbeit machen? Wären die Menschen, denen sie Getränke ausschenkte, nett? Würden sie eher einen auffälligen, geschwätzigen Barkeeper erwarten – und bevorzugen –, als einen ruhigen und effizienten?

Die Tür war so massiv und schwer, wie sie ausgesehen hatte – wie eine Warnung: *Dein Untergang naht. Verdammte Fantasie.* Sie lachte und trat ein.

Okay. Keine Lasterhaftigkeit. Stattdessen war der ruhige Eingangsbereich ein karger Raum mit zwei Männern in blauen

Hemden und Jeanshosen, die hinter einem Schreibtisch saßen. Der glattrasierte, grauhaarige Mann war groß und schlank mit einer kerzengeraden Militärhaltung. Der andere Mann war massiv gebaut und um die zwei Meter groß. Hellbraunes Haar war mit einem Lederband zurückgebunden, sodass es ein brutal aussehendes Gesicht präsentierte.

Beide runzelten die Stirn.

„Der Club ist noch nicht geöffnet, Miss", sagte der größere Mann.

„Ich bin ... Z sagte mir, ich solle jetzt kommen. Ich bin die Barkeeperin. Josie."

„Tatsächlich? Herzlich willkommen. Ich bin Ben." Er erhob sich und streckte die Hand aus. „Früher habe ich hier Security gemacht. Ghost hier hat mich ersetzt – zumindest bis sich die Dinge zuhause etwas beruhigen."

„Es tut mir leid, dir das sagen zu müssen, Junge, aber die *Dinge zuhause* werden wohl noch verrückter, sobald dein Baby hier ist." Ghost stand auf. „Schön, dich kennenzulernen, Josie. Unterschreibe hier und wir besorgen dir einen Mitarbeiterspind."

„Danke."

Mit einem kaum merklichen Hinken trat er hinter dem Schreibtisch hervor. „Du kannst deine Sachen im Schließfach lassen und" – er wandte sich an Ben – „dürfen Barkeeper ihre Schuhe anlassen?"

„Meine Schuhe?"

„Ihre Schuhe?" Ben runzelte die Stirn. „Sie ist wahrscheinlich nicht einmal unterwürfig, also –"

„Ist sie. Das war nicht meine Frage."

„Ich bin was?" Josie machte einen Schritt weg von Ghost.

Ben runzelte die Stirn. „Und das weißt du ... wie?"

„Weil Ghost viel erfahrener ist, als er zugeben will." Die geschmeidige Stimme ertönte hinter Josie.

Sie wirbelte herum und sah Z in einer Tür stehen, die nicht der Ausgang war.

„Josie, willkommen. Lass dir von Ghost die Schließfächer zeigen und ich treffe dich an der Bar. Schuhe sind in Ordnung" – Zs rechter Mundwinkel zuckte – „wenn du arbeitest."

Sie blinzelte. Was würde sie abgesehen vom Arbeiten hier sonst noch tun?

Als sich die Tür hinter ihrem neuen Chef schloss, deutete Ghost auf eine weitere Tür. „Hier entlang."

Immer noch hinter dem Schreibtisch stotterte Ben: „Ghost, was genau meinte er mit ... erfahren? Ghost?"

Nachdem sie ihre Handtasche und Jacke verstaut hatte, atmete Josie tief ein. *Okay, los geht's.* Ein BDSM-Club. Wirklich, sie war verrückt geworden. Der Papierkram, den sie erhalten hatte, war beunruhigend gewesen. Die ersten Formulare waren normal für einen neuen Job. Einkommenssteuer. Kontodaten. Aber dann gab es Clubregeln und eine Liste, die von Grenzen sprach.

Als sie mit dem Formular fertig war – und sich einige der Aktivitäten im Internet angesehen hatte –, hatte sie das Gefühl gehabt, einen heißen Film gesehen zu haben. Verlegenes Kichern inklusive. Da ein Barkeeper nicht spielen würde, hatte sie den Drang verspürt, bei vielen der erschreckenden, ungewöhnlichen Optionen wie Atemkontrolle, Ageplay und Branding mit JA anzukreuzen. Dann überlegte sie es sich noch einmal anders. Was, wenn der Besitzer ihre Antworten tatsächlich las?

Also hatte sie ehrlich geantwortet und war auf eine ganz andere Weise in Verlegenheit geraten. Wer hätte gedacht, dass sie so viele ... seltsame Interessen hatte? Gott sei Dank würde das verdammte Ding in ihrer Akte verschwinden und nie wieder das Licht der Welt erblicken.

Ghost wartete auf sie und lehnte an der Wand neben den Waschbecken. „Bereit?"

Nein. Kein bisschen. „Na klar." Sie folgte ihm durch eine andere Tür.

„Dies ist der Hauptraum des Clubs." Ghost wartete geduldig,

als sie sich im Kreis drehte, um jedes noch so kleine Detail in sich aufzunehmen. Mehrere Bereiche mit Ledersofas und Sesseln verteilten sich von einer dunklen ovalen Bar in der Mitte nach außen. An den Wänden befanden sich abgehängte Bereiche, in denen alle möglichen seltsamen Geräte untergebracht waren.

So sah also ein echter BDSM-Club aus. Sie hatte die letzten Tage damit verbracht, BDSM zu recherchieren. Nun wusste sie, dass die X-förmigen Geräte mit gepolstertem Leder Andreaskreuze waren. Dass das Sägebockding eine Version einer Spanking-Bank war. Dass es Master – oder Mistresses – und Sklaven, Tops und Bottoms, Doms und Subs gab. Sie musste jedoch zugeben, dass ihr der Unterschied nicht ganz klar war.

Schmiedeeiserne Wandleuchten sorgten in den Sessionbereichen für die passende Atmosphäre, während die Sitzbereiche zum Großteil im Schatten lagen. In einer Ecke nicht weit von ihr stellte ein Caterer Essen auf lange Tische. Zu ihrer Rechten befand sich eine kleine Tanzfläche.

Der leere Raum roch nach Leder und einem zitrusartigen Reinigungsmittel.

Ghost nickte in Richtung der Bar, wo ein Mann mit Z sprach, der mit Bens Größe mithalten konnte. „Da musst du hin."

„Richtig. Danke." Sie rührte sich nicht. Der ganze Raum fühlte sich wie ein fremdes Land an, voller unbekannter Möbel, Verhaltensweisen und Gefahren. „Was aber, wenn ..."

Ghost runzelte die Stirn, warf einen Blick zur Bar und schnaubte. „Komm, Mädchen. Lass uns dafür sorgen, dass du dich schnell einlebst." Eine starke Hand legte sich um ihren Oberarm.

„Ich ..." Sie fühlte sich wie ein Baby und war erleichtert, dass sie ein „Danke" herausbekam.

„Dafür musst du dich nicht bedanken. Meine Aufgabe ist es, die beängstigende Welt in Schach zu halten." Er warf ihr einen Blick zu. „Das sind zwei der besten Doms, die du jemals finden wirst, und seltsamerweise ist dies einer der sichersten Orte auf dem Planeten. Das kannst du natürlich nicht wissen. Noch nicht. Bis dahin werde ich mich als Begleitperson anbieten."

Das unschöne Gefühl in ihrem Magen beruhigte sich.

Als sie an der Bar ankamen, verabschiedete er sich mit einem Salut, wandte sich ab und verschwand.

Sie lächelte Z und den anderen Mann hinter der Bar an.

„Willkommen im Shadowlands, Josephine", sagte Z.

Josephine? Oh, großartig, sie musste ihren legalen Namen auf dem Aufnahmeantrag verwendet haben. „Josie, bitte."

Er lächelte. „Ich verachte die Neigung der Gesellschaft, Namen zu verkürzen, als ob eine oder zwei zusätzliche Silben zu viel Mühe machen. Josephine."

„Das kommt ausgerechnet von einer Person, die von jedem Z genannt wird?"

Das dröhnende Lachen kam von dem großen Kerl hinter der Bar. „Das ist ein Argument, Boss."

„Das stimmt wohl." Z gluckste. „Ich habe jahrelang darauf gewartet, dass das jemandem auffällt. Josie also."

Puh. Ihr Chef hatte Sinn für Humor – und sie hatte noch einen Job.

Sein Grinsen war wie ein weißer Blitz in seinem gebräunten Gesicht. „Nur damit du es weißt: Z ist weniger ein Spitzname und eher ein Session-Name."

Das ergab Sinn. Sie hatte davon gelesen, dass es nicht ungewöhnlich war, im BDSM-Lifestyle einen Alias zu verwenden. „Ich verstehe."

„Gut." Z deutete auf den großen Kerl hinter der Bar. „Josie, das ist Cullen. Er wird dir zeigen, wo alles ist und dir die Regeln erklären."

Als Z wegging, hob Cullen den klappbaren Durchgang hoch, und sie trat hinter die Bar. Sie fuhr mit der Hand über das glänzende Mahagoni der Bartheke. „Das ist eine wunderschöne Verarbeitung."

„Ja, das ist es." Ein schwacher irischer Akzent mischte sich in seine Worte, als er sich an die Bar lehnte. „Beginnen wir mit den Regeln."

Sie nickte und stützte ihren Ellbogen auf den Tresen.

„Erstens: Die einzigen Leute, die hinter der Bar erlaubt sind, sind du, Z und die offiziellen Shadowlands-Master und -Mistresses."

„Ähm. Sind nicht viele Leute in einem BDSM-Club Master and Mistresses?"

Er setzte ein lässiges Lächeln auf. „Ja, aber der Club verleiht den offiziellen Titel nur an die erfahrensten Mitglieder, die bereit sind, der Gemeinschaft etwas zurückzugeben. Z besteht darauf, dass die Master und Mistresses goldene Armbinden tragen, damit uns die Mitglieder bei Fragen finden können." Er klatschte mit der Hand gegen die Armbinde um seinen massiven Bizeps, um ihr zu zeigen, was er meinte. „Du kannst davon ausgehen, dass die meisten Mitarbeiter im Shadowlands Master sind. Wenn du überschwemmt wirst, wird jemand vorbeikommen, um dir zu helfen. Sie können ihre Subs mit in den Barbereich nehmen, sodass auch sie helfen können. Ansonsten ist dieser Bereich tabu."

Das klang gut – sowohl, dass der Bereich eingeschränkt war als auch die Information, dass sie nicht vollkommen auf sich allein gestellt war. „Verstanden."

„Dann wollen wir dich mal damit vertraut machen, wo alles ist. Z bestückt das Flaschenregal mit den Standardlikören, und wenn ein Stammgast etwas Ungewöhnliches bevorzugt, kann er es dem Vorrat hinzufügen. Es gibt auch privaten Vorrat. Das besprechen wir später."

Sie nickte. „In Ordnung. Lass uns oben anfangen, damit ich weiß, mit was ich mich einschleimen kann. Was trinken du und Z und wo wird es aufbewahrt?"

Ja, der Typ hatte wirklich ein tolles Lachen.

Das Wochenende war hier, und Holt fühlte sich ziemlich gut, als er mit Anne und Ben zum Eingang des Shadowlands ging. Bei dem schönen frühen Dezemberabend bereute er es, den SUV und nicht seine Harley genommen zu haben. Andererseits hatte der Chirurg sicher nicht Unrecht. Unebene Straßen, Motorräder und Operationswunden waren möglicherweise keine gute Kombination.

Als die Steigung zunahm, sah er, wie Ben Annes Arm nahm, als könnte die schwangere Domina ohne seine Hilfe nicht sicher gehen. Holt grinste. Die Frau hatte bei den Marines gedient und war eine ehemalige Kopfgeldjägerin.

Ihr leises Knurren sagte, was sie von Bens übertriebener Fürsorge hielt.

„Treib es zu weit, Ben, und sie wird deine Juwelen in einen ihrer Lieblingsnussknacker pressen", warnte Holt.

Der große Türsteher schnaubte. „Sie kann sich in diesen Tagen nicht weit genug bücken, um mein Paket zu erreichen."

„Das kann ich sehr wohl ... wenn du auf dem Bett liegst, Tiger", sagte Anne mit ihrer kehligen Stimme.

„Ah, richtig." Da er ein kluger Mann war, küsste Ben ihre Wange ... und ließ ihren Arm los.

Lachend öffnete Holt die schwere Eingangstür und machte mit einer Handbewegung klar, dass sie vorgehen sollten.

Neben dem Sicherheitsschalter sprach Z mit Ghost.

„Ghost, Z", sagte Holt, als er Anne und Ben folgte.

„Holt." Ghost musterte ihn stirnrunzelnd. „Du bewegst dich nicht, als ob du dich bereits vollständig erholt hättest. Sag mir, dass du nicht vorhast, zu spielen."

Holt blinzelte. „Meine Fresse, du klingst wie Z." Wie Z in seiner fürsorglichsten Form. „Warum dachte ich immer, dass du dich nicht im Lifestyle bewegst?"

„In der Tat, diese Frage habe ich mir auch schon gestellt", sagte Z.

Ghosts Gesicht wurde unleserlich. „Ich arbeite in Security."

„Oh, du bist mehr als das." Anne schenkte ihm ein dünnes Lächeln. Als sie schwanger wurde, hatte sie die Kopfgeldjagd für einen Job bei einem anderen Shadowlands-Master aufgegeben. Sie war extrem talentiert darin, an Informationen über Menschen zu kommen.

Holt warf ihr einen fragenden Blick zu. „Was meinst du damit?"

„Ghost galt als einer der besten Doms an der Westküste, bevor er ... verschwand."

Also das war doch mal interessant. Holt beäugte den Türsteher.

Ghosts Ausdruck zeigte keinerlei Regung.

„Ghost." Anne machte einen Schritt nach vorne. „Wenn es etwas gibt, bei dem wir helfen –"

„Ihr drei seid angemeldet." Ghost machte drei Häkchen auf den Zetteln vor ihm. „Genießt euren Abend."

„Du auch, Kumpel." Ben zog Anne zur Tür.

Holt unterdrückte ein Lächeln. Es brauchte einen tapferen Mann, um diese Domina zu unterbrechen. Als sie den Clubraum betraten, fragte er Anne: „Wie hast du von Ghosts Ruf erfahren?"

„Z hatte einen Verdacht und bat mich, etwas nachzuforschen."

„Ghost war also ein ..." Holt erblickte die Bar und er brach den Satz ab. „Josie?"

In ihrer schwarzen Weste und der weißen Bluse servierte seine Nachbarin Getränke. Lichter, die in den Balken über der Bar eingebracht waren, ließen ihr kurzes Haar kupferfarben funkeln.

„Wer ist das hinter der Bar?", fragte Anne.

„Z hat uns einen *echten* Barkeeper besorgt", sagte Ben.

„Was für eine schöne Idee." Anne lächelte. „Ich denke, Cullen ist der einzige Master, der es wirklich genießt, Getränke zu mischen."

Ben runzelte die Stirn. „Ich erinnere mich nicht, dich jemals hinter der Bar gesehen zu haben."

„Sie tauschte bei jeder Gelegenheit die Schichten hinter der Bar gegen Kerkeraufsicht", sagte Holt.

Sie schenkte ihrem Sub ein böses Lächeln. „Die Wahl zwischen der Versorgung von Idioten oder der Terrorisierung von Idioten – was denkst du wohl, was ich da wähle?"

Ben schnaubte und sagte zu Holt: „Letzte Woche hat sie einen neuen Dom überwacht und ihn so nervös gemacht, dass er seinen Flogger fallen ließ."

Holt grinste. Er war seit über einem Jahrzehnt im Lifestyle und konnte sich immer noch an die ersten Male erinnern, die er in der Öffentlichkeit gespielt hatte.

„Oh Gott, schaut! Master *Holt* ist zurück!" Auf das hohe Quietschen folgte Jubel aus dem Sitzbereich, in dem die ungebundenen Subs saßen. Der Bereich befand sich in der Nähe der Bar, wo Doms sie sich ansehen und entscheiden konnten, mit wem sie spielen wollten.

„Du wurdest vermisst, Master Holt", sagte Anne trocken.

„Wurdest du", entgegnete Ben. „Aber denk daran, der General hat dir das Spielen vorerst untersagt."

„Ein General?", fragte Holt.

„Oh ja." Ben grinste. „Wir haben bei Bier ein paar Kriegsgeschichten ausgetauscht."

„In welcher Streitkraft hat er gedie –" *Oh, verdammt.* Als die Schar aus Subs auf ihn zukam, erstarrte Holt, unsicher, ob er diesem Ansturm gewachsen war.

Annes starke Hand schloss sich um seinen Oberarm, womit die hochschwangere Mistress ihm ihre volle Unterstützung anbot.

„Danke." Was zum Teufel war da gerade passiert? Nach einer Sekunde verstand er und schüttelte den Kopf. „Mir war nicht klar, dass ein Messerangriff einem Mann Agoraphobie geben kann."

Mit einem verständnisvollen Schnauben sagte Ben: „Oh, scheiße, ja. Jedes Trauma kann das. Warum glaubst du, hat Z mich gezwungen, hier einen Job anzunehmen?"

Holt blinzelte. Er hatte sich immer gefragt, warum der

berühmte Fotograf als Türsteher arbeitete. Und natürlich hatte Ben im Ausland gedient. „Ich schätze, ich sollte froh sein, dass ich meinen Arsch rechtzeitig hergeschleppt habe, bevor Z mir Hausaufgaben oder so zuweisen konnte."

„Oh ja." Ben grinste.

Die Subs erreichten ihn und umschwärmten ihn laut zwitschernd:

„Master Holt, willkommen zurück."

„Wir haben dich vermisst."

„Wie fühlst du dich?"

„Gibt es etwas, was ich für dich tun kann?"

„Soll ich dir etwas zu trinken bringen?"

Jede Inhalation brachte ihm ein anderes Parfüm. Die Vielfalt an Kleidung – von langen Röcken und Korsetts bis hin zu völlig nackten Körpern – war überwältigend. Was bedeutete, dass es höchste Zeit für ihn war, sein Haus öfter zu verlassen und sein Leben wieder aufzunehmen. „Ich danke euch allen. Ich schätze die Begrüßung", sagte er sanft und tätschelte die Schultern, drückte Hände und berührte Wangen. Der erste Schritt.

Nach einer Minute trat er zurück. „Leider wurde ich von meinem Arzt noch nicht für Sessions freigegeben."

Er ignorierte die Enttäuschung der Subs und fügte hinzu: „Ich bin nur hier, um mit den anderen Mastern ein wenig zu reden ... und sicherzustellen, dass Mistress Anne ihr Baby nicht ohne Aufsicht bekommt."

Als die Subs kicherten, runzelte Anne die Stirn und tätschelte dann ihren Bauch. „Dieses Baby wird in einem schönen sauberen Krankenhaus mit einem netten, *weiblichen* Geburtshelfer auf die Welt kommen, vielen Dank auch."

Als Josie drei Neuankömmlinge an ihrer Bar entdeckte, lächelte sie den jungen Dom an, mit dem sie sich jetzt länger unterhalten hatte, tätschelte seine Hand und sagte ihm: „Nächstes Mal wird es schon besser laufen."

Entschlossen drückte er die Schultern durch und nickte ihr zu. „Ja. Das wird es."

Kopfschüttelnd entfernte sie sich. Ihre Internetrecherche hatte ihr nicht gesagt, wie viel Arbeit es sein konnte, ein Dom zu sein. Oder dass Dinge wie Flogging auch mal schief gehen konnten. Dieser arme Kerl fühlte sich schrecklich, dass er bei der Frau bei einer Session rote Striemen hinterlassen hatte.

Manchmal wirkte eine Bar wie ein Beichtstuhl ... und sie hatte in den letzten Stunden sicher viel dazugelernt.

Josie wanderte im Kreis um die Bar und beurteilte, wer mehr wollte. Bei zwei Männern, einer in schwarzem Leder, der andere in einem Kettengeschirr und einem Lederhalsband, waren die Getränke noch fast voll.

Als nächstes kamen drei Frauen – Dominas. Ihre Lakaien – Sklaven, Subs und was auch immer – knieten neben ihnen und waren in ein Gespräch vertieft. Hier wurde nichts gebraucht.

Ah, sie hatte wartende Kunden – drei Frauen am Ende der Bar.

Als sie in diese Richtung ging, hüpfte eine Rothaarige in einem goldenen Bustier auf einen leeren Barhocker. Ein Mann in einem gut geschnittenen Anzug gesellte sich zu ihr.

„Ich bin gleich bei euch", sagte Josie, als sie an ihnen vorbeikam.

Am Ende der Bar lächelte sie die drei Frauen an. Eine Brünette, eine Rothaarige und eine Blondine ... klang wie der Beginn eines Witzes. „Was kann ich euch bringen?"

Die Platinblondine wandte sich an ihre Freunde, als hätte Josie nicht gesprochen. „Habe ich dir nicht gesagt, dass wir einen neuen Barkeeper haben?"

Josie unterdrückte einen Seufzer und wartete geduldig.

„Ich hätte gerne einen Scotch. Den Balvenie 21. Er steht da

drüben." Die Blondine winkte zur anderen Seite der Bar, bevor sie ihre kichernden Freunde angrinste.

Das Lachen klang nervös, und in jeder anderen Bar hätte Josie nach dem Ausweis gefragt. Aber Zs Hintergrundüberprüfung und die Türsteher stellten sicher, dass jeder im Club mindestens einundzwanzig war.

„Kommt sofort." Josie entdeckte die Flasche Scotch und griff danach. *Gute Wahl.* In Portweinfässern gereift belief sich der Preis für den einundzwanzig Jahre alten Single Malt auf weit über zweihundert Dollar pro Flasche. Beim Einschenken machte sich Josie eine mentale Notiz, um nicht zu vergessen, wie viel die Blondine bisher getrunken hatte. Sie stellte den Drink vor die Frau. „Bitte sehr."

Die Blondine nahm das Glas und verschwand mit ihren Freundinnen.

„Was zum Teufel?", sagte ein Mann unweit von Josie. Trotz der sanften Stimme war seine Verärgerung deutlich zu vernehmen.

Oje. Josie drehte sich um und lächelte. „Guten Abend. Was kann ich dir bringen?"

Der Mann trat an die Bar. Er war groß und drahtig, wahrscheinlich in den Vierzigern, mit kurzen hellbraunen Haaren. Die aufgerollte Peitsche, die an seinem Gürtel befestigt war, ließ Josie erschauern. Benutzte er die tatsächlich? An einer Person?

Sein Blick war kalt. „Das ist meine Flasche."

Was? Sie warf einen Blick auf die Flasche in ihrer Hand. „Oh. Okay. Möchtest du ein Glas?"

Seine Wangen verdunkelte sich vor Wut. „Ich weiß nicht, wer zum Teufel du bist, aber diese Flasche hat mich ein halbes Vermögen gekostet, und sicher will ich nicht, dass du sie an deine Sub-Freunde ausgießt. Du –"

Ihre Sub-Freunde? Josie sah, dass die Frauen nicht länger an der Bar waren. Ein banges Gefühl ließ sie einen Schritt zurücktreten. Sie hatte es vermasselt ... irgendwie, aber was hatte sie getan? „Ich verstehe nicht ganz."

Unten an der Bar begann der Mann im Anzug aufzustehen. „Edward, könnte ich –"

„Hey, Edward", sagte eine sehr vertraute Stimme.

Holt? Josies Kinnlade klappte herunter, als ihr Nachbar zur Bar schlenderte. Sein dickes, dunkelblondes Haar trug er heute offen und die Spitzen streiften seine Schultern, während er augenscheinlich seinen Bart getrimmt hatte.

Ernsthaft? Ihr Biker-Nachbar war ein Mitglied dieses Clubs?

Als er Holt sah, nahm der Dom im Anzug wieder seinen Platz ein.

„Du wirkst aufgebracht, Edward. Was ist los?" Holts ruhige, tiefe Stimme war wie eine weiße Flagge in einer Schlacht. Als Josie zittrig einatmete, wandten sich seine meergrauen Augen ihr mit einem wertschätzenden Blick zu.

„Ähm. Hi, Holt", sagte sie.

Edward blickte sie finster an. „Für dich heißt das *Master* Holt. Zeig ihm verdammt nochmal etwas Respekt."

Master? Josie bemerkte das goldene Band, das um Holts harten Bizeps lag. *Master* Holt. Ausgehend von Edwards Verärgerung sollte anscheinend sogar der Barkeeper diesen Titel verwenden. Cullen hatte bei ihrer Einarbeitung ein paar Details übersehen.

Holt warf Edward einen amüsierten Blick zu. „Sie ist kein Mitglied. Z hat uns einen professionellen Barkeeper besorgt." Erneut ein flüchtiger Blick zu ihr. „Ist das dein erster Abend?"

Sie nickte.

„Dachte ich mir." Er grinste Edward an. „Wir sollten der Armen wirklich Zeit geben, sich mit den Macken hier vertraut zu machen."

„Ein professioneller Barkeeper?" Edwards Verärgerung löste sich auf, als er sie musterte. „Ich habe dich schon einmal gesehen, oder? Im *Highlands?*"

„Du hast ein gutes Gedächtnis." Sie holte Luft. „Es tut mir sehr leid, wenn ich es vermasselt habe. Könntest du mir erklären, was ich falsch gemacht habe? Als Cullen mir alles zeigte, bekam er einen Anruf von der Arbeit und er musste gehen, sodass er meine Einarbeitung an der Bar nicht beenden konnte."

„Wie nett. Hat dich den Wölfen und" – Holt wies mit dem Kinn zu Edward – „den Sadisten zum Fraß vorgeworfen."

Sie hatte einen peitschenschwingenden Sadisten verärgert. Josie schluckte schwer. „Ähm."

Edward grinste und ließ seine Peitsche zum Glück, wo sie war. Sein Mund spannte sich erneut an. „Was du falsch gemacht hast, war, einen Drink für deine Freundin Amber aus meinem privaten Vorrat auszuschenken."

Das klang schlimm. Josie biss sich auf die Unterlippe. „Cullen erwähnte privaten Vorrat, ging aber, bevor er die Chance hatte, genauer darauf einzugehen."

„Lass es mich dir zeigen." Holt hob den Durchgang hoch und trat hinter die Bar. Er nahm ihr die Flasche aus der Hand und zeigte seitlich auf das kleine Etikett mit der Aufschrift EDWARD. „Obwohl die Bar mit Alkohol bestückt ist" – er deutete auf die Reihen von Flaschen in den Regalen – „bevorzugen einige Mitglieder ihren teuren Scheiß."

Edward schnaubte. „Diese Flasche ist kein Scheiß, du Ungläubiger."

Holt ignorierte ihn und fuhr fort: „Wenn ein Mitglied eine Flasche mitbringt, wird sie in diesem Abschnitt für ihn gekennzeichnet und aufbewahrt."

Josie starrte bestürzt auf die Flaschen. Sie hatte jemandem einen Drink aus der Flasche eines anderen Mitglieds gegeben. Aus einer sehr teuren Flasche. *Aber ... warte mal eine Minute.* Sie spannte den Kiefer an. „Bedeutet das, wenn ein Mitglied ausdrücklich ein Getränk aus einer Flasche anfordert, die im privaten Bereich aufbewahrt wird, dass ich dieser Person nur etwas davon ausschenken darf, wenn der dazugehörige Name auf der Flasche steht?"

„Du hast meine Flasche nicht zufällig ausgewählt?" Edwards Augenbrauen zogen sich zusammen.

„Nein. Die Dame hat speziell nach dem Balvenie 21 gefragt." Josie deutete auf die Blondine, die sich in den Bereich für ungebundene Subs gesetzt hatte. „Sie hat mich zu dem privaten Vorrat geführt."

Die Doms drehten sich um. In der Sitzecke erstarrten die Blondine und ihre beiden Freunde, als sie bemerkten, dass sie beobachtet wurden.

„Langsam bekomme ich den Eindruck, dass du nicht mit Amber befreundet bist", sagte Edward gedehnt.

„Abgesehen vom Besitzer ist Master Holt die einzige Person, die ich hier kenne."

„Fuck. Ich habe dich angemault, bevor ich verstand, was hier vor sich geht." Edward runzelte die Stirn. „Tut mir leid."

Holt verließ den Barbereich, sein Blick auf den Frauen, als er sie mit dem Zeigefinger der rechten Hand zu sich befahl. *Kommt her.*

In Anbetracht des angespannten Kiefers von Holt war Josie nicht überrascht, als die drei sofort zu ihm eilten.

Holt richtete einen harten Blick auf die Blondine. „Ich habe gehört, dass du unsere neue Barkeeperin nach Edwards Balvenie gefragt und sie direkt zu seiner Flasche geführt hast."

Amber schnappte schockiert nach Luft und funkelte Josie böse an. „Das habe ich nicht. Du lügst. Du hast die Flasche einfach –"

„Oh, ich bitte dich, Amber." Die Bar hinunter drehte sich die Rothaarige im goldenen Bustier um. „Es sieht so aus, als würde der Hamster laufen, aber das Rad dreht sich nicht."

Amber runzelte die Stirn. „Was meinst du damit?"

„Ich *meine*, dass du dich zuerst nach möglichen Zeugen umsehen solltest, bevor du ein Verbrechen verübst. Ich habe gehört, wie du nach dem Balvenie 21 gefragt hast. Und so hat das auch Master Marcus."

Die Blondine wurde rot, und dann warf sie einen schüchternen Blick auf den Kerl im Anzug – Master Marcus –, der eine goldene Armbinde trug.

Noch ein Master. Wie viele gab es von denen?

Master Marcus' gedehnter Südstaatendialekt schmälerte die Härte in seiner Stimme kein bisschen, als er sagte: „Gabrielle hat Recht, Amber. Damit hast du dir einiges an Schwierigkeiten eingehandelt."

Er wandte seine Aufmerksamkeit Holt zu. „Du bist gerade rechtzeitig zurückgekommen, um dich um diese Art von Problemen zu kümmern. Das schätze ich über alle Maßen."

Josie fing den Subtext auf – der andere Master warf Holt die Angelegenheit direkt vor die Füße.

Holt sah ihn leicht genervt an. „Vielen Dank auch, Marcus."

„Willkommen zurück." Master Marcus lächelte und wandte sich wieder seiner rothaarigen Begleitung zu.

Mit einem kaum merklichen Seufzer drehte sich Holt – *Master Holt* – erneut zu den Frauen. Er ignorierte Amber und blickte von der Rothaarigen zur Brünetten. Sein intensiver Ausdruck führte dazu, dass sie nervös zappelten.

Nach einem langen Moment sprach er. „Ihr zwei habt eure Freundin nicht aufgehalten. Ihr habt nicht das Wort erhoben, als sie gelogen hat, was die Barkeeperin sehr wohl in Schwierigkeiten hätte bringen können. Ein solches Verhalten von Shadowlands-Subs zu sehen, ist überaus enttäuschend."

Beide Frauen welkten dahin.

Die Rothaarige flüsterte: „Es tut mir leid."

„Mir auch. Viele Doms genießen freches Verhalten; jedoch duldet niemand Unehrlichkeit ... oder *Diebstahl*." Seine geschmeidige Stimme hatte eine gewisse Schärfe angenommen.

Die beiden Frauen zuckten zusammen.

Sein Ton wurde etwas sanfter. „Erinnert ihr euch an euren ersten Abend im Shadowlands?"

Sie nickten.

„Ziemlich beängstigend, oder?"

Mehr Nicken.

„Versetzt euch für einen Moment in die Lage der Barkeeperin. Stellt euch vor, es ist eure erste Nacht hier bei der Arbeit an diesem seltsamen Ort." Während Holt sprach, sahen die Frauen zu Josie und das Verständnis wuchs in ihren Mienen. „Ihr seid nervös und versucht, euer Bestes zu geben." Er hielt inne ... und fügte mit missbilligender Stimme hinzu: „Dann wird sie von einem Kunden verarscht, gerät in Schwierigkeiten und wird gefeuert. Und die Freunde des Kunden finden es *lustig*."

Die Rothaarige brach in Tränen aus.

„Oh Gott, das haben wir getan." Die Brünette schloss für eine Sekunde die Augen. Dann sah sie Josie direkt ins Gesicht und sagte leise: „Es tut mir sehr leid, Ma'am. Das war nicht richtig. Gibt es eine Möglichkeit, das wiedergutzumachen?"

Die Rothaarige nickte verzweifelt.

„Ah ..." Josie warf Holt einen Blick zu.

„Das klingt schon eher nach Subs, die hierher gehören." Holt deutete auf die Bar. „Da es schwierig ist, mit der Nachfrage von Getränken Schritt zu halten, könnt ihr beiden ihr helfen. Für die nächste halbe Stunde zapft ihr Bier, schenkt Wasser und Limonaden ein und räumt dreckige Gläser weg. Tut alles, was sie von euch verlangt."

Mehr Nicken.

Holt fügte leise hinzu: „Wenn ein Dom fragt, warum ihr hinter der Bar seid, werdet ihr euch im Detail erklären."

Die Frauen zuckten bei dem Gedanken an ein Geständnis zusammen, duckten sich dann unter der Klappe durch und warteten auf Befehle.

Oh Mann. Josie überlegte eine Sekunde, bevor sie ihnen Barlappen gab. „Könnt ihr die leeren Gläser einsammeln und die Bar abwischen?" Es gab nicht viel zu tun, da sie zwischendrin immer wieder über die Oberfläche wischte, aber dieses ... unangenehme Zwischenspiel hatte sie in Rückstand gebracht.

„Ja, Ma'am", flüsterte die Rothaarige.

„Sofort, Ma'am." Die Brünette war jünger, vielleicht dreiundzwanzig, und ihre Hände zitterten vor Erleichterung.

Als Josie sich entfernen wollte, schüttelte Holt leicht seinen Kopf. *Bleib.*

Er wandte sich wieder an Amber, seine Augen nun die Farbe von Eisregen, was entsprechend wenig Wärme bot. „Die Barkeeperin hinters Licht geführt, gestohlen, gelogen und die Schuld auf eine andere Person geschoben. Habe ich etwas vergessen?"

Amber lief knallrot an.

Als der Ausdruck der Blondine reumütig wurde, wollte Josie mit den Augen rollen. Sie hatte von Carsons Freunden schon bessere schauspielerische Leistungen gesehen.

„Es tut mir leid, Master Holt." Amber trat einen Schritt näher ... und blieb stehen, als Holt den Kiefer anspannte.

Seine Kontrolle über seine Wut war beeindruckend – und so einschüchternd, dass Josie sich gerne zurückgezogen hätte. Kalifornien wäre weit genug, oder?

„Bin ich es, der eine Entschuldigung verdient hat?", fragte Holt mit einer bedrohlich sanften Stimme.

Nach einer Sekunde sah Amber zu Edward und sagte: „Es tut mir leid, Sir."

Der Ausdruck des Sadisten änderte sich nicht.

Amber zuckte mit den Schultern und schenkte Holt ein zuckersüßes Lächeln. „Darf ich jetzt gehen, Master Holt?"

Er verschränkte die Arme vor der Brust und wartete.

Gott, Josie war nicht diejenige, die in Schwierigkeiten war, aber dieses Schweigen war einschüchternd.

Ambers Kiefer zuckte, bevor sie zu Josie sah. „Tut mir leid."

Das war die am wenigsten authentisch klingende Entschuldigung, die Josie je gehört hatte. Und sie hatte genug. Sie nahm einen Stapel Bestellungen, den eine Bardame hinterlassen hatte, und machte sich daran, ein Bier zu zapfen. Nur Gott wusste, dass jede Antwort, die sie auf diese gezwungene Entschuldigung gab, entweder unhöflich ... oder unehrlich sein würde. Dieses Club-zeug war nicht ihr Problem.

Nichtsdestotrotz hörte sie mit einem halben Ohr zu, als Master Holt Amber sagte, dass ihre Entschuldigung so unehrlich sei wie ihr Verhalten. „Edward, könnte ich dir die Aufgabe geben, Amber mit dem Paddel zu bestrafen? Stoppe nach jedem Schlag und lass sie sich entschuldigen. Wenn es ihr jemals ehrlich leid tut, kannst du aufhören. Andernfalls gib ihr die vollen zwanzig ... so wie es im Mitgliedsvertrag unter *Bestrafungen* vermerkt ist."

„Was?" Amber schnappte nach Luft.

„Normalerweise mag ich es nicht, Nicht-Masochisten zu verletzen, aber in deinem Fall wird es mir ein Vergnügen sein." Zynisch lächelnd legte Edward eine Hand um den Arm der Frau und führte sie weg.

Josie wurde klar, dass sie starrte. *Nicht dein Problem. Nicht deine Angelegenheit. Konzentriere dich. Serviere Drinks.* Sie ging zu den beiden, die sich für sie ausgesprochen hatten – Master Marcus und die rothaarige Gabrielle. „Vielen Dank, dass ihr etwas gesagt habt. Was kann ich euch zu trinken bringen?"

„Gern geschehen, und ich würde mich über eine Diet Coke freuen." Gabrielle hatte ein hübsches Lächeln.

Glattrasiert und mit kurzen Haaren sah Master Marcus aus wie der CEO eines *Fortune* 500-Unternehmens. Seine Färbung ähnelte Holts – leicht gebräunt, honigblondes Haar und blaue Augen. Aber das zusätzliche Grau in Holts Tiefen schaffte es, die Farbe des Nebels zu einem düsteren Winterhimmel zu verwandeln.

Master Marcus' Akzent konnte nicht mehr nach dem Süden Amerikas klingen, als er sagte: „Es ist wirklich nett, hier einen echten Barkeeper zu haben. Ich bin Marcus."

Josie neigte den Kopf respektvoll. „Master Marcus. Gabrielle."

„Gabi", korrigierte die Rothaarige. Als Holt sich ihnen anschloss, drehte sie sich um und umarmte ihn sanft. „Es ist schön, dich wieder bei uns zu haben. Wie fühlst du dich?"

„Gut."

Marcus machte ein ungläubiges Geräusch.

Josie beobachtete das Ganze, da sie wirklich neugierig war, wovon sie sprachen. Nach einer Weile schüttelte sie sich jedoch und goss Gabi eine Diet Coke ein. Nachdem sie das Glas vor der Frau abgestellt hatte, sah sie zu Marcus und zog fragend die Augenbrauen hoch.

„Gerolsteiner auf Eis, bitte."

Josie schöpfte Eiswürfel in ein Glas, wählte die richtige Flasche aus und goss das sprudelnde Wasser hinein.

„Wenn du später noch hier bist, können wir einen echten Drink zusammen genießen." Marcus lächelte Holt an und fuhr dann mit den Fingern über die Wange seiner Sub. „Zuerst muss ich jedoch ein paar Schläge austeilen, fürchte ich."

Als sie das hörte, schlossen sich Josies Finger fest um die Flasche. Unter ihrer Aufsicht würde sicher niemand Frauen schlagen. „Hör zu, du –"

Holt lehnte sich über die Bar, packte ihr Handgelenk und nahm ihr sanft die Flasche ab. „BDSM-Club, erinnerst du dich, Süße? Alles ist einvernehmlich."

Oh. Verdammt. Das wusste sie natürlich, um Himmels willen. Die ganze Nacht beobachtete sie schon, wie Leute ausgepeitscht und geschlagen wurden. „Richtig." Sie sah zu Holt und sagte atemlos: „Danke."

Master Marcus gluckste.

„Du wolltest mir zur Hilfe kommen, oder?" Gabi grinste. „Ich mag dich. Willkommen im Shadowlands."

„Ähm. Danke." Josie atmete leise aus. Mit der Geschwindigkeit, in der sie von einem Fettnäpfchen ins nächste stolperte, bezweifelte sie, dass sie für eine zweite Nacht im Club willkommen wäre. Selbst wenn der Besitzer sie nicht feuerte, war sie sich nicht sicher, ob sie für diesen Ort geeignet war.

Holt hielt immer noch ihr Handgelenk, sein Blick auf sie gerichtet. „Alles okay bei dir?"

Seine Hand war warm und seltsam tröstlich. Und sie sollte nicht einmal so denken. Sich an einen Mann zu lehnen, war eine gute Möglichkeit, um auf der Straße zu enden.

„Alles gut, ja. Danke für deine Hilfe." Sie zog vorsichtig ihren Arm weg.

Sein Gesicht wurde ausdruckslos. „Kein Problem. Wenn du jetzt klarkommst, werde ich gehen und schauen, ob Zuri und ihre Crew hier sind. Entschuldige mich."

Als Holt nach hinten ging, beobachtete sie, wie Marcus ihm eine Sekunde lang nachsah, bevor er mit zusammengezogenen Augenbrauen seinen Kopf zu Josie drehte.

KAPITEL VIER

Der Abend ging weiter.

Josie hatte nicht mehr Fehler gemacht – hoffte sie – und sie hatte wunderbare Gespräche mit den Mitgliedern geführt. Nun, bis auf ein paar. Nach den fiesen Blicken mancher zu urteilen, hatte Amber Freunde, die der neuen Barkeeperin für ihre Bestrafung die Schuld gaben. Sie hatte den Drang zu schreien: *Es war nicht meine Schuld! Ich habe nichts falsch gemacht!*

Na ja, ihr Vater hatte ihr in jungen Jahren beigebracht, dass Protestieren nie einen Unterschied machte.

Als es später und der Club ruhiger wurde, hatte sie die Zeit, die Sessions in den abgetrennten Bereichen zu beobachten. Was sie dort sah, erinnerte sie an Performance-Kunst, nur schienen die Tops und die Bottoms sich nur selten ihren ... Beobachtern bewusst zu sein. Sie waren vertieft in das, was geschah, und ineinander.

Jede Session war anders. Sie beobachtete Szenen mit Rohrstöcken, Spankings und Floggings. Tropfendes Wachs auf nackter Haut. Eine Person auf anspruchsvolle Weise mit Seilen gefesselt. Funkenbildung von elektrischen Stäben, die an Körperteile gehalten wurden – sogar an intime Stellen.

CHERISE SINCLAIR

Eine Domina hatte tatsächlich Nadeln in ihre weibliche Sub gesteckt. Josie hatte sich abgewandt, bis diese Session vorbeigewesen war. *Meine Güte.* Das meiste andere Zeug war jedoch hypnotisierend. Und sexy.

Anscheinend gab es keine Einschränkungen in Bezug auf Nacktheit oder sexuelle Aktivität. Private Regionen wurden gestreichelt – oder geschlagen – oder mit Nadeln durchstochen – oder ... Cullen hatte erwähnt, dass es oben private Räume gab, in denen Mitglieder spielen oder Sex haben konnten, ohne beobachtet zu werden. Aber einige Mitglieder hatten kein Problem damit, Sex in der Öffentlichkeit zu haben.

Sie fand keine Worte. Und nein, es dauerte nicht lange, bis ihre Brüste anschwollen und sie Feuchtigkeit in ihrem Tanga wahrnahm. Jeder Zentimeter ihrer Haut fühlte sich überempfindlich an.

Aber sie war nicht hier, um zu spielen. Sie war hier, um Getränke zu servieren, und das war überall gleich. Mit den Clubmitgliedern hier unterhielt sie sich genauso gerne wie mit ihren *Highlands*-Kunden. Waren sie nicht in den Sessionbereichen, stellten sich die BDSM-Leute als ziemlich normal heraus. Auch sie hatten das uralte Problem, die richtige Person für sich finden zu wollen. Sie trennten sich und Partner gingen fremd.

Als sich ihre Kunden mit ihr unterhielten, erfuhr sie jedoch auch von neuen Problemen – wie dem *Wrapping*. Oft ein Anfängerfehler, bei dem sich die Enden der Lederstränge um das Zielobjekt wickelten und so die andere Seite trafen – in diesem Fall die Brüste der Sub. *Heilige Scheiße.* Beim Zuhören erkannte Josie, dass sie ihre Arme vor ihrer Brust verschränkt hatte.

Ein schwuler Sub gestand, dass er in einem intensiven Moment plötzlich unkontrolliert loskichern musste und so seinen Dom verärgert hatte.

Ein Top erzählte ihr, er habe eine Suspension-Session gemacht, bei der er die Frau herumgewirbelt hatte, sie das nicht vertrug und sich demnach übergeben musste.

Dann war da diese Frau ... Josie runzelte die Stirn und musterte die einzige Person an der Bar, die anscheinend nicht reden wollte.

Eine Latina in ihren späten Zwanzigern saß mit gebeugten Schultern auf einem Hocker und trank aus ihrer eigenen Flasche Wasser. Zuvor war eine Freundin der Frau – eine weitere Sub – zu ihr gegangen, doch sie hatte schnell aufgegeben, als die Latina weggezuckt war.

Sie sprach nicht mit ihren Freunden und obwohl es im gesamten Clubraum bequeme Sitzmöglichkeiten gab, hatte sich die Frau entschieden, an der Bar zu sitzen. Für Josie war das eine Einladung zum Gespräch oder sogar ein Schrei nach Aufmerksamkeit.

Josie näherte sich ihr, legte die Unterarme auf die Baroberfläche und lehnte sich vor. „Guten Abend. Hättest du gerne einen Drink?"

„Nein. Danke. Dieses Wasser reicht mir." Die Frau sah nicht mal auf.

Da die Bar größtenteils leer war, nahm Josie ein Glas aus dem Gestell, das Peggy aus dem Vorratsraum mitgebracht hatte. Während der Club geöffnet war, war die bezaubernde ältere Frau, die für die allgemeine Reinigung verantwortlich war und die Bar mit sauberen Gläsern ausstattete, neben Josie die einzige Festangestellte. Alle anderen waren Freiwillige – einschließlich der Subs, die Zwei-Stundenschichten als Bardamen absolvierten.

Mit einem frischen Handtuch begann Josie, das Weinglas zu polieren. Notwendig war das nicht, aber es gab ihr einen Grund, genau hier zu stehen. Kein Reden, einfach nur in der Nähe sein.

Die Schultern der Frau zuckten leicht, und sie nahm einen weiteren Schluck von ihrem Wasser. Ihre Augenbrauen zogen sich zusammen. „Sind die nicht schon sauber?"

„Mmmhmm. Aber ich mag es, sie zum Glänzen zu bringen."

Braune Augen hoben sich. „Wirklich?"

„Wenn ich die Zeit habe, warum nicht?"

Na bitte, die Frau atmete schon leichter.

Josie fühlte, wie sich der Knoten in ihrer Brust löste. „Es tut weh, jemanden zu sehen, der so traurig aussieht. Brauchst du auch einen Polierer?"

Die Frau stieß ein winziges Lachen aus. Ihr Lächeln verblasste jedoch schnell. „Es ist nichts. Ich bekomme nur manchmal S-Subdrop." Die melodische Stimme mit hispanischem Akzent brach und Tränen sammelten sich in ihren braunen Augen.

„Ähm. Ich bin neu im Club und weiß nicht, was Subdrop ist."

Der Versuch eines Lächelns brach Josie das Herz. „Nach einer Session – besonders wenn diese intensiv war und man von Endorphinen vollkommen überwältigt ist und sich regelrecht high fühlt –, fällt plötzlich alles von einem ab und man fühlt sich miserabel."

„Das klingt entsetzlich. Was kann ich tun, um zu helfen?"

Eine weitere Träne glitt über ihre Wange. „Ich komme schon klar."

Josie versuchte, nicht finster dreinzublicken. „Soll die Person, mit der du spielst, nicht danach bei dir bleiben oder so?"

„Sie ... Sie hält nicht viel von Aftercare."

Hm. Jemand brauchte ganz dringend eine Umarmung. Was hielt man hier von intimen Berührungen dieser Art? „Ich bin Josie. Darf ich nach deinem Namen fragen?"

Noch ein kleines Lächeln. „Natürlich. Natalia. Keine Sorge, Josie. Ich muss nur ein paar Minuten hier sitzen, bevor ich nachhause fahre."

„Du bleibst so lange hier, wie du das möchtest." Josie tätschelte ihre Hand und bemerkte, dass jemand Neues an die Bar getreten war. Was für ein mieses Timing.

Josie versuchte, darüber hinwegzukommen, dass sie nicht helfen konnte, und ging zu dem Mitglied. Der Mann war älter mit silbernen Haaren und einer ledrigen Bräune. Anstelle von auffälliger oder schwarzer BDSM-Kleidung trug er lediglich eine Jeans und ein Hemd in der hellblauen Farbe seiner Augen.

Josie versuchte zu lächeln. „Hi. Was hättest du gern?"

Er musterte sie eine Sekunde lang. „Ich würde gerne wissen, warum du aussiehst, als hätte jemand deinen Welpen totgefahren."

„Ich ..." Josies Blick fiel. Sie entdeckte eine schwarze Peitsche, die an seinem Gürtel befestigt war und ... erstarrte. Der letzte Typ, den sie mit einer Peitsche gesehen hatte, wurde Sadist genannt. Trugen alle Sadisten ihre ... Werkzeuge so offensichtlich herum?

Er war sicher nicht jemand, den sie um Hilfe bitten würde, wenn es um die traurige kleine Natalia ging.

„Ich warte, Mädchen", knurrte er. „Sieh mich an."

Ein Schauer lief ihr bei dem Befehl über den Rücken und als sie ihren Blick hob, sah sie das goldene Armband halb versteckt unter seinem Hemd. „Ah." Sie starrte auf die Peitsche und platzte heraus: „Wenn jemand deine Hilfe bräuchte, würdest du dieser Person nicht wehtun, oder?"

Harte Lippen verzogen sich zu einem Schmunzeln. „Nur, wenn es genau das ist, was sie braucht und will. Brauchst du Hilfe, Fräulein?"

„Nicht ich, nein." Josie sah über ihre Schulter zu Natalia, und der Master folgte ihrem Blick. „Sie sagte, sie hätte etwas, das sich Subdrop nennt?"

„Das ist das Wort. Die Sub hätte aber sicher lieber eine Frau." Er schaute sich um und zeigte dann in die Mitte des Raumes. „Diese Mistress dort mit dem goldenen Armband. Geh zu Olivia und sag ihr, dass Sam will, dass sie deiner kleinen Sub zur Hilfe kommt. Verstanden?"

„Aber ..." Josie sah sich um.

„Wenn jemand einen Drink braucht, erledige ich das."

Richtig. Okay. Auf den ersten Blick sah der Typ aus wie ein Rancher. Auf den zweiten Blick war er extrem beängstigend. Sie nahm ihren ganzen Mut zusammen. „Okay, aber erschrecke meine Kunden nicht."

Er entließ ein lautes Lachen und öffnete den Klappdurch-gang. „Die Hälfte von ihnen ist hier, weil sie gerne erschreckt werden."

Sie verließ die Bar durch den Ausgang und murmelte: „Trotzdem ..."

Mistress Olivia war eher stämmig gebaut. Eine ärmellose, enganliegende Lederweste zeigte ihre muskulösen Schultern. Schwarze Latex-Leggings steckten in hohen Schnürstiefeln. Ihr karamellfarbenes Haar war so kurz wie das von Josie und mit Gel nach oben gestylt. Sie war nicht ... ganz so furchterregend wie Master Sam.

Als Josie sich näherte, pausierte Olivia ihr Gespräch mit Uzuri und einer Rothaarigen mit silbernen Schläfen.

Uzuri sah Josie und grinste. „Hey, ich wollte gleich zu dir kommen, um dir etwas Unterstützung anzubieten."

„Das lehne ich nie ab." Josie drehte sich zu Olivia um und zögerte. „Ich unterbreche ungern. Sam – Master Sam – bat um deine Hilfe mit einer ... einer Sub."

„Tatsächlich?" Olivia hatte einen britischen Akzent und ein unlesbares Gesicht. „Was ist das Problem?"

„Da ist eine Frau an der Bar, Natalia, und sie hat ... sie nannte es Subdrop, und sie weint und das ist einfach nicht ..." Josie spürte, wie die Wut wieder in ihr aufstieg. „Es ist einfach nicht richtig, dass die Person, die mit ihr gespielt hat, sie ganz allein gelassen hat, wenn sie so traurig ist."

„Das stimmt." Olivia tätschelte Josies Schulter. „Ich kümmere mich darum, *Love*."

Als sie wie eine Naturgewalt zur Bar marschierte, starrte Josie ihr nach, bevor sie zu Uzuri sah. „Ich bin mir nicht sicher, ob ich erleichtert sein soll oder lieber vorauslaufen sollte, um Natalia zu warnen."

„Mistress Olivia kann beängstigend sein – obwohl sie nicht an Mistress Anne herankommt –, aber unter alledem ist sie wirklich nett. Sie wird sich gut um Natalia kümmern." Uzuri deutete auf die Rothaarige. „Josie, kennst du Linda schon? Linda, das ist Josie, unsere neue Barkeeperin."

Linda lächelte. „Schön, dich kennenzulernen, Josie."

„Gleichfalls." Josie warf einen Blick zur Bar. *Ich habe einem Sadisten meine Bar überlassen. Böse Josie.* „Ich gehe besser zurück."

„Wir kommen mit dir." Uzuri wandte sich einer Sitzecke zu, in der sich einige Doms unterhielten. Alastairs Blick war auf Uzuri gerichtet, und als sie auf die Bar zeigte, nickte er.

„Hast du dir gerade seine *Erlaubnis* eingeholt?", fragte Josie ungläubig.

Linda kicherte.

Uzuri machte sich auf den Weg zur Bar. „Oh, ja. Hier ohne Erlaubnis herumzulaufen, ist nicht gesund."

Josie schüttelte den Kopf und runzelte dann die Stirn. Sie hatte bereits bemerkt, dass Subs weniger Kleidung trugen als die Doms. Uzuri und Linda waren zudem barfuß. Als sie sich umsah, entdeckte sie nur eine Sub mit Schuhen, und ihre schicken Stilettos waren so hoch, dass es ein Wunder war, dass sie gehen konnte. „Ich sehe, dass es den unteren Klassen an Schuhen mangelt. Ist das, damit ihr nicht nach draußen rennen könnt?"

Linda hakte ihren Arm bei Josie ein und sagte zu Uzuri: „Sie ist so respektlos, dass ich sehen kann, warum du mit ihr befreundet bist." Sie lächelte Josie an. „Der große Zampano aka Master Z hat entschieden, dass Subs barfuß gehen müssen − es sei denn, sie tragen extrem sexy Schuhe. Der Türsteher entscheidet."

„Es hat eine Zeit gegeben, da habe ich mich gefragt, ob jemand Ben sexuelle Gefälligkeiten anbietet, um seine Erlaubnis zu erhalten, die Schuhe anzubehalten", kommentierte Uzuri. „Aber er ist unbestechlich."

„Ben ist der riesige Kerl, oder?"

Linda nickte. „Genau der. Uzuri, nach der Geburt seines Babys könntest du versuchen, ihn mit einem Angebot zum Baby-sitten zu bestechen." Sie öffnete ihre linke Hand. „Dein Stolz." Sie öffnete ihre rechte Hand. „Weinender Säugling." Ihre Hände gingen auf und ab und wiesen auf eine Waage hin. „Stolz verliert jedes Mal."

Als Uzuri sie ausdruckslos ansah, kicherte Josie. „Ich erinnere mich noch an mein erstes Jahr als Mutter. Ich hätte alles getan, um ein paar freie Stunden zu haben."

„So ist es." Linda lächelte. „Meine sind auf dem College, aber auch ich weiß noch um den Horror und die Freuden eines Neugeborenen."

Nachdem Josie sich wieder hinter die Bar begeben hatte, zeigte Master Sam auf eine geduldig wartende Bardame. „Kümmere dich um ihre Bestellungen. Ich werde beenden, was ich angenommen habe."

„Okay. Danke." Während sie sich durch die Zettel las, nahmen Linda und Uzuri auf Barhockern Platz und sprachen weiter über Ben und Schuhe.

Uzuri war enthusiastisch. „Ich bin ein großartiger Babysitter und ich habe fantastische Schuhe, die er mich hier nie tragen lässt."

Josie grinste. „Das mit Ben muss ich mir merken. Es ist immer gut, zu wissen, wer vielleicht Bestechungsgeld akzeptiert."

„Oh ja." Linda zeigte auf Master Sam. „Dieser gemein aussehende Barkeeper zum Beispiel? Ich habe gehört, dass er sehr leicht zu bestechen ist."

Josie starrte sie an. War die Frau verrückt? Der Kerl trug eine *Peitsche* an sich. „Äh, Linda?"

Master Sam knurrte, lehnte sich über die Bar und packte Lindas schulterlanges Haar in einer Faust. Sie stieß ein überraschtes Quietschen aus, als er sie zu sich zog und seinen Mund auf ihren presste. Ein sanfter Kuss war das nicht; er war von Dominanz geprägt.

Linda wehrte sich nicht, oh nein, sie schlang ihre Arme um seinen Hals.

Josies Kinnlade klappte nach unten.

Uzuri begegnete ihrem Blick, grinste und fächelte sich zu.

Ohne Scheiß, das war ein heißer Kuss. Wow. Die Temperatur im gesamten Barbereich stieg. Josie zog sich auf die andere Seite der Bar zurück und suchte nach leeren Gläsern oder neuen Kunden. Sie nahm ein paar Gläser und stellte alles für die Reinigungskraft auf den Wagen.

Als sie zurückkam, wandte sie ihren Blick von Master Sam und Linda ab und fragte Uzuri: „Möchtest du einen Drink?"

„Eine Erdbeer-Margarita, bitte." Uzuris Augen tanzten vor Belustigung. „Sie sind zusammen, weißt du – Linda und Master Sam. Er packt nicht einfach fremde Frauen. Na ja, jedenfalls küsst er sie dann nicht. Es ist dennoch eine gute Idee, in seiner Gegenwart höflich zu sein, weil er wirklich gut mit dieser Peitsche umgehen kann, und er hat harte Hände, wenn er mit etwas, was du getan hast, nicht zufrieden ist. Ich konnte einen Tag nicht sitzen, nachdem er ..."

Ihre Stimme verstummte, als sie sah, wie Josie kaum merklich den Kopf schüttelte. Die Sub warf einen Blick über ihre Schulter und entdeckte, dass der Sadist dem Gespräch lauschte. „Oh. Ups."

Linda hatte eine Hand über dem Mund und ihre Schultern bebten vor Lachen.

Josie bewertete Master Sam mit Bedacht. Sein Mund hatte sich nicht bewegt und wirkte streng, doch die Falten neben seinen Augen zeigten seine Belustigung. *Nun, okay.*

Er nickte Josie zu. „Da du wieder hier bist, hole ich meine Tasche und bringe der Rothaarigen etwas Manieren bei." Er sah zu Linda. „Richtig, Fräulein?"

„Oh, absolut." Anstatt verängstigt auszusehen, rutschte Linda direkt vom Barhocker. „Wo willst du mich, Sir?"

Master Sam zog eine schwer aussehende Ledertasche hinter der Bar hervor. „Der Kerker. Z hat einen Bereich für Peitschen abgesperrt."

Cullen hatte erwähnt, dass dieser Kerker ein separater Raum den Flur hinunter war. Josie hatte die ganze Nacht zischende Geräusche aus dieser Richtung gehört. Und Schreie ... *vergiss die*

Schreie nicht. Ihr Mund war trocken, als sie Uzuris Drink vor ihr abstellte.

Bevor Master Sam die Bar verließ, hielt er noch einmal inne. „Du machst einen guten Job, Mädchen." Ohne auf ihre Antwort zu warten, legte er einen Arm um Lindas Rücken und trieb sie in den hinteren Teil des Clubs.

„Das ist eine sehr beängstigende Person", sagte Josie leise. Nichtsdestotrotz spürte sie ein warmes Leuchten. Sie hatte das Gefühl, dass es nicht leicht war, sich von diesem Mann Komplimente zu verdienen.

„Du solltest ihn mit dieser Peitsche sehen", sagte Uzuri. „Ich bin kein Masochist und auf keinen Fall will ich, dass mir jemand diese Art von Schmerz bereitet, aber ihm zuzusehen, macht mich trotzdem verdammt heiß."

„Er wird sie auspeitschen. Er wird sie verletzen." Josie schüttelte den Kopf. Nach einer Sekunde erinnerte sie sich an die Frage, die sie stellen wollte. „Da ich dich gerade hier habe ... Was ist los mit Holt? Mir ist aufgefallen –" Sie hielt abrupt inne und bemerkte, dass der Dom im Anzug mit dem Südstaatenakzent – Master Marcus – zurückgekehrt war.

„Josie, ich übernehme eine halbe Stunde. Mach Pause und setz dich ein bisschen hin." Er wies mit dem Kinn auf die Ecke im Eingangsbereich. „Dort drüben gibt es gutes Essen."

Sie erkannte, dass sie dringend aufs Klo musste. „Fantastisch, danke!"

Als sie hinter der Bar hervorschlüpfte, grinste sie Uzuri an. „Ich werde schnell aufs Klo gehen und dann können wir uns ein bisschen unterhalten?"

Uzuri zeigte auf die Ecke. „In der Zwischenzeit hole ich uns etwas zum Essen und suche nach einem Sitzplatz."

Ein paar Minuten später fand Josie Uzuri in der Snack-Ecke mit Max. Josie setzte sich auf einen Stuhl, überlegte kurz und legte dann ihre Beine auf einen benachbarten Stuhl. Ihre Füße entließen einen erleichterten Seufzer.

Max lächelte. „Wunde Füße?"

„Immer." Sie warf einen Blick auf die Leute, die immer noch um die Bar herum zu finden waren. Einer davon war nackt. Ein anderer an einer Leine. „Dieser Barkeeper-Job kann wirklich mit nichts verglichen werden."

Uzuri lachte und überreichte eine Flasche Sprudelwasser.

Grinsend schob der große Cop einen Teller über den Tisch. „Zuri hat dir Essen besorgt."

„Danke, Uzuri." Josie nahm sich einen gefüllten Pilz. „Ich bin am Verhungern."

Während sie kaute, musterte sie Uzuris Dom. Max war ähnlich wie Holt gekleidet. Alles in Schwarz – Jeans, Stiefel, schwerer Ledergürtel und ein enges T-Shirt. Er hatte sein schulterlanges braunes Haar mit einem Band zurückgebunden. Sein gutes Aussehen mit dem markanten Kiefer und den hohen Wangenknochen erinnerte sie auch an Holt. Max war ... kraftvoll, muskulös. Wenn er ein Held in ihren Büchern wäre, würde sie ihn zu einem Schwertkämpfer machen. In Anbetracht von Holts stählernen Muskeln und wie er sich mit solch atemberaubender, gefährlicher Anmut bewegte, würde sie ihm das Messer als Waffe zuschreiben – viele kleine tödliche Messer.

Gruselige Doms, wirklich. Beide. Josie entschied, dass Fragen über ihren Biker-Nachbarn warten mussten, bis sie Uzuri mal allein erwischte.

Leider hatte Uzuri es nicht vergessen. „Du hast mich nach Holt gefragt?" Sie wackelte anzüglich mit den Augenbrauen.

„Äh ... richtig. Ich habe mich nur gefragt, ob er sich bei einer großen Biker-Schlägerei oder so verletzt hat. Er sieht ziemlich angeschlagen aus."

Max presste seine Lippen zusammen und Uzuris Lächeln löste sich vollkommen auf und zeigte stattdessen Schmerz.

Josie erstarrte. „Uzuri, was auch immer ich gesagt habe, es tut mir *so* leid."

Nach einer Sekunde schüttelte Uzuri den Kopf. „Ich habe

vergessen, dass deine Großtante zu der Zeit ins Krankenhaus kam. Du hast wahrscheinlich nicht gehört, was passiert ist."

„Uzuri, was auch immer zu diesem Ausdruck auf deinem Gesicht geführt hat, wir müssen nicht darüber reden." Josies Kopf füllte sich mit so vielen verschiedenen Szenarien.

„Nein, du solltest es wissen. Holt wohnt neben dir." Uzuri legte ihre Finger um Max' Hand, als würde sie Kraft aus der Berührung ziehen. „Ich, ähm, ich hatte einen Stalker. Er war wahnsinnig. Als ich zu meinen Drachen-Doms zog, blieb Holt in meinem kleinen Haus, während sein Apartmentkomplex renoviert wurde, und der Stalker dachte, ich wäre mit ihm zusammen. Er hat Holt im Haus angegriffen. Mit Messern."

Die Wörter flossen so schnell vorbei, dass Josie ein bisschen brauchte, um die Bedeutung zu verarbeiten. Ein Stalker? Ihre Hände ballten sich zu Fäusten. War das der Grund, warum Uzuri immer so nervös gewirkt hatte? Der Bastard hatte Holt angegriffen? Es hatte keine Schlägerei gegeben. *Oh mein Gott.* Ein Messer. Diese Narben.

„Gestern Abend meinte Max zu Holt, er solle den Stuhl nicht anheben." Josies Worte kamen als Flüstern heraus. „Wie schwer wurde er verletzt?"

„Stichwunden in Bauch und Rücken", sagte Max mit seiner rauen, tiefen Stimme. „Der Darm wurde getroffen. Er wurde operiert und war eine Weile im Krankenhaus."

Uzuris Gesicht wirkte heimgesucht. „Er –"

„Er kann bald wieder zur Arbeit." Max drückte Uzuris Hand.

Kein Wunder, dass Holt zuhause gewesen war, als andere Leute bei der Arbeit waren. Kein Wunder, dass er nicht angeboten hatte, mit den Einkäufen zu helfen. Deshalb ging er langsam. Sie hatte sich so in ihm getäuscht. Sie fühlte sich furchtbar und sackte sichtlich auf dem Stuhl zusammen.

„Meine Schuld." Uzuri starrte auf ihre Hände. „Es war –"

Josie blinzelte und zog dann die Augenbrauen zusammen. Sie hatte diesen Schuldgefühle-Mist schon von zu vielen Frauen gehört, besonders nachdem sie ein oder zwei Drinks getrunken hatten. „Entschuldige bitte, aber hast du *diesen* Kerl gebeten, dich zu stalken?"

Uzuri blinzelte. „N-Nein."

„So ist es. Ich wette, du hast ihm gesagt, dass er sich verziehen soll, und das Arschloch hat nicht gehört, oder?"

Ein Nicken.

„Wenn du nicht kontrollieren kannst, was andere Menschen tun, kannst du dich ja wohl kaum für die Handlungen von ihnen in Verantwortung sehen." Josie warf die Hände hoch. „Als Nächstes wirst du die Schuld für all die Eichhörnchen auf dich nehmen, die überfahren werden, hmm?"

Als Uzuri sie ohne zu blinzeln anstarrte, lachte Max.

Josie sprang auf die Füße. „Ich muss mit Holt sprechen, bevor ich zur Arbeit zurückkehre. Ist er noch hier?"

Max zeigte in den hinteren Teil des Clubs. „Er hat sich vor einer Waxing-Session in der linken Ecke niedergelassen."

Josie durchquerte den Raum und ihr wurde immer wieder freundlich zugenickt. Ein Dom sagte zu seinem männlichen Sub: „Sexy Outfit. Wir sollten irgendwann ein Barkeeper/Biker-Rollenspiel machen."

Die Leute hier waren wirklich anders. Josie entdeckte Holt und blieb stehen.

Mit einem Drink in einer Hand hatte er es sich auf einem der langen Ledersofas bequem gemacht und beobachtete untätig die Reinigung des Session-Bereiches.

Schuldgefühle verkrampften ihr die Lungen.

Sein Blick landete auf ihr und sein Gesicht wurde ausdruckslos.

Ihre Brust fühlte sich an, als hätte jemand mit einem Fleischklopfer darauf eingeschlagen. Holt war beim ersten Treffen freundlich gewesen und auch, als er ihr an der Bar geholfen hatte. Aber nicht mehr.

Sie biss sich auf die Unterlippe, nahm all ihren Mut zusammen, ging zu ihm und deutete auf den Platz neben ihm. „Darf ich?"

Er bewegte seine Beine. „Natürlich."

Was wollte die hübsche Barkeeperin?

Holt war verdammt erschöpft. Er hatte einem neuen Dom geholfen, der eine Sub mit etwas getriggert hatte und Hilfe brauchte, um sie zu beruhigen. Danach wollten alle, die er kannte, reden und aus ihm herausbekommen, wie es ihm ging. Sein kurzer Besuch im Shadowlands hatte sich in einen Marathon verwandelt.

Jetzt musste er sich mit einer Frau auseinandersetzen, die ihn aus irgendeinem verdammten Grund nicht mochte. Er hielt seine Stimme mit Mühe gelassen. „Gibt es ein Problem, bei dem ich dir helfen kann, Josie?"

Sie setzte sich neben ihn auf die Couch. In der kurzen Zeit, die er sie jetzt kannte, war sie immer bemerkenswert beherrscht gewesen – selbst, wenn sie es mit einem verärgerten Edward zu tun bekam –, aber im Moment sah sie regelrecht erschüttert aus.

Er milderte seinen Ton: „Was ist los, Süße?"

„Ich lag ja so daneben. Es tut mir leid, Holt; ich war so unhöflich zu dir."

Hatte er etwas verpasst? Er atmete langsam aus und sammelte seine restliche Energie zusammen, denn, *verdammt*, er war für diese Unterhaltung einfach zu müde. Sie war nicht seine Sub. Tatsächlich bestand die Möglichkeit, dass sie gar nicht unterwürfig war. Nur ... sie war es. Und sie brauchte Hilfe, und es gehörte zu seinen Pflichten als Dom, ihr diese Hilfe anzubieten.

Also gut. „Du *warst* unhöflich", sagte er gleichmäßig. „Wirst du den Grund mit mir teilen?"

Ihr Blick fiel. „Ich dachte, die Wunden an deinen Armen und in deinem Gesicht seien darauf zurückzuführen, dass du in einen Messerkampf geraten bist."

„Das bin ich."

Als sie aufblickte, legte sie ihre Hand auf seine. „Nein, du wurdest *überfallen*. Von einem verrückten Stalker. Ich dachte, du ... du hast eine Harley und eine schwarze Lederjacke und einen Freund mit einem Bike. Und du bist immer zuhause. Ich dachte, du wärst arbeitslos und in einer Gang und kämpfst und schlägst dich und ...“

Langsam dämmerte es ihm. „Du dachtest, ich wäre ein wertloser Biker in einer Gang.“ Erleichterung sickerte durch seine Adern. Ihre Abneigung gegen ihn beruhte nicht auf seinen Narben, sondern auf den Schlussfolgerungen, die sie über die Wunden gezogen hatte. Wenn man darüber nachdachte, sah er verdammt anrüchig aus. Er hatte sich seit Wochen nicht rasiert.

Seine Zurückhaltung wurde durch Belustigung ersetzt. „Hast du gedacht, Carson würde mit mir rumhängen und so lernen, wie man sich Biker-Chicks anlacht und Drogen nimmt?“

Ihre Wangen färbten sich zu einer wunderschönen Röte. Sie senkte den Blick auf den Schoß und nickte. „Er ist in dem Alter, in dem er nach einem männlichen Vorbild sucht, und du bist gleich nebenan. Ich hatte Angst.“

Er legte seine Finger unter ihr stures Kinn, hob ihren Kopf und zwang sie so, ihn anzusehen. Verzweiflung erfüllte ihren Blick, ihren Ausdruck. Sie hatte seine Gefühle verletzt. *Zum Teufel*, was für eine Frau bestürzte es, dass sie vielleicht die Gefühle eines Mannes verletzt haben könnte? „Keine Bange, Süße.“

Im Gegensatz zu Amber und ihrer unechten Entschuldigung zeigte Josie wahre Reue. Die schiere Ehrlichkeit und der Beweis ihrer Emotionen zogen an dem Dom in ihm. Was sie gerade fühlte, war deutlich in ihren großen Augen und auf ihrem weichen Mund zu erkennen.

Holt strich ihr den Pony aus dem Gesicht und fuhr fort: „Obwohl ich ein Bike habe, gehöre ich keiner Motorradgang an.“

„Oh.“

Die Haut unter ihrem Kinn war wie Seide. Und ihr Mund war

verdammt ansprechend, die Oberlippe süß geschwungen. Unfähig zu widerstehen, strich er mit dem Daumen über ihre Unterlippe. *So verdammt weich.* Sie bebte ... sie erschauerte.

Ihre Atmung veränderte sich ... als wäre ihr bewusst geworden, dass er mehr war als jemand, den sie beleidigt hatte.

Sei brav, Master Holt. Er ließ seine Hand fallen.

Sie räusperte sich. „Ähm, richtig."

Mittlerweile war sie knallrot. Und ja, sie sah ihn definitiv anders an.

„Max sagte, du würdest bald wieder arbeiten."

„Ja. Es wird eine Erleichterung sein, da es mich verrückt macht, zuhause herumzusitzen. Leider packt der Captain sowohl Feuerwehrleute als auch Sanitäter hinter den Schreibtisch, bis sie wieder topfit sind."

„Ich war unhöflich zu einem *Feuerwehrmann* – einem Helden?" Sie schloss die Augen. „Erschieß mich einfach."

Sie war verdammt süß.

„Josie." Er wartete, bis sie die Augen öffnete. „So unhöflich warst du gar nicht. Alles gut. Carson kann sich glücklich schätzen, eine Mutter zu haben, die sich Sorgen um ihn macht."

„Vielleicht könnte er eine gebrauchen, die nicht voreilige Schlüsse zieht."

Als sie sich auf die Unterlippe biss, fiel sein Blick erneut auf ihren Mund. Wieder errötete sie.

„Ich – ähm." Sie sprang auf die Füße. „Ich muss zurück an meine Bar. Danke, dass du so nachsichtig bist."

„Natürlich." Er nippte an seinem warmen Getränk und beobachtete, wie sie sich von ihm entfernte.

Nachdem sie gehört hatte, dass sie es versaut hatte, war sie direkt für eine Entschuldigung zu ihm gekommen. *Reumütig.* Sie war wirklich ein Schatz, hmm? Aber egal wie süß und ehrlich sie war, sie war kein Shadowlands-Mitglied. Und sie war seine Nachbarin.

Daraus kann nichts werden.

KAPITEL FÜNF

Am **Samstagabend richtete** Josie einen finsteren Blick auf die Worte auf dem Computerbildschirm. Ihre Helden mochten magische Kräfte haben, aber sie waren immer noch Teenager, und sie konnte schwören, dass die neue *Die Welt ist ungerecht*-Einstellung ihres Sohnes bei zwei Teammitgliedern auftauchte. *Ihr solltet besser sein als das,* dachte sie in einem strengen Tonfall.

Schlimmer noch, Tigre flirtete immer noch mit Laurent. *Nein, nein, nein.* Vielleicht sollte sie seine Aufmerksamkeit auf eine füllige Milchmagd richten und damit Laurent eine Lektion darüber erteilen, wie lange die „Liebe" eines Mannes andauerte.

Seufzend schob sie die Tastatur weg und erhob sich von ihrem Schreibtisch. Genug Frustration. Zeit, sich für ihre zweite Nacht im Shadowlands umzuziehen.

Als sie aus ihrer alten Jeans in eine schwarze Stoffhose schlüpfte, fiel ihr auf, wie aufgeregt sie war. Der Club war anders als je ein Arbeitsplatz zuvor. Alles hatte an ihren Sinnen gezogen.

Das Stöhnen und die Schreie und die Geräusche vermischten sich mit der ominösen, basslastigen Musik.

Die Düfte – Sex, Leder, Zitrusreiniger – taten sich mit dem Aroma von Bier und Wein an der Bar zusammen.

Und was es alles zu sehen gab – die dunkel gekleideten Doms und die helleren, spärlich bekleideten oder nackten Subs.

An sich war der Club auf junge, schlanke, heterosexuelle Menschen ausgerichtet. Die Mitglieder des Shadowlands kamen jedoch in allen Größen und Formen, allen Geschlechtsidentitäten und Vorlieben. Sie liebte die Vielfalt.

Trotzdem hatte sie ein paar *Momente* erlebt.

Als sie einen Dom gesehen hatte, der Nadeln in die Brüste einer Frau steckte – in einem spiralförmigen Muster –, waren die Brüste in ihrem BH regelrecht zusammengeschrumpelt.

Eine Person, von Kopf bis Fuß als Pony verkleidet, war an Zügeln herumgeführt worden. Sie konnte sich in dieser Art von Kostüm nicht sehen, aber die Hufenschuhe des Ponys hatten vor Freude getänzelt. *Leb dich aus, Pony!*

Der Abend war ein ständiges Eintauchen in sinnliche Klänge, Düfte und Sehenswürdigkeiten gewesen. Wirklich, sie hatte Sex gehabt, der sie weniger erregt hatte. Stunden mit – sie rollte mit den Augen – einer feuchten Pussy zu arbeiten, war höchst beunruhigend. War das Shadowlands wirklich ein Ort, an dem sie arbeiten wollte?

Und doch ... und doch ...

Sie konnte die Arbeit machen. *Check.*

Sie mochte die Leute. *Check.*

Die Bezahlung war ausgezeichnet. *Check.* Und na ja, sie brauchte das Geld.

Wenn sie nur nicht diesen unwillkommenen Wunsch hätte, mitzumachen.

Die kinky Seite in ihr kämpfte darum, herauszukommen. Zu Carsons Vater hatte sie sich hingezogen gefühlt – *mögen seine Hoden schrumpfen und abfallen* –, weil es ihr gefallen hatte, wie er die Kontrolle an sich genommen hatte. Am Tag bevor sie und ihr Vater nach Texas zurückgekehrt waren, hatte Everett sie gefesselt und ihr ein Spanking gegeben. Sie war entsetzt gewesen. Sie hatte geweint. Und war hart gekommen.

Tatsächlich hatte sie noch Jahre später von diesem Spanking geträumt, obwohl *ihr* Held sicher nicht Everett gewesen war. Aragorn hatte eine Weile die Hauptrolle gespielt. Ironman sollte Ironhand heißen. Die verschiedenen Könige Arthur – oh ja. Immer jemand aus Büchern oder Filmen. Bis letzte Nacht.

Sie schüttelte den Kopf und spürte, wie ihr Gesicht errötete. In ihren Träumen letzte Nacht war Holt derjenige gewesen, der ihr ein Spanking gegeben, sie geküsst und kontrolliert hatte.

Fantasien waren jedoch eine Sache, das wirkliche Leben eine ganz andere.

Der Sicherheitsmann namens Ghost hatte sie unterwürfig genannt. Sie runzelte die Stirn und zog eine Bürste durch ihr kurzes Haar. Sie mochte in ihren Träumen ein bisschen pervers sein, aber unterwürfig? Fraglich. Schließlich herrschte sie über dieses Haus und den Jungen darin. Alleinerziehende Mütter hatten nicht die Freiheit, unterwürfig zu sein.

Jede Frau – nicht nur eine unterwürfige – würde es genießen, den Shadowlands-Mastern zuzusehen. War es nicht komisch, wie unterschiedlich sie alle waren? Sam, der Rancher-Sadist, hatte Jeans und ein normales Hemd getragen, während Master Marcus' Anzug sicher ein halbes Vermögen gekostet hatte. Cullen kam in braunem Leder daher. Holt bevorzugte sein Outfit in Schwarz und recht schlicht. Es gab keinen Zusammenhang zwischen Kleidung und Masterstatus.

Da sie über Superhelden schrieb, hoffte sie eher, dass die Master Kräfte hatten, die ihre Auren zum Strahlen bringen würden. Aber nichts. *Nada.* Keiner von ihnen hatte coole leuchtende Auren. Was für eine Enttäuschung.

Trotz des Mangels an leuchtenden Auren war die Kraft zu jederzeit im Raum zu fühlen. Immer wenn einer von ihnen einen Befehl gab, hatte sie ohne nachzudenken gehorcht. Das war ... seltsam gewesen.

Es war noch seltsamer, dass ihr neuer Nachbar Mitglied dieses Clubs war. Natürlich hatte sie den Job bekommen, weil Master Z in seinem Haus gewesen war. Trotz allem war Holt nicht nur ein Mitglied, sondern auch einer dieser einflussreichen Master.

Als er sie berührt und ihr Kinn angehoben hatte, mit dem Daumen über ihre Lippe geglitten war, hatte sie vergessen, wie man atmete. Warum musste er so verheerend hinreißend sein? Und nett. Als sie ihm gestanden hatte, warum sie so unhöflich gewesen war, hatte er sich verständnisvoll gezeigt. Sogar ein bisschen amüsiert.

Er war sicher nicht amüsiert über Ambers Verhalten. Seine Wut war beängstigend, aber vor allem beeindruckend gewesen. Er hatte nie seine Stimme erhoben, aber Junge, er hatte das Problem angepackt.

Egal wie wunderschön er war, er war ihr Nachbar und ein Mitglied ihres neuen Arbeitsplatzes. Sie war nicht dumm genug, diese Grenzen zu überschreiten.

Sie sah sich im Spiegel an und befahl sich: „Du konzentrierst dich auf deinen Job, Josephine, und ignorierst die Sessions und deinen Nachbarn." *Richtig. Kein Problem. Ein wahres Kinderspiel.*

Sie warf einen Blick auf die Uhr und zuckte zusammen. Zeit, alles vorzubereiten, sodass Carson die Nacht bei Oma verbringen konnte.

Als sie den Raum durchquerte, stolperte sie über eine Kiste und der Schmerz in ihren Zehen ließ nicht lange auf sich warten. Sie hüpfte auf einem Fuß und versuchte, den Schmerz abzuschütteln. „Verdammt!"

Sie starrte auf die Kiste und die anderen, die an der Wand gestapelt waren. In jedem Raum befanden sich noch volle Kisten. Am letzten Tag des Umzugs hatten sie das Organisieren und Beschriften aufgegeben. Alles Übrige in der Wohnung war willkürlich in einer leeren Kiste gelandet.

Mit einem Grinsen erinnerte sich Josie an Carsons entsetzten Gesichtsausdruck, als er erkannte, dass sich die Fernbedienung in einer der unbeschrifteten Kisten befinden musste. Oh ja, ihr Junge verwandelte sich in einen solchen Kerl, und er hatte sofort angefangen, Kisten auszupacken.

„Hey, Carson." Sie betrat das Wohnzimmer. „Hast du den Kram für den Fernseher gefunden?"

Der Raum war leer. Er war nicht im Garten. Stirnrunzelnd überprüfte sie sein Schlafzimmer, sein Badezimmer und hörte dann Geräusche aus dem vierten Schlafzimmer, das derzeit als Lagerraum genutzt wurde.

Da saß er auf dem Teppich neben einer Kiste und der Inhalt ergoss sich über den Boden.

Als sie ihr eigenes Gesicht auf einem Strandfoto wiedererkannte, wurde ihr klar, dass Carson ihre Erinnerungsbox umgeworfen hatte. Sie war gefüllt mit alten Fotos, ihren Tagebüchern aus Teenagerzeiten und ihren Preisen, die sie in der Highschool fürs Schreiben verliehen bekommen hatte.

Carson las etwas auf einem Zettel.

Als Josie näherkam, lief es ihr kalt den Rücken herunter. Das war *Everetts* Briefpapier mit dem dunkelblauen Logo … und seiner harschen Handschrift. Das Blut verließ ihren Kopf und sie konnte keinen klaren Gedanken mehr formen, schaffte es nicht, mit einer Erklärung aufzuwarten.

Denn selbst nach einem Jahrzehnt erkannte sie, was Carson hielt.

Everetts Rezeptionistin gab Josies Betteln nach und hatte Josies Notiz persönlich in sein Büro getragen. In ihrer Notiz war notiert gewesen, dass sie im vierten Monat schwanger war. Carson las gerade Everetts Antwort. *Oh Gott.*

Josie,

dir muss doch klar sein, dass ich dir aus dem Weg gehe. Da du den Wink mit dem Zaunpfahl nicht zu verstehen scheinst, werde ich es wohl deutlich sagen müssen: Wie du weißt, bin ich verheiratet. <u>Glücklich</u> verheiratet. Wir haben ein Kind, das ich liebe. Ich habe nie etwas getan, um dich glauben zu lassen, dass ich Gefühle für dich hege – oder dass du *mich beschuldigst, der Vater deines Kindes zu sein. Wenn du wirklich schwanger bist – was ich bezweifle –, bin ich sicherlich nicht der Vater. Schau dir einen der anderen zahlreichen Kerle an, mit denen du etwas hattest.*

Wenn du mich weiterhin belästigst, werde ich gezwungen sein, rechtliche Schritte einzuleiten.

Everett

Josie schloss die Augen. Den Brief zu lesen, hatte sich angefühlt, wie auf der Empfängerseite einer Schlägerei zu stehen. So viele Schläge direkt auf ihr Herz, dazu getrieben, zurückzuweichen. *Bam, bam, bam.*

Er war ihr *„aus dem Weg gegangen"*. Sie hatte sich gesagt, dass er nur beschäftigt war. Schließlich hatte er ihr wiederholt gesagt, wie sehr er sie liebte. Er hatte gesagt, er könne es kaum erwarten, dass sie nach St. Petersburg zurückkehrte.

Er war *„glücklich verheiratet"*? Warum hatte er dann gesagt, er sei getrennt lebend und lasse sich von seiner hasserfüllten Frau scheiden? Er hatte sicher nie ein Kind erwähnt.

„Ich bin sicherlich nicht der Vater." Sie knirschte mit den Zähnen. Er war *zu hundert Prozent* Carsons Vater. Während der Weihnachtsferien in der Highschool hatte ihr Vater sie nach St. Petersburg mitgenommen, damit er mit seinen Freunden Hochseefischen gehen konnte. Er dachte, sie würde den Strand genießen. Als Everett sie allein sitzen sah, hatte er mit ihr geflirtet, sie mit seinem Charme verzaubert und sie dann jeden freien Moment des Tages gevögelt. Er hatte sie mehr als einmal ohne Kondom genommen. *„Ich ziehe ihn raus, Schatz. Mach dir keine Sorgen."*

Sie hätte sich Sorgen machen sollen.

Das schlimmste war die Aussage, dass sie mit *„zahlreichen Jungen"* rumgemacht haben soll. Everett wusste, dass er ihr Erster gewesen war. Er hatte sich damit gebrüstet.

Rechtliche Schritte? Sie war so dumm, so naiv gewesen. Ein verängstigter Teenager. Andernfalls hätte sie gewusst, dass die rechtlichen Schritte ihre hätten sein sollen. Dann hätte sie gewusst, einen Vaterschaftstest zu verlangen, und anschließend Unterhalt bekommen. Stattdessen geriet sie in Panik, als er ihr mit rechtlichen Schritten gedroht hatte.

Sie schluckte schwer. Der Schmerz dieses Briefes blieb immer noch bestehen – wie eine offene Wunde in ihrer Brust.

Das Papier bebte in Carsons Hand, als er sie mit seinen großen braunen Augen anstarrte – den Augen seines Vaters. „Ist er mein Vater? Everett Lanning?"

Sie war diesem Tag jahrelang ausgewichen, obwohl sie Carson die Wahrheit gesagt hatte, als sie zu ihm meinte, dass sein „Vater" kein Elternteil sein wollte – dass sie alleine gut klarkamen. „Ja, das ist er." Ihre Stimme klang so trocken wie der Staub auf dem Deckel der Box. „Er war –"

„D-Du hast einen verheirateten Mann *gefickt*?"

Die vulgäre Anschuldigung ließ sie zusammenzucken. Denn das hatte sie ... oh, das hatte sie. Wie konnte sie ihrem kleinen Jungen sagen, dass Verliebtheit nicht nach den Lügen hinter den Worten suchte? Die Hoffnung fegte unbehagliche Zweifel hinweg. Everett hatte sie wie jemand Besonderes behandelt und gesagt, dass er sie liebte. Damals hatte sie sich von ganzem Herzen nach Freundlichkeit und Liebe gesehnt.

„Ich fürchte ja." Sie holte tief Luft. „Er sagte mir, dass er im Begriff war, sich scheiden zu lassen."

„Oh, ich bitte dich." Carsons Stimme brach und fiel auf einen Bariton, der nach Josies Vater klang – nach Verachtung.

Als sie Pa gesagt hatte, dass sie schwanger sei, hatte er sich über ihre Undankbarkeit und ihren Mangel an Moral aufgeregt ... und Angst gehabt, dass sein Ruf Schaden nehmen würde. Somit hatte er ihr eine Stunde gegeben, um zu packen und zu verschwinden – und ihr deutlich gemacht, dass er sie nie wieder sehen wollte.

Sie war direkt nach St. Petersburg gefahren, überzeugt davon, dass Everett sich um sie kümmern würde. Schließlich liebte er sie.

Wenn sie auf diese Zeit vor über einem Jahrzehnt zurückblickte, konnte sie sich mittlerweile selbst verzeihen. Sie war schrecklich jung gewesen.

Nun ja. Jung oder nicht, sie hatte gelernt, wie die Welt funktionierte. Und wie sie Carson oft sagte, waren es eher die Lebenslektionen, die wirklich schmerzten. Sie hatte entdeckt, wie schnell sich ein Mann – Vater oder Sexualpartner – einer unbequemen Frau entledigen konnte. Sie hatte außerdem herausgefunden, dass sie ihren eigenen Weg gehen konnte – auch mit einem Kind.

Mit bebenden Knien setzte sie sich auf eine Box. Wo waren all die ruhigen, vernünftigen Erklärungen, die sie für diesen Moment geübt hatte?

„Ja, ich war dumm, Carson. Everett jedoch" – der den Titel Vater wirklich nicht verdiente – „hat mich angelogen, mich geschwängert und wollte dann nichts mit mir zu tun haben."

Carsons Blick fiel auf den Zettel. „Aber er hat dir nicht geglaubt. Er glaubte nicht, dass du schwanger bist."

Im Nachhinein verstand sie, dass Everett, ein Investmentbanker, versucht hatte, seinen Arsch zu retten. Wie konnte sie das ihrem Sohn erklären? „Er wusste, dass ich nicht lügen würde – und er wusste auch, dass ich sonst mit niemandem zusammen gewesen bin."

„Er war vielleicht einfach superwütend. Nachdem ich geboren wurde, bist du da zurück und hast ihm gesagt, dass er ein Kind hat? Hast du versucht, mit ihm zu reden?"

„Nein, Carson." Sie wies mit dem Kinn auf den Zettel. „Seine Meinung scheint ziemlich klar zu sein, findest du nicht?"

Carson schaute weg.

Sie biss sich auf die Unterlippe. Ihr Ton war zu hart gewesen … weil es wehtat. Nach so vielen Jahren waren ihre Wunden verheilt, aber der Unglaube ihres Sohnes riss die Narben wieder auf. Sie streckte die Hand nach ihm aus. „Schatz, ich weiß, dass das schwer ist."

Er schob ihre Hand weg. „Du hast es nicht einmal *versucht*. Du hast es nicht mal versucht, meinen Vater dazu zu bringen, mich zu wollen!"

Das hartnäckige Kinn ihres Jungen – etwas, das sie in ihrem eigenen Spiegel sah – ließ sie wissen, dass zu diesem Zeitpunkt keine Erklärungen bei ihm ankommen würden. Ihr Arm senkte sich.

Er sprang auf die Füße, trat die Kiste um und rannte in sein Zimmer. Die Tür schlug mit einer Endgültigkeit zu, die sie in ihrem Herzen widerhallen hören konnte.

Sie schloss die Augen, atmete verzweifelt durch die Nase ein und gab alles, um die Tränen in Schach zu halten.

Morgen. Sicherlich wäre er morgen bereit, ihr zuzuhören.

„**Oh, Master Holt,** dein armes Gesicht."

Das zuckersüße Mitleid der Sub führte bei Holt zu Zahnschmerzen, ebenso wie die Art und Weise, in der sie seine Narben anstarrte. Sie war nicht die Erste. Ein Haufen Shadowlands-Mitglieder – vor allem die jüngeren Frauen – verhielten sich so.

„Es heilt." Er zwang sich zu einem Lächeln und tätschelte ihren Arm.

Als er sich abwandte, bemerkte er Nolan und Beth. Zweifellos hatten sie alles mitangehört.

Nolan zeigte auf einen Stuhl. „Setz dich zu uns und entspann dich etwas."

„Sehe ich so schlimm aus?" Holt setzte sich und hasste es, dass es sich so verdammt gut anfühlte. Natürlich hatte er darauf bestanden, eine Schicht als Kerkeraufseher zu übernehmen, und war viel zu lange auf den Beinen gewesen.

„Nicht schlimm, nur müde", sagte Beth mit ihrer sanften Stimme. Sie schüttelte den Kopf. „Ich weiß, es ist anstrengend, wenn die Leute nur den Schaden sehen und nicht … dich als Person."

Die hübsche Rothaarige wusste, wovon sie sprach. Ihr wahnsinniger Ex-Mann hatte bei ihr am ganzen Körper Narben hinterlassen. Holt wurde in ihrem Namen wütend. Sicher, er mochte es nicht, wenn die Leute ihn anstarrten, aber er konnte es ertragen. Die süße Beth jedoch? Niemand sollte sie so behandeln.

Nach einem beruhigenden Atemzug schenkte er ihr ein jämmerliches Lächeln. „Ich will ja nicht eingebildet klingen, aber als ich jünger war, habe ich mit meinem hübschen Gesicht eine Menge Geld verdient. Es ist beunruhigend, wenn eine Sub in Tränen ausbricht, nur weil sie mich gerade erblickt hat."

Nolan nahm Beths Hand, bevor er mit einem Finger über die Narbe auf seinem eigenen Wangenknochen strich. „Ja, die Reaktionen können schmerzhaft sein. Auf der anderen Seite ist eine schöne lange Narbe praktisch, wenn man die Subs erschrecken will."

Beth schnaubte und grinste Holt an. „Als wir uns kennenlernten, hatte er mich so erschreckt, dass ich fast gekotzt hätte."

Und doch hatte sie den Dom geheiratet. Das angespannte Gefühl in Holts Schultern löste sich ein wenig.

„Die Narben verblassen mit der Zeit", sagte Nolan. „Menschen, die tiefgründiger als eine Pfütze sind, werden die Narben zwar bemerken, aber auch an ihnen vorbeisehen können."

„Ja, das ist mir auch schon aufgefallen." Es schien auch, als gäbe es viele oberflächliche Frauen auf der Welt – wie seine Ex, die regelrecht aus seinem Krankenhauszimmer geflüchtet war. Holt lehnte sich zurück. „Die Reaktion unserer neuen Barkeeperin war einzigartig. Sie ist meine Nachbarin, hat meine Harley und diese Narben gesehen und entschieden, dass ich ein mörderischer Biker sein muss, der sich besser von ihrem Sohn fernhält."

Beth ignorierte Nolans lautes Lachen und hüpfte wutentbrannt vom Stuhl. Ihre Hände hatte sie zu Fäusten geballt. „Ich werde mich mal mit ihr unterhalten", knurrte sie.

Sie schaffte einen Schritt, bevor ihr Master sie auf seinen Schoß zog. „Na aber, Süße. Holts Problem."

Beths Wut in seinem Namen war herzerwärmend, jedoch nicht länger von Nöten. „Es ist alles gut, Schätzchen. Als Josie die Wahrheit herausfand, kam sie direkt zu mir, um sich zu entschuldigen. Sie war verdammt ehrlich."

„Oh." Beths Stirnrunzeln verschwand. „Dann ist ja gut."

„Hat Z dich nicht davor gewarnt, im Shadowlands Schlägereien zu starten?", fragte Nolan sie.

„Er wusste, dass ich meinen Master vor einer fiesen Männerklauerin beschützen musste", murmelte Beth. „Und schließlich ist es ja nicht so, dass ich sie geschlagen habe oder so."

Verdammt. Holt wünschte, er hätte diese Auseinandersetzung gesehen. Er grinste. „Du bist ein Glückspilz, King."

Nolans sofortiges: „Das kannst du laut sagen", entlockte Beth ein sanftes Lächeln.

„Ich sollte nachhause gehen." Holt lächelte die beiden zum Abschied an, machte sich auf den Weg zur Umkleidekabine, entschied sich aber kurzfristig für einen Abstecher zur Bar.

Josie wollte zuhause sein und mit Carson über Everetts Brief sprechen. Sie versuchte, sich auf das Ausschenken von Getränken zu konzentrieren, aber die Sorgen sprudelten immer wieder an die Oberfläche. Sicherlich würde die Zeit getrennt voneinander den Bruch zwischen ihnen heilen. Hoffentlich.

Es half, sich daran zu erinnern, dass ihr Junge nicht zu der Sorte gehörte, die an ihrer Wut festhielten.

Okay. Sie atmete tief ein, um ihren Verstand wieder in den Moment zurückzuführen. Zumindest lief diese Schicht besser als die letzte. Oder vielleicht hatte sie sich auch einfach nur an die ungewohnte Umgebung gewöhnt. Die Kostüme – Fetischkleidung – waren nicht mehr so schockierend, obwohl sie beim Anblick von Klemmen und Leinen, die an Hoden und Schwänzen, Brustwarzen und Schamlippen befestigt waren, immer noch zusammenzuckte. *Meine Güte.*

Die Musik gefiel ihr auf jeden Fall. Die Lieder hatten einen ausgeprägten Beat, der ihre Füße zum Tanzen und ihre Hüfte zum Kreisen brachte, und sie musste sich daran erinnern, dass sie bei der Arbeit war.

Natürlich bedeutete ihr zusätzlicher Komfort, dass sie mehr von den Sessions sah und sie mittlerweile den starken Drang verspürte, es auch mal zu probieren. Der Gedanke, selbst zu erfahren, wie sich ein sexy – *kein bestrafendes* – Flogging anfühlte, ließ sie innerlich beben.

Sei nicht dumm, Josephine.

Erstens: Sie arbeitete hier.

Zweitens: Sie hatte niemanden, der einen Flogger an ihr verwenden würde.

Im Ernst, das war nichts, worauf sie sich einlassen wollte. *Verdammt*, sie datete nicht mal. Eine BDSM-Session? Das konnte bei ihr nur zu einem Desaster führen.

Als sie den Blick über den Raum schweifen ließ, sah sie Holt ... und ihre Pussy reagierte.

Schon wieder. Langsam sollte diese Reaktion doch mal aufhören. Schließlich sah sie ihn heute ständig und trotzdem ... Okay, sie musste zugeben, dass sie stets darauf achtete, wo er sich im Raum befand. Ehrlich mal, welche Frau würde ihn nicht beobachten? Jedes Mal, wenn er sich bewegte, tanzten die Muskeln unter seinem ärmellosen, schwarzen Shirt. Wäre sein Bizeps so hart, wie er aussah? Es war verrückt, so ein Verlangen danach zu haben, ihn zu berühren.

Und im Gegenzug berührt zu werden.

Solche Gedanken waren einfach verrückt. Selbst, wenn sie sich verabredete und sie Interesse an diesen Dom/Sub-Sachen hätte – und das hatte sie eindeutig nicht –, war Holt eine Nummer zu groß für sie. Sie war hübsch ... auf eine gesunde Art und Weise. Master Holt sah jedoch aus, als sollte er auf einem Magazin-Cover zu finden sein.

Es stimmte, er hatte Narben – eine dunkelrote verlief von seiner Schläfe bis zu seinem Kiefer, eine zackig aussehende zeigte sich auf seinem Kinn. Es tat weh, sie zu sehen, da es sicher schmerzhaft gewesen war – nicht nur der Angriff an sich, sondern auch die Erkenntnis, dass er nun in ein vollkommen anderes Spiegelbild schaute. Dennoch fügten die Narben seiner Anziehungskraft ein gewisses Etwas hinzu. Er war in einen Messerkampf geraten und hatte überlebt.

Mit einem genervten Schnauben riss Josie ihren Blick weg. *Böse Josie. Starre Master Nachbar nicht so an.* Als sie ihre Aufmerksamkeit wieder auf die Bar lenkte, entdeckte sie jedoch, wer in dem Bereich stand, wo die Bardamen immer auf die Drinks warteten. Amber.

Josie entließ einen genervten Seufzer. Die meisten freiwilligen Bardamen waren freundlich und es bereitete ihr Freude, mit ihnen zu arbeiten. Amber machte jedoch deutlich, dass sie Josie für ihre gestrige Bestrafung die Schuld gab und ihre Unhöflichkeit wurde immer unerträglicher.

Josie lächelte höflich und streckte ihre Hand nach den Bestellungen aus.

Amber warf die Zettel auf die Bar und klatschte dann auf ihr Tablett. „Geht das auch ein bisschen schneller?"

Jemand hätte als Kind mehr Auszeiten verdient.

„Ich habe das in etwa fünf Minuten für dich fertig." Josie hielt ihren Ton gelassen und machte sich daran, die Liste abzuarbeiten.

Ambers ungeduldige Seufzer wurden lauter und sie trommelte mit den Fingernägeln auf der Bar herum. „Ich habe nicht den ganzen Tag Zeit."

Josie neigte den Kopf. Zu Beginn ihrer Barkeeper-Karriere hatte sie gelernt, dass eine unhöfliche Reaktion oft zu einer Eskalation führte. Barkeeper, die länger dabei waren, entwickelten schnell eine dicke Haut, die Beleidigungen, Aggressionen und anzügliche Blicke abwehrte.

Als Josie den letzten Drink auf Ambers Tablett stellte, zischte die Blondine: „Endlich! Ich habe noch nie jemanden gesehen, der so langsam ist. Wer hat dich bitte eingestellt?"

„Das wäre dann wohl ich." Die dunkle Stimme schlug einen scharfen Ton an.

Die Bardame wirbelte herum. Beim Anblick von Z hinter sich wich ihr die Farbe aus dem Gesicht. „Master Z!"

„Ich bin mit der Effizienz unserer neuen Barkeeperin sehr zufrieden." Sein eisiger Ausdruck stand im starken Kontrast zu seinen vorsichtig gewählten Worten. „Die einzigen Beschwerden, die ich gehört habe, erwähnen eine Sub, die einen Drink aus dem privaten Vorrat gestohlen hat."

Amber sank auf die Knie.

Master Z sah auf sie herab. „Nachdem eine Sub bestraft wurde, wird ihr vergeben und alles ist vergessen. Es scheint, dass du der Person, der du Unrecht angetan hast, nicht die gleiche Gefälligkeit entgegenbringst. Anstatt zu versuchen, Wiedergutmachung zu leisten, lässt du deinen Groll an ihr aus."

Die Stirn der Frau berührte mittlerweile den Boden.

„Ich bin enttäuscht von deinem Verhalten, Amber. Wenn deine Unhöflichkeit dazu führt, dass wir unsere Barkeeperin verlieren, müssen die Master wieder hinter die Bar, und *keinen* von ihnen wird das sehr glücklich machen. Mich auch nicht."

Das Quietschen der Sub erinnerte an einen gefolterten Spatz. „Oh Gott, oh Gott, es tut mir leid, Master Z. Das wird nicht passieren. Es tut mir leid, ich werde mich benehmen!"

Es folgte eine lange Stille, dann sprach er: „Du bist normalerweise ein gutes Mädchen, eines, das ein Dom genießen könnte. Bevor du heute Abend gehst, möchte ich, dass du einen Aufsatz schreibst, in dem du erklärst, warum eine Sub nach ihrer Bestrafung all die Wut in ihrem Herzen loslassen sollte. So wie sie es sich von ihrem Dom erhofft."

„Ja, Sir."

„Sehr gut. Fahre fort."

Master Z nickte Josie zu und schlenderte davon, als hätte er nicht gerade eine Person mit nur ein paar Worten in ein zitterndes Wrack verwandelt. Dabei hatte er nicht mal seine Stimme erhoben.

Amber kletterte auf die Füße, sah Josie und packte ihre Hand. „Es tut mir leid. Es tut mir wirklich sehr leid. Es war nicht deine Schuld, und ich sollte nicht so gemein zu dir sein. Es tut mir so, so leid. Bitte kündige nicht. Oh Gott, kündige nicht."

Heilige Scheiße. Die Frau klang so sehr nach Carson, dass der Ärger sofort aus Josies Herz wich. Mit ihrer freien Hand tätschelte sie Ambers Arm. „Ist schon gut. Ich werde nicht kündigen – es ist alles gut."

Tränen füllten die Augen der Blondine und sie flüsterte: „Danke. Du bist wirklich nett, oder? Danke!" Sie schnappte sich ihr Tablett mit den Getränken und eilte davon.

Josie starrte ihr nach und rieb sich dann mit den Händen über das Gesicht. „Meine Güte."

Ein leises Glucksen tanzte über ihre Wirbelsäule und sie drehte sich um.

Auf einem Barhocker saß Holt nah genug, um die ganze Show miterlebt zu haben. „Du siehst etwas erschüttert aus, Süße." Als er sie anlächelte, erschien ein sexy Grübchen in seiner linken Wange.

Der Kosename zusammen mit seiner Stimme, die die gleiche Wirkung auf sie hatte wie geschmolzene Schokolade, machten ihre Knie weich. „Dieser Ort hat sicher einige seltsame ... Bräuche." Mit einem Handtuch wischte sie über die Bar vor ihm. „Was kann ich dir bringen, Sir?"

Belustigung funkelte in seinen stahlblauen Augen. „Hast du mich gerade *Sir* genannt?"

Das hatte sie, oder? Warum um alles in der Welt hatte sie das getan? „Ähm ... ich schätze, all dieser militärische Jargon hat sich auf mich abgefärbt."

„Es hat sehr nett geklungen." Als seine Augen ihre hielten, schwank der Boden unter ihr.

Schließlich entließ er sie von seinem durchdringenden Blick und Gänsehaut erhob sich auf ihren Armen.

„Holt, heute siehst du schon viel besser aus." Master Marcus setzte sich neben ihn.

Josie wandte sich ab und beschäftigte sich damit, aufzuräumen und versuchte so, ihre eigensinnigen Reaktionen unter Kontrolle zu bekommen. Was um alles in der Welt war los mit ihr?

Als Master Holt seine Aufmerksamkeit wieder auf sie lenkte, sorgte der intensive Blick in seinen Augen für ein Flattern in ihrem Bauch. „Ich nehme ein Mountain Dew, wenn du eine Dose zur Hand hast."

„Kommt sofort." Diesmal schaffte sie es, das *Sir* zurückzuhalten. Er war ihr Nachbar. Sie waren nicht einmal Freunde, obwohl sie seine Anwesenheit seltsam beruhigend fand – als wäre sie nicht allein unter Fremden. Nur, wirklich, er war auch ein Fremder.

Während sie durch die Limonaden sah, um seinen Wunsch zu erfüllen, konnte sie sich nicht davon abhalten, ihm hin und wieder flüchtige Blicke zuzuwerfen. Heute Abend konnte sie endlich die Tätowierungen sehen, die seinen sehr definierten Bizeps schmückten. Ein dunkler Drache auf einem Arm, ein roter und schwarzer Phönix auf dem anderen. Wunderschöne Arbeit. Zerstörung und Wiedergeburt.

Als er seine Unterarme auf die Bar legte, sah sie mehr Messernarben, die seine goldene Bräune markierten, beginnend an seinen Handgelenken. Bei dem Anblick sammelten sich Tränen in ihren Augen. *Nein, du kannst ihm keine Umarmung geben, Josephine.*

Stattdessen konzentrierte sie sich darauf, die richtige Dose zu finden. Nach dem Öffnen hielt sie ein Glas hoch. *Glas oder direkt aus der Dose?*

Er nickte und nahm das Glas an. Als Barkeeperin war sie gut darin, Mimik und Gestik zu deuten. Und es war klar, dass er es gewohnt war – und es mochte –, bedient zu werden.

Warum wirkte sogar das sexy? *Gott*, sie benahm sich albern.

Während sie ihm eingoss, näherte sich ein Mann in einem schwarzen Vinyltanktop und einer schwarzen Jeans der Bar. Durchschnittliche Größe, stämmiger Körperbau, sandfarbenes Haar und rötlicher Teint. Er ähnelte einem Handelsvertreter, der Spirituosen an das *Highlands* verkaufte.

Moment ... Sie musste zweimal hinsehen. „Peter?"

„Da ist sie ja." Der Vertreter nahm sich einen Barhocker neben Holt. „Guten Abend, Holt."

Holt nickte. „Peter."

Peter grinste sie an. „Ich hatte gehofft, unseren verlorenen Barkeeper aus dem *Highlands* hier zu finden. Das muss eine ganz schöne Veränderung für dich sein, oder, Josie?"

Wow, mehr Menschen waren im Lifestyle, als sie das jemals für möglich gehalten hatte. „Ja, das ist es. Bist du schon sehr lange Mitglied hier?"

„Etwas über ein Jahr. Dem Newsletter zufolge hat Z einen Barkeeper namens Josie eingestellt, also beschloss ich, herauszufinden, ob er dich meinte."

„Nun, wie du siehst ..."

„Es ist schön, dich hier zu haben." Sein Lächeln wurde breiter. „Die Stammgäste des *Highlands* haben ziemlich laut darüber geklagt, ihren Lieblings-Barkeeper zu verlieren."

„Wirklich?" Lächelnd servierte sie ihm einen Drink und wurde dann auf den neuesten Stand gebracht. Sie musste über seine Beschreibung eines verlorenen Verkaufs lachen. Er war ein geselliger Kerl, immer höflich, und hatte sie in der Vergangenheit ein paar Mal auf ein Date gefragt. Als sie ihm sagte, dass sie ein Kind habe und sie sich nicht verabredete, hatte er die Ablehnung gut verkraftet.

Er nahm einen langen Schluck von seinem Getränk. „Was hältst du vom Shadowlands?"

Als sie über ihre Antwort nachdachte, bemerkte sie, dass Master Holt sein Gespräch mit Marcus unterbrochen hatte. Anscheinend war auch er an ihrer Antwort interessiert. Ihre Wangen erwärmten sich. „Es ist anders, aber ich genieße die Abwechslung. Mir war nicht klar, wie schön es ist, wenn sich niemand betrinkt."

„Was ist mit dem kinky Zeug, das um dich herum passiert?"

Sie vermied es, zu Holt zu sehen. Nach einer Nacht, in der sie von ihm geträumt hatte, brachte sie es aus dem Gleichgewicht, ihn jetzt so nah zu haben. Vor allem im Shadowlands. „Ich kann verstehen, warum *Fifty Shades* so beliebt war. Ich habe noch nie ... Nun, es ist ... interessant."

„Okay." Peter lehnte sich vor und legte seine Hand auf ihre. „Weißt du, wir sollten in deiner Pause ein bisschen spielen. Ich könnte dir eine Vorstellung davon geben, wie es ist. Nichts Intensives."

Sie starrte ihn an. Und hasste – *hasste* –, dass sie sich wünschte, Holt hätte das Angebot gemacht. Was um alles in der Welt lief nur falsch mit ihr? „Ich ... ähm, das ist sicher nicht erlaubt. Ich arbeite hier."

„Josie." Master Holt unterbrach sie. „Hast du Mitgliedsunterlagen unterschrieben und die ärztliche Untersuchung und den Hintergrundcheck erfolgreich überstanden?"

Sie nickte.

„Dann darfst du." Er lächelte leicht. „Z bearbeitet die Mitarbeiteranträge ähnlich wie die Mitgliedschaftsanträge, falls sich eine Person dazu entscheiden sollte, sich auszuprobieren."

„Das ist sehr vorausschauend von ihm." Geradezu antizipatorisch. Sie sah zu Holt, seine Augen so durchdringend, dass sie gleich wieder wegschaute.

„Perfekt. Also, Josie?", hakte Peter nach.

Aber, aber, aber ... Mit Erleichterung entdeckte sie jemanden, der am anderen Ende auf einen Drink wartete. „Ich kümmere mich schnell um diese Person. Ich bin sofort wieder bei dir."

Sie nahm die Bestellung von einem süßen männlichen Sub mit großen braunen Augen entgegen und gab sich ein paar Minuten zum Grübeln, als sie die beiden Gin Tonics mischte.

Gib es zu, Josie, du willst sehen, wie sich eine Session anfühlt.

Nur hätte sie dann ein Publikum. Nicht so gut. An sich jedoch ähnlich zum Job eines Barkeepers.

Das Bondage-Zeug empfand sie als etwas beunruhigend. Trotzdem hätte sie nichts dagegen, es auszuprobieren.

Aber ... sie kannte Peter kaum.

„Bitte sehr." Sie reichte dem jungen Mann die Getränke und beobachtete, wie er zu einem streng wirkenden Dom lief. Als er ein anerkennendes Lächeln erhielt, strahlte der Sub vor Freude.

Hm. Sicher, Peter war ein sympathischer Mann, aber sie konnte sich einfach nicht vorstellen, von einem Kompliment von Peter so überwältigt zu werden. Ihr war nicht mal bewusst gewesen, dass er ein Dom war. Sie hatte jedoch bemerkt, dass, wenn er und seine Freunde im *Highlands* tranken, er immer derjenige war, der die Kontrolle an sich riss.

Ein selbstbewusster Mann – ein Boss-Typ – war ziemlich attraktiv.

Der junge Sub mit den Getränken kniete vor seinem Dom. Glücklich und zufrieden. Er machte den Eindruck, als ob er seinen Dom nicht nur attraktiv fand, sondern ihn gleichermaßen schätzte und liebte. Damit zeigte er, um was es sich bei dem Dom/Sub-Zeug drehte. Sie konnte sehen, dass er über ein überwältigendes Bedürfnis verfügte, Befehle zu befolgen. Die Art und Weise, wie er so viel Freude an seinem Gehorsam fand, war aufschlussreich.

Sie konnte keine Sub sein, da sie nicht automatisch einem gegebenen Befehl gehorchte – na ja, jedenfalls nicht immer. Tatsächlich hatten es diese Master hier geschafft, ihre übliche *Erst denken, dann handeln*-Gewohnheit zu umgehen.

Sie lief die Bar ab und gab einer Domina eine Diet Coke und Wasser in Flaschen. Höflich antwortete sie auf die Bitte eines jüngeren Doms nach einem weiteren Bier, indem sie sagte, er habe seine Zwei-Drinks-Grenze bereits erreicht. Sie schenkte ihm ein wohlwollendes Lächeln, bot ihm ein Red Bull an und freute sich, als sein finsterer Blick reumütig wurde und er sich bei ihr bedankte. Die Mitglieder hier reagierten viel höflicher darauf, wenn sie ihnen keine Drinks mehr gab, als es ihre *Highlands*-Kunden getan hatten.

Sie sah, wie Peter geduldig auf ihre Rückkehr wartete. *Entscheide dich, Josie.*

Warum sollte sie es nicht ausprobieren? Es war nicht so, als wäre dies ein Date oder so. Sie hatte viele sogenannte „Pick-up-Sessions" beobachtet. Sie musste es sich eingestehen: sie wollte unbedingt sehen, wie es war. Vielleicht würde sie sogar herausfinden, ob sie wirklich unterwürfig war.

Vor Peter legte sie ihre Unterarme auf die Bar. „Gerne hätte ich eine echte Einführung in dieses Zeug. Also ... ja."

Als Holts hübsche Nachbarin einer Session zustimmte, runzelte er die Stirn. Sicher, er hatte bemerkt, dass sie den entsprechenden Papierkram erledigt hatte, aber er hatte nicht gedacht, dass sie zustimmen würde, mit Peter zu spielen. Er hatte sie für konservativer gehalten. Er trank von seinem Mountain Dew und musterte sie.

Ihre Schamesröte verbarg die Ansammlungen von Sommersprossen über ihrer Nase und auf den Wangen. Ihre wunderschönen grünen Augen wiesen einen Hauch von Zurückhaltung auf. So verdammt anziehend. Er wollte diese Emotionen mit ihr erforschen, wollte sehen, wie sich Erregung in ihren Tiefen zeigte und die Zurückhaltung verebbte ... zumindest für die erste Session.

Nein, er wusste es besser, als sich mit einer Nachbarin einzulassen. *Sei kein Idiot.*

Er bemerkte, dass sie kein sexuelles Interesse an Peter zeigte, was nicht ungewöhnlich war. Eine gute Session erforderte keinen Sex. Der Dom hatte jedoch ein definitives Interesse an Josie.

Holt spannte den Kiefer an und versuchte, das Bedürfnis zu überwinden, den Kerl zu warnen, oder besser noch, Josie zu verbieten, mit dem Dom zu spielen. *Ein bisschen zu überfürsorglich, meinst du nicht auch, Dummkopf?*

Sie käme schon klar. Selbst wenn die beiden nicht verhandelten, hatte sie deutlich gemacht, dass sie nur eine Einführung wollte. Kluges Mädchen.

Marcus saß neben Holt und sagte leise: „Das sollte interessant werden." Er hob die Stimme. „Josie, ich springe für dich ein."

Sie sah sich um. „Es ist viel los. Ich will nicht, da −"

„Ich kann Holt einberufen, wenn es zu viel wird. Er muss sich ohnehin mal etwas bewegen."

Sie stemmte die Hände auf ihre reizenden kurvigen Hüften und blickte ihn finster an. „Nein, das muss er nicht. Er sollte es ruhig angehen lassen."

Hör sich das einer an. Als die Sorge in ihrer Stimme ihn von innen heraus wärmte, lächelte Holt und gab die Lieblingsretorte seines australischen Freundes: „Keine Sorge, *Love.* Ich lasse den Anwalt die meiste Arbeit machen."

„Das ist, schätze ich, dann okay." Sie sah mit gerunzelter Stirn zu Marcus. „Du wirst auf ihn aufpassen?"

„Natürlich." Nachdem Josie den Barbereich verlassen hatte, sah Marcus zu Holt. „Ich mag sie."

„Ja, Z hat eine gute Wahl getroffen." Und Holt mochte sie ein bisschen zu sehr.

Er folgte Marcus hinter die Bar und begann, Bestellungen entgegenzunehmen. Er machte sich recht gut, bis eine Sub einen Mojito bestellte. *Um Himmels willen.* Er hatte nicht die Zeit, Minze zu zerquetschen, sich mit der klebrigen Scheiße anzulegen oder den Shaker zu schütteln. Er runzelte die Stirn. „Dafür musst du auf den echten Barkeeper warten."

„Okay", sagte sie. „Sie hat mir gestern zwei davon gemacht und sie waren so gut."

Holt musterte sie. Zwei Drinks auf einmal? „Hast du danach gespielt?"

„Nein. Josie meinte, wenn ich auch nur den Anschein gebe, dass ich gerne spielen würde, müsste sie mich an Master Z verpetzen." Die Sub grinste. Demnach hatte Josie die Warnung ausgesprochen, ohne die junge Frau zu verärgern.

„Gutes Mädchen." Holt lächelte die Sub an, und sah, dass Marcus zugehört hatte, sodass er mit ihm zufriedene Blicke austauschte.

Holt verstand, warum Z die gesellige Wirkung des Trinkens schätzte. Alkohol stellte in einem BDSM-Club jedoch ein Risiko dar. Als Cullen – der ein beeindruckendes Gedächtnis hatte – seine Stunden reduzieren wollte, war es zu Problemen gekommen.

Wie es schien, war die hübsche Josie in der Lage, die Mitglieder an der Bar im Zaum zu halten.

Nachdem er die offenen Getränkebestellungen erledigt hatte, schaute sich Holt um. Wo war Peter mit Josie hingegangen? Er wollte sichergehen, dass der Dom sie nicht zu sehr an ihre Grenzen trieb.

Hey, sie war seine Nachbarin – in gewisser Weise stand sie unter seinem Schutz. Okay, das mochte übertrieben sein, aber verdammt, das tat sie.

Und er wollte sehen, wie sie auf eine Session reagierte.

Nein, sei ehrlich. Er wollte derjenige sein, der sie an ein Kreuz fesselte ... *verdammt.*

In der Nähe der Tanzfläche beobachteten eine Handvoll Leute, wie eine Domina mit einem älteren männlichen Sub Messer-Play betrieb. Als Nächstes folgte eine normale Spanking-Session auf einem Gerät ähnlich zu einem Sägebock. Dann Wachs-Play, eine Session mit einem Rohrstock, ein ...

„Nordwand", murmelte Marcus, als er an ihm vorbeikam, um einen Drink abzuliefern.

Holt bewegte sich auf die andere Seite der Bar. In der Nähe des Snack-Bereichs spielten Vance und Galen mit deren Sub Sally. Holt schaute eine Minute lang zu. Obwohl er noch nie daran interessiert gewesen war, eine Frau zu teilen, ließen die beiden Doms das Co-Topping wie einen Tanz aussehen. Sehr nett.

Die nächste Session war ein Master mit zwei Sklaven. Die beiden Frauen warteten auf ihren Knien, als er die Spielzeuge auswählte, die er benutzen wollte.

Im angrenzenden Bereich ... *Da ist sie.*

Sie hatte nur ihre Weste und ihre Bluse ausgezogen.

Nun, das ergab wohl Sinn. Sie und Peter waren in keiner intimen Beziehung.

Sie hatte wunderschöne Schultern und Oberarme. Cremeweiße Haut. Hatte sie Sommersprossen auf ihren Schultern?

Als Marcus sich ihm anschloss, murmelte Holt: „Hast du gesehen? Sie hat immer noch ihre Schuhe an."

Sie sprach mit Peter, als er ihre Handgelenke oben am Andreaskreuz befestigte. Ihr Kopf war oben, ihre Haltung aufrecht, die Augen mit Interesse gefüllt.

Keine Anzeichen auf Unterwerfung.

„Interessante Dynamik", kommentierte Marcus.

„Das wird nichts. Ihr Kopf ist nicht im Spiel." Holt sah sich um, entdeckte niemanden, der auf einen Drink wartete, sodass er wieder die Session beobachten konnte.

Peter wärmte ihre Haut zu hastig auf und wählte dann einen viel zu schweren Flogger.

Holt und Marcus runzelten beide die Stirn und Holt zuckte mit den Schultern. „Er hat nicht viel Zeit."

„Das stimmt. Eine halbe Stunde Zeitrahmen wird ihr nicht mehr als einen Vorgeschmack geben." Marcus zog die Augenbrauen zusammen. „Ist er mehr für sie als ein Bekannter?"

„Bezweifle ich. Ihre Großtante erzählte mir heute, dass unsere kleine Barkeeperin seit Jahren mit niemandem zusammen war. Nicht, seit ihr Sohn ein Kleinkind war." Und war das nicht überraschend gewesen? Was zum Teufel war los mit seinen Geschlechtsgenossen, dass sie erlaubten, dass diese Frau sich isolierte?

Marcus warf ihm einen Blick zu. „Wie kommt es, dass du die Großtante unserer neuen Barkeeperin kennst?"

„Stella wohnt in der anderen Hälfte meines Hauses, und ich gehe hin und wieder vorbei, um ihren Blutdruck zu messen." Wenn der süßen alten Frau etwas passieren sollte, weil er sie vernachlässigt hatte, würde er sich das nie verzeihen. „Sie macht sich Sorgen über den Mangel an Männern in Josies Leben." Holt grinste. „Nach allem, was ich gesehen habe, fehlt es Stella nicht an männlichen Bewunderern. Sie könnte Josie wahrscheinlich so einiges lehren."

Marcus gluckste. „Und warum verabredet sich unsere Josie nicht?"

„Sie hat einen Sohn."

Nach einer Sekunde sah Marcus verwirrt zu Holt. „Ist das alles?"

„Das ist der Grund, den Stella mir gegeben hat. Ich nehme stark an, dass mehr dahinter steckt."

„Mit Sicherheit."

Als sie die Session beobachteten, kehrte Holts Stirnrunzeln zurück.

Marcus schüttelte den Kopf. „Sie bekommt einen Vorgeschmack auf Impact-Play, aber ich sehe keine Unterwerfung."

Holt stützte sich mit den Unterarmen auf die Bar. Nein, sie war nicht in einer unterwürfigen Stimmung. Sie befriedigte einfach nur ihre Neugier. Sie zog an den Fesseln, ließ den Flogger auf sich wirken und testete das Kreuz. Die Aufregung, die sie zuvor gezeigt hatte, war verschwunden. Sie hatte Spaß – ein gewisses Maß an Spaß –, aber es war sicher nicht das, was er eine erfolgreiche Session nennen würde.

Verdammt. Sie gehörte nicht ihm, und Peter tat nichts, was ein Eingreifen erforderte, aber … „Es ist traurig, zu sehen, dass eine Sub nicht das bekommt, was sie sich erhofft hatte", murmelte er.

Sie hatte auf mehr gehofft, dachte Josie, als der Flogger über ihren Rücken regnete, obwohl die körperlichen Empfindungen interessant waren. Der Flogger tanzte wie Fingerspitzen über ihre nackten Schultern.

Das Gefühl änderte sich, als die Stränge ihre Hose anstelle von nackter Haut trafen. Sie hatte sich nicht wie die meisten Bottoms ausgezogen. Auf Peters Drängen hatte sie sich ihrer Bluse und ihrer Weste entledigt. Ihr BH und alles andere blieb an.

Er hatte ihre Arme in einem hohen V nach oben an das X-förmige Gerät gefesselt. Am frühen Abend hatte sie eine nackte Sub gesehen, deren Knöchel am unteren Teil des X gefesselt gewesen waren, und der Dom hatte die weiten Beine seiner Sub ausgenutzt, um mit ihrer Pussy zu spielen. Den Dom dabei zu beobachten, wie er den Körper der Frau handhabe, war heiß gewesen.

Ein nicht selbst herbeigeführter Orgasmus wäre vielleicht nett gewesen, aber Josie war nicht daran interessiert, mit Peter so weit zu gehen. Sie schätzte es jedoch, wie nett er war.

Er sprach mit ihr, erzählte ihr von dem Flogger und fragte sie alle paar Schläge, wie sie sich fühlte. Seine Aufmerksamkeit war beruhigend … leider auch schrecklich ablenkend. Sie musste immer wieder beurteilen, wie es ihr ging und dann den Kopf drehen, um zu antworten. Die ständigen Unterbrechungen holten sie aus … na ja, aus dem Moment – aus was auch immer sie fühlen sollte.

Das Zeug, das sie über BDSM gelesen hatte, ließ es so klingen, als ob sie in ihrem Kopf herumschweben sollte oder so.

Das tat sie nicht. Kein bisschen.

Wie lange waren sie schon dabei? Sicherlich war es an der

Zeit, sie hier runterzuholen. Schon interessant, wie sie aufgeregt und sogar etwas erregt begonnen hatte, und jetzt lastete ein Gefühl der Langeweile und der Ernüchterung auf ihr, als hätte sie einen geschmeidigen Glenmorangie 18 Scotch erwartet und stattdessen Moonshine bekommen.

„Wir haben noch ein paar Minuten. Wusstest du, dass es oben private Zimmer gibt?" Peter lehnte sich von hinten an sie und drückte seine Brust gegen ihren Rücken und seine Erektion gegen ihren Arsch.

Oh, nein, das war nicht gut. Er wollte Sex? Das war nicht ihr Plan gewesen. Sie hätte es besser wissen sollen. Männer waren wirklich furchtbar vorhersehbar. Aber, *meine Güte*, selbst wenn sie interessiert wäre, müsste sie in fünf Minuten wieder hinter die Bar. *Ernsthaft, Peter?*

Sei nett, Josie. Sicher, sie war von der Session enttäuscht, jedoch gab es keinen Grund, unhöflich zu sein. „Es tut mir wirklich leid, aber ich muss wieder an die Arbeit. Ich möchte meinen Chef nicht enttäuschen." Sie lächelte ihn an. „Danke, dass du mir gezeigt hast, worum es hier geht."

„Ha, ich *wusste*, dass es dir gefallen würde. Sub."

Sub? Was sie fühlte, war keine Unterwerfung; es war Ungeduld und das Verlangen, sich wieder hinter ihrer Bar zu verstecken, wo sie ... sicher war. Als sie die Erregung in seinem geröteten Gesicht sah, schloss sie die Augen.

Schließlich waren ihre Arme wieder frei. Sie trat zurück und zog sich ihre Bluse und ihre Weste an.

Als Peter das Kreuz mit einem Spray einsprühte, schnappte sie sich ein Papiertuch und half beim Putzen.

„Ich könnte dich für ein paar Minuten halten, etwas Aftercare machen", bot er an.

Sie hatte bemerkt, dass nach den Sessions viele Subs verschwitzt waren und zitterten. Einige weinten sogar. Fast alle Doms stellten Decken, Wasser und Kuscheleinheiten zur Verfügung. Zudem kümmerten sie sich um Prellungen oder Schnitte. Ein paar glückliche Subs bekamen auch Schokolade.

Josie war nicht einmal ins Schwitzen gekommen. „Das ist süß von dir, aber mir geht es gut. Ich sollte zurück an die Arbeit. Nochmals vielen Dank." Sie küsste ihn auf die Wange und ging zur Bar.

Zumindest hatte sie etwas Neues ausprobiert. Sie gab sich zwei Punkte, weil sie abenteuerlustig gewesen war. Könnte sie sich selbst ein paar Punkte für – *wie würde man es nennen?* – Selbstfindung geben? Sie hatte entdeckt, dass das Anschauen von BDSM-Sachen nicht unbedingt bedeutete, dass sie es selbst mögen würde. Sie wusste jetzt, dass sie keinen unterwürfigen Knochen in ihrem Körper hatte.

Auf dem Weg zur Bar wurde sie von den beiden Mastern beobachtet.

Als Holts langsame Musterung Hitze durch sie jagte, erstarrte sie. „Was ist? Habe ich vergessen, meine Bluse zuzuknöpfen?"

Er zog bei ihrem defensiven Ton eine Augenbraue hoch und antwortete dann: „Leider nein."

Wärme stieg in ihre Wangen.

Glucksend sagte Marcus zu Holt: „Sie hat ein freches Mundwerk. Erinnert mich an meine Gabi."

Holts Mundwinkel neigten sich nach oben. „Gott, steh uns allen bei. Wenn sie anfängt, wie Gabi zu klingen, brauche ich wohl einen Knebel. Barkeeper müssen nicht reden, oder?"

Lachend schloss sie sich ihnen hinter der Bar an. „Du solltest jetzt aufhören, solange du noch ein Getränk ohne Arsen bekommst, Master Holt."

Sein Gesichtsausdruck verdunkelte sich. Durch seinen Schritt nach vorne stand er direkt vor ihr. „Hast du mir gerade gedroht, Sub?"

Seine Nähe erinnerte sie daran, wie groß und muskulös er war. Ihr Puls beschleunigt sich.

Ihr schneller Rückzug wurde von der Bar unterbunden. Und er folgte ihr.

Sie starrte in schieferblaue Augen und sah den dunkelgrauen Ring um die Iris. Sein Körper strahlte Wärme aus – und trat eine Lustwelle in ihr los.

Mit einem strengen Ausdruck legte er seine große Hand in ihren Nacken. Seine Stimme senkte sich, verdunkelte sich. „Zufällig mag ich es, kleine Subs zu knebeln." Er fuhr mit dem Daumen über ihre Unterlippe. „Den hilflosen Geräuschen zu lauschen, dem Wimmern, den flehenden Worten, die sie so nicht aussprechen können."

Mit trockenem Mund starrte sie ihn an und spürte tief in ihrer Mitte ein Beben.

„Möchtest du dich entschuldigen?", fragte er so sanft.

Sie war sich nicht sicher, ob ihre Stimme überhaupt funktionieren würde. Sie schluckte schwer und hauchte kaum hörbar: „Es tut mir leid, Sir."

„Sehr nett." Belustigung erhellte seine Augen zu der hypnotisierenden Farbe von sonnenbeschienenem Nebel. Er lehnte sich vor und gab ihr einen sanften Kuss. „Mach dich an die Arbeit, Sub."

Als er mit Marcus die Bar verließ, starrte sie ihm ungläubig hinterher.

Denn als er sie *Sub* genannt hatte, hatte sich jeder Knochen in ihrem Körper in Gelee verwandelt.

KAPITEL SECHS

A m **Sonntagabend an** Omas Esstisch beobachtete Josie, wie ihr Sohn sein Essen über den Teller schob. Ihr Herz blutete für ihn. Für sie.

Schließlich stieß er den Teller von sich. „Ich muss Hausaufgaben machen." Als seine Großtante die Augenbrauen hob, erinnerte er sich an seine Manieren. „Darf ich bitte aufstehen?"

„Natürlich, Carson", sagte Oma.

Mit einem Seufzer beobachtete Josie, wie ihr schmollender Junge aus der Tür schlich.

Wie üblich hatte Carson die Nacht und den nächsten Morgen mit Oma verbracht, sodass Josie schlafen konnte. Leider hatte Carson Oma beim Frühstück um Erlaubnis gebeten, nach der Kirche zu seinem Freund Isaac zu gehen. Der kleine Gauner hatte gewusst, dass sie mit ihm reden wollte. Er kehrte erst zum Abendessen zurück, und ausgehend von seinem Verhalten war er immer noch wütend auf sie.

Was sollte sie tun? Ihn zwingen, ihren Erklärungen zuzuhören? Ihren Ausreden? Everett schlecht reden, könnte seinem Sohn das Gefühl geben, einem faulen Apfel zu entstammen. Josie trank einen Schluck Wasser und hoffte so, den Kloß in ihrer Kehle aufzulösen. Vielleicht wäre er morgen Abend bereit, das Problem anzusprechen.

„Was in aller Welt stimmt nicht mit dem Jungen?", fragte Oma.

Josie schaute mit einem liebevollen Lächeln über den Tisch zu ihrer Großtante. Oma war weißhaarig und recht klein. Sie beschwerte sich regelmäßig darüber, dass sie in ihren Siebzigern mindestens zehn Zentimeter geschrumpft war. Ihre Haut war trotz all der Gartenarbeit cremeweiß, weil sie sich stets Sonnencreme draufklatschte. Sie war die süßeste, ausgeglichenste und geselligste Person, die Josie kannte. Und diese scharfsichtigen blauen Augen übersahen rein gar nichts.

Josie hoffte nur, dass sie in diesem Alter auch so erstaunlich sein würde. „Carson fand eine Notiz seines leiblichen Vaters. Es war der Brief, den Everett schrieb, nachdem ich ihm sagte, dass ich schwanger bin. Darin steht geschrieben, er wäre nicht der Vater, dass es offensichtlich einer der anderen Männer war, mit denen ich etwas hatte, und er doch glücklich verheiratet sei."

„Er hat alles abgedeckt, hmm?" Oma spitzte die Lippen. „Es ist eine Schande, dass wir Menschen unsere Männchen nicht so rücksichtslos kastrieren, wie wir das bei unseren Pferden und Kühen machen."

Ein Messer zum Kastrieren, Everetts Eier und ... „Führe mich nicht in Versuchung, Oma."

„Carson will einen Vater, also kann er nicht wütend auf Everett sein, was bedeutet, dass er dir stattdessen die Schuld gibt." Oma gab ihr die übliche Zusammenfassung.

„Er gibt mir definitiv die Schuld. Er ist der Meinung, dass ich mich mehr hätte bemühen sollen, Everett dazu zu bringen, die Vaterschaft anzuerkennen."

„Ah." Oma warf Josie einen mitleiderregenden Blick zu. „Kinder, die etwas wollen, haben selten Empathie für andere Beteiligte."

„Ich weiß." Es tat immer noch weh, was ihr Sohn ihr an den

Kopf geworfen hatte. Sie war dazu erzogen worden, zu glauben, dass Sex außerhalb der Ehe falsch war – und Carsons Anschuldigungen brachten die Schuld mit voller Kraft zurück. „Vielleicht hat er Recht. Ich hätte mich mehr anstrengen können. Oder hätte Everett nach der Geburt von Carson erneut aufsuchen sollen."

„Josie, du bist kaum siebzehn gewesen, und er hat dir mit dem Gesetz gedroht. Eine erfahrene Jugendliche hätte sich vielleicht besser gemacht, aber kein unschuldiges Mädchen aus Podunkville, Texas." Oma überlegte. „Als ich dich fand, nachdem ich aus Europa zurückgekehrt war, und wir uns unterhielten, hast du mir gesagt, warum du nicht wegen Unterhalt zu ihm bist. Erinnerst du dich an die Gründe, die du mir gegeben hast?"

„Ja." Josie schob ihr ungegessenes Essen weg. „Er ist nicht der Typ Mann, der auch nur auf einen Cent seines Geldes verzichten würde. Er hätte gekämpft."

„Aber du hättest gewonnen." Der Ton in der Stimme ihrer Großtante, der keinen Zweifel übrig ließ, war herzerwärmend.

„Ja, ein Bluttest hätte meine Behauptung bewiesen." Und es hätte Unterhalt gegeben. Ihre Wut stieg, als sie sich daran erinnerte, wie hart sie gearbeitet hatte, um zu gewährleisten, dass sie und Carson Essen auf dem Tisch hatten – besonders am Anfang. Schon ein kleiner Geldbetrag hätte geholfen. Carson war nicht der Einzige, der betrogen worden war. „Aber ein öffentlicher Rechtsstreit hätte auch seine Frau und sein Kind getroffen. Und Pa."

„Ich verstehe, dass du keine Ehe zerstören wolltest." Oma schlug ihre Serviette neben ihren Teller. „Aber dein Vater – obwohl man nicht schlecht über die Toten sprechen sollte – war ein unerträgliches Sackgesicht, der es nicht wert war, die Luft meiner Nichte zu atmen. Oder deine."

„Er war ziemlich unbeugsam", gab Josie zu. Jedes Jahr bis zu seinem Tod hatte sie ihm Weihnachtskarten geschickt. Er hatte nie geantwortet. Er hatte ihr nie vergeben. Er hatte nie sein einziges Enkelkind kennengelernt. Sie schaute weg und blinzelte mehrmals. Schroff und oft grausam war er trotzdem ihr Vater gewesen – und sie hatte ihn geliebt. „Es ist schwer für Carson, außer uns beiden keine Familie zu haben."

„Er hat zwei Menschen, die ihn lieben, und das sind zwei mehr, als manche Kinder in diesem Leben bekommen." Oma begann, das schmutzige Geschirr zu stapeln. „Unser Junge hat ein gutes Herz. Er wird diese Sache hinter sich lassen."

Carson *hatte* ein gutes Herz. Ein zartes Gemüt. Im Gegensatz zu seinem Großvater wusste er, wie man vergab.

Mit besserer Stimmung trug Josie die Teller in die Küche, um den Geschirrspüler zu beladen. „An welchem Tag sollten wir eine Großreinigung durchführen? Lädst du diese oder nächste Woche zum Buchclub ein?"

„Du musst nicht meine Haushälterin spielen, Kind."

Als Josie sie mit einem dickköpfigen Blick ansah, kicherte Oma einfach und ging zum Kalender.

Ein paar Stunden später erkannte Josie, dass sie auf ihrer Wohnzimmercouch eingeschlafen war. Es war nicht verwunderlich, wenn man bedachte, wie spät sie in den letzten zwei Nächten im Shadowlands gearbeitet hatte. Nun, sie sollte sich besser daran gewöhnen. Master Z hatte sie letzte Nacht abgefangen, bevor sie gehen konnte, um ihr zu sagen, dass er mit ihrer Arbeit zufrieden war und er hoffe, dass sie bleiben würde.

Das Kompliment von jemandem zu hören, der so einschüchternd war, fühlte sich unglaublich an. Und sie hatte zugestimmt, auch in Zukunft der Shadowlands-Barkeeper zu sein. So schnell würde der Job sicher nicht langweilig werden.

Gähnend setzte sie sich auf. Das Haus war ruhig, das einzige Geräusch war das Brummen des Kühlschranks.

Nachdem Carson aus seinem Zimmer gekommen war ... einmal, um ihr gute Nacht zu sagen, hatte sie einen Liebesfilm angemacht und sich in dem Gefühl einer heilen Welt verloren. Der Film war lange vorbei.

Sie sah auf die Uhr. Mitternacht. Es war definitiv Zeit fürs Bett. Als sie sich auf den Weg in ihr Zimmer begab, hielt sie vor Carsons Tür inne. *Mein Kleiner.* Wie sollte sie ihm erklären, dass sein Vater ein falsches Spiel mit ihr getrieben hatte? Dass er am Ende nur daran interessiert gewesen war, Sex mit einem jungen unschuldigen Mädchen zu haben. Irgendwie musste sie mit ihrem Jungen reden, so unangenehm das Thema auch war.

Sie streichelte mit der Hand über das Holz seiner Tür. Wo waren die Jahre geblieben? Als er noch ein Baby war und neben ihrem Bett geschlafen hatte, schaute sie jedes Mal nach ihm, wenn sie sich umdrehte, lächelte ihn an und berührte seine winzigen Finger. Wie passte diese unermessliche Liebe in ein menschliches Herz?

Jetzt war er älter ... und sie spähte nur in sein Zimmer, wenn sie wusste, dass ihn etwas beschäftigte – wie in den miserablen Tagen, als er im September in die Mittelschule gekommen war.

Auf Zehenspitzen trat sie in den dunklen Raum. Das Nachtlicht und das Leuchten seiner digitalen Uhr und Elektronik erlaubten ihr, die Schuhe, Fußbälle und Schienbeinschoner sowie die schmutzige Kleidung auf dem Boden zu erkennen. Und es war genug Licht, um zu sehen, dass sein Bett leer war.

Sie starrte das Bett an, drehte sich im Kreis und schaltete das Licht an. Kein Junge.

Er war nicht in seinem Badezimmer.

In der Küche machte sie das Licht an. Leer.

Das Wohnzimmer? Leer.

Mit jedem erhellten Bereich nahm ihre Angst zu.

Die Vorder- und Hintertüren waren noch verschlossen.

Sie kehrte in sein Zimmer zurück und hielt an der Hoffnung fest, dass er sich nur versteckte. Aber Carson hatte sich nie vor ihr versteckt, nicht einmal, als er noch klein gewesen war. Er war nie weggelaufen. Ihr Junge nahm jedes Problem direkt in Angriff

– selbst wenn er das Gefühl hatte, dass seine Mutter das Problem war.

Ein Blatt Papier lag auf seinem Bett. Sie hob es auf – Everetts Brief. Als die Angst die Energie in ihren Muskeln aufzehrte, lehnte sie sich an die Wand. In dem Moment nahm sie eine Brise wahr.

Das Fenster stand weit offen – und das Fliegengitter war ab.

Mit geschlossenen Augen saß Holt auf seiner Terrasse, die Füße auf einem zweiten Stuhl. Die Nachtluft war angenehm kühl und roch nach dem salzigen Golf von Mexiko und den tropischen Blumen in Stella Averys Hälfte des Gartens.

Wie lange lebte er jetzt schon in dieser Haushälfte? Er überlegte. Seit Ende Oktober, als Uzuri eine Testrunde bei den Drago-Cousins verbracht hatte? Ja, ungefähr anderthalb Monate, obwohl er den Mietvertrag erst seit ein paar Wochen offiziell besaß. Und er musste zugeben, dass es ihm wirklich gefiel, in einer Gegend zu leben, in der die lautesten Geräusche in der Nacht von bellenden Hunden kamen.

Ein Job als Feuerwehrmann und Sanitäter konnte hässlichen Scheiß im Kopf eines Mannes hinterlassen. Es war schlimm, wie ein menschlicher Körper nach einer Frontalkollision oder einem Hausbrand aussah. Den Kampf zu verlieren und mitanzusehen, wie jemand sein Leben verlor, tat weh. Und diese Erinnerungen konnten sich in ein verknotetes Gewirr aus Schmerz verwandeln. In diesem ruhigen Garten hatte er gelernt, wie besänftigend es sein konnte, einfach hier zu sitzen und dem Gras beim Wachsen zuzusehen.

Ein Geräusch durchbrach die Stille und Holt warf einen Blick auf die andere Hälfte der Doppelhaushälfte. Kein Licht. Stella neigte dazu, recht früh schlafen zu gehen.

Er nahm Schritte wahr, schaute nach links und sah, wie Josie in Stellas Garten trat. Sein momentaner Ärger über die Störung verschwand, als er erkannte, dass jedes Licht in ihrem Haus an war.

Er stellte sein Bier ab und ging zum brusthohen Lattenzaun. „Josie."

Sie wirbelte herum, Hoffnung in ihrem Blick. „Ist Carson bei dir?"

„Nein. Ich habe ihn vorhin bei Sonnenuntergang in dein Haus gehen sehen, als ich mit Duke sprach."

Sorge war auf ihrem Gesicht auszumachen.

Er warf einen Blick auf ihr Haus. „Ich nehme an, er ist nicht zuhause?"

„Er ist irgendwann in den letzten Stunden aus seinem Schlafzimmerfenster geklettert." Ihr texanischer Akzent war nun deutlicher herauszuhören. Sie ließ den Blick über den leeren Garten schweifen. „Oma hätte angerufen, wenn er bei ihr wäre. Er ist nicht im Haus, nicht hier draußen. Wo könnte er sein?"

„Vielleicht bei einem Freund?"

„Oh Gott, er könnte zu Isaac gegangen sein." Sie holte ihr Handy heraus und wählte schnell eine Nummer. Holt hörte das Klingeln, dann die schläfrige Stimme einer Frau.

„Courtney, es tut mir leid, dass ich dich so spät störe, aber Carson ist nicht in seinem Zimmer. Ich hoffe gerade, dass er sich nur weggeschlichen hat, um Isaac zu sehen." Pause. „Das wäre großartig. Danke."

Josie spürte, wie sich beim Warten die harten Kanten des Telefons in ihre Haut bohrten.

„Er ist nicht hier, Josie. Lass mich Isaac aufwecken und ihn fragen, was er weiß. Ich rufe dich zurück", sagte Courtney in Josies Ohr.

„Okay. Tausend Dank." Carson war nicht bei seinem besten Freund. Josie stopfte ihr Handy in ihre Hosentasche und sah sich wieder um – und merkte, dass Holt verschwunden war. Wahrscheinlich war er hineingegangen. Ins Bett. Der unerwartete Schmerz der Enttäuschung ärgerte sie. Was hatte sie erwartet? Sie kannte ihn nicht und das war nicht sein Problem.

Sie hörte Schritte und drehte sich um. „Carson?"

„Sorry, aber nein." Holt kam neben ihrem Haus aus der Dunkelheit und zurück in den Garten. Er trug nur eine Jeans, seine breite Brust war nackt. „Was hat deine Freundin gesagt?"

„Sie fragt gerade ihren Sohn." Josie schüttelte den Kopf. „Es tut mir leid. Ich wollte dich nicht stören."

Er legte eine Hand auf ihre Schulter und schaffte es so, sie etwas zu besänftigen. „Atme, Süße. Wir werden das klären." Seine Stimme war tief und beruhigend. „Komm. Es gibt keinen Grund, hier draußen herumzustehen."

Mit einem Arm um ihre Taille führte er sie ins Haus und zeigte auf ihre Couch. „Setz dich."

Das machte sie. Indessen verschwand er in der Küche und kehrte mit einer Diet Coke zurück. Er öffnete diese und gab sie ihr. „Trink das und lass uns einen Moment nachdenken."

Nachdenken? Unter seinem intensiven Blick nahm sie pflichtbewusst einen Schluck. Es brannte ihre Kehle runter, aber der Akt des Schluckens zwang sie, ihre Angst für eine ganze Sekunde beiseitezulegen.

Als sie die Dose abstellte, nahm er ihre Hand und hüllte ihre kalten Finger in Wärme. „Es ist schwer, in unserem Alter wie ein Jugendlicher zu denken, aber lass es uns versuchen. Er ist elf, richtig?"

„Ja. Seit diesem Herbst geht er auf die Mittelschule."

„Mmm. Wahrscheinlich keine Freundin."

„Nein."

„Habt ihr euch in den letzten Tagen über irgendetwas gestritten?"

„Haben wir ..." Aber war seine Wut auf sie wegen seines Vaters Grund genug, wegzulaufen?

„Das hört sich vielversprechend an. Was denkst du?"

Josie schaute in Holts blaugraue Augen und zog Kraft aus seinem gelassenen Blick. „Sein Vater war der Grund für den Streit."

„Ah. Glaubst du, er ist zu ihm gegangen?"

Sie schüttelte den Kopf. „Carson hat ihn nie kennengelernt." Sie schloss den Mund, bevor sie mehr sagen konnte. Holt war ihr Nachbar, kein Freund. Sie sollte nicht –

„Weil …", hakte er nach.

Die Gefühle kehrten zurück und ihre Augen brannten bereits mit unvergossenen Tränen. Sie erkannte, dass sie immer noch Everetts Brief hielt, der ihren Sohn dazu gebracht hatte, sie zu hassen. Ihre Hand begann zu zittern, als sie auf den Zettel starrte.

„Warum zeigst du mir nicht, was du da in der Hand hältst, Süße?" Holt streckte die Hand aus.

Als sie zögerte, senkte sich seine Stimme. „Josie."

Sie legte den Brief in seine Hand. „Es ist nicht …"

Er ignorierte sie, überflog den Brief und presste die Lippen zusammen. „Verdammt grausam. Carson hat das gesehen?"

Sie nickte. „Er fand ihn, während er Kisten auspackte, und jetzt gibt er mir die Schuld, dass sein Vater ihn nicht wollte. Hätte ich Everett zwingen sollen …" Die Tränen flossen über. „Mein Baby h-hasst mich."

Seine Arme schlossen sich um sie und zogen sie gegen einen festen, warmen Körper. „Süße, da ich männlichen Geschlechts bin, kann ich dir sagen, dass heranwachsende Jungen dümmer sind als Steine und ständig scheiße sagen, die sie nicht meinen. Er wird selbst darauf kommen."

Sie schmiegte sich an ihn, rieb ihre Wange an seiner Brust, lauschte seiner Stimme. Er rieb mit der Hand über ihren Rücken und sie fand Trost darin, in den Armen gehalten zu werden.

Schließlich atmete sie tief ein und er ließ von ihr ab … und sie fühlte sich ohne seine starken Arme schrecklich allein. *Josie, du Idiot, du kennst ihn nicht einmal.* Sie drehte den Kopf und wischte sich die Tränen aus den Augen.

Seine Stimme war sanft, als er fragte: „Glaubst du, Carson ist weggelaufen oder ist er vielleicht zu seinem Vater gegangen?"

„Carson ist noch nie weggelaufen. Er schmollt eine Weile, dann kommt er raus und kämpft für das, was er will."

Holts rechter Mundwinkel zuckte. „Du bist eine gute Mutter."

„Was?"

„Den Mut zu haben, sich auf einen Kampf einzulassen, bedeutet, dass ein Kind das Gefühl haben muss, eine Chance auf den Sieg zu haben. Ich würde sagen, das zeigt, dass er keine Angst vor dir hat und weiß, dass man mit dir reden kann."

Oh.

„Da du denkst, dass er nicht weggerannt ist ... glaubst du, er könnte zu seinem Vater gegangen sein?", fragte Holt.

„Nein, er weiß nicht, wo Everett wohnt."

Stirnrunzelnd hielt Holt den Brief wieder ins Licht. „Das ist Briefpapier aus einem Büro. Hat eine Bankadresse. Ist es Everetts Unternehmen?"

„Oh Gott."

„Das klang eindeutig nach einem *Ja*." Holt fuhr mit einem Finger über ihre Wange, was in ihr das Bedürfnis auslöste, ihre Wange an seiner Handfläche zu reiben.

„Holt, ich weiß nicht, ob Everett überhaupt noch dort arbeitet. Das ist mehr als ein Jahrzehnt her. Und es ist Sonntagabend."

„Guter Punkt. Ich wage zu behaupten, dass Carson klug genug ist, um zu wissen, dass eine Bank bereits zu hat."

Etwas unbeholfen starrte Josie ihn an. Was sollte sie jetzt machen?

„Ganz ruhig, Josie. Wenn Carson versucht –"

In dem Moment klingelte ihr Telefon. *Oh bitte, lass es Carson sein.* Aber die Anzeige las COURTNEY. Josie wischte mit einem zitternden Finger über den Screen. „Hey, Courtney. Was hat Isaac gesagt?"

„Oh, warte, bis du hörst, was unsere beiden kleinen Monster getan haben." Courtney klang verärgert. „Isaac sagt, dass Carson seinen Vater treffen wollte. Also haben unsere Computer-Nerds die Privatadresse und Telefonnummer des Mannes ausgegraben. Es stimmt wirklich – im Internet ist nichts geheim."

„Everetts Privatadresse?" Sie blinzelte. „Nicht einmal ich kenne die."

„Jetzt tust du es." Courtney rezitierte die Adresse und Telefonnummer, und Josie wiederholte sie. Es schien, als würde Everett jetzt nördlich von Tampa leben.

„Würdest du mir schreiben, wenn du ihn findest?", fragte Courtney. „Ich werde nicht schlafen können, bis ich weiß, dass es ihm gut geht. Und ruf mich an, wenn es etwas gibt, bei dem ich helfen kann."

„Das werde ich. Du bist wundervoll. Danke." Josies Hand zitterte, als sie ihr Handy weglegte. Versuchte Carson wirklich, zu seinem Vater zu kommen?

„Hier, ich habe die Informationen aufgeschrieben." Auf der Couch sitzend schob Holt ein Papier auf sie zu. Er tippte auf die Adresse. „Sieht aus, als scheint er in der Nähe des Avila-Golfplatzes und nördlich von Lake Magdalene zu wohnen. Vielleicht fünfzehn Kilometer von hier entfernt. Es ist ziemlich weit zu Fuß."

Carsons Fahrrad. Josie rannte durch die Küche und nach draußen zum Autounterstand. Sie drehte sich um und entdeckte Holt direkt hinter sich. „Sein Fahrrad ist weg."

„Dann haben wir ein Reiseziel und eine Reisemethode. Es gefällt mir nicht, dass du weder von Carson noch von seinem Vater gehört hast. Hast du versucht, Carson anzurufen?"

„Er hat kein Handy."

„Ah." Holt reichte ihr den Zettel. „Dann ruf seinen Vater an und frag, ob Kontakt aufgenommen wurde."

„Nein", flüsterte sie.

Sie schaute in ernste graue Augen. „Es tut mir leid, Süße. Du musst es tun." Seine tiefe Stimme war gelassen, aber unnachgiebig.

Everett anrufen. Alles in ihr wehrte sich dagegen. Doch Holt hatte Recht. Alles, was zählte, war Carsons Sicherheit. Sie gab die Nummer ein und wartete, als es klingelte und klingelte. Als es aufhörte, drückte sie die Wahlwiederholung. Wieder und wieder. Und wieder.

„Wer zum Teufel ist da?", zischte ein Mann, und sie erkannte Everetts Stimme.

„Hier ist Josie Collier. Mein – *unser* Sohn – Carson hat deine Adresse gefunden, und wir denken, er könnte –"

„Meine Güte. Warte."

Josie hörte das Murmeln einer Frau, und Everett sagte: „Ich muss das kurz klären. Es ist ein Kunde."

Ein paar Sekunden später sprach er wieder. „Ich kann nicht glauben, dass du deinen Bastard geschickt hast, um mich an meiner Tür zu belästigen. Was willst du? Geld?"

Wut erfüllte sie. „Ich wusste nicht, dass er zu dir nachhause gehen würde, und ich habe ihn sicherlich nicht dorthin geschickt. Aber aus irgendeinem mir unergründlichen Grund dachte er, du würdest deinen Sohn gerne treffen."

„Er ist nicht mein Sohn."

„Ich stimme zu. Du hast nur das Sperma zur Verfügung gestellt. Du bist ganz sicher kein Vater. Was hast du zu *meinem* Sohn gesagt?"

„Was denkst du denn? Ich sagte ihm, er solle sich verziehen. Meine Fresse, es war gut, dass ich die Tür geöffnet habe und nicht –"

Ihre Wut kochte über. Sie drückte ANRUF BEENDEN und warf das Telefon so hart sie konnte.

Mit beeindruckenden Reflexen zog Holt es aus der Luft. „Aber nicht doch. Dein Junge möchte dich vielleicht anrufen, Baby."

Ihre Kehle zog sich zusammen, als sie erkannte, dass er eine Katastrophe verhindert hatte.

Abwesend reichte er ihr das Handy, während er bereits in sein

116

eigenes sprach. „Ja, tut mir leid wegen der späten Stunde, Dan. Ich muss dich um einen Gefallen bitten. Der Sohn meiner Nachbarin versucht gerade, in Lake Magdalene seinen abwesenden Vater zu finden – ein Vater, der ihm die Tür vor der Nase zugeschlagen hat. Das Kind ist erst elf. Könntest du eine örtliche Einheit bitten, in der Gegend vorbeizuschauen und zu sehen, ob sie ihn finden? Wir werden uns gleich auf den Weg dorthin machen."

Josie hörte Dans geknurrte Bestätigung und etwas über einen Zane.

Holt grinste kurz. „Okay, ich stelle mich für einen Abend als Babysitter zur Verfügung. Sobald ich mehr als fünf Kilo heben darf, ja? Hier ist die Adresse." Er las sie ihm vor.

Ein Murmeln kam zurück.

„Das war alles. Danke, Dan." Holt steckte sein Handy weg und sagte zu Josie: „Dan ist Polizist. Er sollte in der Lage sein, einen Streifenwagen in diese Nachbarschaft zu schicken. Die Polizisten entdecken ihn vielleicht – und selbst wenn nicht, wird ihre Anwesenheit in dieser Gegend es für Carson sicherer machen."

„Danke. Und danke deinem Freund von mir." Sie stand auf. „Dann mache ich mich mal auf den Weg und –"

„Nein, das wirst du nicht." Seine geschmeidige Stimme schärfte sich.

„Aber –"

„Wir nehmen dein Auto, weil Carson es erkennen wird, aber ich fahre. Schnapp dir deine Handtasche und hinterlasse eine Notiz für deinen Jungen, falls er vor uns nachhause kommt. Sag ihm, dass er uns anrufen soll, wenn das der Fall ist."

„Du –"

„Du kannst nicht gleichzeitig fahren und in der Dunkelheit nach einem Jungen suchen." Seine Augen verdunkelten sich und er packte ihre Schulter. „Autounfälle sind nicht schön, Süße. Dein Sohn braucht seine Mutter in einem Stück."

Unter dieser unerschütterlichen Entschlossenheit konnte sie nur nicken und sich wie befohlen ihre Handtasche schnappen.

Holt bog von der Bearss Avenue in die kleineren Straßen ab und warf einen Blick auf die Frau auf dem Beifahrersitz.

Ihr kurzes, dunkelrotes Haar war zerzaust und die Enden standen in alle Richtungen ab, sodass sie wie eine verärgerte Fee aussah. Der ohrenlange Schnitt betonte ihre großen grünen Augen und ihren hübsch geschwungenen Mund. Ihr Gesicht war rund mit einem spitzen, dickköpfigen Kinn, und er würde sagen, dass seine hübsche Nachbarin das stereotypische Mädchen von nebenan war.

„Fast geschafft, Süße", sagte er.

Sie hörte auf, den Blick hektisch über die Straße schweifen zu lassen, und drehte sich zu ihm. „Ich wünschte, ich hätte ihm ein Handy gekauft, so wie er sich das gewünscht hatte. Warum habe ich ihm kein Handy gekauft?" Das Beben in ihrer Stimme brach Holt das Herz.

„Weil Mobiltelefone nicht besonders gut für Kinder sind – besonders, wenn sie noch so jung sind?"

Sie nickte, aber er bezweifelte, dass sie ihn gehört hatte. „Er ist noch nicht zuhause, sonst hätte er meine Notiz gesehen und angerufen. Glaubst du, er ist auf dem Weg nachhause?"

Holt versuchte, sich in die Lage des Kindes zu versetzen. „Wahrscheinlich. Sein Vater hat seine Hoffnungen unter seinen Füßen zertreten. Er könnte sogar denken, dass du nicht gemerkt hast, dass er weg ist."

„Richtig. Richtig." Sie lehnte sich langsam zurück, ihre Finger ruhten auf ihrem Handy. Hoffend. Es war so viel Liebe in dieser Geduld zu erkennen.

Seine Mutter hatte ihn so geliebt, aber er hatte sie schon lange vor seinem elften Lebensjahr verloren. Wusste Carson, wie glücklich er sich schätzen konnte?

Jetzt mussten sie ihn nur noch finden.

An einer roten Ampel tippte er die Adresse ins Navi seines Handys ein. Als die Anweisungen in Yodas Stimme ertönten, lachte Josie ungläubig.

Den Anweisungen des Jedi-Meisters folgend, erreichte Holt ein gehobenes Viertel mit stattlichen Palmen entlang der breiten Bürgersteige. Zwei- und dreistöckige Häuser standen weit entfernt von der Straße. Einige hatten Sichtschutzzäune aus Eisen und Stein. „Ich nehme an, dass Everett Carson seiner Frau gegenüber nicht erwähnt hat."

„Anscheinend nicht. Wieso auch? Er hat sich mir so leicht entledigt."

Holt musterte sie. Sie war vielleicht etwas jünger als er. „Wie alt warst du, als Carson geboren wurde?"

Sie zuckte mit den Schultern. „Es spielt keine Rolle."

Sie teilte nicht gerne, hmm? Manche Leute luden ihre Lebensgeschichten auf vollkommen Fremde ab. Die meisten Leute beantworteten Fragen, wenn sie gefragt wurden. Dann gab es diejenigen, die eine Mauer um ihre Welt errichteten. Er hatte das Gefühl, dass er wusste, wann die Wand einer jungen Josie hochgegangen war.

Als Kind hatte er es geliebt, über Zäune zu springen. Heutzutage waren die Wände, die er in Angriff nahm, eher emotionaler als physischer Natur. Er griff nach ihrer Hand. „Bring mich nicht dazu, Ratespiele zu spielen, Josie. Wie alt?"

„Siebzehn."

Ein Teenager. Sein Kiefer spannte sich an. Die Worte waren auf Briefpapier geschrieben, also war Everett angestellt gewesen und nicht länger in der Highschool. „Und wie alt war sein Vater zu dieser Zeit?"

Sie blickte aus dem Fenster. „Ich schätze Mitte dreißig."

Neun Monate Schwangerschaft bedeuteten, dass sie wahrscheinlich sechzehn Jahre alt war, als das Arschloch sie geschwängert hatte. Mit Mühe hielt Holt seine Stimme ruhig. „Ich bin überrascht, dass deine Eltern ihn nicht wegen Vergewaltigung angezeigt und darauf bestanden hatten, die Vaterschaft zu klären."

Als sie nicht antwortete, sah er kurz zu ihr.

Sie schaute immer noch aus dem Fenster. Die Hand in ihrem Schoß hatte sie zu einer Faust geballt.

Auf dem Handy erhob das Navi das Wort und Yoda sagte: „Dein Ziel erreicht du hast." Holt bremste etwas ab. Das Haus des Bastards war ein protziges Herrenhaus im Kolonialstil. Yeah, warum überraschte ihn das kein bisschen? Die Lichter waren aus. Er sah kein Kind im Vorgarten oder unter dem schwach beleuchteten Portikus.

Josie ließ das Fenster herunter, lehnte sich vor und suchte die Straße nach ihrem Jungen ab.

Sie fuhren am Haus des Arschlochs vorbei, erreichten das Ende der Straße und entdeckten einen Streifenwagen der Polizei, der sich langsam den Block hinunterbewegte.

Holt fuhr an den Bordstein, stieg aus und winkte dem Polizeiwagen zu.

Der Streifenpolizist senkte sein Fenster. „Können wir Ihnen helfen?"

„Wenn Sie nach dem Elfjährigen suchen, habe ich die Mutter des Jungen im Auto. Haben Sie ihn gesehen?" Holt bemerkte, dass Josie ausgestiegen war und nah genug stand, um das Gespräch zu hören.

Der junge Officer schüttelte den Kopf, ebenso wie seine Partnerin auf dem anderen Sitz. „Alles ruhig."

Verdammt. „Wir werden weiter herumfahren, also wenn Sie Anrufe über einen weißen Honda Civic bekommen, der durch die Nachbarschaft schleicht, wissen Sie, dass wir es sind."

„Gut zu wissen. Ich bin froh, dass Sie uns gestoppt haben." Der Officer überreichte eine Karte. „Das ist unsere Station. Wenn

Sie ihn finden, bittet sie, uns eine Nachricht zu übermitteln, sodass wir wissen, dass er sicher ist."

„Wird gemacht." Holt zog seine eigene Karte heraus. „Da steht meine Handynummer drauf. Sagen Sie auch mir Bescheid."

Nach einem Nicken von allen Beteiligten trennten sie sich.

Als Josie wieder ins Auto sprang, sagte sie: „Was jetzt?"

„Jetzt umkreisen wir diese Nachbarschaft. Langsam. Wir wissen, dass er es hierhergeschafft hat. Stellen wir sicher, dass er auf dem Heimweg nicht in Schwierigkeiten gerät."

Carson schob sein Fahrrad über den Bürgersteig, sein finsterer Blick auf dem platten Vorderreifen, während er versuchte, nicht zu weinen. Als er und Isaac herausgefunden hatten, wie man mit seinem Fahrrad nach Lake Magdalene kam, hatte die Mission noch einfach ausgesehen. Die Fahrt zum Zielort war nicht schlimm gewesen.

Zurücklaufen? Das würde *ewig* dauern.

Er hatte das Gefühl, dass es schrecklich spät war. Um den Mut aufzubringen, die Klingel am Haus seines Vaters – *Everett* – zu drücken, war er zuerst ein paar Mal um den Block gegangen.

Dann hatte er es getan. Er hatte die Klingel betätigt.

Tränen liefen über seine Wangen, und Carson wischte sich grob mit dem Arm über das Gesicht. Die Tür hatte sich geöffnet, und ein lächelnder Mann hatte geantwortet und gefragt, ob er ein Pfadfinder sei oder Sachen für die Schule verkaufe.

Carson war nicht in der Lage gewesen, zu sprechen.

Sein Vater hatte ihn nicht erkannt. Sollte ein Vater seinen Sohn nicht erkennen? Also platzte es Carson heraus: „Meine Mutter ist Josie Collier. Ich schätze, du bist mein Vater und ich wollte dich kennenlernen." Als der Mann einfach da stand, dachte Carson, er hätte die falsche Person. Doch dann hatte eine Frau im Haus gerufen: „Everett, wer ist es?"

Ja, Everett war die richtige Person. Außerdem sah der Mann irgendwie aus wie Carson. Gleiches glattes braunes Haar. Die gleiche Nase, die Mama stets Römernase nannte. Die gleichen braunen Augen.

Aber sein Vater hatte ihn angestarrt, als wäre er ... eine Kakerlake oder so. Und dann hatte er in einem gemeinen Flüsterton gesagt: „Ich glaube das verdammt nochmal nicht. Du bist nicht mein Kind. Verschwinde von hier, du kleiner Bastard", bevor er Carson die Tür vor der Nase zuschlug. Als er dort stand und auf die geschlossene Tür starrte, hatte er gehört, wie der Typ zu der Frau meinte: „Nur ein obdachloser Penner, Schatz."

Sein Vater war ein Arschloch.

Carson schluckte schwer, trat gegen eine Getränkedose und lauschte, wie sie über den Bürgersteig hüpfte. Er hatte gehofft, sein Vater würde sich freuen, dass er einen Sohn hatte – dass er ihn *mögen* würde.

Mama war wirklich fantastisch – einige Kinder hatten schreckliche Mütter –, aber die meisten seiner Freunde hatten auch Väter. Und ihre Väter verbrachten Zeit mit ihnen, schauten mit ihnen Football oder spielten Basketball. Sicher, seine Mutter und sein Vater hatten kein Interesse daran, sich zu sehen oder so, aber es wäre schön gewesen, einen Vater zu haben. Manchmal wäre es das. Zum Besuchen und so.

Weitere Tränen ließen seine Augen brennen, und er blinzelte sie zurück. *Ich will nachhause.* Er wollte sich unter seiner Bettdecke verkriechen, wo er ungestört weinen konnte.

Der Verkehrslärm nahm zu. Die schönen Häuser lagen nun hinter ihm, und er war in der Nähe einer anderen großen Straße. Irgendetwas mit *Dale*. Viele Parkplätze vor Geschäften, die alle geschlossen waren.

Unheimlich.

Die Haare in seinem Nacken stellten sich auf. Er legte an Tempo zu. Er fühlte sich so ... klein.

Selbst als er das dachte, trat ein großer Kerl von dem dunklen

Parkplatz auf den Bürgersteig. Er hatte einen rasierten Kopf, einen strähnigen Bart und Zahnlücken. „Yo, hast dich verlaufen, Zwerg?"

Carson blieb stehen, zog sich einen Schritt zurück und drehte sich um, um in die andere Richtung zu laufen. Nur stieß er direkt in einen weiteren Mann und der Kerl packte Carsons Arm in einem schmerzhaften Griff.

„Hab' ihn." Der Kerl hatte rote und blaue Tattoos von den Handgelenken bis zu den Schultern – und er stank.

„Lass mich los!" Panisch trat Carson dem Mann gegen das Schienbein. „Lass mich –"

Der Mann gab ihm eine Ohrfeige.

Schmerz breitete sich auf Carsons Wange aus.

Der Mann drehte Carson herum und legte seinen Unterarm über Carsons Kehle. „Schnauze halten oder ich sorge dafür, dass du nie wieder etwas sagst."

Carsons Schrei verblasste zusammen mit der Sauerstoffzufuhr. Er konnte nicht *atmen*.

Der Glatzkopf mit dem Bart schob seine Hände in Carsons Taschen und durchsuchte ihn. „Keine Geldbörse?"

„Wie sieht es mit einem Handy aus?", fragte der tätowierte Mann.

„Nein. Nichts hat er." Glatzkopf trat zurück.

„Was willst du mit ihm machen?"

„Ein hübscher Junge wie er? Da fallen mir ein paar –"

Carson trat Glatzkopf hart gegen das Knie und kratzte verzweifelt über den Arm an seiner Kehle.

Ein weißes Auto legte neben dem Bordstein eine quietschende Vollbremsung hin.

Der tätowierte Widerling, der Carson festhielt, zuckte herum, und obwohl Carson um sich schlug, ließ er ihn nicht los.

Der Fahrer des Autos sprang heraus und stürmte geradewegs auf Carson zu. *Heilige Scheiße*, es war sein Nachbar Holt.

Carson versuchte, zu schreien. Erfolglos.

„Verpiss dich, Arschloch." Glatzkopf trat zwischen sie.

Holt duckte sich, um einem Schlag auszuweichen, packte Glatzkopf und hob ihn so ruckartig nach oben, dass der Mann kopfüber über die Motorhaube eines geparkten Autos flog.

Der tätowierte Kerl, der Carson hielt, entließ ein Grunzen und sein Arm über Carsons Hals lockerte sich.

Carson riss sich los und stolperte auf Holt zu, der ihn an seine Seite zog.

„Ganz ruhig, Kumpel." Holt legte den Arm fester um ihn. „Der Kampf ist vorbei."

Aber ... der andere Kerl. „Was ist mit ..." Carson drehte sich um.

Schwankend und mit der Hand am blutenden Kopf kniete der tätowierte Kerl und machte den Eindruck, als ob er gleich umfallen würde.

Mom ... Carsons *Mom* ... stand hinter dem Mann, ein blutiges Stück Beton in ihrer Hand. Sie warf es weg und streckte Carson die Hand entgegen. „Oh, Baby."

„M-Mom!" Carson rannte zu ihr und sprang weinend in ihre Arme.

In Sicherheit, ihr Baby war in Sicherheit.

Josie zitterte so stark, dass es eine Minute dauerte, bis sie merkte, dass ihr Sohn noch mehr zitterte. Er hielt sie so fest, als würde er sie nie wieder loslassen wollen – und, *lieber Himmel*, er hatte seit Jahren nicht mehr so geweint.

Sie atmete ein und erkannte, dass sie mitten in der Nacht in einem schrecklichen Teil der Stadt standen. Sie gaben einfache Ziele ab. Josie suchte verzweifelt nach Carsons Angreifern, aber sie waren verschwunden. Dann entdeckte sie Holt.

Groß und muskulös, schwarze Lederjacke, schwarze Stiefel,

dicker Bart. Mit seinem stählernen Blick strahlte er Bedrohung aus, selbst als er sich an ihr Auto lehnte und in sein Handy sprach.

Gott, sie war froh, dass er mitgekommen war.

Er beendete den Anruf und schob das Handy in seine Tasche. Er behielt die Umgebung weiter im Blick, als er die hintere Autotür öffnete und ihr sagte: „Ich habe dem Suchtrupp Bescheid gegeben und den Angriff gemeldet. Und jetzt fahren wir nachhause."

„Komm, Schatz. Lass uns gehen." Mit dem Arm um ihren Sohn setzte Josie ihn auf den Rücksitz und zögerte.

„Setz dich ruhig zu ihm, Josie." Holt half ihr neben ihren Jungen.

Nachdem Holt das Fahrrad in den Kofferraum getan hatte, rutschte er hinter das Lenkrad und warf einen Blick in den Rückspiegel. „Schnallt euch an, ihr zwei."

Carson regte sich nicht auf dem mittleren Sitz. Josie schnallte ihn an und dann sich selbst, bevor sie ihre Arme um ihn legte.

Sicher, sicher, sicher.

„Dieser Typ nannte mich einen hübschen Jungen", flüsterte Carson schließlich. „Ich habe ihn getreten."

„Das habe ich gesehen", sagte Holt. „Es war ein guter Tritt."

Ein guter *Tritt?* Ihr Baby hatte nachts das Haus verlassen und wurde von zwei Männern angegriffen. Er hätte *sterben* können. Ein Wutausbruch baute sich in ihr auf. *Nicht schreien, nicht schreien.* Ihr Kiefer spannte sich an, weil sie so viel zurückhielt.

Ihr Junge hatte Angst gehabt. Allein. Verlaufen. Er hatte für seine törichten Handlungen mehr als genug Konsequenzen erlitten. „Warum warst du nicht auf deinem Fahrrad?"

„Ich habe einen platten Reifen." Er versuchte, sich gerader hinzusetzen.

Trotz des Verlustgefühls ließ sie ihn gehen. „Du bist zu deinem leiblichen Vater gegangen."

„Ja. Ich sagte zu ihm, dass ich sein Kind bin." Er starrte auf seine Turnschuhe. Er hatte große Füße, wie ein schlaksiger Hund, der immer noch in seine großen Pfoten hineinwachsen musste.

„Es ist nicht gut gelaufen?", hakte sie nach.

Die Straßenlaternen vor dem fahrenden Auto sorgten für genug Licht, um zu sehen, wie Tränen seine Augen füllten.

Am liebsten würde sie Everett umbringen.

„Er sagte, dass ich nicht sein Sohn sei." Carsons Unterlippe bebte. „Nur weiß ich, dass ich es bin. Ich sehe aus wie er."

Sie zwang sich, ruhig und gelassen zu bleiben. „Ja. Das tust du."

„Und du lügst nicht. Du lügst nie."

Als sie die Gewissheit in seiner Stimme hörte, formten sich Tränen in ihren Augen. Ihr Sohn wusste, dass sie sich mit der Wahrheit nicht zurückhielt – auch, wenn die Wahrheit unangenehm oder hässlich war oder unschöne Ergebnisse nach sich zog. Er glaubte ihr.

Nicht weinen. Sie blinzelte hart und atmete durch ihre Nase ein. „Es besteht kein Zweifel, dass er dein Vater ist, Carson. Ich war vor ihm mit niemandem zusammen und auch lange danach nicht."

Nur ihre Stimme und das leise Brummen des Motors brachen durch die Stille im Auto. Sie nahm die Hand ihres Sohnes. „Ich war jung und dumm. Er sagte, er sei nicht länger mit seiner Frau zusammen und dass er sich scheiden lassen wolle. Ich glaubte ihm. Als ich mit dir schwanger wurde, hatte er Angst, seine Frau und Freunde würden es herausfinden."

Sie schluckte und fuhr fort: „Er war nicht bereit, zu verlieren, was er hatte – auch nicht, wenn er dadurch einen erstaunlichen Sohn hinzugewinnen könnte."

Carson starrte wieder auf seine Füße und presste seine Lippen fest zusammen.

„Es tut mir leid, dass es nicht so gelaufen ist, wie du wolltest."

Er nickte ruckartig.

Der Rest der Fahrt verlief in Stille.

Holt fuhr ihr Auto unter den Unterstand und öffnete die hintere Autotür.

Die Wut und Sorge hatten sie ausgelaugt, und als sie versuchte, auszusteigen, knickten ihre Knie weg.

„Ah, Süße." Mit einem muskulösen Arm um ihre Taille stützte er sie, bis ihre Beine aufhörten, zu beben.

„Danke", murmelte sie.

„Mmmhmm." Er behielt seinen Arm um sie und wartete darauf, dass Carson heraussprang, sodass er das Auto abschließen und sie zum Haus eskortieren konnte.

Sobald sie über die Türschwelle traten, ließ Holt sie los. Er schaute nach unten und schenkte Carson ein Lächeln. „In Anbetracht der spärlichen Hygiene, die deine Räuber an den Tag gelegt haben, solltest du duschen gehen und deine Kleidung in die Waschmaschine werfen."

„Oh. Widerlich." Carson rümpfte die Nase.

Josie konnte ein Lachen nicht unterdrücken. Sie wies in die Richtung seines Schlafzimmers. „Ich stimme zu. Duschen und die Sachen in die Wäsche."

Carson machte zwei Schritte, drehte sich um und sah zu Holt. „Danke."

Holt neigte den Kopf. „Gern geschehen."

Als Carson in sein Schlafzimmer stapfte, wandte sich Josie an Holt. „Auch ich möchte mich bei dir bedanken. Vielen, vielen Dank. Ich hätte nicht ..." Sie würde Albträume von diesen beiden Männern haben. „Du hast ihn gerettet."

„Hey, wir sind Nachbarn. Nachbarn helfen einander." Er warf einen Blick zum Schlafzimmer. „Du hast ein gutes Kind großgezogen, Josie. Du kannst stolz sein."

Von dem unerwarteten Kompliment etwas erstaunt schaute sie auf und in seine Augen. Augen in der Farbe eines windigen Himmels und doch ... so warm. Hitze sammelte sich in seinen Tiefen. Jetzt sah sie ihn als das, was er war – ein Held hinter der Fassade eines wunderschönen Mannes. Er war ein unglaublich selbstbewusster, maskuliner Mann, auf den sie sich den ganzen Abend gestützt hatte. Er hatte ihre Panik gelindert, ohne ihr das Gefühl von Unzulänglichkeit zu geben. Seine vernünftigen Befehle, die mit einer kontrollierten Stimme gegeben wurden, hatten sie geerdet.

Er hatte ihren Jungen beschützt.

„Wirst du klarkommen?" Er legte seine Hand in ihren Nacken.

Seine Berührung war so beruhigend, dass sie ihre Wange an seinem Unterarm rieb. „Ja, Sir. Jetzt schon."

„Dann schlaf ein bisschen, Süße." Die Linien neben seinen Augen vertieften sich und ein kleines Lächeln erschien. „Du wirst es morgen mit einem mürrischen Jungen zu tun haben." Nachdem er ihre Stirn geküsst hatte, gab er ihr den Autoschlüssel, verließ das Haus und machte die Tür sanft hinter sich zu.

KAPITEL SIEBEN

Josie hatte sich die ganze Nacht im Bett herumgewälzt. Aber welche Mutter würde das nicht? Ihr Sohn war weggelaufen und angegriffen worden. Nach einer Weile schaffte sie es, diese Albträume endlich abzuschütteln, nur um von Holt zu träumen. Träume, in denen sie sich bei ihm bedankte ... auf eine sehr fleischliche Art und Weise. Sie hatte ihn belohnt und wurde im Gegenzug belohnt. Diese stahlblauen Augen hatten sie beobachtet, als er ihr befohlen hatte, alle möglichen erotischen Aktivitäten zu vollziehen, die überhaupt nicht angemessen waren. *Böse Josie.*

Sie musste Abstand zu ihm halten. Carson war in einem verletzlichen Zustand, denn Everett hatte seine Hoffnungen zerschlagen. Und hier war Holt, der den Tag gerettet und so einen kleinen Jungen vollkommen beeindruckt hatte. Sie hatte er auf jeden Fall beeindruckt.

Wenn sie jedoch einander näherkamen, würde Carson deren Nachbar sicher schon bald als Vaterfigur betrachten. Und wenn der Mann erkannte, wie viel Arbeit ein Kind und eine Frau mit emotionalem Ballast machten und er weiterzog, würde das das

Herz ihres Sohnes brechen. Sie konnte das Herz ihres Babys nicht riskieren.

Unter der Dusche tadelte sie sich dafür, von Holt geträumt zu haben.

Beim Anziehen hielt sie sich selbst Vorträge über die Verantwortung, die sie als Mutter nun mal hatte.

Als sie ein warmes Frühstück zubereitete – etwas Besonderes für Carson an einem Schultag –, erinnerte sie sich daran, was im Leben wichtig war. Ihr Sohn stand auf dieser Liste an erster Stelle.

Es dauerte nicht lange, bis Carson aus seinem Schlafzimmer kam. Sein besorgter Gesichtsausdruck erinnerte sie daran, als er vier Jahre alt war und jedes Ei im Karton zerbrochen hatte, um nachzuschauen, was sich darin befand.

Sie wusste, dass er jetzt elf war, konnte sehen, wie groß er geworden war, und doch sah ihr Herz ihn noch immer als ihr Baby. Würde dieses Gefühl jemals verschwinden?

Gestern Abend hatte er ihr erzählt, was Everett gesagt hatte. Ihr Junge hatte versucht, so zu tun, als ob es ihm egal wäre. Und das war es ganz sicher nicht. Sein Vater, der so stolz auf ihn sein sollte, hatte so getan, als wäre sein Sohn verabscheuungswürdig.

Sie wusste ... oh, sie wusste genau, wie Carson sich in diesem Moment gefühlt hatte. Obwohl ihr Sohn wusste, wie sehr *sie* ihn liebte, würde diese Erfahrung noch lange nachhallen und ... Narben hinterlassen.

„Guten Morgen, Schatz." Sie tätschelte seine Schulter. „Ich habe Pancakes gemacht. Willst du Eier dazu?"

„Ähm. Danke, aber nein. Heute nicht." Viel zu leise deckte Carson den Tisch und holte Butter und Sirup.

Wut auf Everett brodelte erneut in ihr hoch, doch was könnte sie schon tun? Sicher, sie könnte einen Anwalt einschalten und dem Idioten die Hölle heißmachen. Was aber war mit seiner unschuldigen Familie? Dann war da das Problem, dass Carson so wohl in der Schule gemobbt werden würde. Ein Kollateralschaden, der für Rache doch etwas übertrieben schien.

Sie stellte den Teller mit den Pancakes auf den Tisch. Als sie sich Carson anschloss, sah sie, dass er Milch in die Gläser gegossen hatte. Er legte sein bestes Benehmen an den Tag ... und sie wünschte, sie hätte ihren mürrischen Teenager wieder.

Nach dem Essen machte sie sich ans Aufräumen, während sich Carson für die Schule fertigmachte. Als sie hörte, wie sich eine Tür schloss, warf sie einen Blick aus dem Küchenfenster.

Auf der anderen Seite des Zauns schlenderte Holt in seinen Garten. Sein dickes blondes Haar war zerwühlt, seine Augen noch schläfrig. Er war offensichtlich gerade erst aufgestanden ... und das Wissen sandte eine heiße Welle durch sie.

Verdammt, nein. Lass diese Gedanken, Josephine.

Montagnachmittag saß Holt auf seiner Terrasse, die Füße auf einem Stuhl, und überlegte, welche langweilige Aufgabe er als Nächstes erledigen sollte. Über ihm thronte ein klarer blauer Himmel, die Temperatur lag um die zwanzig Grad Celsius, mit einer leichten Brise vom Golf kommend. Dezember in Florida war einer seiner Lieblingsmonate und die perfekte Zeit dafür, Dinge im Garten anzugehen.

Die Terrasse und der Zaun könnten eine Generalüberholung gebrauchen, aber er mietete nur und würde nicht lange hier leben. *Zur Hölle nochmal*, er hatte Uzuris Mietvertrag nur übernommen, um aus seinem Apartmentkomplex herauszukommen, wo er ständig auf seine Ex Nadia treffen würde. Der Mietvertrag für die Doppelhaushälfte würde jedoch Ende März auslaufen.

Nein, er war fertig mit Wohnungen – und auch mit Doppelhaushälften. Es war an der Zeit, ein Haus zu kaufen. Ein Haus in einer ruhigen Straße wie dieser.

Im Gegensatz zu einigen seiner Freunde brauchte er nicht viel

Land. Er mochte es, Nachbarn zu haben. Tatsächlich würde er es vermissen, mit den Teenagern auf der anderen Straßenseite Basketball zu spielen, Stella Avery für Kaffee, Kekse und Blutdruckkontrollen zu besuchen – und verzweifelte Mütter mit entlaufenen Kindern zu retten.

Sein Lächeln verblasste. Dass Carson weggelaufen war – und das so ganz ohne Verstärkung –, war falsch gewesen. Der Überfall hätte hässlich ausgehen können. Aber, *verdammt*, der Junge hatte sich gut geschlagen. Und seine Mutter ... Holt schüttelte den Kopf. Mamabär hatte nicht gezögert und ihr Junges verteidigt. Sie hatte sich diesen Zementblock geschnappt und hart auf den Bastard eingeschlagen.

Das war eine Frau nach seinem Geschmack.

Nein. Lass das. Verdammt, er hatte erst vor einem Monat mit Nadia Schluss gemacht. Aber der Schmerz von der Trennung war schnell verblasst, vielleicht weil er entdeckt hatte, dass er die echte Nadia nicht einmal gekannt hatte. Und als sie sich gezeigt hatte, mochte er nicht, was er sah.

Trotz der kurzen Zeit kannte er Josie schon jetzt viel besser als Nadia – zumindest in der Art und Weise, die wichtig war. Josie hatte sich dafür entschuldigt, dass sie am Anfang unhöflich zu ihm gewesen war. Als Carson in Gefahr war, hatte sie sich selbst in Gefahr gebracht, um ihr Kind zu retten. Im Shadowlands hörte sie zu und kümmerte sich mit so viel Sorgfalt um die Mitglieder, wie sie ihre Getränke mischte. Sie hatte ihr altes Leben aufgegeben, um näher zu ihrer alternden Großtante zu ziehen. Sogar die Teenager in der Nachbarschaft sagten, sie sei cool. Wahrscheinlich weil sie deren Problemen lauschte – und ihnen Cookies gab.

Na toll, jetzt hatte er Lust auf Cookies.

Holt grinste. Als Mann hatte er bemerkt, wie gut ihr runder Hintern ihre Jeans füllte, dass ihre Augen im Sonnenlicht so viel grüner funkelten und wie hübsch ihr Lächeln war. *Verdammt*, so sehr wollte er an ihrer weichen Unterlippe knabbern. Er wollte sehen, welche Farbe ihre Nippel hatten und das Gewicht ihrer

Brüste in seinen Händen wiegen. Er wollte ihr jedes einzelne Kleidungsstück ausziehen und ihre Emotionen freilegen.

Er wollte sie dominieren.

Denn Josie *war* unterwürfig, und der süße hingebungsvolle Ausdruck in ihren Augen entzündete ein Feuer in seinem Bauch.

Zur Hölle nochmal, er war ein Idiot. Etwas mit Josie anzufangen, war eine dumme Idee, die nur zu Komplikationen führen konnte. Sie war seine Nachbarin. Sie arbeitete im Shadowlands. Und sie hatte ein Kind.

Und laut Stella zeigte Josie kein Interesse am Dating. Kein bisschen.

Wieso nicht?

Bei einem Geräusch schaute er nach links.

Carson stand auf der anderen Seite des Zauns, die Sonne glitzerte in seinen kurzen, sandfarbenen Haaren, die ein paar Zentimeter länger waren als die seiner Mutter. Unbehaglich verlagerte der Junge sein Gewicht von einem Fuß auf den anderen. „Ähm. Hi."

„Hey, Kumpel. Spring rüber."

Die braunen Augen des Jungen strahlten. Sein Sprung über den Zaun war effektiv, wenn auch wenig anmutig. Er joggte zur Terrasse.

„Willst du eine Cola oder ein Mountain Dew?" Holt hielt seine Dose hoch.

„Äh, sicher. Eine Cola. Bitte."

„Bin gleich zurück." Als der Junge folgte, stoppte Holt. „Nein, es ist besser, wenn du draußen bleibst."

Carson sah verwirrt aus, dann verletzt.

Scheiße. Diese Art von Warnung sollte von den Eltern kommen, oder? Aber solche Lektionen kamen auch von Krankenpflegern – und Doms.

Holt lehnte sich mit der Schulter gegen den Terrassenpfosten. „Du bist kein Mädchen, Carson, aber es gibt auch Perverse, die es auf Jungs in deinem Alter abgesehen haben und ... sie verletzen würden. Bleib draußen, wo Leute dich sehen können" – Holt wies auf Stella, die in ihrem Garten herumstocherte – „und wo du relativ sicher bist. Wenn dich jedoch ein Mann in sein Haus bittet, sag nein."

Carson wurde rot.

„Hat deine Mutter jemals mit dir darüber gesprochen?"

Er wurde noch roter. Der Junge schaute auf seine Füße. „Ja. Das hat sie."

Das überraschte ihn nicht. Josie schien eine Mutter zu sein, die keine Angst davor hatte, schwierige Themen anzupacken. „Das hier? Das ist es, was sie meinte. Ich bin ein guter Kerl; das kannst du jedoch nicht wissen. Arschlöcher sind leicht zu erkennen, wenn sie sich wie die beiden gestern Abend verhalten. Aber einige Bösewichte agieren hinterhältiger. Sie erscheinen nett, sind vielleicht sogar Freunde oder Verwandte."

Mit etwas Glück würde das Kind nie erfahren, wie eine freundliche Fassade eine hässliche Persönlichkeit verbergen konnte. „Lerne, Vorsicht walten zu lassen, bis du dir sicher bist. Was bedeutet, dass du zu deiner eigenen Sicherheit hier draußen Platz nehmen wirst, okay?"

Nach einer Sekunde nickte Carson und lächelte. „Ja, okay."

Als Holt zurückkehrte, saß das Kind auf einem Stuhl. Er nahm die Cola mit einem gemurmelten „Danke" entgegen.

„Bitte." Holt setzte sich auf seinen eigenen Stuhl und hob seine Füße auf einen dritten. Sein Bauch und sein Rücken waren heute besonders wund – nicht überraschend, wenn man bedachte, dass er das Arschloch gestern über das Auto geworfen hatte. Er hatte jedoch nicht das Gefühl, dass dabei Nähte gerissen waren. Er sollte in der Lage sein, am Mittwoch wieder im Krankenhaus anzufangen. „Wie geht es deiner Mutter? Alles okay bei ihr?"

Carsons überraschtes Blinzeln zeigte, dass er Fragen über sich selbst erwartet hatte, nicht über seine Mutter. *Ah, Jungen.* „Ähm, ja. Es geht ihr gut."

„Freut mich, das zu hören. Sie war letzte Nacht ziemlich verzweifelt, als sie dich nicht finden konnte."

„Ich weiß." Schuldgefühle blitzten in Carsons Ausdruck auf. „Ich hätte nicht einfach verschwinden sollen. Wenn mir etwas passiert ... Außer Oma und mir hat sie doch niemanden."

Gut, der Junge *hatte* Herz und Gewissen. „Also ... hat sie dich lebenslang unter Hausarrest gestellt?"

Carsons Lippen zuckten. „Nein. Sie sagte, sie habe darüber nachgedacht und entschieden, dass ich durch die Konsequenzen schon genug gelitten hätte." Das Lächeln des Jungen verblasste. „Weil mein Vater sich als Arschloch herausgestellt hat und ich anschließend noch attackiert wurde."

„Ja, das sind definitiv Konsequenzen." Und Josie war eine großartige Mutter, sodass sie es dabei beließ.

„Jedoch meinte sie auch, dass ich dir zwei Stunden als Arbeitskraft schulde."

Holt senkte seine Dose. „Was?"

„Weil du wegen meiner Rück – Rücksichts – Rücksichtslosigkeit mitten in der Nacht rausmusstest." Carson runzelte die Stirn. „Was für ein Wort. Ich ... ähm, soll helfen. Mama sagte, du sollst keine schwere Arbeit machen, und ich bin stark. Ich kann deinen Rasen mähen. Ich kann um die Büsche aufräumen. Fenster putzen. Was auch immer."

Verdammt. Holt wollte ablehnen, stoppte sich aber. Josie würde ihrem Jungen den Auftrag nicht erteilen, ohne es sich genau überlegt zu haben. „Stella würde es wahrscheinlich zu schätzen wissen, wenn du meine Hälfte des Gartens mähst und aufräumst. Jedes Mal, wenn sie rüberschaut, sehe ich diesen bestimmten Ausdruck auf ihrem Gesicht." Holt imitierte den Ausdruck der älteren Gärtnerin, spitzte die Lippen, runzelte die Stirn und schüttelte angewidert den Kopf.

„Das tut sie wirklich." Carson lachte, bevor er in einem ernsten Ton sagte: „Danke. Wirklich. Dafür, dass du diese Kerle vertrieben hast."

Die Augen des Kindes zeigten, dass er noch nicht abschütteln konnte, wie hilflos er sich gefühlt hatte. Holt wünschte, er hätte letzte Nacht die Freiheit gehabt, die Arschlöcher bewusstlos zu prügeln. Nur in einer kranken Welt waren Kinder nicht sicher. „Ich habe es genossen, etwas zu tun zu haben. Es ist langweilig, den ganzen Tag auf dem Arsch herumzusitzen."

Letzte Nacht hatte er sich zum ersten Mal seit über einem Monat nützlich gefühlt. Hmm. Vielleicht verbarg sich ein bizarrer Heldenkomplex in seinem Unterbewusstsein. Was seine Berufswahl erklären würde ...

Als würde Carson genau wissen, was Holt gerade durch den Kopf ging, sagte der Junge: „Mama meint, du bist ein Feuerwehrmann."

„Manchmal." Holt schenkte ihm ein schiefes Lächeln. „Angefangen habe ich damit, Feuer zu jagen. Heutzutage gibt es mehr medizinische Notfälle als Brände. An manchen Tagen fahre ich mit dem Krankenwagen, an anderen mit dem Feuerwehrfahrzeug."

„Also bist du ein ... Sanitäter?"

„Rettungssanitäter." Holt nahm einen Schluck von seiner Limo. „Auch bin ich staatlich geprüfter Krankenpfleger, sodass ich montags in der Feuerwache und später in der Woche auf der Intensivstation im Krankenhaus arbeite."

Carson rümpfte die Nase. „Ein Krankenhaus ist nicht so aufregend wie ein Brand, oder?"

„Das war der Punkt." Wie sollte er das einem blauäugigen Jungen erklären? „Ich bin seit meinem 18. Lebensjahr Feuerwehrmann. Ein menschlicher Körper ist sehr zerbrechlich, und das zu sehen, kann es schwierig machen, Schlaf zu finden. Eine Pause ist immer eine gute Idee."

Das Kind dachte darüber nach, bevor es ein verständnisvolles „Hmm" aussprach.

Ja, Josie hatte einen klugen Jungen. Und einen mutigen. Er hatte sich während des Kampfes gut geschlagen. Und jetzt übernahm er – ähnlich zu seiner Mutter –, die Verantwortung für seinen Fehler, ohne zu versuchen, jemand anderem die Schuld zu geben. Zu viele sogenannte Erwachsene zeigten sich nicht so reif.

Als der Junge seine Limonade auf den Tisch stellte, bemerkte Holt die dunklen Prellungen an Gesicht, Armen und Hals. „Wurdest du in der Schule auf die blauen Flecke angesprochen?"

„Yeah", murmelte Carson. „Die Lehrer fragten. Und ein paar der Jungs."

„Jungs? Nicht Freunde?"

Die Augenbrauen des Kindes zogen sich zusammen. „Mein bester Freund ist jetzt nur in einem Fach in meiner Klasse. Ich habe ihn heute nicht einmal gesehen. Viele meiner anderen Freunde sehe ich nicht mehr oft."

„Ich verstehe nicht. Wieso nicht?"

Carson zuckte mit den Schultern. „Als wir in die Mittelschule kamen, ging die Hälfte meiner Freunde auf andere Schulen. Diejenigen, die an meiner Schule sind, belegen unterschiedliche Fächer und sie essen zu anderen Zeiten zu Mittag."

Holt versuchte, sich an die Mittelschule zu erinnern, aber das war ungefähr, als er Drogen transportiert hatte. Kurz danach waren er und Tante Rita obdachlos gewesen. In die Schule war er zu der Zeit nicht gegangen. „Klingt, als müsstest du neue Freunde finden."

„Yeah." Nach einem schweren Seufzer erschien Carson wieder besser gelaunt. „Brandon und Yukio sind okay. Keine totalen Loser, weißt du. Gamer und so."

„Das ist ein Anfang." Lächelnd erhob sich Holt. „Komm. Mal sehen, ob wir Zuris alten Rasenmäher zum Laufen bringen können."

An diesem Abend, als Holt und Carson über Xbox-Spiele sprachen, lehnte sich Josie mit einem zufriedenen Seufzer auf ihrem Stuhl zurück. Ihr improvisiertes Abendessen war gut gelaufen, oder?

Vielleicht würde sich das Leben jetzt beruhigen.

Nachdem Carson heute Morgen zur Schule gegangen war, hatte sie eine ausgezeichnete Kampfszene geschrieben, indem sie ihre Angst von gestern Abend in ihre Heldin projiziert hatte. Das Kapitel war blutig und beängstigend geworden ... und die bösen Reptilien-Angreifer hatten verloren.

Und hey, sie war in der Lage gewesen, die Geräusche, die Umgebung und das Gefühl, jemanden mit einem Stein niederzustrecken, ganz authentisch zu beschreiben.

Nachdem Carson aus der Schule kam, hatten sie geredet, hatten alles herausgelassen und dann hatte sie ihn zu Holt geschickt.

Im leeren Haus hatte sie versucht, ihre anhaltende Wut und die Angst mit einem Kochmarathon zu zerstreuen. Die enorme Menge an Essen hatte sie an ihre eigenen Schuldgefühle erinnert, sodass sie Carson gebeten hatte, Holt eine nachbarschaftliche Einladung auszusprechen.

Das war vielleicht nicht die ... weiseste Idee gewesen. Sicher, sie hatte eine Schuld zu begleichen, aber nach den erotischen Träumen von letzter Nacht hatte sie Schwierigkeiten, sich daran zu erinnern, dass Holt ein Nachbar war und nicht ihr Date. Es half bestimmt nicht, dass er eine muskulösere und viel intelligentere Version von Thor darstellte und dass sein dunkles Lachen ihr Herz höherschlagen ließ.

Du bist eine schwache Frau, Josephine. Mit einem stillen Seufzer drehte sie sich zu ihm und beobachtete ihn.

Zu ihrer Rechten lag sein muskulöser Unterarm auf dem Tisch, als er und ihr Junge über eine Gaming-Technik stritten. Sein blaugraues Hemd passte so perfekt zu seinen Augen, dass sie darauf wetten würde, dass Uzuri – Modeeinkäuferin – es für ihn gekauft hatte. Er saß nah genug, sodass seine muskulöse Schulter gelegentlich ihre streifte.

Jedes Mal jagte ein heißes Kribbeln über ihren Körper.

Er ertappte sie dabei, wie sie starrte, und fing ihren Blick mit seinem ein. Als er schließlich lächelte, musste sie sich daran erinnern, das Atmen nicht zu vergessen. *Mal ehrlich, Josie.*

Sie zwang sich, die Augen abzuwenden und betrachtete stattdessen ihr Esszimmer. Sie hatte eine weiße Tischdecke auf den Tisch gelegt, und ihr dunkelrotes Geschirr sah festlich aus – und erinnerte sie daran, dass sie und Carson einen Weihnachtsbaum kaufen und herausfinden mussten, in welchen Kisten sich die Weihnachtsdekorationen befanden. Ein Plan für morgen.

Der Raum erforderte jedoch viel Arbeit. In den Ecken standen noch immer Kisten, die ausgepackt werden mussten. Die blassgrünen Wände und Verkleidungen brauchten neue Farbe. Zum Glück milderte der antike Kronleuchter den hässlichen Farbton und brachte gleichzeitig die Highlights kreiert von der Sonne in Holts karamellfarbenem Haar zum Vorschein.

Heilige Scheiße, sie starrte ihn schon wieder an. *Hör auf!*

„Mom, ich bin fertig. Darf ich aufstehen?"

Ah, war es nicht großartig, wenn ihr Sohn anwandte, was sie ihm beigebracht hatte? Josie lächelte. „Natürlich. Hast du Hausaufgaben?"

„Hab' ich", murmelte er. „Ich weiß – Hausaufgaben zuerst."

„Guter Plan. Vergiss deinen Teller nicht."

Mit einem schweren Seufzer griff Carson nach seinem Teller und dem Besteck und stapfte in die Küche, als ob diese Aufgabe all seine Energie erforderte.

Holt gluckste. „Da möchte ich spontan mit ihm darüber sprechen, wie ich gelitten habe, als ich in seinem Alter war und wie leicht Kinder es heute haben."

„Ist echt so, oder? Nur habe ich das nicht, nicht wirklich. Gramps jedoch hat immer erzählt, dass er durch die Stadt zur Schule laufen musste, weil der Schulbus nur für die Ranchkinder war, nicht für die anderen innerhalb der Stadtgrenzen."

„Ah, einer von denen. Er musste sich durch Schnee bis zur Taille kämpfen, hmm?"

„In Texas?" Sie warf ihm einen empörten Blick zu. „Dem Vieh wäre reihenweise das Herz ausgesetzt."

„Auch wieder wahr." Er grinste. „Ich wusste doch, dass das ein texanischer Akzent ist, den ich da höre."

„Dialekt?" Sie zog die Augenbrauen zusammen. *Verdammt*, sie war sich sicher gewesen, dass sie den schon vor Jahren abgelegt hatte.

„Oh ja, Süße, du bist eindeutig aus Texas. Es klingt bezaubernd."

Sie fühlte, wie sie bei dem Kompliment errötete.

Mit einem langsamen Lächeln fuhr er mit einem Finger über ihre heiße Wange.

„Fertig, Mom. Bis dann, Holt." Mit einem Cookie in der Hand machte sich Carson auf den Weg in sein Schlafzimmer, um sich seinen Hausaufgaben zu widmen.

In dem jetzt stillen Esszimmer lehnte sich Josie auf dem Stuhl zurück und betrachtete den Mann neben sich. Den Mann, den sie kaum kannte. „Ich habe gerade gemerkt, dass ich deinen Namen nicht kenne. Holt ist ein Spitzname, oder?"

„Nachname. Mein Vorname ist Alexander."

„Aber ... das ist ein wundervoller Name." Er sah sogar aus wie ein Alexander. „Warum benutzt du ihn nicht?"

„Ah, na ja, als ich jung war, verbrachte ich einige Zeit an einem ... bestimmten Ort" – seine Augen verdunkelten sich – „wo es einen anderen Alex gab. Nach einer Weile benutzten die Leute einfach meinen Nachnamen, und ich gewöhnte mich daran."

Wo war er gewesen, um ihm diesen heimgesuchten Ausdruck in den Augen zu geben? „Ich verstehe."

„Eine Silbe. Kurz und bündig." Die Schatten verschwanden, als seine Lippen zuckten. „Ich habe vor langer Zeit etwas gemodelt und mein Agent benutzte einfach Holt. Er meinte, der Name sei einprägsam."

Modeln. Und mit nur einem Namen. Sie lächelte. Ja, er hatte das Selbstbewusstsein von jemandem, der sagen würde: *Das bin ich. Mach damit, was du willst.* „Du bist vom Modeln zum Feuerwehrmann und Krankenpfleger gesprungen?"

„Jep. Tatsächlich hat das Geld, das ich für Werbespots verdient habe, meine Studiengebühren bezahlt." Holt beendete den letzten Bissen Roastbeef und lehnte sich in seinem Stuhl zurück. „Ein ausgezeichnetes Abendessen, Josie. Danke."

„Es schien das Mindeste zu sein, was ich nach der letzten Nacht für dich tun konnte. Möchtest du Dessert?"

„Im Moment ist dafür kein Platz. Wie wäre es, wenn wir den Dessertwein probieren, den ich mitgebracht habe?"

„Klingt gut." Sie nahm ihren Teller, erfreut, als er folgte und den Geschirrspüler mit seinem eigenen Geschirr belud.

Nachdem Josie den Korkenzieher aus der Schublade genommen hatte, sah sie Holt den Kühlschrank mustern. Zwischen den Schnappschüssen von Carson und Oma und Josie befanden sich die Einkaufsliste und ein Notizzettel mit Notrufnummern. Holt nahm den Stift, der an einer Schnur baumelte, und fügte seinen Namen und seine Handynummer zur Notfallliste hinzu. Als er sah, dass sie ihn beobachtete, sagte er leichthin: „Ruf mich gerne an, wenn die Nacht wieder Überraschungen bereithält oder du einen Oger unter deinem Bett findest."

Das Angebot machte sie sprachlos. Sie war in Carsons Alter, als sich das letzte Mal jemand dazu bereit erklärt hatte, Monster für sie zu verscheuchen. „Danke", hauchte sie.

Etwas neben sich stehend öffnete sie die Flasche Tokaji und schenkte zwei Gläser ein. Als sie seine Augen auf sich spürte, zögerte sie. Hätte sie ihn diese Aufgabe erledigen lassen sollen? Hatte sie damit seine Männlichkeit beleidigt?

Er grinste nur. „Es ist eine Freude, einem Meister bei der Arbeit zuzusehen."

Natürlich störte es ihn nicht. Sie hatte noch nie jemanden getroffen, der so selbstsicher war.

„Ich habe mich etwas gefragt", sagte er. „Das Shadowlands ist nur an zwei Abenden in der Woche geöffnet. Brauchst du Hilfe, um an einen Job in einer anderen Bar zu kommen? Ich kenne eine ganze Reihe von Leuten."

Bei seiner Sorge wurde ihr warm ums Herz. „Danke, aber das ist nicht nötig. Ich möchte nicht mehr als Teilzeit arbeiten."

Sein Kopf neigte sich leicht, womit er sie aufforderte, ihm eine Erklärung zu geben.

„Ich bin Autorin von Fantasy-Romanen für Jugendliche." Sie nahm einen Schluck vom Wein und genoss die Vielfalt an süßen Aromen. „Obwohl sich die vier Bücher, die ich herausgebracht habe, jetzt gut verkaufen, brauche ich immer noch einen Job."

„Ein Autor – das ist fantastisch." Der Respekt in seiner Stimme war ermutigend. „Du arbeitest in Teilzeit und verbringst deine Tage mit Schreiben?"

„Schreiben, Werbung, Recherche." Sie grinste. „Heute Nachmittag habe ich mittelalterliche Strafen recherchiert. Ich dachte immer, eine Person an den Pranger zu stellen, bedeutete, dass sie vorgebeugt steht und der Kopf und die Hände gefesselt sind. Ein Pranger besteht aus zwei Brettern mit Halbkreisen, die zusammen Kreise bilden. Ein traditioneller Pranger – oder auch Stock oder Fußblock – hat eine Person an den Knöcheln eingeschränkt."

„Gut zu wissen. Das Shadowlands hat welche, sowohl die für Kopf und Handgelenke als auch die für die Knöchel, aber wir packen sie alle unter den Begriff Pranger."

„Man lernt nie aus ..."

Er lehnte sich an den Küchenschrank und musterte sie. „Und du bist an dieser Art von Fesselspielchen interessiert?" Seine geschmeidige Stimme floss wie Honig über sie hinweg.

Dann erkannte sie, was er fragte. „Ich?" Sie entließ tatsächlich ein Quietschen. *Aber, oh, mein Gott.* Es gab Pranger im Shadowlands ... und er wollte wissen, ob *sie* das mochte? Der Funke schoss direkt zu ihrer Pussy. „Ich ... ähm ... hatte nicht gedacht ... ich wollte nur vermeiden, dass mein Held in ein Gefängnis geschickt wird, wo eine Rettung zu schwierig wäre."

„Natürlich." Sanft schob er eine Haarsträhne aus ihren Augen. „Jetzt sag mir, was für dich aufregender klingt? An den Knöcheln gefesselt zu werden?" Eine kurze Pause. „Oder vorgebeugt mit Nacken und Handgelenken eingeschränkt?"

In der Minute, in der er *vorgebeugt* sagte, wurde sie von Hitze verschlungen.

„Ah." Sein rechter Mundwinkel hob sich. „Ich werde Z wissen lassen, dass der Pranger deine Wahl der Disziplin ist."

Sie warf ihm einen tadelnden Blick zu. *Böser Dom.*

Schmunzelnd nahm er die gefüllten Weingläser. „Lass uns ins Wohnzimmer gehen, ja?"

Wie schaffte er es, Vorschläge wie Befehle klingen zu lassen? „Okay."

Er ging voran und stellte beide Gläser auf den Couchtisch. Es wäre nicht höflich, ihr Glas zu nehmen und sich auf den Sessel quer durch den Raum zu setzen.

Als Reaktion auf ihre verengten Augen lächelte er nur und wies mit der offenen Hand zu einem Ende der Couch.

Waren Doms sowohl hinterhältig als auch herrisch? Sie gab nach und setzte sich, nahm ihren Wein in die Hand und schlüpfte erleichtert aus ihren Schuhen.

Er nahm am anderen Ende der Couch Platz. Nicht zu nah, aber immer noch nah genug.

Sie musterte ihren Wein für eine Sekunde, bevor sie aufblickte. Obwohl es beunruhigend einfach war, mit ihm zu sprechen, schien sie mit ihm nie ganz ihr Gleichgewicht zu finden. Vielleicht, weil der bloße Klang seiner tiefen Stimme Champagnerbläschen durch ihre Adern schickte.

Sie nippte an ihrem Wein, rutschte unruhig auf ihrem Platz herum und entschied sich schließlich für den Schneidersitz. Das ruhige, sanft beleuchtete Wohnzimmer war viel intimer als das hell beleuchtete Esszimmer, in dem Carson vor wenigen Minuten noch über die Schule gesprochen hatte. „Das ist ein großartiger Wein", sagte sie. „Sehr, ähm, angenehm."

„Ich bin froh, dass er dir schmeckt."

Die zwei oberen Knöpfe von Holts Hemd standen offen, und als er sich zurücklehnte, klafften die beiden Seiten auf und enthüllten harte Brustmuskeln. Er hatte sie letzte Nacht an seiner soliden Brust getröstet, hatte seine stahlharten Arme um sie gewickelt. Und oh, sie wollte wieder von diesen Armen gehalten werden.

Ihr Blick fiel. Seine Unterarme waren dick mit Muskeln und von goldenen Härchen bedeckt. Starke Hände, sehnige Handgelenke. Ein Lustschauer jagte durch sie, und sie sah, wie ihr Wein im Glas gefährlich hoch an den Rand spritzte.

Nein. Hör auf. Sie wollte keinen Mann. *Stopp, stopp, stopp.*

„Josie."

Sie blickte auf und begegnete amüsierten winterblauen Augen.

„Entspann dich." Er musterte sie für einen langen Moment. „Was geht dir gerade durch diesen hübschen Kopf?"

„Ah ..." Sie schenkte ihm ein beklagenswertes Lächeln. „Ich fühle mich unbeholfen, schätze ich. Ich kann mich nicht erinnern, wann ich das letzte Mal einen Mann unterhalten habe."

„Ich verstehe. Ich nehme an, das liegt eher daran, dass du nicht den Wunsch verspürst und weniger an Gelegenheiten? Ich hatte nämlich den Eindruck, dass Peter gerne die Durststrecke durchbrochen hätte."

Oh Gott, Holt hatte ihre Session mit Peter gesehen? Als ihr Gesicht heiß wurde − *schon wieder* −, musste sie sich fragen, wie oft eine Person an einem Abend rot werden konnte, bevor sie an einem Herzinfarkt starb? „Abgesehen von der Tatsache, dass ich an Peter kein Interesse habe, date ich einfach nicht."

„Ich verstehe." Holt drehte sich zu ihr, lehnte sich vor und packte ihre Knöchel. Er zog und legte ihre Füße auf seinen Schoß.

„Was machst du −" Als er seine Hände um einen Fuß schloss

und seine Daumen in die schmerzende Stelle drückte, rollten ihre Augen in ihrem Kopf zurück. Sie wedelte mit der Hand in seine Richtung. „Vergiss, was ich gerade sagen wollte. Bitte fahre fort."

Er grinste. „Hast du Angst, deinem Sohn ein Date vorzustellen? Hast du Angst davor, wie Carson reagieren könnte?"

Seine Hände massierten ihren Fuß in langsamen, rhythmischen Bewegungen und übten genug Druck aus, um Verspannungen abzubauen, von denen sie nicht einmal gemerkt hatte, dass sie da waren. Sie lehnte ihren Kopf gegen die Rückseite der Couch und schloss die Augen, um das Gefühl zu genießen. Was hatte er gefragt? Als er an ihren Zehen zog und dann jeden Einzelnen rotierte, bebte sie regelrecht.

Oh, Carson und Männer. „Genau das. Dating zu vermeiden, erspart mir alle möglichen Sorgen."

Die Hände an ihren Füßen stoppten für eine Sekunde, dann massierte er weiter. „Das ist eine Art, es zu betrachten."

„Hmm. Was ist mit dir?"

„Was meinst du?"

„Freundin? Verlobte? Ehefrau?"

„Keine der oben genannten."

Schande über sie, dass sie die Antwort freute. „Tut mir leid."

„Also ... was dachtest du über deine Session mit Peter?"

In die Realität zurückkatapultiert, öffnete sie die Augen und funkelte ihn an. „Du ruinierst meine Massage, Master Holt."

Sein Grinsen zeigte sich durch ein kurzes Aufblitzen von weißen Zähnen. „Tut mir leid, Baby. Ich schätze, du musst lernen, zu multitasken. Erzähl mir von der Session."

Sie musterte ihn. All seine entspannte Freundlichkeit war keine ... Lüge. Er war wirklich *unbeschwert* und kontaktfreudig; in seinem Kern war er jedoch genauso ein Dom wie Master Z. Kein Wunder also, dass er gestern Abend bei der Suche nach Carson die Kontrolle übernommen hatte.

Jetzt wollte er eine Antwort und ließ sich nicht mit einem

Schmollmund ablenken. „Ich nehme an, dass du meinen anderen Fuß erst massierst, wenn ich antworte?"

Er nagelte sie mit einem durchdringenden Blick fest. „Josie, ich habe gefragt, weil ich es wissen will. Ich hoffe, dass du allein deswegen antwortest."

Sie legte ihre Hand auf ihren Bauch, in dem es gerade rund ging. Sie wollte die Session mit Peter nicht besprechen – und doch war der Gedanke, Holt zu enttäuschen, ebenso unangenehm. „Die Session war ... in Ordnung."

Sein Blick ließ nicht von ihrem ab. „Süße, meiner Meinung nach ist eine ausweichende Antwort schlimmer als keine."

Sie verzog das Gesicht zu einer Grimasse. So fühlte sie sich, wenn Carson Spielchen mit ihr spielte.

„Lass es uns anders versuchen – hast du mehr von der Session erwartet? Wolltest du ... mehr fühlen?"

Woher wusste er das? „Ich ... ja. Es war irgendwie eine Enttäuschung." Sie schüttelte den Kopf. „Ich wollte nicht, dass er mir wehtut, aber es war einfach ... etwas fehlte."

Als würde Holt sie dafür belohnen, dass sie gesprochen hatte, massierte er ihr anderes Bein. Seine starken, warmen Hände umgaben ihren Fuß. „Du bist unterwürfig, Josie, zumindest auf gewisse Weise. Mit Peter hast du keinen Kontrollverlust erlebt, und ich bin mir ziemlich sicher, dass es das war, was dir gefehlt hat."

Holt dachte, dass es ihr Wunsch war, die Kontrolle abzugeben? Das fühlte sich falsch an – und so erregend, dass ihr Mund austrocknete. Wie würde es sich anfühlen, jemand anderem die Kontrolle über sie auszuhändigen? Peter hatte es während der Session versucht. „Vielleicht."

Die Linien neben Holts Augen vertieften sich, als wüsste er, dass sie ihn verarsche.

„Es spielt sowieso keine Rolle", sagte sie hastig. „Es ist ja nicht so, dass ich noch eine Session spielen würde. Es hat bei mir nicht funktioniert – wahrscheinlich, weil ich nicht unterwürfig bin."

„Oh, das bist du, Süße", sagte Holt leise. „BDSM ist allerdings sehr ähnlich zu Dating. Ein Misserfolg könnte die Schuld des Mannes oder der Frau sein. Es könnte sein, dass es keine Chemie zwischen ihnen gibt. Oder es könnte der Ort oder die Wahl der Ausrüstung sein – wie zum Beispiel einen Cowboy in einen Liebesfilm zu ziehen."

Sie lachte. „Ich würde nie –"

„Du hast mir nie gesagt, wie es sich für dich anfühlt in einem gruseligen BDSM-Club zu arbeiten." Holt neigte den Kopf. „Ich weiß jedoch, dass wir Master uns freuen, dich bei uns zu haben."

„Das hat euer Master Z auch gesagt. Er hat mit mir gesprochen, bevor ich am Samstag nachhause bin." Sie lachte. „Die Arbeit im Shadowlands ist ein bisschen beängstigend, aber auch aufregend. Und alle" – fast alle – „sind sehr nett."

„Das höre ich gerne." Er drückte ihre Zehen nach oben und dehnte die Muskeln an der Unterseite ihres Fußes. „Fandest du es erregend, die Sessions zu beobachten?"

„Ähm." Sie spürte, wie die Wärme erneut in ihre Wangen stieg. „Ich meinte aufregend im Sinne von interessant, nicht aufregend wie ... wie sexuell aufregend."

„Mmmhmm." Sein Summen war ein Summen des Unglaubens.

Sie funkelte auf ihren Wein herab, weil sie zugeben musste, dass er sie korrekt gedeutet hatte, und ihr Protest war einzig und allein symbolisch gewesen. In Wirklichkeit hatte sie die Atmosphäre als sehr erotisch empfunden. „Also gut. Ja. Es ist aufregend – in jeder Hinsicht."

„Ich mag es, wenn du ehrlich bist, Josie." Er lehnte sich zu ihr und legte seine Hand auf ihre Wange. „Gutes Mädchen."

Bei der Wärme seiner Hand und dem Lob in seiner tiefen Stimme erstarrte sie, und ihr Inneres schmolz wie Butter in der heißen Sonne dahin.

„Ich werde Z bitten, dich am Samstag schon um ein Uhr von deinen Pflichten zu entbinden, sodass du eine Session mit mir spielen kannst." Sein stahlgrauer Blick wandte sich nicht von ihr ab und hielt ihren Protest in Schach. „Danach wirst du mit Sicherheit mehr über BDSM wissen und zudem, was du willst und brauchst."

Als er seine Hand von ihrer Wange nahm, zog die Kälte wieder ein.

Sie schluckte schwer und starrte ihn mit offenem Mund an. Eine Session mit *ihm*? Der Gedanke war erschreckend. Und das Interesse, das sie in seinen Augen sah, war ... elektrisierend. „I-Ich bin mir nicht sicher, ob das eine gute Id –"

„Du kennst mich nicht gut genug, um mir voll und ganz zu vertrauen, und das ist in Ordnung. Aber kannst du mir für diese eine Session an einem öffentlichen Ort dein Vertrauen schenken?"

Er würde sie berühren. Vielleicht würde er sie fesseln und einen Flogger an ihr benutzen. Und es wäre *Holt*, der den Flogger halten würde. Lustschauer liefen über ihren Körper und fanden sich an dem Ort zwischen ihren Beinen ein. *Oh Gott*, das war so eine schlechte Idee. „Ich weiß nicht." Ihre Stimme klang beunruhigend heiser.

„Josie, wenn dir nicht gefällt, wie es läuft, wird ein Wort alles stoppen."

„Sag einfach *Nein*, hmm?"

Sein Lachen war verdammt sexy. „Eigentlich lautet das Safeword *Rot*, nicht *Nein*."

Richtig, ein Safeword. Darüber hatte sie etwas gelesen. „Ich habe nie ganz verstanden, warum ihr nicht einfach *Nein* verwendet."

Sie begann sich zu fragen, ob sie Holt überhaupt irgendetwas ablehnen könnte ... und erschauerte.

Er kniff seine Augen zusammen. „Ich denke, bei diesem Thema solltest du näher bei mir sein. Komm her, Süße."

Er rutschte in die Mitte der Couch und hob sie auf seinen Schoß.

Sie schlug ihm auf die Schulter. „Nein, verdammt, du wurdest doch erst operiert. Du solltest keine Menschen auf deinen Schoß heben oder setzen oder –"

„Dann sitzt du wohl besser still", murmelte er. Er positionierte sie, sodass sie seitlich auf ihm saß, ihre Beine auf der Couch, und sie sich an seine Brust lehnen konnte. „Ich genieße es, dich zu halten, Josie – falls du es noch nicht bemerkt hast."

Sie holte bei seinen Worten tief Luft, und seine Arme schlangen sich enger um sie. Als sie spürte, wie die dicke Erektion gegen ihre Hüfte drückte, schmolz sie dahin. Denn genau hier wollte sie sein. Auf seinem Schoß. Die ganze Nacht.

„Um unsere Diskussion fortzusetzen ...", sagte er. „Einige Doms erlauben die Verwendung von *Nein*. Ich tue das nicht – aus zwei Gründen."

Da sie sich wagemutig und absurd glücklich fühlte, legte sie ihren Arm um seine Schultern. Ein tiefer Atemzug brachte ihr den Duft seiner Seife und seines frisch gewaschenen Hemdes. So sauber und männlich und perfekt. „Warum würde man nicht ein klares *Nein* anstelle eines Safewords bevorzugen?"

„Zum einen liegt das an unserer Gesellschaft. Selbst jetzt werden zu viele Frauen in dem Glauben erzogen, dass respektable Frauen keinen Sex wollen sollten. Wenn sie nicht zumindest symbolisch protestiert, fühlt sie sich nicht wie ein gutes Mädchen. Diese Art von idiotischem Druck auf Frauen bedeutet, dass es für einen Mann schwierig ist, zu wissen, ob ein *Nein* ein symbolischer Protest oder eine eindeutige, absolute Ablehnung ist. Ein eindeutiges Safeword erlaubt ihr, *Nein* als symbolischen Protest zu verwenden, und stellt sicher, dass es keine Verwirrung darüber gibt, wenn sie die Session tatsächlich beenden will."

Er streichelte mit der Hand über ihren Rücken. Es sollte sich besänftigend anfühlen, doch ihre Brustwarzen richteten sich zu harten, pochenden Knospen auf.

An ihrer Handfläche auf seiner Brust konnte Josie den langsamen Schlag seines Herzens spüren. „Ich würde gerne sagen, dass deine Argumentation falsch ist, nur .... bin auch ich so aufgewachsen. Ich sage mir, dass Frauen sexuelle Freiheit verdienen, und ich sollte in der Lage sein, mit einem Mann ohne Sorgen ins Bett zu springen, aber ein Teil von mir denkt auch heute noch, dass es falsch ist."

„Yeah." Holt seufzte. „Die Gesellschaft tut dem weiblichen Geschlecht Unrecht."

„Was ist der zweite Grund?"

„Ah, diese Antwort ist schon spaßiger." Holt rieb seine Wange an ihren Haaren und schickte bei diesem deutlichen Anzeichen von Interesse einen Lustschauer von ihrem Kopf bis zu ihren Zehen. Seine Stimme war heiser: „Einige Frauen genießen rauen – erzwungenen – Sex. Sie müssen nicht von der Schuld befreit werden; es erregt sie einfach, körperlich dominiert zu werden. *Nein, nein, nein* zu schreien, ist Teil dieses Rollenspiels, und – wieder einmal – muss der Angreifer wissen, wann sie wirklich aufhören will."

Ein Hauch von Interesse jagte durch Josie, und als sie Holts leises Glucksen hörte, wurde ihr klar, dass sie auf seinem Schoß herumwackelte.

Oh Gott. Als sie versuchte, von ihm herunterzurutschen, strafften sich seine Arme um sie.

„Du bist noch nicht bereit, so weit zu gehen, Süße. Wir werden die Dinge am Samstag einfach halten." Seine entschiedene Ansage wischte ihre Einwände hinfort.

Sie hatte sich einer Session mit ihm verpflichtet. Als die Vorfreude durch sie dröhnte, spielte ihr Herz einen harten, schnellen Beat an, als ob jede Flasche in der Whiskybar nacheinander aus den Regalen fiel. *Bam-bam-bam-bam-bam.*

KAPITEL ACHT

Am **Samstag gegen** Mitternacht durchquerte Holt das Shadowlands in Richtung der Bar und, *verdammt*, er freute sich darauf, Josie zu sehen. Es war viel zu lange her.

Am Mittwoch und Donnerstag war er zur Arbeit ins Krankenhaus zurückgekehrt, was eine Erleichterung gewesen war. Er hatte den Trubel und die Kameradschaft auf der pädiatrischen Intensivstation vermisst. Leider war er nach den zwei Tagen verdammt erschöpft gewesen, und er hatte es gestern Abend nicht ins Shadowlands geschafft.

Heute hatte er geplant, früher herzukommen, um so in den Genuss zu kommen, Josie bei der Arbeit zuzusehen. Raoul hatte diesen Plan vermasselt. Nachdem sich der Dom freiwillig gemeldet hatte, Marcus' Jungs das Segeln beizubringen, bat er Holt um Hilfe. Holt genoss es, mit den Kindern zu arbeiten, und liebte es außerdem zu segeln. Die ganze Aktion hatte länger gedauert als erwartet, sonst wäre er schon lange hier.

Als er zur Bar und damit zu Josie ging, konnte er nicht anders, als den Kopf zu schütteln. Z hatte für heute Abend ein *Cops und Räuber*-Thema gewählt, und gelb-schwarzes Tatortband markierte nun die Schauplätze.

Die Kostüme waren etwas verwirrend. Ob Top oder Bottom, beide Seiten konnten sich als gut oder böse verkleiden. *Cops* konnten jede Form der Strafverfolgung annehmen. *Räuber* waren alle, die sich der dunklen Seite des Gesetzes verschrieben hatten.

Holt hatte die Session für heute Abend bereits geplant. Abhängig von den Verhandlungen, die er und Josie führen müssten, würde er das Thema des heutigen Abends einbeziehen. Josie könnte es gefallen, dass –

„Guten Abend, Holt." Olivia trug ein ärmelloses, blaues Latexoberteil angelehnt an eine Uniform mit einem silbernen Abzeichen, dazu glänzende schwarze Stiefel mit einer ebenso farbenen Leggings. Ein schwarzer Dienstgürtel hielt auf der einen Seite einen langen Schlagstock und auf der anderen eine goldfarbene Tasche in Golfballgröße. Auf ihren kurzen Haaren trug sie die Kopfbedeckung typisch für die britische Polizei mit einem *London Metropolitan Police*-Abzeichen.

„Mistress Olivia, du siehst verdammt sexy aus", sagte Holt, womit er ihr ein Lächeln entlockte.

„Danke, *Love*." Sie musterte ihn langsam. „Du siehst endlich wieder normal aus. Zurechtgemacht und alles."

„Die langen Haare wurden nervig." Er fuhr mit der Hand über seinen glattrasierten Kiefer. „Aber die Rasur ist auf Brandbekämpfungsvorschriften zurückzuführen. Ich muss sagen, dass ich mich nach einem Monat mit Vollbart heute doch etwas nackt fühle." Zumindest waren die Wunden in seinem Gesicht so weit geschlossen, dass er mit einem Rasierer drüberfahren konnte.

Würde Josie der Anblick stören? Die Narben waren immer noch verdammt rot und sichtbar.

Ein empörter Schrei lenkte seine Aufmerksamkeit auf die Mitte des Raumes. Eine agile Sub in knappen Shorts und einem zerlumpten Oberteil rannte um Stühle herum, schwenkte einen Goldbeutel und lachte bösartig. Ein Dom in einem khakifarbenen Hemd und dem Abzeichen eines Sheriffs folgte. Er fing sie ein und führte sie vorsichtig auf den Boden, wo er ihr Handschellen anlegte. Als sie sich wehrte, gab er ihr einen Klaps auf die Rückseite ihres Oberschenkels.

„Polizeibrutalität! Benachrichtigt die Medien! Polizeibrutalität! Ich werde klagen!" Eine Sekunde später schob der Sheriff einen Ballknebel in ihren Mund, und dann war alles, was ihr noch über die Lippen kam: „Mmmpf, mmmpf, mmmpf!"

Die Zuschauer brüllten vor Lachen.

Als der Sheriff den Beutel mit Gold aufhob und ihn an seinem Gürtel befestigte, bemerkte Holt andere Goldbeutel. „Was hat es mit den Beuteln auf sich?"

„Z füllte einen Tisch in der Snack-Ecke mit zusätzlichen Requisiten, einschließlich dieser Münzbeutel." Als Olivia den Goldbeutel schüttelte, klirrte es. „Er gab mir einen und befahl mir, ihn zu tragen."

„Du ganz speziell?"

Sie schnaubte. „Er denkt, ich schüchtere die Subs ein – dass sie nicht wissen, wie sie meine Aufmerksamkeit erregen können. Der Mann hat einen Knall."

„Tut mir leid, Süße, aber der Psychotherapeut hat Recht." Holt musterte sie. Olivia war nicht konventionell schön, war jedoch zu hinreißend, um nicht als hübsch zu gelten. Mit einem gut gepolsterten, robusten Körper, kurzen Stachelhaaren, Diamantsteckern in den Ohren und einem abschätzenden Blick in ihren braunen Augen war sie ein regelrechter Magnet für Subs. Und doch ... „Für schüchterne Subs siehst du so erreichbar aus wie der Mount Everest."

„Das ist mir noch nie aufgefallen."

„Weil du einfach aus den Massen auswählst, wer dir gefällt." Holt lächelte. „So wie Z das arrangiert hat, sind nun diejenigen, die du gerne übersiehst, in der Lage, deine Aufmerksamkeit zu erregen."

„Er ist ein ziemlich hinterhältiger Bastard, oder? Also gut. Ich werde herumlaufen und sehen, ob jemand anbeißt."

Als sie wegschlenderte, entdeckte Holt eine winzige hispanische Sub, die ein gerissenes Crop-Top mit Gefängnisstreifen trug. Lange dunkle Haare, riesige braune Augen. Ziemlich hübsch. Als Olivia in die andere Richtung ging, sackten ihre Schultern nach unten, als wäre die Sonne über ihren Hoffnungen und Träumen untergegangen.

So niedlich. Holt fand ihren Blick, wies ermutigend zu der Mistress und formte mit den Lippen: *Trau dich.*

Die Sub holte sichtbar Luft, spannte sich an und stürzte dann hinter Olivia her. Sie packte sich den goldenen Beutel, riss ihn ab, hob ihn über ihren Kopf und rannte davon.

„Heilige Scheiße!" Olivia nahm die Verfolgung auf.

Als das verängstigte Kichern der Sub zu hören war, grinste Holt und murmelte: „Viel Glück, Kleine." Dann setzte er den Weg fort.

Ja, Josie war hinter der Bar. Durch die Menge erhaschte er einen kurzen Blick auf sie ... und hörte erneut, wie sein Name gerufen wurde. *Verdammt.*

„Holt, schön, dich zu sehen." In einem zerrissenen T-Shirt, einer ebenso zugerichteten Jeans und beiden Armen voller temporären Gang-Tattoos saß Vance Buchanan auf einer Couch, die Füße auf einer Ottomane. „Ich habe gehört, dass du zu deinem Krankenhausjob zurückgekehrt bist."

Natürlich hatte er das gehört. Die Shadowkittens kannten – und verbreiteten – den Klatsch in der ganzen Welt, und Buchanans Sally war eine der schlimmsten Übeltäterinnen. „Richtig gehört. Es fühlt sich gut an."

„Zuhause herumzusitzen, kann einen Mann verrückt machen." Der FBI-Agent hatte sich vor anderthalb Jahren eine Kugel ins Bein eingefangen.

„Das hat es. Also ... wie ist das Eheleben?" Holts Gedankengang verließ den Bahnhof, als sich die Menge um die Bar so weit teilte, dass er Josie sehen konnte. *Na sieh mal einer an ...* „Wie ich sehe, hat die neue Barkeeperin beschlossen, am Rollenspiel teilzunehmen."

Eine Polizeimütze saß auf Josies kurzem Haar. Zudem trug sie ein kurzärmeliges blaues Uniformhemd mit einem Abzeichen, und ihr Gürtel hielt eine winzige Plastikpistole und einen Schlagstock. Holts Lächeln wuchs. Kein Polizeibeamter hatte jemals so viel Spaß gehabt. Josie geriet regelrecht aus dem Fokus, als sie Drinks mixte, lachte, mit den Mitgliedern an der Bar plauderte und ihre Hüfte im Takt der Musik schwang. Sie war bezaubernd.

„Ayuh. Sie macht sich eine gute Zeit." Galen kam zu ihnen und auch er war wie ein Gangmitglied gekleidet. Er hatte einen Arm um seine und Vances Sub Sally gewickelt und hielt sie an seine Brust gepresst. Er beugte sich vor und reichte Vance eines der beiden Biere, die er in einer Hand trug.

„Guten Abend, Galen." Holts Lippen zuckten. „Ich muss schon sagen, dein Streifenpolizist sieht doch etwas lädiert aus."

Die kleine Brünette trug ein übergroßes, langärmeliges Uniformhemd. Einer der Doms hatte ihre Ärmel über ihre Hände gezogen und sie dort mit einem Seil verbunden, wodurch sie effektiv gefesselt war. Tränen hatten dunkle Mascara-Spuren auf ihren Wangen hinterlassen, und sie hatte den unverwechselbaren glasigen Ausdruck von jemandem, der eine lange, schmerzhafte und sehr erregende Session genossen hatte.

„Ah, nun, sie ist neu in der Strafverfolgung und hat nicht sichergestellt, ob sie Verstärkung hat, bevor sie einem Verdächtigen nachjagte." Galen warf Vance einen Blick zu. „Ganz so wie jemand, den ich kenne."

Die beiden Männer waren Partner im FBI gewesen, bevor Galen gekündigt und ein Unternehmen gegründet hatte. Vance lächelte. „Sie wird von nun an vorsichtiger sein, da bin ich mir sicher."

„Nächstes Mal werde ich zuerst schießen", murmelte die unbezähmbare Göre.

Holt zwinkerte ihr zu, bevor er seine Master-Kollegen fragte: „Als ich gestern auf den Dienstplan geschaut habe, sah ich, dass ich heute Abend nicht mehr als Kerkeraufseher eingeplant bin."

Deshalb war er mit auf das Boot gegangen, als Raoul um Hilfe gebeten hatte. „Gab es dafür einen Grund?"

„Z wusste, dass du diese Woche zur Arbeit ins Krankenhaus zurückkehren und du wohl erschöpft sein würdest." Vance nahm einen großen Schluck von seinem Bier und seufzte anerkennend.

„Mama Z." Holt schüttelte den Kopf. Es ging ihm gut. Tatsächlich rollte die Vorfreude bei dem Gedanken an die Session mit Josie durch seine Adern. „Ist Z hier?" Holt sollte zuerst mit ihm reden.

„Ja. Anne meldete sich freiwillig als Babysitter für Sophie, also hat er Jessica für eine Session mitgebracht." Galen grinste. „Arme Sub. Sie wurde knallrot, als er sagte, sie würden im Kerker spielen."

Holt lachte. Die kurvige Blondine hasste und liebte es, Sessions in der Öffentlichkeit zu machen.

Vance warf einen Blick auf seine Uhr. „Sie sind wahrscheinlich schon fertig."

„Okay. Dann gehe ich mal langsam in die Richtung."

„Du solltest einen Münzbeutel tragen. Du würdest die Subs damit sehr glücklich machen", sagte Sally. „Sie haben dich vermisst."

„Es ist schön, vermisst zu werden, aber ich habe für heute Abend etwas anderes im Sinn."

Im hinteren Bereich des Clubs entdeckte er Z und Jessica, die gerade aus dem Flur kamen, der zum Kerker führte.

Klein und kurvig trug die Blondine ein schwarz-weiß gestreiftes „Gefängnis"-Outfit. Das knappe Neckholder-Top und der kurze Rock waren weniger eine Uniform als eine Ausrede zum Aufruhr. Ihr Haar war schweißnass, was darauf hinwies, dass Jessica eine gute, harte Session genossen hatte.

Z hatte seinen Arm um sie gelegt, um sie etwas zu stützen. Der Shadowlands-Besitzer trug ein schwarzes Uniformhemd mit silbernen Abzeichen und Insignien. Er ließ den Blick abschätzend über Holt schweifen. „Du hast die Rückkehr zur Arbeit überlebt, wie ich sehe."

„In der ersten Nacht steckten sie mich hinter den Schreibtisch. Ich musste Papierkram erledigen und einspringen, wenn Kollegen in der Pause waren. Um am Donnerstagabend zum Einsatz zu kommen, musste ich betteln."

„Es ist schön, dich wieder hier zu haben", sagte Jessica.

„Danke dir, Kleine." Er lächelte. „Jetzt, wo ich wieder fit bin, kann ich demnächst mal vorbeikommen und mit Sophia spielen?" Zs und Jessicas Baby war etwa sechs Monate alt und einfach zuckersüß.

„Natürlich." Jessica warf ihm einen strengen Blick zu. „Aber du musst aufhören, sie bei jedem Besuch mit einem Spielzeug zu verwöhnen."

„Sie ist klug; sie ist mutig; sie ist erfinderisch. Sie verdient es, etwas verwöhnt zu werden." Er wandte sich an Z. „Zu einem anderen Thema ..."

Z gluckste. „Was kann ich für dich tun?"

„Gib deiner Barkeeperin um ein Uhr Feierabend, damit ich sehen kann, wie sie sich bei einer echten Session schlägt."

Jessicas Kinnlade klappte herunter. „Du willst mit Josie spielen?"

„Ausgezeichnete Idee." Z schien kein bisschen überrascht. „Du hast meine Erlaubnis ... wenn sie zustimmt."

„Natürlich." Die kleine Barkeeperin hatte es sich vielleicht anders überlegt, aber das bezweifelte er doch stark. Sie wollte spielen. Und, *verdammt*, er wollte ihr die Freuden wahrer Dominanz und Unterwerfung näherbringen.

„Sei vorsichtig mit ihr", forderte Jessica. „Sie – Mmmpf, mmmpf." Die Hand von Master Z auf ihrem Mund reduzierte ihre Ermahnungen auf unverständliche Laute.

„Kätzchen", sagte Z in einem ernsten Ton, „es endet selten gut, wenn eine Sub entscheidet, einem Dom im Shadowlands Befehle erteilen zu müssen."

„Mmmpf ... mmmpf, mmmpf, mmmpf." Der letzte Laut endete in einer hohen Note und einem finsteren Blick zu Z.

Holt unterdrückte ein Lachen.

Z grinste. „Ich habe eine Theorie, dass die Kriminalität abnehmen könnte, wenn Polizisten unverschämten Gefangenen ein Spanking verpassen dürften. Lass uns das testen, hmm?" Der Master trat ein paar Schritte zurück, setzte sich auf eine Couch und zog seine hübsche Sub über die Knie.

Grinsend ging Holt zur Bar.

Hinter ihm wurde der erste laute Schlag von einem empörten Schrei begleitet.

Mitternacht war gekommen und gegangen, und die Menschenmenge im Shadowlands nahm langsam ab.

Holt war nicht aufgetaucht. Enttäuschung wog schwer auf Josies Brust.

Mit einem Seufzer schob sie ihre Polizeimütze zurück und lehnte sich an die Bar. Sie war wirklich dämlich. Sie hatte sich so darauf gefreut, mit Holt eine Session zu spielen. Sie hätte es besser wissen sollen.

Abgesehen von Holts Nichterscheinen war die Nacht gut verlaufen und sie lebte sich gut im Shadowlands ein. An ihrem ersten Wochenende musste sie sich nicht nur mit den Mitgliedern, dem Bar-Setup und den Regeln vertraut machen, sondern auch mit den schockierenden Kostümen – oder eher dem Mangel an Stoff – und den Sessions, die um sie herum zu Ablenkungen führten. Und mit den Gesprächen: *„Sie schrie so laut ... Seine Hoden wurden blau und ich wusste ..."*

Gestern Abend hatte sie Fuß gefasst, und heute Abend hatte sie ihren Job als Barkeeperin wirklich genießen können. Lächelnd stellte sie einen Wodka Collins vor eine brünette Sub in einer zerrissenen Gefängnisuniform.

Sie hatte sich sogar selbst in ein sexy Polizistenoutfit

gezwängt. Die anerkennenden Blicke, die sie von den verschiedenen Mitgliedern erhielt, fühlten sich gut an.

Dieser Club wusste, wie man eine Kostümparty schmiss.

Der Snack-Tisch lockte mit Keksen in der Form von Polizeiabzeichen und einer unglaublichen Vielfalt an Donuts.

Böse Subs wurden in die Eisenkäfige gesperrt, die in der Mitte des Raumes nebeneinander aufgereiht waren. Die kleinen Käfige zwangen den Gefangenen zum Hinknien. Zwei waren höher und so groß wie ein Sarg, sodass die Subs stehen konnten. Ein Käfig wies ein Schild auf, das las: BITTE BERÜHREN, und vorbeiziehende Doms nahmen die Einladung an, griffen durch die Gitterstäbe und streichelten die nackten Gefangenen.

Die Vielfalt der Kostüme war erstaunlich. Sie beobachtete einen Dom in einer Polizeiuniform, der sein *Pferd* führte – ein männlicher Sub verkleidet als Pony.

Josie war davon ausgegangen, dass eine Polizeiuniform darauf hindeuten würde, dass sie in die unantastbare Dom-Kategorie gehörte. Dann hatte sie zwei Doms gesehen, die aussahen, als wären sie dem Ghetto entflohen. Bei sich hatten sie eine gefesselte Sub in der Uniform eines Polizisten.

Anscheinend war die Art des Kostüms egal – der Dom hatte stets die Oberhand.

Und Junge, die Leute ließen sich wirklich auf dieses Rollenspiel-Zeug ein. Subs schnappten sich immer wieder die Münzbeutel und wurden dann gejagt. Eine Domina-Polizistin zerrte einen Sub zu einer Couch und gab ihm ein Spanking wegen *„übermäßiger Geschwindigkeit beim Gehen"*.

Sie sah sich um. Die wenigen Leute, die sich an der Bar aufhielten, hatten noch volle Drinks.

„Sieht ruhig aus." Geschmeidiger als ein lange gereifter Glenmorangie-Whisky schaffte es die dunkle rauchige Stimme, ihr den Atem zu stehlen. *Holt.*

Er war *hier*. Ihr Herz begann beunruhigende Purzelbäume in

ihrer Brust zu schlagen. Sie drehte sich um ... und ihre Kinnlade klappte herunter.

Er hatte sich die Haare auf Ohrlänge geschnitten. Und rasiert hatte er sich auch. Oh ... *wow*. Er war zuvor schon hinreißend gewesen, aber jetzt verbarg nichts mehr den markanten Winkel seines Kiefers oder die entschlossene Kurve seines Mundes. Bei dem Anblick der freigelegten Narbe überkam sie das Bedürfnis, diese zu küssen und den Schmerz so auszulöschen.

Und gleich danach wollte sie seine Lippen küssen.

Er lehnte sich an die Bar, sein Blick einzig und allein auf ihr. Die männliche Wertschätzung in seinen Augen war berauschend. Nach einer Sekunde bemerkte sie seine Kleidung. Interessanterweise hatte sich der Feuerwehrmann keine Uniform übergezogen. Er trug eine schwarze Lederweste über einem schwarzen Tanktop mit Totenkopfaufdruck. Schwarze Drachentattoos – echte – wickelten sich um seinen muskulösen Bizeps, und er hatte sich ein blauschwarzes Halstuch um den Kopf geschlungen.

„Du siehst heute Abend wirklich wie ein Biker aus." Ihre Stimme klang beunruhigend heiser.

„Ich schätze, dann ist es eine gute Sache, dass ich ein Bike habe." Seine Stimme senkte sich. „Interesse an einem Ritt?"

„Oh, mein Gott, das klingt unglaublich pervers."

Sein Grinsen blitzte weiß in seinem gebräunten Gesicht auf. „Kleines, du bist in einem BDSM-Club. Wir *sind* pervers."

Ein köstlicher Schauer brannte bei der Erinnerung durch ihren Körper. „N-Natürlich. Was kann ich dir zu trinken bringen, Master Holt?"

„Nichts." Er schmunzelte. „Z gab dir die Erlaubnis, die Bar zu verlassen und etwas zu spielen."

Holt wollte immer noch eine Session mit ihr spielen. Ihr Mund trocknete aus. Sie machte einen Schritt auf ihn zu. „W-Was aber, wenn jemand etwas braucht?"

Nach einem kurzen Blick auf die Mitglieder an der Bar rief er einem sich nähernden Mann zu: „Cullen, ich leihe mir die Barkeeperin für ein Auspeitschen aus. Wenn jemand verzweifelt nach einem Drink verlangt, kannst du dem Wunsch nachkommen?"

„Klar." Der riesige Dom, der sie eingewiesen hatte, hatte seinen Arm um Andrea, seine große, kurvige, brünette Frau. Er grinste Josie an. „Ich wünsche dir viel Spaß."

„Danke." Sie drehte sich zu Holt um und zögerte. Sein Outfit ließ ihn furchtbar gemein aussehen. Und sie hatte ihn noch nie spielen sehen. Was, wenn er ein Sadist oder so etwas war? „Du ... würdest mich doch nicht ...""

Er sah zu ihr. „Du kannst mir vertrauen, Josie."

Das tat sie, wirklich. Weitestgehend. „Ich ... Okay."

„Gutes Mädchen." Die Worte in seiner sinnlichen Stimme ließen Hitze in ihr aufsteigen.

Er hob den Durchgang, sodass sie herauskommen konnte, stoppte sie aber mit einer Hand. „Lass uns verhindern, dass du dir mit Master Z Ärger einhandelst. Lass deine Stiefel und Socken hier."

„Was?"

Seine Lippen zuckten, aber sein Gesicht hielt keine Belustigung. „Die korrekte Antwort lautet: *Ja, Sir.*" Und er wartete, nicht auf ein Argument, sondern darauf, dass sie seinem Befehl nachkam.

„Richtig, okay. Ähm ... Ja, Sir." Wenn sie so darüber nachdachte, hatte sie Zuri und Linda bereits über barfüßige Subs reden hören. Sie zog ihre Stiefel und ihre Socken aus und stellte alles auf ein Regal unter der Bar. Sie war sofort zwei Zentimeter kleiner ... und dieser Dom hatte davor schon über ihr geragt.

„Gut." Er musterte sie für eine Sekunde. „Meine kleine Sub, du bist immer noch overdressed. Lass mich das für dich in Ordnung bringen."

„Was?"

Seine hochgezogene Augenbraue erinnerte sie daran, dass es bei diesem Spiel Regeln gab. Dies *war* ein Spiel, oder? „Äh, ja, Sir."

„Besser." Er zog ihre reingesteckte Bluse aus ihrer Jeans, knöpfte sie auf und schob ihre Hände aus dem Weg. Anschließend rollte er am Rücken die Bluse nach oben und band die Enden unter ihren Brüsten fest genug, sodass ihre Brüste halb aus ihrem BH fielen. Als er mit dem Finger über die hochgeschnürten Hügel fuhr, spürte sie, wie sich ihre Nippel hinter dem Stoff aufrichteten.

„Holt", protestierte sie.

„Du hast wunderschöne Brüste, Josie." Sein Blick hielt den ihren. „Wenn ich den Anblick mit anderen teilen möchte, ist das für die nächsten Stunden mein Vorrecht. Lass dir das durch den Kopf gehen, bevor wir anfangen. Denn mein Ziel ist es, dass du weit mehr ablegst."

Der gesamte Raum erwärmte sich plötzlich auf das Niveau einer Sauna, und mit jeder Berührung seiner Fingerspitze auf ihrer Haut stieg die Temperatur um einen weiteren Grad. Sie schluckte schwer. „Ja, Sir."

Er nickte anerkennend und legte seine Hand in ihren Nacken. Sein Griff war nicht schmerzhaft, aber ... fest. Die Hitze seiner Hand schien ihre Haut zu verbrennen, als er sie zum hinteren Teil des Raumes führte. „Lass uns kurz reden."

Grünpflanzen in hohen Kübeln trennten die Sitzbereiche voneinander, boten Privatsphäre und dämpften den Klang der Musik und der verschiedenen Sessions. Als er sich auf eine Couch setzte, ging sie davon aus, dass sie neben ihm Platz nehmen sollte.

„Nein, Süße." Er zeigte auf den Boden direkt vor ihm. „Beginnen wir mit den Grundlagen. Hinknien, bitte."

Sie schloss die Augen. Nach Jahren, in denen sie sich nichts von einem Mann hatte sagen lassen, kämpfte sie nun einen inneren Kampf aus, denn sie wollte ihm gehorchen und das Bedürfnis verwirrte sie. „Das ist so falsch."

„Das verstehe ich", sagte er in einem verständnisvollen Ton. „Josie, Unterwürfigkeit hat nichts damit zu tun, männlich oder weiblich zu sein. Du bist schon lange genug hier, dass du gesehen haben musst, wie auch Männer sich hinknien."

Das hatte sie. Und es gab weibliche Doms. Wenn sie so darüber nachdachte, wurde die Gleichberechtigung der Frauen im Shadowlands sogar mehr geehrt, als dass in der wirklichen Welt der Fall war.

Und wenn es um sie und Holt ging, stellte sich gar nicht erst die Frage, wer der Dominante war.

Sie kniete nieder.

„Sehr nett." Er lehnte sich vor, muskulöse Unterarme ruhten auf seinen Knien. „Strecke deine Wirbelsäule und bringe deine Hände hinter deinem Rücken zusammen."

Die Pose wölbte ihren Rücken, drückte ihre Brüste nach oben und sorgte dafür, dass die beiden Seiten ihrer Bluse aufklafften.

„Gut." Er strich mit den Fingerknöcheln über ihr Schlüsselbein und in das Tal zwischen ihren Brüsten. „Einige Doms ziehen es vor, dass ihre Subs nach unten schauen. Ich möchte, dass du deine Augen auf mich gerichtet lässt. Immer auf mir. Verstanden?"

Ihre Lippen waren trocken. „Ja, Sir."

„Für diese Session habe ich nicht vor, jemand anderen zu involvieren. Nur du und ich für ein oder zwei Stunden. Nichts allzu Erschreckendes. Ich möchte dir einen Vorgeschmack auf Bondage geben und sehen, wie du auf verschiedene Impact-Spielzeuge reagierst. Auf einer Schmerzskala von 1 bis 10, wobei 10 besonders schmerzhaft ist, habe ich nicht vor, eine 3 bis 5 zu überschreiten, und alle roten Markierungen werden innerhalb weniger Stunden verschwinden."

In der Reha hatten Omas Krankenschwestern eine Schmerzskala wie diese verwendet. Hatte Carson nicht erwähnt, dass Holt sowohl in einem Krankenhaus als auch in der Feuerwache arbeitete? Das war beruhigend. „Okay."

„Und, wie bereits erwähnt und gewarnt, liegt es an mir, wie viel Kleidung du tragen wirst."

Sie holte tief Luft. Subs liefen oft in Unterwäsche herum ... oder vollkommen nackt. *Oh Gott.* Allerdings störte es sie nicht sonderlich, nackt zu sein. Nicht sehr.

„Ich brauche ein verbales *Ja* oder *Nein*, Sub."

„Okay. Ja, Sir."

„Tapferes Mädchen."

Er strich mit den Fingerknöcheln über ihre Wange und die Sorge löste sich in ihr auf. Zumindest ein bisschen.

„Ich habe mir deine Bewerbungsunterlagen angesehen. Du hast keine medizinischen Probleme, keine Trigger, keine Phobien, von denen du weißt, korrekt?"

Oh Gott, er hatte sich tatsächlich diese peinliche Liste mit ihren Grenzen angesehen. Ihr Magen fühlte sich an, als hätte sie eine ganze Flasche Sprudelwasser getrunken. *Antworte ihm, Josie.*

„Keine Probleme, Sir." Je länger sie auf den Knien war, desto leichter kamen ihr die Worte über die Lippen.

„Wir werden die Club-Safewords verwenden. *Gelb* bedeutet, dass du dich emotional oder körperlich unwohl fühlst, und du möchtest, dass ich kurz warte, sodass wir über das Problem reden können. *Rot* bedeutet, dass alles aufhört und die Szene vorbei ist." Er lächelte. „Heute Abend, weil du neu bist, werde ich auch aufhören, wenn du *Nein* sagst. Allerdings ist *Autsch* in keiner Weise ein Safeword, das ich akzeptiere."

Sie kicherte – und machte sich eine mentale Notiz. *Verwende Rot und Gelb.*

„Gut. Als Nächstes müssen wir uns auf sexuellen Kontakt einigen." Er lächelte sie an und fuhr mit den Fingern über ihre Brüste. „Das wird übrigens als sexueller Kontakt angesehen. Wenn du dich mit meiner Berührung wohlfühlst, würde ich gerne mit deinen Brüsten und deiner Pussy – außen und innen – spielen, nur mit Spielzeugen und meinen Fingern."

Hitze breitete sich von ihrer Brust zu ihrem Gesicht aus. Ihr Herz hatte sich beschleunigt ... und seine Handfläche presste sich gegen ihr Brustbein. Sie könnte ihm sagen, dass sie nicht wollte, dass er sie berührte.

Und er würde wissen, dass sie log.

„Okay." Instinktiv leckte sie sich über ihre Lippen. „Aber was ist mit dir? Ich meine ... Darf ich dich berühren?"

„Nein, Baby. Diesmal nicht." Er schob ihr die Haare aus den Augen. „Darum geht es bei dieser Session nicht."

Diese Session. Das klang, als ob es in Zukunft noch andere geben könnte. Sexy Sessions. Was für ein erschreckend aufregender Gedanke.

„Hast du irgendwelche Fragen oder Bedenken?"

Es gab eine Flutwelle in ihrem Gehirn, die ihre Gedanken von der Logik weg und hinaus in einen Ozean der Begierde spülte. Sie schüttelte den Kopf.

„Okay." Er musterte sie noch eine Minute lang, dann lehnte er sich vor und küsste sie. Sanft. Behutsam.

Sie seufzte und hob ihre Arme, um sie um seinen Hals zu legen, und hörte ihn glucksen. „Nein, Süße, du hast keine Erlaubnis bekommen, dich zu bewegen. Arme hinter den Rücken."

Sie starrte ihn an. Nicht erlaubt, ihn zu berühren? Er wollte, dass sie in Position blieb, während er *sie* berührte? Während er machte, was *er* wollte? Der Boden schien unter ihr zu schwanken, als sie langsam ihre Hände wieder hinter ihren Rücken brachte.

Er beobachtete, wie sie gehorchte, sein Gesicht unlesbar, bevor schließlich ein Grübchen in seiner Wange erschien. Wieder lehnte er sich vor und küsste sie, seine Hand legte sich in ihren Nacken und hielt sie fest, als er den Kuss vertiefte, als seine Zunge sie in Besitz nahm, als er an ihren Lippen knabberte.

Und sie durfte sich nicht bewegen, durfte ihn nicht berühren. Tief in ihrem Inneren startete ein Beben.

Als er sich zurücklehnte, fiel ihr Blick, nur um von ihm daran erinnert zu werden: „Augen zu mir, Josie."

Ihr Blick fand seinen und ... er betrachtete sie einfach, und es fühlte sich an, als sähe er ... mehr. Zu viel, zu tief. Konnte er sehen, wie sie bebte?

Nachdem er sie für eine halbe Ewigkeit angesehen hatte, griff er nach ihren Armen und hob sie auf ihre Füße. „Lass uns dem Kerker einen Besuch abstatten – oder wohl eher dem Gefängnis."

Mit ihrer Hand in seiner führte er sie ganz nach hinten in den Clubraum. Sie traten in einen kleinen Flur, der zu beiden Seiten Räume mit jeweils einem großen Schaufenster beherbergte. Ein Raum war wie ein Untersuchungszimmer bei einem Arzt eingerichtet. Gegenüber befand sich ein Büro der Geschäftsleitung. Hinten links war ein Raum, der fast vollständig mit einer Matratze gefüllt war. Auf der rechten Seite ... Sie sah zu Holt.

„Das ist der Kerker." Er schwang eine Tür aus echten schmiedeeisernen Stangen auf. Eine alte Gefängniszellentür.

Der Raum fühlte sich sehr mittelalterlich an, mit Steinmauern und grob gestalteten schwarzen Eisenleuchtern, die ein rotes Licht abgaben. Eine Domina saß an der Rückwand auf einem reich verzierten Thron. Ihre Beine lagen auf dem Rücken eines nackten Mannes, während sie mit einer anderen Domina sprach.

Eine Lederschaukel – eine *Sexschaukel* – hing in einer Ecke, und Josie erstarrte. *Bitte nicht das.* Aber nein, er hatte gesagt, er würde sie heute nur berühren, nicht ficken.

Holt führte Josie in die andere Ecke. Eine Stahlstange baumelte an Ketten, die an den freiliegenden Balken der Decke befestigt waren. In der Nähe stand eine schwarze Ledertasche – die Spielzeugtasche eines Doms. Holt schob die Tasche mit dem Fuß zur Seite.

Sie biss sich auf die Unterlippe und spürte ihre Vorfreude und ihre Sorge in sich aufsteigen. Wollte sie das wirklich tun? War sie sich sicher?

Er lächelte und küsste sie erneut, als er ihre Polizeimütze abnahm. Er warf sie neben seine Tasche und schob ihr die Bluse über die Schultern. Als sie zu ihm hochsah, tanzten seine Augen vor Belustigung. In dem Moment erkannte sie, dass er bereits ihren BH geöffnet und ihn ihr ausgezogen hatte.

„Was –" Schockiert verschränkte sie die Arme vor ihren Brüsten.

„Du würdest nicht glauben, wie fokussiert ich als Teenager an diesem Trick gearbeitet habe."

Sie verschluckte sich an ihrer eigenen Spucke. „Ich kann nicht glauben, dass du mir das gerade erzählt hast." Sie konnte sich ihn vorstellen – einen schlaksigen blonden Teenager, der begeistert davon war, wie fachmännisch er den BH eines Mädchens öffnen konnte.

Ihre Panik ließ nach, als er sie angrinste. Sollten BDSM-Sessions nicht alle ernst und ominös und so sein? Anscheinend hatte er ihre aufsteigende Panik gesehen. Nun etwas entspannter lächelte sie ihn an.

„Schon besser." Er fuhr mit warmen Händen über ihre Oberarme. „Atme, Sub. Schöner tiefer Atemzug."

Sie saugte Luft in ihre Lungen.

„Besser." Seine Hände schlossen sich um ihre Unterarme, während er ihre Augen im Bann hielt. „Eine Sub versteckt ihren Körper nicht vor ihrem Dom. Arme an deine Seiten, bitte."

Sie schluckte schwer und senkte ihre Arme.

„So ein gutes Mädchen", murmelte er. Er trat zurück und ließ den Blick über sie schweifen, nicht im Geringsten verlegen, selbst als sie spürte, wie ihr die Hitze in die Wangen stieg. „Du hast einen wunderschönen Körper, Süße."

Als die Luft über ihre entblößte Haut wehte, nahm er Lederfesseln aus seiner Spielzeugtasche. Er wickelte eine um ihr linkes Handgelenk, und trotz des weichen Fleecefutters konnte sie dem Gefühl von ... Gefangenschaft nicht entkommen, als er die Fessel festschnallte. Nachdem er auch ihr rechtes Handgelenk gefesselt hatte, befestigte er beide an der Stahlstange über ihrem Kopf. Am Ende formten ihre Arme über ihrem Kopf ein V.

Ein Schauer überkam sie. Als Peter ihre Arme an das Andreaskreuz gebunden hatte, hatte es sich ganz anders angefühlt. Es war unterhaltsam gewesen; es hatte irgendwie sogar Spaß gemacht. Und doch hatte es sich albern angefühlt. Nicht so wie jetzt. So verletzlich.

Sie zog an ihren Armen. Eingeschränkt. Gefesselt.

Und nackt von der Taille aufwärts. Sie spannte sich an und wartete darauf, dass er sie anfasste – dass er sie berührte.

Mit den Armen über der Brust verschränkt stand er einfach nur vor ihr. Und wartete.

Langsam erkannte sie, dass er die Kontrolle hatte – nicht nur über sie, sondern auch über sich selbst. Ihre Muskeln lösten sich.

„Na bitte", murmelte er. Er bewegte sich nah genug an sie heran, sodass sie die Wärme seines Körpers spüren konnte. Mit einer Hand an ihrer Taille fuhr er mit den Fingern durch ihr Haar, massierte sanft ihre Kopfhaut und schickte heitere Funken über ihre Haut. Seine Finger gingen entschieden vor. Genau richtig.

Am Ende legte er seine Hand auf ihre Wange und fuhr mit dem Daumen über ihre Lippen, die bei seiner Berührung sofort kribbelten. Er ging vor ihr auf die Knie, löste ihren Gürtel und öffnete ihre Hose.

Ihre Stoffhose und ihr Tanga bündelten sich um ihre Knöchel und ihre Hände bebten. Sie hatte Peter gesagt, er solle ihre Kleidung in Ruhe lassen. Warum hatte sie Holt nicht das gleiche gesagt? Ein Geräusch entkam ihr.

Sein stahlblauer Blick hob sich und er fuhr mit der Hand über ihren nackten Oberschenkel. „Es ist schwer, nackt zu sein, hmm? Fast alle Subs und Bottoms müssen sich erstmal an das Nacktheitsgefühl gewöhnen."

Das Mitgefühl half. Irgendwie.

Er tätschelte ihr linkes Knie. „Hochheben, Sub."

Eine Sekunde später wurden ihre Hose und ihr Tanga auf seine Spielzeugtasche geworfen. Oh, *süßer Himmel*, sie war wirklich nackt und nicht in ihrem eigenen Schlafzimmer. Plötzlich wurde ihr bewusst, wie viele Menschen sich im Raum befanden.

Die Dominas und ihre Subs. Jemand, der den mit Leder bezogenen Tisch benutzte. Eine andere Person, die –

„Josie. Wo soll dein Blick sein?" Holt kniete immer noch vor ihr. Seine Stimme war leise, hielt aber eine Warnung bereit, die sie bis ins Mark traf.

Sie hatte es vermasselt. „Auf dir, Sir." Sie sah auf ihn hinunter und erkannte, dass er nicht wütend war. Er hatte ihr Verhalten lediglich korrigiert.

„Besser." Er schnallte eine Fessel um ihren rechten Knöchel, schob einen Finger dazwischen, um sicherzustellen, dass die Passform nicht zu eng war, und zog ihr Bein nach außen. Er hob einen Stein aus dem Boden, um eine Kette zu enthüllen, die an einem eingebetteten Ring befestigt war, hakte dann ihre Knöchelfessel an die Kette und wiederholte den Vorgang an ihrem linken Bein. Nach einem beurteilenden Blick passte er alles an, bis er mit der Position ihrer Beine zufrieden war, die ebenfalls ein V formten.

Die Position war nicht unangenehm ... nicht direkt ... aber sie erkannte jetzt, wie nützlich ihre Oberschenkel waren, wenn es darum ging, ihre verletzlichen Körperteile zu verbergen und zu schützen.

Als er aufstand, bestätigte er ihre Besorgnis, indem er eine Hand auf ihre Pussy legte.

Schockiert schnappte sie nach Luft. Er berührte sie ... *da*. Auf intime Weise. Als hätte er das Recht dazu. Die besitzergreifende, autoritative Geste erschütterte sie.

Er bewegte sich nicht. Langsam sickerte die Wärme seiner kraftvollen Hand in ihre Haut, erwärmte sie von innen heraus und ließ ihre Klitoris als Reaktion anschwellen.

Sie biss sich auf die Unterlippe und sah in seine scharfsinnigen Augen.

Er war wie ein Chamäleon, so gesellig mit seiner rauchigen Stimme und seinem lässigen Lächeln, aber in seinem Kern war er ein erschreckender Dom. Einer, dem es egal war, was irgendjemand dachte. Als sie diesen Raum betraten, hatte er sich nicht umgesehen; seine ganze Aufmerksamkeit hatte auf ihr gelegen. Und das tat sie auch jetzt. „Josie, sag mir noch einmal, was dein Safeword ist."

Ihr was? *Oh. Safeword.* „*Rot* zum Stoppen. *Gelb* für eine Pause?"

„Sehr gut." Seine Lippen zuckten. „Du kannst auch *Grün* verwenden, um zu sagen, dass alles großartig ist und du weitermachen möchtest."

„Oh. Okay, cool." Warum fühlte es sich so an, als würde ihre Haut vor Elektrizität kribbeln? „Was nun? Sir."

Er gluckste und fuhr mit dem Finger über ihre Wange. „Jetzt werde ich deine Anwesenheit genießen und mit diesem kurvigen Körper spielen, den du mir auf diese süße Art und Weise anbietest."

„Bitte was?" *Anbieten?* Sie hatte gar nichts angeboten ... nur, das hatte sie, oder? Allein schon, weil sie dieser Session zugestimmt hatte.

„Ich werde lernen, was du magst, was du nicht magst ... und dann alles durcheinanderbringen, bis dein geschäftiger Verstand herunterfährt." Die Worte klangen fast wie eine Drohung – und schafften es doch, jeden Knochen in ihrem Körper zum Schmelzen zu bringen.

Und das sah er ihr auch an.

Verdammt, **Josie war** süß. Er hatte ihr ihre Kleidung und ihre Beweglichkeit genommen und sie für seine Berührung vorbereitet. Als er langsam eine Entscheidung nach der anderen eliminiert hatte, war sie tiefer in einen unterwürfigen Zustand gerutscht.

Holt legte die Hand in ihren Nacken, fuhr mit den Fingern nach oben durch ihr kurzes Haar und packte sie an den Strähnen.

Ihr sanftes Ausatmen sagte ihm alles, was er wissen musste. Einige Stellen am Körper einer Frau waren erogen; andere verstärkten ihr Gefühl der Verletzlichkeit. In Josies Fall erfüllte das Ziehen an den Haaren beide Voraussetzungen.

Interessant. Er mochte lange Haare, die er um seine Faust wickeln konnte. Aber ihr kurzer Schnitt war perfekt für ihre Persönlichkeit und ihr Gesicht. Und war viel sicherer in der Nähe von Floggern.

Er küsste sie, ließ sich Zeit, knabberte an ihrer prallen Unterlippe, leckte den Amorbogen ihrer Oberlippe, bevor er aggressiver vorging. Die Art und Weise, wie sie reagierte, rührte ihn – und ihm wurde warm ums Herz.

Als er zurücktrat, hatten ihre Augen einen leicht glasigen Ausdruck.

„Dann wollen wir dich mal aufwärmen."

Ihre Augenbrauen zogen sich verwirrt zusammen, da sie sich nach diesem Kuss zweifellos schon warm fühlte. Er tat das ganz sicher. Jedoch meinte er nicht, sie sexuell zu erhitzen – er meinte den Blutfluss ihrer Haut.

Er ließ sich Zeit, rieb seine Hände über ihre Schultern, ihren Rücken, ihren Arsch und ihre Oberschenkel, weckte und straffte die Haut. Er griff um sie herum und tat dasselbe auf ihrer Vorderseite – und genoss es, ihre süßen Brüste, ihren weichen Bauch und ihre Oberschenkel zu streicheln. Reiben verwandelte sich in sanfte Klapse, leichte Schläge, behutsames Kneifen.

Ihre Augenbrauen zogen sich manchmal zusammen, wenn er etwas Unerwartetes tat, dann entspannte sie sich wieder. Ihre Augenlider senkten sich, ihre Lippen teilten sich. Langsam ging sie dazu über, alles zu vergessen und nur noch zu ... fühlen. Er behielt seine Hände auf ihr, berührte zu jeder Zeit ihre Haut und hielt den Kontakt zwischen ihnen bei – physisch und emotional.

Der leichte Flogger kam mit Strängen, die dick genug waren, um ihr einen ersten Eindruck zu geben. Er neckte die Stränge über ihren Rücken, ihren Arsch, ihren Bauch und ihre Brüste. So ein hübscher Anblick – wie ihre harten, blassrosa Brustwarzen durch die braunen Lederstränge hervorstachen. Wenn er über ihren Nacken und ihre Schultern streichelte, atmete sie mit jedem Atemzug den Duft des Leders ein.

Ohne die Augen von ihr zu nehmen, schnippte er die Stränge sanft über ihre Schultern. Ihre Mundwinkel wölbten sich leicht nach oben. Er arbeitete sich von einer Seite zur anderen, mied ihre Wirbelsäule und Nieren und bewegte sich nach unten in Richtung ihres Arsches und ihrer Oberschenkel. Nach unten, dann wieder hoch, den Zyklus wiederholend, bis ihre Haut eine attraktive rosige Farbe angenommen hatte. Ihre Muskeln waren locker und sie lächelte immer noch. Ja, so wie er genoss auch sie die Session.

Um sie davon abzuhalten, sich zu sehr zu entspannen, trat er vor sie. Diesmal begann er mit ihren Oberschenkeln und peitschte sanft. Er grinste, als ihre Augen aufflogen.

Es ging nach oben. Er mied ihre Pussy – vorerst – und schickte die Stränge leicht über ihren Bauch.

Sie hielt den Atem an, als er mit dem Flogger über den unteren Teil ihrer Brüste tanzte, über ihre Brustwarzen und dann die Haut darüber. Die zarte, ungebräunte Haut über ihren Brüsten färbte sich sofort Rosa.

Er trat einen Schritt zurück und musterte sie. Hände offen. Arme und Schultern noch entspannt. Ihm gefiel, wie ihre Brustwarzen nach außen zeigten und harte Knospen formten. Ihre Augen waren auf halbmast. *Mmmhmm.* Sie sah ihn an, als ob leichtes Flogging für sie auf die Pro-Seite gehörte. Genauso wie Bondage. Und die Demütigung, die durch Nacktheit im Club hervorgerufen wurde.

Fuck, er mochte sie.

Es war an der Zeit, sie ein bisschen an ihre Grenzen zu bringen. Er gab den Flogger auf und wählte einen leichten Rohrstock.

Als er sich aufrichtete, bemerkte er, wie Raoul den Raum betrat. In der goldbesetzten Weste eines Kerkeraufsehers ließ er den Blick über Josie schweifen. Er lächelte bei ihrem benebelten Gesichtsausdruck, nickte Holt zu und wandte sich dann den anderen Sessions zu.

Begleitet von dem Lied *Sacrificed* von *Razed in Black* schlug

Holt seine kleine Sub zum Rhythmus der Musik und teilte eine Reihe von schnellen, sanften Schlägen auf ihren süßen runden Arsch und ihre Oberschenkel aus. Ihr fehlte es an Polsterung an ihren Schultern, also bewegte er sich nach vorne. Die Oberschenkel bekamen leichte Schläge. Er übersprang den Bauch. *Hmm.* Wie würde sie auf ein bisschen Schmerz an ihren Brüsten reagieren?

Da er sanft vorgehen müsste, schnippte er mit dem dünnen Stock zunächst über ihre linke Brust. Einmal, zweimal, dreimal.

Ihre Augen weiteten sich und sie atmete hörbar ein, während ihre Brustwarzen sichtbar härter wurden. *Sehr nett.* Er hatte nicht vor, sie zu verletzen. Zumindest nicht dieses Mal. Es war jedoch deutlich zu erkennen, dass sie ein bisschen Schmerz genoss – und, *verdammt*, er genoss es, zu hören, wie eine Sub nach Luft schnappte. Er neckte jede Brust, tanzte den Stock außen entlang, unten herum und über ihre süßen Nippel.

Ihre Pupillen weiteten sich, bis ihre Augen fast schwarz aussahen. Ihre Lippen färbten sich dunkelrosa und passten sich somit ihren Nippeln an.

Er gab ihr eine Pause, legte seine Hände auf ihre Brüste, umkreiste die harten, geschwollenen Knospen mit seinen Daumen und zog an ihnen, bis sie lang und geschwollen waren.

Sie wimmerte.

Als er die Brustwarzen zwischen seinen Daumen und Zeigefingern rollte, wurde er mit einem heiseren Stöhnen belohnt. *Fuck*, sie war bezaubernd.

Er trat einen Schritt zurück und musterte ihre hübsche Pussy. Ihre Löckchen waren zu einem kupferfarbenen Flaum getrimmt, lang genug, um weich zu sein, kurz genug, dass ihre geschwollene Klitoris zu sehen war. *Wunderschön.* Da er im medizinischen Bereich tätig war, war er noch nie ein Freund davon gewesen, Pussys vollkommen haarlos zu sehen. Für ihn war dies der perfekte Kompromiss.

Und sie war feucht. Feucht und erregt.

Ihre Augenlider hoben sich und sie blinzelte langsam. Nach einer Sekunde wurde ihr klar, worauf sein Blick lag. Die hübschen Sommersprossen auf ihren Wangen wurden von ihrer Schamesröte verschlungen.

„Während du in meinen Fesseln bist, gehörst du mir und ich kann dich ansehen", murmelte er, als er ihren Blick einfing. „Ich kann dich küssen." Er lehnte sich vor und tat genau das. Aggressiv und tief und invasiv. Er fühlte ihren Schock – und ihre Kapitulation. „Ich darf dich berühren."

Er fuhr mit der Hand über ihren Bauch und ... tiefer. Mit einem Finger umkreiste er ihre Klitoris und tauchte erst in ihre Spalte, dann in ihre Pussy. Heißer Samt wickelte sich um seinen Finger.

An seinem Mund machte sie ein schockiertes Geräusch.

Mit einer Hand auf ihrem Arsch erkundete er sie auf die intimste Art und Weise. Schnell bestätigte sich, dass sie schon lange keinen Mann mehr hatte, und ihre Klitoris entzückend empfindlich war. Wenn er an die geschwollene Perle eine Klemme anlegen würde, würde man ihre Lustschreie wahrscheinlich in der Innenstadt von Tampa hören.

Er trat zurück und leckte seine Finger sauber. Berauschend moschusartig – und, *verdammt*, nach nichts sehnte er sich mehr, als sie mit Mund und Zunge zu verwöhnen. Ihr überraschter Gesichtsausdruck betrübte ihn. War sie nur mit Männern zusammen gewesen, die wollten, dass sie nach Chemikalien und Seifen roch? Er mochte den Geschmack einer erregten Frau.

Und es war diese Erregung, die er jetzt vervielfältigen wollte. Er nahm einen schwereren Flogger zur Hand.

Josie wusste nicht, wie viel Zeit vergangen war, was sie aber wusste ... ihr ganzer Körper summte vor Verlangen. Das Flogging und die Sache mit dem Rohrstock hatte ihre Haut gestrafft und sie zum Brennen gebracht, das Gefühl ähnlich zu einem Sonnenbrand. Obwohl ein paar Stellen stachen, konnte sie nicht einmal genau sagen, wo dies der Fall war. Ihre Brüste waren geschwollen, ihre Nippel pochten. Ihre Pussy war schrecklich feucht und ihre brennende Klitoris verlangte nach Aufmerksamkeit.

„Josie." Holts Stimme glitt über sie wie warmer Sirup, vollkommen ruhig und gelassen. Er hatte sich völlig unter Kontrolle – und sie. „Sieh mich an, Süße."

Mit Mühe öffnete sie die Augen. *Gott*, sie fühlte sich regelrecht ... betrunken. Ihr Sichtfeld umfasste seine breiten Schultern, seinen sehnigen Hals, seinen kräftigen Kiefer. Worte fielen ihr über die Lippen: „Sind wir fertig? Bist du müde? Ich bin grün, nicht rot. Nur, damit du es weißt. Total grün. Wie der Hulk."

„Gut zu wissen." Noch immer sanft lachend küsste er sie. Oh, er hatte erstaunliche Lippen. Fest und doch so weich. Sie wollte diese Lippen ... überall.

Als er ihre Brüste streichelte, brannte die misshandelte Haut. *Gott*, ihre Brustwarzen waren extrem empfindlich. Seine Hände taten ihr weh, nur nicht wirklich, und als er an ihren Knospen zog, pochte alles in ihrer Mitte.

Ihr Stöhnen war von Dringlichkeit durchzogen. Sie klang gierig.

„Das klang nett", murmelte er. Selbst als er an ihrem Hals knabberte, bedeckte er erneut ihre Pussy mit seiner Hand.

Der leichte Druck an ihrem Nervenbündel ließ sie zucken, und die Erregung wuchs, zog an ihr und verwischte ihre Gedanken, bis ihre Aufmerksamkeit nur noch auf diesen Punkt gerichtet war. „Oh, oh ..."

„Ich weiß, Süße", flüsterte er. Er drückte einen Finger in sie, vorbei an feuchtem, geschwollenem Gewebe, sodass sie vor Hitze aufblühte. Sein Daumen fand sich neben ihrer Klitoris ein – und er vibrierte.

Oh, mein Gott! Die sanfte Vibration setzte sich fort, stetig und viel zu effektiv. Ihre Klitoris schwoll an, während ihre Pussy um seinen Finger pulsierte.

Er lehnte sich vor, nahm eine Brustwarze in den Mund und neckte sie mit der Zunge.

Bei jedem Lecken und Saugen pochten die Wände ihres Geschlechts um den Eindringling.

Er glitt mit seinem Finger heraus, hinein, immer und immer wieder, jede Bewegung überlegt und gekonnt. Der winzige Vibrator, der an seinem Daumen haftete, hatte es direkt auf ihre Klitoris abgesehen.

Ihre Hüfte zuckte nach vorn. Erregung raubte ihr den Atem, bis nichts mehr existierte als seine Lippen an ihrer Brust, die exquisite Empfindung an ihrer Klitoris und das langsame, gnadenlose Stoßen seines Fingers.

Auf ihrer Haut brach Schweiß aus. Ihre Muskeln spannten sich an. Ihre Beine zitterten. *Bitte, nur noch ein bisschen ...* Sie wimmerte.

Er griff um sie herum und packte mit seiner freien Hand ihre vom Flogger misshandelte Arschbacke.

Der schockierende Schmerz verwandelte sich zu einem wogenden, siedenden Vergnügen – und entfachte ein Feuer in ihr. Angetrieben von den Vibrationen, von seiner Berührung, schwappten die Wellen eines unglaublichen Orgasmus durch ihren ganzen Körper nach oben und nach außen und füllten sie so voller Empfindungen, dass sie nur noch an den Ketten hängen und beben konnte.

„So ein gutes Mädchen." Die rauchige Stimme in ihrem Ohr verstärkte das Gefühl, als Holt sie an seinem harten Körper hielt.

Nach einer Weile beruhigte sie sich, ihre Atmung, ihr Herz, und so zog er sich leicht zurück. „Hey, Raoul, könntest du mir kurz zur Hand gehen?"

Zu ihr flüsterte er: „Alles ist gut, Süße." Seine Worte waren so besänftigend, dass sie sich regelrecht in einem lethargischen Zustand verlor.

Ihre Arme wurden freigelassen und gesenkt ... und ihre Beine knickten sofort ein. Jemandes Arm legte sich um ihre Taille und hielt sie hoch. Eine Decke wurde um sie gewickelt.

„Ich hab' sie. Danke dir, Raoul."

„Es war mir ein Vergnügen, mein Freund." Die Stimme hatte einen hispanischen Akzent.

„Runter mit dir, Sub." Holt half ihr auf den Boden, wo er sie an die Felswand lehnte. Auch der Boden bestand aus Steinen. Hübsche Steine. Nicht so uneben, wie sie aussahen.

Holt schnaubte. „Es wird Zeit, in die Realität zurückzukehren." Eine unnachgiebige Hand unter ihrem Kinn hob ihren Kopf. „Trink etwas davon für mich, Süße." Er steckte einen Strohhalm zwischen ihre Lippen.

Sie saugte etwas von der kühlen Flüssigkeit in den Mund, und der Geschmack von zitroniger Zitrone erreichte ihre Geschmacksknospen. Sie hatte noch nie etwas so Wundervolles probiert. „Mmm."

„Gutes Mädchen. Halte für eine Sekunde still." Nachdem er ihr Gesicht vom Schweiß befreit hatte, gab er ihr wieder den Strohhalm.

Nach ein paar weiteren Zügen spürte sie, wie die Welt wieder in ihre Achse einrastete. Sie fand seinen Blick.

Er lächelte. „Glaubst du, du kannst die Flasche allein halten?"

„Hmm. Danke."

„Nein, Baby. Ich danke *dir*." Er legte eine Hand auf ihre Wange, küsste sie sanft und gab ihr die Flasche. „Bleib hier sitzen und trink. Ich muss zusammenpacken und den Bereich reinigen."

„Ich kann –"

„Wenn du dich bewegst, werde ich dich fesseln und dich erneut auf den Boden verfrachten."

Sie blinzelte ihn an, hörte den unerbittlichen Ton in seiner Stimme und murmelte: „Ich denke, ich werde hier sitzen bleiben und dieses Zeug trinken."

„Gute Wahl."

Sie war sich nicht sicher, wie viel Zeit vergangen war. Irgendwie war sie im Hauptclubraum gelandet und lag mit Holt auf einer Couch, ihr Rücken an seiner Brust. Sein rechter Arm und seine rechte Schulter waren unter ihrem Kopf, und er hatte sie etwas zu sich gedreht, damit er auf sie hinunterschauen konnte. Sie spürte, wie sich seine Brust mit seinen langsamen Atemzügen hob und wieder senkte.

Seine linke Hand ruhte auf ihrem Bauch und er hatte ihr bisher noch nicht erlaubt, sich anzuziehen.

Ihre Kleidung lag auf seiner Spielzeugtasche am anderen Ende der Couch. Sie war in eine Decke gehüllt – und was sich erstaunlich weich und bequem angefühlt hatte, als sie zum ersten Mal mit ihrem Körper in Berührung gekommen war, fühlte sich nun kratzig an. Nur war der Stoff nicht das Problem. Ihre Haut war ... einfach zu empfindlich. Sie runzelte die Stirn. „Wie lange waren wir da drin?"

„Mmm, um die zwei Stunden."

Sie erstarrte. „Echt jetzt?"

„Ja."

Wow. Sie sah sich im dunklen Club um. Nur gelegentlich schlenderte jemand vorbei. Fast alle waren weg.

„Da du wieder vollkommen bei dir bist, sprich mit mir. Was denkst du darüber, was passiert ist?" Als sie nicht antwortete, drückte er sie sanft – wie einen Teddybären. „Wie hat es sich angefühlt, gefesselt zu werden?"

„Ich ... ich mag es nicht –"

Er gab ihr ihre Flasche Gatorade und ließ sie trinken. „Ich weiß, dass du es nicht gewohnt bist, deine Gefühle zu teilen, aber das gehört nun mal zum BDSM, Sub. Kommunikation. Vorher, währenddessen und auf jeden Fall danach. Rede mit mir."

„Junge, du bist stur", murmelte sie und wurde daraufhin erneut wie ein Teddybär gedrückt, als könnte er die Antworten aus ihr herauspressen.

Sie würde lieber nicht darüber nachdenken, wie sehr ihr gefallen hatte, was er mit ihr angestellt hatte. Aber er hatte zwei Stunden nur mit ihr verbracht. Sie schuldete ihm die Wahrheit.

Wie hatte es sich angefühlt, als er ihre Arme über ihren Kopf und ihre Beine an den Boden gekettet hatte? „Die Fesseln waren beängstigend und irgendwie sexy und – Ich weiß, es klingt seltsam, aber das Gefühl ... ich fühlte mich sicher. Oder vielleicht nicht sicher, sondern eher ... frei. Vielleicht, weil ich mir keine Sorgen machen musste, etwas zu tun ... weil ich es ohnehin nicht tun konnte.“

Der Kuss auf ihrem Kopf wärmte ihr das Herz. Und auch das war erschreckend.

„Sehr gut. Damit ich dich nicht zu sehr stresse, geht es bei der nächsten Frage um all die Impact-Spielzeuge. Wir werden zu einem anderen Zeitpunkt über jedes davon im Detail sprechen.“ Er gluckste. „Hast du den Flogger und den Rohrstock genossen?“

„Ja.“ Moment, das konnte nicht die richtige Antwort sein. Sie versuchte, sich aufzusetzen – und seine unnachgiebige Handfläche auf ihrem Bauch unterband dies. „Nein.“ Ein Atemzug. „Ja.“

Als er lachte, hätte sie ihn am liebsten geschlagen – wenn sie in der Lage gewesen wäre, dies zu tun. Flach auf dem Rücken zu liegen, machte Vergeltungsanschläge doch etwas ... schwierig.

„Heißt das, du denkst, dass du es nicht mögen solltest, du es aber dennoch tust?“

Ihr Murren war anscheinend alles, was er brauchte.

„Und die –“

„Alles gut“, unterbrach sie hastig, weil sie genau wusste, dass er über das Sexzeug reden wollte. Und das wollte sie ganz sicher nicht. „Niemand könnte sich darüber beschweren, zu kommen, oder?“

„Eigentlich schon.“ Er neigte den Kopf und rieb seine Wange

an ihrem Haar. „Manche Menschen empfinden jede sexuelle Intimität innerhalb eines Machtaustauschs als unangenehm."

„Ich verstehe nicht ganz."

„Du hast deinen Höhepunkt erreicht, weil ich das so wollte. Ich habe dich im Wesentlichen dazu gebracht, dass du kommst. Nicht jeder mag diese Art von Kontrollverlust."

„Oh." Er hatte ihr wirklich jede Art von Entscheidung abgenommen, oder? Die Art, wie er sie berührte, mit ihrem Körper spielte ... Sie wäre gekommen, ob sie das nun gewollt hatte oder nicht. Ein Schauer jagte ihr den Rücken hinunter.

Sie war jedoch damit einverstanden gewesen ... weil der Dom Holt war. Ihre Mundwinkel zogen sich nach unten. Wenn jemand anderes – jemand wie Peter – getan hätte, was Holt getan hatte, hätte sie wohl die Sache mit dem Safeword testen müssen. „Ich mochte es mit *dir*."

Sie beobachtete, wie sein linker Mundwinkel leicht zuckte und so sein Grübchen hervorlockte. Grübchen ließen einen Mann oft jungenhaft aussehen. Holts hingegen ließen ihn noch männlicher erscheinen. „Warum musst du nur so hinreißend sein?"

Das Grübchen verschwand. „Süße, ich bin so vernarbt, dass du dachtest, ich wäre ein Biker."

„Oh, ich bitte dich." Das Schütteln ihres Kopfes ließ ihr Gehirn rotieren. „Als wäre eine Linie auf deinem Gesicht dazu in der Lage, die Anziehungskraft des Donnergottes zu verringern."

Sein Lachen war so sexy wie sein Gesicht. „Süße, du schweifst ab. Wir werden mehr über die Session sprechen, wenn du sie etwas verarbeitet hast. In den nächsten Tagen bin ich ziemlich beschäftigt, aber danach ... Lass mich nachdenken."

Er wollte Pläne machen? Für die Zukunft? Oh, nein. Er war zu gutaussehend, und sie erlaubte ihm, sie wie ein Klavier zu spielen – und das wäre an sich in Ordnung, aber jetzt wollte sie nur noch in seinen Armen und auf seinem Schoß sein. Dieses BDSM-Zeug war gefährlicher, als sie gedacht hatte. Nicht, weil sie Spaß gehabt hatte, sondern wegen der Gefühle, die sie jetzt für diese Person entwickelte. *Um Himmels willen*, sie kannte ihn kaum.

„Ich kann nicht an nächste Woche denken. Ich ... ähm, muss los." Sie schob die Hand auf ihrem Bauch von sich, setzte sich auf und stellte die Füße auf den Boden.

Er zog sie zurück. „Josie. Was ist los?"

„Nichts ... Nichts." Sie schob seinen Arm erneut von sich weg. „Es geht mir wieder gut, und ich muss jetzt ... die Bar schließen."

Er ließ sie gehen, setzte sich auf, streckte die Arme auf der Couchlehne aus und ... beobachtete sie mit gerunzelter Stirn. Er schien nicht verärgert, sondern ... besorgt. Sein intensiver Blick sagte, dass der Dom herausfinden würde, warum sie gerade die Flucht ergriff.

Und die Vorstellung, dass er noch tiefer vordrang, war einfach erschreckend.

KAPITEL NEUN

Am **Montagabend schaute** Carson bei dem Bücherverkauf in der Schule durch die Auswahl und schnaubte. Wie befürchtet, hatte er die meisten davon schon vor mindestens zwei Jahren gelesen. Es gab ein paar Bücher für fortgeschrittene Leser und ... Hmm, einige sahen interessant aus. *Ghostopolis*? Vielleicht. *Trapped*. Ja, das hatte Potenzial. Schließlich hatte er noch nie einen Schneesturm gesehen.

„Carson, Alter. Du siehst dir *Bücher* an?" Brandon stieß gegen seine Schulter und riss ihm das Buch aus der Hand.

Genervt schnappte es sich Carson wieder. „Was willst du denn hier?" Schließlich war es nicht so, dass Brandon Bücher mochte. Er mochte Games – und war gut darin.

„Meine Mutter ist hier. Sie verkauft Bücher. Ich dachte, ich könnte sie für etwas Geld anpumpen." Brandon grinste. „Sie wird vor den anderen Eltern nicht geizig rüberkommen wollen, also wird sie mir etwas geben."

„Ziemlich schlau." Carson überlegte und schüttelte dann den Kopf. Dies bei seiner eigenen Mutter zu tun, empfand er aber irgendwie als gemein. Sie würde sowieso nicht nachgeben. Sie sprach immer davon, nicht etwas zu tun, nur um andere Menschen zu beeindrucken. Sie selbst folgte diesem Motto.

„Ja, oder? Komm." Brandon stiefelte los.

Carson zögerte. Es gab noch andere Bücher, die er sich ansehen wollte. Brandon war cool, obwohl er kein Fußball spielte, und anscheinend hatte er eine Menge *reife* Xbox-Spiele. Es könnte Spaß machen, sich seine Sammlung anzusehen. Brandon war kein totaler Geek. Sicher, er hatte einen kleinen Bauch, aber er war größer als Carson und konnte Karate. Nicht, dass er noch zu Kursen ging, denn offenbar machte ihm sein Vater in dem Punkt nicht länger Stress.

Carson folgte ihm mit seinen beiden Büchern. Der Cafeteria-Bereich war abgetrennt und überall auf den Tischen stapelten sich Bücher. In der Nähe des Eingangs standen drei Frauen hinter dem Kassentisch. Eine von ihnen war Carsons Mutter.

„Hey, Mom, wie wäre es, wenn du deinem einzigen Sohn etwas Geld fürs Mittagessen gibst?" Brandon begann mit seinem Spiel.

Carson fing den Blick seiner Mutter ein. Sie biss sich auf die Unterlippe und versuchte, nicht zu lachen. Ja, sie hatte Brandon direkt durchschaut. Mom war wirklich in Ordnung.

Carson hielt die Bücher hoch, die er ausgewählt hatte, und wie er erwartet hatte, nickte sie. Sie war leicht zu überzeugen, wenn es um Bücher ging. Aber einfach ohne Grund Geld an ihn verteilen? Keine Chance. Auf Brandons Masche würde sie ganz sicher nicht hereinfallen.

Das war sie jedenfalls nicht, als er fünf gewesen war. Damals hatte er ein anderes Kind imitiert und sich in einem Lebensmittelgeschäft schreiend auf den Boden geworfen, um Süßigkeiten zu ergattern. Er hatte nichts bekommen. Mom hatte sich gegen das Regal gelehnt und jedem, der vorbeikam, erzählt, was er tat und warum. Alle Erwachsenen hatten ihr gesagt, sie sei eine großartige Mutter. *Gott*, eine Gruppe alter Damen hatte ihr sogar applaudiert – und ihn einen bösen Jungen genannt. Er war derjenige gewesen, dem die Sache unangenehm gewesen war. Und er hatte einen ganzen Monat lang nicht mit ihr einkaufen gehen dürfen.

Er reichte ihr die Bücher. „Danke, Mom."

„Das ist deine Mutter?" Brandon sah von einer Frau zur nächsten. „Da ihr euch kennt, geht es in Ordnung, wenn Carson nach der Schule vorbeikommt?"

Brandon besuchen? Carson wäre am liebsten auf- und abgesprungen, nur wäre das nicht cool. „Mom?"

„Ah ..."

Brandons Mutter lächelte. „Ich habe keinen Job, also bin ich zuhause, wenn Brandon nicht in der Schule ist. Carson darf gerne kommen."

„Okay." Mom nickte. „Dann viel Spaß."

„Mega." Brandon streckte die Faust aus.

Grinsend stieß Carson mit seiner dagegen. *Ja!*

Josie beobachtete, wie die zwei Jungen rausschlenderten. Wie unbeholfene Welpen bestanden sie nur aus Armen und Beinen. „Wann ist er nur so groß geworden?", murmelte sie.

Cecily lachte. „Ich weiß. Ich muss Brandon alle paar Monate eine ganz neue Garderobe kaufen."

„Und Schuhe." Josie seufzte. „Schuhe sind das Schlimmste." Eines der Geschenke unter dem Weihnachtsbaum hielt die neuen Fußballschuhe, die Carson sich so sehnlichst wünschte. Gerade noch rechtzeitig, denn wie sich herausstellte, begann im Januar die Fußballsaison.

„Hier, lass mich dir unsere Adresse geben." Cecily kritzelte alles auf einen Zettel und zog dann ihr Handy heraus. „Was ist deine Handynummer?"

Josie gab die Ziffern wieder und erhielt eine Nachricht. „Hab' die Nummer." War es nicht lustig, wie schnell Smartphones in das *Freunde finden*-Ritual eingebunden wurden?

Sie musterte Cecily. Hübsch gekleidet, gebildet, höflich.

„Kann ich davon ausgehen, dass keine Drogen und kein Alkohol zu finden sind, dass Waffen weggesperrt werden und die Jungs niemandem begegnen, den ich nicht zuvor abgesegnet habe?"

Cecilys Augen weiteten sich, bevor sie lachte. „Du hast das alles in einem Atemzug gesagt. Unglaublich. Aber alles gut. Keine Drogen. Ich habe eine Flasche Wein im Kühlschrank, die die Kinder natürlich nicht bekommen. Ich besitze keine Waffen."

Josie wartete.

Der Blick der Frau fiel. „Ich bin die Einzige in unserem Haus. Mein Mann und ich haben uns vor nicht allzu langer Zeit scheiden lassen. Kennst du das typische Klischee – der CEO findet eine jüngere Frau? Genau das hat er dann getan."

„Oh. Oh, nein." Was könnte sie schon sagen? Ein *Es tut mir leid* war nicht geeignet, da die Frau ohne den Idioten offensichtlich besser dran war. „Scheidungen sind hart."

Cecily fummelte an den Quittungen auf dem Tisch herum und zuckte mit den Schultern. „Zumindest erhielt ich einen beeindruckenden Zahlungsausgleich – weil er die Sache schnell hinter sich bringen wollte. Seine Neue hat eine Woche später sein Baby zur Welt gebracht."

„Wie schrecklich."

Cecilys finsterer Blick war heiß genug, um die Quittungen zu versengen. „Er scheint sehr glücklich mit seiner Frau und seinem neuen Sohn in St. Petersburg zu sein. Er könnte Wochenenden mit Brandon haben, aber er macht keine Anstalten, obwohl St. Pete mit dem Auto nur eine Stunde entfernt ist."

„Armer Brandon. Das muss ihn hart treffen."

„Sein Vater ist so ein Arschloch." Cecily schob die Zettel von sich. „Als ich ihn anrief, weil er seinen Erstgeborenen vernachlässigt, sagte der Idiot, ich hätte Brandon ruiniert. Dass ich ihn zu einem Weichei und einem Feigling gemacht habe, der nur am Computer hockt und in Videospielen kämpft."

Josie starrte sie fassungslos an. „Das ist unglaublich harsch."

„Ja, oder? Aber mein Bastard-Ex war im College ein Footballstar und diente bei den Marines. Er erwartete, dass Brandon nach seinem Vater kommt. Er hat seinen Sohn dazu überredet, Karate zu lernen." Cecily schüttelte den Kopf. „Als wir uns unterhielten, hat Brandon an einem anderen Telefon alles mit angehört. Er hörte, was sein eigener Vater über ihn gesagt hat."

„Oh, nein." Josie kannte den Schmerz der Mutter nur zu gut. Sie schloss für einen Moment die Augen und erinnerte sich an die Qual in Carsons Stimme, als er ihr erzählte, was *sein* Vater zu ihm gesagt hatte. Leider konnte sie in dem Punkt nichts machen. Egal, wie sehr ein Elternteil seine Kinder verschonen wollte, die Welt war voller Desillusionierung und Herzschmerz. „Es tut mir so leid."

„Brandon beschäftigt das sehr – nicht, dass er mit seiner Mutter über seine Gefühle spricht." Sie schenkte Josie ein bedauernswertes Lächeln. „Von der Grundschule in die Mittelschule zu kommen, hat es noch schlimmer gemacht. So viele Veränderungen auf einmal und der Verlust von Freunden."

„Carson hat die gleichen Probleme."

„Nun, hoffen wir, dass sie sich beide schnell fassen werden." Cecily lächelte einen herannahenden Teenager an. „Hast du etwas gefunden, das dir gefällt?"

Josie dachte immer noch an Cecilys Ehemann und seufzte. Da sein Sohn nicht so war, wie er das wollte, hatte er den armen Brandon einfach wie Müll aus seinem Leben entsorgt. So wie es ihr Vater getan hatte. Und wie Everett es mit Carson getan hatte.

Männer waren wirklich schwierig.

Sie seufzte. Trotz ihrer Entschlossenheit, ihr Leben einfach zu halten, hatte sie alles verkompliziert, indem sie diese Session mit Holt gespielt hatte. Aber okay, sie war auch nur ein Mensch. Sie war eine *Frau* und er war entsetzlich sexy und anziehend – und dominant. Sie hatte alles geliebt, was er letztes Wochenende mit ihr gemacht hatte. *Alter Schwede*, die bloße Erinnerung schaffte es, sie zu erregen.

Und es war mehr als nur das sexy Zeug, *verdammt*. Sie *mochte* ihn. Sehr sogar. Er war fantastisch mit Carson. Er besuchte Oma, um ihren Blutdruck zu messen und zu sehen, wie es ihr ging. Die Teenager in der Nachbarschaft verehrten ihn. Er hatte ihr geholfen, als Carson weggelaufen war – darauf bestanden hatte er sogar – und dann war er so fähig gewesen und hatte sie durch den Konflikt geführt.

Er war kompetent, selbstbewusst und fürsorglich. Sie hatte sich noch nie so zu jemandem hingezogen gefühlt.

Das Problem war, dass sie jetzt nicht aufhören konnte, an ihn zu denken. Wenn sie am Schreibtisch saß und an ihrem Buch arbeitete, sah sie immer wieder aus dem Fenster und hoffte, einen Blick auf ihn zu erhaschen. Ihr Herz vollbrachte einen Salto, sobald sie sein Motorrad hörte.

Sie wollte ihn verköstigen und sich um ihn kümmern.

Durch seine Dienstpläne würde sie ihn vielleicht erst am nächsten Wochenende im Shadowlands wiedersehen. Und, na ja, obwohl er ein Gespräch zwischen ihnen erwähnt hatte, war die Session vielleicht alles, was er sich von ihr erwünscht hatte. Es war nicht so, als wäre eine BDSM-Session ein … ein Date oder so.

Und wirklich, diese eine Session sollte auch alles sein, was *sie* wollte. *Sollte es.* Sich mit einem Nachbarn und einem Clubmitglied einzulassen, war töricht. Dazu noch die Sache mit dem BDSM? Einfach bescheuert, und so war sie einfach nicht. Sie war eine *komplikationslose* Person.

Verdammt, ich will ihn nicht mögen.

KAPITEL ZEHN

Carson stocherte mit seinem Messer im Kartoffelbrei herum. Zwei Augen. Große Nase. Mit den Augenbrauen zusammengezogen, passend zu den heruntergezogenen Mundwinkeln. Hässliches Gesicht für den beschissensten Lehrer der Schule. Mr. Jorgeson. Der blöde Idiot hatte Juan im Naturwissenschaftsunterricht dumm angemacht. Mit seiner Gabel drückte Carson das Gesicht ein.

„Auf welche Schule gehst du, Carson? Ist es die Schule die Straße runter mit den Feuern?"

Mit großen Augen schaute Carson über den Tisch zu Holt, der zum Abendessen gekommen war. „Die Feuer in den Müllcontainern? Ja, das ist meine Schule." Lodernde Müllcontainer – schon irgendwie genial. Niemand wusste, wer dafür verantwortlich war, aber die Lehrer schienen alle nervös.

„Feuer? Mehr als eins?", fragte Oma.

„Ähm, ja." Carson zuckte mit den Schultern. „Zwei."

Holts Mund spannte sich an. „Ein Geräteschuppen wurde ebenfalls angezündet."

„Wurde jemand verletzt?" Mom sah entsetzt aus. Sie war immer besorgt, wenn sie von etwas hörte, dass seiner Meinung nach interessant war. Sie fand eine Menge Zeug gefährlich. Isaacs Mutter war genauso. Das musste eine Mom-Sache sein.

„Zum Glück wurde niemand verletzt und der Schaden ist auch nicht zu groß", sagte Holt.

Als Mom sich zurücklehnte, erzählte Oma von dem Kerl in der Nachbarschaft, der in seinem Haus ein Feuer gestartet hatte, weil er mit einer Zigarette eingeschlafen war.

Wie peinlich. Carson kaute einen Bissen und schüttelte den Kopf.

Während die Erwachsenen redeten, schob Carson mehr Kartoffelbrei mit Soße auf die Gabel. Niemand kochte besser als seine Mutter.

Und wie es schien, schmeckte es auch Holt. Wie Carson hatte er sich eine zweite Portion geholt.

Er war ziemlich cool. Als er und Carson in seinem Garten gearbeitet hatten, war seine Musikauswahl wirklich nett gewesen. Und Wedge und Duke – die Fünfzehnjährigen – sagten, er habe einen riesigen Fernseher, und wenn ein Spiel lief, erlaubte Holt ihnen, es mit ihm zu schauen.

Heute hatte Holt gesehen, wie er und Mom Weihnachts-lichter an der Tür und an den Fenstern angebracht hatten, und er war zu ihnen gekommen, um zu helfen. So waren sie wirklich schnell fertig geworden.

Und Mom hatte ihn zum Abendessen eingeladen. Mom machte solche Sachen öfter. Sie war nett.

Normalerweise jedoch nicht zu Männern. Letzte Woche, als Holt zum Abendessen gekommen war … na ja, das war Moms Art, sich dafür zu bedanken, dass er mit ihr auf die Suche nach ihm gegangen war. War heute wieder nur eine Art Dankeschön?

Oder … mochte Mama ihn? So wie ein Mädchen eben einen Jungen mögen würde?

Carson beäugte den Kerl. Er hatte sich den Bart rasiert. Sah gut aus … irgendwie normal. Die Mädchen würden ihn als heiß bezeichnen, nahm Carson an. Würde Mom das auch? Das Alter von Erwachsenen zu beurteilen, war nicht einfach. Er schätzte, dass Holt etwa Moms Alter war. Vielleicht auch ein paar Jahre älter. Und er hatte einen Collegeabschluss, also war er sicher nicht total blöd.

Er berührte Mom immer wieder. Sicher, es war nicht so, dass er ihr einen feuchten Kuss auf die Lippen drückte, aber ... er fand immer wieder mit der Hand ihre Schulter oder ihren Rücken. Es war wirklich merkwürdig, dass dieser Mann Interesse an seiner Mom haben könnte.

Wenn sie und Holt nur Freunde wären, würde er sie nicht so berühren, oder? Aber das mussten sie sein. Also Freunde. Mom hatte keine Männer in ihrem Leben. Keine festen Freunde, keinen Partner.

Apropos Freunde ... „Hey, Mom, Brandon hat mich gefragt, ob ich am Samstag zu ihm komme. Yukio und Juan kommen auch. Darf ich?"

„Wer ist Brandon?", fragte Oma.

„Er ist in ein paar meiner Klassen", sagte Carson.

Mom fügte hinzu: „Ich habe seine Mutter bei dem Bücherverkauf in der Schule kennengelernt. Sie wirkte nett, wenn auch traurig."

„Wieso das?", fragte Oma.

„Sie hat sich dieses Jahr scheiden lassen und es hörte sich so an, als hätte sie und Brandon das schwer getroffen."

Oh ja, Brandon war wegen der Scheidung etwas neben der Spur. Und er war sauer auf seinen Vater – wegen des Babys und weil er nun an Brandon kein Interesse mehr zeigte. Ähnlich wie das Sackgesicht Everett. *„Du bist nicht mein Kind. Verschwinde von hier, du kleiner Bastard."*

Carson runzelte die Stirn. „Ich verstehe sowieso nicht, warum Leute heiraten. Am Ende hassen sie sich und lassen sich scheiden."

Seine Mutter setzte sich gerader hin. „Nicht jeder lässt sich scheiden", sagte sie sanft.

Ja, weil einige − wie Mama − nicht mal heiraten. Er unterdrückte die Worte. Es war nicht ihre Schuld, dass Everett ein Arschloch war. Carson hatte Juan letzte Woche von seinem Vater erzählt; Juans Mutter hatte auch nicht geheiratet. Juan hatte ihm aufgezeigt, was für ein Idiot Everett war. Und obwohl Mom jetzt schlau mit Menschen war, war sie das vielleicht nicht, als er noch nicht auf der Welt gewesen war ... oder kurz danach.

„Eine Hochzeit ist wie eine Feier und Bekanntgabe in einem", sagte Holt. „Es ist so etwas wie eine Schulabschlussfeier, bei der du jedem erzählst, dass du es durch die Highschool geschafft hast und du nun ein Erwachsener bist. Die Leute heiraten, um jedem zu sagen, dass sie ihren Partner gefunden haben und ein gemeinsames Leben beginnen wollen."

„Hmm." Carson schmunzelte. „Ich dachte, eine Hochzeit sei für ein Mädchen nur ein Grund, ein hübsches Kleid zu tragen."

Omas Lippen zuckten. „Das auch."

Carson bemerkte, wie seine Mutter Holt ansah. Das war ein *Mädchen*-Blick. Er drehte sich zu Holt und fragte: „Hast du eine Frau?"

Der Typ lächelte. „Das hatte ich. Und ja, am Ende ließen wir uns scheiden."

„Wieso?"

Seine Mutter und seine Oma sagten gleichzeitig: „Carson!"

Holt schüttelte den Kopf. „Ist schon gut. Es stört mich nicht, darüber zu reden." Er drehte sich zu Carson. „Denk daran, dass Trennungen hässlich sein können, daher kann es unangenehm sein, nach dem Grund zu fragen."

Carson nickte. Wahrscheinlich ähnlich zu der Sache mit Mindy, die aufhörte mit Addison zu sprechen, und jeder wusste, nicht nach dem Grund zu fragen, weil Addison sonst losheulen würde. „Ähm. Ja, okay. Verstanden."

. . .

Holt lächelte den Jungen an. Josies Sohn war ein gutes Kind. Und aufmerksam. Es war nicht verwunderlich, dass der Junge dazu übergegangen war, einen unhöflichen Ton anzuschlagen. Carson hatte Augen im Kopf, und Holt hatte sein Interesse an Josie nicht gerade verheimlicht. Der Junge war alt genug, um sein Territorium gegen einen anderen Mann verteidigen zu wollen.

„Wir waren ziemlich jung, als wir heirateten." Holt nickte Carson zu. „Wenn du kannst, warte, bis du älter bist, bevor du heiratest. Selbst in deinen Zwanzigern versuchst du noch herauszufinden, was du dir vom Leben versprichst, und oft entwickelt sich ein Paar in zwei verschiedene Richtungen."

Carson nahm den Rat an.

„Heißt das, du und deine Frau habt euch in zwei verschiedene Richtungen entwickelt?", fragte Stella.

„Das haben wir. Sie mochte es, mit einem Feuerwehrmann verheiratet zu sein. Und obwohl ich gerne Feuerwehrmann bin, lastet der Job schwer auf Körper und Geist. Mit Blick auf die Zukunft ging ich aufs College, um meinen Bachelor in Krankenpflege zu machen."

Das Kind schnaubte. „Mädchen denken, dass Feuerwehrleute heiß sind. Das denken sie eher weniger über Krankenpfleger."

„Traurig, was? Leider denke ich, dass sie das auch dachte", sagte Holt. „Wir haben uns getrennt, als ich auf dem College war. Sie wollte Party machen, während ich Hausaufgaben machen musste."

Josie nickte. „Du bist erwachsen geworden und sie ... war dazu noch nicht bereit. Wenn ein Baby auf dem Weg ist, ist es oft die Mutter, die schneller ihre Kindheit hinter sich lässt."

„Die Sache mit dem Erwachsenwerden kann ein Schock sein." Holt aß den letzten Bissen seines Hühnchenfleisches und lehnte sich seufzend zurück. „Du bist eine tolle Köchin, Josie. Vielen Dank."

„Es freut mich, dass es dir geschmeckt hat." Sie stellte sicher, dass alle fertig waren, bevor sie aufstand und sich daran machte, abzuräumen.

Holt stand auf, um zu helfen. „Hast du heute viele Hausaufgaben zu erledigen, Carson?"

Der Junge griff nach Stellas Geschirr und stapelte es auf seins. „Nein. Ich will Mom mit ihrem Job helfen." Der Ton war klar. *Wir haben zu tun; du weißt, wo die Tür ist.*

Holt sah auf. „Barkeeping oder beim Schreiben?"

Stella kicherte. „Beim Schreiben. Trotzdem wären Getränke schön. Carson, könntest du uns allen eine Limo bringen?"

„Ja, Ma'am."

Als Holt seinen Geschirrstapel in der Küche abstellte, schaute Josie von der Spülmaschine auf. „Weißt du, obwohl ich hoffe, vom Schreiben gut leben zu können, bin ich mir nicht sicher, ob ich meinen Job als Barkeeperin aufgeben möchte. Ich würde den Kontakt mit Leuten vermissen."

Letztes Wochenende hatten sich die Clubmitglieder in einer Weise um die Bar geschart, wie sie es seit Cullen nicht mehr getan hatten. Weil Z ihnen einen warmen und fürsorglichen Barkeeper besorgt hatte. Lächelnd schob er eine ihrer Haarsträhnen hinter ihr Ohr. „Deine Kunden würden dich auch vermissen."

Sie erstarrte bei seiner Berührung, und wieder spürte er die Verbindung zwischen ihnen. Die Funken, die purer Anziehungskraft entsprangen. Sie räusperte sich. „Ähm, okay, wegen heute Abend. Wenn ich in einem Buch auf eine knifflige Action-Szene stoße, helfen mir Oma und Carson dabei, sie besser umzusetzen."

Action-Szene? Holt sah über seine Schulter zu der Frau am Tisch. Er würde vermuten, dass Stella über siebzig war.

Josie folgte seinem Blick und kicherte. „Nein, ich wende keine Kampfkünste an meiner Großtante an. Du kannst bleiben und helfen, wenn du willst."

„Kleine Autorin, nicht mal mit einer Brechstange könntest du mich hier rauskriegen."

Carson gab Stella einen Schwamm, um den Esstisch abzuwischen, und kehrte dann mit einer Schachtel kleiner Puppen zurück.

Josie trocknete ihre Hände an einem Handtuch ab. „Lass mich meine Notizen holen und dann können wir loslegen."

Am Tisch arrangierte Carson die Puppen.

Holt setzte sich ihm gegenüber und nahm eine in die Hand. Er war es gewohnt, Barbie-Puppen in Shorts oder ausgefallenen Abendkleidern oder Badeanzügen zu sehen – und so sorgfältig geschminkt wie Frauen, die eine wilde Nacht in einem Nachtclub geplant hatten. Diese sahen aus, als wären sie in der Highschool. Kein Make-up. Und ... „Was ist das – Barbie im Mittelalter?"

„Das ist richtig." Lachend schloss sich Josie ihnen an und legte einen Notizblock und einen Stift ab. „Als Zuri Oma besuchte, sah sie meine Notizen und miesen Zeichnungen der Kleidung, in die ich meine Charaktere stecke. Ein paar Wochen später tauchte sie mit diesen Puppen auf. Sie ist so talentiert."

„Das ist sie." Hatte Josie die versauten BDSM-Versionen gesehen, die Uzuri für die Shadowkittens gemacht hatte? Holt musterte die Puppen. Tuniken, Hosen, Umhänge. Und Schwerter. „Ein Mädchen bekommt ein Schwert und das andere nicht?"

„Sie hat Magie. Magie reagiert nicht gut auf all das Metall."

„Verstanden." Die Puppe mit dem Schwert war offensichtlich weiblich, aber ihre Haare waren kurz geschnitten. Holt warf Josie einen Blick zu. „Die Frisur scheint ... ungewöhnlich für die Zeit."

„Sie ist vor einer arrangierten Ehe weggelaufen. Jeder denkt, dass sie ein Junge ist."

„Ah. Gut für sie."

Sein Kommentar brachte ihm sowohl von Josie als auch von Stella ein Lächeln ein.

Er sah, dass Stella zwei männliche Puppen neben die beiden Mädchen gelegt hatte. „Gibt es neben dem Kämpfen auch eine Liebesgeschichte?"

Carson schnaubte. „Dafür sind sie zu schlau."

Mit einem sanften Lachen sagte Josie zu Holt: „Keine Romanze. Daran glaube ich nicht."

Holts Lächeln verblasste. Sie glaubte nicht an Romantik, und so wuchs ihr Sohn in dem Glauben auf, dass Liebe nur für Idioten sei.

Stella schüttelte den Kopf und sagte: „Nicht alle Romanzen enden schlecht, meine Liebe."

„Vielleicht nicht für Männer", entgegnete sie leise. Noch bevor die Worte raus waren, zuckte sie zusammen und sah zu ihm. „Tut mir leid."

Holt lehnte sich in seinem Stuhl zurück und betrachtete sie nachdenklich. Sie hatte Vertrauensprobleme. Wenn man bedachte, dass sie eine Teenagerschwangerschaft durchlebt und sich ihr Geliebter als Bastard entpuppt hatte, verstand er auch, woher das kam. Das Problem war, je länger er sie kannte, desto mehr mochte er sie.

Und desto mehr wollte er sie für sich haben.

Und wie konnte er das nicht? Sie war unterwürfig – also war der Dom in ihm glücklich. Sie machte ihm Spaß, hatte einen tollen Sinn für Humor, der nie grausam, sondern nur schrullig war. Wahrscheinlich hatte er heute Abend mehr gelacht als je zuvor. Er hatte es genossen, Weihnachtsbeleuchtung anzubringen und darüber zu streiten, ob *Star Trek* oder *Star Wars* die besseren Technologien hatte. Auch so eine Sache, denn sie mochte Fantasy und Science-Fiction – wie konnte er sie also nicht mögen?

Vor allem aber hatte sie ein fürsorgliches Herz.

Die Frage war nicht, ob er sie wollte, denn das tat er. Jetzt musste er ihr nur noch dabei helfen, zu erkennen, dass Romantik nicht zwangsläufig schlecht war.

Und dass ihre Ängste die Zukunft ihres Sohnes beeinflussen konnten.

„Holt kann die Bösen spielen." Carson schob eine Schachtel mit Pferden, Wölfen, Elefanten und übergroßen ... Gestalten zu ihm.

Holt hielt eine absolut hässliche Puppe hoch. „Was ist das?"

„Oger. Diese Kiste hat auch Trolle." Josie suchte sich weitere Puppen aus. „Heute Abend tritt das Team gegen die Reptilienrasse namens Grestor an. Und sie haben einen Troll bei sich."

Sie beschrieb die Talente ihres jungen Teams. Die Heldin Laurent konnte mit den Händen Feuer produzieren und die Flammen über kurze Distanzen werfen. Der Gedanke ließ den Feuerwehrmann in ihm zusammenzucken. Der Held Tigre war ein messerwerfender Ninja-Typ, der sich unsichtbar machen konnte.

Interessant. Wenn er heute nachhause ging, würde er sich seinen eReader heranholen und das erste Buch herunterladen. Warum sollten nur Kinder all die guten Geschichten bekommen?

Josie wies mit der Hand über den Tisch. „Das Nachbarland greift unser Land an, und das Team wurde mit einem Lehrer losgeschickt, um ein Dorf an der Grenze zu verteidigen."

„Sind sie nicht recht ... jung?" Holt runzelte die Stirn. Kinder sollten nicht in den Krieg ziehen.

„Selbst in unserer Vergangenheit war ein Knappe in der Regel etwa vierzehn Jahre alt und zog oft in die Schlacht, um den Rücken seines Ritters freizuhalten." Josie schenkte ihm ein verständnisvolles Lächeln. „Mit elf hätte Carson als Page gedient und sich zum Knappen hochgearbeitet."

Carson grinste bei dem Gedanken.

Holt tat das nicht. „Schwere Zeiten."

„Korrekt. Wenn es einen Bedarf gibt, müssen Kinder schnell erwachsen werden. Unser Team wird sein Bestes geben, egal wie verängstigt die Mitglieder auch sein mögen."

Holt nickte ihr zu. „Helden im Herzen sowie in den Fähigkeiten."

„Die Welt braucht Helden, und unsere Kinder von heute brauchen Vorbilder", murmelte Stella. „Mut und Selbstaufopferung. Ehrlichkeit und Integrität."

Josie lächelte sie an. „All das – und dass sie lernen, zusammenzuarbeiten." Sie prüfte ihre Notizen. „Carson, nimm du die

beiden Jungs. Oma, die Mädchen. Holt, du bekommst die blut-
rünstigen Grestoren und den Troll."

Schüsseln wurden als Felsbrocken zur Deckung genutzt – und
als Möglichkeit, um auf die Bösen zu springen. Holt verlor zwei
Reptilienmänner an den verdammten Messerjungen. Josie unterbrach die Action gelegentlich und überarbeitete die Choreografie,
um es kniffliger zu machen. Sie wiederholte einen Mini-Kampf,
um den Luftmagier und den Messerjungen zur Zusammenarbeit
zu zwingen. Carson wurde wütend, als Holts Troll einen Wolf
verletzte, den der Tiermagier herbeigerufen hatte.

Am Ende gelang es Holt, einige seiner Grestoren zu retten.
Als sie an die Tischkante rannten, drehte er seinen Anführer um
und rief mit einem Arnold-Akzent: „Ich komme wieder. Und
dann schneide ich euch die Nase ab."

Carson brach in Gelächter aus, und Stella schickte einen Blitz
– einen Gummiwurm – hinter Holts Jungs her. Trotz all ihrer
Kirchenbesuche konnte die Frau manchmal echt fies sein.

Nachdem er Stella missbilligend angesehen hatte, ein Blick,
der sie zum Grinsen brachte, aß Holt den Gummiwurm und
wandte sich dann zur anderen Frau am Tisch. *Josie.* Sie hatte so
viel mehr an sich, als man auf den ersten Blick vermutete. Eine
Autorin, die mit ihren Geschichten die Welt verbessern wollte.
Eine Frau, die ihre Familie helfen ließ und sie im Kampf
anfeuerte.

Sie war wirklich erstaunlich.

Sie grinste ihn an und fragte: „Was denkst du?"

„Du kannst mich jederzeit anrufen, wenn du Hilfe bei der
Zerstörung der Welt brauchst, Süße." Er zwinkerte Carson zu. „Es
ist meine Pflicht zu helfen." Und es war seine Pflicht, der süßen
Autorin dabei zu helfen, ihre Abneigung gegen Romantik zu
überwinden.

Da er beabsichtigte, sie von ihren Füßen und in seine Arme zu
fegen.

Und dort wollte er sie behalten.

KAPITEL ELF

Am **Freitag hatte** Holt endlich die Energie und die Zeit, seine Wohnung aufzuräumen. Er verabscheute es, in einem Chaos zu leben.

Ein paar Stunden später hatte er die Küche und das Badezimmer geschrubbt, seine Wäsche gewaschen, sodass sein nächstes Ziel sein Wohnzimmer war. Als er sich um ein Spinnennetz kümmerte, brauchte es nicht lange, bis er auch den achtbeinigen Bewohner entdeckte. „Tut mir leid, Kleiner, aber du gehörst nach draußen."

Vor der Tür, um das Spinnennetz – und die Spinne – vom Staubwedel zu schütteln, hörte er, dass Josie in ihrem Haus einem Lied von Imagine Dragons lauschte. *Interessant.* Vom Aussehen her hätte er sie für einen Fan von keltischer Musik gehalten. Ihr texanischer Akzent sagte Country-Western. Stattdessen mochte sie alternativen Rock und die seltsamen Playlists, die Z im Shadowlands spielte. Jeder im Club genoss es, ihr beim Tanzen zuzusehen, während sie Drinks mixte.

Er lächelte. Der letzte Samstag mit ihr war fantastisch gewesen. Sie war nervös gewesen, aber sie hatte darauf vertraut, dass er sich um sie kümmern würde. Sie war authentisch in ihren körperlichen Reaktionen. Sie hatte es geliebt, gefesselt und an den Rand des Schmerzes gebracht zu werden, und das immer und immer wieder. Sie hatte sich in seinen Armen so *richtig* angefühlt.

Zu richtig. Er war schon lange ein Dom und konnte sich nicht erinnern, wann er sich jemandem jemals so nahe gefühlt hatte. Ausgehend von der Art und Weise, wie sie ihn beobachtet, sich ihm hingegeben und ihm zugehört hatte, war es ihr nicht anders ergangen. Er war der ganze Fokus all ihrer Aufmerksamkeit gewesen – genauso wie sie es für ihn gewesen war.

Da war etwas zwischen ihnen – und es war verdammt nochmal mehr als nur Lust. *Gott*, seine Stimmung hob sich bei dem bloßen Gedanken daran, sie wiederzusehen.

Er hatte noch nie jemanden wie sie getroffen. Er liebte es, wie sie die Welt mit den Augen eines Kindes sah. *Zum Teufel*, sie wäre wahrscheinlich nicht überrascht, wenn Feen nachts im Garten tanzen würden oder wenn Carson anfing, zu schweben. Dennoch war sie ungewöhnlich bodenständig und in der Lage, mit allem fertig zu werden – von unglücklichen Teenagern bis hin zu verärgerten Doms. Und sie hörte den Menschen zu, ihre Aufmerksamkeit stets auf ihrem Gegenüber. Es war eindeutig, dass sie ein weiches, fürsorgliches Herz hatte. Was auch immer sie in der Vergangenheit erlitten hatte, war dafür verantwortlich, dass sie bei Männern vorsichtig vorging. Auf der anderen Seite hatte es ein tiefes Einfühlungsvermögen für andere erzeugt.

Ja, es hatte nicht lange gedauert, dass sein Interesse für sie gewachsen war.

Er machte einen Schritt auf ihr Haus zu und stoppte.

Nein, Dummkopf, dies war ihre Zeit zum Schreiben. Mehr noch … er wollte nicht, dass sie sich von einem Mann nebenan unter Druck gesetzt fühlte. Er hatte hier eine argwöhnische Sub, und er musste es behutsam angehen.

Stirnrunzelnd drehte er sich um und ging wieder ins Haus. Sie erinnerte ihn an einige der Traumapatienten aus dem Krankenhaus, die in einer Schleife feststeckten, der sie nicht entkommen konnten. Josie spielte keine Spielchen mit ihm. Nachdem sie in der Vergangenheit jedoch verletzt worden war, wollte sie sich nun nicht verwundbar zeigen. Er nahm an, dass sie wahrscheinlich nicht einmal merkte, wie hoch ihre Schutzmauer war.

Doch ihre Reaktionen auf ihn zeigten, dass sie mehr wollte.

Er würde ihr mehr geben.

Heute Abend würde er diese Beziehung bewerten und dann langsam und stetig einen Schritt weiter gehen.

Als er den Staubsauger verstaute, hörte er, wie ein Auto in seine Einfahrt fuhr. Die Jungs von der Feuerwache neigten dazu, vorbeizuschauen, wenn sie in der Gegend waren.

Er öffnete die Haustür ... und setzte einen finsteren Blick auf.

In einem ihrer schicken Börsenmaklerkostüme stolzierte Nadia über den Bürgersteig. Auf dem Weg zu ihm.

Verdammte scheiße. „Was willst du hier?" Sein Ton war alles andere als einladend.

„Holt, du siehst so viel besser aus. Dein armes Gesicht." Ihre blassgrünen Augen folgten der Narbe, die von seiner Schläfe bis zu seinem Mund lief und verweilten auf den raueren Narben an seinem Kinn.

„Es geht mir gut, danke. Bist du aus einem bestimmten Grund hier?", fragte er erneut.

Ihr erdbeerblondes Haar fiel lose um ihre Schultern. So wie er ihr gesagt hatte, dass er es mochte ... und doch hatte sie es selten so getragen.

Josie war auch eine grünäugige Rothaarige. Aber anders. Ihr kurzes Haar war aus dunklem Kupfer gesponnen, und ihre Augen hielten die hypnotisierende Dunkelheit von Immergrün. Und wie ein Immergrün hatte sie einen unerschütterlichen Charakter. Nadia war eher wie eine Treibhausorchidee.

Ja, das war eine gute Analogie, entschied er, amüsiert über sich selbst. Nadia würde beim ersten Frost dahinwelken. Josie würde sich auch in einem Schneesturm bewähren.

„Warum lächelst du?" Mit geneigtem Kopf schaute Nadia

durch dunkle Wimpern zu ihm hoch. Sie flirtete mit ihm, *verdammt nochmal*. „Freust du dich, mich zu sehen?"

„Nein. Ich möchte, dass du –"

Bevor er den Satz beenden konnte, hob sie sich auf ihre Zehenspitzen und küsste ihn auf seine Lippen. „Ich habe dich vermisst, mein Schatz." Sie lehnte sich an ihn und legte ihre Handflächen auf seine Brust. „Es tut mir leid, dass ich nicht für dich da war, aber ich konnte es einfach nicht ertragen, dich so zu sehen. Es hat mich zerstört."

Zerstört? Er zögerte. War er zu harsch gewesen? Nein. Im Krankenhaus hatte sie seine Narben angestarrt – und hatte angewidert ausgesehen, nicht zerstört. Es hatte keine Tränen gegeben. Ganz im Gegenteil, denn sie hatte sich mit einer Freundin zur Happy Hour verabredet, noch bevor sie die Türschwelle zu seinem Krankenzimmer genommen hatte. Sie hatte sicher nicht geplant, an seinem Bett zu wachen. Das war keine Liebe.

Er wartete auf den Herzschmerz. *Nein, nichts zu spüren.*

Er hatte sich in eine imaginäre Person verliebt. Es hatte verdammt wehgetan, als sie aus seinem Krankenhauszimmer marschiert war, ohne ihm auch nur nahe genug zu kommen, um ihn zu berühren. Sicher, sie war schlau, und sie hatten eine gute Zeit zusammen gehabt – im Bett und abseits davon. Er vermisste es, jemanden in seinem Bett zu haben. Oder abends in seinem Haus. Nur dachte er dabei nicht an *sie*.

Ihre Lippen formten sich zu einem zufriedenen Lächeln. Während er nachgedacht hatte, war sie zu dem Schluss gekommen, dass sie zu ihm durchgedrungen war. „Weißt du, der Winterball steht vor der Tür. Gerne würde ich mit dir gehen. Das wird allen zeigen, dass wir wieder zusammen sind."

Ganz sicher nicht.

Er schüttelte den Kopf. „Wir sind nicht wieder zusammen, Nadia. Tatsächlich möchte ich, dass du jetzt gehst."

Ihr Lächeln verschwand. „Das kannst du nicht ernst meinen."

„Das tue ich."

. . .

Hast du etwas vergessen, Josie?", rief Oma aus ihrer Küche, als Josie hastig zurücktrat und die Haustür schloss.

„Äh ... nein." Trotz des stechenden Schmerzes in Josies Brust zwang sie sich, ihre Stimme gelassen klingen zu lassen. „Dein Nachbar hat einen intimen Moment auf seiner Treppe. Ich werde ihm Zeit geben, die Sache ins Haus zu verlegen."

„Die modische Rothaarige?"

Modisch? Mmm, das Wort beschrieb die Frau ganz gut. Ihr maßgeschneidertes, mintgrünes Kostüm umhüllte eine große, schlanke Figur. Passende grüne Fingernägel funkelten, als die Rothaarige ihre Finger auf Holts Brust spreizte.

„Ja, sie ist eine Rothaarige. Ich nehme an, er hat eine Freundin?"

„Na ja, ich habe bei ihm immer nur diese eine Frau gesehen – und natürlich Uzuri. Uzuri hat mal gemeint, dass Holt durch Frauen ging wie Moses durch das Rote Meer. Sie dachte, dass er sich mit dieser endlich niederlassen würde."

Josie schluckte schwer. „Oh. Das ist gut." Die Worte ... schmerzten. *Ging durch Frauen. Sich niederlassen.*

Er und die Rothaarige sahen gut zusammen aus. Beide waren atemberaubend.

Josie hatte das Gefühl, als hätte ihr jemand in den Bauch geschlagen. Leicht benommen sank in Omas Wohnzimmer auf die Couch.

Wie dumm konnte sie sein? Sie hatte doch tatsächlich getan, was sie sich verboten hatte – sie hatte angefangen, diesen verdammten Mann zu mögen.

Realitätscheck, Josephine. Holt war nicht ihr Liebhaber, war nicht ihr fester Freund, war nicht einmal jemand, mit dem sie sich verabredet hatte.

Nur weil er ein Master im Shadowlands war und sie bei einer Session zu ungeahnten Höhen getrieben hatte, na ja ... das bedeutete rein gar nichts, oder? Sie hatten eine ... eine Pick-up-Session, die dem Tanzen mit jemandem in einem Nachtclub gleichkam. Keine Verpflichtungen, keine Versprechen. Alle hatten ihren Spaß. Nur weil er sie ansah, wie er sie ansah, und die Kontrolle an sich genommen und sie auf eine Weise berührt hatte, wie sie es sich immer gewünscht hatte, bedeutete nicht, dass ... Es bedeutete rein gar nichts.

Zumindest nicht für ihn. Auch ihr hätte es nichts bedeuten sollen.

Aber, *verdammt*, hätte er ihr nicht sagen können, dass er eine Freundin hatte? Sie hatte ihn sogar *gefragt*. Sie hatte kein Interesse an den Männern anderer Frauen. Warum dachten Männer, es wäre okay, andere Frauen zu berühren, wenn sie bereits in Beziehungen waren? Wusste die Rothaarige, dass Holt zwei Stunden damit verbracht hatte, Josie intim zu küssen und zu berühren?

Ihr Kiefer spannte sich an, als sich die Wunden aus Everetts Brief wieder öffneten. *„Ich bin verheiratet. <u>Glücklich</u> verheiratet. Ich habe ein Kind, das ich liebe. Ich habe nie etwas getan, um dich glauben zu lassen, dass ich Gefühle für dich hege ...“*

Warum logen Männer? Und das taten sie. *Okay ... okay. Es ist, wie es ist.*

Sie versuchte, den Schmerz wegzureiben, der sich unter ihrem Brustbein geformt hatte. Vielleicht war es für Menschen im Lifestyle kein Fremdgehen, wenn es bei einer Session geschah. Schließlich waren einige Clubmitglieder mit einer Vielzahl von Menschen involviert – wie die Frau, die einen Vanilla-Ehemann hatte, als Sklavin ihrem Master diente und selbst Frauen toppte. Josies Gehirn hatte ihrer Erzählung kaum folgen können.

Vielleicht dachte Holt nicht, dass er etwas falsch gemacht hatte.

Josie war nicht im BDSM-Lifestyle, und er hätte ihr sagen sollen, dass er eine Freundin hatte. Master Holt hatte davon gesprochen, ehrlich zu sein, und doch schien es, dass die Ehrlichkeit nur in eine Richtung ging.

Ihr Kiefer war so angespannt, dass es schmerzte.

Keine. Männer. Mehr. Sie wusste es besser.

Sie hörte, wie ein Auto gestartet wurde und sich entfernte. Ein Blick aus dem Fenster zeigte, dass das Fahrzeug der Rothaarigen nun weg war. „Sieht so aus, als wäre die Straße frei. Bis morgen, Oma. Lass dir den Kuchen schmecken."

Nachdem Oma sich verabschiedet hatte, überquerte Josie den Vorgarten und eilte an Holts Haushälfte vorbei. Zu ihrer Erleichterung war seine Haustür geschlossen.

Bitte, Gott, sorge dafür, dass er heute Abend nicht im Shadowlands ist.

KAPITEL ZWÖLF

An diesem Abend im Shadowlands begrüßte Holt einen neuen Türsteher, durchquerte den leeren Clubraum und ging durch die Seitentür zu den Gärten, wo die Feierlichkeiten stattfanden. Bei dem Anblick, der sich ihm im Freien bot, blieb er überrascht stehen.

Nun ja. Die physische Landschaft hatte sich nicht verändert – der grüne Rasen erstreckte sich immer noch zwischen dem Herrenhaus und dem Eingang zu den Gärten. Aber die Atmosphäre? Völlig anders. Anstelle des ominösen, dunklen Bereichs, der sonst für Fang- und Fickspiele genutzt wurde, war das Ambiente heute das einer Party.

Das Shadowlands feierte die Saturnalien – den hedonistischen Feiertag des antiken Roms.

Z hatte Kostüme nicht obligatorisch gemacht, was Holt schätzte. Er hatte sich kein Outfit ausdenken wollen. Einige Subs waren in Variationen römischer Kleidung gehüllt, darunter ein paar Togen aus Bettlaken.

Die Tische waren mit winzigen Lichterketten geschmückt. Mehr Lichterketten in Blautönen wickelten sich um die Zwergpalmen. Die niedrigen Sträucher und Pflanzen funkelten. Sonnensymbole und das zweiköpfige Gesicht von Janus baumelten hier und da ... und *verdammt*, wenn das nicht der Soundtrack von *Gladiator* war. Z war wirklich ein verrückter Bastard.

Am äußeren Rand der Rasenfläche wechselte sich BDSM-Ausrüstung mit Kingsize-Matten ab – und alles war im Einsatz. In der Mitte und links vom Rasen befanden sich die Doms, die in den niedrigen Liegestühlen lagen und neben sich Subs knien hatten.

Der Essens- und Barbereich war auf der rechten Seite. Eine provisorische Bar wurde eingerichtet, war jedoch nicht bemannt. Keine Josie. Die Enttäuschung war ... nicht überraschend. Aber er würde sie finden.

Das Essen wurde sowohl auf Holztischen als auch auf menschlichen Tischen serviert.

In einer Variation der japanischen Praxis *Nyotaimori* – auch Body Sushi genannt –, das auf einem menschlichen Körper serviert wurde, entdeckte er mehrere nackte Subs auf Händen und Knien mit Servierplatten auf dem Rücken.

Zwei weitere lagen mit dem Gesicht nach oben auf Couchtischen. Vorspeisen mit Zahnstochern auf Servietten bedeckten deren Körper. Nach dem Essen benutzten die Mitglieder die Zahnstocher, um die Subs zu quälen.

Ghost hielt einen Rohrstock und saß innerhalb des Kreises aus menschlichen Tischen auf einer Ottomane.

Holt wanderte zu ihm. „Ich habe mich schon gefragt, warum du nicht an der Tür warst. Wie ich sehe, hat dich Z anderweitig eingesetzt."

Der grauhaarige Türsteher presste die Lippen zusammen. „Er treibt mich über die Grenzen meiner Aufgaben als Türsteher."

Eine brünette Sub versuchte, zu Holt aufzuschauen und hätte dabei beinahe das Essen auf ihrem Körper verloren.

„Tische bewegen sich nicht." Ghosts tiefe Stimme hielt genug Autorität, sodass jeder im Umkreis erstarrte. Sein Stock traf den Arsch der Sub mit einem hörbaren Wusch.

Als die Sub scharf einatmete, schimmerte Befriedigung in Ghosts Augen.

Holt zog eine Augenbraue hoch. Wie es schien, war der Dom aka Ex-Soldat auch ein Sadist ... und einer mit einer beeindruckenden Kontrolle. Nur ein kleiner roter Streifen zeigte sich auf der weißen Haut der Sub. Es gab Gerüchte, dass Ghost schon eine Weile nicht mehr im Lifestyle aktiv war ... und jetzt hatte Z ihm einen Rohrstock und die Macht gegeben, Befehle auszusprechen. *Zum Teufel*, das war, als würde man einem verhungernden Mann ein Drei-Gänge-Menü anbieten.

Z war ein hinterhältiger Bastard.

„Wie lange halten die Tische?", fragte Holt. Er musterte die Tische mit dem Gesicht nach oben. Beide – ein Mann, eine Frau – waren Masochisten. Tatsächlich waren sie das alle. Z wusste genau, was er tat.

„Sie rotieren alle halbe Stunde. Es ist eine gute Übung, um an der Disziplin zu arbeiten. Unbeweglich bleiben, egal was passiert." Ghost schlug mit seinem Stock auf einen nackten Oberschenkel.

Die Augen des männlichen Subs weiteten sich vor Erregung, als er vollkommen stillhielt und den stechenden Schmerz in sich aufnahm.

„Mit jeder Minute machen sie sich besser", sagte Ghost mit einem schwachen Lächeln.

Der Kreis der unterwürfigen „Tische" erhellte sich bei den Worten des knallharten Doms. Hätten sie vor Vergnügen wackeln können, ohne sich eine Strafe einzuhandeln, hätten sie es getan.

Nachdem Holt ein paar Quiches von einem Tisch mit dem Gesicht nach oben gegessen hatte, begann er sich zu entfernen, aber Ghost schüttelte den Kopf. „Belohne den Tisch dafür, dass er ein braves Mädchen ist."

Mit einem unterdrückten Lachen zog Holt die beiden spitzen Zahnstocher in einer langsamen Bewegung über ihren nackten Bauch. Mit jedem Millimeter erhöhte er den Druck, bis die glückliche Masochistin vor Vergnügen stöhnte.

„Gut", sagte Ghost zu Holt und schlug dann den Stock als Rüge über die Brust der Sub. „Tische machen keine Geräusche."

Sie zitterte vor Freude über den zusätzlichen Schmerz ... und dieses Mal leise.

Holt nickte Ghost zu und ging weiter.

Josie fehlte noch immer an der Bar. Als Holt den Rasen überquerte, bemerkte er, dass ein Dom einen hohen Holzrahmen für eine Suspension-Session benutzte. Eine wunderschöne, akribische Seilarbeit umfing die Sub, die bereits auf dem besten Weg ins Subspace war. *Sehr nett.*

In der Nähe der Session lag Anne auf ihrer Seite auf einer langen Liege, eine Hand auf ihrem riesigen Bauch, ihre Augen auf der Session. Auf dem Gras kniend fütterte Ben ihr Trauben.

Holt hielt an. „*Io, Saturnalia*, ihr zwei. Wie läuft der Countdown bis zur Geburt?"

„Du musstest fragen, oder?" Anne schob eine braune Haarsträhne zurück und sah ihn genervt an. „Ich wollte, dass das Baby früh kommt. Aber *neeein*. Dieses verdammte Verhalten verheißt nichts Gutes für unsere zukünftige Mutter-Kind-Beziehung."

Ben versuchte, sein Grinsen zu verbergen – vergeblich –, denn seine Mistress sah alles und schlug ihm hart genug in den Bauch, um ihm ein *Uff* zu entlocken. „Das ist nicht lustig."

Ben gab den Kampf auf und brüllte vor Lachen. „Oh, doch, das ist es." Als er ihre Hand nahm und ihre Finger küsste, wurde ihr Blick weicher.

„Mistress Anne, hier sind deine Getränke."

Als Holt den hübschen texanischen Akzent in dieser heiseren Stimme hörte, spürte er, wie sich seine Stimmung hob. Er drehte sich um.

Josies Kleidung sah dezent römisch aus. Sie trug ein weißes Neckholder-Sommerkleid mit einem goldmetallischen Seil unter ihren Brüsten. Die Sommersprossen auf ihren nackten Schultern bettelten darum, geküsst zu werden.

Als sie Getränke auf den niedrigen Tisch mit dem Essen

stellte, lächelte Holt sie an. „Ich wusste nicht, dass du auch kellnerst."

„Ich mache Ausnahmen für Frauen, die unsere nächste Generation in sich tragen." Ihr Blick zu ihm war kühl, ihr Ton eisig.

Was zum Teufel? Holt betrachtete sie für eine Weile. Das letzte Mal hatten sie am Dienstag gesprochen, als sie ihn nach dem Abendessen und dem Puppenspiel für ihr Buch zur Tür geführt hatte. Außerhalb Carsons und Stellas Sichtfeld hatte er sich einen langen, warmen Kuss von ihr gegönnt – den sie enthusiastisch erwidert hatte.

Heute Abend tat sie so, als würde sie gerne auf seinem Leichnam tanzen. In Stilettos.

Sie wandte sich ab und tätschelte Annes Schulter. „Ich erinnere mich an meinen letzten Schwangerschaftsmonat. Meine Füße taten weh, ich musste ständig pinkeln, und ich ging wie ein Pinguin. Ich wollte nur, dass das Baby endlich rauskommt."

Anne grinste. „Du hast es auf den Punkt gebracht."

„Josie", sagte Ben, „ich bin in der Lage, Getränke für meine Mistress zu holen."

„Ich weiß, aber ich würde es vorziehen, wenn du bei ihr bleibst." Josie schaute sich um. „Wenn sie hier draußen Hilfe brauchen sollte, ist es möglich, dass niemand sie schreien hört."

Das ergab Sinn. Sessions ereigneten sich rund um den Rasen und weiter hinten in den abgelegenen Ecken der Gärten. In Anbetracht der Schreie, des Stöhnens und des Quietschens könnte ein weiterer Schrei unbemerkt bleiben. Also hatte Josie Annes und Bens Getränke zu ihnen getragen. Sie hatte ein fürsorgliches Herz.

Und sie sah ihn immer noch nicht an. *Hmm.* Er trat vor sie, als sie sich zum Gehen abwandte. „Wie läuft es heute Abend?"

„Es ist so viel los, dass ich zurück muss. Einen schönen Abend wünsche ich." Ihr Nicken zu ihm könnte als höflich angesehen werden ... wenn es einem Mann nichts ausmachte, seine Eier durch Frostbeulen zu verlieren. Gekonnt bewegte sie sich um ihn herum und dann war sie auch schon weg.

Anne sah auf. „Okay, Holt, was hast du mit unserer neuen Barkeeperin angestellt?"

„Der Ton, in dem sie mit dir gesprochen hat, hätte unsere Getränke auch ohne die Eiswürfel kühlen können", sagte Ben.

„Sehr witzig." Holt beobachtete, wie Josie ihren Platz hinter der provisorischen Bar einnahm. Als sie sich mit Mitgliedern unterhielt, die Getränke bestellten, fehlten ihrem Lächeln die Freude und der Enthusiasmus, die sie normalerweise an den Tag legte. „Leider weiß ich nicht, was ich getan habe."

„Ich hasse es, wenn das passiert", sagte Ben. *Frauen.*"

Anne zog eine Augenbraue hoch. „Benimm dich, sonst muss ich dir wehtun, Wachhund."

„Mistress, ich kann es verdammt nochmal nicht erwarten, dass du das wieder tust", antwortete Ben mit heiserer Stimme.

„Oh, geht mir auch so. Es ist zu lange her." Sie stieß einen frustrierten Seufzer aus, bevor sie ihre Aufmerksamkeit wieder Holt schenkte. „Wir grillen morgen. Komm, wenn du Zeit hast."

Erwartete sie nicht jede Minute ein Baby? Ohne nachzudenken, schaute er auf ihren Bauch.

Ben lachte. „Ja, das Grillen ist ein Last-Minute-Angebot, dazu gedacht, eine bestimmte Mistress vom Schmollen abzuhalten."

Holt musste nicht einmal nachdenken. „Gerne. Soll ich etwas mitbringen?"

„Ja." Anne schmunzelte. „Bring die Barkeeperin mit, wenn du es schaffst, wieder ihre Hochachtung zu genießen."

„Wird gemacht." Holt tätschelte sanft Annes Schulter und ging zur Bar.

Als eine tiefe, geschmeidige Stimme ihren Namen sagte, drehte sich Josie lächelnd um ... und wollte sich selbst in den Arsch treten. *Holt.*

In einer schwarzen Weste, einem schwarzen T-Shirt und einer schwarzen Jeans lehnte er an der Bar. Als er sie anlächelte, sah sie, dass er sich nicht rasiert hatte. Seine Bartstoppeln, dunkler als sein Haar, bedeckten seinen Kiefer. Aber warum bemerkte sie das?

Sie hob ihr Kinn. „Guten Abend. Was hättest du gerne?"

Es war ärgerlich, dass ihr Mund am Ende des Satzes „Sir" hinzufügen wollte.

„Antworten wären gut, danke", sagte er höflich, trotz des unnachgiebigen Ausdrucks in seinem Blick. „Wann ist deine Pause?"

„I-Ich bin für nichts v-verfügbar." Sie festigte ihre Stimme und drückte die Schultern durch. „Meine Pausen gehen dich nichts an."

„Ah ja." Er warf einen Blick hinter sich auf die Sitzecke, wo mehrere Leute saßen. „Raoul, kannst du für fünfzehn Minuten die Bar babysitten? Die Barkeeperin und ich müssen uns unterhalten."

„Natürlich, mein Freund." Der hispanische Akzent des Doms war vertraut, aber sie erinnerte sich nicht daran, ihn mal getroffen zu haben. Seine schwarze Lederweste konnte die riesigen Muskeln eines Bodybuilders nicht verbergen ... oder das goldene Band um seinen Arm.

Moment mal, war er der Dom, der am vergangenen Wochen-ende geholfen hatte, sie aus den Fesseln zu befreien? Als sie nackt war? Sie fühlte, wie sie rot wurde.

Raoul – Master Raoul – streckte die Hand zu der schlanken Brünetten aus, die neben ihm kniete. „Komm, *Gatita*, wir haben eine Aufgabe zu erledigen."

„Ja, Master." Die Frau mit den strahlend blauen Augen nahm seine Hand und erhob sich.

Und Josie verlor die Kontrolle über die Situation. *Nein.* Nein, sie würde sich nicht in ein Gespräch drängen lassen. Sie stemmte die Hände in ihre Hüften. „Hör zu, Master Holt, ich bin eine

Angestellte hier und stehe nicht auf Abruf zu einem Gespräch oder einer Session oder etwas Ähnlichem bereit."

Sein Gesichtsausdruck änderte sich nicht – als wären ihre Worte gegen einen Schild geprallt und zurückgeworfen worden. „Keine Session. Nur ein Gespräch – ein ehrliches."

„Ehrlich? Du?" Ihr Lachen kam verbittert heraus. Als sie ihm den Rücken zuwandte, landeten ihre Augen auf Master Z. Oh ... *verdammt.*

Das Privatleben einer Barkeeperin sollte sich nie auf ihre Arbeit auswirken. So unprofessionell. Sie holte tief Luft. „Kann ich dir einen Drink bringen, Sir?"

Master Z musterte sie für einen langen, unbehaglichen Moment. „Als Mitarbeiterin bist du nicht dazu verpflichtet, an den Aktivitäten hier teilzunehmen. Allerdings hast du das getan – und es scheint ein Problem zu geben."

„Nein, es gibt –"

Er sprach weiter. „Eine Sub kann immer *Nein* zu einer Session sagen – oder zu Annäherungsversuchen. Wenn ein Master jedoch ein Problem besprechen möchte, insbesondere eines, das mit einer Session im Shadowlands zusammenhängt, wird von dir verlangt, zuzuhören und respektvoll zu sein."

Sie starrte ihn bestürzt an. *Bitte was?*

Direkt den Ausgang anzusteuern, wäre wohl unreif. Dennoch ... *Hinweis an mich selbst: Keine Sessions mehr an diesem Ort. Nie wieder.* Und da sie Männern abgeschworen hatte, sollte das kein Problem sein, oder?

Und ihr Boss wartete immer noch auf ihre Antwort. Wie jemand sowohl vernünftig als auch furchterregend sein konnte, wusste sie nicht. Eine Wahl ließ er ihr gerade jedenfalls nicht. Es schien, als würde sie mit Holt sprechen müssen. *Na gut.* „Natürlich, Master Z. Ich werde zuhören und respektvoll sein", sagte sie in ihrem höflichsten Tonfall.

Seine Lippen zuckten.

Oh, er fand das also *lustig*? Mit knirschenden Zähnen drehte sie sich um. „Master Holt. Wenn du mit mir sprechen möchtest, bin ich bereit."

„Sehr gut." Seine stahlblauen Augen hielten keine Belustigung. Sie kam hinter der Bar hervor und er führte den Weg zu zwei Stühlen am äußersten Rand des Rasens. „Setz dich, bitte."

Angespannt setzte sie sich auf einen Stuhl. „Also?" Sie zog beide Augenbrauen hoch.

Er nahm auf dem zweiten Stuhl Platz und stützte seine Unterarme auf seinen Oberschenkeln ab. Seine Augen schweiften langsam über ihr Gesicht, über ihren Körper und zurück zu ihrem Gesicht. Es war ein abschätzender Blick, kein sexueller. „Du bist wütend auf mich. Sag mir den Grund."

„Meinst du das ernst?" Wollte er damit andeuten, dass sie unvernünftig war? Sie wollte ihn mit etwas bewerfen. War es ein Naturgesetz, dass Testosteron und Aufrichtigkeit nicht im selben Körper existieren konnten? „Dafür sehe ich keine Notwendigkeit."

„Ich schon. Ich habe dich offensichtlich genug verletzt, um diese Wut zu verursachen, nur weiß ich nicht, was ich getan habe. Ich würde es aber gerne wissen."

In Ordnung, da in diesem Shadowlands-Club Kommunikation so hoch angesehen wurde, war es vielleicht an der Zeit, dass ihm jemand etwas *Ehrlichkeit* entgegenbrachte. „Du hast mir gesagt, dass du keine Freundin, Verlobte oder Frau hast. Du meintest sogar: *Keine der oben genannten.*"

Er blickte verwundert drein. „Das ist richtig."

Sie starrte ihn an. Er hielt immer noch an dieser Geschichte fest? Ihre Wut stieg, bis es sich anfühlte, als würde ihr Kopf gleich explodieren. „Du bist so ein *Lügner*. Ich habe dich gesehen, du –" Sie biss das hässliche Wort zurück. Erwachsene benutzten diese Art von Ausdrücken nicht; jedenfalls sagte sie das immer zu Carson. „Ich habe dich und deine Rothaarige heute gesehen, und Oma sagte, du wärst jetzt schon eine Weile mit dieser Frau zusammen. Also, Mr. Ich Bin Single, was ist damit, hmm?"

Er wirkte wie vom Blitz getroffen, als er sich zurücklehnte und flüsterte: „Okay."

„Kann ich jetzt gehen?" Sie stand auf.

„Setz. Dich. Hin." Seine Stimme klang gefährlich tief.

Zu ihrem Ärger gehorchten ihre Knie und so fiel sie wieder auf den Stuhl. „Das kannst du nicht –"

„Du bist an der Reihe, zuzuhören, und zwar ohne mich zu unterbrechen. So funktioniert das, Sub."

Sub? Wie konnte er es wag –

„Nadia – die Rothaarige – ist heute aufgetaucht, weil sie wieder etwas mit mir anfangen will. Ich lehnte ab."

Für eine Millisekunde spürte sie Hoffnung in sich aufkeimen und schüttelte dann den Kopf. Noch eine Lüge. Sie warf ihm einen zynischen Blick zu und ließ ihren Unglauben in ihren Worten zum Ausdruck kommen: „Du sagst also, dass du mit ihr Schluss gemacht hast."

Sein Lächeln hielt keine Wärme, als er mit einem Finger über die lange Narbe von seiner Schläfe bis zu seinem Kiefer fuhr. „Sie besuchte mich im Krankenhaus, sah das hier und konnte sich nicht dazu durchringen, sich mir zu nähern. Ich sagte ihr, wir wären fertig. Heute habe ich sie seit dem Tag zum ersten Mal gesehen."

Wenn sie so darüber nachdachte, hatte sie diesen auffälligen roten BMW auch schon gesehen, als sie noch nicht hier gewohnt hatte. „Oh." *Schwach, Josie.* Ihr Blick fiel, als Schuldgefühle wie ein Messer zwischen ihre Rippen glitten. Sie hatte nicht mal daran gedacht, ihn nach ihr auszufragen. Sie war einfach davon ausgegangen, dass er log. „Ich habe voreilige Schlüsse gezogen."

„Ja, das hast du." Er nahm ihre Hände, zog sie hoch und platzierte sie auf seinem Schoß. Sein Griff an ihren Hüften hielt sie an Ort und Stelle.

„Holt, das ist –"

„Du hast es vermasselt, Süße. Du hättest zuerst zu mir kommen sollen. Selbst mich anzuschreien, wäre besser gewesen, als mich auszuschließen und die Flucht zu ergreifen." Er schob ihr eine Haarsträhne aus den Augen. „In einer Beziehung versuchst du zuerst, ein Problem zu lösen. Und dann, wenn du das nicht kannst, löst du die Verbindung."

Sie versuchte, sich zu erheben, aber er ließ sie nicht los. Mit einem genervten Geräusch blieb sie schließlich still sitzen. Jeder Atemzug brachte ihr seinen sauberen Duft ein – ein Geruch, der an den Strand nach einem Gewitter erinnerte.

Verdammt, sie hasste es, dass er ihr Verhalten so gut gedeutet hatte, und sie hasste es, dass sie die nächsten Worte sagen musste. „Du hast Recht. Aber wir sind nicht in einer Beziehung."

„Nein, nicht offiziell, aber wir sind Nachbarn und ich dachte, dass wir auch ... Freunde sind." Er wartete.

Nachbarn, *ja*.

Freunde ... er hatte ihren Sohn gerettet. Er war zum Essen vorbeigekommen. *Okay, ja*.

Sie nickte.

„Und mehr", sagte er sanft. „Josie, für mich war die Session, die wir gespielt haben, mehr als nur Pick-up-Play. Hast du es nicht auch gefühlt?"

Seine Worte waren wie Felsbrocken auf ihrer Brust, und es wurden immer mehr. Es dauerte nicht lange, bis das Atmen schwieriger und schwieriger wurde. Die Session zwischen ihnen ... Sie hatte andere spontan arrangierte Sessions und die damit verbundene Nachsorge beobachtet. Wie Holt sich nach deren Session um sie gekümmert hatte und ihre Reaktion auf ihn ... na ja, normal war das nicht. Es war so viel mehr – während und danach. *Okay, ja*.

Die Worte wollten einfach nicht kommen. Sie nickte.

„Ah, Fortschritt. Du hast also entschieden, dass ich gelogen habe, anstatt mich zu konfrontieren." Er hielt einen Arm um ihre Taille und nahm dann ihre Hand, um die Venen nachzuzeichnen. „Und all das wegen Everett?"

Sie erstarrte.

Und er wartete. Stillschweigend. Er erwartete, dass sie antwortete.

Sie wollte nicht noch einmal durch die bitteren Erinnerungen waten, doch seine stille Geduld war eine Falle.

„Nicht alles, aber viel, ja." Der Seufzer, den sie von sich gab, war eine Kapitulation. „Ich habe all seine Lügen geglaubt. Ich war so *dumm*."

Holt presste die Lippen fest zusammen. „Und mit sechzehn hattest du natürlich so viel Erfahrung, auf die du zurückgreifen konntest, hmm?"

Er war in *ihrem* Namen wütend?

„Eigentlich überhaupt keine Erfahrung." Kleine Stadt in Texas. Eine begabte Schülerin, die brav jeden Sonntag in die Kirche ging. Eine Jungfrau. „Du hast seinen Brief gelesen. Zu der Zeit war es ... verheerend gewesen, das zu lesen." Ihr sechzehnjähriges Selbst hatte ihn aus ganzem Herzen angebetet. Wie konnte sie den Schmerz erklären, als sie erkennen musste, dass er gelogen hatte, um sie flachzulegen? Zu lernen, dass sie nie mehr als eine nette Zeitvertreibung für ihn gewesen war?

„Und ...? Du meintest *nicht alles davon*. Was ist der Rest?"

Sie seufzte. „Als Barkeeperin fühlt es sich an, als wäre ich von Täuschung umgeben. Menschen, die über Beziehungen, Jobs, Finanzen und Interessen lügen. Frauen manchmal. Männer ... sehr viel."

„Ah. Ich hatte diesen hässlichen Aspekt deines Berufs nicht in Betracht gezogen." Holts Blick schweifte über ihr Gesicht. „Josie, ich lüge nicht." Seine Lippen zuckten. „Natürlich würde jeder Lügner das sagen, aber ... Ich bin seit einigen Jahren Mitglied in diesem Club. Spreche mit den Mitgliedern über mich."

„Mit den ..."

„Es ist immer ratsam, den Ruf der Person zu recherchieren, mit der man spielen möchte."

Tatsächlich hatte sie gehört, dass die Shadowlands-Master sehr ausführlich von Z überprüft werden. Wie hatte sie das vergessen können? Er lag jedoch nicht falsch. Wenn sie jemals plante, mit jemandem außer Holt zu spielen, sollte sie sich den Rat zu Herzen nehmen.

Mit anderen spielen? Der Gedanke gefiel ihr kein bisschen.

Sie nahm ihren Mut zusammen und sah ihm in die Augen. „Es tut mir leid, dass ich zu dem Schluss gekommen bin, dass du mich angelogen haben musst. Ich hätte mit dir reden sollen."

„Dir sei vergeben." Sanft schob er eine Haarsträhne hinter ihr Ohr. „Weißt du, ein Verrat wie in deiner Vergangenheit kann sehr wohl als Trigger gesehen werden. Und ein Trigger kann den Gedankenprozess einer Person durcheinanderbringen."

Oh. Daran hatte sie nicht gedacht.

Mit unnachgiebigen Händen zog Holt sie an seine Brust. „Komm her. Ich habe es vermisst, dich in den Armen zu halten."

Und sie hatte es vermisst, gehalten zu werden. Sie vergrub ihr Gesicht in der harten Kurve zwischen seinem Hals und seiner Schulter. „Danke, dass du mich für ein Gespräch weggezerrt hast."

„Mmmhmm", murmelte er an ihren Haaren. „Das nächste Mal, wenn du dich mir gegenüber kühl und still benimmst, anstatt mit mir zu reden, werde ich dich sofort darauf ansprechen, sodass wir das Problem lösen können und ich dir ein Spanking geben kann, damit du es nicht erneut tust."

Sie erstarrte. „Bitte was?"

„Du hast mich schon gehört." Er hob ihren Kopf und zwang sie, seinem direkten Blick zu begegnen. „Wenn du nicht ehrlich zu mir bist, werde ich deinen Arsch entblößen und ihn versohlen."

„Du ... du ..." Ihr Stottern brachte ihn zum Lachen, und er lehnte sich vor und küsste sie. Seine freie Hand packte ihr Haar und hielt ihren Kopf, als er ihr jeglichen Protest von den Lippen küsste.

Er ließ sie los und lächelte sie an. „Ich sage es noch einmal: Ich bin Single und ganz sicher nicht in irgendwelchen Beziehungen.

Ich mag dich, Josie. *Mehr* als mögen. Ich würde gerne hier mit dir spielen ... und auch außerhalb des Shadowlands."

Selbst als ein Hitzeschauer durch sie jagte, war sie sich nicht sicher, ob sie für dieses Level an Ehrlichkeit bereit war. Oder den nächsten Schritt. Sie schluckte. „Ich mag dich auch."

Er gluckste. „Ich weiß. Sonst wärst du nicht so sauer gewesen."

Er erhob sich und stellte sie auf ihre Füße. „Geh wieder an die Arbeit. Ich werde bald bei dir vorbeikommen, um mit dir darüber zu sprechen, dass wir zum Grillen eingeladen wurden."

Stunden später und nach einem Einsatz als Kerkeraufseher ging Holt zur Bar, wo sich Cullen und Dan unterhielten. Der Polizist sah in seinem üblichen schwarzen Leder mit einer goldenen Master-Armbinde fast so tödlich aus, wie er das wahrscheinlich war. „Du schuldest mir einen Babysitter-Gig."

„Natürlich hast du das nicht vergessen. Wie geht es Zane?" Holt rechnete schnell und war vom Ergebnis überrascht. „Gott, er ist schon zwei, oder?"

Cullen schnaubte. „Und er beherrscht nun die Kunst, *Nein* zu sagen."

„Aus voller Kehle", gab Dan bedauernd zu.

Holt lachte. Der Polizist verängstigte Verbrecher so leicht wie Subs – aber ein Zweijähriger schüchterte ihn ein? „Die Nein-Phase ist gesund, auch wenn es leicht nervt." Tatsächlich jubelte Holt, wenn seine kleinen Patienten anfingen, ihm das große *Nein* entgegenzuwerfen. Es bedeutete, dass sie auf dem Weg der Genesung waren.

„Das sagt Kari auch." Dan schaute zu der Stelle, wo sich mehrere Shadowkittens um seine Frau versammelten, und sein Blick wurde sanfter. Der knallharte Polizist war total vernarrt in seine hübsche Lehrerin. Auch jetzt noch.

Da Holts Feuerwehrkollegen die Frauen öfter wechselten als

ihre Unterwäsche, war es beruhigend, die Shadowlands-Master und ihre beständigen Beziehungen zu sehen – vor allem, da viele von ihnen eine Form von D/s-Lifestyle lebten.

Als Dan erzählte, wie sein Kleiner deren begeisterten Deutschen Schäferhund mit Haferbrei beworfen hatte, blickte Holt zu Josie. Sie hob den Kopf, sah ihn ... und ihr Lächeln schlug ihm direkt in die verdammte Brust.

„Weißt du, Kumpel", sagte Cullen, sein Blick auch auf die Bar gerichtet, „ich vermisse meinen alten Job."

Holt verstand die Andeutung und schnaubte. „Natürlich tust du das. Es ist okay, Bruder. Ich wohne neben ihr. Es ist nicht so, als könnte ich nicht auch außerhalb ihrer Arbeit Zeit mit ihr verbringen."

„Sicher kannst du das. Aber das ist eine Party, und unsere Barkeeperin sollte die Chance haben, sie zu genießen. Zufällig mag ich es, Getränke zu servieren. Gibt mir die Möglichkeit, mit neuen Mitgliedern zu sprechen." Cullen sah zu seiner Sub, die mit Kari sprach, und lockte sie mit dem Finger zu sich.

Kari schaute zu ihnen und lächelte Holt an. Dans hübsche, unterwürfige Lehrerin war ein Schatz.

„Es ist schön, euch beide hier zu sehen", sagte Holt zu Dan.

„Es ist gut, hier zu sein – und einfacher, jetzt, da Zane etwas älter ist." Mit einem trockenen Grinsen schüttelte Dan den Kopf. „Ich kann nicht glauben, dass wir daran denken, noch ein Baby zu bekommen."

„Ah." Für Holt kam das nicht als Überraschung. Als er das letzte Mal bei Dan und Kari zu Besuch gewesen war, hatte der Polizist auf dem Boden gesessen und Zane dabei geholfen, Blöcke zu stapeln, die der Kleine dann laut lachend umgestoßen hatte. Dans Grinsen war so breit gewesen wie das seines Sohnes. „Ich stehe als Babysitter bereit."

„Guten Abend, Jungs." Olivia lächelte, als sie vorbeiging.

„*Io, Saturnalia*, Olivia", sagte Cullen. „Hübsche Sub, die du da hast."

„Ja, Natalia ist wirklich ein gutes Mädchen", stimmte Olivia zu.

Die hübsche hispanische Sub stand genau einen Schritt hinter der Mistress. Holt unterdrückte ein Lächeln. Natalia trug eines von Olivias temporären Halsbändern ... und einen begeisterten, wenn auch verängstigten Gesichtsausdruck.

Als die beiden weiterzogen, erschien Andrea vor Cullen. „Du wolltest mich, *mi Señor?*"

„Ich will eine Weile für die Barkeeperin übernehmen." Cullen sah sich mit einem Stirnrunzeln um. „Und ich will dich bei mir haben, Liebes. Schließlich kann ich nicht riskieren, dass du auf eine dieser Matten gezogen wirst."

In der Römerzeit waren die Saturnalien-Orgien berühmtberüchtigt – und die Mitglieder des Shadowlands taten ihr Bestes, um die Tradition aufrechtzuerhalten. Obwohl einige die abgelegenen Ecken der Gärten für private Zwischenspiele nutzten, fickten die weniger gehemmten Mitglieder enthusiastisch auf den dicken Matten, die auf dem Rasen verteilt lagen. Das riesige Meer aus Matten in der Mitte kam dem Ruf einer Orgie gerecht.

In Anbetracht der Haltung des Shadowlands zu einvernehmlichem Sex wusste Cullen, dass Andrea nicht auf die Matten gezogen werden würde, wenn sie das nicht wollte. Er wollte seine Sub einfach bei sich haben.

Und sie wusste das auch. Ihre Augen tanzten, als sie sich an seine Seite lehnte. „Nur gut, dass du mich vor all den bösen Doms beschützt."

Er grinste. „Ja, oder?"

Für einen Moment beobachtete Holt die kleine Barkeeperin und all die Leute um der Bar. Sie würde ohne Publikum besser klarkommen. Er wandte sich an Cullen. „Danke, dass du Josies Platz einnimmst. Tu mir noch einen Gefallen und schick sie mit zwei Sierra Nevadas zu Raoul, okay?" Jede kleine Sitzecke zeigte auf dem Tisch eine Nummer, und Holt kniff die Augen zusammen, um die Nummer zu erkennen. „Zum Sitzbereich Neun."

. . .

Josie war für heute mit ihrem Barkeeper-Job fertig und plante, nachhause zu fahren, nachdem sie noch diese beiden Drinks serviert hatte. Cullen hatte sie gebeten, sie zu Raoul zu bringen.

Mit den zwei Flaschen schlängelte sie sich durch die Stühle und Menschengruppen. *Sieben. Acht. Neun.* Ja, da saß der muskulöse Master auf einem Terrassenstuhl. Seine schwarzhaarige Sub kniete vor ihm.

Josie lächelte die beiden an, ließ den Blick schweifen und erstarrte, als sie in winterblaue Augen blickte. *Holt.*

Ihr Herz setzte einen Schlag aus und sie schluckte schwer. „Ich, ähm, Master Raoul. Hier sind die Drinks von Master Cullen."

Master Raoul sah sie verwirrt an und hob sein volles Getränk.

„Eine Flasche davon ist für mich." Holt stand auf, nahm ein Bier und zog sie dann neben sich auf das Sofa. „Und die andere ist für dich."

„Für mi –"

„Du hast Feierabend. Es ist Zeit für einen Drink ... es sei denn, du willst das Bier nicht."

Das tat sie. Sie war sich nur nicht sicher, ob es so klug war, neben diesem ... Dom zu sitzen. Zumal ihre Hormone, wie üblich, nach einem Abend in diesem Club, total verrückt spielten.

Als sie wegsah, wurde ihr klar, dass sich dieser Sitzbereich in unmittelbarer Nähe zu dem Rasen befand – und damit der größten Mattenfläche. Sie riss die Augen auf. Eine Frau nahm es mit drei Männern auf – einem in jedem Loch – und schien es zu lieben.

Holt legte einen Arm um Josie und folgte ihrem Blick. „Ah. Die Matte in der Mitte ist für Orgien."

Sie nahm einen kräftigen Schluck von dem kalten Bier. „Stehst d-du da auch drauf?"

Er schien sich nicht besonders für das Stöhnen und die nackten, windenden Körper zu interessieren. „Mir muss es an einer guten Vorstellungskraft fehlen, da ich alles selbst testen musste. Was bedeutet, dass ich anfänglich verschiedene Dinge ausprobiert habe." Mit einem Lächeln strich er mit seinen Fingerknöcheln über ihre Wange.

Sie runzelte die Stirn. „Haben dir Orgien gefallen?"

„Ja und nein. Sex ist selten schlecht – besonders für einen Mann. Mit mehr als einem Mann ist es einfacher, eine Frau glücklich zu machen. Davon abgesehen ... ich bin besitzergreifend und möchte nicht, dass jemand berührt, was mir gehört."

„Aber ..." Josie erinnerte sich gut daran, wie er sie dazu gebracht hatte, sich für ihn auszuziehen.

„Oh, sie können hinsehen. Ich genieße es, deine Schönheit zu teilen." Sein warmer Blick lockte die Hitze in ihren Wangen hervor. „Berühren ist allerdings nicht erlaubt."

Wie schaffte er es, dass sie sich bei seinen Worten so dämlich verlegen fühlte? Als sie wegschaute, erkannte sie, dass Master Raoul zuhörte – und er wirkte amüsiert.

„Josie." Holt drehte ihren Kopf wieder zu sich, sodass sie nur ihn sah.

Wie er sie handhabe und die Tatsache, dass er nicht fragte, ließ sie dahinschmelzen. „Ja?"

„Möchtest du den nächsten Schritt machen und Dominanz und Unterwerfung für einen ganzen Abend erkunden?"

Ihr nächster Atemzug blieb in ihrer Kehle stecken. „Mit dir?"

„Ja, Sub", murmelte er. „Nur mit mir."

Mit seinen Fingern immer noch unter ihrem Kinn fuhr er mit seinem Daumen über ihre Lippen. „Ich werde dich an deine Grenzen bringen ... ein bisschen ... aber bei mir bist du immer sicher, Baby."

Das wusste sie. Na ja, jedenfalls wäre sie physisch sicher. Emotional war eine andere Sache. Das merkwürdige flatternde Gefühl, das sie jedes Mal empfand, wenn sie in seine Augen schaute, ließ sie *Ja* sagen. Ihre Zunge benetzte ihre trockenen

Lippen, kam in Kontakt mit seinem Daumen und in seinen Augen erwachte ein Feuer.

Ein Schauer tanzte über ihre Nervenenden, denn ... er wollte sie. Und sie wollte ihn. An diesem Ort und in dieser Nacht würden sie Sex haben. „Ja", flüsterte sie, womit sie ihren gesunden Menschenverstand aus dem Fenster warf. *Ja zu allem.*

„Okay." Er lehnte sich vor und küsste sie langsam und sanft.

Als er sie losließ, blinzelte sie leicht benommen.

Die anderen beiden schauten zu. Und, hmm, Master Raouls Sub saß zu seinen Füßen, während Josie auf dem Sofa saß. Holt hatte Josie letzte Woche knien lassen. „Sollte ich mich hinknien?"

Holt musterte sie nachdenklich. „Willst du dich hinknien?"

„Was? Was ist das für eine Frage? Niemand will auf den Knien sein."

„Das ist eine interessante Annahme." Er zog sie näher zu sich. „Ich bin mir nicht sicher, ob du wirklich alle auf dieser Welt gefragt hast. Master Raoul, das ist Josie, unsere Barkeeperin."

Interessant. Holts intuitives Verhalten deutete an, dass er wusste, dass ein Mann einer Frau vorgestellt werden sollte. Nur war das bereits passiert. Im Shadowlands rangierte ein Master höher als ... jeder andere – männlich oder weiblich? Josie war unsicher, was sie nun tun sollte, und so zögerte sie.

„Ich freue mich, dich kennenzulernen, Josie", sagte Master Raoul mit einem spanischen Akzent. Er legte seine Hand auf die Schulter der knienden Frau. „Das ist meine Kim."

Heilige Scheiße, das klang verdammt besitzergreifend. Und erniedrigend. Doch die Freude und der Stolz in Raouls Stimme waren herzerwärmend. Kim lehnte sich an seine Beine und rieb die Wange an seinem Unterarm, bevor sie Josie anlächelte.

„Mit den Förmlichkeiten aus dem Weg", sagte Holt, „gewährst du mir die Erlaubnis, mit deiner Sklavin zu sprechen, Raoul?"

„Genehmigt."

Josie erstarrte. Sklavin? Diese wunderschöne Frau? Das war ein Begriff, mit dem Josie so ihre Schwierigkeiten hatte.

Holt lehnte sich vor. „Kim, wie fühlst du dich, wenn du vor deinem Master kniest? Insbesondere, wenn alle anderen sitzen?"

Kim richtete sich auf und schob eine Fülle langer schwarzer Haare über ihre rechte Schulter. Lächelnd sprach sie mit Josie in einem herzallerliebsten Südstaatenakzent. „Am Anfang hat es mich gestört, besonders wenn ich die einzige Sklavin in der Gruppe war. Aber dann wurde mir klar, dass nicht jeder die Persönlichkeit eines Masters hat. Es ist schließlich eine Menge Arbeit. Und somit ist auch nicht jeder dazu geeignet, ein Sklave zu sein und so viel Kontrolle aufzugeben. Ein Master oder ein Sklave zu sein, ist keine gute oder schlechte Sache, genauso wenig wie es gut oder schlecht ist, introvertiert oder extrovertiert oder ein Athlet oder ein Musiker zu sein."

„Du willst sagen, dass du nicht dazu gedrängt wurdest, eine Sklavin zu sein", sagte Holt.

„Eher das Gegenteil. Master R hat mich zunächst davon abgehalten, die Rolle einer Sklavin einzunehmen. Ich habe das für mich selbst gewählt, weil es mich glücklich macht."

Josie musterte die ... Sklavin. Sie sah ganz sicher nicht niedergeschlagen oder unglücklich aus. Sie strahlte regelrecht vor Zufriedenheit. „Ich denke, es wird eine Weile dauern, bis ich es wirklich verstehe."

„Das war bei mir nicht anders." Kim grinste. „Du hast nach dem Hinknien gefragt. Für mich ist es besänftigend. Es gibt keinen sichereren Ort im Universum als zu den Füßen meines Masters, und Sicherheit schätze ich sehr."

Nun, das war direkt ausgedrückt. Josie sah zu Holt. „Ich bin mir nicht sicher, was ich denken soll."

„Das sehe ich. Aber Denken ist auch nicht von Nöten." Er fuhr mit den Fingern durch ihr Haar und wies mit dem Kinn zum Gras. „Knie vor mir nieder, Sub."

Es war keine Bitte.

Sie rutschte vom Sofa ins Gras und nahm die Haltung von letzter Woche ein.

„Sehr hübsch. Du hast ein gutes Gedächtnis, Süße." Holts tiefe, anerkennende Stimme in ihrem Ohr entlockte ihr einen Lustschauer. „Das ist genau das, was ich will, wenn ich sage: *hinknien*. Wenn ich sage: *Mach es dir bequem*, kannst du dich entspannen und deine Hände auf deinem Schoß ruhen lassen und dein Gewicht verlagern. Also ... mach es dir bequem, denn du wirst für eine Weile dort sitzen bleiben."

Regeln. Doch genau zu wissen, was zu tun war, war seltsam besänftigend. Nachdem sie ihre Hände auf ihrem Schoß zusammengebracht und sich entspannt hatte, zog er sie zwischen seine Knie und lehnte sich vor, um seine Hände auf ihre Schultern zu legen. „Raoul, gehst du morgen zu Anne?"

Während die beiden Master sprachen, entspannte sich Josie. Das Gras fühlte sich an ihren nackten Beinen kühl an. Eine leichte Brise wehte durch ihr Haar und trug die Geräusche von Gesprächen, von Sex und entfernten Sessions zu ihr. Die warme, solide Kraft in Holts Händen auf ihren Schultern war ein Trost.

„Josie." Holts Stimme brach in ihren ruhigen Moment. „Bring uns bitte ein Tablett mit Gemüse und Dip."

„Natürlich." Als Josie sah, wie Kim grinste und mit den Lippen ein Wort formte, fügte sie hastig hinzu: „Sir. Natürlich, Sir."

Holt lehnte sich vor und rieb seine stoppelige Wange gegen ihre. Sein rauchiges Glucksen hallte durch jede einzelne Zelle in ihrem Körper. „Noch rechtzeitig gerettet, Sub." Mit Leichtigkeit packte er sie an der Taille und hob sie auf die Füße. „Und los."

Während sie zu dem Bereich mit den Snacks ging, wurde Kim geschickt, um Getränke zu holen.

Sie stellte ein Tablett mit Gemüse zusammen, drehte sich um und stieß gegen einen Mann, der ihr viel zu nah stand. „Entschuldige bitte", sagte sie höflich.

„Es ist die hübsche Barkeeperin." Der Mann war in eine schwarze Vinylhose und ein enges Shirt gekleidet, was bedeutete, dass er wahrscheinlich ein Dom war. „Sie sind fast fertig mit der

Orgie auf den Matten. Wie wäre es, wenn du dich uns für eine Runde anschließt?"

Sie hätte fast „eklig!" gesagt, änderte ihre Antwort aber zu: „Nein, danke."

Als sie versuchte, um ihn herum zu gehen, stellte er sich ihr jedoch in den Weg und fuhr mit der Hand über ihren Arm. „Komm schon, du weißt, dass du es willst. Jede Frau tut das."

Panik kroch in ihr hoch. Das Tablett nach ihm zu werfen, könnte zu einer Schlägerei führen. Höflich zu sein, hatte jedoch nicht funktioniert. Was könnte sie –

„Josie, bitte kehre in unseren Sitzbereich zurück, stelle das Tablett auf den Tisch und nimm deine Position wieder ein."

Die Erleichterung traf sie wie ein Rausch, als sie in Holts hartes Gesicht blickte. Er war nicht verärgert, und sagte ihr einfach, was er von ihr wollte. „Ja, Sir."

„Sehr gut." Er drückte ihre Schulter und trat zur Seite, damit sie vorbeikam. Als sie sich dem Sitzbereich und Master Raoul näherte, hörte sie Holt sagen: „Sie hat dir ein klares, höfliches Nein gegeben, und du hast entschieden, dies zu ignorieren. Du hast auch nicht auf ihre Körpersprache geachtet. Als Dom ist es deine Aufgabe, sowohl zu hören als auch zu sehen, was eine Sub – oder irgendeine Frau – sagt."

Nachdem sie ihr Tablett auf den Tisch gestellt hatte, kniete Josie nieder.

Master Raoul nahm ein Stück Brokkoli und musterte sie mit dunklen Augen. „Du siehst besorgt aus, *Chiquita*."

Nach einem flüchtigen Blick zu Holt entspannte sich Josie. Während Holt sprach, senkte der Idiot das Kinn auf seine Brust und seine Schultern sackten nach unten. „Ich hatte Angst, dass sie kämpfen könnten. Es scheint jedoch, als hätte Holt alles im Griff."

Raoul sah zu den beiden Männern und lächelte leicht. „Unser Holt ist ein Master der Diplomatie. Er hat die Fähigkeit, fast jede

Situation zu kontrollieren, Menschen zu beruhigen, Ängste zu besänftigen und einem Problem Vernunft zu verleihen."

Kim kam mit Getränken an den Tisch und lachte, als sie den Rest des Satzes ihres Masters hörte.

„Ja, *Sumisita?*"

„Er versucht es immer zuerst mit Diplomatie, aber er hat seine Grenzen. Erinnerst du dich an den schwulen Top, der das Safeword des Bottoms ignoriert hat?"

„Was ist passiert?", fragte Josie.

„Holt war an dem Abend der Kerkeraufseher. Er stoppte die Session und befreite den Bottom, während er dem Top eine Predigt darüber hielt, jedes einzelne Anzeichen ignoriert zu haben." Kim grinste. „Master Holt liebt Lektionen."

„Aber der Top hat nicht zugehört?"

„Oh, es war ein Chaos. Der Top schrie um sich. Der Bottom brach weinend zusammen und der Top schlug daraufhin erneut mit dem Rohrstock zu. Holt ... nun ja, man konnte sehen, wie er den Kiefer anspannte, und eine Sekunde später schubste er den Top gegen die Wand. Mit dem Gesicht voran. Hat dem Kerl die Nase gebrochen. Blut überall. Nachdem er es wieder auf die Füße geschafft hatte, war sein Bottom weg."

Josie grinste und erinnerte sich, wie Holt diesen einen Räuber hochgehoben und auf die Motorhaube geworfen hatte.

„Es war nett, anzusehen", sagte Raoul.

Kim kicherte. „Master Holt hat nicht einmal seine Stimme erhoben. Kein einziges Mal."

Master Raoul öffnete Kim eine Limonade, reichte sie ihr und lächelte, als Holt auf den Zweisitzer hinter Josie fiel. „Kann ich davon ausgehen, dass der Dom das nächste Mal ein *Nein* akzeptiert?"

„Ich denke schon." Holt wies auf die Orgie in der Mitte des Rasens. „Scheint, als schaltet zu viel davon die höheren Gehirnfunktionen aus."

Josie runzelte die Stirn. „Und das macht es okay, was er gesagt hat?"

„Nein, tut es nicht." Holt zog die Augenbrauen zusammen. „Nicht mehr, als es erlaubt ist, in einen McDonalds einzubrechen, weil man hungrig ist und einen Big Mac riecht. Und das habe ich ihm auch gesagt, als er versuchte, mit Ausreden zu kommen."

„Oh." Josie lachte. Der Dom war Mitte zwanzig gewesen. „Das ist eine gute Analogie. In dem Alter liebt er sicher Fast Food."

„Das dachte ich mir auch." Holt lächelte und zog sie zwischen seine Knie. „Dann sagte ich ihm, wenn er meine Sub erneut anfasst, würde ich ihn so hart schlagen, dass er in der nächsten Woche landet."

In den nächsten Stunden genoss Holt es, der kleinen Barkeeperin zu lehren, was er von einer Sub erwartete. Er hielt sich nicht strikt ans *High Protocol*, also waren die Regeln nicht allzu schwierig. Auf Partys machte es ihm nichts aus, wenn sich seine Sub umschaute. Er wollte, dass sie sich in der knienden Position wohlfühlte. Aber reden? Nicht ohne Erlaubnis, was sich Josie bereits bei Kim abgeschaut hatte. Essen — auch das nicht ohne Erlaubnis.

Zu seinem eigenen Vergnügen fütterte er sie von Hand und machte sich mentale Notizen darüber, welche Lebensmittel sie eifrig zu sich nahm und welche mit einer leichten Grimasse begrüßt wurden. Als er sie bat, einen Dessertteller zusammenzustellen, merkte er sich, mit was sie diesen belud und hoffte, dass sie klug genug war, nur Artikel auszuwählen, die sie mochte.

Es war eine Freude, eine kluge Sub zu haben.

Nachdem die Drinks alle waren, entschied er, dass es Zeit für einen Spaziergang war. Gemeinsam gingen sie zu Z, um ihm mitzuteilen, welchen Weg er in die Gärten einschlagen würde. Es waren immer Kerkeraufseher unterwegs; trotzdem versuchte jeder Master, die abgelegenen Ecken im Auge zu behalten.

Als sie über die grasbewachsenen Wege gingen, hielt Holt bei jeder Session inne, um die Sicherheit der Teilnehmer zu gewährleisten – und Josie einen guten Blick zu ermöglichen. Ihre Reaktion auf eine Suspension-Session zeigte ihm, dass sie für dieses Maß an Fesselspielchen nicht bereit war. Irgendwann vielleicht. Fesseln – er wusste, dass sie diese mochte. Ihr Interesse an Ballknebeln hatte er nicht erwartet. Interessant.

Die Art und Weise, wie sie sich an ihn klammerte, nachdem sie gesehen hatte, wie Edward eine Bullenpeitsche auf einer breiten Lichtung handhabe, war entzückend gewesen.

Ein Spanking auf ihren nackten Arsch würde er definitiv in naher Zukunft testen wollen.

Während ihrer Session letzte Woche hatte sie es genossen, ausgepeitscht zu werden; weniger geschätzt jedoch hatte sie den Rohrstock. So wie ihr Puls beim Anblick eines Paares anstieg, könnte er auch leichtes Brust- und Pussy-Spanking versuchen.

Starke Schmerzen, Blut-Play, Fisting, Schläge ins Gesicht – er wusste jetzt, dass er dies vermeiden musste. Kein Problem, da er diese Dinge selbst auch nicht besonders genoss.

Als sie zurückkamen, gab er ihr eine Toilettenpause und holte zwei Flaschen Wasser.

„Holt, komm zu uns."

Er drehte sich um und entdeckte Nolan in einem Sitzbereich nicht weit von ihm. Schwarzes glattes Haar zurückgebunden, schwarze Augen, furchteinflößendes Gesicht. Der Bauunternehmer saß auf einem Terrassenstuhl, mit seiner entzückenden rothaarigen Frau zu seinen Füßen. Gegenüber hatten es sich Max und Alastair auf einer Decke bequem gemacht und lehnten an einem Haufen Kissen, während Uzuri zwischen ihren beiden Männern kniete.

„Hey, Leute." Holt beäugte eine Decke mit Kissen. Nein,

heute nicht. Er wählte einen Liegestuhl und zog die Lehne in einen 45 Grad Winkel.

Als Josie aus dem Badezimmer zurückkehrte, wollte sie sich neben Holts Stuhl knien ... und zögerte. Ein Teil von ihr wollte ihm so nah wie möglich sein. Der andere Teil wollte auf Abstand gehen.

Diese Tour durch die Gärten war überwältigend und viel zu erregend gewesen. Danach war ihre Haut so empfindlich, dass Holts Körper ihren nur streifen musste, um Funken zu erzeugen. Mit jedem weiteren Atemzug wollte sie seine Hände mehr auf sich spüren. Und dieses Gefühl machte ihr verdammt große Angst.

Also kniete sie sich hin ... außerhalb seiner Reichweite.

Seine rechte Augenbraue kletterte nach oben und er schweifte mit einem bewertenden Blick über ihre Form. Dann formte sich ein Grinsen auf seinen Lippen. „Zu weit entfernt. Setz dich zwischen meine Beine, Sub."

„Aber ..." Sie sah sich in der Gruppe um. Keine andere Sub saß auf einem Möbelstück.

„Es ist mir egal, was andere Leute tun." Ein Lächeln ließ seine Gesichtszüge sanfter erscheinen. „Wenn wir in der Session sind – wie jetzt –, ist die einzige Meinung, um die du dir Sorgen machen musst, die meine. Du musst nicht denken oder planen, folge einfach meinen Anweisungen. Verstanden?"

Tu nichts, außer Befehlen zu folgen. Der Kontrollverlust war in gewisser Weise ein Trost. Es half, zu wissen, dass er Sanitäter und Krankenpfleger war. Er würde sie nicht bitten, etwas Gefährliches oder Illegales zu tun.

„Ja, Sir." Sie stand auf.

„Bevor du dich hinsetzt, ziehe die Unterwäsche aus."

„Was?"

„Pass auf, was du sagst, Sub, und das ist deine letzte

Warnung." Sein ruhiger, gelassener Blick gab ihr das Gefühl, als steckte sie in einem Aufzug, der abrupt nach unten fuhr. „Du hast mich schon verstanden. Unterwäsche aus."

Okay, sein Befehl war nicht gefährlich oder illegal. Nur ... *verdammt*. Sie wusste bereits, dass er sie nicht auf die Toilette gehen lassen würde, um ihren Slip auszuziehen. Ein flüchtiger Blick zeigte, dass die anderen zusahen. Nicht nur die Doms, sondern auch Zuri und Beth.

Sie biss sich auf die Unterlippe. Sicherlich wäre das nicht unangenehmer als letzte Woche, als sie sich komplett nackt ausziehen musste.

Nur war es das sehr wohl. „Ja, Sir."

Mit kalten Fingern griff sie unter den Rock ihres Kleides, der bis zur Mitte ihrer Schenkel fiel, und hob ihn weit genug hoch, um ihren Slip zu erreichen und ihn herunterzuziehen.

Ohne ein Wort beschlagnahmte Holt das Höschen und steckte es in die Innentasche seiner schwarzen Lederweste.

„Vielen Dank. Und jetzt setz dich." Er klopfte auf den Platz zwischen seinen angewinkelten Knien.

Nachdem sie ihren Hintern zwischen seine Beine gepflanzt hatte, zog er sie mit dem Rücken an seine Brust. Mit einem Seufzer entspannte sie sich und zupfte ihren Rock nach unten. Okay, das war gar nicht so schlimm.

Holt griff nach einer Decke gleich neben ihm auf einem Stuhl und legte sie über ihren Schoß.

Über ihre Schulter warf sie ihm einen fragenden Blick zu.

„Ich dachte, du würdest es vorziehen, den Leuten nicht zu zeigen, was du hast, wenn ich gleich loslege." Er griff nach unten, legte seine Hände unter ihre Oberschenkel und hob ihre Knie. Er ignorierte ihren Versuch, Widerstand zu leisten, und spreizte ihre Beine, bis sie mit seinen Beinen in Kontakt kamen. Gott sei Dank hatte er eine Decke über sie gelegt.

„Lass uns jetzt ein bisschen Bondage erkunden." Ihr rechter Unterarm lag auf der Armlehne, und er zog einen kurzen gepolsterten Riemen über ihr Handgelenk und befestigte ihn an der Unterseite des Stuhlarms.

Ihre Kinnlade klappte herunter. Der ... der Idiot hatte ihr Handgelenk an der Armlehne gefesselt. Sie zerrte an ihrem Handgelenk und erkannte, dass sie sich befreien könnte, wenn sie das wirklich, wirklich im Sinn hatte.

Und selbst als sie das dachte, befestigte er ihr linkes Handgelenk an der anderen Armlehne.

„Wie hast du das so schnell gemacht?" Schnallen sollten länger dauern.

„Klettverschluss ist eine erstaunliche Erfindung."

Etwas glitt über ihre Brüste und ... sie keuchte, als sie erkannte, dass er ihr Neckholder-Top geöffnet hatte. Sie hatte einen Knoten reingemacht, *verdammt*.

Sie wollte nach dem Oberteil greifen, doch ihre Arme waren gefesselt. Sie drehte den Kopf und knurrte: „Was machst du denn?"

„Ich bin so nett und erlaube meinen Dom-Kollegen, den Anblick der Brüste meiner Sub zu genießen. Es sind sehr hübsche Brüste."

„Du ... Du –"

Die Belustigung in seinen Augen kühlte ab. „Deine Ausdrucksweise wird immer respektloser, kleine Sub." Er schaute an ihr vorbei. „Nolan, hast du irgendwelche zusätzlichen Lederbänder? Zwei, wenn möglich?"

„Natürlich." Nolans Tasche lag zu seinen Füßen. Er wühlte darin herum und warf etwas zu Holt.

Holt fing die Lederbänder auf. Er bewegte sich leicht zur Seite, sodass sie sein Gesicht sehen konnte, ohne ihren Hals strecken zu müssen. „Also, Sub, du bist jetzt lange genug im Shadowlands, um zu wissen, dass der Körper einer Sub ihrem Dom gehört – auch wenn es nur für den Verlauf eines Abends ist."

Sie nickte trotz des flauen Gefühls in ihrem Magen. „Aber ... aber ich ..."

„Du warst letztes Wochenende völlig nackt, oder nicht?"

Hitze stieg in ihre Wangen. Das war etwas *anderes* gewesen. Hier saß sie in einer Gruppe von Freunden und es wurde von ihr erwartet, dass sie am Gespräch teilnahm. Das war einfach nicht richtig.

Seine Augen hielten ihre. „Dies, Josie, ist das Herzstück der Unterwerfung – gehorchen, auch wenn du es nicht willst. Mund aufmachen."

Sie wusste, dass ihr giftiger Blick wirkungslos war, als sie die Belustigung in seinen Augen sah. Ihr Trotz fand keine Reibungspunkte, da er einfach wartete, denn er *wusste*, dass sie nachgeben würde.

Ihr Mund öffnete sich.

Er schob den dicken Lederstrang zwischen ihre Zähne und knotete ihn an ihrem Hinterkopf fest. „Da du nicht sprechen und demnach kein Safeword benutzen kannst, möchte ich, dass du dreimal hintereinander rufst oder schreist." Er hielt ihren Blick mit seinem, bis sie nickte.

Oh Gott. Sie konnte Beths mitleidigen Blick sehen, die Belustigung in Nolans schwarzen Augen, Uzuris ...

Das andere Lederband erschien vor ihr, und sie schloss widerwillig die Augen. Das Leder drückte sich an ihre Lider ... und er knotete es wie den Knebel hinter ihrem Kopf fest. Er hatte ihr die Augen verbunden.

Sie wollte „Mach es weg" sagen, aber es kam nur ein „Aaa-iii-ooo!" über ihre Lippen. Als sie versuchte, aufzustehen, zog Holt sie wieder an seine Brust. Mit seiner Hand auf ihrer rechten Brust – ihrer sehr nackten Brust – verankerte er sie an Ort und Stelle.

„Mmmpf!"

„Ich weiß." Sein Flüstern war tief und sanft, sein Atem wärmte ihr Ohr. „Die Kontrolle abzugeben, ist nicht einfach, aber, Süße, du hast keine andere Wahl."

Seine Hand streichelte sanft ihre Brust und die Hitze kribbelte trotz ihrer Bestürzung über ihre Haut. Sie konnte nicht einmal sehen, wer zusah.

Sie packte die Armlehnen so fest, dass ihre Hände schmerzten.

„Entspann dich." Er rieb seine Wange an ihrer. „Du wirst mir geben, was ich von dir verlange, denn das ist es, was eine Sub für ihren Dom tut."

Sie könnte ihr Safeword benutzen. Sie wusste, dass sie ihr Safeword hatte.

Wie konnte sie das nur total hassen und gleichzeitig ... wollen? Warum übergab sie ihm die Kontrolle über ihren eigenen Körper? Und warum wollte sie ihm mehr geben? Warum machte es ihr Angst und brachte ihr doch so viel Freude?

„So ein gutes Mädchen", flüsterte er. Seine Finger zupften sanft an ihren Nippeln und der Druck war stark genug, um einen erregenden Schmerz durch sie zu schicken. Er hob seine Stimme: „Geht morgen jemand zu Anne zum Grillen?"

„Ich kann nicht", sagte Max. „Ich bin im Dienst, Alastair ist auf Abruf, und Zuri wird nicht ohne uns gehen." Max gluckste. „Sie hat in diesen Tagen kein Vertrauen zu Annes Temperament."

Josie konnte nicht glauben, dass Holt sie berührte, während er an dem Gespräch teilnahm. Unter seiner rücksichtslosen Berührung schwollen ihre Brüste an und ihre Erregung wuchs.

„Ben weiß genau, was er am Grill tut", sagte Nolan.

Holts rechte Hand streichelte unter der Decke ihren Bauch. Langsam zog er ihren Rock hoch und seine Finger glitten durch die feuchte Spalte ihrer Pussy. Seine Wange rieb gegen ihre. „Du bist feucht, Josie." Und er bewies dies, indem er die Nässe über ihre pochende Klitoris verteilte.

Sie hätte fast – *fast* – die Kontrolle verloren und gestöhnt. Schauten sie sie alle an?

Ein Zwicken in ihre Brust entgleiste ihre Gedanken, und der Schmerz zuckte wie ein Stromschlag zu ihrer Pussy. Er bewegte sich leicht, streckte den Arm und glitt mit einem Finger durch ihre Spalte, bis er ihre Öffnung fand und in sie drang.

Sie atmete scharf ein.

Langsam glitt er heraus, umkreiste ihre Klitoris und stieß wieder in sie. Härter.

Ihre Hüfte wackelte leicht.

Seine Stimme war leise, als er warnte: „Nicht bewegen, Josie, sonst werden alle wissen, wo meine Hand ist."

Sie erstarrte. Es war schlimm genug, dass sie sehen konnten, wie er ihre nackten Brüste streichelte.

„Wenn du Laute von dir gibst oder dich bewegst, sagst du mir damit, dass du teilen willst, was wir hier tun, was bedeutet, dass ich die Decke entfernen werde."

Ihr blieb die Luft im Hals stecken. *Nein, nein, nein.*

Seine Finger an ihrer Pussy hörten nie auf, setzten bei jedem Wort mit der langsamen und rücksichtslosen Stimulation fort. Sie glitten in sie hinein und aus ihr heraus, formten Kreise um ihre schmerzende, schwellende Klitoris, während seine andere Hand mit ihren Brüsten spielte.

Und er unterhielt sich weiter mit den anderen Doms. Der ... der *Bastard.*

Das leise Gespräch im Hintergrund verschwand unter dem Pochen ihres Pulses. Schweiß formte sich auf ihrer Haut, als ihre Erregung stieg. Sie war einem Orgasmus so nah, so nah ...

Er flüsterte ihr ins Ohr: „Ich denke, du kannst noch eine Weile warten", und sprach dann wieder mit den anderen Doms. Sein Finger verlangsamte sich, nahm etwas Druck heraus. Jede Berührung an ihrer Klitoris brachte sie näher. Er glitt in sie, wieder raus, berührte sie unentwegt.

„Hey, Z, ich habe gehört, dass Ghost ein Dom in Seattle war", rief Max.

„Das war er", sagte Z mit seiner tiefen Stimme.

Bei der Überraschung, Z zu hören, zuckte sie nach vorn, sodass sie gegen Holts Finger gepresst wurde und sie war zu nah dran, und ... Eine immense Flutwelle des Vergnügens schwappte über sie hinweg, Welle um Welle exquisiter Empfindungen strömte durch ihre Adern. *Nicht bewegen, nicht bewegen.* Doch genau das war es, was das Vergnügen intensiver machte, und es hörte nicht auf, bis sogar ihre Finger und Zehen kribbelten.

Als die Wellen langsam zurückwichen und sich ihre Atmung wieder beruhigte, hörte sie, wie die Männer über den Wachmann sprachen, der sich als Dom herausgestellt hatte. Und als Sadist.

Und dann hörte sie Z leise sagen: „Danke, dass du das mit uns geteilt hast, Holt. Sie ist bezaubernd, wenn sie kommt."

„Ja, oder?" Holt stimmte sofort zu. „Wirst du sie heute Abend noch an der Bar brauchen?"

Master Z gluckste. „Ich gestatte dir, sie zu behalten."

Trotz der süßen Trägheit ihres Körpers spürte Josie, wie sich die Hitze der Verlegenheit wie eine zusätzliche Decke auf sie legte. Hatte Z wirklich zu Holt gesagt, er solle sie behalten?

Sie zappelte etwas ... und hörte Master Holts Stimme in ihrem Ohr: „Oh, nein, kleine Barkeeperin. Halt still."

Die strenge Zuweisung raubte ihren Muskeln die Kraft, und sie erschlaffte. Zwischen ihren angewinkelten Knien lag seine Handfläche auf ihrem Geschlecht, um weiterhin das Pulsieren genießen zu können. Sein anderer Arm hielt sie still, seine warme Handfläche auf ihrer Brust.

„Es gibt gerade nichts für dich zu tun, Sub, und ich halte dich gerne in meinen Armen." Er rieb sein Kinn über ihr Haar und begann wieder mit den anderen zu reden.

Sie entspannte sich und erkannte, dass sie mit ihm im Einklang atmete. Und sie liebte das Gefühl, gehalten zu werden, sich nicht bewegen zu dürfen, keine Entscheidungen treffen zu müssen.

Nach ein paar weiteren Minuten küsste er ihre Wange und entfernte die Augenbinde und den Knebel. „Dies ist unsere letzte Chance, etwas zu trinken. Ich möchte, dass du uns bitte ein Mountain Dew und ein Root Beer holst."

Blinzelnd sah sie sich um. Alle waren noch hier. Sie hatten ... alles gesehen. Hitze stieg wieder in ihre Wangen.

„Josie?", erkundigte sich Holt.

„Gerne."

Als seine eine Augenbraue nach oben wanderte, sagte sie hastig: „Ja, Sir. Gerne hole ich Getränke für uns."

„Das klang sehr nett. Danke, Sub."

Warum beruhigte der anerkennende Ton in seiner Stimme jede Sorge in ihrem Körper?

Er griff unter die Decke und zog ihren Rock herunter, löste die Fesseln um ihre Handgelenke und half ihr, sich aufzusetzen. „Dann mal los mit dir."

Sie wollte ihr Neckholder-Top im Nacken zusammenbinden, sah jedoch, wie er den Kopf schüttelte, sodass sie die Hände schnell wieder senkte. *Verdammt.*

Beth und Zuri warteten, bis sie sich ihnen anschloss.

Oh Gott, sie hatten das alles auch gesehen. Sie wünschte, der Boden würde sie verschlingen. Was mussten sie von ihr denken?

Eine Hand nahm ihre und drückte sie. Zuri grinste sie an. „Entspann dich, Mädchen. Du bist nicht die Erste und wirst sicher auch nicht die Letzte sein, die vor allen kommt."

Beth griff ihre andere Hand. „Du kannst dich glücklich schätzen – du hast eine Decke bekommen. Master Nolan setzte mich nackt auf die Bar – wo jeder zuschauen konnte."

„Als ich hier noch neu war, dachte ich, Master Cullens *Bar-Ornamente* bezögen sich auf die großen Ketten über der Bar. Seitdem habe ich am eigenen Leib lernen müssen, wie es sich anfühlt, ein Bar-Ornament zu sein." Zuri rollte mit den Augen.

Beth brach in Gelächter aus.

Josie runzelte die Stirn. „Was sind Bar-Ornamente?"

„Wir, Freundin. Nackte Subs sind die Bar-Ornamente." Zuri schüttelte den Kopf. „Hast du nicht bemerkt, dass Ketten von den Deckenbalken baumeln?"

Das hatte sie. „Ich nahm an, die Ketten wären schon dort

gewesen, bevor die Bar gebaut wurde. Ihr meint das ernst? Die sind da, um Leute zu fesseln? Auf *meiner* Bar?" Vor Empörung hatte sie den letzten Satz doch etwas laut gesagt.

„Oh ja." Zuri schüttelte den Kopf. „Deshalb lachte Beth. Ich habe meinen Drachen-Doms einen Streich gespielt, und ich wurde nicht nur nackt an die Bar gefesselt, sondern sie ließen mich so oft kommen, bis ich sie anflehte, aufzuhören."

Josie blieb abrupt stehen. „Du machst Witze."

„Oh nein."

Beth warf Josie einen mitleidigen Blick zu. „Es ist ein Schock, wenn ein Master sich das erste Mal von seinen eigenen Zwängen befreit und entscheidet, mit seinem Eigentum tun zu können, was er für richtig hält. Ich muss sagen, Master Holt war bei dir ziemlich behutsam."

Nolan hatte seine hübsche Rothaarige auf die Bar gelegt. Nackt. Als Bar-Ornament. Die Drago-Cousins hatten das Gleiche mit Zuri getan.

Josie schnaubte. „Ich schätze, dass er das wohl war."

KAPITEL DREIZEHN

Mit einem **Mountain** Dew in der Hand runzelte Holt die Stirn, als er Z über den Rasen in die Mitte des Bereiches gehen sah. Was hatte er vor?

Josie lehnte sich im Gras kniend an Holts Liegestuhl und genoss es offensichtlich, dass er mit den weichen, kurzen Strähnen ihrer Haare und mit ihren nackten Brüsten spielte. Nach und nach entspannte sie sich und fühlte sich wohler dabei, seine Hände auf sich zu spüren.

Und war sie vorhin nicht wunderschön gewesen, als sie trotz ihrer Verlegenheit auf seine Berührung reagiert hatte? Sie war so wundervoll gekommen.

Wenn die Zeit reif war, plante er, sie in die Gärten zu bringen und sie richtig zu nehmen.

„Darf ich um eure Aufmerksamkeit bitten ..." Z erhob seine Stimme gerade genug, um Gehör zu finden. Wie eine Welle rollte die Stille von dort, wo er stand, nach außen. Als es ruhig war, fuhr er fort: „Während der Saturnalien führten die Römer einen Rollentausch durch und wechselten die Rollen von Master oder Mistress und ihren Sklaven. Heute Abend, bis ich etwas anderes sage, werden die Doms und Tops den Subs und Bottoms dienen.

Abgesehen von dem Servieren von Essen ist Einvernehmlichkeit immer noch obligatorisch."

Als die Mitglieder Begeisterung – und Beschwerden – verlauten ließen, schlenderte Z einfach davon.

Holt schaute sich um.

Nolan und Alastair runzelten die Stirn.

Max lachte. „Z hat eindeutig die Pferde scheu gemacht."

„Das sollte interessant werden." Holt erhob sich.

Überrascht starrte Josie zu ihm auf. „Aber –"

„Ich schätze, wir sind an der Reihe, uns nützlich zu machen." Max stand auf und hob Uzuri auf die Füße. „Hier, das ist Euer Platz, Mylady." Er setzte sie vorsichtig in das Kissennest, das er zuvor besetzt hatte.

Uzuri spielte mit, fuhr mit den Händen über ihr verführerisches, weißes Kleid und richtete sich königlich auf. „Wo ist mein Zepter? Bekomme ich kein Zepter?"

Glucksend griff Alastair in seine Tasche. Mit einer tiefen Verbeugung reichte er ihr einen übergroßen rosa Dildo. „Euer Zepter, Mylady."

„Erbärmlich", murmelte sie und zwinkerte Josie zu, die immer noch verunsichert dreinblickte. „Mach mit, Josie."

„Aber ..."

Als Nolan aufstand, starrte Beth ihn schockiert an. „Sir? Willst du das mitmachen?"

„Wenn der Lord der Misswirtschaft spricht, gehorchen die Gäste." Nolans Belustigung zeigte sich für eine Sekunde. „Nehmen Sie hier Platz, meine Königin, während ich Euch etwas zu essen bringe."

Lady für einen, Königin für einen anderen. Nun ja, seine Josie sollte rangmäßig über ihnen stehen. Holt streckte seine Hand nach ihr aus. „Erlaubt mir, Euch auf Euren Platz zu helfen, meine Kaiserin."

Als sie den Aufstieg der Hierarchie bemerkte, lachte sie und setzte sich auf den Liegestuhl.

Holt konnte nicht widerstehen, streichelte ihre glatten Beine, während er ihren Rock richtete. Dann hob er ihr Neckholder-Top nach oben, um ihre Brüste zu bedecken. „Erlauben Sie Eurem bescheidenen Diener, Euch und Euren Freunden einen Drink zu bringen?" Da sie neu darin war, das Kommando zu haben, fügte er hinzu: „Bitte machen Sie Eure Anweisungen für Euren etwas dümmlichen Lakaien klar."

Sichtlich überfordert warf sie einen Blick auf die anderen Frauen. „Was hättet ihr gern? Holt will uns allen Drinks holen."

Ah, ihr Akzent kam deutlicher heraus, wenn sie sich unwohl fühlte. Gut zu wissen.

Beth überlegte und bestellte für sich selbst ein Bushmills und ein Corona für Master Nolan.

Uzuri fügte ihre Bestellung hinzu und warf einen Blick zu Alastair. „Hättest du gern –"

„Die Anwesenheit meiner Königin ist die einzige Erfrischung, die ich brauche", sagte der Arzt in einem geschmeidigen Ton.

Sein Cousin Max machte Würgegeräusche.

Uzuri funkelte ihn an. „Solch unziemliche Geräusche." Sie winkte abfällig zu Max. „Du bekommst keine Erfrischung. Geh und hilf Holt bei seiner Aufgabe."

„Ich?" Max sah Alastair finster an. „Sie mag dich lieber. Ich wusste es."

Als Uzuri bestürzt den Mund öffnete, gluckste Holt. Seine süße Freundin hatte ein weiches Herz – und eine große Phobie davor, unhöflich zu sein. Er lehnte sich vor und flüsterte in Uzuris Ohr: „Max nimmt dich auf die Schippe, Kleine. Erteile ihm eine Lektion und verbiete ihm den Mund."

Zuri drückte die Schultern durch. „Max, du darfst den Rest des Abends nicht sprechen. Geh mit Holt. Sofort."

Nach einem Grinsen zu Holt, das Vergeltung versprach, gestikulierte der Dom gegenüber seiner Königin einen Gruß des stillen Gehorsams.

„Meine Kaiserin, was ist Euer Wunsch?", fragte Holt Josie.

Ihre schönen grünen Augen zeigten ihr Unbehagen. Sie war tief in die unterwürfige Denkweise eingetaucht, und jetzt hatte Z sie aus ihrer Komfortzone gerissen. Die nächste Stunde sollte für sie beide interessant werden.

Josie schluckte schwer. „Nun, ich hätte gerne einen Eistee. Und würdest du –" Sie brach ab und spannte den Kiefer an. „Du kannst ein Bier für dich selbst bestellen, wenn du dich beeilst."

„Meine Kaiserin sind äußerst großzügig." Er verbeugte sich und ging mit Max zur Bar.

Max lachte, als er ihm zuflüsterte: „Z hat den Feierlichkeiten wirklich einen Dämpfer verpasst."

Daraufhin schaute sich Holt um und sah, dass sich die meisten Subs unwohl fühlten und unsicher auf ihren Plätzen herumrutschten. Einige grinsten breit und warfen mit Befehlen um sich.

Als Z an der Bar Max' Kommentar hörte, drehte er sich mit einem unbeirrten Lächeln ihnen zu. „Würdest du glauben, dass die Römer das eine Woche lang getan haben? Natürlich waren die Diener nicht freiwillig Sklaven, also boten die Saturnalien ihnen eine willkommene Pause."

Nachdem Holt seine Bestellungen an Andrea weitergegeben hatte, fragte er Z: „Gab es abgesehen von der Ehrung der Tradition noch einen anderen Grund für den Rollentausch?" Zs Spielchen enthielten oft eine versteckte Lektion.

Cullen stellte die Biere auf die Holztheke. „Es zwingt die Menschen, zu sehen, wie sich die andere Seite fühlt."

„Korrekt." Z neigte den Kopf. „Einige Mitglieder werden vielleicht feststellen, dass sie die andere Rolle bevorzugen. Oder beide Rollen. Der Rest, ob dominant oder unterwürfig, wird sich durch den Rollentausch verunsichert fühlen."

Ah. Das war der Grund. „Und sie werden ihren Platz mit neugewordener Wertschätzung wieder einnehmen, weil sie in der Rolle sind, in die sie gehören."

„So ist es."

Vor Jahren, während seiner Ausbildung zum Dom, hatte sich

Holt als Bottom versucht. Es hatte ihm eine einzigartige Perspektive auf das gegeben, was er von einer Sub verlangte. Da er nun seit etwa einem Jahrzehnt Dom war, war es interessant, die Rollen erneut zu wechseln.

Es störte ihn nicht, anderen zu dienen, sonst hätte er sich nicht für einen Beruf im Gesundheitswesen entschieden. Befehle bei der Arbeit anzunehmen, war in Ordnung, so lange er ... zustimmte. In einem sexuellen Kontext? Er mochte es, eine Frau glücklich zu machen, aber das tat er in seinem Tempo und auf seine bevorzugte Weise. Im Bett nahm er überhaupt keine Befehle entgegen.

Nachdem er Getränke verteilt hatte, musterte er seine kleine Sub. Der vielleicht schwierigste Teil dieses Rollentausches war, Josies Unbehagen zu sehen.

Da dies aber eine Lektion war, würde er seinen Teil dazu beitragen. Er kniete nieder. „Meine Kaiserin, möchten Sie, dass ich Euch füttere – oder Euch den Rücken massiere? Oder die Füße? Oder darf ich mein Bier trinken?"

Josie schloss frustriert ihre Augen, als Holt eine Liste mit Optionen präsentierte, von denen sie auswählen konnte. Ehrlich mal, warum war das so schwer? Sie traf die ganze Zeit Entscheidungen für sich. Und auch für Carson, obwohl es einfacher gewesen war, als er noch jünger war.

Aber Entscheidungen für einen anderen Erwachsenen treffen? Zu entscheiden, was eine andere Person tun sollte oder brauchte? Vor allem für eine ... eine Person, mit der sie in einer Art kinky Beziehung war? Sie hasste es.

Heute Abend war so viel schlimmer. Die Fragen, die Holt gestellt hatte, nagten an ihr. Vielleicht sollte sie sich etwas aussuchen, das er nicht angeboten hatte. Vielleicht sollte sie ihm sagen, er solle etwas anderes für sie tun. Leider war ihr Verstand leer, wenn es darum ging, von jemandem einen Dienst zu verlangen.

Zeig, was du draufhast, Kaiserin. Aber ... was würde Holt lieber tun? Sie war sich nicht sicher. Mit Mühe ließ sie ihre Stimme bestimmt und selbstbewusst klingen. „Massiere mir den Rücken."

Wie schaffte er es, alles so einfach aussehen zu lassen, wenn er das Sagen hatte?

Er stellte sich hinter sie und seine Massage war fantastisch, aber sie konnte sich nicht entspannen, weil sie sich immer wieder fragte, ob er sich langweilte oder ihm die Hände wehtaten. Vielleicht sollte sie herrischer sein und ihm eine andere Aufgabe geben. Brauchte er einen Drink? Sollte sie ihm sagen, er solle aufhören und stattdessen sein Bier genießen?

„Das ist verrückt!", platzte es schließlich aus ihr heraus.

Er hob seine Hände und sie drehte sich zu ihm um.

Mit dem Blick auf den Boden gerichtet, kniete er sich neben sie.

Das Gefühl in ihrem Magen wurde nicht besser. Als er nicht sprach, erkannte sie, dass er sich an das strenge *High Protocol* hielt, das einige Master und Sklaven verwendeten.

„Nein", flüsterte sie. „Das gefällt mir nicht. Bitte, ich ..."

„Die Zeit ist um, Leute. Kehrt zu den normalen Rollen zurück", verkündigte Master Z. „Dann möchte ich, dass ihr über die Erfahrung sprecht. Habt ihr etwas Neues dazugelernt?"

Holt stand auf. „Kleine Sub, du sitzt auf meinem Platz."

Berauschende Erleichterung strömte durch ihre Adern. „Ich mag deinen Platz nicht", sagte sie leise, als er sie auf die Beine hob.

„Mmm, das freut mich." Anstatt sie knien zu lassen, legte er einen stahlharten Arm um sie. Mit der Hand auf ihrem Arsch zog er sie gegen seine dicke Erektion. Er packte ein Bündel ihrer Haare, riss rücksichtslos ihren Kopf zurück und presste seinen Mund auf ihren. Sein Kuss war hart. Verheerend. Umwerfend.

Oh ja. Das war es, was sie wollte. Während sie in seinen Armen zusammensackte, formte sich Hitze in ihrem Körper und breitete sich schnell aus.

Er hob den Kopf, lächelte sie an und fuhr mit dem Daumen über ihre nasse Unterlippe. „Bist du bereit, dich wieder hinzuknien?"

Ihr erleichterter Seufzer brachte ihn zum Lachen.

Die anderen hatten bereits die Positionen gewechselt.

Königin Uzuri hatte Max bestraft, indem sie winzige Zöpfe in sein schulterlanges Haar geflochten hatte. Jetzt kniete sie zwischen ihren Doms und löste kichernd ihr Kunstwerk an seinen Haaren.

Beth kniete zwischen Nolans Beinen. Ihre Arme lagen um seine Taille, die Wange an seinen Bauch geschmiegt und sie ... zitterte am ganzen Körper.

Wie fühlte es sich wohl an, Jahre der Unterwürfigkeit umzukehren?

Mit den Augen auf dem Boden kniete sich Josie ins weiche, kühle Gras und ... fing an, zu beben.

Als Holt sie zwischen seine Beine zog, musste er gespürt haben, wie stark das Beben ihren Körper einnahm. Er erstarrte für einen Moment und packte sie schließlich an der Hüfte, um sie auf seinen Schoß zu heben. Er schlang seine Arme um sie und zog sie an seine harte Brust. „Alles gut, Sub, es ist vorbei."

Noch immer bebend vergrub sie ihr Gesicht an seinem Hals und atmete seinen Duft ein. Sein maskuliner Geruch vermischte sich mit dem sauberen Regenduft seines Aftershaves. Oh, sie musste so dringend in den Armen gehalten werden.

Nach ein paar Minuten versuchte sie, sich aufzusetzen.

„Bleib hier", murmelte er und legte einen Arm um ihre Taille. Er rieb besänftigend über ihren Rücken. „Gleich mache ich mich wieder daran, dich zu ärgern. Für den Moment möchte ich, dass du etwas runterkommst."

Seine widerhallende Stimme wärmte sie, beruhigte sie, und mit einem Seufzer schmiegte sie sich enger an ihn.

„Es ist interessant, wie unterschiedlich die Reaktionen unserer Subs ausgefallen sind." Alastairs britischer Akzent kam heute stärker zum Vorschein. „Uzuri hat den Rollentausch zuerst genossen, war aber froh, dass es vorbei war. Beth mochte es überhaupt nicht, die Rollen zu wechseln. Josie fühlte sich sichtlich unwohl."

Josie schloss die Augen und hörte nur halb zu, als die Doms über die Bandbreite der Reaktionen diskutierten – und wie sie sich selbst dabei gefühlt hatten.

Nach ein paar Minuten gingen Nolan und Beth und dann sagten Uzuri und ihre Doms gute Nacht.

Nachdem Josie sich von Uzuri verabschiedet hatte, lehnte sie sich wieder an Holt.

„Besser?" Holt legte eine Hand auf ihre Wange und ließ den Blick über ihr Gesicht schweifen. „Du scheinst wieder etwas gefasster."

„Es tut mir leid, Sir."

Seine Lippen zuckten. „Du warst nicht die Einzige, die Zs Spiel unglücklich gemacht hat."

„Dir zu sagen, was du tun sollst, war schrecklich. Ich war hin- und hergerissen zwischen dem, was ich wollte, und dem, was du vielleicht willst, und ob ich überhaupt weiß, was du willst und brauchst, da ich nicht wollte, dass du unglücklich bist und ..."

Er gluckste. „Du bist eine Sub, die sich daran erfreut, jemand anderen glücklich zu machen. Es gibt einen Grund, warum du gerne Barkeeperin bist, Sub, und warum du so gut in deinem Job bist."

Daran erfreut, jemanden glücklich zu machen. Es war ein bisschen beängstigend, wie gut er sie kannte.

Er fuhr mit den Fingern durch ihr Haar und zupfte an den kurzen Spitzen. „In einem sexuellen Kontext zeigt sich dein Bedürfnis, zu gefallen, noch stärker."

Nichts als die Wahrheit. Sie stieß einen angewiderten Seufzer aus. „Du scheinst keine Probleme damit zu haben, die Führung zu übernehmen."

„Ich mag es, Entscheidungen zu treffen und die Verantwortung zu übernehmen. So funktioniert mein Gehirn. Wie du genieße ich es, Menschen glücklich zu machen. Der Unterschied ist" – er grinste – „dass ich weiß, was das Beste für meine Schützlinge ist."

Hm. Nein, diese Gewissheit hatte sie sicher nicht. Sie runzelte die Stirn. „Warum bist du nicht Arzt geworden?"

„Ich habe es in Erwägung gezogen. Aber ein Arzt bekommt nur etwa fünfzehn Minuten pro Patient. Ein Krankenpfleger verbringt eine ganze Schicht mit seinen Patienten." Er zuckte mit den Schultern. „Und Krankenpfleger auf der Intensivstation haben viel Autonomie. Es passt zu mir."

War es nicht erstaunlich, wie gut er sich selbst kannte?

Eine weitere Frage kam ihr in den Sinn, doch sie hielt sie zurück.

„Frag nur, Josie."

Wie konnte er sie so leicht lesen? Und wenn sie so darüber nachdachte, war das Teil ihrer Frage. „Ähm, können wir laufen und reden?"

„Natürlich." Er erhob sich mit ihr in seinen Armen, stellte sie auf ihre Füße und stützte sie, bis sie ihr Gleichgewicht gefunden hatte.

Sie warf einen Blick zu ihrer Bar und sah Cullen, ein Arm um seine Andrea, von Menschen umgeben und offensichtlich in seinem Element.

Holt folgte ihrem Blick und las ihre Sorgen. „Er will den Job nicht zurück, Josie; er hat nicht mehr die Zeit, die er vor Andrea hatte. Aber ich bin mir sicher, dass er ab und zu hinter die Bar rutschen wird, wenn er das Bedürfnis hat, seine extrovertierte Ader zu befriedigen. Stört dich das?"

Sie schüttelte den Kopf. „Keineswegs. Ich bin es gewohnt, während der Hauptverkehrszeiten mit einem anderen Barkeeper zusammenzuarbeiten."

„Gut. Bevor wir spazieren gehen, muss deine Kleidung angepasst werden." Er löste ihr Neckholder-Top und entblößte ihre Brüste. Mit schwieligen Händen knetete und streichelte er ihre

Brüste. „Habe ich erwähnt, wie sehr ich es genieße, mit deinen Brüsten zu spielen?"

Ihre Nippel wurden hart, und ein brodelnder Strom aus Lust strömte direkt zu ihrer Pussy.

„Ich habe noch eine Kleinigkeit, die du anziehen kannst." Er ging auf ein Knie und zog etwas aus seiner Westentasche. „Hebe deinen linken Fuß an. Jetzt den rechten."

Er zog die Unterwäsche – es war nicht *ihre* – über ihre Beine. Es war kein Tanga – es gab überhaupt keinen Schritt, und dennoch spürte sie etwas an ihrer Klitoris. Seine Finger streichelten sie sanft und sie schnappte nach Luft. „Du bist immer noch feucht. Sehr nett." Mit einem anerkennenden Summen sicherte er Riemen um ihre Oberschenkel und ihre Taille, um das Ding an Ort und Stelle zu halten.

„Was machst du denn?"

Seine Lippen zuckten, sein Blick gelassen. „Was auch immer ich will, Josie."

Er stand auf und streckte ihr die Hand entgegen. „Lass uns ein Stück gehen."

Das Ding auf ihrer Klitoris fühlte sich nicht unangenehm an, einfach nur ... merkwürdig.

Holt führte sie auf einen ruhigen Pfad, der ihr neu war. Die Gärten bestanden aus mehreren spektakulär gestalteten Hektar mit gewundenen Pfaden zwischen hohen Sträuchern und Bäumen. Es gab versteckte Ecken und unerwartete Blumengärten. Hier und da waren Brunnen in verschiedenen Größen zu finden, die der Musik aus dem Herrenhaus das Geräusch von fließendem Wasser hinzufügten.

„Über was wolltest du mit mir sprechen?", fragte Holt.

„Ich bin einfach neugierig. Der Titel eines Masters impliziert, dass du sehr erfahren bist, aber du kannst nicht viel älter sein als ich."

„Einunddreißig, und ja, ich habe ziemlich viel Erfahrung." Er küsste ihre Finger. „Rückblickend weiß ich, dass meine Eltern einen D/s-Lifestyle gelebt haben, also liegt vielleicht die Dominanz in den Genen. Aber das wusste ich nicht, als ich den Lifestyle im College für mich entdeckte. Zu dieser Zeit war BDSM aufregend und anders ... und dann wurde es essenziell."

Essenziell. „Ich, äh, ich weiß, dass einige der Mitglieder nur spielen, wenn sie äh ..." Sie gingen über eine winzige Brücke mit einem gurgelnden Bach darunter.

„... Sex haben. Ja, viele Menschen genießen einen Machtaustausch nur im Schlafzimmer."

Von einer Lichtung kamen unverwechselbare Geräusche – feuchte Geräusche, Haut, die gegen Haut klatschte, das Stöhnen eines Mannes.

Josie fühlte, dass sie noch feuchter wurde. Warum um alles in der Welt hatte sie dieses Gespräch an diesem Ort begonnen? Aber sie konnte nicht aufhören. „Und ... und du? Was willst du?"

„Ich habe beim Sex die Kontrolle." Er ließ ihre Hand los, legte sie auf ihren Nacken und sandte so einen Hitzesturm über ihre Wirbelsäule nach unten. „Auch würde ich es genießen, die Kontrolle außerhalb des Schlafzimmers zu übernehmen, wenn meine Partnerin damit einverstanden ist."

Trotz der Art und Weise, in der ihr Verstand kurzzeitig aussetzte, als er sie berührte, musste sie sich fragen, wie das „außerhalb des Schlafzimmers" funktionierte.

Nachdem er etwas aus seiner Tasche gezogen hatte, lehnte er sich vor und küsste sie genüsslich. Seine Bartstoppeln kratzten sanft über ihre Haut, seine Lippen warm und neugierig.

Etwas kribbelte an ihrer Klitoris und sie sprang. *Was?* Ihr Mund öffnete sich. „Das Ding ist ein Vibrator? Echt jetzt?"

Er warf ihr einen *dieser* Blicke zu und sie erkannte ihren Fehltritt. „Es tut mir leid, Sir. Aber wir gehen spazieren und sind nicht –"

„Keine Sorge, Süße, du wirst den Spaziergang genießen, und wenn wir ein bisschen weiter gehen, werde auch ich den Spaziergang genießen."

Sein Lächeln sprach Bände. Er wollte ... Sex. Mit ihr.

Jedes Hormon in ihrem Körper brach in einen hüftschwingenden Tanz aus und ihre Mitte erwärmte sich. Sie schluckte. „Oh."

Sein tiefes Glucksen sandte mehr Wärme durch sie, und er lehnte sich vor, sein Kuss fordernd und dominant. Mit einer Hand hinter ihrem Rücken hielt er sie fest, als er ihre Brüste streichelte. Ihre Nippel waren bereits empfindlich, und er zwickte und zog an ihnen, fügte so einen exquisiten Schmerz hinzu.

Oh Gott.

Er hielt sie an sich gedrückt, als die Vibrationen zunahmen.

Bei der verstärkten Vibration auf ihr bereits geschwollenes, empfindliches Nervenbündel spannte sie sich am ganzen Körper an. Die Vibrationen waren nicht intensiv genug, um sie über die Kante zu schubsen, aber oh, sie wollte es so sehr.

„Fühlst du das, hm?" Mit einem Lächeln bewegte er seine Hand nach unten und drückte den Vibrator fester gegen ihre Klitoris. Die Empfindung hätte ihr fast ein Stöhnen entlockt.

Sein Blick blieb auf ihrem Gesicht, als er mit dem Daumen über ihre Lippen fuhr. „Weitere Fragen?"

Wie sollte sie nachdenken, wenn er das mit ihr machte? „Hattest du schon ... ähm, D/s-Beziehungen?"

„Meine Frau war eine Sub", sagte er leise und führte sie über den grasbewachsenen Pfad, „ebenso wie die drei langfristigen Beziehungen, die ich seitdem hatte." Er fuhr mit der Hand über ihren Arm. „Sub, du musst mich nicht ansehen, als würdest du durch die Unterwäscheschublade von jemandem wühlen. Das sind Fragen, zu denen du das Recht hast."

Sie schüttelte den Kopf. „Das habe ich nic −"

„Josie."

„Wir sind nicht ..."

Er blieb stehen und drehte sie zu sich. „Du solltest es eigentlich besser wissen. Was wir im Moment haben, ist nicht definiert, aber da ist etwas zwischen uns. Wir müssen nur sehen, um was genau es sich handelt."

Oh. Mein. Gott!

Nein, warte. Sie verabredete sich doch gar nicht. Nie. Sie wollte keine Beziehungen.

Nur ... wollte sie das eigentlich schon. Sie wollte *ihn*.

„Jetzt habe ich eine Frage für dich: Merkst du, was für ein netter Dom ich bin, dass ich dir die Wahl lasse?" Mit dem Arm um ihre Taille ging er um eine Ecke und hob eine Hand zu einem Dom, der eine Weste mit goldenen Akzenten trug. „Jake."

Der Dom sah zu ihr, lächelte und nickte Holt zu. „Wir sehen uns morgen."

„Grüß Rainie von mir." Als der Dom wegging, verließ Holt den Pfad und trat in eine ruhige Nische, die nach nachtblühendem Jasmin duftete. „Ich werde dich jetzt ficken. Du darfst den Ort wählen – hier in den Gärten oder hinten auf dem Rasen, wo wir ein Publikum hätten."

Ihr Herz schlug gegen ihre Rippen und sie schnappte nach Luft. „Das würdest du nicht."

„Oh, doch, das würde ich." Er zog sie auf eine harte Steinbank und stahl sich erneut einen Kuss von ihr. „Wo?"

„Nicht auf dem Rasen", sagte sie hastig. Die Gärten wären doch noch irgendwie ... privat.

Er griff hinter die Bank und zog seine Spielzeugtasche und eine dicke, weiche Decke heraus. „Ich dachte mir schon, dass du dich dafür entscheiden würdest. Ich bat Peggy, meine Tasche hier zu deponieren."

Er musterte ihr Gesicht und wartete darauf, dass sie antwortete.

Was könnte sie schon sagen? Er war absolut selbstbewusst und fühlte sich wohl dabei, sie an ihre Grenzen zu bringen, aber sie wusste, wenn sie das Safeword aussprach, würde er sie sofort zurück ins Haus geleiten.

Die Erkenntnis war berauschend. Sie entließ den Atem, den sie angehalten hatte.

Er lächelte. „Tapferes Mädchen." Sanft zog er sie auf die Füße.

Auf einer Seite der Lichtung befanden sich drei kniehohe Gnome, die leuchtende Laternen hielten. Lichterketten waren über die Büsche drapiert, als hätte jemand Sterne vom Himmel geworfen.

Gegenüber befand sich ein Pfosten in einer erkennbaren T-Form. Die horizontale Seite des Ts zeigte zwei klappbare Bretter mit ausgeschnittenen Kreisen, sodass eine Person an Hals und Handgelenken gefesselt werden konnte. Sie trat einen Schritt zurück. „Das ist ein Pranger", flüsterte sie.

„Als du über deine Nachforschung gesprochen hast, schien in deinen Worten ein gewisses ... Interesse mitzuschwingen." Er warf die Tasche und die Decke auf das weiche Gras neben dem Pfosten. Schließlich hob er das obere Brett hoch und packte ihre Handgelenke. „Hände in die kleinen Öffnungen."

Nachdem sie ihre Handgelenke in die Halbkreise gelegt hatte, fand seine Hand ihren Nacken. Unter dem Druck seiner Hand beugte sie sich vor.

Als ihr Hals den großen, kühlen Halbkreis berührte, schloss er das obere Brett, sodass ihre Arme und ihr Hals nun eingeschränkt waren. Sie spürte, wie er mit einem Finger die gepolsterten Öffnungen abfuhr, um sicherzustellen, dass sie nicht zu eng waren.

Er ging in die Hocke, zog ihren rechten Knöchel nach außen und befestigte ihn mit einem im Gras verankerten Riemen. Er wiederholte den Vorgang auf der linken Seite. „Das sieht sehr nett aus", murmelte er und glitt mit den Händen über ihre weit gespreizten Oberschenkel. Sie spürte, wie er den Rock ihres Kleides hochklappte und ihren Hintern freilegte, und erschauerte, als ein kühles Gefühl auf ihr heißes Fleisch traf.

Indessen summte der Vibrator noch immer an ihrer Klitoris.

Als er mit seinen Fingern nach oben und durch ihre feuchte Spalte glitt, wäre sie fast gekommen. „Mmmm, Gott."

„Und das klang nett." Er gluckste. „Behalte im Hinterkopf, dass deine bezaubernden Geräusche Beobachter anlocken könnten. Mich stört das nicht, aber ich dachte, du solltest es wissen."

Leute, die sie beobachteten? „Nein." Sie versuchte, sich aufzurichten, doch der Pranger hielt sie gnadenlos an Ort und Stelle.

„Dann solltest du vielleicht so leise sein wie möglich." Er stand hinter ihr und fuhr mit den Händen über ihren Rücken und schließlich zu ihren schwingenden Brüsten. Hitze explodierte in ihrer Mitte, als er ihre Nippel zwickte und sie zwischen Daumen und Zeigefinger rollte. Bei jedem Zwicken übte er mehr Druck aus, bis es sich anfühlte, als würden sich Zähne an ihr zu schaffen machen. „Holt!"

Er schlug ihr auf den Hintern und sie zuckte bei dem zwiebelnden Gefühl zusammen. „Inzwischen solltest du wissen, wie man im Shadowlands einen Dom anspricht."

Das tat sie. Ihre Wangen erröteten. „Es tut mir leid, Sir."

Sie versuchte, ihre Brust zu sehen, aber das Prangerbrett versperrte ihr die Sicht. Nur wusste sie, dass er eine Nippelklemme an ihrer Brust befestigt hatte. *Oh, guter Gott.* Er benutzte dieses Zeug wirklich an ihr. Ein erregender Schauer schüttelte sie durch, bis er auch eine Klemme an ihrem anderen Nippel anlegte. Diesmal war die Empfindung noch schmerzhafter, und sie wimmerte.

„Atme, Josie. Einatmen, den Schmerz ausatmen, einatmen, akzeptieren."

Als sie den Anweisungen folgte, verebbte der beißende Schmerz zu einem heftigen Pochen, das ihre Haut noch empfindlicher machte. Die leichte Brise wehte kühl über ihre erhitzte Haut. Das Gras kitzelte ihre Füße. Die Schwielen an Holts Handflächen kratzten neugierig über ihre Taille.

Und die Vibrationen an ihrer Klitoris wurden sanfter.

. . .

Holt schob die Fernbedienung wieder in seine Tasche und trat zurück, um den Anblick zu genießen. Josies Atmung war schnell, und ihr herzförmiger Arsch wackelte entzückend, als sie gegen ihr Verlangen ankämpfte.

Er streichelte mit der Hand über ihre Schulter, um sie über seinen Standort zu informieren, trat vor sie und hockte sich vor ihr hin. „Sieh mich an, Sub."

Selbst im schwachen Licht konnte er sehen, dass ihre Wangen vor Erregung gerötet und ihre Lippen geschwollen waren. Sie hob den Blick und fand seinen. Sie war auf bezaubernde Weise unterwürfig und sah ihn aus hübschen, flehenden Augen an. Sie wollte kommen. Sie *musste* kommen.

Er hatte sie so weit gedrängt, wie es angebracht war, und in der Tat wäre es besser gewesen, wenn die Saturnalien-Party später stattgefunden hätte. So erregt sie beide waren – schon den ganzen Abend –, sollte das eine harte, schnelle Nummer werden. Beim nächsten Mal würde er ihr jedoch die sanftere, süßere Seite von Sex zeigen.

„Josie. Ich werde dich jetzt ficken. Wenn etwas zu viel ist, denk daran, dass *Rot* dein Safeword ist. Benutze es und alles stoppt. Das gilt auch, wenn dich etwas emotional stört, Sub. Ist das klar?"

Er wartete darauf, dass das Verständnis in ihren Augen aufblühte.

„Ja, Sir."

„Gut. Abgesehen davon, dass du gefesselt bist" – er lächelte und fuhr mit dem Finger über eine ihrer geröteten Wangen – „geht es dir gut?"

Sie leckte über ihre Lippen, sodass er sich diese Lippen um seinen Schwanz vorstellte. „Es geht mir gut. Sir."

So ein braves Mädchen. Sie wimmerte nicht einmal, flehte ihn nicht an, sie kommen zu lassen. Denn ja, er konnte sehen, dass sie sich verzweifelt danach sehnte. Ein Butterfly-Vibrator war nicht so effektiv, um eine Frau zum Orgasmus zu bringen – nicht allein damit. Das Spielzeug war allerdings perfekt zum Necken.

Er stand auf, zog sanft an ihren Haaren, drückte ihre Hände, um nach ihrer Durchblutung zu sehen, und trat wieder hinter sie. Ihr Arsch war perfekt positioniert, ihre Beine weit gespreizt, ihre Pussy offen und feucht und einladend.

Irgendwann musste er sie tagsüber ficken, damit er in den Genuss davon kam, wie das Sonnenlicht in ihren kupferfarbenen Strähnen schimmerte.

Für den Moment, um sie beide etwas zu ärgern, glitt er mit den Fingern durch ihre heiße, feuchte Spalte und lauschte, wie ihr der Atem stockte. Sie war so verdammt bereit für ihn.

Trotzdem würde er langsam vorgehen. Sie hatte eine Weile keinen Sex gehabt, und er musste sehen, ob sie ihn ohne Probleme aufnehmen konnte.

Er zog ein Kondom heraus, öffnete seine Jeans und rollte es über seine Länge. Nachdem er seinen Schwanz an ihrem Eingang positioniert hatte, verstärkte er die Vibrationen an ihrer Klitoris, griff dann um sie herum und presste die Hand auf das weiche Spielzeug über ihrem Nervenbündel.

Sie keuchte, als die stärkeren Vibrationen bei ihr ankamen.

Ja, jetzt. Langsam drang er in sie hinein, vorbei an den weichen Schamlippen und in die heiße Seide ihrer Pussy. Tief genug, sodass er spürte, wie sie sich um seinen Schaft dehnte.

Sie keuchte und versuchte, vor ihm zu fliehen, versuchte, sich aufzurichten – und wurde von den Fesseln aufgehalten.

Ihr Körper erschauerte, als sie erkannte, dass sie nicht davor fliehen konnte, von ihm aufgespießt zu werden – und *verdammt*, er liebte die Art, wie ihre Pussy als Reaktion um ihn herum pulsierte. Ja, sie mochte es, eingefangen und entführt zu werden, wahrscheinlich so sehr, wie er es liebte, es zu tun.

Für einen Moment hielt er vollkommen still, fuhr mit den Händen über ihren Rücken und ihre Schultern. „Ich liebe es, wie du dich um mich herum anfühlst, Josie", flüsterte er. „Atme, Sub. Denn gleich wirst du alles von mir akzeptieren."

Als sich ihre Atmung verlangsamte, setzte er sich in Bewegung, zog sich leicht zurück, drang erneut in sie und kam bei jedem Stoß weiter voran. Ihre warmen, weichen Wände pulsierten um ihn herum. Es war an der Zeit, ihr etwas anderes zu geben, auf das sie sich konzentrieren konnte. Er bewegte den Butterfly-Vibrator etwas, um einen anderen Bereich ihrer Klitoris zu stimulieren.

Ihr Wimmern brachte ihn zum Grinsen. Ihr Arsch spannte sich an, während ihre nasse Pussy seinen Schaft wie eine geölte Faust umklammerte.

Ein weiterer Zentimeter und sein Schambein drückte sich gegen ihr rundes Gesäß. „Alles drin, Baby."

Und sie war verdammt nah dran zu kommen. Schwer atmend, leicht wimmernd.

„In Ordnung, Sub. Du warst ein sehr gutes Mädchen." Zentimeter für Zentimeter zog er sich zurück und genoss den samtweichen Griff, den ihre Pussy an seiner Erektion hatte. Er hielt inne, als nur seine Eichel noch in ihr verweilte – und stieß dann hart in sie.

„Aaaah!" Ihr Rücken versuchte, sich zu wölben, ihr Arsch neigte sich leicht nach oben, und ihre Pussy klemmte sich um seinen Schwanz und pulsierte, als sie schluchzend und keuchend ihren Höhepunkt erreichte. „Oh, oh, oh!"

Mit einer Hand löste er den Butterfly-Vibrator und ließ ihn fallen, während er gleichzeitig immer wieder in sie stieß, um ihren Orgasmus in die Länge zu ziehen.

Und dann verlangsamte er das Tempo, stieß gemächlich in sie und wieder raus. Sein Schwanz war so verdammt hart, dass es an Schmerz grenzte, aber er war noch nicht bereit, diese Session zu beenden. Nichts auf der Welt war vergleichbar mit dem Gefühl, sie um seinen Schwanz und ihren weichen Körper unter seinen Händen zu spüren. Sie war so verdammt bezaubernd.

Er bewegte seine Hand nach oben und legte sie zwischen ihre schwingenden Brüste. Ihr Herz hämmerte immer noch gegen ihren Brustkorb.

Oh, oh, oh, sie würde so hart kommen. Josies Herz polterte in ihrer Brust, und sie schnappte wie wild nach Luft, als hätte sie gerade ihren ersten Marathon beendet. Ihre Knie bebten und Holt schob seine linke Hand unter ihr Becken. Sein Schwanz drang in sie und füllte sie bis zum Bersten, und dann glitt er quälend langsam aus ihr heraus. Und wieder rein. Jedes Mal, wenn seine dicke Hitze in sie stieß, erschauerte sie.

Er hatte sie ... genommen. Hart. Ohne zu fragen, ohne innezuhalten.

Und er war noch nicht fertig, erkannte sie verspätet. *Oh Gott*, er war nicht gekommen, als sie gekommen war.

„Du fühlst dich fantastisch an, Süße", murmelte er, ohne das Tempo anzuziehen. Seine rechte Hand bewegte sich von ihrem Bauch zu ihrem Venushügel und wieder nach oben.

Sie keuchte, als er eine Brust packte und diese knetete. Er ruckelte die Klemme an ihrer pochenden Brustwarze und zog daran.

Windend versuchte sie, wegzukommen – zu entkommen –, doch sie konnte sich nicht bewegen. *Sie war gefesselt.* Er konnte mit ihrem Körper spielen ... und sie konnte ihn nicht aufhalten. Sie konnte ihn nicht einmal sehen. Das Gefühl kam tief in ihrer Mitte an, während ihre Erregung neue Höhen erreichte.

„Mmm", murmelte er, „ich liebe deine Brüste."

„Du bist ein Kerl. Natürlich tust du das." Ihre Stimme kam heiser heraus.

„Na aber, kleine Barkeeperin", sagte er tadelnd. Sein Schwanz stieß hart in sie, was ein erotisches Nachbeben in ihr auslöste. „Du bist nicht in der Position, frech zu sein."

„Es tut mir leid, Sir." Wie um alles in der Welt war es möglich, dass sich ihre Erregung erneut zu Wort meldete? Sie war gerade erst gekommen. Das tiefe Stöhnen, das sie nicht verhindern konnte, machte deutlich, wie erregt sie war.

„Keine Sorge, Sub, ich werde etwas von diesem frechen Verhalten aus dir herausficken." Seine tiefe, rauchige Stimme klang nicht wütend, sondern eher ... amüsiert.

Seine Finger glitten über ihre Klitoris und sie zuckte zusammen. Als er seitlich daran entlangfuhr, wand sie sich bei dem exquisiten Gefühl – ein Gefühl, das so anders war als ein Vibrator, so viel aufregender, einfach weil ... es *seine* Hand war. Mit einer erschreckend sachkundigen Berührung umkreiste er mit einem feuchten Finger immer wieder ihr Nervenbündel und schnellte über die Perle.

Unfassbare Begierde breitete sich in ihr aus. Ihre Hüfte rotierte unkontrolliert und in ihrer Kehle erhob sich ein Schrei.

Als sich seine Stöße beschleunigten und er schneller und tiefer in sie drang, löste das rhythmische Hämmern eine Lustwelle nach der anderen aus. Das Gefühl, von ihm in Besitz genommen zu werden, steigerte sich, und dann entfernte er mit einer schnellen Bewegung beide Nippelklemmen.

Blut strömte mit einem heißen, rauschenden, pochenden Schmerz zurück in die missbrauchten Knospen, und sie riss an ihren Händen, um ihre schmerzenden Brüste zu packen, nur konnte sie sich nicht bewegen.

Um ihre Hilflosigkeit zu betonen, legte er eine Hand auf eine schmerzende Brust. Seine andere Hand fand ihre Klitoris, ohne dass ihr sein gnadenloser Schwanz jemals eine Pause gönnte.

Zu viel. Die Folter ihrer Klitoris. Sein dicker Schaft, der sie ins Unermessliche dehnte. Die Finger, die an ihrer empfindlichen Brustwarze zogen. Die Empfindungen vervielfachten sich, verschlangen sie und drängten sie an den Klippenrand ...

Sie wand sich hilflos in seinem Griff. Gefesselt, gehalten, gefickt.

„Du gehst nirgendwohin, Josie."

Bei seinem leisen Knurren spannte sich alles in ihr bis zu einem unerträglichen Punkt an – und dann explodierte sie, ein Tsunami aus Empfindungen, der sich in mehreren Wellen in ihr ausbreitete. Die berauschende Lust wuchs und wuchs mit jedem harten Stoß seines Schaftes.

Ein letztes Mal drückte er sich tief in sie hinein, und sie konnte spüren, wie sein Schwanz zuckte, als er sich ihr in der Ekstase anschloss. „Mmmm." Seine Hände bewegten sich über sie, berührten und streichelten sie, und zogen so ihren Orgasmus in die Länge, bis sie in Lust ertrank.

Als er schließlich stoppte, drehte sich ihr der Kopf.

„So ein gutes Mädchen", sagte er, seine Hände noch immer ihren Körper erkundend. „Warte kurz, während ich mich um das Kondom kümmere, dann mache ich dich los."

Sie schnappte immer noch nach Luft, als er den Pranger öffnete und ihr half, sich aufzurichten.

Lachend fing er sie auf, als ihre Knie einknickten. „Ganz ruhig, Baby." Sanft legte er sie auf die Decke, schloss sich ihr an und zog sie in seine Arme.

Ihr Kopf ruhte auf seiner Schulter, ihr Arm über seiner Taille, ihr Knie über seinen Oberschenkeln. Sie versuchte, noch näher zu rutschen, bis sie unter ihrem Ohr das Klopfen seines Herzens hören konnte … etwas schneller als normal.

Seine Hand streichelte ihre schweißnasse Schulter und ihren Rücken. „Alles okay, Süße?", fragte er leise.

„Ja", hauchte sie. Und dann sammelte sie ihren Mut zusammen und gab ihm die ganze Wahrheit. „Ich habe noch nie … etwas Vergleichbares gefühlt."

„Mmm. Einer unterwürfigen Person gibt es einen Kick, an ihre Grenzen getrieben zu werden."

Ja, das hatte es. Aber das war noch nicht alles. Zugegeben, sie hatte nicht viel Erfahrung, aber sie hatte mit Everett und ein paar anderen Männern geschlafen, als Carson noch ein Kleinkind war. Auch sie hatten versucht, sie an ihre Grenzen zu bringen.

Langsam atmete sie ein und bekam so Holts maskulinen Duft in ihre Nase. Ganz Mann, so stark und dominant.

Herumkommandiert zu werden und sich wahrlich zu unterwerfen, waren zwei verschiedene Paar Schuhe, und beim Zweiten war es eher emotional als physisch. Sie unterwarf sich Männern nicht. Doch dies war Holt, bei dem sie darauf vertraute, dass er auf sie achtgab, und so ließ sie ihn herein, senkte ihre Verteidigung und gab ihm ... alles.

Und, oh, es war wundervoll gewesen.

Als er in ihr gewesen war – körperlich, mental, spirituell –, hatte er mehr als ihre Verteidigung gesenkt.

Sie schloss die Augen. Es war erschütternd. *Nein. Sei nicht so dumm.* Sie hatte sich nicht verändert. Nein, hatte sie nicht.

Nur jedes Mal, wenn er ihren Arm streichelte oder in dieser rauchigen, selbstbewussten Stimme mit ihr sprach – jedes einzelne Mal –, nahm er mehr von ihr in seine Obhut.

Das konnte nicht passieren. Ein Teil von ihr war begeistert von der Verbindung, und der andere Teil rückte Schritt für Schritt in Richtung der Höhle, in der sie seit Jahren Zuflucht fand.

Ein leiser Gong ertönte dreimal, und Holt seufzte. „Z schließt die Gärten. Wir müssen zurück."

Sie setzte sich auf und er strich ihr die Haare aus den Augen. „Ruhe dich hier aus, Süße. Ich muss die Ausrüstung reinigen, und dann machen wir uns auf den Weg."

„Ich kann helfen." Ihre Beine fühlten sich schwach an, aber sie –

Sein Griff an ihrer Schulter wurde fester und mit den Fingern unter ihrem Kinn sorgte er dafür, dass sie ihm in die Augen sah. „Was habe ich gesagt?"

Sein Kiefer war angespannt und unnachgiebig.

Sie sollte es inzwischen besser wissen, oder? „Ähm. Ich bleibe hier. Sir."

Seine Lippen zuckten. „Gute Antwort."

KAPITEL VIERZEHN

A m **Samstagnachmittag, als** die Sonne hell und heiß auf seine Schultern schien, lenkte Carson sein Fahrrad um eine Hausecke. Er schob seinen Rucksack in eine bessere Position und trat schneller in die Pedale, um seine Freunde einzuholen.

Er war ein wenig traurig, dass sie nicht bei Brandon geblieben waren. Da Mom zum Grillen eingeladen war, hatte sie gesagt, Carson könne den ganzen Nachmittag mit seinen neuen Freunden verbringen – was großartig war. Brandon hatte Videospiele, die Carson testen wollte.

Nur hatte sich herausgestellt, dass Brandon andere Pläne hatte. Sie waren auf dem Weg zur Mittelschule.

Carson hob den Kopf. Brandon fuhr an der Spitze, gefolgt von dem schwarzhaarigen Yukio, dem rothaarigen Ryan und dem dunkelhaarigen Juan. Sie sahen wirklich alle anders aus. Brandon war am größten und zusammen mit Ryan am muskulösesten. Juan war klein und dünn. Yukio war wie Carson gebaut, ziemlich groß und schlank.

Aber sie waren alle klug und die Besten in ihren Klassen. Nun, mit Ausnahme von Ryan, der jeden Test bestand, aber nicht aufhören konnte, im Unterricht zu reden und sich so stets

Schwierigkeiten einhandelte. Insbesondere mit dem Naturwissenschaftslehrer, der ein sarkastisches Arschloch war.

Brandon hatte entschieden, dass der Naturwissenschaftslehrer dafür bezahlen musste, wie er Ryan – und auch Juan – behandelte. Er dachte, ein Sack voll Kacke im Klassenzimmer würde es dem alten Jorgeson schon zeigen, zumal der Beutel erst nach den Weihnachtsferien gefunden werden würde. Brandon nannte es die *Mission des Jahres*.

Carson fiel leicht zurück. Eine Mission war etwas, was ein Superheld tun würde – was wirklich cool war. Nur konnte er sich nicht vorstellen, wie Spiderman Scheiße durch ein Fenster warf. Ryan und Juan jedoch fanden Brandons Plan fantastisch.

Bevor er die Mittelschule erreichte, bog Brandon um eine Ecke und fuhr eine Straße hinunter zu den Sportplätzen, damit sie sich „dem Ziel" von hinten nähern konnten. Leise. Wie Spione.

Carson schluckte. Das war wirklich keine gute Idee ...

In der Nähe des Fußballplatzes versteckten sie die Fahrräder in den Büschen und rannten dann zu den Schulgebäuden. Yukio wies auf die Überwachungskameras – seine Familie hatte bei sich gerade ein Sicherheitssystem installiert – und führte sie daran vorbei.

Schließlich kamen sie zu dem Gebäude, in dem der Lehrer für Naturwissenschaften seinen Klassenraum hatte.

Auf Brandons Geste hin blieb Juan auf dem Bürgersteig stehen, um Wache zu halten. Er war sowieso zu klein, um in die hohen Fenster zu sehen. Der Rest schlängelte sich an den mannshohen Zwergpalmen vorbei, die die Rückseite des Stuckgebäudes säumten. Carson zischte, als ein scharfes Blatt seinen Arm erwischte.

Das Klassenzimmer sollte irgendwo in der Mitte sein. Auf Zehenspitzen spähte Carson in ein Fenster. Der Raum war dunkel. „Englisch." Wollten sie das wirklich tun? Seine Hände waren kalt, obwohl ihm unter seinem T-Shirt der Schweiß den Rücken runterglitt.

„Musikzimmer", sagte Brandon von weiter unten.

„Hier. Das ist Jorgesons Raum." Yukio trat zurück, um Ryan schauen zu lassen.

„Ist es. Da ist dieser hässliche, ausgetrocknete Frosch, den er auf seinem Schreibtisch hat." Ryan wandte sich an Brandon. „Hast du den Beutel voll Scheiße?"

„Oh ja." Brandon nahm seinen Rucksack ab und zog eine kleine Decke heraus. „Yukio, halte sie vor das Fenster. Carson, schnapp dir einen Stein und schlag auf die Decke. Zerschlage das Glas."

„Lärmreduzierung." Ryan nickte anerkennend. „Clever."

Ich? Warum muss ich das Fenster einschlagen? Carsons Herz hämmerte in seiner Brust. *Sag nein. Verschwinde.*

„Beeil dich, Cars", zischte Brandon.

Carson sah sich um und fand einen großen Stein.

Gott, Mom würde ihn töten, wenn sie jemals davon erfuhr. Schickten sie Kinder ins Gefängnis, weil sie ein Fenster kaputt gemacht hatten?

Jorgeson jedoch war ein totales Arschloch. Carson hatte zuvor schon strenge Lehrer gehabt, und selbst wenn sie nervig waren, waren sie fair. Jorgeson war einfach ein Idiot, besonders zu lauten Kindern wie Ryan oder denjenigen, die nicht mithalten konnten oder ihre Hausaufgaben vergaßen. Und er machte gegenüber Mädchen und Schwarzen dumme Bemerkungen. Dann war er voll sarkastisch und gemein und brachte Ryan zum Weinen. Also nicht so richtig. Trotzdem konnte jeder sehen, dass Ryans Augen und sein sommersprossiges Gesicht rot wurden und er die Lippen fest zusammenpresste und ganz schwer schluckte. Und dann sprach er den Rest des Tages mit niemandem mehr.

Das war nicht richtig. War es einfach nicht. Mom sagte immer, er solle für seine Freunde einstehen und Mobbern nicht nachgeben.

Jorgeson verdiente eine Tüte Scheiße in seinem Klassenzimmer.

Carson tauschte unglückliche Blicke mit Yukio aus, griff nach dem Stein und schlug auf das mit einer Decke bedeckte Fenster.

Nichts geschah.

„Benutze deine Muskeln, du Weichei", zischte Brandon.

Diesmal schwang Carson hart. Das knackende Geräusch von Glas ließ ihn zusammenzucken.

„Nochmal", flüsterte Yukio.

Carson knirschte mit den Zähnen und schlug erneut gegen das Fenster, und dann ... gab es nach. Glas rieselte in den Raum. Er duckte sich zwischen die Zwergpalmen.

Yukio hockte sich neben ihn.

Nachdem sich Brandon dünne Handschuhe angezogen hatte – wie in diesen Krimishows –, zog er eine Flasche heraus, die mit klarer Flüssigkeit gefüllt war. Als er den Deckel aufschraubte, erfüllte Benzinduft die Luft.

Carsons Kinnlade klappte herunter. „Was machst du denn?"

„Meine Idee mit der Kacke war cool, aber das ist besser", sagte Brandon.

„Ich weiß nicht, BB", flüsterte Yukio. „Feuer?"

„Es wird eine Nachricht senden." Brandon schnaubte. „Aber auch nicht zu viel davon. Die Sprinkleranlagen werden angehen, bevor viel zerstört werden kann."

Ein *Feuer* entfachen? Entsetzt starrte Carson ihn an.

Ryan runzelte die Stirn und zuckte dann die Achseln. „Es ist ja nicht so, als wäre jemand über die Ferien hier."

Yukio sah besorgt aus, aber er sagte nichts.

Carson biss sich auf die Unterlippe und trat einen Schritt zurück, doch auch er schwieg.

Brandon stopfte ein zusammengerolltes Papiertuch in den Hals der Flasche und schloss so die Öffnung. „Ist jemand in der Nähe?"

Ryan schaute die Linie der Zwergpalmen hinunter und fragte mit einem lauten Flüstern: „Juan? Alles okay?"

Juan gab ein Daumenhoch.

„Dann mal los." Brandon benutzte ein Feuerzeug und setzte das Papiertuch in Brand. Er stand auf und warf die Flasche durch das Fenster.

Carson hörte, wie die Flasche zerbrach und dann folgte ein *Wusch. Heilige Scheiße*, sie hatten wirklich etwas in Brand gesetzt!

„Lasst uns von hier verschwinden." Brandon rannte an den Zwergpalmen vorbei; der Rest folgte mit Carson als Schlusslicht. Er blickte zurück und konnte sehen, dass das Fenster des Naturwissenschaftsraumes nicht mehr so dunkel war wie die anderen.

Als sie ihre Fahrräder erreichten, kicherte Brandon. Breit grinsend und voller Adrenalin gab er die Anordnung: „Teilt euch auf, und wir treffen uns bei mir. Bis gleich."

Carson trat in die Pedale und fuhr mit Yukio nach links. Als sie um die Ecke des Geländes bogen, ging der Feueralarm los.

Yukio schaute zurück, dann zu Carson. „Das war verrückt."

„Yeah." Carsons verschwitzte Handflächen umklammerten das Lenkrad. „Lass uns von hier verschwinden."

Mit einem angenehm vollen Bauch, der mit Fleisch und Kartoffelsalat gefüllt war – und dem Kirsch-Cobbler, den Josie gemacht hatte -, streckte Holt die Beine aus und neigte das Gesicht zur Nachmittagssonne. Unter der Terrasse, auf der er saß, befand sich weißer Sand, der zu dem blauen Wasser des Golfes führte. Die Luft war mit den Düften von Salzwasser und Seetang erfüllt.

Anne und Ben hatten wirklich ein nettes Strandhaus – und Ben wusste genau, wie man ein Steak handhabe.

Holt beobachtete, wie Ben, Josie und Rainie am Strand

spazieren gingen. Rainies flauschiger Hund Rhage und Bens wunderschöner Golden Retriever Bronx hüpften um sie herum.

Weiter unten versuchten Cullen und Andrea Hand in Hand, die Mahlzeit abzulaufen – oder, wie Cullen sagte: Sie schafften Platz für mehr Nachtisch.

Jake war in die Küche gegangen, um weitere Drinks zu holen.

Holt warf einen Blick auf das Haus hinter sich und dann auf den Balkon mit Blick auf das Ufer. Vor nicht allzu langer Zeit, als Ben bemerkte, wie müde Anne geworden war, hatte er seine schwangere Partnerin nach oben gebracht, sodass sie ein Nickerchen machen konnte.

Muss die Hölle sein, wenn man plötzlich zehn Kilo mehr herumtragen muss.

Ein hohes Jaulen lenkte seine Aufmerksamkeit wieder auf den Strand. Rhage jagte einer Möwe nach, die kreischend in den Himmel aufstieg, sodass er stolz hechelnd zu den Frauen zurücksprang. Josie beugte sich vor, um seinen flauschigen Kopf zu kraulen, und Holt konnte ihr heiseres Lachen hören.

Ihr Lachen war an diesem Nachmittag meist abwesend gewesen. Sie war heute ungewöhnlich reserviert.

Weil sie evaluierte, was zwischen ihnen war.

Wegen dem, was gestern Abend passiert war.

Er hatte noch nie einen Abend so genossen. Als Sub und Bettpartnerin war sie eine wahre Freude. Sie reagierte wunderschön auf seine Berührungen und war zudem klug. Sie war keine Frau, die sich herumschubsen ließ und war doch süß und großzügig. Wirklich jemand, der Freude am Dienen hatte. Als sie ihm ihr Vertrauen und ihren Körper geschenkt hatte, war das für ihn eine Ehre gewesen. Letzte Nacht waren sie sich so nahe gewesen, wie zwei Menschen es nur sein konnten.

Und er hatte das Gefühl, dass ihr das Angst machte.

Heute hatte sie sich von ihm zurückgezogen. Seine süße Sub stärkte erneut ihre Grenzen und ihre Verteidigung. Das war ihr Kopf, der sprach. Ihr Körper – und ihr Herz – waren anderer

Meinung, denn jedes Mal, wenn sie sich entspannte, lehnte sie sich seine anschmiegsame, unterwürfige Frau an ihn. Wenn er sie berührte, strahlten ihre Augen ... und sobald sie merkte, was sie tat, trat sie einen Schritt zurück.

Ihr Vertrauen in ihn kämpfte mit ihrem Misstrauen gegenüber Männern. *Ja, eindeutig.*

Das Problem war, dass er sich in sie verliebte, hart und schnell.

Er rieb sich den Nacken und seufzte. *Zum Teufel*, es war nicht so, als hätte er nicht gewusst, dass sie Vertrauensprobleme hatte. Das beunruhigte ihn nicht. An Problemen zu arbeiten, gehörte zu den Aufgaben eines Doms. Außerdem hatte er in seiner eigenen Vergangenheit ein paar Schlaglöcher, die das Leben interessant machen würden.

„Bitte sehr." Als Jake aus der Küche zurückkam, überreichte er ein Mountain Dew und fiel dann auf den Zweisitzer neben Holts Stuhl.

„Danke." Holt öffnete die Dose. Er und Jake waren seit dem Tag befreundet, an dem Holt einen blutenden Pudel mit Verbrennungen in die noch nicht geöffnete Klinik des Tierarztes gebracht hatte. Durch einen Hausbrand war die gesamte Familie des Hundes im Krankenhaus gelandet. Anstatt Holt abzuweisen, hatte Jake sich um den Hund gekümmert und ihn mit nachhause genommen, bis sich seine Besitzer erholt hatten. Der Tierarzt war ein guter Mensch.

Holt nahm einen langen Schluck von dem Mountain Dew. Kalte, koffeinhaltige Limo – was könnte besser sein?

„Wie ich sehe, haben unsere Frauen viel Spaß bei ihrem Spaziergang." Jake lehnte sich zurück und streckte seine Beine aus. „Ich mag deine Sub übrigens. Hast du sie mit Anne gesehen?"

„Nein, haben sie geredet?"

„Während du Ben geholfen hast, die kaputte Stufe zu reparieren." Jake öffnete seine Limo. „Nach ein paar Minuten mit Josie erzählte Anne ihr von den Schwierigkeiten, schwanger zu sein und wie Ben sie verrückt machte, obwohl sie es auch liebte, verwöhnt zu werden."

„Im Vergleich zu deiner Rainie spricht Josie nicht viel, aber die Leute vertrauen sich ihr gerne an."

Jake nahm einen großen Schluck. „Es war beeindruckend. Die Mistress teilt nicht so leicht."

„Josie *ist* beeindruckend. Die Leute vertrauen ihr." Holt beobachtete, wie Josie und Rainie die Terrassenstufen hochkamen. Bronx wählte eine Ecke, um auf Ben zu warten. Rhage jedoch sprang über die Terrasse und landete auf Jakes Schoß. Offensichtlich an das Manöver gewöhnt, hatte Jake sein Getränk rechtzeitig weggestellt und lachte, als das flauschige, schwarz-weiße Kerlchen seinen Hals überglücklich leckte, sodass man das Gefühl bekam, als hätten sie sich jahrelang nicht gesehen.

Rainie glättete ihr blaues Sommerkleid und ließ sich neben Jake auf dem Zweisitzer nieder. Die Shadowlands-Sub hatte bunte Blumentätowierungen, braunes Haar mit roten und blonden Streifen und eine ebenso lebhafte Persönlichkeit.

Sie hatte es auf jeden Fall geschafft, Jakes Leben bunter zu machen – und Holt mochte sie für seinen Freund.

Jetzt musste er seine eigene Sub einfangen und für sich gewinnen.

Josie stand in der Mitte der Terrasse und sah unentschlossen aus. Er konnte ihren Wunsch sehen, sich zu ihm zu setzen ... und ihr Unbehagen.

„Komm her, Josie", sagte er leise. Als sie nahe genug war, nahm er ihre Hand und zog sie auf seinen Schoß.

„Ähm, es gibt noch freie Stühle."

„Ich mag es, dich hier zu haben." Er presste sie an sich und liebte es, wie perfekt sie zusammenpassten. Sie war nicht groß und schlank wie Nadia, war auch nicht kurz und rund. Josie war das, was sein Vater als robusten irischen Bestand bezeichnet hätte. Belastbar in Körper und Persönlichkeit.

Nachdem er ihr die Haare aus den Augen geschoben hatte,

gönnte er sich einen Kuss und bekam nicht genug davon, dass sie erschauerte.

„Wofür war der?" Sie blinzelte ihn an, ihre Augen im Sonnenlicht ein wunderschönes Grün.

„Das Privileg eines Doms", sagte er zu ihr.

Sie sah ihn zweifelnd an. „Das ist keine Session. Sir."

„Das stimmt." Er legte einen Arm um ihre Taille und fesselte sie so. „Du solltest aber wissen, dass Dominanz für viele von uns nicht etwas ist, das man ein- oder ausschalten kann."

„Heißt das, du versuchst, deinen Captain bei der Feuerwehr herumzukommandieren?"

„Nein." Er lächelte. „Aber in Abwesenheit von jemandem, der offiziell über mir steht, werde ich die Zügel übernehmen. Und in der Nähe einer Sub" – er fuhr mit dem Finger über ihre volle Unterlippe – „ist das Bedürfnis, die Verantwortung zu übernehmen, schwer abzuschalten."

Sie blickte ihn finster an.

Verdammt süß.

„Dieses unterwürfige Zeug … Ich bin eine Mutter und gebe die ganze Zeit Befehle. Ich glaube nicht, dass ich wirklich so unterwürfig bin."

Oh, Baby, ja, das bist du. Gestern Abend hatte sie ihre Natur gekannt und akzeptiert. Heute dachte sie zu viel nach. „Eltern fallen in eine ganz eigene Kategorie. Wenn du mit anderen Barkeepern zusammenarbeitest, gibst du dann Befehle, so wie du es mit Carson tust? Oder lässt du jemand anderes die Führung übernehmen?"

Ihr Schweigen war seine Antwort.

Er nahm sich einen Moment Zeit, um an ihrem Hals zu knabbern und den moschusartigen Geruch, der sich mit dem anhaltenden Duft ihrer Seife vermischte, einzuatmen.

Sie schmolz langsam an ihm dahin.

„Wie du wahrscheinlich bemerkt hast, erzähle ich den Leuten gerne, was zu tun ist", murmelte Holt. „Darüber hinaus kümmere ich mich gerne um Menschen, sorge dafür, dass alles richtig gemacht wird und alle sicher sind."

„Du und Jake." Rainie sah zu Josie und rollte mit den Augen. „Ich schwöre, Doms können nicht damit umgehen, wenn eine Sub in Gefahr ist oder verletzt wird. Ich sag es dir, da verlieren sie ihren Verstand!"

„Was meinst du damit?" Josie runzelte die Stirn bei den Worten von Jakes Sub.

„Na ja, als Zuris verrückter Stalker mich in seine Gewalt gebracht hat, war Jake danach nicht zu ertragen gewesen. Fürsorglich hoch einhundert."

„Kann ich nicht leugnen", murmelte Jake.

„Er fragte immer wieder, wie ich mich fühle und ..." Rainie sah zu Holt. „Nach deiner OP, als du für eine Weile bei uns eingezogen bist, sagte Jake, er sei froh, dich dort zu haben, nicht nur für deine Genesung, sondern auch für meine."

„Deine Genesung?" Josie lehnte sich vor und ergriff Rainies Hand. „Hat dich dieser Mann verletzt?"

„Nicht physisch." Rainie rümpfte die Nase. „Aber ich hatte Albträume."

„Und sie weigerte sich, zu einem Therapeuten zu gehen." Jake blickte finster drein.

Holt hatte gewusst, dass sie sich weigerte, sich Hilfe zu suchen. Frauen konnten verdammt stur sein.

Rainie sagte zu Josie: „Mr. Sanitäter *Schrägstrich* Krankenpfleger hat mich dazu gebracht, alles durchzuarbeiten – obwohl ich nicht über die Entführung und meine Angst reden wollte. Er ignorierte, dass ich unhöflich war, und blieb einfach ... hartnäckig."

Josie warf Rainie einen besorgten Blick zu. „Sind deine Albträume verschwunden?"

„Das sind sie, dank Holt." Rainie lächelte ihn an. „Für den Fall, dass ich mich noch nicht bedankt habe – *danke*."

Jake nickte ihm zu – eine Geste, die auch seinen Dank zum Ausdruck brachte.

„Na ja, dafür bekam ich Verpflegung, ein Zimmer und Pflege", sagte Holt leichtfertig. „Ich denke, wir sind quitt."

Auf Holts Schoß drehte sich Josie um und legte einen Arm um seinen Hals ... und entspannte sich völlig.

Rainie schaute zu ihm und ihre Lippen formten sich zu einem zufriedenen Lächeln. Sie hatte gewusst, wie sich ihre Geschichte auf eine nervöse Sub auswirken würde. Und hatte erkannt, dass Josie die zusätzliche Zusicherung brauchte, dass er vertrauenswürdig war.

Josie runzelte wieder die Stirn, ihr Blick auf sein Gesicht gerichtet.

„Was ist, Sub?"

„Es stört mich, dass du dem Tod so nahe gekommen bist." Ihre Stimme klang so dünn. „Hast du auch Hilfe bekommen? Hast du Albträume?"

Die Tiefe ihrer Besorgnis erschütterte ihn. Und gefiel ihm. „Ein paar Albträume hat es gegeben." Er starrte auf den dunkelblauen Golf von Mexiko und seufzte. „Für eine Weile hatte ich jedes Mal, wenn ich zurück in das Haus ging, einen Flashback."

Sie starrte ihn an, ihre schönen grünen Augen zeigten ihr Entsetzen. „Warum bist du dann dortgeblieben? Bist du wahnsinnig?"

Holt sah zu Jake. „Ich glaube, ich wurde gerade innerhalb von fünf Minuten von zwei Frauen als verrückt bezeichnet. Das ist ein Rekord."

Josies Augen verengten sich.

Er freute sich darauf, diese Leidenschaft in seinem Bett zu sehen. „Ich mag das Haus und ich wollte mich nicht von dem Bastard vertreiben lassen. Es hat eine Weile gedauert, aber die Flashbacks sind weg."

„Du bist noch sturer, als ich dachte", sagte sie leise.

„Ja, das bin ich." Er schmunzelte. „Vergiss das ja nicht, Sub."

In ihrem Schlafzimmer erwachte Anne zu Lachlauten. Sie gähnte. Gut, ihre Freunde grillten noch. Sie könnte hinuntergehen und sich ihnen – und Ben – anschließen.

Der verrückte Mann hatte zur Party geladen, um sie vom ständigen Grübeln über die Geburt des Babys abzulenken.

Er behielt Recht. Eine Party war eine höllische Ablenkung. Es war erstaunlich, wie viel Energie sie beim Putzen und dem Zubereiten der Beilagen gehabt hatte. Dann, während des Grillens, hatten Cullen und Holt von Feuer und Brandstiftern erzählt, und Rainie und Jake hatten ihnen von den Welpen aus der Klinik berichtet. So hatte Anne keine Möglichkeit gehabt, über die kommende Geburt nachzudenken.

Später hatte sie die Gelegenheit genutzt, um mit Josie zu sprechen. Allein.

Anne grinste. Auf dem Weg nach oben hatte Ben sie beschuldigt, das arme Mädchen verhören zu wollen, um zu sehen, ob sie gut genug für Holt war.

Ihr Tiger kannte sie so gut. Und ja, das war der Plan gewesen.

Nur irgendwie war ihr Verhör dazu ausgeartet, dass sie sich alles von der Seele geredet hatte. Über die Schwangerschaft und wie beunruhigend es war, ihren athletischen Körper verzerrt und geschwächt zu erleben. Für die dümmsten Dinge wie das Anziehen von Schuhen brauchte sie nun Hilfe. Sie hatte Rückenschmerzen und die ganze verdammte Zeit musste sie pinkeln und ... Anne schüttelte den Kopf. Anstatt eines Verhörs hatte sie sich am Ende der Sub anvertraut. Und so war sie dennoch an die Informationen gekommen, nach denen sie gesucht hatte. Holts Sub hatte nicht nur eine solide Persönlichkeit, war unabhängig und freundlich, sondern hörte auch aus ganzem Herzen zu. Josie war gut für ihn.

Ja, Ben, du hast dich selbst übertroffen.

Vielleicht ein bisschen unbequem. Trotz der interessanten

Gespräche musste sie ständig ihre Position wechseln, um den Druck auf ihren Rücken und die lästigen Braxton-Hicks-Kontraktionen zu lindern. Und es war scheiße, dass sie wie ein verdammtes Kleinkind ein Nickerchen brauchte ... und Ben ihr nach oben helfen musste.

Verdammter, überfürsorglicher Sub.

Fuck, sie liebte ihn.

Sie drehte sich auf den Rücken und streckte sich. Eine Brise setzte die Vorhänge am offenen Fenster in Bewegung und wehte den beruhigenden Duft von Meer und Sand herein. Nichts auf der Welt roch so frisch. Stimmen waren von der Terrasse zu hören. Zeit, aufzustehen, auch wenn sich das wie das Jonglieren mit einer riesigen Wassermelone anfühlte.

Ich will meinen Körper zurück. Es gab keine bequeme Position und ihr Rücken tat immer weh.

„Nicht, dass du keine wunderbare Gesellschaft warst", murmelte sie und tätschelte ihren Bauch. Er oder sie war heute still und trat nicht alle paar Minuten in ihre Blase. Vielleicht war sie nicht die Einzige, die ein Nickerchen gebraucht hatte.

Mit Sicherheit hatten diese verdammten Braxton Hicks die Nickerchenzeit des Kindes belebt. Sie stieß ein verärgertes Grunzen aus, als sich ihr Bauch verkrampfte. „Immer noch? Wirklich?" Sie hatte gehofft, dass die Kontraktionen während ihres Nickerchens verschwinden würden. Manchmal taten sie es. Heute anscheinend nicht.

Eine Schande, dass die „falschen Wehen" keine wirklichen waren. Sie schnaubte ein Lachen heraus. Ben war sich sicher, dass Anne schon bald das Baby bekommen würde, und hatte diese Woche bereits dreimal den Geburtshelfer angerufen. Jedes Mal hatte der Arzt geduldig erklärt, dass Anne keine Wehen hatte, wenn es so unregelmäßig war und nicht wirklich wehtat.

Natürlich wusste Anne als Sadistin, dass „wirklich wehtun" ein subjektiver Begriff war. Niemand, der bei klarem Verstand war, würde sagen, dass sich diese krampfenden Empfindungen *gut* anfühlten.

Als sie watschelnd, *verdammt nochmal*, zum Badezimmer ging, kam sie an der Krankenhaustasche neben der Kommode vorbei und seufzte. *Bald.*

Nachdem sie die Toilette benutzt hatte, nahm sie beim Aufstehen ein seltsames platzendes Gefühl wahr. Ein Flüssigkeitsschwall strömte in die Toilettenschüssel. *Was zum Teufel?* Hatte ihre Blase die Kontrolle komplett verloren?

Eine ausgedehnte, schmerzhafte Kontraktion packte ihr Inneres.

Sie ließ sich auf den Toilettensitz fallen und beugte sich über ihren Bauch. *Oh Gott!* Das hatte wehgetan.

Und hallo, diese Flüssigkeit war nicht der Inhalt ihrer Blase gewesen – ihre Fruchtblase war geplatzt. Wenn ihre Fruchtblase geplatzt war, dann ... war nun die Zeit gekommen, ein Baby auf die Welt zu bringen. Ihr Herzschlag nahm an Geschwindigkeit zu und sie schluckte schwer.

Oh, fuck, bin ich bereit dafür?

Nach einem kurzen Moment schüttelte sie den Kopf. Schließlich hatte sie keine andere Wahl. Und war es nicht klug von ihr, dass sie ihre Fruchtblase auf der Toilette hatte platzen lassen?

Sie machte sich sauber, zog ihre lockere Hose hoch, wusch sich die Hände – und beugte sich bei der nächsten Kontraktion vorn über.

Heilige Scheiße, sollten die verdammten Wehen nicht erst mit der Zeit schmerzhafter werden? Kari und Jessica hatten gesagt, sie hätten Zeit totgeschlagen und Filme geschaut, bevor sie überhaupt ins Schwitzen gekommen waren.

Anne wischte sich über die Stirn und spannte den Kiefer an. *Verdammt*, gerade verhielt sie sich wie eine größere Heulsuse als so manche Subs. Sie hatte bei den Marines gedient und als Polizistin gearbeitet. Sie war eine Domina. Schmerz bremste sie nicht aus.

Die nächste Wehe erwischte sie auf dem Weg zum Bett – und schickte sie auf die Knie.

In Annes und Bens Wohnzimmer beugte sich Josie vor, um deren orangefarbene Katze zu streicheln. Das Kätzchen bestand nur aus Beinen, sodass sie sofort an Carson erinnert wurde.

Mit einem langen, genervten Miauen drückte die Katze ihren Unmut darüber aus, dass sie während der Party im Haus eingeschlossen gewesen war.

„Oh, armes Baby." Josie hob den jungen Kater hoch und wiegte ihn in ihren Armen. Sie lächelte, als sich sein Miauen in Schnurren verwandelte.

Mit dem Grillen waren sie fertig, und Cullen und Andrea waren gegangen. Nicht weit von der Küche entfernt, hörte sie Jake lachen, als Rainie versuchte, Holt dazu zu überreden, einen Welpen zu adoptieren.

Josie grinste. Rainie war so eine wundervolle Mischung aus Humor und Freundlichkeit, und es war offensichtlich, dass ihr Dom sie verehrte.

Alle hier waren mit Holt befreundet, und sie war beurteilt und abgeschätzt worden, um herauszufinden, ob sie gut genug für ihn war. Ehrlich gesagt war sie sich der Antwort selbst nicht sicher. Klar, sie war ein guter Mensch. Wirklich, das war sie, aber sie war vielleicht nicht so eine perfekte Freundin, geschweige denn Sub.

Sie sah für eine Beziehung zwischen ihr und Holt kein gutes Ende voraus.

Carson brauchte ein stabiles Zuhause. Und seien wir mal ehrlich, selbst ein wunderbarer Kerl wie Holt würde darüber nachdenken, ob er eine alleinerziehende Mutter mit einem mürrischen Jungen wollte, der als Teenie wohl noch mürrischer sein würde. Holt könnte Carson das Herz brechen.

Holt aufzugeben, würde ihres brechen.

Gestern im Club hatte sie das Gefühl gehabt, dass jemand all ihre Fantasien, Träume und Sehnsüchte genommen, sie zusammengerührt und in einen Abend gegossen hatte, der wie für sie gemacht war. Holt war es gelungen, ihr Vertrauen zu gewinnen und hatte sie mitgerissen, geneckt, dominiert und ... sie weiter getrieben, als sie es sich jemals erträumt hatte. Sie war so viel härter gekommen, als sie es je für möglich gehalten hätte.

Damit hatte er den Wunsch nach mehr in ihr ausgelöst. Nun wollte sie *ihn*. Sie fühlte sich regelrecht unvollständig, wenn er nicht neben ihr war.

Oh, das war so falsch.

Sie rieb ihre Wange an der schnurrenden Katze und wünschte, ihr Herz würde sich nicht so anfühlen, als würde es brechen.

Heute Morgen hatte sie gewusst, dass sie auf Abstand gehen sollte, bevor sie noch tiefer fiel – bevor Carson sich daran gewöhnte, ihn in der Nähe zu haben.

Aber als er an ihrer Tür erschienen war und sie versucht hatte, um das Grillen mit seinen Freunden herumzukommen, hatte er nur gelächelt und sie dann zum Auto geführt. Und versuchte sie, Abstand zu halten, landete sie auf seinem Schoß.

Ihr Vater hatte sie immer an einen Donnerschlag erinnert, wenn er seinen Willen durchsetzen wollte. Holt war wie ... wie das Meer, das in ihrer unendlichen Macht sanft den Strand und die Klippen wegtrug und ohne Aufhebens Hindernisse überwand.

Holt sah zu ihr – wie er das so oft tat. Seine Augen schweiften über sie, und sein Blick verdunkelte sich leicht, als könne er ihre Gedanken und Sorgen hören.

„Josie, wie ich sehe, hat dich Coltrane um seine Pfote gewickelt." Ben grinste. „Er wird dich wohl nie gehen lassen."

Sie lachte. „Selbst ein Dom-Kätzchen muss sich dem Alltag unterordnen. Mein Sohn kommt bald nachhause, und seine Hausaufgaben werden nicht ohne einen kleinen Anstoß erledigt."

„Meine Mutter hat dasselbe getan." Bens Lächeln verblasste.

„Ich bin mir nicht sicher, ob meine Schwestern und ich ohne sie überlebt hätten. Dein Junge hat Glück, dich zu haben."

Das zu hören, war so schön. „Danke. Und danke, dass ich kommen durfte." Sie sah die Treppe hoch. Bronx saß auf der obersten Stufe, ein besorgter Blick auf seinem flauschigen Retrievergesicht. Er verehrte seine Herrin. „Darf ich nach oben rennen und mich von Anne verabschieden? Ich werde sie nicht aufwecken, wenn sie schläft."

„Na klar. Ich wollte mich anschleichen und nach ihr sehen, obwohl sie gedroht hat, mich auszupeitschen, wenn ich sie zu sehr nerve." Er grinste. „Du tust mir sogar einen Gefallen, wenn du nach ihr siehst."

Josie tätschelte seinen Arm und reichte ihm Coltrane. „Anne kann sich glücklich schätzen, dich zu haben, und dein Kind auch."

Sie bezweifelte, dass Ben eine Tochter verleugnen würde, weil sie jung schwanger wurde. Und er hatte bereits gezeigt, wie er auf eine schwangere Freundin reagierte.

Mit einem unterdrückten Seufzer ging Josie die Treppe hoch. Anne konnte sich wirklich glücklich schätzen. Niemand organisierte einen Grillnachmittag für Josie, um sie von ihren Sorgen abzulenken. Sie hatte keinen fürsorglichen Freund. Ihren siebzehnten Geburtstag hatte Josie in einem Obdachlosenheim „gefeiert".

Oben angekommen hörte sie ein seltsames Geräusch. War Anne am Telefon? Nein, das war ein Stöhnen.

Josie rannte die letzten Schritte. Die Tür stand offen.

Anne kniete auf dem Boden, vorgebeugt, die Arme um ihren Bauch. Ein Geräusch entrang ihr – ein leises, zähneknirschendes Stöhnen, das Schmerz ausdrückte.

„Oh nein, das ist nicht gut. Nicht bewegen, Anne." Josie rannte zur Treppe und schrie: „Ben! Holt! Kommt schnell!"

Als Josie neben ihr auf die Knie fiel, flüsterte Anne: „Gute Sub. Ich habe versucht, zu schre – ooooooh!"

Josies Augen weiteten sich. Diese Wehen sollten nicht so dicht beieinanderliegen.

Schritte auf der Treppe kündigte Bens Ankunft an – und Holts.

„Verdammte Scheiße, Frau." Ben hob Anne vom Boden.

„Halte sie für einen Moment, Ben." Holt schnappte sich Handtücher aus dem Badezimmerschrank und breitete sie mehrere Schichten dick auf dem Bett aus.

Anne stöhnte erneut, als Ben sie auf die Matratze legte.

„Schon wieder?" Auf Holts Gesicht zeigte sich Sorge. „Du warst nicht in den Wehen, als du für ein Nickerchen hier hochgekommen bist."

Sie schnappte nach Luft. „Ich hatte vorhin etwas gespürt." Atmen. „Es war nichts weiter." Atmen. „Hat nicht wehgetan." Atmen. „Das ist verrückt. Au, verdammte Hölle!"

„Mach die Tür zu, Josie, um die Haustiere draußen zu halten. Ben, zieh Anne die Hose aus. Hast du Handschuhe? Mal sehen, ob wir Zeit haben, dich ins Krankenhaus zu fahren." Holt verschwand im Badezimmer, um sich die Hände zu waschen.

Nachdem sie die Tür zugemacht hatte, nahm Josie ein sauberes Strandtuch und drapierte es über Annes entblößten Beinen und ihrer Leistengegend, wodurch sie von Ben einen anerkennenden Blick bekam.

„Zumindest ist das Licht hier gut." Mit sauberen Händen ging Holt zum Bett, beugte Annes Beine nach oben und bewegte das Handtuch. Sein Kiefer spannte sich an. „Okay. Ben, ruf 911 an und sag ihnen, dass es sich um eine überstürzte Geburt handelt."

„Was?", sagte Ben. „Sie muss ins Krankenha –"

„Sie bekommt das Baby jetzt, Kumpel." Holt tätschelte Annes Bein und fand ihre Augen. „Du bist fast vollständig geöffnet, Anne. Wehen, bei denen die Abstände so kurz sind, sind die Hölle; die gute Nachricht ist jedoch, dass du dein Baby schon sehr bald in den Armen halten wirst."

„Oh. Gut." Anne keuchte ... und spannte sich begleitet von „Fuck, fuck, fuck, fuck" an.

„Josie, bitte hol meine Erste-Hilfe-Tasche aus dem Auto. Sie ist im Kofferraum." Holt lächelte sie beruhigend an und warf ihr den Schlüssel zu. „Sag Jake und Rainie, dass sie die Ersthelfer zu uns leiten sollen."

„Ja, Sir."

Als sie aus dem Raum rannte, hörte sie Annes grunzende Anerkennung. „Gut ausgebildet."

Nachdem Josie Jake und Rainie erzählt hatte, was los war, schnappte sie sich die Tasche aus dem Auto, rannte die Treppe hinauf und in den Raum.

Nichts hatte sich seither verbessert. Annes Gesicht war dunkelrot und ihre Hände waren zu Fäusten geballt, als sie durch zusammengebissene Zähne schrie. *Gott.* Josie hatte gedacht, ihre eigenen einsamen Stunden voller Wehen seien schlimm gewesen. Das hier war so viel schlimmer. Anne hatte kaum eine Chance, zwischen den langen Phasen der Wehen zu atmen.

Josie öffnete den Reißverschluss der Tasche und stellte sie neben Holt. Er wühlte darin herum.

Schweiß strömte über Annes Gesicht, und ihre Augen waren glasig, als sie sich in den Schmerzen verlor.

„Müssen wir Wasser kochen oder so?", fragte Ben panisch. Er hielt Annes Hand und wischte ihr Gesicht mit einem kühlen Tuch ab. „Ich –"

„Keine Bange, Ben", sagte Holt. „Die Sanitäter werden über sterile Ausrüstung verfügen und können die Nabelschnur durchtrennen. Es ist sowieso besser, die Schnur für eine Weile ungeschnitten zu lassen."

Holt zog sich die Handschuhe an und musterte Anne erneut. „Okay, Anne, der Gebärmutterhals ist vollständig geöffnet."

„Wie großartig von mir." Anne stöhnte ein weiteres Mal.

„Josie", sagte Holt leise. „Kannst du dich hinter sie setzen und ihr den Rücken stützen?"

„Natürlich." Josie zog ihre Flip-Flops aus, kroch auf das Bett und setzte sich hinter Anne. „Lehne dich an mich. Ich hab' dich."

Am Fußende des Bettes wartete Holt auf die nächste Wehe. „Halte durch, Anne. Du hast es fast geschafft." Er streichelte ihr Bein und strahlte Selbstvertrauen und Kompetenz aus.

Josies rasendes Herz beruhigte sich.

Sein stetiger Blick traf auf ihren, nahm wahr, wie sie Anne stützte, und sein zustimmendes Nicken wärmte sie durch und durch.

„Pressen. Ich muss pressen", keuchte Anne. Sie gab alles und entließ einen hohen Laut.

„Aufschieben können wir die Geburt nicht." Holt deutete auf Ben. „Komm her, Ben. Lass uns dein Baby zur Welt bringen."

Anne gab einen weiteren abgehackten Schrei von sich, als Ben sich bewegte. Plötzlich schnappte sie verzweifelt nach Luft, sodass Josie um sie herumgriff und ihre Hand nahm. „Ich hab' dich", flüsterte sie. „Ben ist hier. Du bekommst jetzt dein Baby."

Anne umklammerte ihre Finger, holte noch einmal tief Luft und ... presste.

Holt murmelte Ben leise Anweisungen zu. „Kein Problem mit der Nabelschnur. Alles gut. Leg deine Hände hier hin."

Als der Klang von Sirenen die Luft erfüllte, stieß Ben einen Freudenschrei aus. „Anne, wir haben ein Baby."

Anne saugte tiefe Atemzüge in ihre Lungen, ihre Hand zitterte in Josies. „Gesund?"

„Gib ihn mir, Ben." Holt nahm das Baby, trocknete und rieb es mit einem sauberen Handtuch ab. Ein leiser Laut ertönte, dann ein herzerwärmender hoher Schrei. „Perfekt", murmelte Holt. „Hier, Dad, lege deinen Sohn an die Brust seiner Mutter und bedecke sie beide."

Josie rutschte vom Bett und drehte sich um, um Anne zu helfen, sich flach hinzulegen.

Der Ausdruck der Liebe in Bens Gesicht, als er neben Anne

Platz nahm, trieb Josie Tränen in die Augen. Sie blinzelte mehrmals nacheinander und sah zu Holt.

Er lächelte und ein Grübchen erschien, während seine Augen strahlten. „Das beste Gefühl der Welt, oder?"

Oh, *verdammt*. Sie war ihm vollkommen verfallen. Und das L-Wort wartete um die Ecke.

Zwei Stunden später, als Holt Josie zu ihrer Haustür brachte, fühlte sie sich vollkommen ausgelaugt. Das letzte Adrenalin war aus ihrem Körper verschwunden, doch die Freude blieb. Sie hatte dabei geholfen, ein Baby auf die Welt zu bringen.

Josie lächelte Holt an. „Anne ist wirklich eine sture Person. Ich hatte schon befürchtet, sie würde sich nie darauf einlassen, ins Krankenhaus zu gehen."

Holt gluckste. „Ich kann ihre Argumentation verstehen. Warum sollte man sich die Mühe machen, wenn das Baby sowieso schon da ist?"

Anne hatte schließlich zugestimmt, ins Krankenhaus zu gehen, aber nur, weil weder der Kinderarzt noch der Geburtshelfer Hausbesuche machten – und Holt hatte gesagt, dass eine Geburt für beide Beteiligten anstrengend war und sie im Krankenhaus untersucht werden sollten.

Josie schüttelte den Kopf und erinnerte sich an Carsons Geburt zurück. Es schien ewig gedauert zu haben, aber zumindest hatte sie rechtzeitig erkannt, dass das Baby, das sie neun Monate lang in sich getragen hatte, auf dem Weg nach draußen war. Die eigentliche Geburt und die körperliche Trennung von dem Baby kam einem Verlust gleich und musste betrauert werden. Anne hatte viel Schmerz erlebt und die Wehen waren zu schnell verstrichen, als dass sie den Abschied hätte verarbeiten können. „Sie hat zutiefst erschüttert ausgesehen."

„Ja. Überstürzte Geburten sind … beunruhigend. Vor Anne

bin ich nur Zeuge von zweien geworden. Beide Male hatten die Frauen schon einmal ein Baby geboren – und trotzdem hatten sie danach ausgesehen, als hätten sie einen Kopfsprung von einer Klippe gemacht."

„Ich denke, ich bevorzuge den langsameren Weg."

„Aus der Sicht des Sanitäters tue ich das auch." Holt lehnte sich vor und presste sie mit seinem Gewicht gegen die Tür. „Falls ich es noch nicht erwähnt habe, du warst heute wundervoll."

Sie hob ihre Lippen zu seinen und fühlte sich, als würde sie seine Kraft, seine Kontrolle absorbieren. Er hatte so gelassen agiert. Seine sanfte, widerhallende Stimme zu hören, war ermutigend gewesen. „Ich habe nur Befehle befolgt. Anne hatte großes Glück, dass du da warst."

Alle deine Patienten können sich glücklich schätzen.

Er lachte. „Ich bezweifle, dass sie sich überhaupt daran erinnern wird, wer sich um sie gekümmert hat. Aber was für eine Party. Ich bin froh, dass ich das mit dir teilen konnte."

„Ich ..." Eigentlich würde sie gerne alles mit ihm teilen. Einfach alles. Und das war etwas, was sie nicht sagen durfte. Sie atmete seinen Duft ein und sehnte sich danach, sich an ihn zu schmiegen, seinen Mund auf ihrem zu fühlen, seinen Schwanz in –

Sein Blick erhitzte sich. Er fuhr mit den Händen über ihre Arme und hob dann ihr Kinn. „Kleine Sub, ich würde diese Einladung gerne annehmen, aber dein Sohn ist wahrscheinlich bei Stella und wartet auf dich."

Sie schloss die Augen. Was hatte sie sich dabei gedacht? Sie musste vor ihm auf Abstand gehen und nicht ... nicht unbewusste Einladungen aussprechen. „Mit Sicherheit sogar. Ich habe sein Fahrrad gesehen."

„Dann lasse ich dich jetzt gehen. Du musst etwas essen und dich auf die Arbeit vorbereiten." Er fuhr mit einem Finger über ihre Wange. „Ich werde heute Abend nicht im Shadowlands sein. Morgen würde ich dich jedoch gerne sehen."

Sie betrachtete ihn. „Oh, ähm ... lass uns keine Pläne machen.

Ich bin wirklich beschäftigt und sollte Zeit mit Carson verbringen, und na ja, es hat heute Spaß gemacht, aber ...“

Ihre Ausreden verebbten, als sich sein Blick verdunkelte und sich seine Stimme zu einem warnenden Knurren senkte. „Josie ...“

Ihr Mund trocknete aus.

„Kalte Füße zu bekommen, ist normal, Sub, aber lass deine Ängste nicht etwas Wunderbarem im Wege stehen.“ Er küsste sie sanft und schlenderte dann von der Veranda zu seiner Doppelhaushälfte.

Das war nicht fair. War es einfach nicht. Der eine Mann, mit dem sie wirklich zusammen sein wollte – und von dem sie *wirklich* auf Abstand bleiben sollte –, wohnte nebenan.

Gott war eindeutig ein Mann – und ein Sadist.

Anne konnte sich kaum an den Nachmittag erinnern. Die Ereignisse liefen alle in einer grässlichen Montage von schmerzvollen Momenten zusammen.

Sie erinnerte sich an das Grillen. Das hatte ihr Freude bereitet. Sie hatte ein Nickerchen gemacht, war aufgestanden, dann ... Schmerzen, Schmerzen und noch mehr Schmerzen. Und obwohl alle sagten, sie hätte ein Baby bekommen, fühlte sich nichts real an.

Jetzt war sie hier und verbrachte die Nacht in einem verdammten Krankenhaus. Allein. Allein, anstatt Bens Arme um sich zu haben. War er gegangen? Zurück zum Haus?

Sie konnte sich nicht daran erinnern. Alles vermischte sich in ihrem Verstand. Krankenwagen. Baby. Kein Baby. Ben. Formulare und Fragen. Ihr Geburtshelfer war gekommen, um sie zu sehen, oder? *Verdammt*, das war schlimmer als der schlimmste Kater.

Und sie hatte Schmerzen, überall, als hätte jemand mit einem Baseballschläger auf ihren Bauch, ihre Rippen und ihre Arme eingeschlagen. Und sogar ihre Pussy. Oh, richtig, der Frauenarzt hatte sie genäht ... da unten.

Wundervoll, sie hatte Nähte an ihrer Muschi. Sie rollte mit den Augen. Es gab Masochisten, die es genossen, wenn ein Sadist Nadeln durch ihre Schamlippen bohrte. Auf keinen Fall. Tatsächlich hatte sie noch nie Nadeln in die Hoden ihrer Jungs gesteckt. Gut zu wissen, dass sie in dem Punkt Recht behalten hatte.

Nun, sie sollte testen, ob sie sich bewegen konnte. Sie warf die Decke von sich und blinzelte. *Wow, schaut nur, wie flach mein Bauch jetzt ist.* Kein Bauch. Sie fuhr mit der Hand über ihren Bauch und fühlte sich ... leer. Und verloren. Tränen brannten in ihren Augen.

Nein. Nicht weinen. Josie hatte sie vor Hormonschwankungen nach der Geburt gewarnt. *Um Himmels willen*, es war schlimm genug gewesen, das zu Beginn der Schwangerschaft zu haben. Und jetzt nochmal? Fair erschien das nicht.

Und Hormone oder nicht, sie fühlte sich einsam und leer, und niemand war zur Feier hier, auch wenn sie nicht das Gefühl hatte, dass es viel zu feiern gab.

Sie hatte ein Baby bekommen und fühlte ... nichts.

Blinzelnd setzte sie sich auf die Bettkante und biss ein schmerzerfülltes Grunzen zurück. Ja, ihre Bauchmuskeln waren angespannt, als hätte sie in einer Stunde so viele Sit-ups gemacht, die sie normalerweise innerhalb eines Jahres machen würde. Eine Geburt war nichts für Weicheier. Der Stuhl neben dem Bett sah jedoch bequem aus, und vielleicht würde sie sich nicht wie eine kranke Person fühlen, wenn sie aus dem verdammten Bett käme.

Sie bewegte sich wie eine ... kranke Person, *verdammt*, schlurfte die paar Schritte zum Stuhl und setzte sich trotz der Schmerzen in ihren niederen Gefilden hin.

Ja, das war besser. Aber immer noch einsam. Sie atmete zittrig ein und versuchte, ihre eigensinnigen Gefühle in den Griff zu bekommen.

Und dann blockierte ein riesiger Mann das Licht vom Flur.

Ben.

„Du bist wach. Solltest du nicht ..." Seine dicken Augenbrauen zogen sich zusammen. „Was ist los, Süße?"

Die Sorge in seiner Stimme war herzerwärmend. Es gab ihr Stärke. Der Knoten in ihrer Brust, in ihrem Bauch, in ihrem Herzen löste sich etwas, als er mit einem Deckenbündel zu ihr kam. Vor ihr ging er auf ein Knie.

Sie legte ihre Hand auf seine raue Wange und die Stoppeln piksten in ihre Haut. „Es geht mir gut. Ich fühle mich nur ..." Sie schüttelte den Kopf. „Leer?"

„Natürlich tust du das." Er lächelte sie an. „Vielleicht wird das helfen." Und dann legte er das Deckenbündel auf ihren Schoß.

Sie schaute nach unten, leicht schockiert darüber, dass sie wieder einen Schoß hatte. Dann erstarrte sie, als Ben die Decke etwas zurückklappte.

Oh. So *winzig*. Ein verschrumpeltes Gesicht zwischen zwei wedelnden Fäusten in der Größe von Walnüssen. Ihr Baby war ein mürrischer Elf mit halb geschlossenen Augen und geschürzten Lippen.

„Oh, Ben", flüsterte sie. Sie starrte nach unten. So langsam füllte sich ihr Herz, überflutete und dehnte sich, bis es regelrecht schmerzte, und doch war mehr Platz für die Liebe, als sie es jemals für möglich gehalten hätte. „Wir haben einen Sohn."

Bens Blick traf auf ihren, seine Augen voller Tränen. „Ja", sagte er mit belegter Stimme. „Das haben wir."

KAPITEL FÜNFZEHN

E s war **Sonntagnachmittag** und es spielten die Eagles gegen die Giants. Es war Halbzeit.

Als die Teenager und Preteens auf der Suche nach Proviant aus Holts Wohnzimmer rasten, tauschte er mit den anderen beiden Erwachsenen ein Grinsen aus. *Zum Teufel*, wenn er gewusst hätte, dass er eine Horde beherbergen würde, hätte er sich eingedeckt. Duke und Wedge, die Teenager von der anderen Straßenseite, kamen manchmal vorbei, um sich mit ihm ein Spiel anzuschauen. Heute hatten sie jedoch Carson und zwei seiner Freunde mitgebracht.

Kurz danach war Jake aufgetaucht. Anscheinend hatten Rainie und einige ihrer Freunde den Fernseher in Beschlag genommen, um sich den Film *Ist das Leben nicht schön?* anzusehen. „Sie fingen an, zu weinen. Ich musste da raus." Duke hatte den Kopf geschüttelt – „Das ist scheiße, Mann" – und ihm die Tüte Doritos gereicht.

Das Spiel hatte gerade erst begonnen, als Vance kam. Es stellte sich heraus, dass die Familie seiner Frau aus Iowa zu Besuch war, und er und Galen wollten, dass Sally etwas Zeit mit ihnen hatte. Sie hatten sich an Holts 65-Zoll-Weitwinkelfernseher erinnert und entschieden, für das Spiel vorbeizukommen.

Acht Leute in dem winzigen Wohnzimmer war eine Menge. Wenigstens hatte er seinen Sessel für sich beanspruchen können, bevor alle bei ihm eingefallen waren. Holt schaute zu Jake auf der Couch und zu Vance auf einem Sessel. „Ich denke, ich brauche ein größeres Haus."

Jake schnaubte. „Das sage ich dir schon lange. Es gibt ein paar Optionen bei mir in der Nähe."

„Landleben ist nichts für mich. Ich mag es, Nachbarn zu haben." Holt zeigte auf das Haus auf der anderen Straßenseite – das mit dem Basketballkorb. „Mit Teenagern habe ich immer jemanden, mit dem ich Körbe werfen kann." Er knüllte eine Dorito-Tüte zusammen und schmiss sie in den Papierkorb in der Ecke. *Zwei Punkte.* „Hätte ich jedoch gewusst, dass ich heute so viele Leute unterhalten würde, hätte ich mehr Essen gekauft."

Vance warf einen Blick auf die leeren Packungen und Tüten, die überall herumlagen und grinste. „Teenager sind wie schwarze Löcher, wenn sie Snacks bekommen."

„Oh ja."

„Sie scheinen aber gute Kinder zu sein", sagte Vance. „Hast du gesagt, dass einer der Jungs zu Josie gehört?"

„Jep. Carson. Er ist einer der jüngeren drei – schlank und hellbraune Haare."

Es war eine Schande, dass Josie nicht aufgetaucht war. Leider hatte sie gestern wieder so gewirkt, als wollte sie erneut auf Abstand gehen. *Arme Sub.* Sie war wirklich zerrissen. Wenn sie dachte, dass ihre Zweifel ihn auf Abstand halten würden, dann hatte sie allerdings falsch gedacht.

Wusste sie, dass ihr Kind bei ihm war? Wahrscheinlich nicht, aber wenn sie ihn nicht fand, musste sie nur die Ohren spitzen. Umsichtig wie er war, hatte Holt die Haustür offengelassen. Jeder Touchdown wurde mit lauten Jubelschreien gefeiert und Fumbles brachten so viele Buhrufe ein, dass der gesamten Nachbarschaft klar sein musste, wo die Kinder waren.

Jake lachte. „Carson mag kleiner sein, aber er hat genauso viel gegessen wie der Rest von ihnen."

Und genau in dem Moment kam der Junge mit zwei Freunden herein. Yukio schleppte zwei Sechserpackungen Limonade, Brandon hatte einen Behälter mit Cookies und Carson trug ein riesiges Tablett mit etwas, das erstaunlich roch.

„Was hast du da, Carson?", fragte Holt.

„Chicken Wings. Immer wenn Mom bei ihrem Buch nicht weiter weiß, kocht sie. Oder wenn sie verärgert oder besorgt oder sauer ist oder was auch immer." Das Lachen des Kindes war das eines Jungen, der wusste, dass er geliebt wurde, egal wie genervt seine Mutter auch war.

Holt bemerkte, dass die anderen beiden Doms das gleiche Lächeln trugen wie er. „Ich nehme an, sie kocht auch jetzt?"

„Oh, Mann, und wie sie kocht." Yukio schüttelte den Kopf. „Sie war so sauer, dass der Held in ihrem Buch das Mädchen küssen will."

Vance blinzelte. „Und das ist schlecht?"

„Sie will kein ekliges Geküsse in ihrem Buch. Kotz." Carson schüttelte sich.

„Sie meinte, wenn Tigre diesen romantischen Scheiß anfängt, würde sie ihn kastrieren, ob er nun der Held war oder nicht." Yukio runzelte die Stirn. „Tigre sollte Laurent küssen dürfen, wenn er will."

„Ich stimme zu", sagte Holt. „Ich muss schon sagen, Tigre sollte besser vorsichtig sein, sonst wird sein Paket am Ende wohl sehr knusprig enden." Holt grinste Jake an und klärte ihn schließlich auf. „Josie schreibt Fantasy-Romane, und die potenzielle Freundin hat eine Pyrokinese-Fähigkeit. Sie kann das Feuer manipulieren."

Jake schnaubte. „Das ist ja Mal ein Talent, das einem Feuerwehrmann nervös machen sollte."

„Oh ja."

Carson sah zwischen Holt und Yukio hin und her. „Ihr lest Moms Bücher?"

„Oh ja, sie sind wirklich gut." Yukio grinste. „Ich habe sie gelesen, noch bevor ich wusste, dass der Autor deine Mutter ist."

„Ich habe sie auch alle", sagte Holt. „Sie schreibt großartig." So viel von ihrer Persönlichkeit und ihren Überzeugungen – und ihrem Humor – flossen in die Geschichten ein. Wie konnte er die Bücher also nicht genießen?

„Ich wünschte, meine Mutter würde kochen, anstatt Zeug durch den Raum zu werfen, wenn sie wütend ist." Brandon schnappte sich drei weitere Cookies und machte es sich auf dem Boden bequem. „Ich wünschte, wir hätten diese Cookies gestern gehabt."

Carson sagte nichts.

Holt beäugte Carson. „Ich hoffe, Brandons Mutter war gestern gut gelaunt. Was habt ihr am Ende gemacht?"

„Nicht viel." Carsons Schultern sackten nach unten und er wandte sich von Holt ab.

Bevor Holt etwas sagen konnte, meldete sich Brandon zu Wort: „Wir haben nur Videospiele gespielt ... bei mir. Nichts Aufregendes."

In dem Moment kamen die älteren Teenager mit mehr Limos, mehr Chips und einem Dip herein und jubelten vor Freude, als sie den Behälter mit den Chicken Wings sahen.

„Oh, mega!" Wedge ging direkt zu den Chicken Wings. „Josie macht das beste Essen."

„Woher weißt du das? Ich dachte, sie ist gerade erst hergezogen." Holt nahm einen Flügel, biss hinein und ja, er musste zustimmen. Perfekt gewürzt.

„Sie und Cars sind immer gekommen, um Mrs. Avery zu besuchen. Das machen sie schon seit Jahren." Duke schnappte sich ein paar Flügel.

Carson grinste. „Weil Oma sagte, die Jungs würden ihr öfter

mal helfen – wie die Mülltonnen zum Bordstein zu bringen –, fing Mom an, Cookies und so für sie zu machen. Als Dankeschön."

„Ja, Josie ist cool", sagte Wedge. „Sogar, wenn es um unsere Musik geht, weißt du?"

Duke schnaubte. „Zum Großteil. Es gefällt ihr nicht, wenn Frauen als Bitch und so bezeichnet werden."

„Tatsächlich?" Offensichtlich verköstigte Josie die Jungen nicht nur, sondern hörte ihnen auch zu. Holt lächelte und nahm einen weiteren Flügel. Irgendwie war er nicht im Geringsten überrascht.

Carson warf sich neben Yukio in den Kissenhaufen vor der Couch. „Wenn das Spiel vorbei ist, soll ich alle zurück zu uns bringen, und wenn wir noch Platz im Magen haben, hat sie Nachos, Tacos und Burritos für uns. Wir können auch im Garten ein bisschen Fußball spielen."

Duke grinste und wies Holt an: „Lehne ihr Essen niemals ab, Mann. Es ist fantastisch."

„Verstanden." Holt lächelte und fragte sich, ob ihr klar war, was sie mit ihrer Einladung angerichtet hatte.

Die Dämmerung hatte eingesetzt, als alle zu Josies Haus zogen. Zu Holts Überraschung beschlossen Jake und Vance, mitzukommen.

Holt freute sich über die Gelegenheit, sie zu sehen. Er wollte nicht, dass sie die Chance bekam, ihre Ängste vor einer Beziehung mit ihm zu festigen. *Oh nein.* Würde sie ihn nicht mögen, wäre das etwas anderes. Der Grat zwischen Hartnäckigkeit und Stalking war sehr schmal. Josie jedoch gab gemischte Signale, zog sich erst zurück und rückte dann wieder vor. Er müsste sie mit allen Sinnen beobachten, falls sich ihre Unsicherheit einem definitiven *Nein* zuwenden sollte.

Nachdem Holt, Vance und Jake das Wohnzimmer aufgeräumt

hatten, machten sie sich auf den Weg zu Josies Haus. Die älteren Teenager standen im Vorgarten und schrieben ihren Eltern, um sich die Erlaubnis einzuholen, bei Carson essen zu dürfen.

Holt, gefolgt von Jake und Vance, ging ins Haus und stoppte in Josies Wohnzimmer, um die Weihnachtsdekorationen zu bewundern. In der vorderen Ecke war der einen Meter achtzig große Weihnachtsbaum mit blauen und goldenen Lichtern und Science-Fiction-/Fantasy-Ornamenten geschmückt. Ein winziger schwarzer Drache hatte eine rote Nase wie Rudolf. Er entdeckte eine Hobbit-Höhle als Ornament und Darth Vader trug eine Weihnachtsmannmütze ... genau wie der Predator. Holt schnaubte. Also das war einfach falsch.

Als Holt die Küche betrat, plauderten Carson, Brandon und Yukio bereits mit Josie.

„Carson, das Essen ist gleich fertig. Wie viele werden kommen?", fragte sie.

„Ich und Brandon und Yukio", berichtete Carson.

„Und Duke und Wedge", fügte Brandon hinzu.

Yukio schnappte sich eine schwarze Olive und steckte sie sich in den Mund. „Der Tierarzt und der Agent und der Feuerwehrmann auch. Sie sagten, sie kennen dich."

„Der ... Feuerwehrmann?" Josie drehte sich um.

Und da sah er es. Die Freude in ihren Augen, in ihrem Gesicht, in ihrer Haltung. Der besorgte Ausdruck folgte zehn Sekunden später.

„Josie." Vance bewegte sich auf Josie zu, als die drei Jungen sich Fußbälle schnappten und aus der Hintertür rannten. „Carson hat uns eingeladen, aber wenn es dir nicht passt, können wir das auch verschieben. Ich weiß, dass du in den letzten Wochen mit einem Haufen neuer Namen konfrontiert wurdest. Ich bin Vance Buchanan, verheiratet mit Sally."

Und mit Galen, fügte Holt in seinem Kopf hinzu. Die beiden Doms teilten sich ihre unterwürfige Frau.

„Es ist schön, dich hier zu haben, Vance", sagte Josie lächelnd. „Du auch, Jake. Und Holt. Wie war das Spiel?"

Als Vance antwortete, sah Jake zu Holt und sprach leise: „Sie ist sich immer noch nicht sicher, ob du das Risiko wert bist."

„Ja, ich weiß", sagte Holt ebenso leise. „Sie hat in der Vergangenheit einige Narben davongetragen."

„Mmm. Dinge dieser Art sind nicht einfach."

Das kannst du laut sagen. „Sie ist es mir wert."

Jake schlug Holt breit grinsend auf die Schulter. Als Josie zu ihm sah, sagte er: „Brauchst du jemanden, der für dich ein paar Sachen einkauft? Was auch immer du brauchst, Rainie hat mich gut trainiert."

„Gut trainiert." Vance schnaubte. „Ihr zwei müsst ab und zu weg von den Hundekäfigen und euch unter Menschen wagen."

Lachend schüttelte Josie den Kopf. „Ich mache immer Tonnen an Essen. Carson weiß, dass er jederzeit Freunde nachhause bringen kann."

Die beiden älteren Teenager kamen herein, sahen das Essen und stießen die Fäuste feierlich aneinander.

Josie ging zu ihnen, schlug einem zur Begrüßung auf die Schulter und schenkte dem anderen ein herzliches Lächeln. „Carson und seine Freunde sind im Garten. Wir haben heute Morgen ein Fußballtor aufgestellt, und er wollte es unbedingt testen."

„Cool", sagte Duke. Er und Wedge joggten durch die Hintertür, offensichtlich bereits mit dem Haus vertraut.

Josie sprach zu den drei Männern: „Das Essen wird erst in ein paar Minuten fertig sein, falls ihr euch den Jungs anschließen und euch etwas bewegen wollt."

„Klingt gut." Vance und Jake gingen raus, und Holt hörte Jake rufen: „Vance und ich werden das Netz verteidigen. Mal sehen, ob ihr etwas an uns vorbeibekommt."

Begeisterungsrufe wehten durch die Tür ins Haus.

„Sieht so aus, als wären sie alle beschäftigt." Holt drückte die Schultern durch. „Wer wird dich jetzt vor *mir* beschützen?"

Josie biss sich auf die Unterlippe und Hitze stieg in ihre Wangen.

Bezaubernd. Er trat direkt vor sie und mit den Händen zu beiden Seiten ihrer Hüfte hatte er sie genau, wo er sie wollte.

„Das ist keine gute Idee, Holt", flüsterte sie. „I-Ich date nicht."

„Das ist okay, Sub. Wir können einfach zuhause rumhängen und ficken", flüsterte er zurück.

Sie stieß ein empörtes Lachen aus und genau in dem Moment presste er seinen Mund auf ihren. Ihre Lippen bebten an seinen und dann ... gab sie sich ihm hin.

Gab es etwas Sexieres als eine Frau, die ihr ganzes Herz in einen Kuss steckte? Eine Frau, die regelrecht an ihm dahinschmolz? Eine Frau, die ihn zunächst nicht küssen wollte, aber sich am Ende verzweifelt an ihn presste?

Schritte näherten sich und so brachen sie auseinander. Bis Brandon in der Küche auftauchte, knabberte Holt an Käse statt an dem Hals der kleinen Sub. Eine Schande.

„Brandon." Josie warf dem Jungen einen süßen Blick zu. „Ich nehme an, Fußball ist nicht dein Spiel?"

„Nein", sagte das Kind. „Mein Vater wollte, dass ich Football und Baseball spiele. Er mochte Fußball nicht."

Holt betrachtete ihn etwas genauer. Der Junge war groß und kräftig und ... außer Form. Er bezweifelte also, dass er irgendwelche außerschulischen Sportarten ausübte. „Ich gehe besser zu Vance und Jake und stelle sicher, dass sie von den Unter Zwanzigjährigen nicht fertig gemacht werden. Danke für die kleine Kostprobe, Josie."

Von der Art und Weise, wie ihre Wangen erröteten, wusste sie, dass er nicht den Käse meinte. „Sag den Jungs, dass sie noch ein paar Minuten haben, um euch Rentner durch den Dreck zu schleifen."

„Du bist eine bösartige Frau, Josephine."

Auf dem Weg nach draußen hörte Holt, wie Brandon lachte.

Zehn Minuten später kam er zurück, um nach Wasserflaschen zu suchen. Er hatte erwartet, Brandon vor dem Fernseher zu sehen. Stattdessen saß das Kind an der Kücheninsel, wo es für die Tacos schwarze Oliven klein schnitt und sein Herz ausschüttete.

Ja, Josie hatte ein Talent fürs Zuhören.

Nach einem Moment ging Holt schweigend wieder nach draußen. Der Junge sprach über seinen Vater und eine Scheidung und darüber, dass er nie gut genug war, während seine Emotionen von Tränen zu purer Wut hüpften.

Es wäre wohl besser, wenn sie alle noch ein bisschen länger Fußball spielten.

Duke und Wedge nahmen es mit Jake, Vance und Yukio auf. Und Carson stand an der Seitenlinie, wo er sich die Schuhe band. Er sah zu Holt. „Haben wir noch ein paar Minuten?"

„Ich habe nicht gefragt. Dein Kumpel spricht mit deiner Mutter, und ich wollte nicht stören."

Nach einer Sekunde nickte Carson verständnisvoll. „Das ist gut. Er hat es gerade schwer – und Mom kann helfen. Darin ist sie gut."

„Ist sie." Holt lehnte sich an den Picknicktisch. „Ich bin auch ziemlich gut darin ... wenn du jemals über Dinge reden musst."

Carson legte den Kopf in den Nacken und sah zu ihm hoch. „Okay?"

„Mein Vater starb, als ich in deinem Alter war. Es war hart, denn manchmal hat ein Mann Fragen – Fragen, die er einer Frau nicht stellen kann." Holt wuschelte durch die Haare des Kindes. „Ich möchte nur, dass du weißt, dass du mich anrufen kannst, wenn du in Schwierigkeiten gerätst."

Das Kind errötete und nickte, Dankbarkeit strahlte in seinen Augen. „Okay, danke."

Yukio rief nach ihm und Carson sprang wieder aufs Feld. Er

nahm einen Pass an, den er kurzerhand mit dem Fuß vorbei an Jake ins Tor trat.

Holt grinste und stieß einen Jubelschrei aus.

Überrascht drehte sich Carson zu ihm um. Der Junge hatte das Grinsen seiner Mutter.

KAPITEL SECHZEHN

Weihnachten war fast vorbei. An diesem Abend ging Josie durch ihr Haus und hob Geschenkpapier und Geschenkband auf, was ihr zuvor entgangen war.

Es war ein sehr schöner Tag gewesen.

Oma hatte zwei Frauen zum Weihnachtsessen eingeladen. Eine war eine Witwe aus Omas Bridge Club, und die andere war eine geschiedene Frau, deren Ex die Kinder für den Tag hatte. Die arme Frau.

Die beiden Gäste waren entzückend gewesen und waren sogar früh aufgetaucht, um bei der Zubereitung des Abendessens zu helfen. Carson hatte sich von seiner besten Seite gezeigt, hatte die Kartoffeln geschält und Besorgungen gemacht.

Ihrem Jungen ging es in diesen Tagen besser. Er hatte letzten Sonntag wirklich Spaß gehabt, als er mit der Truppe bei Holt Football geschaut hatte. Danach waren sie alle zu ihr rübergekommen und, na ja, in ihrem ganzen Leben hatte sie noch nie so viel gelacht. Männer hatten die seltsamsten Perspektiven auf das Leben. Und Holt hielt das Gespräch in Schwung. Der Mann konnte wirklich über alles reden. Niemand blieb lange ein Fremder, wenn Holt in der Nähe war.

Trotz ihrer guten Absichten schaffte auch sie es nicht, eine Fremde zu bleiben. Es fühlte sich an, als hätte er beim Sex mit ihr, ihre fleischlichsten Bedürfnisse geweckt. Jetzt wollte sie ihn mit jeder Zelle ihres Körpers. Sie wollte ihn berühren, seine Stimme hören, seinen Duft einatmen.

Beim Gottesdienst gestern Abend hatte er sie verrückt gemacht.

Als Holt Omas Blutdruck gemessen hatte – etwas, das er seit seinem Einzug regelmäßig tat –, hatte Oma ihm befohlen, sich ihnen zum Gottesdienst anzuschließen. Er gab zu, seit Jahren nicht mehr in der Kirche gewesen zu sein, und hatte Oma dafür gedankt, dass er willkommen war.

Während des Gottesdienstes hatte er Josies Hand in seine genommen und sich geweigert, sie loszulassen, obwohl sie sich zunächst gewehrt hatte. Er ging noch einen Schritt weiter und legte seinen Arm auf die Lehne der Bank, sodass seine Hand auf ihren Schultern ruhte.

Und dann hatte er sie auf die Stirn geküsst, als sie ihn genervt angeschaut hatte.

Er war nicht nur ein Mann, sondern auch ein Dom. Ein entschlossener, unerschütterlicher Dom.

Warum machte er damit ihre ganze Entschlossenheit zunichte?

Josie schüttelte den Kopf und stopfte das Geschenkpapier in den Papierkorb. Der Weihnachtsbaum sah ohne Geschenke darunter verdammt kahl aus.

Es hatte ihr Freude bereitet, die Geschenke zu öffnen. Ihre Großtante war begeistert von ihrem neuen eReader. Recht viele Mitglieder von Omas Buchclub hatten die Technologie angenommen. Besonders gefiel ihnen die Möglichkeit, die Schriftgröße anzupassen.

Carson hatte seine Geschenke geliebt, was eine Erleichterung war. Je älter er wurde, desto schwieriger war es, für ihn etwas zu finden. Wer hätte gedacht, dass sie es so sehr vermissen würde, niedliche Stofftiere und Spielzeug-LKWs zu kaufen? Jetzt waren es Xbox-Spiele und Musik. Und Fußballschuhe.

Ein Handy zu bekommen, hatte ihm jedoch den Tag versüßt. Sie sah viele zukünftige Argumente über die Verwendung voraus. Dennoch war alles, was zählte, dass er jetzt anrufen konnte, wenn er in Schwierigkeiten geriet.

Nach dem Gottesdienst gestern Abend hatte sie Holt sein Geschenk gegeben. Letzten Sonntag hatten sich die Männer und Jugendlichen über ihre liebsten Cookies unterhalten. Sie hatte Holts Favoriten abgespeichert und dann einen Backmarathon veranstaltet und eine übergroße Keksdose mit Weihnachtsmotiv für ihn gefüllt.

Er hatte die Keksdose vor ihr geöffnet, um sich eine Kostprobe zu gönnen, und hatte schnell erkannt, dass sie seine Favoriten gebacken hatte. Sein fassungsloser Gesichtsausdruck war den Aufwand in der Küche wert gewesen.

Die Geschenke waren nicht nur von ihr gekommen. Heute Morgen hatte Carson vor der Haustür Geschenke von Holt gefunden.

Josie grinste. Er hatte ihrem Jungen ein Lego-Raumschiff geschenkt. *Mega.* Carson hatte bereits mit dem Bau begonnen.

Ihre Geschenke waren ein wunderschönes Ledernotizbuch, Filzstifte und eine Tasse gewesen, auf der stand: *ICH SCHREIBE. WAS IST DEINE SUPERKRAFT?*

Als sie es geöffnet hatte, erzählte Carson ihr, dass Holt ihre Bücher gelesen hatte und er sie für großartig hielt. Sie war dem Weinen sehr nahegekommen. Der Dom mochte ihre Geschichten – und gab ihr Geschenke für eine *Schriftstellerin.*

Der arme Holt musste heute arbeiten. Er sagte, da er keine Kinder habe, zog er es vor, zu arbeiten, damit Krankenpfleger mit Familien den Tag frei haben konnten. *Gott, Holt.* Sie hatte noch nie jemanden kennengelernt, der eine Familie mehr schätzen würde.

Während sie Geschenke auspackten, Weihnachtslieder gesungen, ein großes Weihnachtsessen genossen und Kontakte geknüpft hatte, hatte er sich um Kinder gekümmert, die so krank waren, dass sie auf der Intensivstation lagen. Er hatte Weihnachten in einem kalten, sterilen Gebäude verbracht.

Tränen brannten in ihren Augen, als sie in ihr Büro ging und aus dem Fenster schaute. Seine Lichter waren an. Er war zuhause. *Verdammt*, er verdiente ein bisschen Weihnachtsstimmung.

Nachdem sie einen Teller mit gebackenem Schinken, Kartoffeln mit Käse überbacken und verschiedenen Beilagen gefüllt hatte, klopfte sie an Carsons Tür. „Hey, ich gehe kurz zu Holt, komme aber gleich wieder."

„Okay, Mom."

Vor Holts Haustür betätigte sie seine Klingel.

Und wartete.

Sie hatte sich gerade abgewandt, um wieder nachhause zu gehen, als sich die Tür öffnete. „Josie?" Seine Haare waren nass. Er trug eine Jeans, an der der Reißverschluss zu, aber der Knopf offen stand. Kein Oberteil.

Sie hätte nie gedacht, dass sie zu der Sorte gehörte, der bei der Brust eines Mannes das Wasser im Mund zusammenlaufen würde. Dunkelblondes Haar, goldbraune Haut. Und die Muskeln waren so hart und definiert, dass sie ein kleines Wimmern entließ. Ihre Finger bebten bei dem Bedürfnis, ihn berühren zu wollen.

Sie reagierte schnell und hielt ihm den verdeckten Teller vor die Nase. „Ich ... habe dir ein Weihnachtsessen gebracht. Da du nicht kommen konntest."

„Hast du das?" Seine Lippen formten sich zu einem Lächeln. „Ich bin am Verhungern. Auf der Station ging es heute verrückt zu, und ich habe keine Pause bekommen. Ich wollte gerade die Keksdose öffnen – und ich werde dir nicht sagen, wie viele ich bereits letzte Nacht gegessen habe." Er nahm ihr den Teller ab, schloss seine Hand um ihre und zog sie in sein Wohnzimmer.

„Nein, warte, ich bin nur gekommen, um –"

„Du wirst mir Gesellschaft leisten, während ich esse, oder?"

Sein harter Arm um ihre Taille entspannte sich kein bisschen. Jeder Atemzug brachte ihr seinen sauberen Duft. *Direkt aus der Dusche.*

„Holt." Sie sah zu ihm auf, hatte einen Moment Zeit, um die Freude in seinem Blick zu sehen, und dann lagen seine Lippen auf ihren und er küsste sie mit all seinen verheerenden Fähigkeiten. Als sie sich an ihn lehnte, stützte er ihr Gewicht mit einem zufriedenen Summen.

„Ich kann Carson nicht zu lange allein lassen."

„Heißt das, du lädst mich zu dir nachhause ein?" Er hatte ein sündhaftes Funkeln in den Augen.

„Weißt du, Master Holt, du bist furchtbar hinterhältig."

„Das bin ich. Und mir fällt nichts Schöneres ein, als den Abend mit euch beiden zu verbringen."

Die Aufrichtigkeit in seiner sanften Stimme erschütterte etwas tief in ihr, und sie brauchte einen Moment, um sich zu erholen und ihre Stimme zu finden: „Du kannst mich nicht reinlegen, Sir. Du willst einfach, dass dir jemand dein Essen serviert, oder?"

Er strich mit den Fingerknöcheln über ihre Wange. „Ja, Süße, das würde mir sehr gefallen."

KAPITEL SIEBZEHN

A m **Donnerstag schenkte** sich Josie ein Glas mit
sprudelndem Cider ein, der vom gestrigen Weihnachtsessen übriggeblieben war. Als sie den Flur hinunter zu ihrem Büro
ging, hallten ihre Schritte in dem leeren Haus wider.

Da Carson Ferien hatte, hatte sie zugestimmt, dass er bei
Isaac übernachten konnte. Ihr Umzug in diesen Teil von Citrus
Park bedeutete, dass ihr Junge seinen Kumpel nicht oft sehen
konnte. Obwohl Carson neue Freunde hatte, wäre es eine
Schande, die alten zu verlieren.

So wie Josie ihre verloren hatte. Wegen Pa. Sie schüttelte den
Kopf. Nachdem Mom sie verlassen hatte, hatte ihr Vater entschieden, dass Josie zu viel Zeit auf „frivole" Aktivitäten verschwen-
dete. Freundschaften hatte er dazu gezählt, und so waren ihre
Freundschaften schon bald durch mangelnden Kontakt verküm-
mert. Sie würde ihr Bestes tun, sodass es bei Carson und Isaac
nicht dazu kam.

Auch wenn es bedeutete, dass sich das Haus seelenlos
anfühlte.

Sie runzelte die Stirn.

Komisch war, dass sie nicht oft an Mom dachte – denn, dass sie einfach verschwunden war, hatte Josie tief getroffen. Ihre Mutter hatte nie lange ruhig sitzen können, ein Wirbelwind aus Lärm und Aktivität, Singen und Summen, Kochen und Putzen. Nachdem sie schließlich verschwunden war, hatte sich das Haus so kalt und deprimierend angefühlt. Seither hasste Josie leere Häuser.

Josies und Carsons Apartments waren immer mit einer gewissen Lautstärke gekommen, und sie hatte sich nie wirklich allein gefühlt, selbst als es bei Carson mit der Schule losging. Vielleicht wollte sie deshalb nie in ein richtiges Haus ziehen.

Für ein paar Stunden arbeitete sie an ihrem Buch, bis Laurent anfing, mit Tigre zu flirten. *Schon wieder.* Die Heldin wollte einfach nicht zuhören, wenn Josie schimpfte und ihr romantische Anwandlungen verbot.

Frustriert gab sie das Manuskript auf und duschte stattdessen. Nur verwandelte sich ihre lange heiße Dusche in eine kurze, als sie anfing, über leere Häuser und Messer und ... den Film *Psycho* nachzudenken.

Eine aktive Vorstellungskraft zu haben, konnte wirklich ein Problem darstellen.

Mürrisch zog sie das alte Arbeitshemd und die Pyjamashorts ihres Großonkels an – ihre bequeme Kleidung – und stapfte ins Wohnzimmer. Sich alleine einen Film anzuschauen, sagte ihr gerade kein bisschen zu. Vielleicht hätte Oma Interesse an einer heißen Schokolade und einem – Nein, Oma war nicht zuhause. Heute war der Abend, an dem sich ihre Kirchengruppe traf.

Die Frau hatte ein besseres Sozialleben als Josie.

Josie lachte. *Wenn ich groß bin, will ich wie Oma sein.* Eine beeindruckende Karriere und eine liebevolle Ehe, bevor sie ihren Mann an einen Herzinfarkt verloren hatte. Danach hatte sie jahrelang im Ausland gearbeitet und ... Josies Lächeln verblasste. In gewisser Weise hatte Oma diese internationalen Aufträge angenommen, um ihrem eigenen leeren Haus zu entkommen.

Josie sah sich im Wohnzimmer um. Letzte Nacht hatte Holt auf dieser Couch gesessen, sein Arm um Josies Schultern, während er Carson über den übermäßigen Kollateralschaden bei einer Verfolgungsjagd in seinem Videospiel neckte. Der Abend hatte sich so anders angefühlt ... mit ihm im Haus. Voller. Reicher.

Wie wäre es, stets einen Mann in der Nähe zu haben? Jemand, mit dem man sich abends unterhalten und auf der Couch kuscheln konnte. Jemand, für den sie kochen könnte, was mit der Freude einherging, ihn das Essen genießen zu sehen, das sie zubereitet hatte. Sie *brauchte* keinen Mann. Nicht, um Hausarbeiten zu erledigen oder Dinge zu reparieren – das konnte sie selbst, und na ja, bei Bedarf rief sie Experten an.

Es war jedoch schwierig, jemanden anzuheuern, der ihre Einsamkeit verscheuchte. Oder um bei der Erziehung von Carson zu helfen.

Das war das Ding. Sie war es so leid, all diese Entscheidungen zu treffen. Wie vor ein paar Stunden, als sie versucht hatte, zu entscheiden, ob sie Carson die Nacht bei Isaac verbringen lassen sollte. Und als sie versuchte, herauszufinden, warum ihr Junge in letzter Zeit so wortkarg war, fragte sie sich, ob sie mit ihm darüber sprechen oder ihn in Ruhe lassen sollte. Alleinerziehend zu sein, war ... beängstigend.

Es war noch beängstigender zu erkennen, dass dieses Grübeln ihre Stimmung noch weiter in den Abgrund riss. Mit einem verzweifelten Grunzen verließ sie das leere Haus und ging nach draußen.

Hier war Lärm. Mit einem aufrichtigen Lächeln schritt sie zu dem hohen Ahornbaum und lehnte sich an den Stamm. Frösche quakten im Graben hinter dem Zaun. Mit leisem Zwitschern ließen sich Vögel für die Nacht nieder. Verkehrslaute drangen von dem fernen Highway zu ihr. Sie konnte aus Percys Haus nebenan den Lachtrack einer Sitcom hören. Rockmusik wehte von der anderen Straßenseite mit gelegentlichen schiefen Noten zu ihr. Wedge übte anscheinend auf seiner Bassgitarre.

Kleine Nachbarschaften waren nie so richtig still. Und sie hatte bei ihren Nachbarn wirklich Glück gehabt. Selbst der heiße, dominante Typ mit der Harley war ruhig. Lächelnd blickte sie über den Zaun. Sie hatte gehofft, er würde nach der Arbeit zu ihr kommen, aber seine Fenster waren dunkel. Vielleicht war er danach ausgegangen?

Als sie sich umdrehte, entdeckte sie auf seiner Terrasse eine bewegungslose Gestalt.

In der Absicht, ihn zu necken, weil er gruseliger Voyeur spielte, wanderte sie näher an den Zaun und ... runzelte die Stirn. Normalerweise hatte er die Füße auf dem Geländer und entspannte sich auf seiner Terrasse, den Kopf nach hinten geneigt, um jeden Moment draußen zu genießen. Heute Abend saß er vorgebeugt, seine Stirn auf seinen Unterarmen.

„Holt? Ist bei dir alles gut?" Die Frage war heraus, bevor sie darüber nachdenken konnte. Junge, aufdringlicher ging es kaum noch. Wie ein nerviger Nachbar aus einer Sitcom schaute sie ihn über den Zaun an. Was, wenn er allein sein wollte?

Sein Kopf hob sich. „Josie." Er stand auf und ging zu ihr. „Es ist ein netter Abend, oder?" Sein Ton war stumpf.

Ja, etwas stimmt nicht. „Das ist es. Weißt du, ich hab' Bier im Kühlschrank. Warum kommst du nicht rüber und setzt dich zu mir?" Sie verzog das Gesicht zu einer Grimasse. Ihre Einladung war so romantisch wie ein Gespräch mit Carson. Na ja, abgesehen von dem Bier.

Er schüttelte den Kopf. „Ich wäre heute Abend keine gute Gesellschaft, Süße."

„Dachte ich mir fast." Bei seinem fragenden Blick drückte sie ihre Schultern durch. Wenn sie unverblümt sein musste, dann war das eben so: „Deshalb musst du rüberkommen."

Seine Mundwinkel zuckten, nur konnte sie im Mondlicht

sehen, dass das Lächeln seine Augen nicht erreichte. „Was für eine herrische Subby du doch bist. Also gut, ich werde mich dir für eine Weile anschließen."

„Ich lasse dich vorne rein." Sie machte sich auf den Weg zur Hintertür – und er legte einfach eine Hand auf den Zaun und sprang darüber hinweg.

Wow. Die athletische Anmut weckte ihre Libido.

Er folgte ihr und berührte die lange Schaukel auf der Veranda. „Neu?"

„Es war ein Weihnachtsgeschenk an mich selbst. Wir hatten eine in Texas, als ich noch klein war, und ich liebte sie." Sie zeigte darauf. „Setz dich."

Bei seinem langen Blick spürte sie ein Flattern in ihrem Bauch. Es fühlte sich an, als hätte sie einen Wolf mit einem Stock gepikst. „Ähm. Bitte, Sir, setz dich."

„Besser." Er streichelte sanft über ihre heiße Wange. „Danke."

Gott, wie schaffte er es, sie allein mit seinen Fingern an ihrer Wange zu erregen? „Ich ... ähm, bin sofort wieder da."

In ihrer Küche holte sie tief Luft. Dieses Sir-Wort war ihr über die Lippen gekommen, weil ... es sich richtig anfühlte. Holt war in seinen Dom-Modus gerutscht und es hatte ein Blick von ihm gereicht, um ihre unterwürfige Seite herauszukitzeln. Normalerweise benutzte er diese Dom-Karte nicht an ihr.

Heute Abend war vielleicht anders. Sie schüttelte den Kopf. Als Kind in Texas hatte sie versucht, einem hungrigen Hund zu helfen, und den Fehler gemacht, ihn in die Enge zu treiben. Er hatte nicht angegriffen, aber sein furchterregendes Knurren hatte sie zum Rückzug veranlasst.

Anscheinend löste der Befehlston eines Masters, obwohl er nicht ganz auf der Höhe war, die gleiche Reaktion aus.

Als sie mit zwei Flaschen Bier zurückkehrte, sah sie, dass er sich bereits hingesetzt hatte. Die Schaukel schwang sanft vor und zurück.

Nachdem sie ihm das Bier gereicht hatte, setzte sie sich ans andere Ende.

Er nahm einen langen Schluck von dem kalten Bier und drückte die Schultern durch. Tatsächlich konnte sie regelrecht sehen, wie er versuchte, seine Stimmung in eine gesellige zu verwandeln.

Das war nicht der Sinn dieses Abends. Wie unverblümt könnte eine Person mit einem Dom sein? Erlaubten Doms, dass andere Menschen ihnen halfen? Sie schob ihren Pony aus ihrem Gesicht und wagte es: „Also ... was ist heute passiert, was dich traurig gemacht hat?"

Er erstarrte, und dieses Mal war sein Versuch eines Lächelns kein bisschen überzeugend. „Nichts, worüber es sich zu reden lohnt. Wie geht es Carson? Er sah aus, als ob er –"

„Holt. Wir sind Freunde und da ist etwas zwischen uns. Das hast du selbst gesagt." Vorsichtig griff sie hinüber, um mit ihrer Hand über seinen Arm zu streicheln. Sein vernarbter Unterarm war muskulös und ... angespannt. „Sag mir, was los ist."

Er drehte seine Hand um und verwob ihre Finger mit seinen. „Ich weiß, dass du helfen willst, aber du musst dir das nicht anhören. Es ist hässlich, Süße."

Mittwoch und Donnerstag waren seine Krankenhaustage. Sie rutschte über die Schaukel, bis sie gegen seine Hüfte stieß. „Polizisten, Soldaten, Feuerwehrleute, Mediziner. Wenn sie teilen, halten sie länger durch. Sie machen sich besser. Und du weißt ja, jeder spricht mit Barkeepern."

Seine Finger strafften sich um ihre. „Das –"

„Holt, ich breche nicht so leicht."

Er stieß ein Schnauben aus. „Nein, das tust du nicht, oder?"

Sie wartete.

Nach einer Weile schüttelte er den Kopf. „Ich liebe es, auf der Intensivstation für Kinder zu arbeiten. Kinder sind ... magisch. Sie sind widerstandsfähig, hoffnungsvoll und motiviert. Aber manchmal funktioniert rein gar nichts. Wir hatten ein Baby, nicht einmal ein Jahr alt, das heute von den lebenserhaltenden Maßnahmen genommen wurde. Die Entscheidung war richtig und er hat sich als Champion gezeigt. Er hat so verdammt hart gekämpft." Er hielt inne und seine Stimme war heiser, als er wieder sprach: „Es ist schwer, aufzugeben."

„Sein Zustand hat sich nicht verbessert?"

„Er wurde mit einem kranken Herzen geboren. Es ist verdammt unfair, mit den Chancen gegen dich geboren zu werden. Er hat nichts getan, hat nichts davon verursacht oder verdient."

Oh Gott, ein Baby zu verlieren ... Tränen brannten in ihren Augen und sie nahm das Bier aus Holts Hand, stellte es ab und schlang ihre Arme um ihn. „Tut mir leid. Es tut mir so leid."

Etwas steif legte er seine Arme um sie und zog sie dann so hart an sich, dass ihre Rippen knackten. Sie hielt ihn fester. Wenn dieses Baby ihr Baby gewesen wäre, wäre sie so dankbar gewesen, dass sich dieser erstaunliche Mann um ihr Kind gekümmert hatte.

Aber diese Art von Herzschmerz war der Preis, den er für seine Arbeit bezahlte.

Sie drückte ihr Gesicht gegen seine Schulter und rieb seinen Rücken.

Langsam lösten sich die Muskeln in seinem Körper. Als sie die Eule vom Baum des Nachbarn kreischen hörte, neigte Holt den Kopf leicht, als würde er die Welt wieder hereinlassen. Sie konnte fast spüren, wie der Fluss des Lebens um sie herum seinen Geist erfrischte – und sie versuchte, auch etwas von ihrer Lebensenergie an ihn abzugeben.

Schließlich zog er sich zurück. Ohne etwas zu sagen, wischte er mit den Daumen die Tränen von ihren Wangen. „Danke", flüsterte er an ihren Lippen, bevor er sie sanft küsste.

Er holte ihr Bier für sie, schnappte sich seins, legte seinen Arm um ihre Schulter und brachte die Schaukel langsam zum Schwingen. „Wo ist Carson heute?"

„Woher wusstest du, dass er nicht hier ist?"

„Kein Licht in seinem Zimmer. Keine Musik aus dem Haus." Holt rieb mit der Hand über ihren Arm und hinterließ ein Kribbeln. „Es ist eine gute Sache, dass ich seinen Musikgeschmack gutheiße ... meistens. Zumindest mag er Green Day und Linkin Park."

„Tut mir leid, dass es manchmal zu laut ist. Wir haben die Diskussion um die Lautstärke öfter mal." Sie hielt die Musik immer noch für zu laut, und Carson war überzeugt, dass es nicht laut genug war. Sie nahm einen Schluck von ihrem Bier. „Es sind Schulferien, und ich lasse ihn die Nacht bei einem Freund schlafen."

„Die ganze Nacht?"

Die ominös formulierte Frage sorgte dafür, dass ihr Mund austrocknete.

Ein Lächeln formte sich auf seinen Lippen.

Sie schluckte schwer.

Dann steckte er den sexuellen Hunger weg und zog neckend an einer ihrer Haarsträhnen. „Mach dir keine Sorgen, Sub. Ich habe es sehr genossen, Sex mit dir zu haben, aber wenn du nicht bereit bist, privat zu spielen, ist das in Ordnung. Ich möchte nicht, dass du denkst, ein leeres Haus würde bedeuten, dass dein Nachbar Annäherungsversuche unternimmt."

Sie war nicht einmal dazu gekommen, sich in dem Punkt Sorgen zu machen, und er hatte ihre Bedenken bereits gelindert.

Er wollte sie, zog sich aber zurück, um sie nicht nervös zu machen.

Sie lehnte ihren Kopf an seinen Oberarm. Jeder Atemzug trug seinen sauberen Duft zu ihr. Jedes sanfte Gleiten seiner Finger durch ihr Haar sandte Lustschauer durch sie. Sie wollte ihm Fragen stellen, nur um seine geschmeidige Stimme zu hören.

„Josie?" Er setzte sein Bier ab und legte die Finger unter ihr Kinn, um ihren Blick zu seinem zu heben. „Was ist los?"

Ich liebe dich. Nein, das sollte sie nicht sagen. Vermutlich nie.

Der heutige Abend jedoch könnte ihr gehören und sie würde ehrlich sein. „Ich will dich."

Er gluckste. „Das weiß ich, Sub. Aber bist du bereit, mir dein Schlafzimmer zu zeigen? Ansonsten können wir hier draußen sitzen und uns in einer weniger ... kompromittierenden Art und Weise amüsieren."

Kompromittierend klang perfekt. Sie wollte seine Hände auf sich spüren. Überall. Und sie wollte ihn im Gegenzug berühren.

Als Antwort griff sie nach seiner Hand und erhob sich. „Du hast nie das ganze Haus gesehen. Lass es mich dir zeigen."

Sie war wirklich eine tapfere Frau. Als sie ihn ins Schlafzimmer führte, spürte Holt ihre Nervosität, hörte sie in dem nun stärker ausgeprägten Texasakzent. Am liebsten würde er sie in seine Arme ziehen und *Alles ist gut* flüstern.

Als sie in der Mitte ihres Schlafzimmers stehen blieb und ihn mit diesen großen Augen ansah, hätte er fast gesagt, dass sie sich besser daran gewöhnen sollte, ihn in der Nähe zu haben. Ob sie es wusste oder nicht, er plante, sie zu behalten. Als sie ihn heute Abend getröstet hatte, hatte sie ihr Schicksal besiegelt.

„Ähm. Das ist mein Schlafzimmer."

Er sah sich im schattigen Raum um und wusste, dass sie zu nervös war, um das Licht einzuschalten. Das würde er ihr geben ... dieses Mal, aber am Ende genoss er es zu sehr, zu sehen, wie sie zum Orgasmus fand.

Das schwere Holzbett und die Nachttischschränke passten nicht zusammen, waren wahrscheinlich aus zweiter Hand, da ihr Budget wohl knapp bemessen war. Dennoch war es ein Genuss, zu sehen, dass sie ihre romantische Seite mit Feenprints von Arthur Rackham und blauer Spitzenbettwäsche zum Ausdruck brachte.

Sie würde auf dieser Bettwäsche hübsch aussehen.

Nach einem sichtbaren Atemzug drückte sie ihre Schultern

durch, griff nach seinem T-Shirt und machte sich daran, es am Saum hochzuheben.

Die Handlung – und die süße Verletzlichkeit in ihrem Blick – brachte den Dom in ihm zum Vorschein. Anstatt zu kooperieren, nahm er ihre Handgelenke und kreuzte sie hinter ihrem Rücken. „Ich möchte, dass deine Arme genau hier bleiben, bis ich dir etwas anderes sage", murmelte er.

Die Art, wie ihre Lippen sich teilten, brachte ihn zum Schmunzeln.

„Ich habe erwähnt, dass Dominanz auch außerhalb des Clubs stattfindet." Er fuhr mit den Händen durch ihr Haar und verwuschelte die seidenweichen Strähnen, bis sie wie eine verärgerte Tinkerbell aussah. Er küsste ihre Schläfe, ihre Wange, fuhr mit den Fingern in ihre Haare, packte diese und zog so ihren Kopf zurück, damit er ihren Mund plündern konnte. *Fuck*, ihr Mund war fürs Küssen wie gemacht.

Er ließ sie los … langsam … und trat nach hinten.

Mehr Licht wäre besser. Er schaltete das Licht im angrenzenden Badezimmer ein, ließ die Tür angelehnt und tat dasselbe im Flur. Das sollte reichen, um ihre Reaktionen beurteilen zu können, war jedoch nicht zu viel, um ihr Unbehagen zu bereiten. Irgendwann – wenn er sie im Shadowlands oft genug nackt herumlaufen ließ – würde sie lernen, sich in ihrer eigenen Haut wohler zu fühlen.

Und sie hatte schöne, helle Haut mit goldenen Sommersprossen, die sich über ihre Arme, Schultern und Wangen ausbreiteten.

Er trat wieder vor sie, um in ihre großen Augen zu schauen.

„Du hast dich nicht bewegt. So ein gutes Mädchen." Er fuhr mit den Fingerknöcheln über ihr hauchdünnes, weißes Hemd und spürte, wie ihre Brustwarzen zu harten Knospen wurden. Kein BH. Sein Schwanz wurde so hart, dass es schmerzte.

Mit langsamen Bewegungen öffnete er den ersten Knopf am Hemd und küsste dabei ihren Kiefer.

Er öffnete den nächsten Knopf. Und küsste ihren Hals. Sie

hatte in der letzten Stunde oder so geduscht und roch nun nach tropischen Blumen – eine Florida-Frau mit texanischem Akzent.

Mutig und verletzlich. Praktisch und romantisch ... und doch glaubte sie nicht an die Liebe.

Der nächste Knopf. Er schob das Hemd weit genug über ihre Schulter, um die freigelegte Haut mit seinen Lippen zu verwöhnen.

Ihre Atmung vertiefte sich.

Der nächste Knopf. Das Tal zwischen ihren Brüsten hatte einen moschusartigeren Duft.

Mittlerweile bebte sie. Und sie verlagerte ihr Gewicht.

„Nicht bewegen", warnte er und spürte, wie sie beim Klang seiner Stimme erschauerte.

Der letzte Knopf wurde geöffnet. Er trat einen Schritt zurück und gönnte sich den Anblick, den das offene Hemd auf ihre Brüste bot.

„Holt", flüsterte sie.

Er kam nah genug, um die Hände auf ihre Brüste zu legen und diese als Spielzeug zu verwenden – und als Zügel. „Im Club oder in jeder sexuellen Situation nennst du mich Sir. Es ist eine hörbare Erinnerung an unsere Rollen, an den Machtaustausch, in dem wir uns befinden. Sonst ist es in Ordnung meinen Namen zu benutzen. Aber egal wo oder wann, wenn du dich unterwürfig fühlst, verwendest du Sir."

Da sie neu war, wusste sie vielleicht nicht, wie oft es passierte, dass eine Sub unbewusst und instinktiv die Kontrolle abgab und sich in einen Service-Zustand entspannte.

Ihre Augenbrauen zogen sich zusammen. Wenn er bedachte, wie erregt sie war, bestand die Möglichkeit, dass ihr Verstand eine Weile brauchen würde, um sein Gesagtes zu verarbeiten. Sie nickte schließlich. „Ja, Sir."

„Und jetzt, Baby, in jeder sexuellen Situation – auch wenn wir nicht im Shadowlands sind – halte ich die Zügel fest in der Hand.

Du musst dir nie Gedanken darüber machen, wie du mir gefallen kannst, denn ich werde es dir sagen."

Ihre Augen weiteten sich, aber ... Angst sah er nicht. Wenn überhaupt sah sie erleichtert aus.

„Du musst meine Erlaubnis einholen, wenn du einen Orgasmus willst."

Und war das nicht der süßeste böse Blick der Welt? Diese Idee gefiel ihr kein bisschen.

„Süße, mich finster anzusehen, wird meine Meinung nicht ändern. Was jedoch hin und wieder funktioniert? Betteln."

Bevor sie etwas sagen konnte, wofür er sie bestrafen müsste, rollte er ihre Brustwarzen zwischen Daumen und Zeigefinger und beobachtete, wie sich ihr Gehirn sofort abschaltete. Nach einem kleinen Kuss auf ihre Lippen fuhr er fort: „Egal, was wir tun, ich werde nie vergessen, dass deine Safewords *Rot* und *Gelb* sind. Du bist bei mir sicher, Josie."

Ihr nächster Atemzug war tiefer ... ungezwungener.

Bevor sie sich zu wohl fühlte, bewegte er ihre Hände und zog das Hemd über ihre Schultern nach unten. Als das Kleidungsstück zu Boden fiel, kreuzte er ihre Handgelenke wieder hinter ihrem Rücken.

So hübsche Brüste mit rosa Nippeln. Als er sich einem schönen langen Blick hingab, konnte er zudem beobachten, wie die Hitze von ihren Brüsten in ihre Wangen stieg. „Du bist wunderschön, Süße."

Mit einem Finger streichelte er die untere Kurve einer Brust. Er konnte sie berühren, wann immer er wollte – und genau das würde er auch tun. Es gab keine Notwendigkeit, sie grob zu behandeln ... ein Finger war alles, was nötig war. Er trat hinter sie und strich mit den Fingern über ihre Wirbelsäule, dann folgte er dem Bund ihrer Shorts von hinten nach vorne. „Niedliche Shorts."

Sie zeigte winzige Häschen auf einem goldfarbenen Hintergrund. Ein weiterer Einblick in die weiche, skurrile Seite der praktischen Barkeeperin. Er löste den Kordelzug, schob einen Finger unter den Bund, dehnte diesen und ließ los. Die Shorts glitten bis zu ihren Knöcheln.

Als er ihren Versuch sah – den sie schnell abbrach –, die Shorts abzufangen, schaffte er es gerade so, sein Lachen zu unterdrücken.

„Tut mir leid, Sir", flüsterte sie und brachte die Hände wieder hinter den Rücken.

„Es freut mich, dass es dir leidtut." Er nahm sich etwas Zeit, um ihre Brüste zu genießen. Sie passten perfekt in seine Handflächen, ein befriedigendes, sinnliches Gewicht. Warm und schwer mit samtweicher Haut. Ihre Nippel wurden sichtlich hart, als er diese mit den Daumen umkreiste.

Ihre Lippen teilten sich, ihre Augenlider senkten sich.

Verdammt, er mochte es, ihre Reaktionen zu sehen.

In der Hocke fuhr er mit den Händen über ihre Taille, Hüfte und seitlich an ihren Oberschenkeln entlang. Als er mit den Lippen über die empfindliche Stelle zwischen ihrer Hüfte und ihrer Pussy strich, erschauerte sie. Er atmete sie ein – keine Parfums; sie roch einfach nur frisch geduscht und erregt. *Gott*, er wollte sie auf das Bett werfen und sich tief in ihr vergraben.

Nein. Heute Abend würde er langsam vorgehen. Eine lebensbejahende Session. Für sie beide.

Außerdem würde der Dom in ihm gerne ihre sexuelle Vorfreude in die Länge ziehen. Er rieb sein Kinn über ihren Venushügel und kratzte mit seinen Stoppeln über ihre empfindliche Haut.

Ihre Knie bebten. Tatsächlich bezweifelte er, dass sie aufrecht stehen bleiben könnte, wenn er sich erstmal ihrer Pussy zuwandte.

Er erhob sich, packte sie an der Taille, hob sie, sodass die Shorts von ihren Knöcheln fielen, und setzte sie auf das Bett. „Halte deine Arme hinter dem Rücken, Baby."

Sie hatte die schönsten verletzlichen Augen.

Okay, mit welchen Möbeln und Spielzeugen hatte er es in ihrem Schlafzimmer zu tun?

Das Bett hatte eine gute Höhe und davor stand eine gepolsterte Bank. Ja, das würde gut funktionieren – das machte es ihm leichter, mit ihr zu spielen. Mit dem Fuß bewegte er die Bank ein paar Meter vom Bett weg.

Er betrachtete sie. Ihr Bedürfnis, zu dienen, bedeutete auch, dass sie sich nicht wohl fühlte, wenn sie der Empfänger war. Sie würde genießen, was er vorhatte, aber zweifellos würde sie versuchen, es frühzeitig abzubrechen, sodass sie zu ihm übergehen konnten. Das wollte er verhindern. Ein bisschen Bondage war also von Nöten.

Im Badezimmer fand er eine Schere, die er auf den Nachttisch legte.

Im Schrank entdeckte er Gürtel und Tücher, darunter einen langen Wollgürtel von einem Wintermantel. Perfekt.

Er schnallte einen Ledergürtel um ihre Taille. „Lass die Arme fallen." Er wickelte den übergroßen Gürtel des Mantels unter ihre Brüste und dann um ihre Ellbogen, sodass die Arme an ihren Seiten lagen.

„Holt – ähm, Sir." Josie spürte, wie ihr Puls stieg, als sie ihre Arme nicht heben konnte. Ihre Hände waren nutzlos. Sie hätte wissen sollen, dass er nicht nur an der Missionarsstellung interessiert sein würde. Aber ... Bondage? „Was ist, wenn ..." *Was ist, wenn du gehst? Was ist, wenn du von einem Herzinfarkt tot umfällst?*

Er musterte ihr Gesicht und legte eine Hand auf ihre Wange. „Weil wir hier allein sind, wird es dir möglich sein, dich aus jeder Einschränkung, die ich benutze, zu befreien, Sub. Wenn nötig, kannst du deine Arme selbstständig da rausbekommen."

Sie wackelte leicht und erkannte, dass es stimmte, was er sagte. Es würde eine Weile dauern, aber sie könnte sich befreien. Ihre Muskeln entspannten sich. „Danke."

„Gerne." Er küsste sie sanft. „Ich mag dich nervös – aber nicht verängstigt. Josie, für Schmerz oder Lust werde ich dir nicht mehr geben, als du ertragen kannst."

Sein Blick traf auf ihren. Durch sein absolutes Selbstvertrauen und die schiere Stärke in seiner Persönlichkeit schaffte sie es, loszulassen. Die Kontrolle gehörte ihm.

Er nickte und dann schwang er sie in seine Arme und legte sie auf das Bett. Ihre Beine baumelten über das Ende der Matratze.

Okay, das war mal etwas Anderes.

Er winkelte ihr rechtes Bein an, wickelte über ihrem Knie einen Schal um ihr Bein und knotete das Ende des Stoffes an die rechte Seite des Hüftgürtels. Danach folgte die andere Seite, sodass ihre Knie an ihren Flanken gesichert waren.

„Ja, das ist nett." Er lächelte und legte seine Handfläche auf ihre vollkommen entblößte Pussy. „Einfacher Zugang für alles, was mir vorstrebt."

Seine Hand war warm, intim und bei dem leichten Druck auf ihre Klitoris musste sie sich winden.

„Da du eine pragmatische Frau bist, hast du wahrscheinlich einen batteriebetriebenen Freund." Er wartete nicht einmal auf ihre Antwort, bevor er einfach ihre Nachttischschubladen öffnete.

„Wage es dir bloß n –"

Sein Stirnrunzeln brachte sie zum Schweigen. „Erinnere dich besser daran, wie wichtig der Respekt ist, Baby. Ich möchte dir nicht mehr Bestrafungen geben müssen, als du bereits angehäuft hast."

„Was? Angehäuft?" Als sich seine Augenbrauen nach oben zogen, fügte sie hastig hinzu: „Sir."

Er ignorierte sie und machte ein erfreutes Geräusch, als er ihren wiederaufladbaren Stabvibrator herauszog. „Sehr nett." Er klickte den Stab an und lächelte bei dem summenden Geräusch. Nachdem er das Spielzeug ausgeschaltet hatte, warf er es auf das Bett.

Sie spürte die Schamesröte in ihrem Gesicht, während sie ihn finster anstarrte.

„Na aber, Sub. Lass es mich erklären. Wenn du Single bist, gehören deine Spielsachen dir allein." Er stand am Fußende des Bettes, beugte sich über ihren Körper und stützte sich mit einer Hand neben ihrer Schulter ab. Er fuhr mit den Fingern durch ihr Haar – packte plötzlich ein Bündel – und zog sie für einen tiefen, fordernden Kuss zu sich.

Nach einer Weile ging er auf Abstand und flüsterte an ihren Lippen: „Wenn du jedoch mit einem Dom zusammen bist, werden deine Spielsachen zu seinem Arsenal hinzugefügt ... und deine Orgasmen gehören ihm."

Es dauerte ein bisschen, bis die Worte bei ihr ankamen. *Bitte was?* „Nein."

Sein Blick war voller Sympathie. „Ich fürchte ja." Er küsste sie wieder, so leidenschaftlich, dass sich ihre Argumente auflösten, und sie spürte nur die Hitze seines Körpers über ihrem, seine samtweichen Lippen, den festen Griff in ihrem Haar.

Er knabberte an ihrer Unterlippe, bevor er sich ihren Hals hinunter zu ihrem Schlüsselbein und durch das Tal ihrer schmerzenden Brüste küsste. Als er schließlich seinen Mund über einer Brustwarze schloss, war das heiße, nasse Gefühl so intensiv, dass sie nach Luft schnappte.

Rücksichtslos streichelte er ihre Brüste, sodass es schmerzte, nur war sie so erregt, dass sich jede Berührung erstaunlich anfühlte. Bäche flüssiger Wärme flossen nach unten und sammelten sich in ihrer Mitte. Er drückte die Knospe gegen den Gaumen seines Mundes und bearbeitete sie mit seiner Zunge, dann saugte er sanft.

Das Kribbeln schoss bis zu ihren Zehen.

Allmählich bewegte er sich tiefer, wechselte zwischen Küssen und der Stimulation seines stoppeligen Kinns über ihren Bauch hin und her, bis sie sich unter ihm wand, halb lachend und vollends erregt.

Würde er ...

Er zog die Bank näher und setzte sich, packte sie dann an den Hüften und positionierte ihren Arsch an den Rand der Matratze. „Perfekt. So kann ich im Sitzen mit deiner Pussy spielen. So gehört sich das."

Bevor sie antworten konnte, fuhr er mit einem Finger durch ihre feuchte Spalte, schob die Vorhaut aus dem Weg und wandte sich dann ihrer freiliegenden Klitoris zu. Die Empfindung sandte einen Feuersturm durch ihre Adern.

Oh. Mein. Gott!

Seine Finger öffneten ihre Schamlippen weiter, und dann wirbelte seine Zunge über ihre Klitoris – heiß und nass und viel zu effektiv.

Ihr letzter Liebhaber vor so vielen Jahren hatte nicht gewusst, wo die Klitoris war. Master Holt wusste das nicht nur, sondern er war zudem erschreckend gut in dem, was er tat.

Ihr Kern verwandelte sich in geschmolzene Hitze.

Als er seinen Kopf hob, versuchte sie, sich zu bewegen und seine Haare zu packen. Die Fesseln hielten ihre Arme jedoch an Ort und Stelle.

Er leckte sich über die Lippen. „Du schmeckst wie das Meer, Sub."

Oh. War das gut oder schlecht? Auf keinen Fall würde sie diese Frage jemals laut stellen.

Er gluckste. „Ich bin ein Junge aus Kalifornien, Josie. Ich liebe das Meer und ich liebe es, wie du schmeckst."

Die Sorge löste sich auf, bevor sie ihren Verstand einnehmen konnte.

Er setzte sich zurück, neckte ihre Pussy mit einem Finger und beobachtete sie aus seinen stahlblauen Augen. Entlang der einen Seite ihrer Klitoris, dann entlang der anderen. Als er mit einem schwieligen Finger über die Perle hinwegschnellte, zuckte sie zusammen ... und er kehrte zu den Seiten zurück.

Sie spürte, wie ihr Nervenbündel anschwoll und sich verhärtete.

Mit der anderen Hand fand er ihre Öffnung und schob einen Finger in sie.

Eine unerträglich köstliche Lustwelle fegte über ihren Körper und sie stöhnte.

Lächelnd zog er sich zurück, stieß dann zwei Finger in sie und verwöhnte sie mit langsamen, folternden Bewegungen, während er mit dem Daumen ihre Klitoris neckte.

Ihre Pussy blühte auf und pochte wild vor sich hin.

Drei Finger. Seine Finger waren zu groß. Zu groß, zu schmerzhaft und –

Er ging zurück zu zwei Fingern. Rein und raus. Sein Blick verließ niemals ihr Gesicht. Er lehnte sich vor und leckte über ihre Klitoris. Seine Zunge war so feucht und heiß, als er damit ihre Klitoris verwöhnte.

Die Kombination aus Fingern und Zunge erhellte sie wie ein Feuer und die brodelnde Spannung in ihr wuchs.

Seine Finger stießen härter in sie, nahmen an Tempo zu. Seine Zunge schnellte über sie.

Nicht mehr lange ... nicht mehr ...

Er hob den Kopf. „Hast du die Erlaubnis zu kommen, kleine Subby?"

„W-Was?" Das meinte er doch nicht ernst. Er konnte unmöglich ...

Ihre Lust war ein aufgewühlter, schmerzender Hunger. Seine Finger in ihr waren bewegungslos geworden, und sie pochte um ihn herum. *Erlaubnis zu kommen?* Sie starrte ihn fassungslos an.

Sein Blick war direkt auf sie gerichtet. „Ich will nicht, dass du schon kommst, Josie. Wehre dich dagegen. Kannst du das für mich tun?"

Er wollte nicht, dass sie bereits kam. *Aber ich will kommen. Ich muss!* Sie biss sich auf die Unterlippe. *„Kannst du das für mich tun?"*

Sie würde fast alles für ihn tun. Frustriert keuchend kämpfte sie gegen ihren Höhepunkt an und zog sich von der Klippe zurück.

„So ein gutes Mädchen." Sein anerkennendes Lächeln sandte Freude durch ihre Adern, und dann senkte der Bastard seinen Kopf und begann, sie wieder zu lecken.

Diesmal stieg das Bedürfnis nach einem Orgasmus noch schneller an und es definierte sich durch einen Druck in ihr, der eine Explosion ankündigte. Er hob den Kopf, um zu murmeln: „Noch nicht, Josie", und wartete darauf, dass sie sich dagegen wehrte.

Woher wusste er das?

Er begann von Neuem. Jeder Stoß in sie trieb sie näher, jede leichte Berührung an ihrer Klitoris ließ sie weiter anschwellen – und sie wehrte einen weiteren Höhepunkt ab. Jedes Ausatmen enthielt ein Stöhnen der Begierde und des Flehens.

Er pausierte. Pausierte. Pausierte.

„Ich bin stolz auf dich, Süße. Du kannst jetzt kommen." Seine Lippen schlossen sich um ihre Klitoris und seine Zunge ging ans Werk.

Unter der exquisiten Folter baute sich der Druck in ihr rasant auf.

Seine Finger drückten nur eine winzig kleine Menge härter in sie.

„Oh Gott." Der Orgasmus schlug in einer wilden Eruption ein. Eine Welle nach der anderen aus wogender Lust strömte durch sie, drang bis zu ihren Zehen vor, wie geschmolzene heiße Lava auf dem Weg ins Meer.

Nachdem ihr Orgasmus etwas verebbte und sie verzweifelt nach Luft schnappte, hörte sie Holt lachen – *lachen!* – und plötzlich bewegten sich seine Finger und stießen erneut hart und schnell in sie.

Mit einem schockierten Keuchen spannte sie sich an, und ihre Mitte pulsierte wieder, eingenommen von neuen Lustwellen.

Oh Gott, oh Gott!

Der Höhepunkt rollte und rollte und rollte über sie hinweg.

Schließlich, als sich ihr Herz zu verlangsamen begann, senkte sich sein Mund auf ihre exquisit empfindliche Klitoris. Er beugte seine Finger in ihrer Pussy nach oben und massierte einen Ort, der erstaunliche Empfindungen über ihre Wirbelsäule schickte. Anstatt leicht über die Perle zu tanzen, schnellte er hart und schnell mit der Zunge darüber. Fordernd. Und die Finger, die diesen inneren Punkt streichelten, waren unerbittlich.

Ihr Körper schoss zurück in monströse Begierde. *Mein Gott*, sie war schon zweimal gekommen. „Nein", hauchte sie. „Ich kann nicht."

„Du kannst und du wirst." Er blies sanft über ihr empfindliches Nervenbündel und ließ sie erschauern. Seine Augen trafen auf ihre, als sich seine Lippen zu einem hinterlistigen Lächeln formten. „Süße ... wir fangen gerade erst an."

Er leckte über ihre Klitoris, jede Berührung gnadenlos, eine wundervolle Folter, als er sie wieder an die Klippe trieb. Und dann schlossen sich seine Lippen um ihr Nervenbündel und er saugte.

Exquisite Hitze dröhnte in ihrer Mitte, und ihr ganzer Körper wölbte sich nach oben, als sie erneut zum Orgasmus fand. Das atemberaubende Vergnügen peitschte in einem Feuerball der Empfindungen durch ihren Körper. „Nein!" Ihre Hüfte versuchte, nach oben zu zucken – ohne Erfolg.

In ihr drückten sich seine Finger tiefer, rein und raus, bevor er sich wieder ihrem G-Punkt zuwandte.

Ihre Knie bebten in den Fesseln, als die Ekstase sie verschlang. Ihr ganzer Kern war ein prickelnder See aus Empfindungen.

Erbarmungslos fuhr er fort. Seine Zunge schnellte gerade genug über sie, um eine weitere Welle auszulösen. Seine Finger massierten ihr Inneres. Und ihr Orgasmus wollte einfach nicht aufhören.

Als Holt schließlich von ihr abließ, war sie schweißgebadet, und ihr Körper war vor Befriedigung vollkommen schlaff und ausgelaugt.

Belustigung und Hitze glitzerten in seinen Augen. „Du bist wunderschön, wenn du kommst, Josie. Ich bin versucht, das noch eine Weile fortzusetzen."

Weiterhin nach Luft schnappend, starrte sie ihn ungläubig an.

Nachdem er die Gürtel entfernt und ihre Arme und Beine befreit hatte, massierte er die Schmerzen in ihren steifen Schultern und Hüften weg. „Aber ich schulde dir ein Spanking, und es ist nicht gut, eine Strafe aufzuschieben."

Ihr träger Verstand hatte Schwierigkeiten, zu erfassen, was er meinte. Bestrafung? *Warte mal.*

Als er sie hochhob und sie mit dem Gesicht nach unten über seine Knie legte, wurde ihr klar, dass sie hätte *rennen* sollen.

„Nein, nein, das kannst du nicht tun – *kannst du nicht!*" Ihre Hände lagen flach auf dem Teppich und ihre Füße berührten auf der anderen Seite den Boden.

Er streichelte ihren nackten Hintern mit seiner großen, schwieligen Hand. „Du hast einen tollen Arsch, habe ich das schon mal erwähnt?" Seine Handfläche fühlte sich nach all diesen Orgasmen so gut an. „Mit deiner hellen Haut werden meine Handabdrücke sehr hübsch zum Vorschein kommen."

Handabdrücke? *Oh Gott*, niemand hatte erwähnt, dass der Mann ein Sadist war. „Warum willst du mir wehtun? Ich bin keine –"

„Keine Masochistin. Ich weiß, Sub. Es ist so: wenn erregt, verarbeiten viele Menschen Schmerz als Lust. Natürlich tut das nicht jeder, also werden wir das erkunden, um zu sehen, wo du auf der Skala zu finden bist. Das wird ein bisschen Bestrafung und hoffentlich eine Menge Spaß."

Spaß? Sie hatte noch nie *Spanking* im Wörterbuch unter der Definition von *Spaß* aufgelistet gesehen.

Er griff zwischen ihre Beine. Beim Geräusch eines vertrauten Summens erkannte sie, dass er den Stabvibrator zwischen seine

Oberschenkel geklemmt hatte. Entschieden positionierte er ihre Hüfte neu und schob ihre Pussy direkt über den vibrierenden Kopf.

Als die Vibrationen ihre Klitoris trafen, zuckte sie zusammen. „Nein. Ich bin zu empfindlich." Sie zappelte zur Seite, sodass ihr Nervenbündel dem Foltergerät entkam.

„Keine Bange. Ich werde das ganze Blut von deiner Pussy wegbewegen." Seine Hand landete mit einem stechenden Schlag auf ihrem Arsch.

„Aua!" Sie drehte sich um und legte ihre Hand auf ihren Hintern, um eine Barriere zu kreieren.

„Na aber, Süße." Er umfing ihr Handgelenk, drückte es an ihren unteren Rücken und schlug sie dann härter. *Schlag, Schlag.*

Tränen füllten ihre Augen und schwappten über.

„Ich möchte, dass du beide Hände auf dem Boden lässt, Josie." Seine Stimme klang ... gelassen, aber fordernd und entschlossen. Keine Wut war zu hören – nur eine Anweisung.

Selbst als ihr ein Schluchzen entkam, spürte sie ein flatterndes Gefühl in ihrem Magen. Er hatte gemeint, er würde ihr stets sagen, was er von ihr wollte. Und dass er nicht weiter gehen würde, als sie ertragen konnte.

Ihr Hintern jedoch *zwiebelte.*

Und doch vertraute sie ihm.

Nichtsdestotrotz war es nicht einfach, zuzustimmen, sich verletzen zu lassen.

Ich will das nicht.

Aber ich werde es tun.

Sie holte tief Luft. „Ja, Sir." Als er ihr Handgelenk losließ, stützte sie sich auf dem Boden ab. Das Gefühl, die Kontrolle aufzugeben, war wie das Öffnen einer geballten Faust, sodass das Blut in die verkrampften Finger zurückfließen konnte. Es fühlte sich wund und warm und wunderbar an.

„Gutes Mädchen. Ich weiß, dass das schwer war." Er massierte ihren stechenden Hintern. „Atme jetzt durch das Brennen. Und übrigens ... du hast die Erlaubnis zu kommen."

Ein Orgasmus – von einem Spanking?

Mit unnachgiebigen Händen bewegte er ihre Hüfte – und mit seinem ersten Schlag auf ihren Hintern erkannte sie, dass die neue Position dazu führte, dass ihre Klitoris im direkten Kontakt mit dem Vibrator war.

Stechende Klapse regneten über ihre brennende Haut – und unter ihr hämmerte der Vibrator auf ihre Klitoris ein, sodass sie höher und höher getrieben wurde. Allmählich schmolz der Schmerz zu einer aufgewühlten heißen Empfindung zusammen, die sie noch höher trieb.

Jeder Klaps auf ihren Hintern war wie eine heiße Welle der Lust und Begierde. Ihre Klitoris war geschwollen, pochte, und oh, sie wollte so dringend kommen, dass ihr Körper zitterte. „Bitteeee."

„In Ordnung, Sub. Ich werde dir helfen, da du so nett gefragt hast." Glucksend packte er sie an den Hüften und bewegte sie ... einen Zentimeter.

Der Vibrator summte plötzlich auf der anderen Seite ihrer Klitoris – und ein weißer Blitz erschien vor ihrem inneren Auge. „Oh, oh, oh, oh, ohhhhh!" Nicht nur ihre Pussy, sondern ihr ganzer Körper explodierte, jede Zelle und jedes Nervenende bebte vor Ekstase, und die Empfindungen strömten durch sie, bis Sterne vor ihren Augen tanzten.

„Hübsche Josie", murmelte er.

Er hob sie hoch und legte sie mit dem Bauch nach unten auf das Bett.

Sie packte die Steppdecke und dann lag sie einfach nur da, wo sie nach ihrem intensiven Höhepunkt beben konnte. Über dem hämmernden Puls in ihren Ohren kam das Geräusch seines Reißverschlusses und das Knistern einer Kondompackung.

Sie drehte den Kopf, um zuzusehen.

Aus getrimmten blonden Haaren erhob sich sein Schwanz –

gerade und groß und dick. Eine Freundin hatte die Hypothese aufgestellt, dass die Dicke der Handgelenke eines Mannes den Umfang seines Schaftes aufzeigte.

Als sich Holt das Kondom überrollte, musterte Josie seine muskulösen Unterarme ... und seine soliden Handgelenke. Ihre Freundin könnte Recht behalten.

Die Matratze senkte sich, als Holt ihre Beine spreizte und sich zwischen ihre Oberschenkel kniete. „Hoch mit dir, Sub." Er packte sie an der Taille und hob sie auf ihre Hände und Knie.

Als sich sein Schwanz an ihrem Eingang positionierte, schoss intensive Begierde durch das überempfindliche Fleisch. *Oh Gott*, die Wände ihres Geschlechts pulsierten noch immer von ihrem letzten Orgasmus.

Er wagte sich einen Zentimeter vor – und drang dann mit einem entschlossenen Stoß in sie.

Der schiere Schock seines dicken Schwanzes in ihr raubte ihr den Atem. Seine Größe war fast unerträglich, und ihre geschwollene Pussy pulsierte aus Protest, doch es dauerte nicht lange, bis sie wieder Lust empfand.

„Ganz ruhig, Sub." Er griff um sie herum und schob seine Finger über ihre geschwollenen Schamlippen.

Als seine Finger ihre Klitoris quälten und neckten, zogen sich die Wände ihres Geschlechts um seinen Schaft zusammen, härter und immer härter, und dann schwappte der nächste Orgasmus auch schon über sie hinweg. „Oh Gott ..."

Ihre Arme knickten ein, sodass sie auf ihren Ellbogen landete. Ihre Lungen brannten, als sie verzweifelt nach Luft schnappte.

Mit einem unerbittlichen Griff hielt er sie an Ort und Stelle, aufgespießt auf seinem Schwanz, als sich die Begierde in ihrem Körper ausbreitete. Durch das Rauschen in ihren Ohren hörte sie nicht viel, doch sie vernahm sein widerhallendes Lachen.

„Du kommst so wunderschön", murmelte er. „Es ist eine Freude, dir zuzusehen." Er beugte sich vor und fuhr mit den Händen über ihren Rücken, um sie herum und neckte ihre

Nippel. Nach einer Weile lehnte er sich wieder zurück und packte stattdessen ihre schwingenden Brüste.

Er glitt aus ihr heraus und sie erschauerte bei dem Gefühl, als sein harter Schwanz über ihr empfindliches Fleisch glitt. Ein paar Mal drang er in sie, wieder heraus, womit er es schaffte, die Empfindungen zu verstärken. „Perfekt. Mach dich bereit, Sub."

Allein die Worte in dieser sexy Stimme ließen sie erschauern …

Allmählich beschleunigte er zu einem harten Rhythmus, hämmerte in sie, schob sie an der Hüfte nach vorn und dann wieder auf seinen Schaft. Der Raum füllte sich mit den klatschenden Lauten, als Haut auf Haut traf. Sein Griff war unzerbrechlich, sodass sie das, was er ihr gab, in einem unerbittlichen, kraftvollen Tempo entgegennahm.

Er benutzte sie für sein eigenes Vergnügen, und auch das … befriedigte sie.

„Du fühlst dich unglaublich an", murmelte er. Er nahm etwas an Tempo heraus und streichelte seine Hände wieder über ihren Körper, auf und ab und dann über ihren wunden Hintern.

Sie zischte und zuckte zusammen.

„Ein bisschen empfindlich, Sub?" Er schloss seine großen Hände um ihre Pobacken und drückte das empfindsame Fleisch.

Der stechende, brennende Schmerz fegte über sie hinweg – und ihre Pussy reagierte, indem sie sich um seine Länge zusammenzog. So hart, dass er lachte.

Sie liebte es, ihn zum Lachen zu bringen. Seine Hände packten härter zu, und er hämmerte in sie hinein, tief und tiefer – und sie liebte es, zu hören, wie er laut knurrend zur Erlösung fand.

Josie war unglaublich. Sie hatte ihm ihren Körper ausgehändigt, hatte sich von ihm fesseln lassen, hatte ein Spanking von ihm akzeptiert, sich von ihm ficken lassen, die Kontrolle abgegeben und sich ihm hingegeben. Ihre Reaktion darauf, sich ihm zu unterwerfen, erdete ihn. Es war erfreulich, denn das bedeutete, dass sie ihm vertraute.

Sie ... mochte ihn.

Er zog sie in seine Arme und musste sie eine Minute lang halten, einfach, um sie einzuatmen. Als sie ihren Kopf an seine Schulter legte, fegte Zufriedenheit durch ihn, und er rieb seine Wange gegen ihr Haar.

Gott, sie war unglaublich. Und er liebte sie.

Herrgott, das tat er wirklich. Das war es, was er mit anderen gewollt und nie gefunden hatte – sie mochte ihn nicht nur, sondern brachte ihm auch dieses tiefe Vertrauen entgegen. Er hatte nicht das Gefühl, dies verdient zu haben, aber er würde ihr Geschenk mit allem, was ihn ausmachte, beschützen. Seine Arme schlossen sich fester um sie, und anstatt sich zurückzuziehen, kuschelte sie sich näher an ihn heran.

Ja, er hätte nichts dagegen, für immer hier zu liegen. Mit ihr in seinen Armen.

Leider müsste er sich irgendwann bewegen. Nachdem er das Kondom entsorgt hatte, brachte er einen warmen Waschlappen zurück und ignorierte ihre Einwände, als er ihre empfindliche Pussy und ihren Arsch reinigte. Sicher, sie könnte es auch allein tun, aber warum sollte er sich das Vergnügen verweigern?

Er hatte eine Salbe für blaue Flecke im Badezimmer gefunden – wahrscheinlich für Carson. Diesmal käme sie bei ihr zur Anwendung. „Halt still, Süße. Dies wird dazu beitragen, dass du keine Blutergüsse bekommst." Er setzte sich neben sie, rollte sie auf ihren Bauch ... und massierte die Salbe in ihren geröteten Arsch.

„Hey! Nein, lass das. Verdammt." Ihre Stimme war so heiser von den vielen Orgasmen, dass selbst ihre empörten Proteste sexy klangen.

Er grinste. War es pervers, die roten Handabdrücke zu genießen, die er auf ihrer weißen Haut hinterlassen hatte?

Vor Jahren, als er seinen Weg in den BDSM-Lifestyle

gefunden hatte, hatte er sich durch das Hinterlassen von Spuren wie das größte Arschloch der Welt gefühlt. Jetzt hatte er gelernt, dass das richtige Maß an Schmerz den Weg zu einem wirklich überwältigenden Orgasmus ebnen konnte.

Und die Beseitigung der Kontrolle einer Sub über ihren eigenen Schmerz und ihre eigene Lust konnte die Bindung zwischen ihnen enger machen.

So wie er es heute Abend getan hatte.

Wusste Josie, dass Vertrauen in beide Richtungen ging?

Er stellte die Salbe auf den Nachttisch, zog sich vollständig aus und schloss sich ihr auf dem Bett an. Sie war ein weiches Bündel, als er sie an sich zog und seinen Arm unter ihren Kopf legte.

Sie blinzelte, ihre Augen waren leicht rot von ihren Tränen und da sie von der überwältigenden Lust mittlerweile etwas müde war. „Du bist so ein fieser Mensch. Ich denke, es hat dir Spaß gemacht, diese Salbe aufzutragen."

„Das hat es." Er küsste sie sanft.

Ihr winziges verzweifeltes Schnauben entlockte ihm ein Grinsen. Als sie zu ihm aufblickte, zogen sich ihre Augenbrauen zusammen; ihr Blick konzentrierte sich auf die harschen Narben unter seinem Kinn. Mit einer sanften Berührung fuhr sie mit den Fingern darüber.

„Josie."

Ohne zu antworten, rutschte sie höher. Ihr Gesicht zeigte – zunächst – keine Reaktion, als sie seine Narbe von der Schläfe bis zum Kiefer nachzeichnete. Sie berührte die Brandnarbe an seinem Hals. Und lehnte sich vor, um die glänzenden Narben auf seinen Schultern zu küssen.

Sein Herz schmolz in seiner Brust dahin.

Je weiter sie forschte, desto mehr Verbrennungen fand sie. Die noch heilenden, leicht angehobenen Schnitte an seinen Unterarmen. Ein paar Narben aus seiner Kindheit, als er dem Freund seiner Tante nicht schnell genug ausgewichen war.

Ihre Unterlippe bebte, als sie die lange Messerwunde an seinem Bauch berührte. „Oh Gott, Holt. Du hattest so ein schmerzhaftes Leben."

Verdammt, sie machte ihn fertig. „Süße, das sind nur oberflächliche Narben." Er zog sie auf sich, diese Frau mit ihrem weichen Herzen. „Du hast genauso viele, aber sie sind tief vergraben."

„Ich ... wahrscheinlich. Sie sind vielleicht gerade dabei, ein wenig zu heilen."

„Das freut mich." Das war es, was er erreichen wollte. Er fuhr mit den Fingern durch ihr Haar. „Und ich bin zufrieden mit dem, was wir heute Abend gemacht haben. Du schienst es auch genossen zu haben."

„Mmm." Ihre Lippen krümmten sich leicht, als sie ihre Hand auf seine Wange legte. „Ehrlich gesagt, glaube ich, dass ich unter Schock stehe."

„Nun ..." Er legte seine Hand auf ihre und hielt ihre Handfläche gegen seine Wange. Würde sie sich dadurch zurückziehen? Vielleicht ... doch Aufrichtigkeit und offene Kommunikation gehörten zu den Pflichten eines Doms. „Ich denke, *ich* bin verliebt."

Freude. Ja, er konnte sehen, wie das Glücksgefühl in ihren Augen aufblühte, bevor sie alles abschaltete. „Nein. Nein, das kannst du nic –"

„Mmm. Ich bin mir ziemlich sicher, dass ich das sehr wohl kann."

Ihre Augen waren riesig. Sie wirkte erschüttert. „Nein, Sir."

Ja, er hatte mehr Arbeit vor sich. „Josie, ich liebe dich." Sanft schob er ihr den Pony aus den Augen. „Entspann dich, Sub. Es gibt keine Eile. Ich erwarte nichts von dir."

„Du verstehst nicht."

„Ich habe eine gute Vorstellung davon, wie du über mich denkst, Josie." Wenn es nicht mehr als Freundschaft zwischen ihnen gegeben hätte, hätte die kleine Subby es nie zugelassen, dass er sie fesselte oder ihr den Arsch versohlte – und sie wäre sicher nicht so hart und so oft gekommen. Denn für diese Frau war ein Orgasmus das intimste Geschenk, das sie machen konnte.

Josie mochte unterwürfig sein, aber sie war die Art von Frau, die Vertrauen brauchte, um wirklich loszulassen. Sie hatte sich ihm geöffnet, ihm ihren Körper und ihre Höhepunkte gegeben.

Mehr noch, sie mochte ihn. Alles, was sie tat, zeigte das.

Aber würde es ausreichen, um die Narben ihrer Vergangenheit und ihre Sorge um Holt in Carsons Leben zu überwinden?

Na ja, er war ein geduldiger Mann, und er liebte es, andere zu heilen.

KAPITEL ACHTZEHN

„Gott, **Laurent, was** läuft falsch mit dir?" Am Freitagnachmittag starrte Josie auf die Worte auf ihrem Computermonitor. Die rothaarige Laurent sollte sich wie eine Heldin verhalten und an ihrer Feuerkontrolle arbeiten. Ganz sicher sollte sie Tigre nicht schöne Augen machen und sofort dahinschmelzen, wenn er sie ansah.

Verflucht seist du, Tigre. Die Inspiration, die sie für ihn verwendet hatte, war der muskulöse, blonde Thor aus den *Avengers*-Filmen.

Und jetzt hatte Josie ein wandelndes, sprechendes Beispiel für den sexy Donnergott ... gleich nebenan.

„Hör mir gut zu, Mädchen", befahl sie Laurent mit ihrer besten Autorenstimme. „Ich weiß genau, warum du dich in Tigre verliebt hast, aber ... dumm gelaufen. Keine Romantik. Punkt." Es spielte keine Rolle, ob das Mädchen Schmetterlinge in ihrem Bauch fühlte und schwache Beine bekam, wann immer sie den Kerl sah. Und es würde keine ausgelassene Freude geben, wenn sie Liebeserklärungen hörte.

Liebeserklärungen. Josies Herz machte einen Salto in ihrer Brust. Holt *liebte* sie.

Sie schüttelte den Kopf – etwas, das sie heute so oft getan hatte, dass Oma sie gefragt hatte, ob sie Ohrenschmerzen hatte.

Kein Ohrenschmerz, sondern Herzschmerz. Weil Holt nachweislich den Verstand verloren hatte. Gestört, der Mann. *Loco.* Verrückt wie ein Hutmacher. Ihm fehlten eindeutig eine Menge Schläuche im Feuerwehrauto ... oh, der war gut. Sie musste das irgendwann bei ihm anwenden.

Nur sollte sie sich nicht mehr mit ihm treffen.

Aber sie wollte es. Josie zog frustriert an ihren Haaren. Vielleicht war sie diejenige, die verrückt wurde.

Sicherlich bedeutete seine Liebeserklärung nur, dass er sich nach dem Sex in Emotionen verfangen hatte. Und in seiner Dominanz. Uzuri hatte ihr gesagt, dass Subs oft von intensiven Sessions beeinflusst wurden und dann glaubten, dass sie mit dem Dom mehr als eine D/s-Verbindung wollten.

Holt war zwar ein Dom, aber vielleicht wurde auch er von Gefühlen überwältigt.

Josie legte ihre Hand auf ihr Brustbein, unter dem sich Schmerzen formten, die sie nicht ignorieren konnte. Ihn sagen zu hören, dass er sie liebte, war ... überwältigend gewesen.

Und dann war er nicht gegangen, nachdem sie sich geliebt hatten. Die ganze Nacht hatte er sie in den Armen gehalten. Im Morgengrauen hatte er sie mit Küssen geweckt und ihr erneut gesagt, dass er sie liebte. Schließlich hatte er sie in der Missionarsstellung geliebt und ihr die Worte erneut ins Ohr geflüstert.

Sie hatte ihm Frühstück gemacht und ... und es hatte sich so richtig angefühlt, ihn in der Küche zu haben. Sie hatten über die kommenden Tage gesprochen und es hatte sich alles so normal angefühlt. Wie ihn zu necken, wissend, dass er sie gegen die Arbeitsfläche pressen und sie küssen würde.

Sie spitzte die Lippen, atmete aus und rieb sich die Brust. Er liebte sie.

Und ... *Gott, stehe mir bei*, sie liebte *ihn* auch.

Sie biss sich auf die Unterlippe. Wenn er die Sache mit ihr beendete, würde das so verdammt wehtun.

Aber vielleicht war Holt anders. Nein, sie *wusste,* dass Holt anders war. Er war nicht wie ihr Vater oder Everett. Er würde niemals jemanden im Stich lassen, weil diese Person einen Fehler gemacht hatte. Er würde sich nicht mehr um seinen Ruf sorgen als um eine Person.

Niemals würde er ihr Vertrauen verraten.

Was aber war mit Carson? Holt war für Carson eine männliche Vertrauensperson und das war etwas, was ihr Sohn dringend brauchte. Ihr Junge verdiente es, jemanden zu kennen, der so erstaunlich war wie Holt.

Denn Holt war wirklich unglaublich.

Aber Beziehungen gingen manchmal eben schief. Das taten sie einfach. Um ihres Jungen willen sollte sie vorsichtig sein. Sie sollte die Sache mit Holt langsam angehen.

Sie lächelte und spürte ein Fünkchen Hoffnung. Sie würde Holt heute Abend im Shadowlands sehen und ... und vielleicht auch danach? Vielleicht würde er wieder mit zu ihr nachhause kommen wollen?

Bitte lass das alles gut ausgehen.

KAPITEL NEUNZEHN

olt hörte, wie auf der anderen Straßenseite Türen zuknallten, sodass er das Basketballspiel unterbrach. Josie, Carson und Stella stiegen aus dem Auto. Der Gottesdienst schien vorbei zu sein.

„Fang, Holt", rief Wedge.

Holt kehrte in die Realität zurück, fing den Ball, machte zwei Schritte und vollführte einen netten Korbleger.

Duke und Elijah stöhnten, als der Basketball den Reifen umkreiste und dann reinfiel. Holt stieß mit seiner Faust gegen Wedges, während Elijah den Ball auffing und ihn zu seinem Teamkollegen warf.

Duke drippelte in einem unregelmäßigen Muster auf den Reifen zu und Holt entschied in dem Moment, ein paar Fragen zu stellen: „Ihr wisst, dass ich Feuerwehrmann bin, ja?"

„Wissen wir." Duke wich nach links aus.

Holt blockte. „Und ihr wisst um die Probleme in der Schule – einige Dummköpfe, die Feuer legen?"

„Haben wir gehört." Duke gab den Ball an seinen Teamkollegen weiter – ganz knapp an Holts Hand vorbei.

Der Junge zischte um Wedge herum und warf. Daneben.

Holt fing den abgeprallten Ball auf und warf ihn zu Wedge, der einen Schuss von dort abgab, wo er stand. *Treffer.*

„Guter Wurf!" Holt fing den Ball auf dem Weg nach unten auf. Anstatt den Ball zu Duke zu werfen, musterte er die drei Teenager um ihn herum. Sie schienen sich unwohl zu fühlen, ihre Blicke waren eher auf den Ball gerichtet als auf ihn. Sie wussten etwas, *verdammt.*

„Hört zu, Leute. Ich habe Kinder aus brennenden Gebäuden gerettet. Und manchmal kommen wir verdammt nochmal zu spät." Sein Kiefer spannte sich bei den Erinnerungen an. Der Anblick, die Gerüche ... einfach schrecklich und etwas, das niemals passieren sollte. „Ich weiß, dass es sich falsch anfühlt, einen Freund zu verpetzen, aber mein Gott, lasst nicht zu, dass ich wieder eine verbrannte Kinderleiche sehe."

Die Jungen schwiegen. Er wusste, dass sie ihn gehört hatten. Entgegen der allgemeinen Auffassung waren die meisten Kinder verdammt offenherzig und sensibel. Eine Person musste nur durch den ganzen Lärm in ihrem Leben brechen.

„Wer auch immer Dinge in Brand steckt, ist nicht einer von uns", sagte Wedge schließlich. „Ich meine, nicht jemand von der Highschool. Oder ein Erwachsener. Es ist jemand, der auf diese Schule geht."

Holt spürte, wie sich sein Magen verkrampfte. Junge Brandstifter nutzten manchmal das Feuer als Bewältigungsmethode ... und konnten im Laufe ihres Lebens hunderte von Bränden auslösen.

„Mehr weiß ich nicht", sagte Duke.

Holt nickte. „Danke." Er warf den Ball zu Elijah, der sich drehte, eine bestimmte Richtung vortäuschte, sich erneut drehte und den Ball in die Hände von Duke warf. Der Teenager zielte von der Ecke und machte einen Korb.

„Gut gemacht." Grinsend hörte Holt sein Handy klingeln, sah auf das Display und trat etwas an die Seite, um zu antworten. „Was ist los, Jake?"

Sein Freund seufzte. „Es gibt ein Problem. Du weißt, dass meine Tierklinik und das ansässige Tierheim heute gemeinsam etwas organisiert haben, um viele Tiere an den Mann zu bringen."

„In der Zoohandlung, ja, hast du erwähnt. Und?"

„*Und* mehrere Mitarbeiter des Tierheims liegen mit der Grippe im Bett. Ich suche nach Aushilfen – keine Erfahrung notwendig –, die bereit wären, heute Nachmittag für drei Stunden auszuhelfen."

„Sicher, ich bin dabei." Holt drehte sich zu Josies Haus auf der anderen Straßenseite. Sie hatte ihn nach der Kirche zum Abendessen eingeladen. Mit Sicherheit könnte er sie alle zur Arbeit einberufen. „Vielleicht schaffe ich es, noch ein oder zwei Freiwillige zu rekrutieren."

Seine Frau würde einen guten Zweck nicht ablehnen.

Als er auflegte, lächelte er. *Fuck*, er liebte sie wirklich – obwohl sie ihn manchmal ansah, als würde sie daran denken, aus der Stadt zu fliehen, wenn nicht sogar aus dem Bundesstaat. Arme kleine Subby. Sie liebte ihn. Sie sagte vielleicht nicht die Worte, aber ihr Körper und ihre Emotionen logen nicht.

Am Freitag und Samstag hatte er Zeit mit ihr im Shadowlands verbracht, und nachdem sie nachhause zurückgekehrt waren, war er über den Zaun gesprungen und hatte die Glasschiebetür auf ihrer Terrasse benutzt. Er war nachhause gegangen, bevor Carson am nächsten Tag von Stellas Haus zurückgekehrt war.

Irgendwann würde Josie erkennen, dass er in ihrem Leben bleiben würde, und die geheimen Übernachtungen würden ein Ende finden.

Er konnte sich nichts Schöneres vorstellen, als jeden Morgen für den Rest ihres und seines Lebens mit ihr in seinen Armen aufzuwachen. Wenn sie ihre Sorgen mal für eine Weile vergaß, war sie witzig, rational, fürsorglich, süß, klug und stark genug, um sich zu behaupten, ... oder ihm die Kontrolle zu überlassen.

Drängte sich ihre Vergangenheit jedoch in den Vordergrund,

war ihr Instinkt, sich zurückzuziehen. Alte Wunden brauchten Zeit, um zu heilen.

Als Beth und Nolan zwei missbrauchte Jungen adoptiert hatten, sagte ihnen ihre Sozialarbeiterin, dass Vertrauen nicht vollständig zustande kommen würde, bis die Kinder so viele Jahre bei ihnen gelebt hatten, wie sie misshandelt worden waren.

Er schüttelte den Kopf. Nun ja, er war ein geduldiger Dom. Josie – und Carson – waren ihm die Wartezeit wert.

Heute würde er zu ihnen gehen und sie dazu überreden, dabei zu helfen, Adoptionen von Haustieren in die Wege zu leiten.

Gefolgt von ihrem Sohn und ihrer Großtante lief Josie mit Holt durch die Zoohandlung. Mittig füllten Hunde in Kisten und an Leinen den abgetrennten Bereich, der normalerweise für das Hundetraining genutzt wurde. Hinter einem drei Meter hohen Netzzelt waren Katzen in Transportboxen. An der Öffnung zum umzäunten Bereich saßen etliche Personen an Tischen und kümmerten sich um die Formulare für die Adoption der Haustiere.

Das Adoptionsevent schien gut zu laufen. Mehrere Interessenten machten sich bereits mit den Tieren vertraut. Ein junger Mann kniete vor einem Mischlingshund und sprach leise mit ihm: „Willst du mit mir nachhause kommen, Junge? Ich habe einen großen Garten und –"

„Holt, Josie, ihr seid hier!" Mit strahlenden grünbraunen Augen lockte Rainie sie in den abgetrennten Bereich. Sie trug eine Jeans mit einer Tunikabluse unter einer blauen Weste auf der *Jakes Tierklinik* und *Adoptionsmitarbeiter* stand. Ihr braunes Haar mit den bunten Strähnen war zu einem Pferdeschwanz gebunden. „Es tut mir leid, dass ich euch den Sonntag vermassele. Wer hat jemals davon gehört, dass alle auf einmal krank werden?"

„Das passiert schon mal während der Grippesaison. Letzte

Woche haben einige Feuerwehrleute gefehlt." Holt wandte sich an Oma. „Stella, das ist Rainie. Sie leitet nicht weit von hier eine Tierarztklinik. Rainie, das ist Stella Avery, Josies Großtante, und dieser junge Mann ist Josies Sohn Carson."

„Schön, euch kennenzulernen." Rainie warf Oma einen abschätzenden Blick zu. „Mrs. Avery, was würdest du davon halten, wenn ich dich an den Tisch setze, wo Formulare ausgefüllt und Gebühren bezahlt werden? Marcus kann dir zeigen, wie alles funktioniert, da er die letzten drei Adoptionen alleine gehandhabt hat."

Oma nickte. „Ich bin sehr gut mit Papierkram. Wo muss ich hin?"

„Perfekt." Rainie bot Oma ihren Arm an und rief: „Gabi, kannst du Holt und seine Crew Arbeit geben?"

„Aber natürlich!" Auch in einer blauen Weste war die Erdbeerblondine mit den türkisen Streifen im Haar leicht zu erkennen. Gabi und ihr Dom Marcus waren diejenigen gewesen, die sich für Josie eingesetzt hatten, als es das Problem mit Amber gegeben hatte. „Willkommen im Irrenhaus, Leute. Ich bin so froh, dass ihr hier seid."

Carson beäugte Gabis temporäre Tattoos und grinste; orangefarbene Kätzchen schlangen sich um ihre Unterarme.

Josie legte eine Hand auf seine Schulter. „Gabi, das ist mein Sohn Carson."

Carson wirkte ziemlich verblüfft, als sie ihm die Hand schüttelte. „Es ist schön, dich kennenzulernen, Carson. Du wirst heute Spaß haben. Unsere Aufgabe ist es, Menschen mit Haustieren zusammenzubringen, die Treffen zu beaufsichtigen und die neue Familie nach vorn zu begleiten, wo sie die nötigen Formulare ausfüllen können."

Carson steckte seine Hände in die Taschen. „Klingt cool."

„Das ist es." Gabi griff in eine Kiste unter dem Tisch und übergab blaue Westen. „Hier, das lässt euch offiziell aussehen."

Josie zog die Weste an und sah, dass Holt nun neben Marcus stand und sich mit ihm unterhielt, während Carson ...

... bereits seine Weste anhatte und vor einer Transportbox mit einer Katze kniete.

Josie, du Idiot. Großer Erziehungsfehler. Ihre Wohnung hatte keine Tiere erlaubt, aber sie lebten jetzt in einem Haus, und ihr Junge würde die nächsten Stunden umgeben von entzückenden Fellknäueln verbringen, die sich nach einem Zuhause sehnten.

Holt trat neben sie und folgte ihrem Blick. „Du bist so am Arsch."

„Du *wusstest*, dass das passieren würde, oder?"

„Süße, ein Junge braucht ein Haustier." Als er einen Arm um sie legte, sah sie das teuflische Grinsen auf seinen Lippen.

„Du ... fieser Mensch." Sie überlegte, ihm gegen das Schienbein zu treten. Nein, das würde ein schlechtes Beispiel für ihr Baby abgeben. „Ich werde dich in mein Buch schreiben – als Bösewicht – und werde dich von jemandem zerstückeln lassen. Und kastriert wirst du auch."

„Wie bösartig du doch bist. Autsch." Vielleicht war Holt fies, aber sein warmes männliches Lachen wäre sogar dazu fähig, Engel vom Himmel auf die Erde zu locken.

Gabi kicherte. „Ich werde deine Bücher ja so was von lesen."

„Du weißt, dass ich schreibe?"

„Holt hat uns erzählt, wie gut deine Serie ist, und ich liebe Jugendbücher."

Holt hatte seinen Freunden von ihren Büchern erzählt? Ihr nächster Atemzug kämpfte mit dem aufkeimenden Glück in ihrem Herzen um Platz.

Gabi hakte ihren Arm bei Josie ein. „Da Carson die Katzen zu mögen scheint, wie wäre es, wenn ihr drei bei den Katzen helft? Kim und Raoul und einige der anderen kümmern sich um die Hunde."

„Führe den Weg." Josie erkannte, dass Carson nicht der Einzige war, der ein Haustier wollte. „Denn das klingt super."

Die Zeit verging schnell. Nachdem sich Josie die auf den Transportboxen aufgezeichneten Informationen zur Geschichte und Persönlichkeit durchgelesen hatte, nutzte sie das Wissen, um Interessenten mit passenden Tieren zusammenzubringen. Jedes Mal, wenn jemand eine Katze zur Adoption auswählte, schaffte sie es kaum, ihr Bedürfnis zu unterdrücken, einen Freudentanz aufzuführen.

Nach einer weiteren Adoption kehrte sie vom Tisch für die Abwicklung zurück und schaute sich im Zelt um. Das Tierheimpersonal hatte mehr Katzen hergebracht, als sich die Boxen leerten. Auf einer Seite brachte Carson einem Kind bei, wie man ein Kätzchen hielt, ohne Kratzer davonzutragen. Ein junges Paar wanderte von einer Box zur nächsten.

Eine ältere, vom Kampf gezeichnete Katze, die bisher niemand für sich beansprucht hatte, streifte draußen umher. Er rieb seine Wange gegen das Kinn einer älteren Frau und schnurrte so laut, dass sein dünner Körper bebte. Josie holte tief Luft und drehte sich um, um sich Tränen aus den Augen zu wischen.

„Ist ja gut, Sub." Holt schloss sich ihr an. Der Mann – nein, der Dom – hatte alles gesehen. Er legte eine große Hand in ihren Nacken, zog sie an sich und gab ihr die nötige Zeit, die Tränen wegzublinzeln. Er schirmte sie ab.

Sie saugte seinen Duft in sich auf, seufzte und wünschte, sie könnte genau hier bleiben, für immer an ihn geschmiegt. „Danke", hauchte sie.

„Mmmhmm." Er küsste sie auf den Haarschopf und ließ sie gehen.

„Ich würde gerne diese Katze adoptieren. Was muss ich als Nächstes tun?" Bei der Frage der älteren Dame strich Holt mit den Fingerknöcheln über Josies Wange und schloss sich dann der Frau an, um sie bei dem Prozess zu unterstützen.

In den nächsten Stunden schaffte sie es nicht, den Blick von ihm zu nehmen. Sie wollte stets helfen. Wenn er eine Hand mit einer Katze oder ein Band brauchte, um eine Adoption zu markieren oder ... irgendetwas ... versuchte sie, für ihn da zu sein.

Nachdem sie für alle Getränke geholt hatte und Holt seines entgegennahm, fiel ihm auf, dass es Mountain Dew war. Sein Lächeln, das er ihr geschenkt hatte, und sein sanftes „Danke, Süße" hatten ihr Herz zum Singen gebracht. Sie hatte es schon immer gemocht, hilfsbereit zu sein, aber etwas für Holt zu tun, entzündete ein Leuchten in ihrem Herzen, das mit nichts vergleichbar war.

Als der Zeitpunkt für die Schließung näher rückte, herrschte eine Flaute bei den Besuchern des Katzenzeltes. Josie trat heraus und drehte sich im Kreis, um zu sehen, was sie noch tun könnte.

Raoul und Kim – der Shadowlands-Master und seine Sklavin – waren mit den Hunden beschäftigt. Es war interessant zu sehen, wie Kim Raoul beobachtete, und sie ihm alles gab, was er brauchte, noch bevor er fragen musste. Sie reagierte auf jede kleine Bewegung seinerseits.

Josie schnaubte.

„Was ist so lustig?" Gabi schloss sich ihr an.

„Mir ist gerade aufgefallen, dass Master Raoul seine Kim genauso aufmerksam beobachtet wie sie ihn." Josie nickte, als der muskulöse Master seinen Arm um Kims Taille legte und sie von einem Redneck wegzog, der einen Annäherungsversuch wagte.

„Ich dachte zuerst, dass nur ich es bin, dann nur die Subs – und zunächst war das überwältigend. Aber du hast Recht, es ist keine Einbahnstraße." Die Rothaarige warf einen Blick zum Tisch, und ja, Marcus' Augen waren auf Gabi gerichtet. Der Blickaustausch enthielt so viel Liebe und Wärme, dass Josie nicht anders konnte, als neidisch zu sein.

Josie wandte sich ab und suchte nach *ihren* zwei Jungs.

Holt stand vor dem Katzenzelt und schaute hinein. Und er schaute zu ...

... Carson, der breit grinsend eine große schwarze Katze auf dem Schoß hielt. Er streichelte sie, sprach mit ihr.

Holts zärtlichen Gesichtsausdruck zu sehen, als sein Blick auf ihrem Sohn lag, wärmte Josie das Herz.

„Also ..." Gabi grinste und stieß Josie gegen die Schulter. „Wirst du einknicken und Carson das Kätzchen mit nachhause nehmen lassen?"

Josie seufzte. „Ich kann nicht glauben, dass ich das nicht vorausgesehen habe." Sie war zu nervös gewesen, als Holt sie gebeten hatte, den Nachmittag mit ihm zu verbringen. Ehrlich gesagt verwandelte sich ihr Gehirn jedes Mal in Brei, wenn sie in seine Nähe kam.

„Holt!" Eine große Blondine rief ihm von der anderen Seite der Absperrung zu. „Holt. Oh, du bist es. Unglaublich. Was machst du hier?" Sie wich zwei Leuten mit Hunden aus und ergriff Holts Hände. „Ich habe gehört, dass du mit Nadia Schluss gemacht hast. Oh, es ist so schön, dich wiederzusehen."

Er lächelte sie an. „Di, wie geht es dir?"

Bodenlose Eifersucht schoss direkt in Josies Brust.

Gabi legte einen Arm um ihre Taille. „Geh und vertreibe sie, Freundin. Lass sie wissen, dass er nicht länger Single ist."

Josie biss sich auf die Unterlippe. „Aber ... das ist er. Wirklich. Wir sind nicht –"

„Zwischen euch läuft etwas, Josie. Du hast darüber gesprochen, wie Raoul Kim beobachtet? Holt behandelt dich wie eine feste Freundin *und* beobachtet dich wie das ein Dom bei seiner Sub macht."

Josies Kinnlade klappte auf. „Er ... was?"

„Möchtest du nach dieser Veranstaltung etwas trinken gehen?" Di hielt immer noch Holts Hände, lehnte sich vor und sah ihn aus großen Augen an. „Ich habe heute Abend Zeit."

„Gott, steh uns bei, gleich wird sie ihr Haar sexy über ihre Schulter werfen", murmelte Gabi. „Geh und rette ihn."

„Nein." Als Josie den Kopf schüttelte, wurde ihr klar, dass Holt sie musterte.

Er wusste offensichtlich, dass sie und Gabi zusahen. Er

CHERISE SINCLAIR

antwortete der Frau nicht. Stattdessen blieb sein Blick weiterhin auf Josie gerichtet. Als Josie sich nicht bewegte, verengte er die Augen. Dann lächelte er die Blondine an.

Josies Herz sank. Wenn er sich mit dieser Frau verabredete, würde das ... wehtun. Aber er hatte das Recht dazu, sich zu verabreden. Sie war diejenige, die sagte, dass sie nicht datete *und* sie an Beziehungen kein Interesse hatte. Und sie war es, die seine Liebesbekundung nicht erwidert hatte.

Di tätschelte seine Brust. „Wir sollten –"

„Es tut mir leid, Di, aber ich kann nicht. Ich habe mich in eine Frau verliebt und habe kein Interesse daran, mich mit anderen zu verabreden." Er löste sich behutsam aus ihrem Griff und nickte Josie zu. „Meine Josie steht gleich dort drüben."

Meine Josie. Er hatte sie für sich beansprucht. Obwohl Josie sich immer wieder zurückzog, machte Holt klar, dass er sie wollte. In der Öffentlichkeit. Sie wusste nicht, was sie sagen sollte. Sie schaffte es nicht mal, Luft zu holen.

„Oh." Di schmollte. „Ich war mir sicher, dass du länger brauchen würdest, um über Nadia hinwegzukommen."

„Ich habe schnell gemerkt, dass es besser war, dass wir uns getrennt haben." Holt grinste. „Da du mich nicht haben kannst, kann ich dir eine gut aussehende Katze anbieten?" Er deutete auf eine grünäugige Katze in einem der Käfige.

Die Blondine lachte. „Netter Versuch. Leider hasst mein Hund Katzen und ich tue das auch. Ich hole besser seine Hundeleckerlis und gehe zu ihm nachhause."

„Es war schön, dich zu sehen. Pass auf dich auf."

Als Di wegging, stieß Josie einen langen Seufzer aus. „Ich wünschte, ich könnte so geschmeidig Menschen abwehren wie er", murmelte sie zu Gabi.

Gabi lachte. „Ich habe gesehen, wie du an der Bar agierst, und du bist *fast* so taktvoll wie er. Nur fast – denn ich bin mir nicht sicher, ob jemand über Fähigkeiten verfügt, die seinen entsprechen."

342

„Meine Damen, hat euch die Show gefallen?" Holt stand plötzlich vor Josie und lehnte sich vor, um ihr einen Kuss zu geben. „Habt ihr Wetten angenommen, wie schnell ich mich selbst aus der Situation herauswinden kann?"

Gabi lachte. „Eigentlich haben wir deine Fähigkeiten bewundert. Nicht einmal Marcus ist so charmant."

Holt lenkte seinen Blick in die Richtung, wo Marcus einem älteren Mann half, Adoptionspapiere auszufüllen. „Das liegt daran, dass Marcus ein Anwalt ist – bei ihm geht's nur um den Sieg. Ich bin Feuerwehrmann, Sanitäter und Krankenpfleger. Uns geht's ums Helfen."

„Das stimmt." Josie starrte ihn an. Ihr Herz fühlte sich wieder merkwürdig überfüllt an, wie an dem Tag, als sie ihn während Annes Wehen beobachtet hatte. Er war einfach so ... erstaunlich.

Und als er auf sie hinunterblickte, waren seine Augen warm und zärtlich und das unglaublichste Blaugrau. Josie hörte Gabi kichern und erkannte, dass sie sich in seinem Blick verloren hatte. Schon wieder.

Sie zwang sich, wegzusehen, und bemerkte, dass Carson sie beobachtete. Von dem mürrischen Blick, den er schließlich Holt zuwarf, hatte ihr Sohn gehört, wie Holt Anspruch auf Josie erhoben hatte.

Sie schloss die Augen und holte tief Luft.

Jeden Tag verliebte sie sich mehr in Holt. Es war an der Zeit, sich das einzugestehen und mit Carson über Erwachsene und Dating und ... einfach alles zu sprechen.

Nach der Veranstaltung stellte Carson die Katzenbox in seinem Zimmer ab und öffnete die kleine Tür. „Hey, Poe. Komm raus."

Gelbgrüne Augen musterten ihn, und Carson hielt völlig still. *Bitte mag es hier. Bitte mag mich.*

Poe erhob sich langsam, stoppte an der Tür, schaute in den Raum, sah zu Carson, machte zwei Schritte.

Carson streckte die Finger aus.

Poe schnupperte an ihm und zögerte, bevor er seinen flauschigen schwarzen Kopf gegen Carsons Hand drückte.

Tränen brannten in Carsons Augen. Die Katze mochte ihn immer noch. „Ich schätze, wir werden klarkommen." Es war schwer, Poe nicht für eine Umarmung auf seinen Schoß zu ziehen, ihn zu streicheln, aber das wäre wie ... wenn Holt ihn ungefragt in eine Umarmung ziehen würde.

Vielleicht wäre es irgendwie nett, aber es war nicht cool, das jemandem aufzuzwingen.

Carson knurrte leise. Überhaupt nicht cool, denn der Kerl baggerte Mom an. Er war ein Nachbar und war heiß auf Mom. Das war nicht richtig.

Und Mom mochte Holt zurück. Sie ... beobachtete ihn, und er beobachtete sie. Sie lehnte sich auf der Couch an ihn. Und Holt küsste sie manchmal.

Carsons Brust fühlte sich komisch an. Sie war doch seine *Mom*.

Und dann sprang Poe auf seinen Schoß und sein Schwanz kitzelte sein Kinn. Behutsam streichelte Carson über das schwarze Fell. *Ich habe eine Katze.*

Carson stieß den Atem aus. Holt war derjenige gewesen, der sie zur Adoptionsveranstaltung mitgenommen hatte. Und als Carson Mom gefragt hatte, ob er Poe mit nachhause nehmen dürfte, hatte Holt ihm zugezwinkert und der Dame geholfen, der Mom assistiert hatte. So hatte er Carson die Chance gegeben, Mom zu überreden, Poe zu adoptieren.

Und er hatte Carson mit dem neuen Handy geholfen und hatte coole Sachen draufgemacht. Er hatte sogar seine Handynummer in die Kontaktliste eingegeben. Holt war wirklich okay.

Warum konnte er nicht einfach ein Nachbar bleiben und seine Mom in Ruhe lassen?

Jemand klopfte an seine Tür. „Erlaubnis, einzutreten, Captain?"

Grinsend rollte Carson mit den Augen. Manchmal war seine Mutter so komisch. „Komm rein."

Mit einem Einkaufsbeutel kam sie herein, sah Poe und schloss die Tür hinter sich. „Wie ich sehe, hat er einen guten Platz gefunden, um sein neues Zuhause auf sich wirken zu lassen."

Poe hatte sich auf Carsons Schoß breitgemacht.

Mom stellte den Beutel ab. „Hier ist die Katzentoilette und die Streu, das Katzenfutter und der Futter- und Wassernapf. Du kannst die Katzentoilette an dieser leeren Stelle in deinem Badezimmer aufstellen. Wir werden Poe für ein paar Tage in deinem Zimmer behalten, damit er weiß, dass das sein Platz ist, dann kann er durch das Haus streifen."

„Okay."

Sie nahm einen Schritt auf die Tür zu und zögerte. „Ähm ..."

„Was?"

„Carson, sogar Mütter mögen es ... na ja, Freunde zu haben. Erwachsene Freunde."

„Du hast Freunde."

„Mütter, die nicht verheiratet sind, gehen zudem mit Männern aus. Manchmal. Also ... Verabredungen, Dates."

Seine Zähne machten ein komisches knirschendes Geräusch. „Okay. Und?"

„Also, ich weiß, dass du Holt magst. Er ist ... wir verbringen Zeit miteinander. Er hat mich gefragt, an Silvester mit ihm auszugehen."

Scheiße. Carson blickte finster drein. Sie hatten Silvester immer zusammen verbracht und jetzt ruinierte Holt das. Er ruinierte einfach alles. „Mhmm."

„Carson?"

Carson sah auf Poe hinunter. Der Schwanz der Katze zuckte. Auf. Ab. „Poe braucht Futter. Ich muss alles aufstellen."

Nach einer Sekunde seufzte sie. „Okay, ich verstehe, Schatz. Okay."

KAPITEL ZWANZIG

Der **Empfangsdame folgend** legte Holt seine Hand auf Josies unteren Rücken und führte sie an der lauten, überfüllten Bar vorbei und in den Restaurantbereich, wo nur das Klirren von Besteck und das leise Summen von Gesprächen die Stille durchbrachen. Das gehobene Restaurant *Georgina's* wurde von Tag zu Tag beliebter, und an Silvester gab es eine Schlange vor der Tür und eine lange, lange Warteliste. Er konnte sich verdammt glücklich schätzen, dass Georgina ein Plätzchen für sie gefunden hatte. Was auch immer er Clancy nun schuldete, das war es ihm wert.

Holt lächelte die reizende Frau an seiner Seite an. Als Mann liebte er es, Josie völlig nackt zu sehen, aber er musste sagen, dass sie auch wunderschön war, wenn sie sich in Schale warf. Er hatte fast seine Zunge verschluckt, als sie ihm heute Abend die Tür geöffnet hatte. Ihr dunkelgrünes Kleid betonte ihre wunderschönen Augen und ihr kupferfarbenes Haar. Das Korsett reichte bis zu ihrer Taille und formte einen erotischen Ausschnitt. Der Rock des Kleides war wunderbar eng, legte sich an ihre Oberschenkel und wies einen verlockenden Schlitz auf.

Als er sie mit seinem Finger aufgefordert hatte, sich für ihn zu drehen, hatte sie gehorcht, sodass ihm entblößt wurde, dass ihr Rücken abgesehen von den Korsettbändern vollkommen entblößt war. *Heilige Scheiße.*

Obwohl er bezweifelte, dass sie in diesem Outfit Unterwäsche trug, hatte er es geschafft, zu warten, bis er sie nach draußen gebracht hatte, bevor er sich dafür eine Bestätigung einholte.

Keine Unterwäsche. Seitdem war sein Schwanz auf halbmast.

„Habe ich dir schon gesagt, wie wunderschön du heute Abend aussiehst?"

Ihr leises Schnauben sorgte bei ihm für ein Schmunzeln. „Das hast du. Weißt du, in Texas würden wir sagen: Das Mädchen hat sich herausgeputzt."

„Baby, und wie du dich herausgeputzt hast." Er küsste sie sanft und rückte dann ihren Stuhl für sie zurecht.

Nachdem auch er Platz genommen hatte, reichte ihnen die Empfangsdame die Speisekarten und stellte ihnen den Kellner vor, der sagte: „Ms. Georgina möchte, dass Sie einen wundervollen Abend bei uns genießen und meinte, dass ich fragen soll, was Ihrer Begleitung nicht zusagt. Ausgehend davon wird sie die Auswahl Ihrer Gerichte übernehmen."

Josie blinzelte und lachte dann. „Du kennst die interessantesten Leute, Holt." Nach einer Sekunde sagte sie dem Kellner: „Ich hasse rohen Fisch in jeder Form. Ansonsten mag ich alles."

„Sehr gut, Miss."

Der Kellner ging. Der Sommelier erschien, öffnete eine Flasche Wein, wartete auf Holts Zustimmung, schenkte ein und verschwand.

Josie schüttelte den Kopf. „So einen Service hatte ich noch nie. Bist du ein Milliardär und hast es mir nicht gesagt?"

„Ich mache mich gut, aber nein." Holt stieß mit ihr an. „Georgina ist mit einem der Feuerwehrmänner verheiratet – du wirst sie alle eines Tages kennenlernen –, und sie denkt, ich sollte mehr rausgehen."

Josies Lippen zuckten. „Ich nehme an, sie weiß nichts über deine Wochenendaktivitäten in der kinky Höhle der Sünde."

„Äh ... nein." Holt nippte am Wein und lächelte über den reichhaltigen, rauchigen Geschmack. „Sie weiß, dass Nadia und ich nicht mehr zusammen sind."

„Holt, langsam glaube ich, dass die ganze Stadt von deiner Ex weiß."

Er grinste. „Ja, na ja, Nadia ist nicht gerade dafür bekannt, persönliche Angelegenheiten geheim zu halten." Er griff über den Tisch und drückte Josies Hand. „Du bist jedoch eine ganz andere Hausnummer."

Er würde sie allerdings nicht drängen. Noch nicht. Stattdessen wandte er sich angenehmeren Themen zu. „Wird Carson mit Stella darüber streiten, was sie heute Abend schauen?"

Josie entspannte sich, lachte und erzählte begeistert von Carson.

Einige Zeit später runzelte Josie die Stirn, als Holt den letzten Rest Wein in ihr Glas goss. Nicht, dass sie sich beschwerte, aber sie musste zugeben, dass sie nicht mehr ganz klar im Kopf war. „Du hast nach einem aufgehört, und ich hatte ... so viel mehr."

„Ich fahre", sagte er und erhob sich dann, als sich eine wunderschöne Brünette in einem schwarzen Kostüm näherte. „Georgina, du hast dich mit der Auswahl selbst übertroffen. Bitte richte deinen Mitarbeitern unsere Komplimente aus." Er lehnte sich vor und küsste sie auf die Wange.

Sie strahlte ihn an. „Das werde ich, *Sugar*." Sie drehte sich um und lächelte Josie an. „Ich bin Georgina. Es freut mich sehr, euch beide heute Abend hier zu haben." Die Aufrichtigkeit in ihrem Südstaatendialekt konnte nicht gespielt sein.

„Wirst du dich uns anschließen?", fragte Holt.

Georgina sah entzückt aus. „Wenn ich nicht störe, setze ich

mich gerne einen Moment zu euch." Noch bevor sie sich umdrehen konnte, trug ein aufmerksamer Mitarbeiter einen extra Stuhl zu ihr und rückte ihn ihr zurecht.

Josie hätte fast gelacht, da sie das daran erinnerte, wie sich die Subs stets um die Shadowlands-Master herumtrieben. „Du hast tolle Angestellte."

„Oh, das habe ich wirklich." Georgina lächelte den jungen Mann an. „Danke, Manuel. Kannst du uns bitte eine Kanne Kaffee bringen?"

„Sofort, Ma'am."

Die Brünette setzte sich auf ihren Stuhl und drehte sich zu Holt. „Alles geheilt? Clancy meinte, dass du wieder arbeitest." Für Josie fügte sie hinzu: „Mein Clancy arbeitet mit ihm in der Feuerwache." Der Ehering an ihrem Finger sagte, dass *ihr* Clancy wahrscheinlich ihr Ehemann war.

„Ich bin wieder fit", antwortete Holt.

„Gut. Ätzender Stalker." Georgina legte eine Hand auf Holts Wange und runzelte die Stirn bei der langen Narbe. „Das heilt auch. Gut."

Er lachte. „Du hast ein weiches Herz. Übrigens hat mir Clancy erzählt, dass das Restaurant Essensreste an das Obdachlosenheim liefert. Danke."

„Wie konnten wir nicht helfen, nachdem ich gesehen hatte, was sie dort essen?" Sie drehte sich zu Josie. „Die Obdachlosenunterkunft ist eines von Holts Projekten. Jeden in der Feuerwache hat er bereits dorthin geschleppt, um bei der Modernisierung des Gebäudes zu helfen."

Ein Obdachlosenheim? Josie warf Holt einen fragenden Blick zu.

„Es ist ein guter Ort." Sein Mund spannte sich an. „Auf der Straße zu leben, ist ... Nun ja, manchmal brauchen die Leute einfach eine helfende Hand, um wieder auf die Beine zu kommen."

Auf der Straße zu leben. Diese Monate war die schrecklichste, hoffnungsloseste Zeit ihres Lebens gewesen. Josie schaute nach unten und schwenkte verlegen den Wein in ihrem Glas. Als sie einen großen Schluck nahm, erkannte sie, dass Holts Blick auf sie gerichtet war.

Ein Kellner erschien und beugte sich vor, um zu flüstern: „Georgina, der Koch bittet um ein Wort."

„Ach, Mist. Ich habe nicht einmal fragen können, wie ihr euch kennengelernt habt." Schmollend erhob sich Georgina. „Josie, es war schön, dich kennenzulernen. Holt, lass von dir hören."

Josie beobachtete, wie sie davonschwebte. „Sie ist großartig."

„Ja, das ist sie. Und unter dem Südstaatencharme steckt eine ausgeklügelte Geschäftsfrau. Clancy verehrt sie." Holt lehnte sich vor, um Josies Hand zu nehmen. „Warum habe ich den Eindruck gewonnen, dass du eine Weile obdachlos warst?"

Ihr Mund trocknete aus. „Es ist schon lange her."

Er rieb mit dem Daumen über ihren Handrücken. „Schätze, das bedeutet, dass wir etwas anderes gemeinsam haben, hmm?"

Sie starrte ihn an. Nicht einmal die dünne Narbe konnte von seinen wunderschönen gemeißelten Zügen ablenken. Er trug den maßgeschneiderten schwarzen Anzug mit der Anmut von jemandem, der in einer Luxusvilla aufgewachsen war. „*Du* warst doch nicht obdachlos."

Sein rechter Mundwinkel kippte nach oben. „Ich teile, wenn du teilst."

„Nein." Über diese Zeit zu sprechen, machte sie einfach nicht. Niemals.

Er wartete, der Bastard.

Sie wollte unbedingt wissen, warum er auf der Straße gelebt hatte. Um Zeit zu schinden, nahm sie noch einen Schluck von ihrem Wein. *Nein, Josie.* Seine Vergangenheit war nicht wichtig. Sie musste es nicht wissen.

Verdammt. „Du zuerst."

Er drehte ihre Hand um und schüttelte sie. „Deal."

Er lehnte sich zurück und trank von seinem Kaffee. „Meine

Mutter ist an einem Hirntumor gestorben. Ein paar Jahre später – ich war etwas älter als Carson – starb mein Vater bei einem Autounfall, sodass mir nur die Wahl zwischen dem Kinderheim oder meiner Tante blieb. Sie nahm mich auf, aber ihr neuer Freund entpuppte sich als Drogendealer. Ein gewalttätiger Drogendealer. Er entschied, dass ich den perfekten Drogenschmuggler abgeben würde."

Josie sah ihn aus großen Augen an und versuchte, sich vorzustellen, dass Carson benutzt wurde, um Drogen zu transportieren. „Deine Tante ließ ihn?"

„Sie hat Einwände erhoben, woraufhin er gegen uns beide die Faust erhob." Er schüttelte den Kopf. „Ich bin ziemlich behütet aufgewachsen, und der Kerl hat mich zu Tode erschreckt. Ich musste wirklich auf der Hut sein. Nicht nur wegen ihm, sondern auch wegen seiner Kunden."

„Oh, mein Gott."

„Leider ist ihm und seinen Käufern schnell aufgefallen, dass ich nicht gerade hässlich bin." Mit einem verdrossenen Lächeln fuhr Holt mit einem Finger über seine heile Wange. „Der Bastard hat versucht, mich zu prostituieren. Daraufhin haben meine Tante und ich sein Auto gestohlen und sind geflüchtet."

„Oh, Gott sei Dank." Mit klopfendem Herzen nahm Josie Holts Hand in ihre.

Er hob ihre Hände und küsste diese. „Diese Reaktion ist der Grund, warum ich dich liebe", sagte er leise.

Oh. Ihn das sagen zu hören ... Ihre Stimme kam heiser heraus: „Ging es euch gut, nachdem ihr dort rausgekommen seid?"

„Wir lebten in Obdachlosenheimen, bis sie einen Job als Hausmeisterin fand. Harte Arbeit. Aber nicht lange danach sah mich der Agent meiner Mutter und –"

„Agent?", unterbrach sie ihn.

„Mom hat als Model gearbeitet, bis sie krank wurde. Ihr Agent hatte sie verehrt und hasste, was mit mir passiert war. Also fand er mir Aufträge – Kataloge, Zeitschriften, Anzeigen, Werbespots. Wir brauchten das Geld, besonders, als sich Tante Ritas Gesundheit verschlechterte."

Wie viel Verlust konnte ein Kind ertragen? Ihr Herz blutete für ihn. Er sagte das so leichthin, aber am Ende ging er arbeiten, und zwar in Carsons Alter. „Als gut aussehender Junge in Obdachlosenheimen war es sicher auch nicht einfach."

Er stimmte mit einem Schnauben zu. „Einige Unterkünfte waren besser als andere ... wie du wahrscheinlich weißt." Sein Daumen rieb weiter über ihren Handrücken. „Du bist dran, Süße. Wie bist du auf der Straße gelandet?"

„Ich bin in einer winzigen Stadt in Texas aufgewachsen. Mama ist abgehauen, als ich dreizehn war − durchgebrannt mit einem LKW-Fahrer. Pa war ein Rancher, streng und sehr gläubig. Nachdem Mama ihn verließ, wurde er sehr kalt. Als ich ihm erzählte, dass ich schwanger bin, hat er mich als Hure beschimpft und gab mir eine Stunde, meine Sachen zusammenzupacken − und sagte mir, ich solle es nicht wagen, mich jemals wieder bei ihm blicken zu lassen."

„Aber ..." Ein Muskel in Holts Wange zuckte. „Du warst sechzehn."

„Jep." Ihr Lächeln fühlte sich merkwürdig an. „Ein paar Monate zuvor, als ich einen Job nach der Schule begann, hatte er mir eines der Ranch-Autos gegeben, damit ich in die Stadt fahren konnte. Als ich ging, hatte ich also ein Fahrzeug und das Geld, das ich durch die Arbeit nach der Schule gespart hatte."

„Ich wette, du bist von Texas nach Florida gefahren, sicher, dass das Sackgesicht Everett helfen würde."

Bei Holts Verachtung musste sie lachen. „Richtig geraten. So landete ich auf der Straße. Es ist schwer, genug Geld zu verdienen, um zu überleben, und Obdachlosenheime sind wirklich beängstigend. Das Personal in einer Unterkunft war jedoch erstaunlich. Sie haben mir geholfen, Arbeit und eine billige Wohnung zu finden."

Er nickte. „Sie geben ihr Bestes."

„Ist das der Grund, warum du hilfst? Weil du weißt, wie es ist, auf der Straße zu leben?"

„Genau deswegen." Er musterte sie immer noch. „Wo war Stella, als das alles vor sich ging?"

„Oh, ihr Mann starb, bevor Pa mich rauswarf, und da sie bei allem an ihn erinnert wurde – sie hatten in New York gelebt –, nahm sie einen Job im Ausland an. Pa und Stella mochten sich nicht und so erfuhr sie nicht sofort, dass er mich vor Jahren aus dem Haus geworfen hatte."

„Wie hat sie dich gefunden?"

„Als sie in Rente ging und in die Staaten zurückkehrte, besuchte sie die Ranch. Anscheinend überreichte er nach einem ziemlich lauten Streitgespräch die Briefe, die ich ihm geschrieben hatte." Sie atmete an dem Schmerz in ihrem Herzen vorbei. „Er hat nicht einen geöffnet."

„Was für ein verdammtes Arschloch."

„Vergebung existierte nicht in seinem Vokabular." Wie anders ihr Leben sonst verlaufen wäre. „Wie auch immer. Oma fand mich und war entsetzt – obwohl es mir zu dem Zeitpunkt eigentlich schon recht gut ging. Sie liebte Carson und beschloss, sich in Tampa niederzulassen."

„Ich bin überrascht, dass sie kein Haus gekauft und dich einquartiert hat."

„Das wollte sie", gab Josie zu und lächelte bei der Erinnerung. „Aber sie war es gewohnt, mit ihrem ruhigen Ehemann zusammenzuleben und danach war sie lange allein. Carson war ein Junge mit viel Energie. Also besuchten wir sie mehrmals die Woche, und sie bestand darauf, ihn zu babysitten, wenn ich abends arbeitete." Josie nahm einen Schluck von ihrem Wein. „Ehrlich gesagt hatte ich Angst, sie würde nach Europa Reißaus nehmen, wenn wir sie zu sehr überwältigen."

Holt grinste. „Sie ist zäher als das."

„Ja, das ist sie wirklich. Ich bin so froh, dass wir nun nah genug wohnen, um ihr zu helfen." Sie schenkte ihm ein klägliches

Lächeln. „Dies ist das erste Mal, dass ich nicht mit ihr und Carson ins neue Jahr feiere."

Holt drückte ihre Finger und warf einen Blick auf seine Uhr. „Wie wäre es, wenn wir uns ihnen für den Countdown anschließen?"

„Wirklich?"

„Sicher. Nichts würde mir mehr gefallen. Lass uns Desserts bestellen, um den beiden eine Freude zu machen, und ich werde Georgina um eine Flasche Champagner für uns bitten – und um etwas, das Carson trinken kann."

Ihre Augen füllten sich mit unerwarteten Tränen, als er sich umdrehte, um dem Kellner ein Zeichen zu geben. Oh, sie liebte ihn wirklich. So sehr.

KAPITEL EINUNDZWANZIG

A m **Samstag verließ** Carson mit furchtbarer Laune das Haus. Mom putzte und sang zu Huey Lewis und es war klar, wie glücklich sie war.

Finster dreinblickend rollte er die Mülltonne die Einfahrt hinunter. Gestern Abend war er in die Küche geschlichen, um sich ein paar Cookies zu holen, und auf dem Rückweg hörte er Holt reden. In Moms Zimmer. Mitten in der Nacht!

Hatten sie ... *Sex*? War Holt Moms fester Freund?

Carson ließ die Mülltonne am Bordstein stehen und wünschte, er könnte den Inhalt überall auf Holts Vorgarten abladen. Würde Holt seine Mom heiraten? Wäre er dann ständig bei ihnen?

Meine Fresse. Würde sich alles ändern ... schon wieder? Er musste sich doch bereits mit einem neuen Haus und neuen Nachbarn und neuen Freunden auseinandersetzen. Einer neuen Schule!

Seine Schultern sanken nach unten. Die Ferien waren vorbei. Am Montag müsste er wieder in die Schule und sich Jorgeson stellen. Würde der Naturwissenschaftslehrer wissen, wer sein Klassenzimmer angezündet hatte?

„Guten Morgen, Carson. Wie geht's?" Holt kam aus seiner Haustür.

Carson lächelte, bevor er sich daran erinnerte, dass der Kerl in Moms Zimmer gewesen war. „Hey."

„Heute ist mein freier Tag, und ich möchte deine Mutter später dazu überreden, Pizza essen zu gehen. Bist du dabei?"

Pizza, is' klar.

Nein.

Holt war scharf auf seine Mutter, und auch seine Mom bekam nicht genug.

Ein ekliges Gefühl rollte über ihn hinweg. Am liebsten würde er in sein Schlafzimmer rennen und die Tür so hart zuschlagen, dass seiner Mutter – und diesem *Nachbar* – klar werden würde, wie er sich fühlte. „Ich ... ich treffe mich heute mit Freunden."

„Ah. Schade." Holt steckte seine Hände in die Taschen seiner Shorts. „Du hast wahrscheinlich bemerkt, dass ich deine Mutter mag, Carson. Und dich. Ich hoffe –"

„Also gehst du am Montag zur Arbeit, ja? Als Feuerwehrmann?"

Der Mann blinzelte, dann zuckte sein rechter Mundwinkel.

Carsons Gesicht war heiß, seine Hände kalt.

„Das ist richtig. Ich mache tatsächlich mehr –"

„Ein großer, gutaussehender Feuerwehrmann." Nach einer Löschwagen-Vorführung in der Schule hatte Carson mit angehört, wie die Mädchen über heiße Jungs und Muskeln sprachen. Holt war Feuerwehrmann; kein Wunder, dass Mom nicht genug von ihm bekam.

Carson zischte: „Mädchen mögen Feuerwehrmänner. Hast du dich deshalb für den Beruf entschieden? Anstatt etwas Normales zu tun, wie einen Laden zu führen?"

Holt versuchte, herauszufinden, was er getan hatte, um Carson zu verärgern. Nichts ... außer mit seiner Mutter auszugehen. Es schien, als hätte er es mit einem eifersüchtigen Jungen zu tun. Er hätte damit rechnen sollen. Der Junge hatte schon zuvor ein besitzergreifendes Verhalten an den Tag gelegt. Da Josies einzige Verabredungen zu einer Zeit waren, als Carson noch ein Kleinkind gewesen war, war der Junge bisher nicht gezwungen gewesen, einen Mann mit seiner Mutter zu akzeptieren. Nun gab es jedoch Holt.

Außerdem war Josie vielleicht nicht die Einzige mit Vertrauensproblemen. Everett hatte auch Carson abgelehnt. „Eigentlich war ich in deinem Alter, als ich beschloss, Feuerwehrmann zu werden. Mädchen hatte ich zu dem Zeitpunkt noch nicht auf dem Radar."

Wahrscheinlich darauf gefasst, es mit einem wütenden Holt zu tun zu bekommen, wirkte der Junge nun etwas aus dem Gleichgewicht gebracht. „Mein Alter?"

Dieser Tag ... war nicht Holts Favorit. Aber Carson musste ihn als Person sehen, nicht als Rivalen für Josies Zuneigung. „Okay. Mein Vater und ich fuhren auf einer Bergstraße. Ein Betrunkener in einem Pick-up fuhr zu schnell um eine Kurve und krachte frontal in unser Auto, sodass mein Vater auf seinem Sitz eingeklemmt wurde."

Holts Magen drehte sich. Er hatte das Bewusstsein verloren und war aufgewacht zu dem Stöhnen seines verletzten Vaters. Er hatte Mühe gehabt, Luft zu holen, hatte keine vollständigen Sätze sprechen können. Holt hatte Panik bekommen, hatte helfen wollen – nur konnte er nicht einmal seine Tür öffnen. „Andere Autos hielten an, aber das Gras unter dem Pick-up fing Feuer. Es war Herbst. Alles war knochentrocken. Innerhalb weniger Minuten breitete sich das Feuer auf die Bäume aus."

Carsons Augen waren riesig. „Was ist passiert?"

„Ein Feuerwehrauto ist mit lauten Sirenen vorgefahren." *Gott*, er erinnerte sich noch an das Gefühl der Ehrfurcht, als es erschien. Das Gefühl, gerettet zu werden. Er schaffte es, zu lächeln. „Sie waren unglaublich, und sie haben das Feuer gelöscht."

„Was ist mit dem Betrunkenen? Sein Pick-up brannte, oder?"

Nicht jeder konnte gerettet werden. Holt schaute von den großen Augen des Kindes weg. „Weder er noch sein Passagier haben es geschafft. Es war kein guter Tag." Der Tank des Pick-ups war explodiert und tötete den Betrunkenen und die junge Tochter. Die Schreie des Mädchens waren das verheerendste gewesen. Noch immer hörte Holt sie in seinen Albträumen schreien. *Kinder und Feuer – verdammt.*

„Scheiße, war dein Vater okay?"

„Die Feuerwehrleute haben die Tür gewaltsam öffnen müssen und schafften es schließlich, ihn herauszuholen." Holt konnte immer noch den Rauch in der Luft schmecken und das Stöhnen seines Vaters hören. Erinnerungen waren ... scheiße.

Carsons Unterlippe bebte. „Aber war er o-okay?"

Holt schüttelte den Kopf. „Nein. Der Unfall hat ihn schwer verletzt und er starb ein paar Tage später. Ohne die Feuerwehrleute wäre er jedoch dort gestorben, erstickt an seinem eigenen Blut."

Dem Jungen wich jegliche Farbe aus dem Gesicht.

Holt zuckte zusammen. *Zu direkt, Dummkopf.* „Tut mir leid, Carson. Es ist keine gute Erinnerung. Aber ja, in dem Moment entschied ich, dass ich Feuerwehrmann werden will." Sie wussten, was zu tun war, agierten als Team, waren mit seinem Vater behutsam umgegangen – und auch mit Holt.

Das Kind schluckte schwer. „Du hattest aber deine Mutter. Deiner Mutter ging es gut, oder?"

„Sie war ein paar Jahre zuvor an einem Gehirntumor verstorben." In ihrem letzten Lebensjahr hatte sie die Fähigkeiten verloren, für sich selbst zu sorgen, sich zu bewegen, zu essen. Vieles von dem, was er über Mitgefühl und Fürsorge für andere wusste, kam daher, dass er seinen Vater mit ihr beobachtet hatte. Die Zärtlichkeit, die er ihr gegenüber gezeigt hatte ... die Liebe.

Ein Arm glitt um seine Taille und Josie schmiegte sich an seine Seite. Wann hatte sie sich ihnen angeschlossen?

Sie umarmte ihn. „Es tut mir so leid, Holt. Ich weiß, dass es Jahre her ist – und ich weiß, dass es immer noch wehtun muss."

„W-Was ist mit dir passiert? Ohne Eltern?" Carson sah aus, als würde auch er Holt gerne umarmen. Wütend auf Holt oder nicht, das Kind hatte ein großes Herz.

„Meine Tante hat mich aufgenommen."

Josies Ausdruck wurde hart. „Aber der Freund seiner Tante hat ihn geschlagen und ihn dazu benutzt, Drogen von A nach B zu befördern."

Carsons Kinnlade klappte nach unten.

Josie knurrte. „Ich glaube nicht, dass du das erwähnt hast, aber ... ist dieser Idiot tot, oder kann ich ihn töten?"

„Ich helfe", murmelte Carson.

Die fürsorgliche Natur der beiden sandte Wärme durch Holts Herz. Er streckte die Hand aus und zog Carson in eine einarmige Umarmung – und der Junge erwiderte die Geste. Hart. „Danke euch beiden. Ihr müsst euch keine Sorgen machen. Einer der Rivalen des Kerls hat ihn ausgeschaltet."

„Du meintest, dass die Gesundheit deiner Tante nachgelassen hat." Josie runzelte die Stirn. „Warst du zu diesem Zeitpunkt schon erwachsen?"

„Ah, nein, ich habe ein paar Jahre in Kinderheimen und Pflegefamilien verbracht."

„Verdammt", murmelte Carson.

„Ich habe es überlebt. Und ich mag, wo ich jetzt bin." Vor allem mit Josie an seiner Seite. Er lächelte Carson an, der einen Schritt auf Abstand gegangen war und versuchte, lässig zu wirken. „Wie auch immer, so bin ich zum Feuerwehrmann geworden."

„Okay. Äh, danke." Carson starrte auf seine Schuhe, bevor er zu seiner Mutter sah. „Ich gehe jetzt zu Brandon. Viel Spaß mit Pizza und so."

Als Carson sich auf den Weg zu seinem Fahrrad machte, seufzte seine Mutter.

„Gib ihm etwas Zeit, Süße. Die meisten Kinder lieben Veränderung ... wenn sie es sind, die es möglich machen. Ansonsten nicht so sehr." Holt rieb seine Wange über ihre Haare. „Wie wäre es, wenn ich ihn mit einer Fahrt auf der Harley besteche?"

Josie erstarrte. „Nein."

„Auch nicht, wenn ich die Drogen und die nuttigen Biker-Chicks zuhause lasse?"

Ihr Stirnrunzeln blieb ... aber er hatte das Lachen gehört, das sie zu unterdrücken versucht hatte.

Brandons Haus war riesig. Er hatte sogar ein ganzes Zimmer nur für sich und seine Freunde. Als Carson mit Coladosen aus der Küche zurückkam, reichte er Juan eine davon und setzte sich dann auf den Boden.

In der Mitte des Raumes spielten Ryan und Yukio das neue Xbox-Spiel, zu dem Brandon seine Mutter überreden konnte.

Auf dem Fernsehbildschirm war überall Blut. Sie hatten den Ton aufgedreht und alle schrien.

Sein Magen fühlte sich komisch an, sodass er einen Schluck von der Cola nahm. Mama ließ ihn nie Spiele für Erwachsene spielen. Vielleicht war das gut.

Auf der Couch stieß Brandon ihn mit dem Fuß an. „Hey, ich habe deinen Erzeuger gegoogelt, Cars."

„Okay. Wieso?"

„Weil es mich so wütend macht, wie das Arschloch dich verarscht hat. Als wärst du nichts." Brandon lehnte sich vor. „Wir sollten etwas gegen ihn tun ... und ich habe einen Plan."

Everett war ein Trottel. Das war er wirklich, aber ... Carson runzelte die Stirn. Brandon hatte dasselbe über den Naturwissenschaftslehrer gesagt. Nur hatte sich der Plan schnell verändert. Von Fäkalien in einem Beutel zu einem ausgewachsenen Feuer im Klassenzimmer. Irgendwie ein großer Unterschied. Carson schüttelte den Kopf. „Ich weiß nicht, Brandon. Es ist –"

„Nächsten Donnerstag." Brandon grinste und hüpfte auf der Couch aufgeregt auf und ab. „Ich habe auf Facebook nachgesehen. Seine Bank lädt die Mitarbeiter und deren Kinder nach Disney World ein."

Carson blinzelte. Nach *Disney World?*

„Ich wette, dein Daddy hat *dich* nicht eingeladen, oder?", sagte Ryan.

„Nein." Wut schwelt in ihm. Obwohl der Vergnügungspark ganz in der Nähe war, waren Mom und Carson nur zweimal dort gewesen, weil sie es sich nicht leisten konnten. Everett fuhr mit seinen *echten* Kindern wahrscheinlich ständig nach Disney World.

Carson schluckte mehr Cola. „Is' egal. Er ist ein Arschloch."

„Ich habe sein Haus gesehen, und ich habe dein Haus gesehen. Himmelweiter Unterschied, oder? Er schuldet dir was." Brandons Gesicht verzog sich zu einer hässlichen Grimasse. „Er hat dich behandelt, als wärst du ein ... streunender Hund. Du bist sein Sohn!"

Ja, das tat weh. Das tat es wirklich.

Brandon öffnete seine Cola und sie sprudelte über. „Niemand wird zuhause sein. Nur dieses große Haus, ganz allein und unbeaufsichtigt."

Carson zögerte. Wenn niemand da wäre, würde niemand verletzt werden. Ein Zimmer in dem schicken Haus würde verbrennen. Vielleicht würde das seinem ... Vater ein wenig Schmerz bereiten. Das Sackgesicht verdiente etwas Schmerz.

Mom würde das nicht gefallen, aber ... sie würde es nie herausfinden.

Stirnrunzelnd unterbrach Yukio das Spiel und setzte den Controller ab.

Ryan gluckste. „Yeah, lass es uns tun."

„Klingt lustig. Bin dabei", sagte Juan.

„Ich denke, wir ..." Carson hielt bei der Erinnerung an Holts Gesicht inne, als er davon gesprochen hatte, wie er zum Feuerwehrmann geworden war – wie er zu diesem Beruf gekommen war.

Ein Brand bedeutete, dass Feuerwehrleute auftauchen würden. Everett wäre nicht zuhause, aber was, wenn ein Feuerwehrmann oder jemand anderes verletzt werden würde? Was, wenn sich das Feuer auf andere Häuser ausbreitete?

„Nein", sagte Carson und Brandons Grinsen verschwand.

Genau wie Ryans. „Warum zum Teufel nicht?"

„Es ist Feuer. Du kannst es nicht kontrollieren. Es besteht die Möglichkeit, dass jemand anderes verletzt wird. Feuerwehrleute oder Nachbarn." Carson kam ein schrecklicher Gedanke. „Was, wenn sie Hunde oder Katzen haben?"

Juans Kinnlade klappte herunter. „*Dios*, wenn mein Hund verletzt werden würde und ich herausfände, dass jemand das Feuer gelegt hat, würde ich ihn töten."

Yukio runzelte immer noch die Stirn.

„Ich denke ..." Das hässliche Gefühl in Carsons Magen nistete sich ein. „Nein. Kein Feuer."

Brandons Gesicht erinnerte nun an die Farbe eines Nachmittagsgewitters. Dunkel und gemein. „Meine Fresse, ich wollte dir nur helfen. Tu nicht so, als wärst du etwas Besseres."

Carson versuchte es mit einem Lächeln. „Yeah, ich weiß es zu schätzen."

„Sicher. Natürlich tust du das."

Eine Stunde später verkündete Carson, dass er jetzt nachhause musste, woraufhin Brandon nur mit den Schultern zuckte, ohne auch nur ein Wort zu sagen.

KAPITEL ZWEIUNDZWANZIG

Josie **konnte recht** gut Fußball spielen. Schließlich hatte sie in der Schule gespielt, ging zu allen Spielen von Carson und übte mit ihm. Sie hatte sich sogar YouTube-Videos angesehen, um ihm mit seiner Technik zu helfen.

Im Vergleich zu Holts athletischer Anmut bewegte sie sich jedoch wie eine spastische Schildkröte. Auch Carson war besser.

Schließlich deutete sie zu Oma, die auf der Terrasse saß. „Okay, Jungs, ich denke, ich werde deklassiert. Ich werde mich zu Oma setzen."

„Nein, das wirst du nicht." Holt nahm ihre Hand und brachte sie dazu, sich neben Carson zu stellen.

Seine große Hand verschlang ihre völlig. Wie konnte nur die Berührung seiner schwieligen Hand sie dazu bringen, seufzen zu wollen?

„Du musst mit uns üben, nicht nur um Carson mit seiner Technik zu helfen, sondern auch um selbst besser zu werden." Das Sonnenlicht des Nachmittags ließ seine Augen heller wirken – und zeigte seine selbstbewusste Entschlossenheit. „Wir werden uns jetzt gegenseitig den Ball etwas zuspielen. Denkt daran, in

Bewegung zu bleiben, damit ihr den Pass nie zur gleichen Person oder zur gleichen Stelle schießt."

Sie starrte ihn an. „Was?"

„Im Garten zu spielen, macht mehr Spaß, wenn es mehr Leute sind", sagte er entschlossen.

„Ja, Mom. Ich mag es, wenn du mitspielst", flüsterte Carson.

Als sie jung war, hatten die Jungs Fußball, Football oder Baseball gespielt, und die Frauen saßen auf der Veranda und jubelten ihren Männern zu. Josie wollte nie eine Cheerleaderin sein. Sie hatte spielen wollen ... und doch hatte sie gerade angeboten, sich hinzusetzen. Schon interessant, wie Gewohnheiten aus der Kindheit ein Mädchen auch ins Erwachsenenalter verfolgen konnten.

Und, *verdammt*, aber sie liebte diesen Mann. Sie umarmte ihn hart und küsste dann Carsons Wange. „Okay. Zeit für Passspiel." Sie sah zu Oma, und ihre Großtante lächelte und zwinkerte ihr zu.

Eine Weile später schob Josie den Ball an Holt vorbei, machte ein Tor und bekam ein lautes „Josie, Josie!" von Duke und Wedge. Die beiden Teenager standen auf der anderen Seite des Zauns auf Holts Grundstück.

„Hey, Holt, schaust du das Spiel?", fragte Duke. „Es beginnt in einer halben Stunde."

„So spät ist es schon? Ich muss duschen, aber meine Tür ist offen." Holt sah zu Carson. „Hast du Lust auf ein Spiel?"

Carsons Gesicht strahlte. „Sicher. Ist das okay, Mom?"

„Natürlich." Josie drehte sich um, um sich Oma anzuschließen, und Holt steckte seine Finger in ihre Shorts, um sie davon abzuhalten, zu verschwinden.

„Komm für eine Weile rüber", sagte er.

„Ich sollte ein wenig an den Computer ..."

Er kam näher. Seine Finger unter ihrem Kinn winkelten ihren Kopf nach oben. Ihre Brüste glitten über seine Brust und sie erschauerte.

„Subby, du brauchst eine Pause vom Schreiben." Seine Stimme

senkte sich. „Ich möchte, dass du mit zu mir kommst und dir das Spiel für eine Stunde mit uns ansiehst."

Das Gras, auf dem sie stand, sank gut sechs Zentimeter. Das tat es. Bestimmt. „Ja, Sir." Sie blinzelte. „Ähm, ich meine –"

„Genau das." Er küsste sie sanft. „Ich liebe dich, Süße."

„Ich ..." Die Worte lagen ihr auf der Zunge, wurden jedoch von ihren Ängsten blockiert, von ihrer Vergangenheit.

„Alles gut. Ich werde die drei Worte schon bald von dir bekommen." Sein Selbstvertrauen unterlegte seine Worte und glänzte in seinem stetigen Blick. Er fuhr mit dem Daumen über ihre Lippen. So sehr wollte sie von ihm geküsst werden.

Er lächelte und sah zur Terrasse. „Stella, willst du mit zu mir kommen und mit uns Football schauen?"

„Danke, aber nein. Ich frage mich allerdings, warum ihr das Spiel nicht hier schaut? Josies Wohnzimmer bietet mehr Platz."

„Frau, du weißt, dass es nur um die Größe des Fernsehbildschirms geht."

„Oje, wie konnte ich das vergessen?" Lachend erhob sich Oma. „Ihr Kinder habt Spaß. Ich werde mich auf den Abendgottesdienst vorbereiten."

„Ich bringe dich nachhause." Er drückte Josies Taille, bevor er auf die Terrasse ging und für Oma die Hintertür aufhielt.

Oma schnaufte verärgert. „Meine Beine funktionieren noch prima, weißt du. Ich kann selbst nachhause gehen."

„Ich genieße deine Gesellschaft, Stella." Holt grinste, aber seine Stimme war bestimmt. „Und du hast nichts gegen meine, also hör auf damit."

Josie grinste. Ihre Großtante war auch nicht effektiver darin, den Dom von seiner Mission abzubringen.

Josie schlang ihre Arme um sich, immer noch in der Mitte des Gartens stehend.

Holt mochte Oma offensichtlich – sehr sogar. Er spielte gerne Fußball im Garten. Seine Zuneigung zu Carson war klar – er zog keine Show ab, um Josie zu beeindrucken.

Immer wenn er sah, dass etwas im Haus nicht funktionierte, reparierte er es. Undichter Wasserhahn. Der Bewegungsmelder für den Autounterstand. Gestern hatten sie alle das Esszimmer gestrichen, mit Carson an der Malerrolle, Holt auf der Leiter, während sie sich um die kniffligen Bereiche um die Verkleidung kümmerte. Als sie ihre Hausarbeit-Playlist anmachte und zur Musik sang, hatte er sich angeschlossen. Er kannte mehr von den Texten als sie.

Über die Jahre, als sie gelegentlich interessanten Männern begegnet war, hatte sie stets die Überlegung angestellt, ob sie diese Männer Oma und Carson vorstellen sollte. Und damit wurde oft das Ende der Bekanntschaft eingeleitet.

Mit Holt gab es keine unangenehmen Momente. Sie grinste und schüttelte den Kopf. Dieser Dom ließ unangenehme Momente nicht zu.

Er ... passte einfach dazu.

Er passte so gut zu ihnen, dass er sich bereits einen Platz geschaffen hatte – nicht nur in ihrem Leben und ihrem Bett, sondern auch bei ihrer Familie.

„Ich liebe dich, Sir", flüsterte sie vor sich hin. Jetzt musste sie nur noch den richtigen Zeitpunkt finden, um diese Worte auch ihm zu sagen.

KAPITEL DREIUNDZWANZIG

A m **Montagabend waren** Holt and Shoshana an der Reihe, für die Crew in der Feuerwache das Essen zuzubereiten. Da sie keine Gourmetköche waren, hatten sie sich für Spaghetti mit Fleischbällchen entschieden. Es war tatsächlich gut geworden, und knuspriges Knoblauchbrot mit viel Butter machte alles besser. Da Shoshana Vegetarierin war, hatte sie auf einen grünen Salat bestanden, also hatten sie am Ende eine ausgewogene Mahlzeit.

Nach ein bisschen Parmesan ließ er es sich schmecken, während Clancy den Feuerwehrmann auf Probe – Arlo – über das Verwechseln der Schläuche beim letzten Feuer neckte.

„Ich habe gehört, dass du eine neue Freundin hast, Kumpel." Oz grinste Holt über den Tisch an.

„Hat er? Warum habe ich davon noch nichts gehört?" Tank zog die Augenbrauen zusammen.

„Komm mal vorbei, und ich stelle dich vor", sagte Holt. „Sie wohnt nebenan."

„Georgina sagt, Josie ist netter als Nadia." Clancy strich über seinen Schnurrbart. „Sie mag Josie. Sie will Josie für dich."

Holt grinste. „Deine Frau ist eine gute Menschenkennerin. Auch ich will Josie für mich."

„Ah, jetzt komm aber", warf Derek ein. „Diese Nadia war verdammt heiß."

„Das stimmt schon." Holt beäugte den jungen Mann, der vor Kurzem erst zweiundzwanzig geworden war. „Natürlich war für diese polierte Schönheit einiges an Arbeit notwendig – und darunter fand ich nicht, was ich brauchte. Mit Josie ... Sie braucht diesen ganzen Scheiß nicht. Wenn ich sie am Morgen ohne Make-up oder ausgefallener Kleidung sehe, ich schwöre es euch, bleibt jedes Mal mein Herz stehen. Denn wer sie im Inneren ist, scheint durch."

Clancy schenkte ihm einen Blick, der von Verständnis sprach. Der Mann verehrte seine Georgina.

Derek hingegen runzelte die Stirn. Er verstand nicht.

Holt fragte ihn: „Wählst du deine Freunde nach ihrem Aussehen aus? Hast du nur gut gekleidete Freunde?"

„Äh ... nein."

„Du wählst Freunde nach dem Charakter, weil du gerne mit ihnen zusammen bist. Eine Frau – mit ihr wirst du mehr Zeit verbringen als mit deinen Freunden. Ich möchte jemanden, den ich mag, nicht nur abends fürs Bett, sondern auch jeden Morgen beim Frühstück."

Derek blinzelte.

„Ein schönes Paar Brüste ist großartig, ja" – und Holt musste sagen, dass Josies Brüste fantastisch waren – „aber was mir wichtiger ist, ist jemand, der zuhört. Jemand, der nett ist. Ich hätte Nadia genauer durchleuchten sollen."

Tank überlegte. „Nadia schien nett genug zu sein."

„Ja, so empfand ich auch. Woher weißt du, dass deine Josie netter ist?", fragte Oz.

Holt lehnte sich auf seinem Stuhl zurück. „Du hast die Teenager in meiner Straße getroffen – die, die 911 angerufen haben, als ich angegriffen wurde?"

Oz nickte.

„Sie verehren Josie. Sie hört ihnen zu, ob sie sich über die Schule beschweren oder ihre neuen Musikentdeckungen teilen wollen. Und sie backt Cookies, um ihnen und den Freunden ihres Sohnes eine Freude zu machen. Sie hat ihr Leben verändert, ist in eine neue Nachbarschaft gezogen, um in der Nähe einer älteren Verwandten zu sein. Nachdem ich einen Patienten verloren hatte, bestand sie darauf, dass ich vorbeikomme und darüber rede. Verdammt, jeder redet mit ihr − Postboten, alte Damen, Kinder. Weil sie zuhört ... und wirklich Interesse an den Gefühlen anderer zeigt."

Dereks Augenbrauen zogen sich zusammen, und nach einer Sekunde nickte er. Ja, er fing an, den Unterschied zwischen innerer und äußerer Schönheit zu verstehen.

Holt nutzte es aus, dass der junge Kerl abgelenkt war, und schnappte sich das letzte Stück Knoblauchbrot. Es war an der Zeit, das Thema zu wechseln. Er und die Sanitätercrew hatten länger keine interessanten Fälle gehabt, nur die üblichen Herzinfarkte, Schlaganfälle und ältere Menschen, die stürzten. Er fragte die Löschfahrzeugbesatzung: „Hattet ihr in letzter Zeit interessante Fälle?"

„Das Lustigste war das Küchenfeuer." Tank grinste. „Frischvermählte. Sie kochte, aber er wollte einen Quickie und zog sie ins Schlafzimmer, um sich mit ihr zu vergnügen."

„Lass mich raten", sagte Arlo. „Fettbrand?"

„Gut geraten." Oz lachte. „Sie erhitzte Öl, um Kartoffeln zu braten. Keiner von ihnen hat den Herd ausgeschaltet."

Shoshana rollte mit den Augen. „Als ob ein Kerl jemals über etwas anderes nachdenkt, als eine Frau flachzulegen."

„Das ist verdammt zynisch." Clancy warf ein Stück Karotte nach ihr und sie fing es. „Wahr, aber zynisch."

„Der nicht so lustige Einsatz war für einen weiteren Brand in der Nähe der Schule", sagte Tank. „Der Täter nahm den Papierkorb vom Bordstein, schüttete alles vor dem Garagentor aus und goss Benzin darüber."

Holts Magen drehte sich und er schob seinen Teller weg. Kinder und Feuer. *Gott, steh mir bei.* „Wie nah an der Schule?" *Carsons* Schule.

„Eine Straße weiter. Nur die Außenseite des Garagentors war verkohlt." Tank grinste. „Der Besitzer war verdammt erleichtert, dass sein Vintage-Mustang nichts abbekommen hat."

„Aber sein Sohn war ziemlich genervt, da sein Basketballkorb einiges abbekommen hat. Der Junge ist im Basketballteam." Oz gluckste.

„Die Spartans?", fragte Shoshana, indem sie das Team der Universität von Tampa erwähnte.

„Nein. Der Junge geht in die Mittelschule." Tank schüttelte den Kopf. „Es klang, als wäre sein Leben für immer vorbei, da er nun nicht mehr üben kann."

„Tank, in diesem Alter denken sie das alle. Und, hey, wenn er so leidenschaftlich ist, was den Sport angeht, könnte er am Ende sehr wohl bei den Spartans landen." Clancy lächelte. Eine seiner Töchter war gerade dreizehn geworden.

„Du denkst, der Feuerteufel ist derselbe, der das Klassenzimmer und die Müllcontainer in Brand gesteckt hat?", fragte Arlo.

„Ich denke ja", sagte Oz.

Holt runzelte die Stirn. „Die Brände in der Schule haben vielleicht als Streiche begonnen, aber die letzten beiden sehen eher nach rachsüchtigen Handlungen aus."

„Rachsüchtig?" Shoshana kippte den Rest von dem Salat auf ihren Teller.

„Yeah, ich habe mich gefragt, ob unser Feuerteufel ein Kind sein könnte, also habe ich mich mit Cullen O'Keefe unterhalten." Der Shadowlands-Dom war ein erfahrener Brandermittler und hatte sich in den Feuerwachen einen Namen gemacht. „Es scheint, dass es bei Bränden in Klassenzimmern normalerweise um Rache geht. Tank, als du mit dem Lehrer dieses Raumes gesprochen hast, was war dein Eindruck?"

„Genau das war auch mein Gedanke", sagte Tank. „Der Lehrer ist ein totales Arschloch. Ich konnte fast verstehen, warum jemand seinen Raum anzünden würde."

„Aber die Außenseite einer Garage?", gab Derek zu bedenken.

Holts Magen verkrampfte sich. „Der Brandstifter ist bereit, ein Fenster zu zerbrechen und einen Molotow-Cocktail hineinzuwerfen, was er in dem Fall der Garage nicht getan hat. Jedoch war es vor einem Familienhaus."

Clancys Augen weiteten sich. „Wenn der Brandstifter ein Kind ist, war das Ziel *vielleicht* der Basketballkorb. In diesem Alter können Sportler unausstehlich sein."

„In jedem Alter", murmelte Shoshana, womit sie sich von den Jungs ein Grinsen verdiente.

Holt sagte: „Ich denke, unser Feuerteufel wird mutiger. Müllcontainer zum leeren Klassenzimmer und nun eine Garage, die zu einem bewohnten Haus gehört."

„Ich stimme zu." Tank zog die Augenbrauen zusammen. „Das Problem ist, dass wir vielleicht mehr als einen Täter haben."

„Meinst du?" Arlo schaute von seinem Teller auf. „Wieso denkst du das?"

Tank holte sich eine Limo aus dem Kühlschrank. „Als Clancy und ich Fragen in der Nachbarschaft stellten, sprachen wir mit einem Mann, der die Strecke gejoggt war, als das Klassenzimmer angezündet wurde. Er sah, wie einige Jungen ihre Fahrräder in den Büschen versteckten und fragte sich, warum sie nicht die Fahrradständer der Schule benutzten."

„Interessant", sagte Shoshana. „Hat er sie gut genug gesehen, um sie zu identifizieren?"

„Nein. So genau hat er sie sich nicht angesehen." Clancy rieb sich das Kinn. „Die Fahrräder waren normal. Die Kinder trugen Baseballkappen. Die meisten von ihnen Rucksäcke. Einen schwarzen. Einen roten. Ein Rucksack hatte einen glänzenden Schriftzug auf der Rückseite. Wahrscheinlich reflektierend."

Holt rieb sich den Nacken und überlegte. Erst kürzlich hatte er einen reflektierenden Schriftzug auf einem Rucksack gesehen. Irgendwo. Bei Wedge oder Duke vielleicht?

Nein, nicht sie. Seine Hand erstarrte. *Carson*. Schwarzes Material. Individuell angepasster Schriftzug – aber nicht sein Name. Eine seltsame Sprache.

Oh scheiße.

KAPITEL VIERUNDZWANZIG

I n ihrer Küche versuchte Josie, sich zu beruhigen. Holt war
auf dem Weg zu ihnen – zu ihr und Carson.

Als sie seine Stimme am Telefon gehört hatte, hatte ihr Herz
einen Salto gemacht. Sie hatte ihn letzte Nacht vermisst, da er für
seinen 24-Stundendienst in der Feuerwache gewesen war. Sie
hatte also gehofft, er würde heute Abend vorbeikommen und die
Nacht mit ihr verbringen.

Am Handy hatte er ... merkwürdig geklungen. Nicht glücklich.
Sie hätte ihn fast gefragt, ob Carson einen Ball durch sein Fenster
geworfen oder etwas Unhöfliches gesagt hatte. War das der Fall,
dann ... Na ja, wenn sie und Holt zusammenkommen würden –
und, *oh Gott*, das wollte sie –, mussten ihre beiden Männer lernen,
ihre Probleme zu lösen, ohne dass sie sich einmischte.

Sie schnaubte, denn sie wollte wirklich kopfüber ins Chaos
springen.

Stattdessen schöpfte sie Eiscreme in drei Schüsseln. Sogar
Männchen dieser Spezies könnten ihre Probleme mit Fett und
Zucker für eine Weile vergessen, oder? Und wenn nicht, würde
zumindest sie sich besser fühlen.

Als sie die Schüsseln auf den Couchtisch stellte, klopfte es an der Haustür. „Es ist offen. Komm rein."

Holt trat ein, und ihr Herz vollführte erneut einen Salto. War es wegen der Art und Weise, wie seine muskulöse Brust und seine Schultern sein T-Shirt ausfüllten? Oder waren es die Stoppeln entlang seines starken Kiefers? Oder diese einschüchternde Selbstbeherrschung?

Als sein intensiver Blick ihren einfing, machte ihr berauschtes Herz einen weiteren Salto.

„Hey", sagte sie, so wie das eine herausragende Gesprächspartnerin wie sie eben tat.

Er entließ sie aus seinem einnehmenden Blick und schüttelte den Kopf, als würde er seine Gedanken abschütteln wollen. „Hey zurück." Er packte ihre Oberarme, zog sie auf die Zehenspitzen und küsste sie.

Oh, seine Lippen waren fordernd und samtweich, und als er sie in seine muskulösen Arme zog, verwandelte sich jeder Knochen in ihrem Körper zu Gelee. Sie legte ihre Arme um seinen Hals – natürlich nur, um sich festzuhalten –, und natürlich genoss sie es, dass so ihre Brüste über seinen Oberkörper rieben.

Gott, er fühlte sich gut an. Sie fuhr mit den Fingern durch sein dickes, weiches Haar.

„Mmm. Ich hab' dich vermisst." Er strich mit den Lippen über ihre Schläfe, seine Hände glitten unter ihre Arschbacken und zogen sie gegen seine Erektion.

Ihr Gehirn schaltetet ab. Warum musste er so ... so verheerend sein? Sie atmete tief ein und trat zurück.

Mit einem Finger strich er über ihre Wange, und sein männliches Glucksen half ihrer Libido kein bisschen. „Wenn du mich so ansiehst, möchte ich dich an diesen Couchtisch binden und dich für eine lange, *lange* Zeit ficken."

Jeder Tropfen Feuchtigkeit in ihrem Mund verdampfte.

Sein Blick konzentrierte sich auf etwas hinter ihr, und sein

Lächeln verschwand. „Leider bin ich wegen etwas hier, was weitaus weniger Spaß verspricht."

„Was meinst du damit?"

Er ging zur Couch und beugte sich vor, um sich Carsons Rucksack anzusehen, und zeichnete den Schriftzug aus silbernem Klebeband nach. „Interessante Schrift."

„Es ist Carsons Name in Elbisch – nun, Tolkiens Idee von Elbisch. Ich wollte, dass der Rucksack etwas Reflektierendes hat, falls er nachts draußen ist."

„Wunderschöne Arbeit." Holts Kiefer spannte sich an. Sein Tonfall wurde dunkler, als er sagte: „Josie, ich muss mit Carson reden. Mit dir im Raum."

„Was ist los?"

Er neigte den Kopf zu den Schlafzimmern. „Ruf ihn bitte, okay?"

Ihr Magen verkrampfte sich. „Carson, kannst du rauskommen? Holt ist hier."

„Ich komme!" Carson kam aus seinem Zimmer, sah den Couchtisch und grinste. „Eis! Mega. Du solltest öfter vorbeikommen, Holt." Er schnappte sich eine Schüssel und plumpste auf einen Sessel.

Holt antwortete nicht. Auch lächelte er nicht.

Gott, was ist los? Josie öffnete mühevoll ihre Hände und lehnte sich mit der Hüfte an Carsons Sessel.

Holt setzte sich auf die Couch und rieb die Hände über sein Gesicht. Josies Sorge wuchs bei den Schatten unter seinen Augen. „Carson, du weißt, dass es in deiner Schule und in dieser Gegend Brände gegeben hat."

„Ja, ich weiß."

Josie runzelte die Stirn bei Carsons abweisendem Ton. „In der Gegend? Was meinst du damit?"

„Ein Feuer wurde vor der Garage eines Schülers gelegt." Die Art und Weise, wie Holts Blick auf Carson haftete, machte sie allmählich nervös. „Jemand ist für diese Brände verantwortlich."

Sie drückte die Schultern durch und Wut schloss sich der Sorge an. „Was hat das mit Carson zu tun?"

„Kurz vor dem Feuer im Klassenzimmer – an einem Sonntag – sah ein Jogger, wie ein paar Jungen ihre Fahrräder in Büschen versteckten. Ein Junge hatte eine reflektierende Schrift auf seinem Rucksack." Holt warf einen Blick auf Carsons Rucksack.

„Nein." Empörung erfüllte Josie so plötzlich, dass ihre Stimme automatisch lauter wurde: „Du beschuldigst Carson doch nicht gerade, ein ... ein Feuerteufel zu sein! Ein Brandstifter?"

Holt presste die Lippen fest zusammen. „Josie, einen Brand zu legen, ist mehr als ein kindlicher Streich. Menschen können sterben. Wenn Carson –"

„Mein Sohn würde so etwas niemals tun!" Ein harter Knoten bildete sich in ihrem Magen. Sie hatte gedacht, Holt würde sie mittlerweile besser kennen. Und Carson auch. Sie hatte gedacht, dass er Carson mochte. Wie konnte er ihr Baby so attackieren?

Carson war jegliche Farbe aus dem Gesicht gewichen und er stand so plötzlich auf, dass die Schüssel von seinem Schoß fiel. „Ich bin kein Feuerteufel!"

„Carson." Holt erhob sich ebenfalls. „Ich habe gehört, dass der Naturwissenschaftslehrer ein Idiot ist, aber ein Feuer ..." – seine Stimme wurde rau und dunkel – „ein Feuer in einer Schule, in der Kinder sind, ist –"

„Ich *sagte*, dass ich es nicht getan habe!" Carson starrte Holt wütend an. „D-Du willst nur, dass ich in Schwierigkeiten gerate, weil du scharf auf meine Mom bist!"

Josie schüttelte den Kopf. „Schatz, das ist nicht –"

„*Natürlich* ist es das! Er ist ein Arschloch, Mom!" Tränen füllten die Augen ihres Babys, seine Wangen waren vor Wut gerötet. Mit den Händen zu Fäusten geballt schrie er Holt an: „Ich hasse dich! Verschwinde!"

Carson wischte sich über die Wangen und rannte in den Flur. Eine Sekunde später knallte die Tür seines Zimmers zu.

Oh. Mein. Gott.

„Fuck. Das hätte besser laufen können", murmelte Holt.

Besser. *Besser?* Er hatte ihr Baby beschuldigt, ein *Krimineller* zu sein. Der Verrat riss an ihrem Herzen, bis der Schmerz unerträglich war. Nachdem Everett so furchtbar zu Carson gewesen war, hatte ihr Sohn Holt gefunden. Langsam, aber sicher erwärmte sich Carson zu Holt – und was machte der Bastard? Er trampelte auf Carsons Herz herum!

„Verschwinde." Je angespannter sie blieb, desto unwahrscheinlicher war es, dass sie in Stücke zerbrach. Erst, wenn er weg war.

„Josie." Seine Stimme war hart, nicht zu erkennen. „Jemand legt Feuer in der Schule … und nach Carsons Reaktion zu urteilen, ist er involviert."

„Ist er *nicht*! Ich kann nicht glauben, dass du …" *Ich habe dir vertraut.* Sie hielt die Worte zurück und riss die Tür auf. „Verschwinde. Verschwinde, verschwinde, verschwinde!"

Wut kochte in seinen Augen, seine Stimme blieb jedoch gleichmäßig. „Josie, ich werde versuchen, dir etwas Zeit zu geben, um mit ihm zu sprechen, aber früher oder später wird Carson mit der Polizei reden müssen."

Mit der Polizei? Er würde die Polizei auf ihr Kind hetzen? Ihre Hände ballten sich.

Als Holt nach draußen trat, zwang sie die nächsten Worte durch steife Lippen heraus: „Zwischen uns ist es aus, Holt. Komm nicht zurück."

Er begann, sich umzudrehen, schüttelte aber den Kopf und ging weiter.

Er marschierte davon.

Er protestierte nicht einmal.

Das Geräusch, das sie hörte, als sie die Tür zumachte, waren keine Schritte, sondern ihr Herz, das in tausend Teile zerbrach.

***Verdammte Scheiße.* Holt** *wusste* es.

Carson setzte sich auf sein Bett und wollte nichts weiter, als unter die Decke zu kriechen und sich zu verstecken.

Poe kauerte unter dem Bett. Die Katze mochte keine lauten Stimmen oder knallende Türen.

Carson war zu alt, um sich unter dem Bett zu verstecken, aber ... Holt *wusste* es. Er war Feuerwehrmann. Natürlich hatte er es herausgefunden. Würde die Polizei kommen?

Kinder konnten nicht verhaftet werden, oder?

Sein Magen drehte sich, bis er das Gefühl hatte, gleich kotzen zu müssen. Schwer atmend rutschte er auf den Boden. Es war nicht *fair*. Er hatte keine Brände gelegt. Er war nur dabei gewesen, als Brandon sie alle vor dem Klassenzimmer mit seinem Plan überrascht hatte. Es sollte nur Hundekacke sein. Ein Haufen Kacke in einer Tüte. Kein Feuer.

Holt nannte es Brandstiftung. Das war ernst. Und er hatte gesagt, dass es ein Feuer bei einer Garage gegeben hatte. Was hatte es damit auf sich?

Carson schlang die Arme um seine Knie und zitterte, als seine Angst wuchs. Hatten Brandon, Ryan oder jemand anderes ... mehr getan? Hatte einer von ihnen die Müllcontainerbrände ausgelöst? Alle in der Schule hatten über diese Brände gelacht. So auch Carson.

Scheiße, ging Holt davon aus, dass Carson auch für diese Brände verantwortlich war?

Hätte er jemandem von der Sache mit dem Klassenzimmer erzählen sollen? Hätte er es Mom erzählen sollen?

Nein. Die Jungs waren seine Freunde. Man verpetzte nicht seine Kumpel.

Aber *er* hatte keine Brände gelegt. Zählte es, dabei zu sein? Sein Kinn bebte und Tränen brannten über seine Wangen.

Er schniefte und lauschte. Er hörte niemanden reden. War Holt gegangen?

Jemand klopfte an seine Tür und er spannte sich an. „Carson?"

Schnell rieb er sich die Nässe vom Gesicht. „Ja?"

Die Tür öffnete sich, aber er schaffte es nicht, die Augen zu heben. Stattdessen starrte er weiter auf den Boden.

Mom bewegte sich vorwärts und er sah, wie ihre Füße in der Mitte des Raumes stoppten. Sie war barfuß. Sie sagte immer, dass sie es mochte, barfuß zu sein. Auch ihre Heldinnen trugen nie Schuhe.

Er war sicher nicht wie einer ihrer Helden.

Würden sie ihn ins Gefängnis stecken?

„Holt ist weg ... und er wird nicht zurückkommen." Mom setzte sich auf den Boden und versuchte, ihren Arm um ihn zu legen.

Er wollte auf ihren Schoß klettern und sich an sie klammern, also rutschte er von ihr weg. „Gut. Er ist ein Arschloch."

Sie sagte nichts über den Ausdruck und das ... war seltsam. „Hast du diese Brände gelegt, Carson?"

„Nein!" Seine Hände ballten sich. „Das habe ich doch gesagt! Ich habe die verfluchten Feuer nicht gelegt!" Seine Tränen trockneten, als seine Brust vor Schmerz heiß glühte.

„Ich weiß, dass du den Lehrer nicht magst, dessen –"

„Holt sagt, dass ich etwas getan habe, und du glaubst ihm. Nicht mir – weil er dein fester Freund ist, oder was?"

„Nein, Carson, weil –"

„Ich habe es nicht getan, okay?" Er sprang auf die Beine. Sein Gesicht war heiß. Seine Wut explodierte aus ihm heraus, seine Stimme wurde lauter und lauter: „Ich war das nicht!"

„Oh, mein Kleiner." Sie schüttelte den Kopf und stand auf.

Als sie ihre Hand in seinen Nacken legte, riss er sich los. „Lass mich in Ruhe! Ich will dich nicht hier haben!" Seine Stimme brach.

Sie schaute ihn für einen langen Moment an. Dann verließ sie sein Zimmer, machte die Tür zu und ... er wollte sie zurückholen, wollte nach ihr rufen, wollte ihr sagen, dass es ihm leidtat.

Denn sie hatte nicht wütend ausgesehen. Einfach ... traurig.

Mit dem Blick auf der Tür fing er an, zu weinen.

Holt ging zu seiner Doppelhaushälfte zurück und dachte an all die Dinge, die er hätte sagen können – was er hätte sagen *sollen*.

Du hast es vermasselt, Dummkopf. Er hatte sich nicht ... bremsen können. Denn wenn es um Feuer und Kinder ging, setzte sein Gehirn aus, und Diplomatie flog aus dem Fenster.

Warum zum Teufel hatte er nicht zuerst mit Josie gesprochen und sich allmählich an das Thema herangewagt? Er hätte nach Carsons Kumpels fragen können. Das Kind hatte versucht, neue Freunde zu finden – eine Mutter würde verstehen, dass es passieren konnte, dass ein Junge bei Freunden schlechte Entscheidungen traf – dass sie ihn vielleicht zu etwas Dummen überreden konnten.

Er seufzte. Ja genau, weil ja jede Mutter hören wollte, dass ihr Sohn in Brandstiftung verwickelt sein könnte.

Scheiße.

Er ging ins Haus und trat die Tür zu, zog sein Handy heraus und überlegte. Sollte er sie anrufen?

Würde sie überhaupt drangehen? Bei dem Gedanken, dass sie das nicht würde, strafften sich seine Finger um das Handy. Josie hatte kaum ihre Verteidigung gesenkt, hatte ihn gerade erst reingelassen, und jetzt fühlte sie sich verraten. Schließlich war Carson ein Teil ihres Herzens.

Zur Hölle nochmal.

Sobald sie die Chance hatte, sich das Ganze durch den Kopf gehen zu lassen, würde sie die Wahrheit erkennen ... oder? Sie war eine weise, kluge, logische Frau. Sicherlich würde sie wissen, dass Holt ihrem Sohn nicht schaden wollte, und wenn das Kind in irgendeiner Weise involviert war, mussten sie ihn da rausziehen.

Er erkannte, dass er auf sein Handy starrte und packte es langsam weg.

Sie jetzt anzurufen, wäre sinnlos. Das könnte alles verschlimmern. Sie brauchte Zeit, um über ihre Wut hinwegzukommen, die Situation neutral zu überdenken und ... um Fragen zu stellen.

Carson war ein gutes Kind. Er würde mit seiner Mutter sprechen, sobald sie sich beide beruhigt hatten. Holt holte tief Luft. Ermittlungen wegen Brandstiftung konnten hässlich sein. Es wäre am besten, wenn der Junge von selbst vortrat.

Leider musste Holt diese Informationen an jemand anderen weitergeben. Er war zu involviert – hatte bereits so viel verkackt – und ... na ja, es war ohnehin nicht seine Ermittlung.

Ein Knoten formte sich in seinem Magen, als er sein Handy erneut herauszog und die Feuerwache kontaktierte.

Als es klingelte, breitete sich wieder Sorge in ihm aus. Josie könnte sein Gespräch mit dem Captain als eine andere Art von Verrat betrachten.

Wenn sie das täte, würde sie dann aufgeben, was zwischen ihnen wuchs? Würde sie die Beziehung wirklich für erledigt ansehen?

Sein Kiefer spannte sich an.

Wenn das der Fall wäre, müsste sie sich auf einen Kampf vorbereiten, denn so schnell gab er nicht auf.

KAPITEL FÜNFUNDZWANZIG

Nach dem Abendessen am darauffolgenden Tag spülte Josie das Geschirr in Omas kleiner Küche ab, während sich ihre Großtante über die nächste Buchauswahl ihres Leseclubs beschwerte.

„Romane sollten mit Warnungen kommen", sagte Oma. „So etwas wie: *Das Lesen dieses Buches kann zu einem erhöhten Risiko für Depressionen führen.*"

Josie schaffte ein Grinsen. Mit einem Mann Schluss zu machen, sollte die gleiche Warnung bekommen. Sie rieb sich die schmerzenden Augen, müde vom Schlafmangel und dem vielen Weinen letzte Nacht. Ihre Muskeln und Knochen und ... einfach alles schmerzte.

Zu viele Albträume. Von ihrem schreienden Pa, der sie als Hure und seine größte Enttäuschung betitelte. *Verschwinde, verschwinde, verschwinde.*

Und von einem Feuer, das Carsons Schule verzehrte. Sie erschauderte. Holt hatte in einer gelben Feuerwehrausrüstung gesteckt, und sie hatte die Tür zugeschlagen und ihn eingeschlossen. Das Gebäude stürzte über ihm zusammen, und sie hatte ihren Herzschmerz hinausgeschrien.

Dann Carson in einem brennenden Gebäude. Und er hatte nach ihr gerufen. Sie konnte ihn nicht finden, konnte ihn nicht retten.

Schweißgebadet und tränenüberströmt war sie aufgewacht. Hastig war sie aus dem Bett gesprungen und in Carsons Zimmer gegangen, um seinen Atemzügen zu lauschen und zu sehen, wie sich die Katze an ihn kuschelte. Sie hatte ihn wecken und umarmen und ihn wissen lassen wollen, dass sie immer für ihn da wäre.

Sie wollte zu Holt rennen und ihm dasselbe sagen. *Oh Gott*, sie vermisste ihn so sehr.

Heute Morgen hatte sie automatisch zwei Tassen Kaffee eingeschenkt ... und gegen Tränen angekämpft, als sie die zweite schließlich in die Spüle gekippt hatte.

Carson hatte beim Frühstück nicht mit ihr gesprochen, und sie hatte ihn seitdem nicht mehr gesehen. Er hatte nach der Schule Fußballtraining gehabt und war dann zu Yukios Haus gegangen, um ein Englisch-Projekt zu beenden, das morgen fällig war.

Mit einem Ruck erkannte Josie, dass Oma sie mit einem Stirnrunzeln betrachtete. „Hast du mir eine Frage gestellt?"

„Ich habe gefragt, ob es dir gut geht, mein Mädchen", sagte Oma.

„Ich bin ... ein bisschen traurig." Josie warf einen Blick auf die Uhr. „Aber es ist eine lange Geschichte, und deine Mitfahrgelegenheit sollte in einer Minute hier sein. Wie wäre es, wenn ich dir morgen alles erzähle? Zumal ich eh einen Rat gebrauchen könnte."

„Natürlich." Oma schenkte ihr ein schiefes Lächeln. „Weisheit wird aus Fehlern gewonnen, und ich habe eine gute Portion Fehler begangen, also habe ich viele Einsichten zu bieten."

Josie lachte und hörte in dem Moment die Türklingel. „Ich gehe schon, Oma."

Vor der Tür stand Zuri. „Hallo, Josie. Ich habe mich erst auf

halbem Weg erinnert, dass Mrs. Avery heute Abend zum Gottesdienst will, aber ich wollte die hier vorbeibringen." Sie hielt
Stecklinge.

„Oh, ich liebe Geranien." Oma nahm die Stecklinge.

Zuri strahlte. „Eine Freundin von mir macht Landschaftsgestaltung und sie pflanzte duftende Geranien um unseren Teich.
Als ich ihr von deinem Garten erzählte, hat sie die für dich abgeschnitten."

„Bitte danke ihr von mir." Oma berührte eines der Blätter und
schnupperte an ihren Fingern. „Schokolade?"

„Schokoladen-Minze, Apfel und Rose."

„Wirklich? Schokolade?" Josie berührte dieselbe Pflanze. „Das
ist erstaunlich."

Oma umarmte Zuri. „Danke dir. Ich werde sie für die Terrasse
eintopfen, damit ich sie in der Nähe habe und immer genießen
kann."

Ein leiser Piepton am Bordstein sorgte dafür, dass sich alle
umdrehten. „Da ist meine Mitfahrgelegenheit", sagte Oma. Sie
schnappte sich ihre Handtasche und einen leichten Schal. „Josie,
Liebes, kannst du die für mich ins Wasser stellen und dann
abschließen?"

„Natürlich." Josie küsste ihre Wange. „Viel Spaß." Sie hörte
Zuris Kichern und ergänzte: „Oder bete hart oder was auch
immer."

„Meine jungen Ketzer." Oma lachte, als sie zum Auto ihrer
Freundin spazierte.

„Sie sieht gut aus", sagte Zuri. „Sie benutzt ihre Gehilfe nicht
mehr?"

Josie lächelte. „Sie hatte die Gehilfe verwendet, um dem
Schwindelgefühl entgegenzuwirken, aber während der Reha für
ihren verstauchten Knöchel wurden ihre Medikamente angepasst.
Kein Schwindelgefühl mehr. Keine Gehilfe mehr nötig."

„Das ist großartig. Sie hasste dieses Ding."

„Komm rein, wenn du eine Minute Zeit hast." Josie wies Zuri

an, ins Haus zu kommen. „Ich sehe dich im Shadowlands, aber wir haben nie die Chance zu reden."

„Du bist immer so beschäftigt. Die Mitglieder freuen sich jedoch, dass es dich gibt. Abgesehen von Cullen macht keiner der Master gerne ausgefallene Mischgetränke, was stets bedeutete, dass niemand Cocktails bekam, weil keine Sub einen Master ärgern wollte. Vor allem nicht Master Sam und Master Nolan."

Nolan war ein bisschen beängstigend. Master Sam? Verdammt beängstigend. „Es ist schön, erwünscht zu sein."

Bei dem Gedanken ans Shadowlands schmerzte ihr Herz. Holt war ein Mitglied, und er war jetzt wieder Single. Er könnte sich – und das würde er sicher auch – für Sessions eine andere suchen.

Der Herzschmerz war so stark, dass sie fast zusammengeklappt wäre. Wie sollte sie das ertragen?

„Josie?" Zuri nahm ihre Hand. „Was ist los?"

Zuri war mit Holt befreundet. *Ich sollte ihr das nicht antun.* Josie holte tief Luft. „Nichts. Ich –"

„Oh, das ist doch Blödsinn. Geht es Carson gut? Wo ist er überhaupt?"

Josie warf einen Blick auf die Uhr. „Er ist bei einem Freund, um ein Schulprojekt zu beenden. Es geht ihm gut. Es ist nur so, dass –"

Zuri stemmte die Hände in ihre Hüften. „Ich kenne diesen Blick. Du hast Männerprobleme, oder?"

Josie schnaubte. „Du bist so scharfsinnig wie –" *Holt. Lass das, Josie.* „Hast du das von deinen Doms gelernt?"

„Auf eine Weise." Zuri lehnte sich in der Küche an den Schrank. „Ich mag es, sie glücklich zu machen und ihnen zu geben, was sie brauchen, bevor sie darum bitten, also beobachte ich sie, die Mimik und Gestik, alles. Ich schätze, ich bin ziemlich gut darin geworden."

„Das kann man wohl sagen."

„Haben du und Holt euch getrennt?"

„Oh, Zuri." Josie setzte sich schwer seufzend auf einen Stuhl.

„Es ist einfach schrecklich. Ich bin so wütend auf ihn und vermisse ihn so sehr. Wenn es nur um uns beide gehen würde, könnten wir vielleicht eine Lösung finden, nur ist Carson involviert und … ich weiß nicht, was ich tun soll."

„Und ich dachte, zwei Doms bedeuteten Ärger. Dazu noch ein Kind?" Zuri runzelte die Stirn. „Du brauchst jemanden mit Kindererfahrung. Lass uns zu dir nachhause gehen und etwas Wein ausgraben. Ich muss ein paar Anrufe tätigen."

Eine Weile später genoss Josie die Landschaft, als Zuri ihr kleines Auto durch ein offenes Farmtor und über eine lange Einfahrt zu einem weißen, zweistöckigen Farmhaus manövrierte.

„Wir sind da", kündigte Zuri an und parkte das Auto neben dem Haus.

Lindas Ranch war wunderschön. Die Einfahrt umschloss einen hübschen Brunnen mit etwas Grünfläche. Weiter draußen fanden sich Orangenhaine, die Bäume voller Früchte. Sie entdeckte Scheunen auf einer Seite und Pferde grasten auf der anderen auf weiß umzäunten Weiden. Als Nächstes sah sie einen kleinen Teich mit Enten am grasbewachsenen Ufer.

Ein *Wuff-Wuff-Wuff* kam von einem Hund, der auf sie zuraste, dahinter ein Mann, der ihr bekannt vorkam.

Josie erstarrte. War das nicht Master Sam? Sie richtete einen finsteren Blick auf Uzuri. „Das ist nicht Lindas Grundstück, oder?"

„Nun, technisch gesehen ist es Master Sams. Aber Linda wohnt bei ihm, und sie meinte, wir sollten zu ihr kommen."

Master Sam sah bei Tageslicht noch gemeiner aus. Definierte Rancher-Muskeln, verwittertes Gesicht, silbriges Haar und blassblaue Augen, die eine Person mit einem Blick zu Eis gefrieren könnten.

Josie zwang sich, von ihm wegzusehen, und beugte sich vor,

um den Hund zu begrüßen. Er hatte kurzes, rötliches Fell, einen stämmigen Körper und süße Schlappohren. „Hey, Kleiner."

Nach einem Blick zurück zu seinem Herrn, um festzustellen, ob sie ein Serienhundemörder war, wedelte der Hund mit seinem Schwanz und sie wurde begeistert beschnüffelt.

„Mädels." Sams raue Stimme könnte wahrscheinlich verwendet werden, um Hartholz zu schleifen. „Geht ruhig hoch. Linda ist drin."

„Ja, Sir", sagte Uzuri. „Komm, Josie."

Josie nickte Sam höflich zu und folgte ihrer Freundin.

Linda kam aus der Tür, als sie die breite Veranda überquerten. „Josie, Zuri." Sie erhielten jeweils eine warme Umarmung. „Gabi ist schon hier und wartet drinnen."

Gabi und Linda. Zuri hatte nicht gesagt, warum sie ausgerechnet die beiden ausgewählt hatte, aber Josie war ratlos. Wirklich, wenn sie weiter im Shadowlands arbeiten wollte, musste sie mehr über die Mitglieder erfahren. Sie konnte mit den Mastern und deren Frauen beginnen. Master, die Peitschen mochten, sollten wahrscheinlich ganz oben auf der Liste stehen.

Aber wenn Holt sie hasste, war sie vielleicht nicht lange genug im Club, um sich die Mühe zu machen. Das hohle Gefühl in ihrer Brust nahm zu.

Im Haus war das große Wohnzimmer in warmen Braun- und Cremetönen mit einem verblassten orientalischen Teppich auf dem dunklen Boden dekoriert. Ein kleines Feuer im Steinkamin knisterte angenehm vor sich hin.

„Hey, ihr zwei." Gabi umarmte alle und setzte sich wieder auf einen Sessel. „Ich habe ein Glas Wein Vorsprung, also müsst ihr aufholen."

Auf dem Couchtisch standen eine Flasche Wein und Gläser sowie eine Käse- und Crackerplatte.

„Wie nett." Josie nahm den Sessel neben Gabi. „Danke, Linda."

„Gern geschehen." Linda setzte sich auf die Couch neben Zuri und begann über das Wetter zu sprechen.

Eine Weile später, als die zweite Flasche Wein geöffnet worden war, entschied Zuri, dass alle aufgewärmt waren. Sie erzählte den anderen, dass Josie Dom-Probleme hatte, die durch ihren Sohn verschlimmert wurden. Sie sprach ein wenig über Carson. Linda und Gabi wussten bereits, dass Holt nebenan wohnte.

„Erzähl den Rest, Josie", sagte Zuri.

Es fiel ihr schwer, Sachen zu teilen, aber wenn Josie Rat wollte, blieb ihr keine andere Wahl. Sie erzählte ihnen, was Everett zu Carson gesagt hatte, über Holts Anschuldigungen und wie ihr Sohn reagiert hatte und dass er nun Holt hasste. Und wie sie Holt deutlich gemacht hatte, dass es zwischen ihnen aus und vorbei war.

Als sie fertig war, herrschte Stille.

Josie schüttelte den Kopf. „Ich weiß, dass ihr nichts tun könnt, es jedoch zu erzählen, hat wirklich gut getan." Sie zögerte. „Apropos teilen, du wirst doch nicht ..." Sie warf einen Blick aus dem Fenster, auf die Scheune, in die Sam gegangen war.

Gabi lächelte. „Es ist schwer, diese Dinge vor unseren Männern zu verbergen, aber die Angelegenheiten von Shadowkittens bleiben unter uns. Wir müssen in der Lage sein, frei mit unseren Freunden zu sprechen; das gehört dazu, wenn man eine Frau ist. Die Master sprechen sich vielleicht nicht aus, aber sie verstehen, dass wir das brauchen."

Als Josie sich entspannte, deutete Gabi zu Linda.

Linda nickte. „Uzuri hat mich angerufen, weil sie weiß, dass ich die Erziehung von zwei Kindern überlebt habe. Sie sind jetzt auf dem College."

Josie grinste bei dem Wort *überlebt*.

„Als Sam und ich uns zum ersten Mal trafen, fanden meine Kinder heraus, dass ich mit einem Sadisten ausgehe ... weil sie eines Morgens plötzlich bei mir zuhause auftauchten. Und dann hatten sie vor Sam einen Wutanfall."

Josies Kinnlade klappte herunter. „Oh. Mein. Gott. Wie hast du reagiert?"

„Ich war so wütend, dass ich sie alle rausgeworfen habe. Einschließlich Sam, da er nicht das Recht hatte, meine Tür zu öffnen." Linda lächelte. „Und doch hat er alles wieder in Ordnung gebracht, obwohl ich nicht sicher bin, ob sich meine Kinder jemals von seiner unverblümten Ehrlichkeit erholt haben."

Josie zuckte innerlich zusammen. Holt konnte auch furchtbar direkt sein.

„Jetzt schauen wir uns deine Probleme an." Linda hielt einen Finger hoch. „Zuerst einmal haben wir die Möglichkeit, dass dein Sohn an Brandstiftung beteiligt ist."

Josies Körper spannte sich für eine Sekunde an, bevor sie vollkommen erschlaffte. „Ich weiß, was ihr sagen werdet. Ja, er ist ein ehrliches Kind und hat sich immer zu seinen Fehlern bekannt, aber zu sagen: ‚Ich habe es nicht getan‘, ist nicht dasselbe wie ‚Ich war nicht dort‘ oder ‚Ich weiß nichts darüber‘."

Linda lächelte mitfühlend. „Der Gedanke, dass unsere Babys etwas Illegales tun könnten, tut weh, was? Aber wärst du dir sicher, dass er nicht involviert war, würdest du nicht vor dich hin schmoren."

„Er war auf die eine oder andere Weise involviert", sagte Josie grimmig. „Er war zu wütend – und defensiv. Er verbirgt etwas."

„Was bedeutet, dass du ihn in die Enge treiben und an Antworten kommen musst. Wenn du mit der Tatsache beginnst, dass du es *weißt*, dass er involviert ist ... manchmal funktioniert das." Linda lachte. „Ich bin mir ziemlich sicher, dass Kinder nie über den Glauben hinauswachsen, dass *Mama alles weiß*."

Gabi spitzte die Lippen. „Ich denke, nur *gute* Mütter wissen alles. Meine hatte keine Ahnung von nix."

Josie ergriff die Hand der Rothaarigen und drückte. Wenn sie jemals die Frau treffen würde, die für diesen traurigen Ausdruck auf Gabis Gesicht verantwortlich war, würde sie das Weib in der Luft zerreißen.

Gabi erwiderte die Geste.

Josie drehte sich wieder zu Linda und drückte die Schultern durch. „Okay. Ein langes, zweifellos unschönes Gespräch mit Carson steht bevor."

„Zwei Gespräche, fürchte ich. Natürlich nicht gleichzeitig." Linda schenkte ihr ein Lächeln. „Irgendwann muss er hören und verstehen, dass du andere Erwachsene in deinem Leben brauchst, einschließlich Männern. Wenn du bis Holt mit niemandem ausgegangen bist, könnte es eine Weile dauern, bis Carson das akzeptiert."

„Ich habe tatsächlich versucht, dieses Gespräch mit ihm zu führen. Er hat komplett dichtgemacht." Ihr Herz schmerzte. Ihr armes Baby war so unglücklich. „Sein Vater wollte ihn nicht und ich möchte nicht, dass Carson sich Sorgen macht, dass er meine Liebe verlieren könnte. Aber ich bin zu lange auf Eierschalen um ihn herumgeschlichen. Er ist alt genug, um zu verstehen, dass ich mir einen Partner an meiner Seite wünsche."

Zuri nickte. „Carson hat ein gutes Herz. Es wird eine Weile dauern, aber er wird es verstehen."

„Das war's von mir." Linda warf Gabi einen Blick zu. „Du bist dran."

„Das hast du gut gemacht." Gabi grinste und drehte sich zu Josie. „Meine Referenzen beinhalten nicht die Elternschaft, aber ich bin Opferspezialistin und mache viele Familienberatungen."

Josie biss sich auf die Unterlippe. „Okay."

„Zunächst bin ich ziemlich überrascht, dass Holt nicht noch einmal versucht hat, dich zu einem Gespräch zu zwingen."

„Hat er nicht." Sie hatte ihm gesagt, dass sie fertig seien, und er hatte nicht um sie gekämpft. Wahrscheinlich war sie ihm einfach zu viel Arbeit. Bei der Kälte, die tief in ihr seinen

CHERISE SINCLAIR

Ursprung hatte, schlang Josie die Arme um sich. „Ich bin mir sicher, er hat Besseres zu tun."

„Ich habe sein Auto nicht vor seinem Haus gesehen", sagte Zuri. „Ist heute nicht sein Tag im Krankenhaus?"

Josie nickte. „Von 7.00 bis 19.00 Uhr. Normalerweise hätte er schon zurück sein sollen, als wir los sind. Er bleibt auf Abstand." *Weil er mich nicht sehen will.* Dieses Wissen schmerzte.

„Vielleicht, vielleicht auch nicht", sagte Gabi sanft. „Es gibt einige Sachen, über die du nachdenken solltest, bevor ihr miteinander redet."

„Er wird nicht mit mir reden wollen." Warum wollte die Frau das nicht verstehen?

„Ihr beide saht bei der Adoptionsveranstaltung doch recht unzertrennlich aus."

„Und bei den Saturnalien auch", sagte Zuri. „Ich würde sagen, der Mann schien direkt in Richtung Liebe zu schlittern."

Das schreckliche L-Wort krachte gegen Josies Brust und stahl ihr den Atem.

„Da ist es", murmelte Linda. „Du liebst ihn. Liebt er dich?"

Josies Kehle schmerzte, als sie Tränen zurückkämpfte. „Er hat gesagt, dass er es tut, aber –"

„Hat er? Das freut mich so sehr!" Zuri hüpfte auf der Couch auf und ab.

„Es war nur in der Hitze des Augenblicks." Und ein paar andere Male, aber –

„Oh nein, Freundin." Zuri schüttelte den Kopf. „Holt ist wirklich vorsichtig, wenn es darum geht, was er zu den Frauen sagt, mit denen er etwas anfängt. Er sagt ihnen im Voraus, dass er nur an zwanglosen Dates und nicht an einer Beziehung interessiert ist. Er würde nicht sagen, dass er dich liebt, wenn er es nicht so meint."

Oh. Auf keinen Fall sollte sie unbändige Freude empfinden. Nicht jetzt. Sie waren nicht zusammen. Aber Uzuri sagen zu hören, dass Holt es ernst meinte? Ja, diese unbändige Freude war nicht aufzuhalten.

Und Verzweiflung. Ihre Schultern sackten nach unten.

„Glaubst du immer noch, dass er nicht vor deiner Tür auftauchen wird?", fragte Gabi leise.

„Ich habe ihm gesagt, dass es zwischen uns vorbei ist."

„Ich wette, du hast ihm auch gesagt, dass du nicht auf Dates gehst." Zuri neigte den Kopf. „Hat er da gehört?"

„Das ist etwas anderes. Liebe klingt nett, aber seien wir mal ehrlich, ich bin keine stressfreie Freundin. Ich trage Ballast mit mir herum. Mein Sohn könnte in Brandstiftung verwickelt sein und sagt, dass er Holt hasst. Ich habe den Mann aus meinem Haus geworfen und gesagt, wir sind fertig. Natürlich setzt er der Sache ein Ende."

„Ah." Gabi streckte die Hand aus und tätschelte Josies Schulter. „Nehmen wir mal an, Holt hätte eine Tochter – eine Tochter, die nur Probleme macht. Würdest du ihn aus der Tür werfen?"

„Natürlich nicht."

„Okay." Gabi fuhr fort: „Wenn du und Carson euch streitet und er dich anschreit, wirfst du ihn dann raus?"

Josies finsterer Blick richtete sich auf Gabi. „Nein."

„Ah ja. Warum denkst du also, dass Holt weniger Ausdauer und Loyalität in Beziehungen zeigt als du?"

Josie blinzelte. Weil ... weil er ein Mann war? Nur war das total sexistisch. Sie kannte Männer, die seit Jahrzehnten verheiratet und treu waren.

„Früher oder später wird jede Beziehung stürmisch, aber die Guten überstehen es." Gabi neigte den Kopf. „Glaubst du, du bist der Mühe nicht wert?"

„Ich ..." Josie holte tief Luft. Vielleicht? Sie ... war es wert, oder? Hatte sie wirklich ein so schlechtes Selbstwertgefühl? Nein, *verdammt*, sie mochte sich selbst. Sie war der Liebe würdig.

„Junge, du bist wirklich direkt."

Gabi grinste. „Nur mit Menschen, die Ehrlichkeit schätzen. Ich kann auch durch die Blume reden, wenn ich muss, aber so zerbrechlich bist du nicht, Josie. Manchmal entgeht dir etwas, weil du in der Vergangenheit verletzt wurdest. Denk darüber nach." Sie rieb die Hände zusammen. „Meine Damen, meine Arbeit hier ist erledigt, und es wird spät."

Josie warf einen Blick auf die Uhr und nickte. „Ich muss meinen Sohn abholen. Zuri, wir sollten los."

„Dann los." Zuri sprang auf.

Auf dem Weg nach draußen umarmte Josie Linda und Gabi. „Vielen Dank für die" – sie lächelte – „die *Intervention*. Und die Ratschläge und das Händchenhalten."

Sie stieß Zuri auf dem Weg zum Auto gegen die Schulter. „Danke, Zuri. Das brauchte ich wirklich."

Zuri legte einen Arm um ihre Taille. „Eines der schönsten Dinge, die ich im letzten Jahr gelernt habe, war, dass ich um Hilfe bitten kann – und sollte – und dass ich sie erhalten würde."

„Das ist schön." Wenn Josie zu Holt gehen und um Hilfe und Vergebung bitten würde, was würde er tun? Ihr Herz setzte bei dem hoffnungsvollen Gefühl einen Schlag aus.

Als sie jedoch auf Josies Einfahrt bogen, fiel ihre zerbrechliche Hoffnung in einen schwarzen Abgrund.

Holts Doppelhaushälfte war dunkel und still.

Seufzend schloss Carson die Tür hinter sich. Hausaufgaben und Fußballtraining hatten ihn gerettet.

Die Testspiele fanden bald statt, und alle Jungs, die wirklich in das Team wollten, übten zusammen nach der Schule. Nach dem Fußball war er zu Yukio gegangen, um mit ihm an dem Englisch-Projekt zu arbeiten. Als Mom ihn abgeholt hatte, hatte sie reden wollen, aber er hatte noch einiges für die Schule zu tun gehabt. Zum ersten Mal war er froh, Hausaufgaben zu haben.

Als Carson sich an seinen Schreibtisch setzte, sprang Poe schnurrend auf seinen Schoß. „Ich bin so froh, dass ich dich hab, Kätzchen", flüsterte Carson.

Mom hatte gesagt, dass sie morgen über das Feuer in Mr. Jorgesons Klassenzimmer sprechen wollte ... weil sie wusste, dass er involviert war. Sie *wusste* es. Und sie sah enttäuscht aus ... und traurig.

Sein Magen schmerzte und seine Augen brannten. Er brauchte seine Mutter nicht – es war nicht so, als wäre er noch ein Baby –, aber trotzdem ... sie war seine Mutter und im Vergleich zu anderen Müttern war sie wirklich cool. Sie ließ ihn viel tun, weil sie darauf vertraute, dass er wusste, was richtig und falsch war.

Es fühlte sich beschissen an, dass er es anscheinend nicht wusste.

Er hatte nicht gemerkt, wie schlimm er es vermasselt hatte, nicht sofort. Wenn Brandon ihm seinen Plan gleich gesagt hätte, hätte er nie zugestimmt, ein Feuer zu entfachen, aber dann war es zu spät und er hatte gedacht, dass Jorgeson es verdient hatte. *So schlimm war es gar nicht.*

Als Holt jedoch Carson nach den Feuern gefragt hatte, sah er nicht gerade ... glücklich aus. Kein bisschen. So wie Holt geredet hatte, war es wirklich *schlimm*, einen Brand zu legen.

Wenn Carson das Gesetz gebrochen hatte, indem er dabei gewesen war, würden sie dann ihn und Mom dafür bezahlen lassen?

Er starrte aus seinem Fenster zu Holts Doppelhaushälfte. Alles dunkel. Zumindest war er nicht zuhause, um zu nerven und Mom wütend zu machen.

Poes Schwanz fing an wie wild zu wedeln, und Carson erkannte, dass er die Katze sehr hart streichelte. „Tut mir leid, Poe."

Poe hatte Recht – es war nicht Holts Schuld. Der Typ war Feuerwehrmann. Demnach waren Brände sein Problem.

„Es ist nur ... ich mochte ihn", flüsterte Carson Poe zu. Es war fantastisch gewesen, als sie zusammen Football geschaut und im Garten Fußball gespielt hatten. Und wäre Holt nicht, hätte Carson jetzt Poe nicht. Es war cool, mit ihm zu reden, denn er behandelte Carson nicht wie ein dummes Kind. Und – Carson spürte den zunehmenden Schmerz in seinem Bauch – als diese beiden Räuber angegriffen hatten, war Holt da gewesen und hatte ihn gerettet.

Poe starrte ihn aus gelbgrünen Augen an. *Also?*

„Ich habe es vermasselt. Ich hätte es ihm und Mom sagen sollen, dass ich dort war. Und das werde ich auch." Er musste ihnen nicht sagen, wer sonst noch auf dem Schulgelände gewesen war. Mom würde eins und eins zusammenzählen. Sie wusste, dass er an diesem Tag zu Brandon gegangen war.

Die Katze grub die Krallen in seine Oberschenkel, womit er Carson daran erinnerte, dass er mehr zu verantworten hatte.

„Er ist ein Arschloch, Mom. Ich hass –" Carson schüttelte sich. Bei der Erinnerung an diese furchtbaren Worte drehte sich ihm der Magen. Er hatte sich wie ... wie die fünfjährige Göre auf der anderen Straßenseite verhalten. Jedes Mal, wenn sie nicht bekam, was sie wollte, brüllte sie: *Ich hasse dich!*

Poe starrte ihn an.

„Ich hasse Holt nicht. Es ist nur ..." Mom *mochte ihn.* Und das zu wissen, gab Carson ein komisches Gefühl.

Die Eltern anderer Kinder ließen sich scheiden, und dann brachten die Mütter neue Freunde mit nachhause. Ein paar seiner Klassenkameraden bekamen sogar neue Väter. Stiefväter.

War Holt jetzt Moms fester Freund? Er schien Mom wirklich zu mögen. Jedenfalls hatte er das mal. Nur war Mom jetzt wütend auf Holt und hatte ihn rausgeworfen.

Carsons Augen begannen zu brennen. Letzte Nacht war er aufgewacht und ... hatte sie weinen hören. Weil er so ein Verlierer war, und vielleicht auch, weil er ihr die Sache mit Holt vermasselt hatte.

In Holts Haus war es noch immer dunkel. Die Harley war weg.

Vielleicht hasste Holt sie jetzt beide.

Und Mom hatte geweint.

Morgen. Irgendwie würde er morgen alles in Ordnung bringen.

KAPITEL SECHSUNDZWANZIG

Holt drehte sich im Bett um und gähnte. Er hatte gestern seinen üblichen 12-Stundendienst auf der Intensivstation absolviert, und dann, da die Grippe einiges an Personal außer Gefecht gesetzt hatte, stimmte er zu, auch für die Nachtschicht zu bleiben. Denn wäre er zuhause gewesen, wäre er nach nebenan gegangen, um mit Josie zu sprechen.

Ein Blick auf die Uhr sagte, dass es Nachmittag war, also hatte er ein paar Stunden Schlaf abbekommen, nachdem es etwas gedauert hatte, von der Doppelschicht runterzukommen und sich zu entspannen. Es war eine hässliche Nacht gewesen. Ein Autounfall hatte die letzten beiden Intensivbetten gefüllt. Mit ein bisschen Glück würden sich die Kleinkinder wieder erholen. Gott sei Dank waren Kinder so verdammt widerstandsfähig.

Verfluchte Autounfälle. Wer auch immer Autos erfunden hatte, hätte erschossen werden sollen. Da wurde man wirklich dazu verleitet, in primitivere Zeiten zurückzukehren.

Holt rollte aus dem Bett und ging zur Duschkabine, obwohl er vor dem Schlafen erst geduscht hatte. Als er unter das heiße Wasser trat, schnaubte er. Primitivere Zeiten bedeuteten auch kein heißes Wasser. Nicht ein Krankenpfleger auf diesem Planeten würde sich auf dieses Konzept einlassen.

Und vierbeiniger Transport war nicht sicherer als Autos. Er lächelte, als er sich an eine Werbung für Western-Kleidung erinnerte, in der er als Kind gewesen war. Sie hatten ihn auf ein Pferd gesetzt, und er ... er hatte Angst gehabt. Nach einer Weile hatte er den Job genossen – nachdem er darüber hinweggekommen war, wie weit er vom Boden entfernt war.

Würde Josie einen Wildwest-Urlaub genießen? Vielleicht könnte er sie und Carson zu einer funktionierenden Ranch bringen. Es würde ihm die Chance geben, etwas Zeit mit Carson zu verbringen.

Angenommen, der Junge hörte jemals auf, ihn zu hassen.

Mit einem Seufzer beendete Holt seine Dusche, zog eine Jeans an und ging ins Wohnzimmer. Die Zeit für seine hübsche Rothaarige war abgelaufen. Sie mussten miteinander reden. Sie hatte überreagiert ... aber er hatte es auch vermasselt.

Er nahm das Paket von seinem Couchtisch und ging zu Josies Haus. Dank der goldenen Bänder konnte er die Schachtel an ihren Haustürgriff hängen. „Okay, Subby. Jetzt bist du am Zug."

Was würde sie tun?

Wer wusste das schon. Sie hatte immer zugegeben, wenn sie es verbockt hatte. Nur ging es diesmal um Carsons Versagen.

Zurück in seinem Haus machte sich Holt ein Sandwich, schnappte sich dann eine Dose Mountain Dew und ging zu seinem bequemen Stuhl auf der Terrasse. Mit den Füßen hochgelegt trank er die eiskalte Flüssigkeit und versuchte, sich zu entspannen.

Josies Auto war unter dem Autounterstand, aber aus ihrem Haus war nichts zu hören. Niemand war im Garten. Er seufzte und atmete den süßen Duft von Stellas blühendem Frangipani-Baum ein.

Seine Josie war auch süß. Und verdammt stur. War sie immer

noch wütend? Hatte sie mit Carson über den Brand im Klassenzimmer gesprochen?

Sein Mund spannte sich an. Sein Captain hatte zugestimmt, Josie Zeit zu geben, um zu ihrem Sohn durchzustoßen. Schließlich hatten sie abgesehen von einer vagen Beschreibung der reflektierenden Schrift auf dem Rucksack keine wirklichen Beweise.

Aber Holt wusste – und Josie wusste –, dass der Junge involviert war. Irgendwie. *Verdammt.* Er könnte helfen, wenn sie ihn lassen würde – wenn sie ihm vertrauen würde.

Wollte sie die Sache zwischen ihnen einfach aufgeben, ohne es wirklich versucht zu haben? Holt blickte finster drein, als die düsteren Gedanken sein Gehirn vereinnahmten. Sie wollte ihn. *Verdammt*, sie *liebte* ihn. Aber gab es einen Konflikt zwischen dem, was sie wollte, und dem, was ihr Sohn wollte, dann würde sie die Beziehung zu Holt aufgeben.

„Es muss keinen Konflikt geben", murmelte er.

„Was?"

Holt drehte sich um und entdeckte Josie auf der anderen Seite des Zauns, die Unterarme auf der Oberseite der Holzlatten. Sie wagte ein Lächeln, das schnell ins Schwanken geriet. „Ähm. Du bist zuhause."

„Bin ich." Er erhob sich und ging auf sie zu. Seine Hände wollten sie so verzweifelt packen, sie an seine Brust ziehen und sie halten.

Ihre Augenlider waren geschwollen, ihre Augen rot. Sie hatte geweint.

Zur Hölle nochmal. Reue übermannte ihn. Vielleicht hätte er ihr nicht so viel Zeit geben sollen.

„Ich wollte vorbeikommen und mich entschuldigen. Ich wollte mit dir reden. Ich ..." Sie biss sich auf die Unterlippe. „Ähm. Ich war mir nicht sicher, ob du mich sehen willst. Wenn du das also nicht willst, dann ..."

Er legte seine Finger um ihre. Sie hatte eine robuste Hand,

aber sie war so zerbrechlich. Ähnlich wie Josie selbst. Außen zäh, innen verwundbar. „Josie, ich wollte dich in der Sekunde sehen, in der ich aus deiner Tür ging."

Ihr Gesichtsausdruck erhellte sich in einem langsamen Sonnenaufgang der Hoffnung. „Wirklich?"

„Ich nahm an, du brauchst Zeit, aber Süße, deine Zeit ist abgelaufen. Hast du in letzter Zeit deine Haustür geöffnet?"

Ihr verwirrter Ausdruck sagte *Nein*.

„Geh nachsehen."

Ein Mann sollte kein perfektes Entschuldigungsgeschenk verschwenden – und vielleicht würde sie davon kosten, was hoffentlich Endorphine freisetzte, bevor sie ernstere Themen wie Brandstiftung besprachen.

Und Beziehungen.

Hoffnungsvoll wie nie öffnete Josie die Haustür. Eine mit Geschenkpapier eingepackte Schachtel baumelte am Türgriff. Auf der beigefügten Karte stand: *„Es tut mir leid. Lass uns reden. H."*

Oh. Oh Gott. Ihr Sichtfeld verschwamm. Er hatte sie nicht aufgegeben.

Sie ging ins Wohnzimmer und riss das Geschenkpapier auf. Pralinen. Und nicht diese Standardboxen aus dem Supermarkt. Der Mann hatte den William Dean-Laden besucht und es irgendwie geschafft, ihre Favoriten zu wählen.

Er hatte einen Informanten gehabt. *Oma.* Kein Wunder, dass ihre Großtante nicht zuhause gewesen war.

Den gesamten Tag hatte Josie vor sich hingeschmort und einen inneren Streit ausgetragen. Wimmernd und weinend. *Oh Gott*, und wie sie geweint hatte. Und dann war sie so wütend auf sich selbst gewesen – und auf Holt –, dass sie eine ganze Kampfszene für ihr Buch geschrieben hatte, obwohl es in dem Teil keine gab, damit sie etwas töten konnte, wenn auch nur auf dem Papier.

Die Mitglieder der Reptilienrasse, die das Menschendorf angriffen, waren zu Dutzenden gestorben.

Es war gut, dass Holt in dem Moment nicht in ihrer Nähe gewesen war.

Kopfschüttelnd ging sie einen Schritt auf die Tür zu, drehte sich dann um, wählte eine Praline mit rosa Himbeerstreuseln und steckte sie sich in den Mund. Sie schmeckte Schokolade und süßherbe Früchte, so intensiv, so köstlich, dass ihr Gehirn für einen Moment abschaltete.

Er hatte ihr Pralinen gekauft. Er hatte sich die Zeit genommen und ihre Oma nach ihren Favoriten gefragt. Das war eine Offenbarung, aber kam nicht überraschend. Nicht für ihn. Kein Wunder, dass sie ihn so sehr liebte.

Sie ging über den Vorgarten zu seiner Doppelhaushälfte. Schnell entdeckte sie ihn; an den Türrahmen gelehnt, Arme vor der Brust verschränkt und auf sie wartend.

Als sie sich näherte, legte er seine Hand in ihren Nacken und küsste sie sanft. So sanft. „Mmm. Schokolade schmeckt gut an dir. Ich wette, es würde an vielen Körperstellen gut schmecken."

Als er mit den Fingerknöcheln über ihre Brust glitt, erhitzte sich ihr Blut.

Nein. Ihr war nicht klar, dass sie gesprochen hatte, bis er sie an seine Seite zog und seinen Arm um sie legte.

„Du hast Recht. Wir müssen das in Ordnung bringen, bevor wir uns dem Versöhnungssex zuwenden." Er führte sie ins Wohnzimmer.

Seine beiläufige Aussage, dass sie es schaffen würden, die Dinge ins rechte Licht zu rücken, raubte ihr den Atem. „Aber was ist, wenn wir es nicht können? Ich ... ich habe bisher noch nicht mit Carson gesprochen." Reue breitete sich in ihr aus. Sie hätte ihren Jungen gestern Abend verhören sollen. Scheiß auf seine Hausaufgaben und sein Training. „Gestern Abend habe ich seine Ausreden akzeptiert."

„Babe." Holt kippte ihren Kopf an ihrem Kinn nach oben.

„Du weißt, dass er – wenn auch nur am Rande – etwas mit der Person zu tun hat, die die Brände zu verantworten hat."

Es war nicht so sehr eine Anschuldigung als vielmehr eine Tatsachenbehauptung, von jemandem, der als Krankenpfleger sicher schon einige Lügen von Kindern gehört hatte. Sein Blick war direkt.

„Ich weiß. Und wir werden reden, sobald er vom Fußball zurückkommt." Sie spannte den Kiefer an. „Ob morgen nun Schule ist oder nicht, wir bleiben so lange auf, wie es dauert."

„Armes Kind. Ich würde es nicht mit dir aufnehmen wollen, wenn du diesen Ausdruck in deinen Augen bekommst."

Die Belustigung in seiner tiefen, rauchigen Stimme war unendlich tröstlich, und sie schmiegte ihre Wange an seine muskulöse Brust. „Ich hab' dich vermisst." Die Worte ließen sich nicht zurückhaltend.

Sein stählerner Arm zog sich fester um sie und riss sie hart an seinen soliden Körper. „Ich habe dich auch vermisst, Josie. Warum zum Teufel glaubst du, dass ich gestern Abend zugestimmt habe, eine zusätzliche Schicht zu arbeiten?"

Sie sah ihn fragend an.

„Wenn ich es nicht getan hätte, hätte ich letzte Nacht an deine Tür geklopft. Ich habe versprochen, dir Zeit zu geben."

Wie kleine Bläschen in einem Glas hob sich ihre Stimmung. „Danke."

„Wenn du heute Abend Hilfe mit Carson brauchst, kannst du mich anrufen. Aber ich denke, du kommst besser zu ihm durch als jeder andere."

Sie atmete erleichtert aus.

„Glaube jedoch nicht, dass du aus dem Schneider bist, Süße. Du und ich haben immer noch einiges zu bereden."

„Haben wir?" Unter seinem durchdringenden Blick senkte sie die Augen auf den Boden.

„Du weißt genau, wovon ich rede. Die Art und Weise, wie du

versucht hast, die Sache zwischen uns zu beenden – weil dein Sohn aufgebracht war."

Carson war mehr als aufgebracht gewesen. Ihre Schuldgefühle ließen nicht lange auf sich warten. „Er sagte, dass er dich hasst", flüsterte sie. Die Erinnerung an seine Worte erschütterte sie immer noch.

„Josie, dein Sohn mag mich. Er kam zu mir, verbrachte Zeit mit mir, bis er merkte, dass du und ich es ernst miteinander meinen. Sein Verhalten ist einfach, wie Kinder handeln, wenn sie Angst haben, dass sich ihr Leben ändern könnte."

Genau das, was Linda gestern Abend gesagt hatte. Und auch Josie war sich dessen bewusst. „Du hast Recht. Ich werde mit ihm reden. Ich habe es nach der Adoption der Katze versucht und ... na ja, er hat mich weggestoßen." Sie seufzte. „Es war immer so einfach, mit ihm zu sprechen. Er war so zugänglich, aber er hat sich verändert. Ich muss lernen, mit diesem neuen Teenager-Verhalten umzugehen, sodass er nicht um bedeutende Gespräche herumkommt."

„Jetzt, wo du siehst, was er tut, wirst du das schon hinkriegen." Holt lehnte sich vor, küsste sie und ... vertiefte den Kuss. Nach einer Weile lächelte er sie an und sagte: „Jetzt kommt der Teil mit dem Versöhnungssex, falls du dich das gefragt hast."

In dem Moment erkannte sie, dass er sie in sein Schlafzimmer geführt hatte. Direkt in sein Schlafzimmer.

„Aber –"

„Kein *aber*." Er knöpfte ihre Bluse auf und zog sie ihr aus. „Mmm, du hast wunderschöne Schultern. Wahrscheinlich durch all das Heben dieser Flaschen und Tabletts." Seine Lippen waren warm und samtweich, als er sich von ihrem Hals zu ihren Schultern küsste.

Ein Schauer jagte durch sie. „Holt, wir sollten ... reden."

„Das werden wir. Wir werden ein ernsthaftes Gespräch führen. Sehr bald." Ihre Jeans fiel um ihre Knöchel.

Schockiert starrte sie ihn im schwachen Licht des Schlafzimmers an. Seine Augen funkelten vor Belustigung und Entschlossenheit, eine Kombination, die in ihrem Bauch ein Flattern hervorbrachte.

Langsam fuhr er mit den Händen über ihre nackten Arme und wartete, ohne den Blick von ihrem Gesicht zu nehmen. Er gab ihr die Möglichkeit, Einwände zu erheben. Aber, oh, sie hatte ihn so sehr vermisst, seine Hände auf ihr, seine Dominanz.

Nachdem sie sich zwei Tage lang Gedanken darüber gemacht hatte, wie sie es allen Recht machen könnte, wusste sie jetzt unter seinem selbstbewussten Blick, dass sie nicht nachdenken musste. Kein bisschen. Schweigend begab sie sich in seine fähigen Hände.

Ein Mundwinkel hob sich und schon zog er ihr den BH und den Slip aus, sodass sie vollkommen nackt vor ihm stand.

Vor ihm entblößt.

Sein Blick schweifte über sie, und mit der rechten Hand fand er eine Brust, wog sie in seiner Handfläche, streichelte sie.

Sie errötete bei der Hitze in seinen Augen. „Du bist ... immer noch angezogen", sagte sie schwach.

„Das ist dir aufgefallen, hmm?" In seiner rauchigen Stimme hörte sie die Belustigung unter seiner stählernen Kontrolle. Er legte seine andere Hand auf ihren Bauch und schob sie nach hinten, bis ihre Oberschenkel gegen das Bett stießen – und hörte nicht auf, bis sie auf dem Rücken lag. Er hob ihre Beine auf die Matratze.

„Holt", keuchte sie und stützte sich auf ihre Ellbogen. Seine hochgezogene Augenbraue korrigierte sie. „Sir. Du –"

„Ganz ruhig." Er platzierte ihr rechtes Handgelenk über ihrem Kopf.

Als er sich zurücklehnte, konnte sie ihren Arm nicht senken. *Was?* Sie legte den Kopf in den Nacken und sah eine Fessel mit Klettverschluss um ihr Handgelenk, und selbst als sie erkannte, was er getan hatte, kümmerte er sich bereits um ihr linkes Handgelenk. Sie zerrte und konnte sich nicht befreien. „Was machst du?"

„Ich habe Spaß", antwortete er. „Meine kinky Natur befriedigen. Und deine auch, denke ich." Sein Blick traf auf ihren. „Die Safewords sind immer noch *Rot* und *Gelb*, Sub."

Sub. Spaß haben. Meistens lag seine dominante Persönlichkeit unter seiner lockeren Art verborgen. Im Bett jedoch kam seine wahre Natur zum Vorschein – absolut männlich, völlig selbstbewusst, in Kontrolle.

Als er seine Hände über ihre gefesselten Arme fuhr, als wollte er ihre Hilflosigkeit betonen, schien das Bett einige Zentimeter abzusinken.

Sie sah zu ihm auf.

„Ich muss sagen, mir gefällt dieser Ausdruck." Er umfing ihren Hinterkopf, küsste sie und beanspruchte ihren Mund – nicht grob, aber mit einer kontrollierten Stärke, die alles nahm, was sie anbot und mehr.

Bis er von ihr abließ, war jeder Protest aus ihrem Verstand verschwunden.

Als er aber ihren linken Knöchel packte und ihn an den unteren Bettpfosten fesselte, tauchten neue Sorgen auf. „Holt – ähm, Sir. Nein."

„Oh doch." Er ging auf die andere Seite des Bettes und fesselte ihren rechten Knöchel.

Oh Gott. Sie hatte diese Art von Bondage auf Bildern gesehen. Sie war weit gespreizt, mit ihren Armen über ihrem Kopf befestigt. Ihre Pussy war vollkommen entblößt und für ihn zugänglich.

Sie bebte, selbst als eine beunruhigende Hitze in ihr aufstieg. Weil sie ihm vertraute. Was auch immer er vorhatte, er würde ihr nicht wehtun. Er würde sie hier nicht allein lassen oder etwas tun, was ihr nicht gefiel.

Zwischen ihren offenen Beinen kniend beugte er sich vor und strich mit den Fingerspitzen über ihre verdammt harten Brustwarzen. „Ich liebe es, wie sehr es dich erregt, wenn du gefesselt wirst", sagte er leise. „Mal sehen, wie weit ich gehen kann, um dich so heiß zu halten."

Er lehnte sich vor und leckte über einen Nippel, dann den anderen, benetzte sie mit seiner nassen Zunge, blies schließlich darüber und packte die Brust mit seinen schwieligen Händen. Seine Liebkosungen wurden fordernder, härter. Er stützte sich auf einen Arm, küsste sie und rollte ihre Brustwarze zwischen seinen Fingern. Sanft. Dann erbarmungsloser.

Sie versuchte, zu keuchen und plötzlich lag sein Mund auf ihrem. Lustschauer liefen über ihre Haut, als er zu ihrer anderen Brust wechselte, seine Lippen weiterhin mit ihren beschäftigt. Sie versuchte, sich zurückzuziehen, wollte ihre Hände bewegen, aber er hatte sie wie ein Festmahl vor sich ausgebreitet, von dem er jetzt alles probieren wollte.

Er saugte an ihrer pochenden Brustwarze, umkreiste sie mit seiner Zunge und spielte mit ihr, bis die Hitze sie bei jedem Atemzug erfüllte.

Nachdem er sich zu ihrem Bauch hinuntergeküsst hatte, ließ er sich zwischen ihren offenen Oberschenkeln nieder. Er spreizte ihre Schamlippen, fuhr mit seinem Finger durch ihre Spalte und verteilte ihre Nässe.

Oh Gott. Als sie ihre Augen öffnete, sah sie, dass sein Blick – selbst, als er sie berührte –, auf ihrem Gesicht, ihren Armen, ihren Händen und ihren Schultern lag. Er beurteilte ihre Reaktionen.

Er lächelte und hielt ihren Blick mit seinem fest, als er mit seinem Finger über ihre Klitoris rieb.

Erregung strömte in jede Zelle ihres Körpers.

„Fuck, du bist wunderschön", sagte er sanft und sein Finger neckte sie mit kreisenden Berührungen.

Bevor sie anfangen konnte, um mehr zu betteln, stützte er sich auf die Ellbogen und senkte seinen Kopf. Behutsam nahm er ihre Klitoris zwischen seine Lippen.

Die Hitze seines Mundes schickte sie fast über die Klippe, und er gluckste. Mit leichtem Druck leckte und schnellte er mit der Zunge, dann saugte er an dem Nervenbündel.

Ihre Klitoris und ihre Schamlippen schwollen an und kribbelten. Sie konnte es nicht länger ertragen. Sie kämpfte gegen die Fesseln an ihren Knöcheln an und versuchte, ihr Becken zu heben. *Mehr.*

„Oh nein, Baby", murmelte er. „Du bekommst nur, was ich geben will – *wenn* ich es geben will. Und genau, wie ich mir das vorstelle." Er legte seinen Unterarm über ihr Becken und fuhr rücksichtslos fort.

Oh, sie kam immer näher.

Zwei Finger glitten in sie hinein, dehnten sie und die Empfindung schwappte über sie hinweg.

Er fuhr fort, rein und raus, bis sie an der Klippe zu einem Orgasmus balancierte. Die Welt bestand nur noch aus seinen Fingern, seiner Zunge, seinen Lippen. Könnte er nicht einfach ein bisschen schneller machen? Härter?

Dann bewegte er sich ihren Körper hoch, küsste ihren Bauch.

„Holt", wimmerte sie.

„Wer?" Er knabberte seitlich an ihrer Brust, um sie zu rügen.

„*Sir*. Bitte."

„Bald." Holt beanspruchte ihren Mund erneut für sich und brachte sie so zum Schweigen. Dann tat er das mit seinen Zähnen, seinen Fingern und seiner Zunge, sodass ihre Brustwarzen wieder pulsierten.

Ihre Pussy kam als Nächstes. Er benutzte diesmal nur seine Zunge, neckte und neckte, ging jedoch zu sanft vor, um sie zum Höhepunkt zu bringen, berührte sie, bis sie kurz davorstand und ihn schweigend um mehr anbettelte.

Als er innehielt, stöhnte sie einen Protest und riss an ihren Händen.

Er lehnte sich zurück und beobachtete sie schweigend. Seine Lektion war klar. Sie hatte keine Kontrolle. Sie konnte sich nicht einmal bewegen. Etwas in ihr schien zu fallen und zerbröckelte wie eine Betonmauer.

„Sehr nett." Seine Berührung war sanft, als er ihre gespreizten Oberschenkel streichelte.

Schließlich stand er auf und zog sich seine Jeans aus.

Sein Schwanz war vollkommen gerade, wunderbar dick in der Mitte, mehr als an der Eichel oder der Basis. Ihre Finger spannten sich bei dem Bedürfnis an, ihn berühren zu wollen. „So wunderschön."

Er folgte ihrem Blick und entließ ein amüsiertes Schnauben, bevor er sich mit einem Kondom umhüllte.

Zurück zwischen ihren Beinen legte er eine Hand neben ihre Schulter, glitt seinen Schwanz durch ihre Spalte und positionierte sich vor ihrem Eingang. In der nächsten Sekunde drückte er sich mit einem rücksichtslosen Stoß in sie, und oh, sie hatte Schwierigkeiten, ihn aufzunehmen. Sie schnappte nach Luft und wand sich unter ihm.

Dann war er in ihr und ihre Pussy brannte von der intimen Verbindung, der soliden Präsenz in ihr. Ihre Klitoris verlangte nach mehr. „Du fühlst dich so gut an."

„Wir passen gut zusammen, hmm?" Als er sich zu beiden Seiten ihres Kopfes auf seine Unterarme stützte, senkte sich sein Gewicht auf ihre Hüfte und ihren Bauch.

Sein ganzes Gewicht. Wie sollte er so in sie stoßen?

Verwirrt sah sie zu ihm auf. „Sir?"

„Jetzt lass uns reden."

Holt beobachtete, wie Verwirrung die Lust in Josies Augen ersetzte.

Ihre Augenbrauen zogen sich zusammen. „Reden?" Ihre Stimme war heiser vor Leidenschaft, angespannt vor Lust.

Sie war noch nicht gekommen.

Genauso wenig wie er.

Zuerst würden sie reden.

„Ich liebe dich, Josie."

Freude erfüllte ihren Blick, als sie sanft einatmete. „Ich war mir nicht sicher, ob du noch ..."

„Ja, ich liebe dich immer noch. Ich möchte mit dir zusammen sein – in deinem Leben, deinem und dem von Carson. Wenn ihr beide bereit seid, möchte ich dich heiraten, sein Vater sein und ihm einen Bruder oder eine Schwester geben. Und einen Hund. Auf jeden Fall einen Hund."

„Das ist so ..." Sie verstummte. Er sah, wie ihr klar wurde, dass sich sein Schwanz nicht in ihr bewegte, dass er es sich bequem gemacht hatte ... um zu reden. Sie riss an ihren Handgelenken, ihr Blick direkt auf ihn gerichtet. „Du willst *jetzt* reden?" Ihr Versuch, sich zu bewegen, wurde durch sein Gewicht auf ihrem Oberkörper verhindert, und sie entließ ein frustriertes Quietschen.

„Ja. Jetzt, während ich tief in dir bin." Als er langsam aus ihr heraus und wieder in sie glitt, dann stoppte, musste er seine ganze Kontrolle bündeln. „Du musst verstehen, was für ein Mann ich bin. Was für ein Dom ich bin."

Er drückte tiefer, ihre Pussy eng und heiß um ihn herum. „Wenn wir zusammen sind, werden die Entscheidungen von uns beiden getroffen – auch wenn es stundenlang dauert, bis eine Einigung erzielt wird. Ich werde mich an der Erziehung von Carson beteiligen. Du wirst nicht mehr allein sein." Er lächelte. „Das ist die gute und die schlechte Nachricht. Du musst nicht alles selbst entscheiden, was eine Erleichterung sein kann, aber ... es bedeutet auch, dass du nicht länger *alles* entscheiden kannst, auch wenn du das vielleicht manchmal gerne so hättest."

Ihr Mund öffnete sich und ihr Körper spannte sich an, als seine Worte bei ihr ankamen. Waren sie in einer Beziehung, hätte sie nicht mehr die alleinige Verantwortung für ihren Jungen.

Seine Brust fühlte sich beengt an, aber ... das war wichtig. Ein entscheidender Moment.

Ihr Blick schweifte über sein Gesicht und ihr Stirnrunzeln verschwand. Als sich ihre Mundwinkel nach oben bewegten, machte sein Herz einen Salto. Sie nickte. „Ich verstehe. So agieren echte Familien mit zwei Elternteilen. Vielleicht musst du mich ab und zu daran erinnern." Ihre Augen waren immer noch rot vom Schlafmangel und vom Weinen. Er war nicht der Einzige, der viel nachgedacht hatte.

Er küsste ihre Schläfe und knabberte an ihrer Ohrmuschel. Die Wände ihres Geschlechts zogen sich um seinen Schwanz zusammen. *Mmm.* „Das werde ich."

Okay, wie aber sollte er den nächsten Teil erklären?

„Mehr?" Provokativ rieb sie die Brüste an ihm.

„Du kleines Gör", murmelte er. „Ja, da ist noch mehr." Er verlagerte sein Gewicht auf einen Arm, schob seine Hand in ihr Haar und packte ein Bündel.

Ihre Pupillen weiteten sich vor Lust.

„Ich mag Kontrolle, Sub. Diese Kontrolle verlange ich jedoch nur in Momenten, die mit Sex zu tun haben. Willst du aber mehr von dieser Kontrolle abgeben, bin ich bereit, dir entgegenzukommen. Mit Freude sogar."

„Du sagst, du willst, dass ich … mich an dich lehne?"

Ihre jahrelange Tätigkeit als Barkeeperin hatte ihr eine Fülle von Wissen über Menschen vermittelt. Doch am Ende hatte sie noch nie mit einem Mann zusammengelebt. Noch nie hatte sie einen Mann wirklich geliebt. Sie war erschreckend unerfahren. „Süße, in einer gesunden Beziehung lehnt man sich aneinander. Auf unterschiedliche Weise, aber ja … gegenseitiges Anlehnen."

Sie entließ ein Lachen. „Gefällt mir. *Gegenseitiges Anlehnen.*"

„Meine kleine Autorin." Er musste sie küssen. Als er ihren Mund nahm, pulsierte ihre Pussy um seine Länge, ihre Brüste weich an seinem Oberkörper. Und ihr Mund war großzügig, als er forderte, dass sie den Kuss erwiderte.

Sie würde ihn noch umbringen.

Er zog sich zurück und räusperte sich. „Während wir reden, behalte im Hinterkopf, was ich gesagt habe."

„Ja, Sir", flüsterte sie.

Er begab sich wieder in Position, küsste ihre Stirn und schaffte es, seine Kontrolle zurückzuerlangen. Nächstes Thema. „Ich weiß, dass du mich willst, Josie. Du willst, was wir zusammen haben können. Aber du bist auch verdammt unsicher. Es wird Zeit, dass wir uns um deine Sorgen kümmern. Sag mir, was dich besorgt."

Sie biss sich auf die Unterlippe, schön geschwollen von seinen Küssen. „Es geht hauptsächlich um Carson. Was ist, wenn die Dinge zwischen dir und mir nicht klappen? Was ist, wenn ich dich in unser Leben bringe und du dann gehst und Carson sich erneut von einer Vaterfigur abgelehnt fühlt?"

Das war ein legitimes Anliegen. Ihr Arschlochvater und Everett hatten dies zu verantworten. „Du weißt, wie es sich anfühlt, wenn ein Elternteil dich ablehnt. Das verstehe ich." Holt rieb seine Wange an ihrer. „Es gibt keine Garantien im Leben. Die Umstände ändern sich, die Menschen ändern sich. Ich kann sagen, dass ich dich liebe und ich dich und Carson in meinem Leben will, aber ich kann euch nicht zu hundert Prozent versprechen, dass es für immer funktionieren wird."

Alles in ihm wollte genau das tun, um alles für sie einfacher zu machen.

„Ich weiß." Sie schaute weg. „Ich bin mir nur nicht sicher, ob ich es riskieren sollt –"

Er legte seine Finger unter ihr Kinn. „Sieh mich an, Josie."

Ihre Augen trafen auf seine.

„Kinder lernen durch Erfahrung. Wenn du mich beiseite wirfst, um sein Herz – und deines – zu beschützen, was lehrst du ihm damit? Dass er jedes Mal fliehen sollte, wenn sein Herz in Gefahr ist? Dass er sich niemals verlieben sollte, weil er verletzt werden könnte?"

Ihre Augen weiteten sich, als seine Worte bei ihr ankamen.

Das Leben war voller Lektionen – und Schmerz. Nachdem Nadia ihn verlassen hatte, hatte er eine ganze Menge Zeit mit Grübeln verbracht. Er hatte seine Reaktionen beleuchtet. Jeder versuchte instinktiv, verwundbare Organe zu schützen. Die Eier, die Kehle … das Herz.

„Oh Gott. Ich habe ihm beigebracht, Liebe zu vermeiden."

„Und gleichzeitig hast du ihm gezeigt, dass du ihn liebst." Holt streichelte ihre weiche Wange. „Wirklich zu leben – und zu lieben – ist ... riskant, aber ist es nicht das, um was es im Leben geht?"

Es brach ihm das Herz, als er die Tränen in ihren Augen sah. Aber die süße Akzeptanz war auch zu erkennen. Sie stimmte zu.

Er atmete erleichtert auf. „Unsere Beziehung wird Arbeit erfordern, Josie. Du, Süße, bist eine Kämpferin in allen anderen Aspekten des Lebens. Kannst du auch für uns so hart kämpfen?"

Seine Muskeln spannten sich an, während er auf ihre Antwort wartete.

„Ich liebe dich", flüsterte sie.

Ja, das war die Antwort, die er hören wollte. *Gott sei Dank.*

Josie rieb ihre Wange gegen Holts und atmete seinen maskulinen Duft ein. Sie liebte ihn so sehr.

Und sie wollte ihn als Vater für Carson. Gab es ein schöneres Geschenk, das sie ihrem Sohn machen könnte? Holt würde Carson zeigen, was einen wahren Mann ausmachte. Er würde für ihren Jungen kämpfen. Er würde ihren Jungen trösten. Und ihn lieben.

Das tat er bereits – das wusste sie.

Sie wollte Holt auch für sich. Sie konnte sich nichts Besseres vorstellen, als ihre Tage mit ihm zu verbringen, diesem Mann, der ihr helfen würde, wenn sie schwach war, sie anfeuern würde, wenn sie stark war. Er würde die Verantwortung übernehmen, wenn sie es wollte, und sie in Komfort und Wärme hüllen.

Und im Gegenzug wäre sie für ihn da. Sie erinnerte sich an seine Trauer in dieser Nacht, nachdem er einen seiner kleinen Patienten verloren hatte. Sie hatte ihre eigenen Stärken, die sie in die Beziehung einbringen konnte, ihre eigene Art von Trost, die sie im Gegenzug geben konnte.

Zusammen waren sie stärker als getrennt.

Das Leben war jedoch nicht einfach. Sie würden sich streiten.

Das war es, was ihn beunruhigte – ob sie auch die Hürden mit ihm bestreiten würde.

Er hatte ihr beigebracht, dass er alles geben würde, um eine Beziehung mit ihr zu haben. Lächelnd dachte sie an die Pralinen. Er hatte sie und Carson nicht aufgegeben. Er hatte abgewartet und den Weg mit Schokolade geebnet. Dann hatte er sie gefesselt, bis sie mit ihm reden musste. Sie schaute zum Kopfteil und zu den Handgelenksfesseln auf. „Du bist ziemlich hinterhältig, hmm?", murmelte sie.

Seine Lippen formten sich zu einem Lächeln. „Manchmal."

„Ja."

„Ja, was, Süße?", fragte er.

„Ja, ich werde für unsere Beziehung kämpfen. Ich werde nicht abhauen. Wir werden unsere Probleme lösen ... zusammen."

Seine Augen leuchteten und die Befriedigung in seinem Gesichtsausdruck machte sie völlig sprachlos.

Zumindest bis er anfing, sich zu bewegen. Dann konnte sie nur noch stöhnen, als er sie nahm ... langsam und sanft.

Hart und schnell.

Und sehr gründlich.

KAPITEL SIEBENUNDZWANZIG

Das **Fußballtraining war** vorbei, und so saß Carson auf dem Rasen und stopfte seine Fußballschuhe und Schienbeinschoner in seinen Rucksack. Auch die anderen Kinder packten zusammen, um nachhause zu gehen. Vor sich hin murmelnd versuchte Yukio, einen seiner Schnürsenkel zu entknoten.

Nachdem er seinen Rucksack zugemacht hatte, zog Carson sein Handy aus der Seitentasche. Ein kurzer Blick zeigte oben auf dem Display einen winzigen Umschlag. Er hatte eine Nachricht bekommen. Er grinste. Es gab ihm immer noch einen Kick, wie alle anderen ein eigenes Handy zu haben.

„Yo, Cars, was liest du?" Yukio schaute zu ihm.

„Ich habe eine Nachricht." Carson runzelte die Stirn, als er den Absender sah. „Von Brandon. Was jetzt?" Die ganze Woche hatte Brandon so getan, als wäre Carson nicht einmal im Raum. Genau wie Ryan. Das hatte sich scheiße angefühlt. Zumindest sprachen Yukio und Juan noch mit ihm.

Carson las die Nachricht laut vor: **Cars, weil du mein Freund bist, werde ich deinen Vater dafür bezahlen lassen, dass er ein Arschloch ist und dich wie scheiße behandelt.**

„Was?", kam es von Yukio.

Carson las die Nachricht noch einmal und mit jedem Wort wuchs die Angst in ihm. „Heute ist Donnerstag. Brandon hat doch gesagt, Everett und so würden heute nach Disney World fahren."

„Und er wollte ein Feuer legen." Yukio runzelte die Stirn. „Ich dachte, du hättest ihm gesagt, dass du das nicht willst. Hast du deine Mein –"

„Nein, ich habe meine Meinung nicht geändert. Er spricht nicht einmal mit mir!" Carsons Herz schlug in seiner Brust, als wäre er ein Dutzend Runden um den Platz gelaufen. Seine Daumen fühlten sich fett und unbeholfen an, als er eine Nachricht zurückschickte: **Lass meinen Vater in Ruhe.**

Zusammen mit Yukio wartete er. Eine Minute verging, dann zwei.

Er versuchte es mit einem normalen Anruf und wartete.

Yukio sprach zuerst. „Er antwortet nicht. Glaubst du, er ist wirklich auf dem Weg zu deinem Vater?"

„Oh, verdammte Scheiße, was soll ich tun?"

„Deine Mutter anrufen?"

Carson schüttelte den Kopf. „Was ist, wenn Brandon mich nur verarscht oder so?"

„Ja, das macht er oft. Aber was ist, wenn er das nicht tut?"

Die anderen Fußballspieler waren gegangen, und der Platz war ruhig. Die Straßenlaternen flackerten und gingen an.

Es wurde dunkel.

Carson schluckte. „Ich muss hin. Ich muss sichergehen." Seine Stimme kam belegt heraus. Er hatte *Nein* zu Brandon gesagt. *Das hatte er.* Es würde eine Stunde dauern, um Everetts Haus zu erreichen, und Mom erwartete, dass er nachhause kam, bevor es dunkel wurde, und das war jetzt. „Kannst du ihn weiter anrufen? Einfach immer wieder versuchen? Sag ihm, er soll nichts tun? Ich meine ..."

„Sicher."

„Ich ... ich rufe die Polizei an, wenn ich muss." Bei dem Gedanken wurde Carson schlecht, aber er holte entschlossen Luft. Das würde er.

Yukio verzog das Gesicht. „Ja, okay. Sag mir Bescheid ... egal, wie spät, okay? Lass mich wissen, dass alles gut gelaufen ist?"

Nichts würde gut laufen. Er müsste mit dem Fahrrad in der Dunkelheit durch die Straße fahren, wo er angegriffen worden war. Was, wenn diese Männer wieder dort waren? Ein Angstschauer lief durch Carson.

„Okay." Nachdem er sein Handy in die Hosentasche gesteckt hatte, schulterte er seinen Rucksack. „Danke, Kio."

Eine Stunde später kam Carson bei dem pompösen Haus seines Vaters an.

In der Nähe, wo er angegriffen worden war, hatten sich die Autos gestaut. Es hatte einen Unfall gegeben, und nichts bewegte sich. Sogar die Krankenwagen und Feuerwehrautos steckten fest. *Meine Fresse.* Er war nur durchgekommen, weil er auf den Bürgersteig ausweichen konnte.

Innerlich bebte Carson, als er auf die Einfahrt bog. Er ließ sein Fahrrad auf den vorderen Rasen fallen und entdeckte zwei weitere. Ryans goldgestreiftes Fahrrad lag im Schatten. *Scheiße, scheiße, scheiße.* Das war verrückt. Wahnsinnig! Warum tat Brandon plötzlich wieder so, als wären sie Kumpels, nachdem er die ganze Woche geschmollt und Carson ignoriert hatte? Und er wollte Everetts Haus *für* Carson niederbrennen?

Carson runzelte die Stirn.

Brandons Fahrrad hatte hinten einen Anhänger dran. Carson ging zu dem Anhänger und riss die Stoffbedeckung herunter. Der Geruch von Benzin traf auf seine Nase.

Der Anhänger war bis oben hin mit roten Benzinkanistern, Glasflaschen und vielen anderen Dingen gefüllt. Carsons Kinnlade klappte herunter und er wich zurück. Brandon wollte mehr tun, als nur eine Flasche in einen Raum zu werfen.

Carson erschauderte und sah sich verzweifelt um. War jemand zuhause, dem er das alles sagen konnte? Die Sonne war lange untergegangen, und der größte Teil des Vorgartens war dunkel. Nur ein schwaches Licht leuchtete im ersten Obergeschoss. Das Licht über der Haustür und die Garagenbeleuchtung waren an, so wie es die Leute taten, wenn sie nicht zuhause waren. Brandon behielt also Recht; Everett war nicht hier.

Carson bemerkte Bewegung an der Hausecke, hob seine Hand und pfiff.

Brandon joggte mit Ryan hinter sich zu ihm.

„Ich wusste, dass du kommen würdest", flüsterte Brandon. Sein Grinsen war breit und glücklich und aufgeregt. Er vollführte einen ausgefallenen Siegestanz. „Das wird episch!"

Ein Haus niederzubrennen war episch? „Nein." Carson trat nah an Brandon heran, so wütend, dass er das Gefühl hatte, seine Augen würden sich kreuzen. „Ich habe *Nein* gesagt. Ich will das nicht. Lass meinen Vater in Ruhe!"

„Ach, komm schon, Cars. Es wird Spaß machen", jammerte Ryan.

Brandon zog die Augenbrauen zusammen. „Du hast gesagt, dass du ihn hasst. Liebst du deinen Arschloch-Daddy jetzt plötzlich?"

„Natürlich nicht. Aber ein Feuer zu legen, ist falsch. *Illegal.*"

„Was für ein Weichei du doch bist. Ich dachte, du hättest Eier, aber schätze nicht. Ich wünschte, ich könnte das Haus *meines* verdammten Vaters abfackeln." Brandon löste den Fahrradanhänger und zog ihn zum Haus. „Komm, Ryan."

Ryan zögerte.

Carson holte tief Luft. *Verdammte Scheiße.* Sie hörten nicht auf ihn. Sein Herz hämmerte wie wild in seiner Brust, als Brandon sich mit langen Schritten von ihm entfernte. Direkt auf das Haus zu.

Carsons Hände ballten sich zu Fäusten. Er musste etwas tun!

Er senkte den Kopf, rannte auf Brandon zu, krachte gegen ihn und warf ihn zu Boden. Es war, als würde man gegen eine Wand stoßen – eine weiche Wand, aber trotzdem eine Wand.

Brandon peitschte herum und schlug ihn. Hart.

Mit der Schulter voran landete Carson auf dem Boden. *Au.* Er lag im kalten Gras und hielt seine pochende Wange. „Du –"

„Dummes Arschloch!" Brandon trat ihm in den Bauch.

Schmerz rauschte durch Carson, als er seinen Bauch packte und versuchte, Luft in seine Lungen zu bekommen. Tränen brannten in seinen Augen und sein Sichtfeld verschwamm. „Tu es nicht. Lass meinen Va –"

„Ich werde dieses verdammte Haus abfackeln!" Brandon fletschte die Zähne. „Und ich werde dabei zusehen!"

Als Brandon den Anhänger um die Seite des Hauses zog, kniete sich Ryan mit weit aufgerissenen Augen neben Carson. „Gott, Cars, er hat dich so hart erwischt."

Carson holte tief Luft. „Hilf ihm nicht, Ryan. Er ist verrückt."

„Ja, irgendwie schon." Ryan warf einen Blick auf das Haus, erhob sich und zog Carson auf die Füße. „Ich verschwinde von hier. Du solltest besser auch rennen."

„Das werde ich." Carson bewegte sich recht langsam, schaffte es jedoch zu seinem Fahrrad und stieg auf.

Ryan hob seine Hand zum Abschied und dann flog er regelrecht davon. Bevor er am Straßenende abbog, hielt er an und schaute zurück.

Carson rieb sich den schmerzenden Bauch, winkte Ryan ein letztes Mal zu, bevor dieser erneut in die Pedale trat.

Der Vorgarten fühlte sich schrecklich einsam an. Langsam senkte Carson sein Fahrrad wieder auf den Rasen. Er konnte nicht einfach ... verschwinden. Es spielte keine Rolle, wem das Haus gehörte; es in Brand zu stecken, war falsch. Er musste erneut versuchen, Brandon aufzuhalten.

Aber was, wenn Brandon nicht aufzuhalten war?

911 anrufen? Meine Fresse, das konnte er nicht. Sie würden ihm sowieso nicht glauben – er war nur ein Kind.

Mom anrufen? Sie würde kommen. Sie könnte etwas tun. Nur war Brandon schrecklich groß und stark und konnte Karate. Er könnte ihr wehtun.

Wer könnte einen wütenden Brandon bezwingen? *Oh!* „*Ich möchte nur, dass du weißt, dass du mich anrufen kannst, wenn du in Schwierigkeiten gerätst.*"

Er zog sein Handy heraus, schaute nach der Nummer und wählte. Schuldgefühle fegten durch ihn. Er war so ein Idiot gewesen.

„Ja? Wer ist da?"

„Holt? Ich brauche Hilfe."

Mit Josie neben sich parkte Holt vor Everett Lannings Haus. Wütend vor Frustration sprang er aus dem Auto. Ein massiver Stau durch einen Unfall auf der Kreuzung hatte alles verzögert.

Was zum Teufel ging hier vor sich? Warum war Carson hier? Der Junge hatte es nicht erklärt, sagte einfach, er brauche Holt *sofort* und hatte dann aufgelegt. *Gott*, er hoffte, dass der Junge nicht erwischt worden war, als er um das Haus des Arschlochs geschlichen war.

Josie war bei Holt gewesen, als der panische Anruf reingekommen war, und sie hatte darauf bestanden, mitzukommen. Nicht, dass er dagegen gewesen wäre. In Bezug auf Carson mussten sie als Team arbeiten.

Mit Josie hastete er die Einfahrt hoch, roch Feuer und blieb abrupt stehen. Weiße Rauchwolken stiegen vom Haus auf. Durch die zerbrochenen Fenster auf der Vorderseite konnte er mehrere Feuer sehen, die die Wände verzehrten und bereits die Decke erreichten. „Fuck."

Begleitet von dem Feueralarm im Haus zog Holt sein Handy aus der Tasche und wählte den Notruf. „Josie, siehst du Carson?"

Er hörte, wie ihm jemand antwortete, machte sich aber nicht die Mühe, zuzuhören, sondern sagte einfach: „Hausbrand." Wie viele der Einheiten, die normalerweise losgeschickt wurden, steckten an der Kreuzung im Stau?

Während er die Adresse wiedergab, ging Josie nach links.

Holt bemerkte eine Bewegung und rannte nach rechts.

Mit einer Schaufel über dem Kopf stand ein stämmiges Kind über einem Klumpen auf dem Boden. Über *Carson*.

Holt brüllte: „Lass sie fallen!"

Der Junge – Brandon – wirbelte herum, ließ die Schaufel fallen und rannte.

„Carson." Holt sprintete zu ihm.

Carson schaffte es auf die Füße und hinkte zu Holt. „Du bist gekommen. Er hat ein Feuer gelegt. Wir müssen die Feuerwehr rufen."

„Das habe ich bereits", sagte er, nachdem er ihn unter den Portikus geführt hatte. Das Licht zeigte Prellungen und Schnitte in seinem Gesicht. Was zum Teufel war hier vorgefallen?

Wo war Josie hin? Holt rief: „Ich habe ihn, Josie!"

Im Inneren des Hauses rauschte das Feuer mit dem Alarm um die Wette, und dann explodierte etwas mit einem lauten Knall. Die Flammen schossen hoch. Hatte Carsons Freund auch hier Molotow-Cocktails benutzt, so wie er es in der Schule getan hatte? *Heilige Scheiße.*

„Ist jemand im Haus?", fragte er Carson.

„Nein. Brandon meinte, alle würden nach Disney World gehen."

Erleichterung rollte durch Holt.

„Carson!" Josie rannte über den Rasen auf sie zu.

„Mom!" Carson befreite sich und traf seine Mutter vor dem zerbrochenen Fenster.

Über dem Portikus, wo Holt stand, öffnete sich ein Fenster.

„Hilfe!" Ein dunkelhaariger Junge, vielleicht ein Jahr oder so älter als Carson, erschien im Fenster. „Ich komme nicht raus – ich bin eingesperrt. Bitte, hilf meiner Schwester. Hilf Britney!"

Kinder. Holts Brust verkrampfte sich. *Verdammt*, durch den Unfall war es unmöglich, zu sagen, wann die Löschwagen es zum Haus schafften.

Ein verängstigter Schrei kam aus dem Inneren des Hauses.

„Nein!", brüllte Carson und näherte sich dem Fenster. „Die Treppe brennt. Nein, tu das nicht!" Er wich der Hand seiner Mutter aus und sprang durch das zerbrochene Fenster ins Haus.

„Carson, nein!", schrie Josie und folgte ihm.

Und Holt folgte Josie und Carson. Als er das Fenster erreichte, fühlte es sich wie eine Hitzewand an. *Fuck, nein.* Der Raum stand kurz vor einem Flashover, bei dem sich das Feuer blitzschnell ausbreitete. Panische Angst erfüllte ihn.

Ein junges Mädchen stand vollkommen erstarrt auf der Treppe, als Carson die brennenden Stufen zu ihr hinaufstürmte.

Holt sprang durch das Fenster und sah, dass Josie auf halbem Weg durch das Wohnzimmer war.

Boom! Etwas explodierte. Ein scharfer Schmerz riss durch Holts Arm.

Neue Flammen schossen nach oben. Hier und da waren Flaschen im Raum verstreut – nicht explodierte Molotow-Cocktails.

Josie, die zu nah an dem explodierten Cocktail gestanden hatte, taumelte und Blut strömte aus ihrer Schulter und ihrem Bein.

„Mom!" Carson änderte den Kurs und kam die Treppe wieder runter.

„Geh hoch", brüllte Holt und rannte durch den Raum. „Ich hab' sie. *Geh. Hoch.*"

Carson packte die Hand des Mädchens und rannte mit ihr nach oben.

Ohne langsamer zu werden, hob Holt Josie in seine Arme und nahm zwei Stufen auf einmal.

Die Kinder standen vor einem Raum. Aus dem Inneren hämmerte jemand gegen die Tür. Das Mädchen – Britney – wackelte am Griff und schluchzte. „Es ist zugeschlossen, es ist *zugeschlossen*! Timothy!"

„Lass mich runter, Holt", sagte Josie. „Wir müssen diese Tür aufbekommen."

Er musterte sie. Sie blutete, aber sie war okay. Seine Josie war etwas Besonderes.

„Tretet zurück, Kinder." Er stellte Josie auf ihre Füße und schrie: „Timothy, geh weg von der Tür."

Carson riss das Mädchen von der Tür weg.

Mit der Kraft aus seiner Hüfte und dem unteren Rücken trat Holt neben dem Schloss gegen die Tür. Die verfluchte Tür knackte und schoss auf. Holt wies alle an, in den Raum zu gehen.

Mit einem *Wusch* wurde das Wohnzimmer gänzlich vom Feuer verschluckt. *Zur Hölle nochmal.* Das Feuer würde sich jetzt schnell ausbreiten – er musste alle verdammt nochmal hier rausholen.

Josie senkte sich auf das Bett und zog einen zitternden Carson in ihre Arme.

Holt packte ein T-Shirt vom Boden, riss eine große Glasscherbe aus Josies Bein und machte einen hastigen Druckverband. „Bist du bei mir, Baby?"

„Ja." Sie drückte ihre Hand gegen die Wunde an ihrem Arm. „Denkst du, wir schaffen es hier raus?"

„Auf jeden Fall." Holt sah, wie sich das Mädchen zur Tür bewegte. „Bleib hier, Süße."

Sie blieb stehen, und als Josie ihre Hand ausstreckte, ging sie langsam zum Bett.

Timothy stand am Fenster.

Holt schloss sich ihm an. „Ist sonst noch jemand im Haus?"

„Nein. Nur Britney und ich."

Gott sei Dank. Holt lehnte sich aus dem Fenster und beurteilte, wie weit das Portikusdach entfernt war ... wie weit der Boden entfernt war.

Der Junge sah zu ihm auf. „Stecken wir fest?"

„Nein, es ist machbar." Holt packte seine Schulter und sagte allen: „Ich werde rausgehen, mich auf dem Portikusdach platzieren und euch raushelfen. Verstanden?"

Das Kind nickte. Carson nickte. Josie schenkte ihm ein schwaches Lächeln und ihr „Ja, Sir" gefiel ihm verdammt gut. Neben Josie nickte auch Britney.

Gut genug. „Nach mir wirst du rauskommen, Josie."

„Aber –" Sie sah zu Carson.

Keine Zeit für Erklärungen. „Vertrau mir." Er hielt ihren Blick gefangen.

Sie nickte.

„Dann Britney, dann Carson." Er wuschelte Timothy durch die Haare. „Du hilfst den anderen raus und kommst zuletzt. Ich werde dich auffangen."

Timothy bemühte sich, seine Angst einzudämmen. „Okay."

„Guter Junge." Holt wartete nicht länger, sondern glitt mit den Füßen voran und mit dem Gesicht nach unten aus dem Fenster. Er hing an der Fensterbank, bis er seinen Winkel berechnet hatte, schwang ein wenig zur Seite und ließ sich fallen. Das Portikusdach war fast direkt unter dem Fenster. Bei der Landung rutschte er leicht, konnte sich aber schnell fangen.

Mit einem Fuß jeweils auf den schrägen Seiten des Daches kam er zu einem sicheren Stand. „Josie, mit dem Gesicht nach unten, hängen und fallen lassen, so wie ich es getan habe. Ich fange dich auf."

Er konnte sehen, dass sie Carson nicht verlassen wollte, aber, *verdammt*, sie kam trotzdem. Eine Sekunde später hatte er sie in den Armen. Er umarmte sie kurz und zeigte nach unten. „Ich will dich auf dem Boden. Ich werde jedes Kind zu dir herabsenken."

Und als sie den Beton unter dem Portikus betrachtete, verstand sie, warum sie als Zweite gekommen war. „Okay."

„Rutsch vom Dach. Ich werde dir helfen, nach unten zu kommen."

Ohne etwas zu sagen, folgte sie seinen Anweisungen, rutschte langsam über die Kante nach unten und verzog das Gesicht, als die Rinne über die unzähligen blutigen Schnitte glitt, die sie von der Benzinbombe davongetragen hatte. Holt senkte sich, um ihre Handgelenke zu halten, bis sie vollständig vom Dach war. „Das sollte kein großer Fall sein. Ich lasse jetzt los."

Sie fiel nach unten, landete neben dem Portikus und entließ ein schmerzerfülltes Grunzen. Dann war sie wieder auf den Beinen. „Ich bin bereit." Keine Tränen, keine Hysterie.

„Fuck, ich liebe dich", sagte er.

Sie unterdrückte ein Lachen. „Was für eine Ausdrucksweise. Es sind Kinder anwesend."

Wie konnte sie ihn in einem solchen Moment zum Lächeln bringen? Holt erhob sich und rief zum Fenster. „Helft dem Mädchen raus, Jungs. Haltet an ihren Handgelenken fest, bis ich sage, dass ihr loslassen könnt."

Alle Lichtquellen waren verschwunden. Das Obergeschoss war dunkel mit Rauch, der nach oben drang. Die Kinder waren wahrscheinlich halb blind. Aber Timothy hielt sich gut und führte die Füße seiner Schwester aus dem Fenster. Er und Carson hielten sie an den Handgelenken.

Britney machte panische Geräusche, als Holt nach oben griff und ihre Beine packte.

Eine Sirene ertönte. *Wurde auch verdammt nochmal Zeit.*

„Lasst jetzt los", wies er an, und die Jungen – einer an jedem Handgelenk – ließen los. Das Mädchen rutschte an ihm nach unten. Als er sicher war, dass er sie hatte, drehte er sich um, kniete nieder und senkte sie in einer sanften Bewegung über den Rand des Portikus zu Josie.

„Hab sie", rief Josie.

„Carson. Raus mit dir. Selbes Prinzip."

Carson kam allein klar, während Timothy eine Hand an seinem Handgelenk hielt ... nur für den Fall.

Als Carson in seinen Armen landete, umarmte Holt ihn hart. „Du machst dich besser als viele Erwachsene. Ich bin sehr stolz auf dich", flüsterte er, bevor er ihn an Josie übergab. Er bemerkte, wie sich das kleine Mädchen an Josies Taille klammerte, selbst als Carson seine Mutter von vorne umarmte.

Einer noch. „Ich bin bereit, Timothy. Du weißt, was zu tun ist. Lass erst los, wenn ich dir das Okay gebe."

Der Junge manövrierte sich bereits aus dem Fenster. Er hing an seinen Händen, bis Holt einen guten Griff hatte. Zumindest war dieses Kind groß. „Hab dich. Lass los."

Er zog den zitternden Jungen in die Arme und hielt ihn eine Minute lang fest.

Sirenen heulten, als ein Feuerwehrfahrzeug über die Straße zu ihnen raste und schließlich auf die Einfahrt bog. Die Lichter blinkten und erhellten die ganze Umgebung. „Okay, und jetzt runter mit dir, sonst werden wir beide nass."

Dem Kind gelang ein kleines Lachen.

Als Holt ihn zu Josie absenkte, wankte sie ein wenig bei seinem Gewicht und ihr Bein wäre fast eingeknickt. Ihr Arm, ihre Seite und ihr Oberschenkel waren mit Blut bedeckt.

Er musste sie in eine Notaufnahme bringen.

Holt rutschte vom Portikus, landete neben ihr und legte einen Arm um sie. Britney dachte nicht mal daran, sie loszulassen, und Timothy klebte an seiner Schwester. Holt legte einen Arm um Carson, und als Gruppe gingen sie die Einfahrt hinunter.

Josie spürte, wie das junge Mädchen bebte. Josie ging es nicht anders. Holts Arm um ihre Taille war das Einzige, was sie aufrecht hielt. Kalte Schweißtropfen rannen über ihr Gesicht, ihren Rücken und ihren Hals. Ihre ganze rechte Seite bestand aus brennendem Schmerz und heißem, rieselndem Blut.

Es war ihr egal. Ihr Sohn war in Sicherheit. Die anderen beiden Kinder waren in Sicherheit. Sie lehnte ihren Kopf eine Sekunde lang gegen Holts soliden Oberarm und spürte, wie er sie auf den Kopf küsste. Holt war in Sicherheit.

Oh Gott, was für ein Albtraum. Warum, oh warum nur, war Carson hier?

Einander zubrüllend rannten die Feuerwehrleute mit langen Schläuchen zum Gebäude.

Ein kurzer muskulöser Feuerwehrmann lief auf Holt zu. „Ist sonst noch jemand im Haus?"

Die Kinder zuckten bei der lauten Stimme zusammen, und Josie zog das Mädchen näher an ihre Seite.

„Timothy" – Holt deutete auf Everetts Jungen – „sagte, es seien nur er und seine Schwester im Haus gewesen."

Timothy nickte. „Unsere Eltern sind auf einer Party. Nur meine Schwester und ich waren hier."

„Gut. Das ist gut." Der Feuerwehrmann warf einen Blick auf das Fenster im Obergeschoss, dann auf Josie und Holt. „Wir haben gesehen, wie ihr sie rausgeholt habt – gute Arbeit." Und dann blinzelte er. „Heilige Scheiße, Holt. Bist du nicht außerhalb deines Territoriums?"

„Kann man so sagen. Ich muss mit dir reden – und mit der Polizei. Dies war Brandstiftung. Ich kann den Täter identifizieren, aber ich muss Josie in die Notaufnahme bringen."

„Mir geht's gut." Josie holte tief Luft. „Wenn du bleiben musst, können wir ein Taxi nehmen und nachhause fahren."

„Baby, du wirst Nähte für einige dieser Schnitte brauchen."

Carson machte ein leidvolles Geräusch und seine Augen füllten sich mit Tränen.

Holt zog ihn näher. „Josie, du gehst in die Notaufnahme." Sein Blick war direkt auf sie gerichtet, seine Stimme sanft ... Er gab ihr keine Wahl.

Der Feuerwehrmann nickte. „Hören Sie auf Holt, Ma'am." Sein Blick schweifte über das brennende Gebäude und als er wieder zu Holt sah, tat er dies mit verengten Augen. Er sah die schwarzen Flecken auf seiner Kleidung. „Sag mir bitte, dass du da nicht wie ein totaler Anfänger ohne Ausrüstung reingestürmt bist."

„Jep, bin ich." Holt wuschelte durch Carsons Haare. „Mein Junge hier ist reingerannt, um das Mädchen zu retten. Sie erstarrte auf halbem Weg die Treppe hinunter – und hätte den Flashover nicht überlebt."

Als Josie den Stolz in Holts Stimme hörte, hätte sie fast gelächelt, doch dann erinnerte sie sich an den Laut und die Wärme aus dem Wohnzimmer. Das hätte Britney nicht überlebt.

„Und meine Frau ist Carson nachgejagt", fuhr Holt fort. „Du hättest sicher auch nicht draußen gestanden und Däumchen gedreht, würden sie dir gehören, Smitty."

„Nein, wahrscheinlich nicht." Nach einer Sekunde runzelte Smitty die Stirn, sein Blick auf Carson. „Mach das nicht noch einmal." Dann grinste er Holt an. „Muss schon sagen, mutig die beiden."

„Ich weiß", sagte Holt leise und drückte Josies Hüfte. Bei dem Stolz in seiner Stimme formten sich Tränen in ihren Augen.

Josie war sich nicht sicher, wie lange es gedauert hatte, bis die Krankenschwestern und der Arzt damit fertig waren, ihre Wunden zu säubern und zu nähen.

Zuvor im Wartezimmer der Notaufnahme hatte Holt gesagt, sie sei wahrscheinlich von einem explodierten Molotow-Cocktail verletzt worden. Sein Kiefer hatte sich angespannt, als er hinzufügte, dass, wenn sie nicht gerade seitlich gestanden hätte, ihr Gesicht und ihr Hals alles abbekommen hätten. Carson war in Tränen ausgebrochen. Holt hatte ihn sofort in seine Arme gezogen und Josie zugemurmelt: „Sorry." Verärgert über ihre

Verletzungen hatte er offensichtlich vergessen, dass Carson zuhörte.

Ihre rechte Seite und ihr Arm hatten eine Menge kleiner Schnitte sowie lange Wunden, in denen größere Glasfragmente Haut und Fleisch durchschnitten hatten. Als diese Fragmente mit der Pinzette aus den Wunden gefischt, alles gewaschen und genäht, geklebt oder bandagiert worden waren, hatte sich ihre ganze Seite angefühlt, als würden tausend Bienen auf sie einstechen. Zum Glück hatte Holt eine graue Jogginghose und ein T-Shirt in seinem Auto gehabt, sodass sie jetzt saubere Kleidung trug.

Der Krankenschwester folgend fand sie Holt im Wartezimmer mit den Kindern – mit allen dreien. Nachdem sie gehört hatten, dass ihre Eltern auf dem Weg zu ihnen waren, hatten die Lanning-Kinder darum gebeten, mit Holt zu warten.

Holt saß auf einem Stuhl in der Ecke und sah aus wie eine Henne mit ihren Küken. Britney hatte ihren Stuhl so nah wie möglich an Holt herangezogen und war an ihn geschmiegt. Carson hatte dasselbe auf der anderen Seite getan. Timothy saß neben seiner Schwester und hielt ihre Hand. Offensichtlich fühlten sich alle drei bei Holt sicher und schienen sogar ein wenig zu dösen.

Vor einiger Zeit hatte Holt erwähnt, dass er irgendwann gerne ein Baby hätte. Er würde einen tollen Vater abgeben. Und – sie lächelte – Carson wäre ein wunderbarer großer Bruder.

Carson sah auf und entdeckte sie. „Mom!" Er rannte zu ihr und stoppte rechtzeitig, um nicht in sie zu krachen. „Geht's dir gut? Bist du –"

Lachend zog sie ihn in eine Umarmung und ignorierte den Schmerz. „Ich werde ein paar Tage wund sein, aber es geht mir gut."

Er stieß den erleichtertsten Seufzer aller Zeiten aus – den sie imitierte.

Ihr Sohn war am Leben und unverletzt. Aber er hatte einiges

zu erklären. Sie hielt ihn fester ... und spürte, wie er vor Schmerzen zusammenzuckte.

Was?

Sie ließ ihn los, trat zurück und musterte ihn in dem fluoreszierenden Licht. Er hatte ein blaues Auge, einen Schnitt über seiner Wange und blutige Knie. Und seine Rippen waren offensichtlich wund. Sie berührte sein Gesicht. „Carson, was ist passiert? Mit dem Feuer? Mit dir?"

„Brandon wollte nicht auf mich hören. Er hat einfach nicht gestoppt. Ich habe es versucht, Mom. Ich versuchte, ihn aufzuhalten. Aber er ist größer – und kämpft besser."

„Kämpft besser?" Wut entbrannte in ihr. *Brandon.*

Dann stand Holt vor ihr, die anderen beiden Kinder neben ihm. Britney rannte zu ihr und krallte sich an Josies Seite.

Holt legte eine Hand auf Carsons Schulter. „Keine Sorge, Josie. Er hat Eis auf dieses blaue Auge gelegt, während wir auf dich gewartet haben."

Sie fing den Subtext ein. Dies war nicht die Zeit oder der Ort, um die Fassung zu verlieren.

„Timothy!"

Beim Schrei der Frau drehte sich Timothy um, und Erleichterung erfüllte seinen Ausdruck. „Mama!"

Durch die Tür der Notaufnahme kam eine kleine, schlanke Brünette, die etwa vierzig Jahre alt war. Ihr Gesichtsausdruck war panisch, als sie durch den Raum rannte.

Timothy knallte hörbar gegen sie und ließ sich fest in die Arme nehmen. Ihre Beine schienen ihr zu versagen, sodass sie auf die Knie ging, bevor Britney gegen sie krachte. Alle drei weinten.

Josie zog Carson an sich. Als sich ihr unabhängiger Junge tatsächlich an sie klammerte, bekam sie auch Lust, zu weinen. Mit einem Arm um ihn herum fragte sie Holt: „Was passiert jetzt?"

„Jetzt sprechen wir mit der Polizei. Wahrscheinlich mit dem

Brandermittler." Holt rieb sich über das Gesicht. „Macht euch bereit. Es wird eine lange Nacht werden."

„Was zur Hölle ist passiert?" Das wütende Brüllen kam von ... Everett. Älter, Haare grau, stämmiger, aber ja, Everett.

Josie zuckte zusammen, und Carson auch.

Everett marschierte ins Wartezimmer, zwei Männer hinter ihm.

Mit gebeugten Schultern trat Timothy von seiner Mutter weg. „Dad."

„Du hast ein Feuer gelegt? Weil ich dir Hausarrest gegeben habe, hast du ein verdammtes Feuer gelegt?"

Timothy zuckte zusammen. „Nein. Ein Junge hat das Feuer gelegt. Wir hörten Glas brechen und sahen ihn. Er rannte um das Haus und warf Sachen hinein und dann stand plötzlich alles in Flammen und –"

„Du Lügner! Was habt ihr Gören gemacht? Mein *Haus* brennt!"

Selbst als Josie einatmete, um den Jungen zu verteidigen, fragte Holt: „Bist du derjenige, der ein Kind in seinem Zimmer eingesperrt hat, sodass es ihm unmöglich war, zu entkommen?"

Everett trat angesichts der schieren Wut in Holts Stimme einen Schritt zurück.

Die Mutter der Kinder schnappte entsetzt nach Luft und ihr Kopf wirbelte zu Everett, der mittlerweile dunkelrot angelaufen war.

„Ja, das hast du. Übrigens", sagte Holt mit einem Blick auf die beiden anderen Männer. „Timothy sagt die Wahrheit. Keines deiner Kinder hat das Feuer gelegt."

Everett funkelte Holt finster an, bevor sich sein Blick zu Josie bewegte. Seine Augen weiteten sich. „Du? Hier?"

„Everett. Der Junge, der –"

Als er Carson sah, kehrte die Wut bei Everett zurück. „Du ... Verdammt nochmal, *du* hast mein Haus niedergebrannt!" Er machte einen Schritt nach vorne, die Hände geballt. „Du bist nicht mein verdammter Sohn, du kleiner Bastard. Ich habe einen Sohn. Du bist –"

„Das reicht", knurrte Holt mit der Hand auf Carsons Schulter. „Carson ist für das Feuer nicht verantwortlich. Er versuchte, den –"

Everett drehte sich zu Josie und seine Wut war erschreckend. „Dafür werdet ihr bezahlen, du Schlampe. Für mein Haus, für das Trauma. Ich werde dich verklagen, bis jeder Cent, den du verdienst, zu mir kommt."

„Das bezweifle ich doch stark", sagte Holt in einem gemessenen Ton. „Aber was für ein perfekter Moment, um eine Vaterschaftsklage einzureichen und das Arschloch zu entlarven, das eine Minderjährige sexuell missbraucht, geschwängert und sie, ohne auch nur zweimal darüber nachzudenken, im Stich gelassen hat. Du schuldest deinem Sohn hier eine Menge Unterhalt."

Das Blut strömte aus Everetts Gesicht, und er trat einen Schritt zurück.

„Sohn?" Timothy holte schneller auf als seine Schwester und starrte seinen Vater an, dann Carson. „Du bist mein Bruder?"

Carson blinzelte. „I-Ich schätze."

„Nein. Nein, das ist er nicht!", brüllte Everett. „Sie lüg –"

„Der Junge sieht aus wie Britney." Everetts Frau erhob sich, die Arme noch immer um ihre Tochter geschlungen. Die Stimme der Frau hob sich: „Eine Sechzehnjährige, Everett?"

„Natürlich nicht, Pamela. Sie lügt. Ich würde niemals –"

„Würdest du." Pamela zog ihre Kinder näher an sich und ging einen Schritt von ihrem Mann weg. Ihr Gesicht war angespannt und ihre Augen sprachen von Verrat ... von Abscheu.

„Pamela, hör mir zu ..."

„Nein, nicht mehr. Ich habe versucht, deine Affären zu ignorieren, aber ... ein junges Mädchen?" Die Frau drückte die Schultern durch. „Und nachdem du Timothy Hausarrest gegeben hast, hast du ihn in seinem Zimmer eingesperrt? Obwohl wir nicht zuhause waren? Er sollte auf Britney aufpassen, und er war in seinem Zimmer eingesperrt? Was für ein Vater tut das?"

Sie wartete nicht auf eine Antwort. „Ein furchtbarer. Und ein furchtbarer Ehemann bist du auch." Mit den Armen um ihre Kinder ging sie zur Tür hinaus.

Everett drehte sich langsam zu Josie um, seine Wut war so offensichtlich, dass sie einen Schritt zurücktrat. „Du –"

Ohne ein Wort schob sich Holt vor sie.

Das Gefühl, beschützt zu werden, war ... unbeschreiblich, aber sie konnte nicht zulassen, dass er ihre Probleme auf sich nahm. „Holt, nein", flüsterte sie.

Einer der beiden Männer, die mit Everett reingekommen waren, hörte sie, und seine Augen verengten sich. „Holt? Oh ja, ich kenne dich. Vor ein paar Jahren bist du für einen von uns eingesprungen."

„Jep, das bin ich, Captain." Holt zog Carson sicher zwischen sich und Josie. „Carson hier hat das Feuer nicht gelegt. Er versuchte, den Täter zu stoppen. Er kann euch sagen, was passiert ist."

„Gut. Wir müssen –" Das Handy des Captains klingelte und er hob einen Finger, sodass klar war, dass sich niemand bewegen sollte, während er den Anruf entgegennahm. Seine Augenbrauen zogen sich zusammen. „Verdammt, ernsthaft? Ich bin unterwegs."

Murmelnd sagte er: „Der Wind ist stärker geworden. Nachbarhäuser sind gefährdet – wir müssen evakuieren. Ich muss zurück."

Josies Herz sank. Mehr Häuser. Das war ein Albtraum für alle Beteiligten.

„Holt, Ma'am, die Polizeibeamten und die Brandermittler werden sich um die Befragungen kümmern." Der Captain deutete auf den anderen Mann, der mit ihm gekommen war. „Das ist Detective Simonsen."

Nachdem er Holt zugenickt hatte, marschierte der Captain davon.

Der stämmige Detective hatte ein Abzeichen an seinem Gürtel, dunkle Haare und ein rundes, rotes Gesicht. Er musterte sie mit einem kalten, harten Gesichtsausdruck. „Wir gehen zur Polizeiwache."

Zur Polizeiwache. Josie unterdrückte einen Schauer und nickte. „Natürlich."

Everett verschränkte die Arme vor der Brust und starrte sie an, dann Carson, bevor er sich dem Detective zuwandte. „Keith, stell sicher, dass ihr lügender Bastard für das bezahlt, was er getan hat."

Keith? Sie sind befreundet?

Als der Polizist nickte, spürte Josie, wie ihr das Herz in die Hose rutschte.

KAPITEL ACHTUNDZWANZIG

M it seiner Mutter im Raum wartete Carson auf die Rückkehr des Detectives.

Die Luft in dem kahlen Polizeiraum war kalt, und er war sich sicher, dass er deshalb nicht aufhören konnte, zu zittern. Gefühlt befanden sie sich schon stundenlang in diesem kalten, einschüchternden Raum.

Es gab nicht mal Bilder an den Wänden. Nicht eins. Der Tisch war aus Holz und alt, und als Carson versucht hatte, ihn zu bewegen, hatte er nicht nachgegeben.

Zumindest war Mom hier; der Detective hatte Holt rausgeschmissen. Carson wollte auch Holt. Denn ... Carson sah zu seiner Mom. „Detective Simonsen hat mir nicht geglaubt, oder?"

„Nein, das hat er nicht." Mom verzog den Mund. „Ich schätze, er und Everett sind Freunde." Mom streckte den Arm aus und legte ihre Hand auf seine Schulter. „*Ich* glaube dir, Schatz. Wir werden das klären."

Er spürte, wie ihre Finger zitterten. Mom hatte Angst. Er hatte das auch, obwohl sein Herz gerade nicht so schnell klopfte, wie es das in dem brennenden Haus getan hatte. Gerade fühlte es sich eher so an, als würde es ihm nie wieder warm werden.

Der Detective kam zurück. Sein Gesicht war so gemein, dass Carson in seinem Stuhl nach unten rutschte. „Das Haus der Lannings ist zerstört. Gibt dir das ein gutes Gefühl, Junge?"

„Gibt es Ihnen ein gutes Gefühl, ein elfjähriges Kind anzugreifen, Detective?" Moms Stimme hielt so viel Kälte bereit, dass schnell klar wurde, dass sie den Mann nicht mochte.

Der Mund des Detectives verzog sich zu einer gemeinen Grimasse, und er schlug auf den Tisch, sodass Carson zusammenzuckte. „Da deine Mutter dich nicht davon abhalten kann, das Gesetz zu brechen, wirst du in die Jugendstrafanstalt kommen. Dorthin schicken wir die –"

„Die Kinder, die tatsächlich Verbrechen begangen haben." Ein wirklich riesiger Kerl kam in den Raum. Er hatte einen Akzent, den er nicht ganz zuordnen konnte. Er sah auf Detective Simonsen herab, als wäre der Detective Scheiße unter seinem Schuh. „Carson wurde wegen nichts verurteilt. Tatsächlich unternahm er erhebliche Anstrengungen und hat Schmerzen gelitten, um den Brandstifter aufzuhalten."

„Als ob Sie etwas darüber wüssten, O'Keefe. Der Junge hat Everett Lanning belästigt und ist uneingeladen vor seiner Haustür aufgetaucht. Er hat zugegeben, dass er sauer war, als Lanning ihm sagte, er solle verschwinden. Gibt es einen besseren Weg, sich zu rächen, als das Haus niederzubrennen?"

Holt betrat leise den Raum und ging um den Tisch herum. Er legte seinen Arm um Mom und drückte Carsons Schulter. Seine Hand war warm und groß, und Carson konnte nicht anders, als nach oben zu greifen und seine Finger zu packen.

„Was zum Teufel macht *er* hier?" Der Detective starrte Holt genervt an.

Carson verstärkte seinen Griff.

„Detective, eine Warnung: Der Rekorder ist an und Ihre Ausdrucksweise ist unangemessen." O'Keefe verschränkte die Arme vor der Brust. „Und zu der Frage, warum Holt hier ist …

Jeder erfahrene Interviewer würde wissen, dass ein verängstigtes Kind fragwürdige Antworten gibt. Da Sie die Mutter des Jungen so furchtbar behandeln, wie Sie das mit dem Jungen tun, habe ich jemanden mitgebracht, mit dem er sich sicher fühlen wird."

Detective Simonsen sah aus, als würde er gleich ersticken. „Sie ... Sie –"

„Ja, ich. Als Brandermittler – und das *war* Brandstiftung – werde *ich* den Jungen verhören, was wir zusammen getan hätten, wenn Sie nicht so ein" – O'Keefe sah Carson an und zwinkerte ihm zu – „ein Idiot wären. Ich schlage vor, Sie sprechen mit Yukio und Ryan. Ryan war dabei. Wenn Sie sich die Handys der Kinder ansehen, wird schnell klar, wer der Täter ist."

O'Keefe öffnete die Tür und wartete.

Der Detective bewegte sich nicht. „Sie sind Freunde des Kindes. Natürlich würden sie ihm den Rücken decken."

„Lannings Kinder sind das nicht, und sie sind sich ziemlich sicher, welcher Junge um das Haus gerannt ist und Brandbeschleuniger durch die Fenster geworfen hat. Sie sahen, wie Carson auf Brandon los ist, um ihn aufzuhalten."

„Das werden wir noch sehen." Mit einem ungläubigen Knurren verließ der Detective den Raum und schlug die Tür zu.

Mom zuckte bei dem Geräusch zusammen und ihr Oberschenkel stieß gegen das Tischbein. Sie entließ ein gequältes Geräusch.

Carsons Augen füllten sich mit Tränen. Sie war wegen ihm verletzt worden. Weil er dumm gewesen war. „Es tut mir so l-leid, Mom."

„Oh, hey, Schatz ..." Mit einem sanften Ausdruck rieb sie seinen Arm. „... es sind nur winzige Schnitte. Sie werden heilen."

Sie hätte sterben können. Carsons Atem stockte.

Holt hätte sterben können. Carson sah zu ihm auf. „Es t-tut mir so leid. Ich hasse dich nicht, und ich hätte dich nicht anschreien sollen, und du hattest Recht. Ich war dabei, als das

Feuer im Klassenzimmer gelegt wurde. Und dieser Feuerwehrmann hat dich angeschrien, weil du ins Haus gegangen bist. Weil ich dich angerufen habe, und du hättest getötet werden können. Wegen mir."

Carson versuchte, nicht zu weinen, aber immer wieder füllten Tränen seine Augen.

Holts Lippen formten sich zu einem schiefen Lächeln. „Die Entschuldigung dafür, dass du mich angeschrien hast, nehme ich an. Ich bin froh, dass du mich nicht hasst."

Carson hielt den Atem an.

„Du hast dir einen falschen Freund angelacht und wurdest so in etwas hineingezogen, das illegal war, aber mich anzurufen, war eine gute Entscheidung. Du hast dein Bestes versucht, Brandon davon abzuhalten, ein Haus niederzubrennen – und ich bin sehr stolz auf dich, Carson."

Carson konnte ihn nur anstarren und an den Worten so festhalten, wie er Holts Hand hielt.

Ein Stuhl quietschte über den Boden, als O'Keefe näher an den Tisch rückte. Der große Kerl setzte sich und der Stuhl stöhnte unter seinem Gewicht. „Carson, Josie, meine Aufgabe ist es, Brände zu untersuchen. Ich habe einen schönen langen Titel, aber wie wäre es, Carson, wenn du mich Cullen nennst?"

Carson leckte sich nervös über die Lippen. „Kann Holt bleiben?"

„Wenn du möchtest." Cullen streckte die Beine aus und verschränkte die Hände vor dem Bauch. Er machte es sich bequem, als würde er sich ein Footballspiel ansehen oder so. „Ich kenne Holt schon eine Weile – Feuerwehrleute und Brandermittler treffen oft aufeinander. Wenn du willst, dass er dir den Rücken freihält, bin ich damit einverstanden."

Mit einem erleichterten Seufzer nickte Carson und hatte dann einen schrecklichen Gedanken. Er war zu Holt so gemein gewesen. Er biss sich auf die Unterlippe und drehte sich um, um zu dem Mann aufzuschauen. „Wirst du es tun?"

„Aber natürlich." Holt klang, als würde er Carson immer noch mögen. „Ich hätte dich überhaupt nicht verlassen, aber ich wollte Cullen holen."

Carson entließ den Atem. *Okay.* Er fühlte sich mutiger und wandte sich an Cullen. „Was möchtest du wissen?"

„Ich sag dir was. Da du und Holt Freunde seid, lasse ich ihn die Fragen stellen – und ich mische mich ein, wenn er etwas vergisst. Wie klingt das?"

Mit Holt reden? Ja. „Gut. Das klingt gut."

„Zuerst bringen wir euch zwei näher zusammen." Holt zog Moms Stuhl näher zu Carsons.

Sofort legte sie ihren Arm um ihn ... als hätte der gemeine Detective ihr gesagt, sie solle es nicht tun.

Carsons Augen brannten wieder mit Tränen und er lehnte sich an sie.

Holt bewegte sich zwischen Carson und den großen Kerl. Als er sich hinhockte, löste sich etwas in Carson, weil es die Position war, in der Holt ihm auch das coole Zeug an seiner Harley gezeigt hatte oder ihm Tipps für seine Fußballtechnik gab. Seine Arme ruhten auf seinen Oberschenkeln, seine Hände locker und entspannt. Sein Blick traf auf Carsons, und ja, das war Holt. Zu jeder Zeit ruhig und gelassen.

„Bereit?" Er hob eine Augenbraue und wartete darauf, dass Carson nickte, dann lächelte er. „Guter Junge. Also ich denke, dass ich zuerst etwas über den Klassenzimmerbrand hören möchte. Warum habt ihr euch für diesen Raum entschieden?"

Carson lehnte seinen Kopf an den Arm seiner Mutter, holte tief Luft und erzählte ihm alles.

Er hatte geredet und geredet und geredet. Carsons Mund war trocken und sein Kopf summte, als hätte er Fliegen im Gehirn oder so. Wahrscheinlich war es schrecklich spät. Und dann ... endlich ... sagten Holt und Cullen, sie seien fertig.

Als Carson aus dem hässlichen Raum hinkte, hielt Mom seine Hand.

„Hier entlang." Holt legte seinen Arm um Carsons Schulter und führte ihn durch einen großen Raum, der mit Schreibtischen, Computern und Detectives gefüllt war, die mit Menschen sprachen.

Verdammte scheiße. Carson stolperte, denn da waren Juan, Ryan und Yukio.

Juan sprach mit Detective Simonsen. Juans winzige Mutter stand neben dem Schreibtisch, die Arme über der Brust verschränkt. Ihre dunklen Augen sprachen von Wut, ihr Blick haftete auf dem Detective.

Ein anderer Detective war bei Ryan. Ryans Mutter hielt seine Hand. Der Arm seines Vaters lag auf der Rückenlehne von Ryans Stuhl.

Carson atmete erleichtert auf. Ryan war okay.

An einem anderen Schreibtisch zeigte Yukio einem weiblichen Detective sein Handy. Seine Eltern standen hinter ihm, die Hände auf seinen Schultern und nickten, als er sprach.

Carson durchquerte den Raum und schon bald bemerkten ihn seine Freunde. Schuldig zuckte er zusammen, als sie ihn anstarrten, aber dann deutete Yukio auf sein Auge. *Oh. Richtig.* Carson hatte ein blaues Auge und Kratzer und so. Nach einer Sekunde nickten ihm seine Freunde zu.

Im nächsten Moment brachten zwei Polizisten in Uniform Brandon herein. Brandon kämpfte, trat um sich und betitelte beide mit bösen Namen.

Carson wollte weinen, als sie Brandon grob auf einen Stuhl manövrierten. Wenn Carson nichts verraten hätte ...

„Gut. Sie haben ihn gefunden", sagte Holt. Als er auf Carson hinunterblickte, verschwand der harte Ausdruck in seinen Augen.

„Oh, verdammt. Weißt du, es ist hart, wenn man zwischen einem Freund und der richtigen Entscheidung hin- und hergerissen ist. Denk aber daran: Brandon war es wichtiger, Feuer zu legen, als seine Freundschaft mit dir beizubehalten."

Nein, Brandon war nicht so. Mit gerunzelter Stirn versuchte Carson, von Holt auf Abstand zu gehen, und zuckte zusammen, weil sein Bein und seine Schulter schmerzten. Alles schmerzte. Brandon *war* so. Sein „Freund" hatte ihn geschlagen, getreten und hätte ihn mit einer Schaufel ernsthaft verletzen können, wenn Holt nicht dazwischen gegangen wäre.

Als er Carson entdeckte, erhob sich Brandon halb und sein Gesicht war voller Hass. „Du verdammtes Weichei! Ich habe es für dich getan! Um es deinem Vater heimzuzahlen und ihm eine Lektion zu erteilen! Was ist dein verdammtes Problem?"

„Du hast es nicht für mich getan", sagte Carson. „Du hast es getan, weil du etwas in Brand setzen wolltest. Und weil du nicht zu deinem eigenen Vater gekommen bist."

Brandon zog die Augenbrauen zusammen. „Deiner hat dich einen Bastard genannt!"

Ja, das hatte Everett. Und dass sein Vater ein totales Sackgesicht war, tat irgendwie weh, aber das war nicht wirklich wichtig. Carson schüttelte den Kopf. „Ich habe dir gesagt, dass ich nicht will, dass du etwas tust. Nicht für mich."

„Er ist *dein* Vater!"

„Nein, er ist nur ein" – was hatte Yukio gesagt? – „Samenspender."

Bei Holts leisem Lachen hätte Carson fast gelächelt, weil er etwas hatte, das Brandon nicht hatte – etwas Wichtiges. Und hey, hier war die Möglichkeit, Holt und Mom das klar zu machen, ohne super schmalzig rüberzukommen.

„Als würde dir das jemand abnehmen", höhnte Brandon.

„Du bist ein Idiot. Ich brauche dieses Arschloch Everett nicht." Carson hob sein Kinn und wagte es nicht, zu den beiden

Erwachsenen neben sich aufzuschauen. „Ich habe jetzt einen besseren Vater.“

Diesmal war es seine Mutter, die ein Geräusch machte – ein großes, fettes, überraschtes Keuchen.

Grinsend führte Carson seine Mutter und seinen *zukünftigen Vater* aus dem Raum.

KAPITEL NEUNUNDZWANZIG

Ihr **Baby hatte** ein Talent für Fußball, dachte Josie, als sie an ihrer Diet Coke nippte und die Schüler beobachtete, die für die bevorstehenden Tryouts trainierten.

Es fühlte sich gut an, nach den schrecklichen Ereignissen vom letzten Donnerstag wieder zu normalen Aktivitäten zurückzukehren. Normal würde jedoch nicht lange andauern. Der Schulleiter hatte gestern – Montag – mit der Schulbehörde gesprochen und sie wollte hart durchgreifen.

Josie presste die Lippen fest zusammen. Um ihren Jungen zu beschützen, würde sie dieselbe Mentalität annehmen. Und sie war nicht die Einzige, denn Holt wollte Carson genauso beschützen. Sie spürte ein lustiges Flattern in ihrem Bauch. Jedes Mal, wenn ein Strafverfolgungsbeamter aufgetaucht war, um mit ihrem Sohn zu sprechen, war Holt da gewesen. Rückendeckung für Carson.

Er liebte sie und er liebte Carson. Sie hatte angefangen, an Romantik zu glauben und so zu lieben, wie sie es in ihrer Jugend getan hatte. Er machte kein Geheimnis daraus, dass er die Nächte mit ihr verbrachte. Gestern hatte er seine 24-Stundenschicht in der Feuerwache verbracht und der Abend hatte sich ohne ihn falsch angefühlt, da er nicht da war, um mit ihnen beim Abendessen über die Ereignisse des Tages zu sprechen, zu lesen, fernzusehen oder mit Carson zu zocken. In der Nacht hatte sie nach ihm gesucht und schließlich sein Kissen umarmt. War er nicht bei ihr, vermisste sie ihn.

Und sie liebte ihn. Wirklich, nichts war mehr so, wie vor dem Tag, als er in ihr Leben getreten war.

War es nicht komisch, dass sie mitten im Winter Frühlingsgefühle hatte?

Sie nahm einen weiteren Schluck von ihrer Cola und lächelte, als Carson mit dem Ball über das Feld rannte, um einen größeren Jungen herumlief und dann den Ball zu Yukio schoss. Ihr Junge war fantastisch. „Jaaaa!"

Als Carson ihre Stimme erkannte, grinste er, was er natürlich nicht zeigen konnte, weil ... hey, es war seine Mutter.

Josie schmunzelte und runzelte dann die Stirn, als sich jemand auf der Tribüne direkt neben sie setzte. Ohne den Blick vom Feld zu nehmen, rutschte sie ein paar Zentimeter weg.

„Ich habe gehört, dass es die Psyche eines Mannes zerstören kann, wenn eine schöne Frau ihn ignoriert. Du würdest doch keinen dauerhaften Schaden anrichten wollen, oder, Sub?" Die sexy Stimme brach in ihre Konzentration.

Ihr Kopf wirbelte herum. „Holt? Was machst du hier?" Jede Zelle in ihrem Körper begann zu tanzen und fröhliche Lieder zu singen.

„Ich habe Stellas Blutdruck gemessen, und sie sagte, Carson hätte heute Training. Ich wollte ihn mir mal ansehen, wenn er genug Platz hat, um wirklich zu rennen."

„Oh." Das neue Fußballtor im Hinterhof war oft in Gebrauch, aber er hatte Recht. Viel Platz hatten sie nicht.

„Außerdem habe ich dich vermisst." Das dunkle Verlangen in seiner Stimme ließ ihren Körper summen.

„Ich habe dich auch vermisst. Ich kann nicht mehr alleine

schlafen. Ich denke, du hast mich ruiniert." Ihre Stimme kam extrem mürrisch heraus.

„Ich kenne das Gefühl. Du ..." Seine Stimme verstummte und er zog die Augenbrauen zusammen. Mit seiner Hand auf ihrer Wange drehte er sie zu sich. „Du hast dunkle Ringe unter deinen Augen. Du hast wirklich nicht gut geschlafen."

Es ist nicht nötig, ihm von den Albträumen zu erzählen, aber die Besorgnis in seinen Augen sagte, dass er es wohl wusste.

Sie schaffte ein Lächeln. „Ich komme schon klar."

„Ja, das tust du." Sein Kuss war warm und besitzergreifend. „Ich werde heute Nacht in deinem Bett sein. Dann kann ich sicherstellen, dass du bis zur Erschöpfung gefickt wirst und danach gut schläfst."

„Wie romantisch von dir."

„Keine Romantik heute Abend, Baby." Er lehnte sich vor und flüsterte an ihren Lippen: „Heute Abend wird es heiß und schmutzig."

Eine Hitzewelle verschlang sie und sie sagte in einem heiseren Ton: „Mmm. Okay."

Mit einem sanften Lächeln kam Holt näher und legte einen Arm um ihren Rücken, während sein Blick weiterhin auf dem Fußballplatz lag. Die jungen Spieler hatten sich in zwei Teams aufgeteilt, einige in dunklen T-Shirts und einige in Weiß, um sie voneinander zu unterscheiden. Nachdem er eine Minute zugesehen hatte, sagte er: „Unser Junge ist verdammt gut."

Josie grinste über den Stolz in Holts Gesichtsausdruck. „Das bereitet mir ein wenig Sorgen. Er ist ein Ein-Sportart-Kind – er ist nicht daran interessiert, etwas anderes auszuprobieren."

„Aber er liebt Bücher, Videospiele und Motorräder."

„Ihr Männer und eure Bikes." Carson war noch mehr in Motorräder verliebt, nachdem Holt ihn auf der Harley mitgenommen hatte.

Bei ihrem dunklen Blick grinste Holt und fügte hinzu: „Und er hat eine Katze, die er liebt, und gute Freunde. Ich würde mir keine Sorgen machen, Josie. Er ist erstaunlich ausgeglichen."

Sie seufzte. Und da war es. Seine Worte trieften nicht vor Weisheit; an sich war es nichts, was sie nicht wusste, aber jemanden zu haben, der Carson liebte und ihr seine Meinung mitteilte? Es erleichterte ihre Sorgen. „Danke."

Er musste gehört haben, wie ernst sie es meinte, da er sich umdrehte und sie musterte. Dann zog er sie an sich und küsste sie auf die Stirn. „Gern geschehen."

Seine Stimme wurde tiefer. „Ich verlange eine Bezahlung für Therapiestunden dieser Art. Heute Abend, um genau zu sein."

Obwohl sie ihm den Ellbogen in die Rippen jagte, wusste sie, dass er nicht scherzte. Er würde seine „Bezahlung" auf eine Weise einfordern, sodass sie am Ende in einem befriedigten, fast komatösen Zustand in ihrem Bett lag. Wie er ihr schon so oft gesagt hatte, war er ein Dom und er brauchte keinen Grund, um sie zu genießen, wann immer er wollte. Warum das so sexy war, wusste sie nicht.

„Hattet ihr euer Treffen mit dem Schulleiter?", fragte er.

„Das hatten wir", sagte sie grimmig. „Er und die Schulbehörde bestehen darauf, dass die Jungen für das kaputte Klassenzimmerfenster aufkommen. Brandons Mutter wird für den Rest des Klassenzimmers bezahlen, da das eigentliche Feuer Brandons Idee und seine Tat war."

„Das klingt fair. Warum siehst du nicht glücklich aus?"

„Der Schulleiter will die Jungen suspendieren, ihnen den außerschulischen Sport wegnehmen und sie dazu bringen, viele sogenannte *gemeinnützige Dienste* zu leisten – was einem kostenlosen Hausmeisterdienst gleichkommt. Und es kommt in die Akte."

Holts Mund spannte sich an. „Das scheint mir übertrieben."

Sie sahen beide zu, wie Carson jemandem geschmeidig den Ball abnahm und zu Yukio passte. Als Josie jubelte, schrie Holt: „Gut gemacht, Carson!"

Carson drehte sich um und ein riesiges Lächeln erschien auf seinem Gesicht, bevor er sich wieder in den Kampf stürzte.

Josie wurde warm ums Herz. Oh, sie liebte diesen Mann. Ihre beiden Männer.

Sie lehnte sich an Holt und versuchte, sich daran zu erinnern, worüber sie gesprochen hatten. Die Schule und Carson. „Ich habe nichts dagegen, sie Arbeiten verrichten zu lassen. Gegen den Rest habe ich einiges. Es ist ihr erstes Vergehen. Aber was mich wirklich nervt, ist, dass die Schulleitung keinen Fehler ihrerseits zugibt. Und der Lehrer arbeitet immer noch dort."

Holt nahm ihre Dose, nahm einen Schluck und gab sie ihr zurück. „Ich verstehe nicht. Was für einen Fehler?"

Sie runzelte die Stirn und versuchte, sich daran zu erinnern, was Carson Cullen und Holt auf der Polizeistation erzählt hatte. „Carson hat dir erzählt, dass der Naturwissenschaftslehrer ein Idiot ist, der die Schüler mobbt und bloßstellt, oder?"

„Richtig."

„Nun, nach dem, was Carson gesagt hat – und im Gespräch mit den anderen Eltern –, ist der Naturwissenschaftslehrer Jorgeson grausam sarkastisch, sexuell unangemessen und rassistisch. Er steht den Mädchen zu nahe und berührt sie. Er macht böse Witze über Mädchen, Minderheiten und die langsameren Schüler. Als intelligenter weißer Junge hatte Carson bis jetzt kein Problem mit ihm – aber Juan wurde schon mehr als einmal zu Tränen getrieben. Ryan auch, weil er sagt, was er denkt."

Holt runzelte die Stirn. „Haben sich die Kinder nicht beschwert?"

„Oh, das haben sie, genau wie ihre Eltern. Leider ist Jorgeson seit ein paar Jahrzehnten dort und ist ein *respektierter* Lehrer. Der Schulleiter hat nichts getan, und da nur Jorgeson Naturwissenschaften in dieser Klassenstufe unterrichtet, konnten die Kinder nicht in eine andere Klasse wechseln."

Holt rieb sich über das Gesicht. „Das ist mir entgangen, vielleicht weil er Carson in Ruhe lässt."

„Carson setzte sich für seine neuen Freunde und anderen Klassenkameraden ein – auf die einzige Weise, die er konnte, während die Leute, die hätten handeln sollen, rein gar nichts getan haben."

„In Anbetracht dessen" – Holts Gesichtsausdruck war hart geworden – „ist es falsch, die Kinder zu bestrafen."

„So fühle ich auch. Die Eltern der anderen Jungen und ich erklärten das dem Schulleiter, aber" – die Wut war wie ein brennender Knoten in ihrem Magen – „er gibt nicht zu, dass er sich geirrt hat und dass Jorgeson gefeuert werden sollte. Ich weiß nicht, was ich tun soll."

Holt behielt den Spielverlauf im Auge, und als Carson den Ball fast bis zum anderen Ende des Feldes passte, schrie er: „Toller Schuss!"

Josie jubelte.

Für ein paar Minuten schwieg Holt. Dann warf er Josie einen Blick zu. „Kinder nehmen immer Sachen auf ihren Handys auf. Worauf willst du wetten, dass es einige Videos des Lehrers in Aktion gibt?"

Josie blinzelte. „Hmm. Fragen wir Carson."

„Wir können ihn darum bitten, dass Kinder mit Aufnahmen mir eine Kopie per E-Mail schicken. Ich behalte die Aufnahmen, lösche aber die E-Mails von meinem Server. Außerdem sollten wir Carson bitten, den Kindern zu sagen, dass sie sich nicht damit rühmen sollen, Aufnahmen zu machen oder zu teilen."

„Was?"

„Aufzeichnungen im Klassenzimmer fallen in eine Grauzone." Er sah immer noch wütend aus, aber seine Augen hielten einen bösen Funken. „Eine Grauzone, die schwer wird, zu bestrafen."

„Was überlegst du?" Sie stieß ihm den Finger in seine Rippen. „Sag es mir, oh, weiser Master."

„Ich erkläre es dir heute Abend." Er legte seine Hand um ihre und entfernte ihren Finger von seinen Rippen mit einem ermahnenden Tsk-tsk. „Weißt du, eine ungezogene Sub könnte sich nächsten Freitag auf der Spanking-Bank wiederfinden."

Spanking ... Bank. Bei dem Gedanken schoss eine Hitzewelle durch sie, und eine weitere folgte, als sie sah, wie er sie beobachtete.

„Oh ja", murmelte er. „Damit fangen wir an."

KAPITEL DREISSIG

Am **Mittwochabend hatten** sie spät gegessen, weil Josie und Carson offenbar gerne darauf warteten, dass Holt aus dem Krankenhaus nachhause kam. Seine süße Sub verwöhnte ihn.

Lächelnd wischte Holt die Oberflächen in der Küche ab, während Carson den Geschirrspüler belud. Nach der Mahlzeit mit Josies Garnelen-Fettuccine musste Holt ernsthaft überlegen, mehr Zeit für seine Workouts einzuplanen. Vielleicht eine extra Meile für seinen morgendlichen Lauf. Die Frau kochte gern – und er aß gern. Wenn er keine vorbeugenden Maßnahmen ergriff, wäre er am Ende zu dick, um eine Leiter hinaufzusteigen.

„Hey, Poe." Er warf der Katze eine übrig gebliebene Garnele zu.

Als Poe einen perfekten Sprung auf die Garnele machte, lachte Carson – ein herzliches, fröhliches Geräusch. Fast eine Woche nach dem Hausbrand kehrte der Junge zur Normalität zurück. Es half, dass Brandon nicht auf seine Schule zurückkehren würde.

Holt spülte den Schwamm aus. Da Josie gekocht hatte, musste sie nicht aufräumen. Sie saß bereits an ihrem Schreibtisch, um eine Szene ihres Buches zu beenden, an der sie arbeitete. Stella war frühzeitig los, da sich heute ihre Kirchengruppe traf.

Gut. So konnten er und Carson reden, ohne die Damen traurig zu machen. „Also, Carson, wie viel Kummer musst du in der Schule noch ertragen?"

Der Junge verzog das Gesicht, als er Teller in die Spülmaschine stellte. „Ich schätze, Mr. Jorgeson weiß, wer versucht hat, sein Klassenzimmer niederzubrennen. Er hat alle meine Antworten beim letzten Quiz schlechter bewertet. Yukio bekam auch nur eine Drei. Sonst hatten wir immer Einsen."

Dieser verdammte Lehrer. Holt schaffte es, ein Knurren zu unterdrücken. „Wie läuft es mit den Klassenkameraden?"

„Ganz okay. Einige von ihnen verhalten sich freundlich – seltsam freundlich –, weil sie mögen, dass ich illegale Sachen gemacht habe, und ..." Die großen braunen Augen zeigten Carsons Verwirrung.

„Und das ist nicht die Art von Person, die du dir für einen Freund wünschst?"

„Yeah." Carson strahlte. „Aber Yukio will, dass ich am Freitag vorbeikomme, und sein Vater geht mit uns in diesen neuen Horrorfilm. Du magst Horror – du solltest kommen. Mom wird nicht gehen, das ist sicher."

Holt neigte den Kopf und erkannte, dass er einen neuen Filmkumpel hinzugewonnen hatte. Dieser Erziehungsjob hatte einige Vorteile. „Das würde mir gefallen, danke. Klingt, als hättest du deine Freunde nicht verloren."

„Schätze nicht." Carson schnaubte. „Am Ende bleiben mir vielleicht nur Ryan, Juan und Yukio, wenn sie uns für immer suspendieren."

Auf keinen Fall würde er das zulassen. „Apropos Suspendierung, mein E-Mail-Postfach ist voll. Ich wette, ich habe ein paar Jorgeson-Filmchen."

Carson grinste. „Die Jungs und ich haben es allen gesagt, und jeder schickt dir seine Aufnahmen von ihm. Was wirst du jetzt tun?"

„Zuerst werde ich alles ohne die identifizierenden Informationen speichern. Dann werden wir die Momente ausschneiden, in denen Jorgeson aus der Reihe tanzt, und alles in einem kurzen Video zusammenfassen."

„Wir? Kann ich helfen?" Carson strahlte ihn hoffnungsvoll an.

„Absolut." Er legte seine Hand auf Carsons Schulter. „Der Kampf gegen die Bösen geht nicht immer mit Gewalt einher. Das ist eine andere Methode."

„Mega."

Später entschied Holt, dass „mega" nicht das richtige Wort war. Mit jeder Aufnahme wuchs sein Drang, eine gewaltsame Lösung anzustreben. Jorgeson war überfällig für eine Faust in sein Gesicht.

In Anbetracht von Josies rotem Gesicht und angespannten Muskeln erlebte sie die gleiche Wut.

Mit Mühe glättete Holt seinen Gesichtsausdruck und sah zu Carson. „Meintest du nicht, dass du vor dem Schlafengehen noch ein paar Hausaufgaben zu erledigen hast?"

Der Junge rümpfte die Nase, was ihn so sehr an Josie erinnerte, dass Holt lachte.

Josie lächelte. „Dann geh besser. Wir sind hier fertig."

Carson erhob sich und zögerte. „Ich war sauer auf Mr. Jorgeson, weil er gemein ist und Kinder zum Weinen bringt, aber ich habe nie gesehen, wie schlimm es bei den Mädchen ist. Wie sie schauen, wenn er zu nah kommt oder sie berührt. Irgendwie ist das sogar noch schlimmer."

Holt nickte. „Das ist es, ja." Der Junge hatte ein gutes Herz – und den Mut, für das einzustehen, an was er glaubte.

Josie spürte, wie die Tränen kamen, und versuchte, sie zurückzuhalten. Ihr Sohn wurde erwachsen – und zu einem guten

Mann. „Ja, das ist es. Das nächste Mal weißt du, auf was du achten musst." Sie holte tief Luft und fügte den härteren Teil hinzu. „Und es sind nicht nur die Mädchen, die auf diese Weise ins Visier genommen werden. Wenn du dich also mit jemandem unwohl fühlst, erzählst du mir davon, okay?"

„Ja, Holt hat mich auch gewarnt." Carson grinste. „Ich werde es ihm einfach sagen, und er kann den Kerl über ein Auto werfen, wie er es mit dem Räuber gemacht hat."

Holts Lippen zuckten, und sie konnte ihm ansehen, dass ihm das gefiel. „Es wäre mir ein Vergnügen. Ich lasse dich sogar helfen."

Als ihr Junge kichernd in sein Zimmer rannte, setzte sich Josie auf Holts Schoß und schlang ihre Arme um seine Schultern. Anstatt problematische Kinder und Frauen von sich zu schieben, tat er alles, um sie zu unterstützen. „Du bist erstaunlich", flüsterte sie, „und ich liebe dich so sehr."

Seine Augenbrauen zogen sich zusammen. Er hatte keine Ahnung, was er getan hatte. Seine Arme schlossen sich um sie.

Sie legte ihre Stirn gegen seine. „Wir haben genug Beweise, sodass Jorgeson hoffentlich gefeuert wird, aber wer weiß. Die Schulbehörde wurde bereits von den Schülern und den Eltern über sein Verhalten informiert und hat nichts unternommen."

„Stimmt leider. Aber physische Beweise sind überzeugender."

„Vielleicht. Bigotte, weiße, männliche Idioten. Sie sehen wahrscheinlich nichts Falsches an seinem Verhalten."

„Weißt du, vielleicht hast du Recht." Holt runzelte die Stirn. „Sie sind vielleicht nicht dazu geneigt, den Staub aufzuwirbeln – oder zuzugeben, dass sie falschlagen –, wenn wir keinen Anreiz bieten."

„Anreiz? Hmm." Sie setzte sich aufrecht hin. „Was wäre, wenn wir einen Anwalt finden würden, der sie darüber aufklärt, dass sie verklagt oder haftbar gemacht werden könnten oder …"

Holt überlegte. „Ja, das sollte funktionieren. Das wäre der perfekte Doppelschlag."

„Was meinst du?"

„Den Ruf und die Brieftaschen bedrohen. Du bist so clever."
Holt küsste sie.

Sie lehnte sich zurück. „Schön zu hören, aber Holt, ich kenne
niemanden, dem die Schulbehörde zuhören würde."

„Tust du. Aber überlass das mir, Sub. Ich regle das." Die
Linien um seine Augen vertieften sich. „Also, kleines Mädchen,
hast du *deine* Hausaufgaben gemacht? Ist die Szene in deinem
Buch fertig?"

War sie nicht. „Du bist so ..."

Als er sein Kinn leicht hob und sie mit einem Ausdruck ansah,
den Gabi den Dom-Blick nannte, flatterte es in ihrem Bauch.

Plötzlich war sie sich der Hitze seiner kraftvollen Hand an
ihrer Taille nur allzu bewusst, und wie ihre Brüste über seine harte
Brust rieben. „Ich ..."

„Beende das Kapitel, an dem du gerade arbeitest, bevor du
Probleme mit deinem Lektor bekommst. Ich werde ein paar
Anrufe tätigen. Vertraue mir, Josie."

Als er sie mit seinem durchdringenden Blick ansah, wusste sie,
dass sie ihm in allen Lebenslagen vertrauen konnte. „Ich vertraue
dir."

„Ah, dafür hast du dir eine Belohnung verdient", sagte er leise.
„Ich werde dafür sorgen, dass du sie heute Abend erhältst."

Jetzt kribbelte eindeutig ihre Pussy.

Sie lehnte sich vor, strich mit ihren Lippen über seine und
ging in ihr Büro. Ihre Deadline stand vor der Tür, und sie hatte
ein Kapitel zu beenden.

Und vielleicht würde sie, wenn Tigre vor einen der reptiloiden
Grestoren trat und Laurent rettete, dem Feuermädchen erlauben,
seine Wunde zu verbinden und ihm den Kuss zu geben, den die
beiden seit Beginn des Buches wollten. Josie wusste, dass Tigre
für Laurent da sein würde, was auch immer ihnen noch
bevorstand.

Weil Tigre genau wie Holt war.

KAPITEL EINUNDDREISSIG

Der kleine **Konferenzraum** in der Mittelschule war auf die Temperatur einer polaren Eiskappe klimatisiert. Die Kälte und ihre Nerven ließen Josie beben.

Sie war nicht die Einzige, die Angst hatte. Im hinteren Teil des Raumes saßen Carson, Yukio, Juan und Ryan nebeneinander. Josie und die anderen Eltern versammelten sich um den rechteckigen Tisch. Gestern Abend hatten sie eine Telefonkonferenz darüber geführt, welche Möglichkeiten ihnen blieben, wenn die Schulbehörde beschloss, hart durchzugreifen.

Obwohl Josie versuchte, ruhig auszusehen, spürte sie, wie sie frustriert mit den Zähnen knirschte. Die Dinge liefen nicht gut. Der Naturwissenschaftslehrer zielte unverhohlen mit seinem Gift auf Carson und seine Freunde. Jedes Mal, wenn sie mit dem Rektor darüber gesprochen hatte, hatte er sie abgewimmelt. Leider hörte die Schulbehörde auf ihn.

Die Tür öffnete sich. Mit dem Gesicht eines Bloudhounds lief der Schulleiter Mr. Purcell durch den Raum und setzte sich an den Kopf des rechteckigen Tisches.

„Meine Damen und Herren." Als er den Kopf schüttelte, zuckte ihre Hand. Nichts wünschte sie sich mehr, als ihm den vorgespielten Ausdruck der Besorgnis aus seinem Gesicht zu schlagen. „Ich fürchte, die Schulbehörde hat entschieden –"

Die Tür öffnete sich erneut.

Josie riss die Augen weit auf, als Master Z hereinkam. Er trug ein weißes Hemd und eine Krawatte ... und der Stoff und der Schnitt waren so exquisit wie bei seiner üblichen schwarzen Clubkleidung.

Hinter ihm folgte Gabi in einem konservativen beigen Kleid und einem dunkelbraunen Blazer, dann ihr Mann Marcus in einem tadellosen maßgeschneiderten, dunkelgrauen Anzug.

Als Letztes trat Holt ein, der sich an der Wand positionierte und die Arme vor der Brust verschränkte.

Der Schulleiter erhob sich. „Entschuldigung, aber dies ist ein privates Meeting. Wenn Sie mit mir sprechen möchten, gehen Sie bitte zu meiner Sekretärin und –"

„Wir sind im richtigen Raum", sagte Master Z. „Ich bin Dr. Zachary Grayson, ein Psychotherapeut ... spezialisiert auf Kinder."

Purcell verlagerte unbehaglich sein Gewicht. „Dr. Grayson, natürlich habe ich von Ihnen gehört. Ihre Forschung wird in akademischen Kreisen sehr geschätzt."

„Das ist gut zu hören", sagte Z in einem geschmeidigen Ton und drehte sich um. „Ich möchte Ihnen Gabrielle Renard, FBI-Opferspezialistin, und Marcus Atherton, einer unserer Staatsanwälte, vorstellen."

Dem Rektor wich die Farbe aus dem Gesicht.

Carson ging zu Josie, kniete sich neben sie, und schob seine Hand in ihre. „Was passiert hier?", flüsterte er.

Sie beugte sich vor und flüsterte so leise, wie sie konnte: „Das hat Holt arrangiert, um mit dem Video, das wir gemacht haben, etwas zu erreichen."

„Holt hat das organisiert? Oh, Mann, der Schulleiter ist am Arsch." Die Hoffnung und das Vertrauen in Carsons Stimme wärmten Josie das Herz.

Als ihr Junge zu seinen Freunden zurückschlich, wandte sich Josie an Holt und formte mit den Lippen: *Danke*.

Er zwinkerte ihr zu.

Purcell nahm seinen Platz wieder ein, als würde er sein Territorium abstecken wollen. „Warum sind Sie hier?"

Anstatt Platz zu nehmen, lehnte sich Master Z mit der Hüfte gegen das niedrige Bücherregal rechts von Purcell. Josie hätte fast gelacht. Er machte klar, dass er dorthin gehörte – stehend und über dem Mann ragend. Hatte er sich diesen Trick als Psychologe oder als Dom angeeignet?

Master Z antwortete in einem gelassenen Tonfall: „Die Schule hat zahlreiche Beschwerden über einen Lehrer namens Mr. Jorgeson erhalten, aber ignorierte diese mit der Ausrede, dass die Berichte von Schülern stammten."

Gabi setzte sich an den Tisch und gab ein angeekeltes Geräusch von sich. „Wenn Opfer von den Verantwortlichen als unwichtig abgetan werden, kann das sehr schädlich sein."

„In der Tat", sagte Master Z. „Da ihre offiziellen Beschwerden ignoriert wurden, wechselten die Kinder zu einer anderen Methode, um sich gegen den Lehrer aufzulehnen."

Purcells Gesicht rötete sich vor Empörung. „Vandalismus ist keine *Methode*, es ist –"

„Illegal", sagte Z. „Dessen bin ich mir bewusst. Ist das Ignorieren von schwerem, anhaltendem Missbrauch nicht auch illegal?"

Josies Augen weiteten sich, als die Schärfe in seiner sonst so gelassenen Stimme zum Ausdruck kam. Wenn sie der Schulleiter wäre, würde sie unter den Tisch kriechen. Die anderen Eltern schienen ähnlich zu denken.

Marcus' blaue Augen waren kälter als Eis und Wut ließ seinen weichen Südstaatenakzent härter klingen. „Ich bin der Ansicht, dass Schulen den Gesetzen des Bundes unterliegen. Sie sind dazu verpflichtet, dieses Verhalten zu adressieren, ein Verhalten, das eine feindselige Umgebung schafft, die sich nachteilig auf die

Fähigkeit eines Schülers auswirkt, von den Möglichkeiten einer Schule zu profitieren. Wir haben es hier mit missbräuchlichem Verhalten zu tun, das sich gegen Rasse, Hautfarbe, Geschlecht und Schüler mit Behinderungen richtet."

Der Schulleiter zuckte zusammen. „Dafür ... gibt es keinen Beweis."

„Es scheint, dass die Schüler, die immer wieder ignoriert wurden" – Zs düsterer Ton war erschreckend – „die Dinge selbst in die Hand nahmen. Und Handys." Er warf Holt einen Blick zu.

Holt stellte einen tragbaren Projektor auf den Tisch und platzierte sein Handy. Das Video, das an die weiße Wand projiziert wurde, begann mit dem Lehrer, der neben einer sitzenden, blonden Schülerin stand, so nah, dass sein Intimbereich nur wenige Millimeter von ihrem Gesicht entfernt war.

„Eindringen in den persönlichen Raum", murmelte Gabi.

Der Clip änderte sich und zeigte, wie er mit seinem Finger streitlustig vor dem Gesicht eines braunhäutigen Jungen herumwedelte. „*Schaffst du es wirklich nicht, den Kohlenstoffkreislauf zu erklären? Vielleicht solltest du wieder zurück nach Me-hi-ko, wo du hingehörst.*"

Ein weiterer Clip offenbarte, wie er die lockigen Haare eines Mädchens antatschte, während sie verängstigt zurückwich.

„*Wie kann man nur so dumm sein?*" Dieser Clip zeigte Jorgeson, wie er sich nach unten beugte, sein Gesicht nicht mehr als zwei Zentimeter von Juan entfernt. Auch das Kind sah verängstigt aus. „*Hast du keinen Bock auf Hausaufgaben? Kannst du dir nicht die Mühe machen, deine Hausaufgaben zu erledigen? Ist es, weil du dumm bist? Eindeutig. Dumm und faul!*"

Ein Clip nach dem anderen spielte ab. Verschiedene Schüler. Verschiedene Klassen.

Purcell sagte schwach: „Aufnahmen im Klassenzimmer sind nicht erlaubt. Florida hat ein Abhörgesetz."

„Abhörgesetze gelten, wenn eine Person eine angemessene Erwartung der Privatsphäre hat. Das ist in einem Klassenzimmer nicht der Fall", sagte Marcus fest. „Aber ich kann verstehen, warum Sie nicht wollen, dass dieses Video den Medienvertretern zur Verfügung gestellt oder ... auf Facebook gepostet wird."

Der Schulleiter wurde ganz weiß.

Master Z sagte: „Ich habe mir diese Aufnahmen mehrmals angesehen. Das Verhalten des Ausbilders ist unverhohlen missbräuchlich. Es ist nicht nur Mobbing zu sehen, sondern auch sexuelle Belästigung und Rassismus. Sie haben für ihre Schule eine Fülle von zivilrechtlichen Klagen zu erwarten."

Marcus verschränkte die Arme vor der Brust. „Auch strafrechtliche. Ich kann das vor eine Jury bringen, Sir, und ich werde gewinnen."

„Der Lehrer muss gehen." Gabi warf dem Schulleiter einen eisigen Blick zu. „Die Schüler in seinen Klassen sind Opfer von Missbrauch. Sie werden dafür sorgen, dass sie therapeutisch behandelt werden – auf Kosten der Schule."

„Ja." Die Schultern des Rektors sackten nach unten. Dann presste er die Lippen fest zusammen. „Aber wer auch immer die Aufnahmen gemacht hat, ist –"

Mit einem Lachen schaltete Holt den Projektor aus. „Ich denke, etwa die Hälfte von Jorgesons Schülern hat diese Clips aufgenommen, besonders nachdem sie und deren Eltern ignoriert wurden, weil die Schulbehörde ‚Beweise' brauchte. Da Sie um Beweise gebeten haben, könnte ein Gericht Ihre Forderung als Erlaubnis ansehen, diese zu beschaffen."

Der Mund des Schulleiters schloss sich und sein Blick landete auf den Jungs, bevor er mit dem Finger auf sie zeigte. „Nichtsdestotrotz haben sie Vandalismus begangen!"

„Ja, das haben sie." Josie drückte die Schultern durch. Sie, Holt und die anderen Eltern hatten besprochen, wie sie an diesem Punkt verfahren sollten. Der Ball war jetzt in ihrer Ecke. „Es ist erschreckend, dass Kinder in dieser Schule gelernt haben, dass die Schulbehörde, die ihre Befürworter hätten sein sollen, stattdessen ihre Gegner waren" – der Schulleiter zuckte zusammen – „dennoch sind wir uns einig, dass sie alt genug sind, um zu wissen, was ein derartiges Handeln für Auswirkungen haben kann. Das Richtige zu tun, kann immer noch Konsequenzen haben."

„Korrekt." Der Schulleiter wirkte nun heiterer. Das *Arschloch*.

„Wir denken also, dass die Kinder der Hausmeistercrew beim Putzen der Fenster helfen sollten, da es das war, was sie kaputt gemacht haben. Zum Mindestlohn. Sie werden arbeiten, bis sie ihren Teil zur Bezahlung des neuen Fensters beigetragen haben."

Purcell nickte und runzelte dann die Stirn. „Und?"

„Sie haben es kaputt gemacht; sie werden die Kosten abarbeiten", sagte Josie bestimmt. „Sie weiter zu bestrafen, weil Sie und die Schulbehörde es versäumt haben, schutzbedürftige Minderjährige vor einem missbräuchlichen Erwachsenen zu schützen? Auf keinen Fall."

Ein winziges Flüstern kam von ihrem Sohn: „Weiter so, Mom."

Der Schulleiter sah sie an, dann zu den drei „Experten", und nahm die entschlossenen Blicke der anderen Eltern in sich auf. Nach einem langen Moment blinzelte er. „Okay."

Er wandte sich an Holt. „Die Aufnahmen ... Ich nehme nicht an, dass ..."

Ohne den Blick von dem Rektor zu nehmen, steckte er sein Handy in die Tasche.

Master Z sah zu Josie und neigte kaum merklich seinen Kopf. Gabi zwinkerte ihr zu und Marcus schenkte ihr ein kleines Lächeln, bevor sie alle zur Tür gingen.

Josie spürte, wie sich ihre Muskeln langsam lockerten, was auch ihr ein Lächeln entlockte.

Carson flüsterte mit seinen Freunden, als einer der Fremden vor ihnen anhielt. Der Doktor. Der Typ hatte schwarze Haare mit grauen Schläfen und graue Augen.

Zu Carsons Überraschung hockte sich der Mann vor ihm hin. „Du bist Carson, richtig?"

Carson nickte.

Als der Typ mit dem alten Purcell gesprochen hatte, hatte er wirklich gruselig gewirkt. Jetzt lächelte er und sah anders aus – fast so nett wie Holt.

„Yukio, Juan, Ryan?"

Seine Augen zeigten, dass er sie unterscheiden konnte, und die anderen nickten.

„Manchmal, wenn Kinder schwere Zeiten durchgemacht haben, können die Erfahrungen das Leben danach erschweren. Meine Aufgabe ist es, Kindern zu helfen, das Geschehene zu verarbeiten. Ich helfe ihnen dabei, herauszufinden, was sie jetzt tun, was sie hätten besser machen und wie sie mit Eltern oder Freunden darüber sprechen können. Oder auch über andere Probleme."

Carson kniff die Augen zusammen. Eine Sache beschäftigte ihn immer noch mehr als der Rest. „Wie ist es damit, herauszufinden, ob jemand wirklich ein Freund ist oder nicht?"

„Ah." Seine grauen Augen nahmen einen sanften Ausdruck an. „Wir werden alle manchmal hinters Licht geführt, Carson. Ich kann dir jedoch ein paar Dinge zeigen, auf die du achten musst, um die Chancen zu verringern."

„Yeah?" Ryan lehnte sich vor. „Darf ich auch kommen?" Von ihnen allen ging Ryan der Verrat und das Verhalten von Brandon am nächsten. Sie waren lange befreundet gewesen.

„Ja, Ryan." Der Mann neigte den Kopf. „Da ihr das alle zusammen durchgemacht habt, denke ich, es wäre eine gute Idee, wenn ihr mich alle zusammen besucht."

Yukio erstarrte. „Du bist ein Therapeut." Er schüttelte den Kopf. „Ich glaube nicht, dass sich meine Eltern das leis –"

„Josie ist eine Freundin von mir, was bedeutet, dass ich helfen möchte", sagte der Mann sanft. „Es wird für keinen von euch eine

Gebühr erhoben. Ich werde als Nächstes mit euren Eltern sprechen, aber ich wollte zuerst sehen, wie es euch geht."

„Sehen, wie verkorkst wir sind", murmelte Ryan.

Das Lachen des Mannes war fast so gut wie das von Holt.

Carson grinste.

„Sind wir verkorkst?", fragte Juan flüsternd.

„Kein bisschen." Der Therapeut lächelte leicht. „Aber ich
kann dabei helfen, dass ihr euch nach dem Geschehenen besser
fühlt ... dass ihr alles gut verarbeitet."

Besser fühlen. Carson nickte. Dachte er an das Feuer und an
Brandon, fühlte es sich jedes Mal so an, als würde er über eine
offene Wunde kratzen. „Yeah." Er sah die anderen an. Würden sie
ihn ein Weichei nennen, wie Brandon es getan hatte? „Ich möchte
es tun – wenn ihr mitkommt."

Sie nickten alle. Ryan hatte Tränen in den Augen.

Carson atmete erleichtert auf. *Okay.*

KAPITEL ZWEIUNDDREISSIG

N ach einem mitreißenden Fußballspiel im Garten war Holt duschen gegangen. Im Schlafzimmer öffnete er die Kommodenschublade für ein sauberes T-Shirt. Kurz nach dem Hausbrand hatte Josie in ihrer Kommode und im Kleiderschrank Platz für ihn gemacht, weil er eigentlich nur noch in ihrem Haus war. Sobald sein Mietvertrag abgelaufen war, würde er offiziell einziehen. Als sie das Thema mit Carson und Stella besprochen hatten, war der Junge völlig aus dem Häuschen gewesen. Und Stella hatte Holt einen riesigen Kuchen gebacken, um ihn mit zur Feuerwehrwache zu nehmen und mit seinen Kollegen zu teilen. Es war ihre Art gewesen, zu sagen, dass sie mehr als einverstanden war. *Verdammt*, er liebte diese Familie.

„Mom, was genau werden sie tun? Werden sie mich piksen?"

Holt zog sich sein T-Shirt an und gluckste bei der Frage, die aus Carsons Schlafzimmer kam. Es war gut, dass Josie ihren genervten Teenie zurückhatte.

Josie saß auf ihrem Bett, grinste Holt an und rief Carson zu: „Das Labor wird einen Abstrich von der Innenseite deiner Wange nehmen. Keine Nadeln."

„Holt sagt, es heißt Spritze, nicht Nadel." Nach der mürrischen Korrektur kehrte er zurück zum eigentlichen Thema: „Warum müssen wir das überhaupt machen? Ich weiß doch schon, dass Everett mein Vater ist, und er weiß es auch. Er will es einfach nicht zugeben."

Josie schloss die Augen. Sie reagierte immer noch sensibel, wenn es darum ging, dass Everett seinen Sohn ablehnte.

Holt dachte da schon pragmatischer. Er packte sie im Nacken und zog ihre Stirn an seine. „Lass mich das machen, Sub."

Ihr erleichterter Blick war alles, was er brauchte. Holt ging den Flur hinunter und freute sich, dass er für dieses Gespräch hier war. „Du hast Recht, Carson. Everett will die Wahrheit nicht zugeben."

In seinem unordentlichen Schlafzimmer saß Carson im Schneidersitz auf dem Boden. Sein Mund verzog sich genervt. „Weil er ein Trottel ist."

Holt unterdrückte bei dem Wort ein Grinsen und schloss sich der Katze auf dem Bett an. „Hey, Poe."

Nach einem bewertenden Blick spazierte die Katze auf Holts Schoß. Holt rieb mit der Hand über Poes weiches Fell und drehte sich zu Carson. „Du hast nach dem DNA-Test gefragt. Es ist so: In den Augen des Gesetzes muss jeder Mensch Verantwortung für sein Handeln übernehmen, auch wenn der Ausgang nicht geplant war. Wie die Sache mit dem Fenster. Du zerbrichst ein Fenster, du bezahlst für das Fenster."

Carson gab ihm ein reumütiges Grinsen. „In dem Punkt habe ich wohl Erfahrung."

Holt nickte. „Du hattest eine direkte Konsequenz. Die Dinge können jedoch kompliziert sein." Beim Frühstück hatten sie eine Neuigkeit aus Tampa besprochen: Ein Betrunkener war mit seinem Pick-up in ein Restaurantfenster gefahren. Das wäre ein gutes Beispiel. „Wenn du dein Auto in ein Restaurant fährst, zahlst du für die Reparaturen sowie die Krankenhauskosten für diejenigen, die verletzt wurden, und die Rechnungen, bis sie zur Arbeit zurück können."

Carsons Augen weiteten sich. „Du meinst, dieser Alkoholiker muss sich um jeden kümmern, den er verletzt hat?"

„Korrekt."

Josie trat in den Raum und stellte sich an die Wand. Sie mischte sich jedoch nicht in die Diskussion ein.

Immer noch seine Verantwortung. Holt streichelte die Katze. „Vergleichen wir also Sex mit Autofahren."

Schnaubend murmelte Josie: „Einzigartiger Vergleich."

Carsons Gesichtsausdruck sprach von Verwirrung.

„Einfach dranbleiben, Kinder." Holt hoffte wirklich, dass er die richtigen Worte dafür finden konnte, ohne in einen Vortrag über Bienchen und Blümchen zu schlittern. „Sex ist etwas, für das man sich entscheidet, und wie bei allem anderen kann es Konsequenzen haben. Ein Ergebnis kann ein Baby sein."

Stirnrunzelnd zog sich Carson eine Socke an. „Was ist die Konsequenz dafür, ein Baby zu machen?"

„Die Mutter und der Vater sind für das Kind verantwortlich, bis es achtzehn Jahre alt ist. Selbst wenn ein Elternteil nicht an der Erziehung beteiligt ist, isst ein Kind immer noch Essen, braucht Kleidung und all das Zeug."

„Oh." Carson musterte die andere Socke in seiner Hand. „Everett sollte helfen, für ... mein Essen zu bezahlen?"

„Das sollte er eigentlich schon lange tun, ja."

Carson drehte immer wieder die Socke in seinen Händen um. Stillschweigend.

Nicht gut. „Sag mir, was du gerade denkst."

„Ich esse viel. Wahrscheinlich ... verdienen Feuerwehrleute nicht viel Geld. Ich könnte ... ich weiß auch nicht, ähm, weniger essen."

Fuck. Das war ganz sicher nicht, was er sagen wollte. Holt hob seine Hand, um Josie wissen zu lassen, dass er immer noch am Schläger war. Sie – gesegnet sei sie – erlaubte ihm einen weiteren Schwung.

„Geld ist kein Problem für mich, Carson." Holt hob die Katze von seinem Schoß und setzte sich neben dem Jungen auf den Boden. „Ich habe als Model gutes Geld verdient, habe mich für Investitionen entschieden und verdiene jetzt ein ansprechendes Gehalt."

Carsons Kopf war immer noch gesenkt.

Holt legte einen Arm um seine Schultern und zog ihn an sich. „Du bist mein Kind, Dummkopf", sagte er. „Selbst wenn ich kein Geld hätte. Ich würde einfach härter arbeiten, um dir zu geben, was du brauchst."

„Warum also?" Carson hatte große Augen in der Farbe von Schokolade. Hundeaugen, die das Herz eines Mannes auf den Kopf stellen konnten. Vielleicht war es gut, dass sich Josie bisher ohne ihn um Carson kümmern musste. Holt hätte ihn wahrscheinlich zu sehr verwöhnt.

„Es geht uns bei der Sache mit Everett nicht ums Geld. Er sollte einfach für seine Handlungen verantwortlich gemacht werden." Dumm war nur, dass rückwirkende Zahlungen auf zwei Jahre begrenzt wurden und die Verjährungsfrist für eine Anzeige verstrichen war. Holt hätte es vorgezogen, das Arschloch ins Gefängnis zu schicken. *Aber gut.* „Wir planen alles, was er ausspuckt, für dein Studium anzulegen."

„Oh." Nach einer Sekunde rümpfte Carson seine sommersprossige Nase. „Studium?"

„Jep. Nenne es eine Konsequenz dafür, dass du so verdammt klug bist."

Carson grinste. „Hast du mich vor Mom als *Dummkopf* bezeichnet?"

Ein grummelndes Geräusch kam von Josie. „Hat er."

„Das musstest du jetzt nochmal erwähnen, nicht wahr, Göre?" Holt schubste Carson auf den Rücken und grub seine Finger in die Rippen des Kindes, bis ein Kichern den Raum erfüllte.

Fuck, er liebte dieses Kind.

Ein paar Minuten später wollten sie gerade das Haus verlassen, als das Haustelefon klingelte. „Tolles Timing." Mit einem genervten Grunzen packte Holt den Hörer. „Ja?"

Pause.

„Äh, bin ich da bei Josie Collier?" Die Stimme der Frau mit dem Südstaatenakzent war ihm vertraut, aber er konnte sich nicht genau erinnern, zu wem sie gehörte.

„Das ist richtig. Darf ich fragen, wer am Telefon ist?" Nach dem Brand hatten sie mehr als ein paar Anrufe von Reportern erhalten, und Holt hatte es sich zur Aufgabe gemacht, in diesen Fällen ans Telefon zu gehen.

„Aber natürlich. Ich heiße Pamela. Ich bin Everett Lannings baldige Ex-Frau." Als Holt Josie zu sich winkte, sodass auch sie mithören konnte, fuhr die Frau mit einem zynischen Humor fort, der sich durch alle ihre Worte zog: „Ich habe die letzten Wochen damit verbracht, Timothy und Britney zu erklären, dass ihr Vater einen Sohn haben könnte, von dem wir nichts wussten."

Holt zuckte zusammen. „Autsch."

„Oh ja. Die Kinder sind jedoch begeistert, dass sie einen Halbbruder haben. Für sie – und mich – ist ein Bruder eben ein Bruder. Wärt ihr bereit, den dreien die Chance zu geben, sich besser kennenzulernen?"

Mit einem breiten Grinsen nickte Josie.

Holt schaute nach unten und sah, dass Carson nahe genug stand, um alles gehört zu haben. Das Kind sah genauso bereitwillig aus wie seine Mutter – denn sein Herz war genauso groß.

„Darüber würden wir uns sehr freuen." Holt wuschelte durch die Haare seines Sohnes und lächelte. Es schien, als würde seine Familie erneut wachsen.

KAPITEL DREIUNDDREISSIG

Zwei Wochen später saß Josie neben Rainie auf dem Rücksitz von Max' Auto. Josie lehnte sich vor und tippte auf Zuris Schulter. „Du sagtest nur etwas von Drinks. Also, wohin geht's?"

„Oh, es wird dir gefallen", sagte Zuri.

Max' Lächeln blitzte auf, aber er sagte nichts.

Rainie neben ihr kicherte, und auch sie schwieg.

Misstrauisch runzelte Josie die Stirn, als die Straßen vorbeizogen, und setzte sich dann kerzengerade hin. Sie erkannte diese Gegend.

Max parkte das Auto ... vor dem *Highlands*.

Josie riss die Augen weit auf. „Das kann doch nur ein Witz sein. Ihr wisst schon, dass ich hier mal gearbeitet habe."

„Wissen wir – und es ist eine großartige Bar." Zuri stieg aus, ohne darauf zu warten, dass Max ihr die Tür öffnete. „Klingt doch toll, zur Abwechslung mal der Gast zu sein, oder?"

„Hmm. Vielleicht." Zurück im *Highlands*. Wo sie gefeuert worden war. Josie folgte kopfschüttelnd.

Zumindest war sie als Gast gekleidet. Und hey, sie sah verdammt gut aus. Ihr Bralette aus schwarzem Kunstleder drückte ihre kleinen Brüste nach oben, um ein ziemlich beeindruckendes Dekolleté zu schaffen. Ihre schwarze Samthose mit weitem Bein und ihre schwarzen Stilettos verliehen ihr einen Hauch von Kultiviertheit. „Weißt du, ich wünschte, Holt hätte mich sehen können. Ich sehe ziemlich sexy aus."

„Ja, das tust du." Rainie grinste. „Obwohl ich bemerkt habe, dass zwei Drittel unserer Arbeit an einen Kerl verschwendet sind. Sie erhalten den Gesamteindruck – *ooooh, Dekolleté. Oh, kurze Röcke. Rote Lippen.* Aber es braucht eine andere Frau, um Dinge zu bemerken, wie dein goldener Choker zu deinen Ohrringen und deinem Nagellack passt."

Zuri nickte mit der Zustimmung eines Modekäufers. „Die Kombination aus Gold und Schwarz ist sehr edel."

„Holt hat mir gestern Abend die Halskette und die Ohrringe geschenkt." Josie fuhr mit den Fingern über die Halskette – den Choker. „Er sagte, er wollte mich daran erinnern, wer mein Dom ist." Dann hatte er seinen Worten auf die intimste Weise Nachdruck verliehen.

„Master sind so besitzergreifend. Deshalb haben mir meine Drachen-Doms dieses Armband geschenkt." Zuri hob ihr Handgelenk. Das mit Diamanten besetzte Armband, das an eine Handgelenksfessel erinnerte, war wie ein Drache geformt.

„Ja, genau deshalb." Max kam zu ihr, neigte Zuris Kopf nach oben und gab ihr einen Kuss auf die Lippen. „Also vergiss das nicht und benimm dich, Prinzessin. Ich komme dich später abholen."

„Benehmen? Pfft." Lachend hakte Zuri ihren Arm bei Josie ein, packte Rainies Hand und zog sie zur Tür.

Als sie die Türschwelle übertraten, versuchte Josie, das *Highland*s als Gast zu betrachten. Der Raum fühlte sich an wie eine alte englische Bibliothek mit dunklen Holztischen und Ledermöbeln. Die linke Wand mit dem Gaskamin war aus künstlich gealtertem rotem Ziegel. Hinter der Bar zeigte sich ein deckenhohes

Regal bestückt mit glänzenden Flaschen. Eine Rollleiter ermöglichte Barkeepern den Zugang zu den oberen Regalen.

„Sie sind hier!"

Beim Jubel von rechts blieb Josie abrupt stehen. Sie drehte sich um.

An dem runden Tisch saßen ... Frauen aus dem Shadowlands. Josie warf Zuri und Rainie einen Blick zu. „Äh ... komme ich ungeladen zu einer Party?"

Zuri hatte nur gesagt, dass sie und Rainie am Donnerstagabend mit Josie ausgehen wollten. Für Drinks.

„Es ist keine Party." Zuri zog sie nach vorne. „Die Shadowkittens versuchen, einmal im Monat zusammenzukommen, um ein wenig – sehr viel – Spaß zu haben."

Shadowkittens. Das Wort bezog sich auf die Subs und Sklaven der offiziellen Shadowland-Master. Josie blinzelte. Holt war ein Master, was bedeutete ... sie war eine der Shadowkittens. Wärme strömte durch sie, als hätte sie einen Schluck von einem ausgezeichneten Whisky genommen.

An dem Tisch standen genau drei leere Stühle. Man hatte sie erwartet. Rainie und Zuri setzten sich rechts von Josie neben die lebhafte, brünette Sally, die mit ihren beiden Doms auch beim Grillen gewesen war.

Andrea, Cullens Sub, saß auf der anderen Seite des Tisches. „Wir sind so froh, dass du kommen konntest."

Zu Josies Linker war die rothaarige Linda, Master Sams Frau. Sie tätschelte Josies Hand. „Du siehst viel besser aus. Wurde alles geklärt?"

„Das wurde es – auch dank deines Ratschlages." Josie schenkte ihr ein dankbares Lächeln. „Weißt du, Probleme mit einem Mann zu haben, ist schlimm genug, aber dann noch die Sache mit meinem Sohn und ... alles war so schlimm."

„Recht hast du. Ein Kind kann Argumenten eine ganz neue Ebene hinzufügen." Auf der anderen Seite saß Kari, die Josie mit offensichtlicher Sorge ansah. „Zwei Kinder wären noch schlimmer. Vielleicht wollen Dan und ich doch kein weiteres Baby."

„Das stimmt schon." Es könnte für eine holprige Fahrt sorgen, aber Josie wollte mit Holt dennoch ein oder zwei Babys. Lächelnd fragte sie Jessica: „Was ist mit dir? Planst du mit Master Z ein weiteres Kind? Sophia ist einfach bezaubernd."

„Wann hast du Sophia kennengelernt?", fragte Rainie Josie. „Warte, ich weiß." Sie zeigte auf Jessica. „Du trainierst sie super früh für das Shadowlands. Domina-Training."

„Sophia legt auf jeden Fall eine Domina-Attitüde an den Tag. Kein Training erforderlich." Jessica lachte. „Josie traf unser kleines Bündel letztes Wochenende, als Anne Baby Wyatt vorbeibrachte. Josie rannte vor ihrer Schicht nach oben, um mit den beiden zu knuddeln."

Josie schnaubte. „Und das war ein Fehler. Da ich zu spät zurück an die Bar kam, musste Master Nolan für mich einspringen, und er war nicht erfreut."

Als die Frauen am Tisch verständnisvolle Laute von sich gaben, schüttelte Josie bei der Erinnerung den Kopf ...

Sie hatte die Bar durch den Durchgang betreten und abrupt angehalten. Holt schenkte für jemanden ein Bier ein. Sie lächelte. Würde es jemals eine Zeit geben, in der ihr Herz beim Anblick von ihm keinen Salto vollzog?

Leider war auch ein anderer Master hinter der Bar. Master Nolan. Und er machte ihren Job. Weil sie nicht hier gewesen war. Sie fühlte sich schuldig.

Nolan warf ihr einen harten Blick zu. „Du bist zu spät."

„Es tut mir so leid." Mit einem anderen Master hätte sie eine lustige Erwiderung versucht, aber dieser Dom machte ihr irgendwie Angst. Stattdessen wandte sie eine von Carsons Techniken an — sie beschuldigte jemand anderes. „Es ist Mistress Annes Schuld. Sie war schlecht gelaunt und wollte Ratschläge, wie man die Arbeit und das Stillen unter einen Hut bekommt. Sie ließ mich nicht gehen, bis ich alles im Detail erklärt

hatte." Josie schüttelte den Kopf. „Ich habe Geschichten über sie gehört und ... ich wollte nicht, dass sie unzufrieden mit mir ist."

Master Nolans Gesichtsausdruck änderte sich nicht, aber seine schwarzen Augen leuchteten amüsiert. „Wahrscheinlich eine kluge Wahl, obwohl ich jetzt unzufrieden mit dir bin."

Josie trat einen Schritt zurück.

Lachend kam Holt zu ihr. Er fuhr mit den Händen über ihre Arme und gab ihr einen schnellen Kuss. „Entspann dich, Sub. Nolan muss mich um Erlaubnis bitten, wenn er dich bestrafen will."

„Wirklich? Du meinst, ich kann frech sein und mir wird nix passieren?"

Sie hörte Nolan schnauben und Holt amüsiert vor sich hin glucksen. „Nein. Es bedeutet, dass allein ich das Vergnügen habe, deinen süßen kleinen Arsch zu versohlen."

Und später in dieser Nacht hatte er genau das getan. Der Bastard.

Josie grinste die Frauen um den Tisch herum an. „Ich musste leiden, aber zumindest durfte ich Sophia und Annes Baby kennenlernen. Wyatt sieht aus, als würde er so groß werden wie Ben."

„Und er hat Annes Haare. Er wird groß, dunkel und muskulös sein." Sally klopfte sich auf ihre Brust. „Sei still, mein Herz."

Zuri kicherte. „Ben wollte das Baby *George* nennen – für George Patton –, aber Anne redete es ihm aus, Gott sei Dank. Wyatt George Haugen klingt gar nicht so schlecht."

„Hat die Mistress ihn *umstimmen* können oder hat sie stattdessen seine *Männlichkeit* bedroht?", fragte Kari.

„Hmm." Zuri sah fasziniert aus. „Ich hätte nach weiteren Details fragen sollen."

„Auf Wyatt George Haugen!" Sally hob ihr Glas, stoppte aber. „Augenblick mal. Ihr habt keinen Alkohol. Das ist einfach nicht richtig." Sie hob die Hand, als sich Frederica, die Oberkellnerin, näherte.

„Was kann ich euch bringen, meine Damen?" Fredericas

Augen weiteten sich. „Josie? Josie, sag mir, dass du zu uns zurück-kommst!" Sie stellte ihr Tablett auf den Tisch und umarmte Josie fest.

Josie erwiderte die Umarmung. Wie hatte sie nicht gemerkt, wie sehr sie die Gang hier vermisste? „Frederica, es ist schön, dich zu sehen."

„Du kommst zurück, oder? Oh Himmel, es ist schrecklich hier, seit du fort bist. Dieses Mädchen kann kein anständiges Getränk machen, und ich bin diejenige, die sich die Beschwerden anhören muss."

Unter dem Tisch wurde Josie von Zuri getreten. „Ich hab's dir ja gesagt."

Autsch. Josie wollte antworten, stoppte sich aber, als der Manager an den Tisch kam.

„Josie, gutes Timing." Sein Lächeln war breit … und so falsch wie sein Ausdruck des Bedauerns gewesen war, als er sie gefeuert hatte. „Wir werden bald eine offene Position als Barkeeper haben und würden uns freuen, wenn du zurückkommst. Unsere Kund-schaft fragt ständig nach dir."

Grummeln kam von den Tischen um sie herum, zusammen mit einem „Wir fordern es wohl eher" von einem der Männer.

Sie war vermisst worden. Das freute sie. „Ich –"

„Ins *Highlands* zurück?", unterbrach Andrea. „*Dios,* nein. Auf keinen Fall wirst du unseren Barkeeper stehlen."

Ein Chor der Zustimmung kam von den Shadowkittens.

Jessica hob das Kinn und starrte den Manager an. „Ich fürchte, Josie gehört jetzt *uns* – und *wir* wissen sie zu schätzen."

Wohlige Wärme fegte durch Josie.

Die Schultern des Managers sackten nach unten, er jedoch wusste es besser, als mit den Gästen zu argumentieren. „Aber natürlich." Er schenkte ihr ein weiteres falsches Lächeln. „Schön, dich zu sehen."

Als er wegging, stieß Frederica einen unglücklichen Seufzer aus. „Verdammt. Trotzdem bin ich froh, dass es dir gut geht, auch wenn du hier schmerzlich vermisst wirst. Was kann ich euch bringen?"

„Danke, Frederica." Josie sah zu den anderen. „Was trinkt ihr?"

„Krüge mit Vieux Carré", sagte Sally breit grinsend.

„Wirklich?" Junge, die Shadowkittens ließen sich nicht lumpen. Der New Orleans-Cocktail war wirklich stark. „Also gut." Josie sah zu Frederica. „Kannst du eine Rechnung aufmachen und ...""

„Nein, Josie", sagte Linda. Die anderen Frauen schüttelten den Kopf.

Jessica schnaubte. „Wir versuchen immer wieder, zu bezahlen, aber unsere Do – Männer kümmern sich stets um die Rechnung."

„Das wäre schön, aber Holt arbeitet heute Abend, also ...""

„Das ist egal", sagte Zuri. „Keiner von ihnen wird dich bezahlen lassen."

„Herrische Mistkerle", murmelte Josie und brachte die Gruppe damit zum Lachen.

„Du hast einen Freund?" Frederica strahlte, als Josie nickte. „Ich kann es kaum erwarten, ihn zu treffen. Du verdienst jemanden, der wundervoll ist."

„Das tut sie wirklich", sagte Rainie. „Und das ist er."

„Wollt ihr euch den Vieux Carré teilen?", fragte Frederica. Als Josie, Rainie und Zuri nickten, sagte sie: „Dann bringe ich mehr Krüge und natürlich auch Gläser für alle."

„Perfekt, danke." Linda lächelte Frederica an. „Könnten wir auch ein paar gefüllte Pilze und eine Käseplatte haben?"

„Oh, und Tater Tots. Bitte", sagte Andrea. „Ich liebe diese Dinger einfach."

„Ein typischer New Orleans-Drink – und Tater Tots. Das ist so himmlisch pervers." Rainie sah zu Frederica auf. „Für mich bitte auch Tater Tots."

„Natürlich." Frederica tätschelte Josies Schulter und ging zur Bar.

Als die Bardame die Bestellung für Krüge des zeitraubenden Cocktails übergab, sah die arme Nichte des Managers aus, als würde sie gleich weinen.

Josie schickte ihr mental einige beruhigende Gedanken und lehnte sich dann zurück, um es zu genießen, zur Abwechslung mal auf der Empfängerseite zu stehen.

Alkohol und die Shadowkittens. Josie erinnerte sich sehr gut an den Abend, als sie auf der anderen Seite der Bar gestanden, den Shadowkittens beim Feiern zugesehen und sie um ihre Kameradschaft beneidet hatte. Im Laufe des Abends sonnte sie sich in dem Gefühl, Teil der Gruppe zu sein.

Einige Stunden später erkannte sie, dass sie kicherte. Sie kicherte! „Oh Gott, ich bin *betrunken*.“

Zuri brach in Gelächter aus.

„Das bist du.“ Jessica grinste. „Wir sind schließlich schon eine Weile hier.“

„Aber ich bin nie betrunken.“ Josie berührte ihre Lippen. Auf jeden Fall etwas Taubheitsgefühl.

„Ist Carson versorgt?“, fragte Linda.

„Du bist so eine Mutter, aber ja, ist er. Er ist heute Abend bei meiner Großtante.“ Sie betrachtete den Tisch voll Frauen. Niemand war nüchtern. „Ich fragte Holt, ob ich übervorsichtig sei, und er lachte. Er wusste, dass ihr alle hier sein würdet, oder?“

„Natürlich wusste er es. Und er wusste, dass wir trinken würden.“ Kari hob ihr Glas in einem Toast. „Zane ist bei meiner Mutter.“

„Sophia ist bei ihrer Großmutter.“ Jessica stieß mit Kari an.

„Es ist jedoch spät geworden und ich muss morgen den Laden öffnen.“ Linda besaß einen kleinen Strandladen. „Es ist wahrscheinlich Zeit, das Ende einzuläuten.“

„Ich schätze. Wir alle müssen morgen arbeiten.“ Rainie zeigte mit dem Finger auf Josie. „Zumindest musst du erst am Abend in den Club.“

„Ja, ich hab's gut.“ Sie plante jedoch, morgen mit ihrem neuen

Buch zu beginnen. Jetzt mit dem Alkohol zu stoppen, wäre also klug. „Ich werde ein Taxi rufen. Braucht jemand von euch eine Mitfahrgelegenheit?"

Jessica schaute sich im Raum um und ihr Blick landete weit hinter Josie. Sie hob die Hand. „Nein, wir sind versorgt. Und wenn du dir ein Taxi rufst, könntest du in Schwierigkeiten geraten."

Josie runzelte die Stirn. „Du meinst, einer der Master wird mich nachhause fahren? Das wäre –"

„*Dieser* Master wird dich nachhause fahren", murmelte Holt und seine sexy Stimme berauschte jeden ihrer Sinne. Seine Arme legten sich von hinten um sie, und seine warme Wange rieb sich an ihrer.

„Du bist hier!" Sie legte den Kopf in den Nacken und bekam einen Kuss. Als ihr Kopf aufhörte, sich zu drehen, bemerkte sie, dass auch die anderen Subs von ihren Shadowlands-Mastern gefunden wurden. „Ich dachte, du würdest heute spät arbeiten."

„Habe ich. Ich glaube, du hast die Zeit aus den Augen verloren." Holt fuhr mit einem Finger über ihre Wange. „Du bist beschwipst, Sub." Sein böses Lächeln blitzte auf. „Vielleicht werde ich die Gelegenheit ausnutzen."

„Warum ... du ... du ..." *Oh nein, nenne den Dom nicht einen Perversen.* Als sein stahlblauer Blick auf ihren traf, presste sie ihre Lippen zusammen und erinnerte sich an das letzte Mal, als sie ihn beschimpft hatte. Wie sich seine schwielige Hand angefühlt hatte, als sie jeden stechenden Schlag auf ihren nackten Hintern ertrug ... und danach, als er sie hart gefickt hatte.

Sie beendete den Satz nicht und sofort zeigte sich Belustigung in seinen Augen.

Nachdem er ihr beim Aufstehen geholfen hatte, hielt er sie auf Armlänge. Sein Blick nahm sie von Kopf bis Fuß auf und verweilte auf dem Bralette. „Heilige Mutter Gottes, wäre ich zuhause gewesen und hätte gesehen, was du trägst, hättest du es nie aus dem Haus geschafft."

Mit den Fingerknöcheln streichelte er über die Haut, die von ihren Brüsten zu sehen war und zusammen mit der Hitze in seinen Tiefen kribbelte schon bald ihr ganzer Körper.

„Sucht euch ein Zimmer, ihr zwei." Mit einem Arm um Sally grinste Vance sie an.

Holt gluckste.

Als Gruppe standen alle auf und begannen, Jacken und Geldbörsen zusammen zu sammeln.

Und dann hörte sie ein Telefon klingeln.

„Das ist dein Handy, Süße." Holt griff nach ihrer Handtasche.

Sie wischte über das Display. „Hallo?"

„Josie. Ich weiß, es ist spät, aber ich habe gerade deine neue Geschichte gelesen. Ich sag dir −" Sara sprach weiter, ihr New Yorker Akzent war ausgeprägt, ihre Rede zackig.

Mit Holts Hand auf ihrer Schulter hörte Josie zu und war nicht in der Lage, mehr als ein oder zwei Worte zu sagen: „Wirklich? Hast du? Wirklich?"

Tränen füllten ihre Augen, und trotz ihrer verschwommenen Sicht konnte sie sehen, dass jeder in ihrer Gruppe die Stirn runzelte.

Sie beendete den Anruf. „Das −"

„Alles gut? Was ist los? Wer hat dich zum Weinen gebracht?" Jessica sah aus, als wäre sie bereit, sich für sie in die Schlacht zu werfen − nur würde sie heute wohl niemanden treffen; Master Z war alles, was sie gerade aufrecht hielt.

Linda nahm Josies Hand. „Können wir helfen?"

Neben ihr hatte Holt seinen Arm um ihre Taille geschlungen. „Was ist los?"

„Ich bin überglücklich! Das sind Freudentränen." Josie wischte sich die Nässe von den Wangen. „Das war mein Lektor. Sie hat gerade mein neues Manuskript gelesen und war so begeistert von der Geschichte, dass sie nicht warten wollte, um es mir zu erzählen."

Für einen kurzen Moment war es still, und dann brachen alle in Jubel und Glückwünsche aus.

Josie konnte nicht aufhören zu strahlen. Sie hatte noch nie solche Freunde gehabt. Noch nie hatte sie sich als Teil einer Gruppe gefühlt.

Lächelnd drückte Holt sie. „Natürlich liebt sie es. Du bist eine tolle Autorin."

Gott, sie liebte diesen Mann.

„Hat sie etwas über die Kampfszenen gesagt, die wir mit den Puppen choreografiert haben?", fragte Holt mit einem Grinsen zu Zuri, die die Kostüme genäht hatte.

Josie lachte. „Na ja … was sie wirklich mochte, war die Romantik – dass sich Laurent und Tigre verlieben."

Holt neigte den Kopf und zog die Augenbrauen zusammen. „Du hast eine Romanze hinzugefügt?"

„Habe ich." Sie legte ihre Arme um ihn. „Das ist deine Schuld, Master Holt", sagte sie und versuchte nicht einmal, ihre Stimme zu senken. „Du hast mich dazu gebracht, wieder an Romantik zu glauben. An die Liebe."

Und die Geschichte hatte sich verändert und vertieft, als sie gelernt hatte, auf ihr Herz zu hören … als sie – und ihre Heldin – sich geöffnet und Vertrauen geschöpft hatten.

Er starrte sie einen Moment an und rieb dann seine Wange an ihrer. Seine Stimme war geschmeidiger als jeder Whisky in der Bar, als er hauchte: „Hast du eine Ahnung, wie sehr ich dich verdammt nochmal liebe?"

„Ich liebe dich auch, Master Holt." Als sie auf Zehenspitzen ging, um ihn zu küssen, wusste sie ganz genau, dass ihre Romanze ein glückliches Ende haben würde.

LESEPROBE

Die Master der Shadowlands-Reihe: Buch 14

Möchtest Du mehr von Master Z und Jessica lesen?

Buch 14 ist nicht nur eine wunderbare Ergänzung zu der beliebten *Master der Shadowlands*-Serie, sondern du lernst auch die tödlichen Helden aus der Serie *Söhne des Survivalist* kennen!

„Weißt du, was eine irische Totenwache ist, Grayson?"

In seinem Büro an seinem Schreibtisch holte Zachary Grayson einen tiefen, schmerzhaften Atemzug, nicht in der Lage, die Frage zu beantworten. Weil sein alter Freund Krebs hatte. *Krebs.*

Mako würde schon bald sterben.

„Grayson?"

Trauer ließ Zacharys Stimme belegt klingen. „Ja, Mako, ich weiß, was eine Totenwache ist."

„Nun, Junge, meine Söhne werden sich um die Beerdigung kümmern, aber würdest du mir einen Gefallen tun und für danach einen fröhlichen Abschied planen? Ich will nicht diesen Scheiß, wo alle um meinen Leichnam stehen und dumm dreinblicken.

Finde einen Ort mit anständigem Alkohol, an dem jeder, der auftaucht, ein Glas trinken und ein paar Geschichten erzählen kann. Teile den dummen Scheiß, den ich gemacht habe, als ich jünger war. So können sich die Jungs an mich erinnern, als ich noch lebte und nicht in einer Kiste unter der Erde verrottete."

„Das kann ich machen." Zachary rieb sich das Brennen aus den Augen. *Verdammt. Halt es zurück.* „Ich werde sogar selbst ein oder zwei Geschichten zum Besten geben, First Sergeant. Vielleicht darüber, wie vier bauernschlaue Pflegekinder in der Wildnis Alaskas gelandet sind."

Als das raue Lachen durch das Telefon rauschte, wusste Zachary, dass Krebs dem Sergeant das Leben stehlen könnte, aber Mako vor dem Tod keine Angst hatte. Das hatte er noch nie.

„Sehr gut. Mein Anwalt hat deinen Namen und deine Nummer. Er wird dich kontaktieren, wenn die Zeit gekommen ist." Makos raue Stimme wurde ein bisschen leiser. „Es war mir eine Ehre, dich zu kennen, Zachary. Danke, dass du immer das Wohl der Jungs im Blick hattest."

Die Stille sagte, dass Mako aufgelegt hatte.

Verdammt, Mako. Würde Zachary jemals wieder seine Stimme hören?

Er legte das Handy auf den Schreibtisch und sah auf eine ruhige Szene aus Bergen mit weißen Kappen und den Wäldern Alaskas, ein Gemälde, das er bei einem Besuch erworben hatte.

Er hatte das Gefühl, bald von Makos Anwalt zu hören. Unter Schmerzen murmelte er den alten irischen Segen: „Und bis wir uns wiedersehen, möge Gott dich schützend in seiner Hand halten."

Er schob sich vom Schreibtisch weg und sah auf die Uhr. Fast fünf. Er achtete darauf, den Montag nicht zu voll zu packen, sodass er für heute keine Sitzungen mehr hatte. Das war gut, denn er hatte das Bedürfnis, seine Frau und seine Tochter zu halten.

Im Wartezimmer, das er sich mit zwei anderen Psychotherapeuten teilte, lächelte Mrs. Ward ihn an. Taktvoll und doch unerschütterlich erinnerte sie ihn an seine liebste Großmutter. „Fertig für heute, Dr. Grayson?"

„Ja. Ich werde meinen Papierkram zuhause erledigen, damit Sophia mir Gesellschaft leisten kann." Nicht, dass er zu viel kam, wenn er sie bei sich hatte.

Da Mrs. Ward seine achtzehn Monate alte Despotin kannte, lachte sie.

„Gibt es etwas Dringliches in der Post, mit dem ich mich heute Abend befassen sollte?"

„Bitte sehr. Ich habe die Junkmail bereits entfernt." Mrs. Ward reichte ihm einen Stapel.

Zachary blickte durch die Briefe und warf das meiste in seinen Korb für morgen. Da ehemalige Patienten oft Nachrichten über ihre Fortschritte schickten, öffnete er den Brief mit einer handgeschriebenen Adresse.

Und erstarrte.

„Dr. Grayson? Zachary? Stimmt etwas nicht?"

„Kann man so sagen, ja." Schweigend las er den Brief noch einmal.

Du arrogantes Arschloch, du wirst für das bezahlen, was du getan hast.
Eine Kugel sollte den Job tun.

„Ich scheine meine erste Todesdrohung erhalten zu haben."

„Das ist ..." Mrs. Ward erkannte, dass er nicht scherzte, und ihr wich die Farbe aus dem Gesicht. „Die Polizei. Sie müssen die Polizei benachrichtigen."

„Ich werde gleich dort vorbeifahren." Bis zur Polizeiwache war es nicht weit, und Patienten würden vielleicht nicht besonders gut auf einen Zustrom von Polizisten reagieren. Es wäre besser, zu ihnen zu gehen.

Er achtete darauf, keine neuen Fingerabdrücke hinzuzufügen, und steckte alles in einen großen Umschlag.

Eine Minute später trat er aus dem klimatisierten Gebäude in die heiße, feuchte Luft von Anfang Oktober in Tampa. Ein Gewitter brach gerade über die Stadt herein. Als der Donner über ihm grollte, spritzten fette Regentropfen auf die Autos auf dem Parkplatz.

Von den Donnerschlägen in Angst und Schrecken versetzt, drängte sich ein kleiner fünfjähriger Junge, ein Patient von Zacharys Partner, an die Gebäudewand. Seine Hände presste er auf die Ohren, um die Geräusche um ihn herum auszublenden.

„Beruhig dich. Es ist nur Donner, Cody." Die Versuche seiner Mutter, ihn zu besänftigen, führten nur dazu, dass er sich noch mehr zusammenkauerte.

„Er hat keinen guten Tag, hmm?" Zachary trat neben sie.

„Dr. Grayson. Hallo."

„Drinnen und weg von den Lauten wird er sich besser machen. Darf ich?"

Sie stieß einen verärgerten Seufzer aus. „Bitte."

Er legte seine eigenen Sorgen beiseite und berührte den Jungen sanft an der Schulter. „Ich werde dich aufheben und wir gehen hinein, wo es ruhiger ist, ja?"

Als der Junge nicht reagierte, hob Zachary ihn einfach auf, wartete darauf, dass die Mutter die Tür öffnete, und ging wieder rein. Die Lobby, die in beruhigenden Blau- und Grüntönen gehalten war, verfügte über bequeme Sessel, die vor den hohen Fenstern positioniert waren.

„Nehmen Sie bitte Platz", sagte er zu der Mutter, und als sie der Aufforderung nachkam, setzte er Cody auf ihren Schoß.

„Na bitte. Jetzt ist es schon viel ruhiger, hmm?" Er ließ sich auf ein Knie herunter, um auf gleicher Höhe mit dem Kind zu sein, und lächelte die Mutter an. „In seinem Alter ist es normal, Angst vor unseren lauten Tampa-Stürmen zu haben. Es gibt Techniken, die helfen werden. Fragen Sie Ihren Therapeuten oder schauen Sie online nach."

„Ich hätte nicht so ungeduldig sein sollen." Sie umarmte ihren Sohn fester. „Wir sind gerade von Seattle hergezogen und sind daher netten, ruhigen Nieselregen gewöhnt. Diese Gewitter machen mir auch Angst."

„Es wird eine Zeit kommen, in der sie beide den Lärm und die Lichtshows genießen werden." Zachary tätschelte ihre Hand, bevor er seine Hosentaschen durchsuchte. Er hatte normalerweise immer etwas Besonderes bei sich, wenn er an diesem Tag Sitzungen mit Patienten hatte.

„Ah." Er und ein kleines Mädchen hatten heute Morgen Seifenblasen erzeugt. Er zog die Flasche heraus. „Cody."

Der Kopf des Jungen hob sich gerade genug, um große braune Augen zu zeigen. Ausgezeichnet. Die Angst war so weit zurückgegangen, dass die natürliche Neugier des Kindes geweckt werden konnte.

„Ich habe einen Auftrag für dich." Er zog den Plastikring heraus, blies und erzeugte eine große Blase.

Als diese auf Codys Knie landete und platzte, weiteten sich die Augen des Jungen. Und seine Lippen wölbten sich nach oben.

Fast geschafft.

Zachary hielt den Ring wieder hoch. „Jedes Mal, wenn sich eine Blase nähert, musst du tief einatmen und sie wegblasen."

Als Cody sich bemühte, sich aufzusetzen, senkte Zachary seine Stimme, um mysteriös und verschwörerisch zu klingen: „Wenn sie auf dir landet, verlierst du einen Punkt. Bist du dem Job gewachsen?"

„Ich schaff das!"

Zachary blies eine Blase auf ihn zu, und der Junge prustete hart, um die Blase wegzujagen.

„Gute Arbeit. Nochmal." Eine weitere Blase. Ein weiterer Erfolg.

Und das Gewitter war vergessen.

Als Zachary aufblickte, begegnete er dem Blick der Mutter. „Sich an einen ruhigeren Ort zu begeben und für Ablenkung zu sorgen, funktioniert meistens. Das Pusten hat den zusätzlichen

Vorteil, dass sie tief einatmen müssen, was sich generell schon beruhigend auswirkt."

Nachdenklich nickte sie. „Er hat das Recht, Angst zu haben, und ich habe überreagiert. Ich werde es beim nächsten Mal besser machen."

„Das ist die richtige Einstellung." Zachary blies eine weitere Blase und lachte, als Cody sie nach oben katapultierte. „Gut gemacht."

Nachdem er die Flasche der Mutter übergeben hatte, sagte er: „Der Sturm sollte innerhalb weniger Minuten weiterziehen. Einen schönen Tag noch."

„Danke." Ihre Augen schimmerten vor Tränen, als sie ihren Sohn umarmte. „Sie haben einen schwierigen Moment in Spaß verwandelt. Tausend Dank dafür."

„Gern geschehen."

An der Tür blieb Zachary stehen. Eine Morddrohung. Jemand wollte ihn töten. Obwohl die meisten Drohungen in der Regel von jemandem ausgingen, der einfach mal Dampf ablassen musste, hatte dieser Absender ernst geklungen.

Eine Unterschrift wäre sicher nützlich gewesen. Ihm kam niemand in den Sinn, der so viel Wut gegen ihn hegte.

Als Zachary nach draußen trat, blickte er sich um. Niemand richtete ein Gewehr auf ihn. Andere Leute, die im Gebäude arbeiteten, eilten an ihm vorbei, um dem Regen zu entkommen. Zwei Autos rollten ebenfalls vorbei. Ein Blitzschlag erhellte die Welt, und eine Sekunde später rumpelte der Donner über den Himmel.

Er zog seinen Kragen gegen den Regen hoch und ging schnell den Hang hinunter zu seinem Auto, das Gott sei Dank nicht so weit entfernt war. Der Parkplatz war eine der Annehmlichkeiten des Gebäudes.

Als er vor seinem Auto stand, lief ihm ein eiskalter Schauer den Rücken runter. Er drehte sich in einem schnellen Kreis.

Da. Der Mann stand halb versteckt in der hohen Feuerbuschhecke an der Gebäudeseite. Die Körperhaltung war unverkennbar. Er richtete eine Pistole auf Zachary.

Zachary sprang nach links.

Die Pistole wurde abgefeuert, der Laut übertönt von einem knisternden Blitzschlag.

Ein schmerzhafter Pfad zog sich über Zacharys Oberarm, als er zwischen die beiden geparkten Autos tauchte.

Ein weiterer Schuss erklang, dieser lauter.

Mit wild klopfendem Herzen zog er sein Handy heraus und spähte seitlich am Auto vorbei.

Der Schatten neben dem Gebäude war verschwunden.

Leicht aus dem Konzept gebracht, schloss Zachary die Augen und atmete langsam aus. Das war viel zu knapp gewesen. Er nahm noch zwei weitere Atemzüge, bevor er eine schnelle Selbsteinschätzung durchführte. Er hatte einen Riss in seinem Hemdärmel und eine blutende Furche hoch oben auf seinem Deltamuskel, die verdammt nochmal wehtat.

Eiskalt lief es ihm den Rücken herunter. Wenn er sich nicht bewegt hätte, hätte ihn die Kugel in die Brust getroffen.

Als er sich erhob, entdeckte er ein Loch in seiner Windschutzscheibe, wo die zweite Kugel eingeschlagen war. Gut, somit hatte er Beweise für die Polizei.

Mehr als nur einen blutigen Arm. Das Blut anstarrend, öffnete er die hintere Tür und griff nach den Papiertüchern neben Sophias Autositz.

Und dann erstarrte er vor Entsetzen.

Nachdem die Kugel die Windschutzscheibe und den Vordersitz durchbohrt hatte, hatte sie auch die obere Ecke des Kindersitzes erwischt. Wenn seine Tochter bei ihm gewesen wäre ...

Wie Mako war er dem Tod nicht fremd. Aber das hier ... Darauf war kein Mensch vorbereitet.

Die Angst um seine Familie stieg wie ein Tsunami in ihm auf.

ÜBER DEN AUTOR

Autoren sagen oft, dass ihre Protagonisten mit ihnen argumentieren.

Dummerweise sind Cherise Sinclairs Helden allesamt Doms. Was bedeutet, dass sie keine Chance hat, jemals ein Argument für sich zu entscheiden.

Als USA-Today-Bestsellerautorin ist Cherise dafür bekannt, herzzerreißende Liebesromane mit hinreißenden Doms, amüsanten Dialogen und heißem Sex zu schreiben. BDSM, Leute. BDSM! Wer kann dazu schon ‚Nein' sagen?

Mit den Kindern aus dem Haus lebt Cherise mit ihrem geliebten Ehemann und ihren Katzen am pazifischen Nordwesten, wo nichts gemütlicher ist als ein regnerischer Tag, den sie damit verbringt, neue Bücher zu schreiben.

Rezensionen:

Ich hoffe, Dir hat das Buch gefallen! Ich würde mich freuen, wenn Du für Josie und Holt eine Rezension verfasst. Vielen Dank.